第二九册　大乘經　涅槃部（一）

大般涅槃經　四〇卷

大般涅槃經

北涼天竺三藏曇無讖奉　詔譯

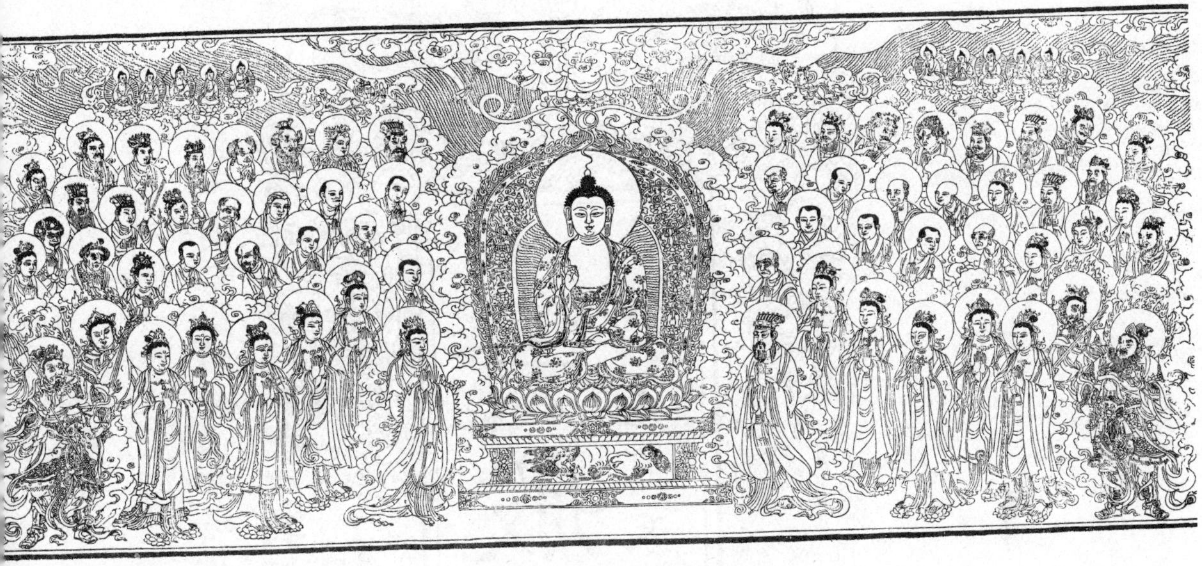

清刻龍藏佛說法變相圖

大般涅槃經卷第一

北涼天竺三藏曇無讖奉　詔譯

壽命品第一之一

如是我聞一時佛在拘尸那城力士生地阿利羅跋提河邊娑羅雙樹間爾時世尊與大比丘八十億百千人俱前後圍繞二月十五日臨涅槃時以佛神力出大音聲其聲徧滿乃至有頂隨其類音普告衆生今日如來應正徧知憐愍衆生覆護衆生等視衆生如羅睺羅爲作歸依屋舍室宅大覺世尊將欲涅槃一切衆生若有所疑今悉可問爲最後問爾時世尊於晨朝時從其面門放種種光其明雜色青黃赤白玻瓈碼碯光徧照此三千大千佛之世界乃至十方亦復如是其中所有六趣衆生遇斯光者罪垢煩惱一切消除

是諸衆生見聞是已心大憂愁同時舉聲悲啼號哭嗚呼慈父痛哉苦哉舉手拍頭椎胷叫喚其中或有身體顫慄涕泣哽噎爾時大地諸山大海皆悉震動時諸衆生共相謂言且各裁抑莫大愁苦當疾往詣拘尸那城力士生處至如來所頭面禮敬勸請如來莫般涅槃住世一劫若減一劫互相執手復作是言世間空虛衆生福盡不善諸業增長出世仁等今當速往速往如來不久必入涅槃復作是言世間空虛世間空虛我等從今無有救護無所宗仰貧窮孤露一旦遠離無上世尊設有疑惑當復問誰時有無量諸大弟子尊者摩訶迦旃延尊者薄拘羅尊者優波難陀如是等諸大比丘遇佛光者其身顫掉乃至大動不能自持心濁迷悶發聲大喚生如是等種種苦惱爾時復有八十百千諸比丘等皆阿羅漢心得自在所作已辦離諸煩惱調伏諸根如大龍王有大威德成就空慧逮得已利如栴檀林栴檀圍繞如師子王師子圍繞成就如是無量功德一切皆是佛之眞子於其晨朝日始初出離常住處嚼楊枝時遇佛光明並相謂言仁等速疾漱口澡手作是言已舉身毛竪徧體血現如波羅奢華涕泣盈目生大苦惱爲欲利益安樂衆生成就大乘第一空行顯發如來方便密教爲不斷絶種種說法爲諸衆生調伏因緣故疾至佛所稽首佛足繞百千帀合掌恭敬却坐一面爾時復有拘陀羅女善賢比丘尼優波難陀比丘尼海意比丘尼與六十億比丘尼等一切亦是大阿羅漢諸漏已盡心得自在所作

已辦離諸煩惱調伏諸根猶如大龍有大威德成就空慧亦於晨朝日初出時舉身毛竪徧體血現如波羅奢華涕泣盈目生大苦惱亦欲利益安樂衆生成就大乘第一空行顯發如來方便密教爲不斷絶種種說法爲諸衆生調伏因緣故疾至佛所稽首佛足繞百千帀合掌恭敬却坐一面於比丘尼衆中復有諸比丘尼皆是菩薩人中之龍位階十地安住不動爲化衆生現受女身而常修習四無量心得自在力能化作佛爾時復有一恒河沙菩薩摩訶薩人中之龍位階十地安住不動方便現身其名曰海德菩薩無盡意菩薩如是等菩薩摩訶薩而爲上首其心皆悉敬重大乘安住大乘深解大乘愛樂大乘守護大乘善能隨順一切世間作是誓言諸未度者當令得度已於過世無數劫中修持淨戒善持所行解未解者紹三寶種使不斷絶於未來世當轉法輪以大莊嚴而自莊嚴成就如是無量功德等觀衆生如視一子亦於晨朝日初出時遇佛光明舉身毛竪徧體血現如波羅奢華涕泣盈目生大苦惱亦爲利益安樂衆生成就大乘第一空行顯發如來方便密教爲不斷絶種種說法爲諸衆生調伏因緣故疾至佛所稽首佛足繞百千帀合掌恭敬却坐一面爾時復有二恒河沙等諸優婆塞受持五戒威儀具足其名曰威德無垢稱王優婆塞善德優婆塞等而爲上首深樂觀察諸對治門所謂苦樂常無常淨不淨我無我實不實歸依非歸依衆生非衆生恒非恒安非安爲無爲斷不斷涅槃非涅槃增

上非增上常樂觀察如是等法對治之門亦欲樂聞無上大乘如所聞已能爲他說善持淨戒渴仰大乘既自充足復能充足餘渴仰者善能攝取無上智慧愛樂大乘守護大乘善能隨順一切世間度未度者解未解者紹三寶種使不斷絕於未來世當轉法輪以大莊嚴而自莊嚴心常深味清淨戒行悉能成就如是功德於諸衆生生大悲心平等無二如視一子亦於晨朝日初出時爲欲闍毗如來身故人人各取香木萬束栴檀沉水牛頭栴檀天木香等是一一木文理及附皆有七寶微妙光明譬如種種雜彩畫飾以佛力故有是妙色青黃赤白爲諸衆生之所樂見諸木皆以種種香塗鬱金沉水及膠香等散以諸華而爲莊嚴優鉢羅華拘物頭華波頭摩華分陀利華諸香木上懸五色旛柔軟微妙猶如天衣憍奢耶衣芻摩繒綵是諸香木載以寶車是諸寶車出種種光青黃赤白轅輻皆以七寶廁填是一一車駕以駟馬是一一馬駿疾如風一一車前竪立五十七寶妙幢眞金羅網彌覆其上一一寶車復有五十微妙寶蓋一一車上垂諸華鬘優鉢羅華拘物頭華波頭摩華分陀利華其華純以眞金爲葉金剛爲臺是華臺中多有黑蜂遊集其中歡娛受樂又出妙音所謂無常苦空無我是音聲中復說菩薩本所行道復有種種歌儛妓樂箏笛箜篌簫瑟鼓吹是樂音中復出是言苦哉苦哉世間空虛一一車前有優婆塞擎四寶案是諸案上有種種華優鉢羅華拘物頭華波頭摩華分陀利華鬱金諸香及餘

熏香微妙第一諸優婆塞爲佛及僧辦諸食具種種備足皆是栴檀沉水香薪八功德水之所成熟其食甘美有六種味一苦二酢三甘四辛五鹹六淡復有三德一者輕輭二者淨潔三者如法作如是等種種莊嚴至力士生處娑羅雙樹間復以金沙徧布其地以迦陵伽衣欽婆羅衣及繒綵衣而覆沙上周帀徧滿十二由旬爲佛及僧敷置七寶師子之座其座高大如須彌山是諸座上皆有寶帳垂諸瓔珞諸娑羅樹悉懸種種微妙旛蓋種種好香以塗樹身種種名華以散樹間諸優婆塞各作是念一切衆生若有所乏須食與食須飲與飲須頭與頭須目與目隨諸衆生所須之物皆悉給與作是施時離欲瞋恚穢濁毒心無餘思惟求世福樂唯期無上清淨菩提是優婆塞等皆已安住於菩提道復作是念如來今者受我食已當入涅槃作是念已身毛皆豎徧體血現如波羅奢華涕泣盈目生大苦惱各各齎持供養之具載以寶車香木幢旛寶蓋飲食疾至佛所稽首佛足以其所持供養之具供養如來繞百千帀舉聲號泣哀動天地椎胷大叫淚下如雨復相謂言苦哉仁者世間空虛世間空虛便自舉身投如來前而白佛言唯願如來哀受我等最後供養世尊知時默然不受如是三請悉皆不許諸優婆塞不果所願心懷悲惱默然而住猶如慈父唯有一子卒病喪亡送其屍骸置於塚間歸還悵怏愁憂苦惱諸優婆塞憂愁苦惱亦復如是以諸供具安置一處却在一面默然而坐爾時復有三恒河沙諸優婆

夷受持五戒威儀具足其名曰壽德優婆夷德鬘優婆夷毗舍佉優婆夷等八萬四千而爲上首悉能堪任護持正法爲度無量百千衆生故現女身訶責家法自觀己身如四毒蛇是身常爲無量諸蟲之所唼食是身臰穢貪欲獄縛是身可惡猶如死狗是身不淨九孔常流是身如城血肉筋骨皮裹其上手足以爲却敵樓櫓目爲竅孔頭爲殿堂心王處中如是身城諸佛世尊之所棄捨凡夫愚人常所味著貪婬瞋恚愚癡羅刹止住其中是身不堅猶如蘆葦伊蘭水沫芭蕉之樹是身無常念念不住猶如電光暴水幻燄亦如畫水隨畫隨合是身易壞猶如河岸臨峻大樹是身不久當爲狐狼鵄梟鵰鷲烏鵲餓狗之所食噉誰有智者當樂此身寧以牛跡盛大海水不能具說是身無常不淨臰穢寧丸大地使如棗等漸漸轉小猶葶藶子乃至微塵不能具說是身過患是故當捨如棄涕唾以是因緣諸優婆夷以空無相無願之法常修其心深樂諮受大乘經典聞已亦能爲他演說護持本願毁呰女身甚可患厭性不堅牢心常修習如是正觀破壞生死無際輪轉渴仰大乘既自充足復能充足餘渴仰者深樂大乘守護大乘雖現女身實是菩薩善能隨順一切世間度未度者解未解者紹三寶種使不斷絶於未來世當轉法輪以大莊嚴而自莊嚴堅持禁戒皆悉成就如是功德於諸衆生生大悲心平等無二如視一子亦於晨朝日初出時各相謂言今日宜應至雙樹間諸優婆夷所設供具倍勝於前持至佛所稽

首佛足繞百千帀而白佛言世尊我等今者為佛及僧辦諸供具唯願如來哀受我供如來默然而不許可諸優婆夷不果所願心懷惆悵却住一面爾時復有四恒河沙毗耶離城諸離車等男女大小妻子眷屬及閻浮提諸王眷屬為求法故善修戒行威儀具足摧伏異學壞正法者常相謂言我等當以金銀倉庫為令甘露無盡正法深奥之藏久住於世願令我等常得修學若有誹謗佛正法者當斷其舌復作是願若有出家毀禁戒者我當罷令還俗策使有能深樂護持正法我當敬重如事父母若有衆僧能修正法我當隨喜令得勢力常欲樂聞大乘經典聞已亦能為人廣說皆悉成就如是功德其名曰淨無垢藏離車子淨不放逸離車子恒水無垢淨德離車子如是等各相謂言仁等今可速往佛所所辦供養種種具足一一離車各嚴八萬四千大象八萬四千駟馬寶車八萬四千明月寶珠天木栴檀沉水薪束種種各有八萬四千一一象前有寶幢旛蓋其蓋小者周帀縱廣滿一由旬旛最短者長三十二由旬寶幢卑者高百由旬持如是等供養之具往至佛所稽首佛足繞百千帀而白佛言世尊我等今者為佛及僧辦諸供具唯願如來哀受我供如來默然而不許可諸離車等不果所願心懷愁惱以佛神力去地七多羅樹於虛空中默然而住爾時復有五恒河沙大臣長者敬重大乘若有異學謗正法者是諸人等力能摧伏猶如雹雨摧折草木其名曰日光長者護世長者護法長者如是之等而為

上首所設供具五倍於前俱共往詣娑羅雙樹間稽首佛足繞百千帀而白佛言世尊我等今者爲佛及僧設諸供具唯願哀愍受我等供如來默然而不受之諸長者等不果所願心懷愁惱以佛神力去地七多羅樹於虚空中默然而住爾時復有六恒河沙毗舍離王及其後宫夫人眷屬閻浮提内所有諸王除阿闍世并及城邑聚落人民其名曰月無垢王等各嚴四兵欲往佛所是一一王各有一百八十萬億人民眷屬是諸車兵駕以象馬象有六牙馬疾如風莊嚴供具六倍於前寶蓋之中有極小者周帀縱廣滿八由旬旛極短者十六由旬寶幢卑者三十六由旬是諸王等皆悉安住於正法中惡賤邪法敬重大乘深樂大乘憐愍衆生等如一子所持飲食香氣流布滿四由旬亦於晨朝日初出時持是種種上妙甘膳詣雙樹間至如來所而白佛言世尊我等爲佛及比丘僧設是供具唯願如來哀愍受我最後供養如來知時亦不許可是諸王等不果所願心懷愁惱却住一面爾時復有七恒河沙諸王夫人唯除阿闍世王夫人爲度衆生現受女身常觀身行以空無相無願之法熏修其心其名曰三界妙夫人愛德夫人如是等諸王夫人皆悉安住於正法中修行禁戒威儀具足憐愍衆生等如一子各相謂言今宜速往詣世尊所諸王夫人所設供養七倍於前香華寶幢繒綵旛蓋上妙飲食寶蓋小者周帀縱廣十六由旬旛最短者三十六由旬寶幢卑者六十八由旬飲食香氣周徧流布滿八由旬持如是

等供養之具往如來所稽首佛足繞百千帀而白佛言世尊我等爲佛及比丘僧設是供具唯願如來哀愍受我最後供養如來知時默然不受時諸夫人不果所願心懷愁惱自拔頭髮搥胷大哭猶如新喪所愛之子却在一面默然而住爾時復有八恒河沙諸天女等其名曰廣目天女而爲上首作如是言汝等諸姊諦觀諦觀是諸大衆所設種種上妙供具欲供如來及比丘僧我等亦當如是嚴設微妙供具供養如來如來受已當入涅槃諸姊諸佛如來出世甚難最後供養亦復倍難若佛涅槃世間空虛是諸天女愛樂大乘欲聞大乘聞已亦能爲人廣說渴仰大乘既自充足復能充足餘渴仰者守護大乘若有異學憎嫉大乘勢能摧滅如雹摧草護持戒行威儀具足善能隨順一切世間度未度者脫未脫者於未來世當轉法輪紹三寶種使不斷絕修學大乘以大莊嚴而自莊嚴成就如是無量功德等慈衆生如視一子亦於晨朝日初出時各取種種天木香等倍於人間所有香木其木香氣能滅人中種種臭穢白車白蓋駕四白馬一一車上皆張白帳其帳四邊懸諸金鈴種種香華寶幢旛蓋上妙甘膳種種妓樂敷師子座其座四足純紺瑠璃於其座後各各皆有七寶倚牀一一座前復有金机復以七寶而爲燈樹種種寶珠以爲燈明微妙天華徧布其地是諸天女設是供已心懷哀感涕淚交流生大苦惱亦爲利益安樂衆生成就大乘第一空行顯發如來方便密教亦爲不斷種種說法往詣佛所稽首

佛足繞百千帀而白佛言世尊唯願如來哀受我等最後供養如來知時默然不受諸天女等不果所願心懷憂惱却在一面默然而住爾時復有九恒河沙諸龍王等住於四方其名曰和修吉龍王難陀龍王婆難陀龍王而爲上首是諸龍王亦於晨朝日初出時設諸供具倍於人天持至佛所稽首佛足繞百千帀而白佛言唯願如來哀受我等最後供養如來知時默然不受是諸龍王不果所願心懷愁惱却坐一面爾時復有十恒河沙等諸鬼神王毗沙門王而爲上首各相謂言仁等今者可速詣佛所設供具倍於諸龍持往佛所稽首佛足繞百千帀而白佛言唯願如來哀受我等最後供養如來知時默然不受是鬼神王不果所願心懷愁惱却坐一面爾時復有二十恒河沙金翅鳥王降怨鳥王而爲上首復有三十恒河沙乾闥婆王那羅達王而爲上首復有四十恒河沙緊那羅王善見王而爲上首復有五十恒河沙摩睺羅伽王大善見王而爲上首復有六十恒河沙阿修羅王睒婆利王而爲上首復有七十恒河沙陀那婆王無垢河水王跋提達多王等而爲上首復有八十恒河沙等羅刹王可畏王而爲上首捨離惡心更不食人於怨憎中生慈悲心其形醜陋以佛神力皆悉端正復有九十恒河沙樹林神王樂香王而爲上首復有千恒河沙持呪王大幻持呪王而爲上首復有一億恒河沙貪色鬼魅善見王而爲上首復有百億恒河沙天諸采女藍婆女鬱婆尸女帝路沾女毗舍佉女而爲上首復有千

億恒河沙地諸鬼王白濕王而爲上首復有千萬億恒河沙等諸天子及諸天王四天王等復有十萬億恒河沙等四方風神吹諸樹上時非時華散雙樹間復有十萬億恒河沙主雲雨神皆作是念如來涅槃焚身之時我當霔雨令火時滅衆中熱悶爲作清涼復有二十恒河沙大香象王羅睺象王金色象王甘味象王紺眼象王欲香象王等而爲上首敬重大乘愛樂大乘知佛不久當般涅槃各各拔取無量無邊諸妙蓮華來至佛所頭面禮佛却住一面復有二十恒河沙等師子獸王師子吼王而爲上首施與一切衆生無畏持諸華果來至佛所稽首佛足却住一面復有二十恒河沙等諸飛鳥王鳬鴈鴛鴦孔雀諸鳥乾闥婆鳥迦蘭陀鳥鸜鵒鸚鵡俱翅羅鳥婆嘻伽鳥迦陵頻伽鳥耆婆耆婆鳥如是等諸鳥持諸華果來至佛所稽首佛足却住一面復有二十恒河沙等水牛牛羊往至佛所出妙香乳其乳流滿拘尸那城所有溝坑色香美味悉皆具足成是事已却住一面復有二十恒河沙等四天下中諸神仙人忍辱仙等而爲上首持諸香華及諸甘果來詣佛所稽首佛足繞佛三帀而白佛言唯願世尊哀受我等最後供養如來知時默然不許時諸仙人不果所願心懷愁惱却住一面閻浮提中一切蜂王妙音蜂王而爲上首持種種華來詣佛所稽首佛足繞佛一帀却住一面爾時閻浮提中比丘比丘尼一切皆集唯除尊者摩訶迦葉阿難二衆復有無量阿僧祇恒河沙等世界中間及閻浮提所有諸山須

彌山王而爲上首其山莊嚴叢林蓊鬱諸樹茂盛枝條扶踈蔭蔽日光種種妙華周徧而有龍泉流水清淨香潔諸天龍神乾闥婆阿修羅迦樓羅緊那羅摩睺羅伽神仙呪術作倡妓樂如是等衆彌滿其中是等諸神亦來諸佛稽首佛足却住一面復有阿僧祇恒河沙等四大海神及諸河神有大威德具大神足所設供養倍勝於前諸神身光伎樂燈明悉蔽日月令不復現以占婆華散凞連河來至佛所稽首佛足却住一面爾時拘尸那城娑羅樹林其林變白猶如白鶴於虛空中自然而有七寶堂閣彫文刻鏤綺飾分明周帀欄楯衆寶雜廁堂下多有流泉浴池上妙蓮華彌滿其中猶如北方鬱單越國亦如忉利歡喜之園爾時娑羅樹林中間種種莊嚴甚可愛樂亦復如是是諸天人阿修羅等咸覩如來涅槃之相皆悉悲感愁憂不樂爾時四天王釋提桓因各相謂言汝等觀察諸天世人及阿修羅大設供養欲於最後供養如來我等亦當如是供養若我最後得供養者檀波羅蜜則爲成就滿足不難爾時四天王所設供養倍勝於前持曼陀羅華摩訶曼陀羅華迦枳樓伽華摩訶迦枳樓伽華曼殊沙華摩訶曼殊沙華散多尼迦華摩訶散多尼迦華愛樂華大愛樂華普賢華大普賢華時華大時華香城華大香城華歡喜華大歡喜華發欲華大發欲華香醉華大香醉華普香華大普香華天金葉華龍華波利質多樹華拘毗陀羅樹華復持種種上妙甘饍來至佛所稽首佛足是諸天人所有光明能覆日月令

不復現以是供具欲供養佛如來知時默然不受爾時諸天不果所願愁憂苦惱却住一面爾時釋提桓因及三十三天設諸供具亦倍勝前及所持華亦復如是香氣微妙甚可愛樂持得勝堂并諸小堂來至佛所稽首佛足而白佛言世尊我等深樂愛護大乘唯願如來哀受我食如來知時默然不受時諸釋天不果所願心懷愁惱却住一面乃至第六天所設供養展轉勝前寶幢旛蓋寶蓋小者覆四天下旛最短者周圍四海幢最卑者至自在天微風吹旛出妙音聲持上甘膳來詣佛所稽首佛足白佛言世尊唯願如來哀受我等最後供養如來知時默然不受是諸天等不果所願心懷愁惱却住一面上至有頂其餘梵衆一切來集爾時大梵天王及餘梵衆放身光明徧四天下欲界人天日月光明悉不復現持諸寶幢繒綵旛蓋旛極短者懸於梵宮至娑羅樹間來詣佛所稽首佛足白佛言世尊唯願如來哀受我等最後供養如來知時默然不受爾時諸梵不果所願心懷愁惱却住一面爾時毗摩質多阿修羅王與無量阿修羅大眷屬俱身諸光明勝於梵天持諸寶幢繒綵旛蓋其蓋小者覆千世界上妙甘膳來詣佛所稽首佛足而白佛言唯願如來哀受我等最後供養如來知時默然不受諸阿修羅不果所願心懷愁惱却住一面爾時欲界魔王波旬與其眷屬諸天婇女無量無邊阿僧祇衆開地獄門施清淨水因而告曰汝等今者無所能爲唯當專念如來應正徧知建立最後隨喜供養當令汝等長夜

獲安時魔波旬於地獄中悉除刀劒無量苦毒熾然燄火霔雨滅之以佛神力復發是心令諸眷屬皆捨刀劒弓弩鎧仗鉾矟長鉤金椎鉞斧鬬輪羂索所持供養倍勝一切人天所設其蓋小者覆中千界來至佛所稽首佛足而白佛言我等今者愛樂大乘守護大乘世尊若有善男子善女人爲供養故爲怖畏故爲誑他故爲財利故爲隨他故受是大乘或眞或僞我等爾時當爲是人除滅怖畏說如是呪

䟦枳　吒咜　羅䟦枳　盧訶隸　摩訶盧訶隸　阿羅遮羅　多羅　莎訶

是呪能令諸失心者怖畏者說法者不斷正法者爲伏外道故護已身故護正法故護大乘故說如是呪若有能持如是呪者無惡象怖若至曠野空澤嶮處不生怖畏亦無水火師子虎狼盜賊王難世尊若有能持如是呪者悉能除滅如是等怖世尊持是呪者我當護之如龜藏六世尊我等今者不以諛諂說如是事持是呪者我當至誠益其勢力唯願如來哀受我等最後供養爾時佛告魔波旬言我不受汝飲食供養我已受汝所說神呪爲欲安樂一切衆生四部衆故佛說是已默然不受如是三請皆亦不受時魔波旬不果所願心懷愁惱却住一面爾時大自在天王與其眷屬無量無邊及諸天衆所設供具悉覆梵釋護世四王人天八部及非人等所有供具梵釋所設猶如聚墨在珂貝邊悉不復現寶蓋小者能覆三千大千世界持如是等供養之具來詣佛所稽首佛足繞無數帀白

佛言世尊我等所獻微末供具喻如蚊子供養於我亦如有人以一掬水投之大海然一小燈助百千日春夏之月衆華茂盛有持一華益於衆華以葶藶子益於須彌豈當有益大海日明衆華須彌世尊我今所奉微末供具亦復如是若以三千大千世界滿中香華妓樂旛蓋供養如來尚不足言何以故如來爲諸衆生常於地獄餓鬼畜生諸惡趣中受諸苦惱是故世尊應見哀愍受我等供爾時東方去此無量無數阿僧祇恒河沙微塵等世界彼有佛土名意樂美音佛號虛空等如來應正徧知明行足善逝世間解無上士調御丈夫天人師佛世尊爾時彼佛即告第一大弟子言善男子汝今宜往西方娑婆世界彼土有佛號釋迦牟尼如來應正徧知明行足善逝世間解無上士調御丈夫天人師佛世尊彼佛不久當般涅槃善男子汝可持此世界香飯其飯香美食之安隱可以此食奉獻彼佛世尊世尊食已入般涅槃善男子并可禮敬請決所疑爾時無邊身菩薩摩訶薩即受佛教從座而起稽首佛足右繞三帀與無量阿僧祇菩薩俱從彼國發來至此娑婆世界應時此間三千大千世界大地六種震動於是衆中梵釋四王魔王波旬摩醯首羅如是大衆見是地動舉身毛竪喉舌枯燥驚怖顫慄各欲四散自見其身無復光明所有威德殄滅無餘是時文殊師利法王子即從座起告諸大衆諸善男子汝等勿怖汝等勿怖何以故東方去此無量無數阿僧祇恒河沙數微塵等世界有世界名意樂美音佛號

虚空等如來應正徧知十號具足彼有菩薩名無邊身與無量菩薩欲來至此供養如來以彼菩薩威德力故令汝身光悉不復現是故汝等應生歡喜勿懷恐怖爾時大衆悉皆遥見彼佛大衆如明鏡中自觀已身時文殊師利復告大衆汝今所見彼佛大衆如見此佛以佛神力復當如是得見九方無量諸佛爾時大衆各相謂言苦哉苦哉世間空虚世間空虚如來不久當般涅槃是時大衆一切悉見無邊身菩薩及其眷屬是菩薩身一一毛孔各各出生一大蓮華一一蓮華各有七萬八千城邑縱廣正等如毗耶離城牆壁諸壍七寳雜厠多羅寳樹七重行列人民熾盛安隱豐樂閻浮檀金以爲却敵一一却敵各有種種七寳林樹華果茂盛微風吹動出微妙音其聲和雅猶如天樂城中人民聞是音聲即得受於上妙快樂是諸壍中妙水盈滿清淨香潔如眞瑠璃是諸水中有七寳船諸人乘之遊戲澡浴共相娱樂快樂無極復有無量雜色蓮華優鉢羅華拘物頭華波頭摩華分陀利華其華縱廣猶如車輪其壍岸上多有園林一一園中有五泉池是諸池中復有諸華優鉢羅華拘物頭華波頭摩華分陀利華其華縱廣亦如車輪香氣馚馥甚可愛樂其水清淨柔軟第一鳧鴈鴛鴦遊戲其中其園各有衆寳宫宅一一宫宅縱廣正等滿四由旬所有牆壁四寳所成所謂金銀瑠璃玻瓈眞金爲向周帀欄楯玫瑰爲地金沙布上是宫宅中多有七寳流泉浴池一一池邊各有十八黄金梯陛閻浮檀金爲芭蕉樹如

忉利天歡喜之園是一一城各有八萬四千人王一一諸王各有無量夫人婇女共相娛樂歡喜受樂其餘人民亦復如是各於住處共相娛樂是中衆生不聞餘名純聞無上大乘之聲是諸華中一一各有師子之座其座四足皆紺瑠璃柔輭素衣以敷座上其衣微妙出過三界一一座上有一王坐以大乘法教化衆生或有衆生書持讀誦如說修行如是流布大乘經典爾時無邊身菩薩安止如是無量衆生於自己身令捨世樂皆作是言苦哉苦哉世間空虛如來不久當般涅槃爾時無邊身菩薩與無量菩薩周帀圍繞示現如是神通力已持是種種無量供具及以上妙香美飲食若有得聞是食香氣煩惱諸垢皆悉消滅以是菩薩神通力故一切大衆悉皆得見如是變化無邊身菩薩身大無邊量同虛空唯除諸佛餘無能見是菩薩身其量邊際爾時無邊身菩薩及其眷屬所設供養倍勝於前來至佛所稽首佛足合掌恭敬白佛言世尊唯願哀愍受我等食如來知時默然不受如是三請悉亦不受爾時無邊身菩薩及其眷屬却住一面南西北方諸佛世界亦有無量無邊身菩薩所持供養倍勝於前來至佛所乃至却住一面皆亦如是爾時娑羅雙樹吉祥福地縱廣三十二由旬大衆充滿間無空缺爾時四方無邊身菩薩及其眷屬所坐之處或如錐頭針鋒微塵十方如微塵等諸佛世界諸大菩薩悉來集會及閻浮提一切大衆亦悉來集唯除尊者摩訶迦葉阿難二衆阿闍世王及其眷屬乃至毒蛇視

能殺人蟯蜋蝮蝎及十六種行惡業者一切來集陀那婆神阿修羅等悉捨惡念皆生慈心如父如母如姊如妹三千大千世界衆生慈心相向亦復如是除一闡提爾時三千大千世界以佛神力故地皆柔軟無有丘墟土沙礫石荆棘毒草衆寳莊嚴猶如西方無量壽佛極樂世界是時大衆悉見十方如微塵等諸佛世界如於明鏡自觀己身見諸佛土亦復如是爾時如來面門所出五色光明其光明曜覆諸大會令彼身光悉不復現所應作已還從口入時諸天人及諸會衆阿修羅等見佛光明還從口入皆大恐怖身毛爲竪復作是言如來光明出已還入非無因緣必於十方所作已辦將是最後涅槃之相何其苦哉何其苦哉如何世尊一旦捨離四無量心不受人天所奉供養聖慧日明從今永滅無上法船於斯沉没嗚呼痛哉世間大苦舉手椎胷悲號啼哭支節戰動不能自持身諸毛孔流血灑地

大般涅槃經卷第一

音釋

椎直追切擊也　顫之膳切四支寒掉也　哽噎哽古杏切噎壹結切哽噎悲塞也　嚼疾雀切咀嚼也　漱先奏切盪口也　輴古核切車輴也　擎渠京切擧也　酢倉故切酸也　齎戕西切持也　唼作答切齧也　竅苦弔切穴也　鵄處脂切鳥名　噉徒濫切食也　洟他計切鼻液也　唾吐卧切口液也　呰將此切口毀也　鳧逢夫切野鴨也　鸜鵒鸜權俱切鵒俞玉切鸜鵒鳥名　翅施智切　楯市尹切欄檻也　鎧可亥切甲也　鉾莫侯切句兵也　矟色角切矛屬　羂高縣切綰也　踔敕角切　枳諸氏切　咤陟駕切　燥先到切乾也　殄徒典切盡也　塹七豔切遶城水也　蝎許謁切毒蟲也

大般涅槃經卷第二

北凉天竺三藏曇無讖奉　詔譯

壽命品第一之二

爾時會中有優婆塞是拘尸那城工巧之子名曰純陀與其同類十五人俱爲令世間得善果故捨身威儀從座而起偏袒右肩右膝著地合掌向佛悲泣墮淚頂禮佛足而白佛言唯願世尊及比丘僧哀受我等最後供養爲度無量諸衆生故世尊我等從今無主無親無救無護無歸無趣貧窮飢困欲從如來求將來食唯願哀愍受我微供然後乃入於般涅槃世尊譬如刹利若婆羅門毗舍首陀以貧窮故遠至他國役力農作得好調牛良田平正無諸沙滷惡草株杌唯悕天雨言調牛者喻身口七良田平正喻於智慧除去沙滷惡草株杌喻諸煩惱世尊我今身有調牛良田除去株杌唯悕如來甘露法雨貧四姓者即我身是貧於無上法之財寶唯願哀愍除斷我等貧窮困苦拯及無量苦惱衆生我今所供雖復微少冀得充足如來大衆我今無主無親無歸願垂矜愍如羅睺羅爾時世尊一切種智無上調御告純陀曰善哉善哉我今爲汝除斷貧窮無上法雨雨汝身田令生法芽汝今於我欲求壽命色力安樂無礙辯才我當施汝常命色力安無礙辯何以故純陀施食有二果報無差何等爲二一者受已得阿耨多羅三藐三菩提二者受已入於涅槃我今受汝最後供養令汝具足檀波羅蜜爾時純陀即白佛言如佛所說二施果報無差別者是義不然何以故先受施者煩惱

未盡未得成就一切種智亦未能令衆生具足檀波羅蜜後受施者煩惱已盡已得成就一切種智能令衆生普得具足檀波羅蜜先受施者直是衆生後受施者是天中天先受施者是雜食身煩惱之身是後邊身是無常身後受施者無煩惱身金剛之身法身常身無邊之身云何而言二施果報等無差別先受施者未能具足檀波羅蜜乃至般若波羅蜜唯得肉眼未得佛眼乃至慧眼後受施者已得具足檀波羅蜜乃至般若波羅蜜具足佛眼乃至慧眼云何而言二施果報等無差別世尊先受施者受已食噉入腹消化得命得色得力得安得無礙辯後受施者不食不消無五事果云何而言二施果報等無差別佛言善男子如來已於無量無邊阿僧祇劫無有食身煩惱之身無後邊身常身法身金剛之身善男子未見佛性者名煩惱身雜食之身是後邊身菩薩爾時受飲食已入金剛三昧此食消已即見佛性得阿耨多羅三藐三菩提是故我言二施果報等無差別菩薩爾時破壞四魔今入涅槃亦破四魔是故我言二施果報等無差別菩薩爾時雖不廣說十二部經先已通達今入涅槃廣爲衆生分別演說是故我言二施果報等無差別善男子如來之身已於無量阿僧祇劫不受飲食爲諸聲聞說言先受難陀難陀波羅二牧牛女所奉乳糜然後乃得阿耨多羅三藐三菩提我實不食我今普爲此會大衆是故受汝最後所奉實亦不食爾時大衆聞佛世尊普爲大會受於純陀最後供養歡喜踊躍同聲

讚言善哉善哉希有純陀汝今立字名不虛稱言純陀者名解妙義汝今建立如是大義是故依實從義立名故名純陀汝今現世得大名利德願滿足甚奇純陀生在人中復得難得無上之利善哉純陀如優曇華世間希有佛出於世亦復甚難值佛生信聞法復難佛臨涅槃最後供養能辦是事復難於是南無純陀南無純陀汝今已具檀波羅蜜猶如秋月十五日夜清淨圓滿無諸雲翳一切衆生無不瞻仰汝亦如是而爲我等之所瞻仰佛已受汝最後供養令汝具足檀波羅蜜南無純陀是故說汝如月盛滿一切衆生無不瞻仰南無純陀雖受人身心如佛心汝今純陀眞是佛子如羅睺羅等無有異爾時大衆即說偈言

汝雖生人道　已超第六天　我及一切衆
今故稽首請　人中最勝尊　今當入涅槃
汝應愍我等　唯願速請佛　久住於世間
利益無量衆　演說智所讚　無上甘露法
汝若不請佛　我命將不全　是故應見爲
稽請調御師

爾時純陀歡喜踊躍譬如有人父母卒喪忽然還活純陀歡喜亦復如是復起禮佛而說偈言

快哉獲已利　善得於人身　蠲除貪恚等
永離三惡道　快哉獲已利　遇得金寶聚
值遇調御師　不懼墮畜生　佛如優曇華
值遇生信難　遇已種善根　永滅餓鬼苦
亦復能損減　阿修羅種類　芥子投針鋒
佛出難於是　我已具足檀　度人天生死

佛不染世法　如蓮華處水　善斷有頂種
永度生死流　生世爲人難　值佛世亦難
猶如大海中　盲龜值浮孔　我今所奉食
願得無上報　一切煩惱結　摧破不堅牢
我今於此處　不求人天身　設使得之者
心亦不甘樂　如來受我供　歡喜無有量
猶如伊蘭華　出於栴檀香　我身如伊蘭
如來受我供　如出栴檀香　是故我歡喜
我今得現報　最勝上妙處　釋梵諸天等
悉來供養我　一切諸世間　悉生大苦惱
以知佛世尊　欲入於涅槃　高聲唱是言
世間無調御　不應捨衆生　應視如一子
如來在僧中　演說無上法　如須彌寶山
安處于大海　佛智能善斷　我等無明闇
猶如虛空中　起雲得清涼　如來能善除
一切諸煩惱　猶如日出時　除雲光普照
是諸衆生等　啼泣面目腫　悉皆爲生死
苦水之所漂　以是故世尊　應長衆生信
爲斷生死苦　久住於世間

佛告純陀如是如是如汝所說佛出世難如優曇華值佛生信亦復甚難佛臨涅槃最後施食能具足檀倍復甚難汝今純陀莫大愁苦應生踊躍喜自慶幸得值最後供養如來成就具足檀波羅蜜不應請佛久住於世汝今當觀諸佛境界悉皆無常諸行性相亦復如是即爲純陀而說偈言

一切諸世間　生者皆歸死　壽命雖無量
要必當有盡　夫盛必有衰　合會有別離
壯年不久停　盛色病所侵　命爲死所吞
無有法常者　諸王得自在　勢力無等雙

一切皆遷動　壽命亦如是　衆苦輪無際
流轉無休息　三界皆無常　諸有無有樂
有道本性相　一切皆空無　可壞法流轉
常有憂患等　恐怖諸過患　老病死衰惱
是諸無有邊　易壞怨所侵　煩惱所纏裹
猶如蠶處繭　何有智慧者　而當樂是處
此身苦所集　一切皆不淨　軛縛癰瘡等
根本無義利　上至諸天身　皆亦復如是
諸欲皆無常　故我不貪著　離欲善思惟
而證於眞實　究竟斷有者　今日當涅槃
我度有彼岸　已得過諸苦　是故於今日
純受上妙樂　以是因緣故　證無戲論邊
永斷諸纏縛　今日入涅槃　我無老病死
壽命不可盡　我今入涅槃　猶如大火滅
純陀汝不應　思量如來義　當觀如來性
猶如須彌山　我今正涅槃　受持第一樂
諸佛法如是　不應復啼哭

爾時純陀白佛言世尊如是如是誠如聖教我今所有智慧微淺猶如蚊虻何能思議如來涅槃深奥之義世尊我今已與諸大龍象菩薩摩訶薩斷諸結漏文殊師利法王子等世尊譬如幼年初得出家雖未受具即墮僧數我亦如是以佛菩薩神通力故得在如是大菩薩數是故我今欲令如來久住於世不入涅槃譬如飢人終無變吐願使世尊亦復如是常住於世不入涅槃爾時文殊師利法王子告純陀言純陀汝今不應發如是言欲使如來常住於世不般涅槃如彼飢人無所變吐汝今當觀諸行性相如是觀行具空三昧欲求正法應如是學純陀問言文殊師利

夫如來者天上人中最尊最勝如是如來豈是行耶若是行者爲生滅法譬如水泡速起速滅往來流轉猶如車輪一切諸行亦復如是我聞諸天壽命極長云何世尊是天中天壽命更促不滿百年如聚落主勢得自在以自在力能制他人是人福盡其後貧賤人所輕懱爲他策使所以者何失勢力故世尊亦爾同於諸行同諸行者則不得稱爲天中天何以故諸行即是生死法故是故文殊勿觀如來同於諸行復次文殊師利爲知而說不知而說而言如來同於諸行設使如來同諸行者則不得言於三界中爲天中天自在法王譬如人王有大力士其力當千更無有能降伏之者故稱此人一人當千如是力士王所愛念偏賜爵禄封賞自然所以得稱當千人者是人未必力敵於千但以種種技藝所能能勝千故故稱當千如來亦爾降煩惱魔陰魔天魔死魔是故如來名三界尊如彼力士一人當千以是因緣成就具足種種無量眞實功德故稱如來應正遍知文殊師利汝今不應憶想分別以如來法同於諸行譬如巨富長者生子相師占之有短壽相父母聞已知其不任紹繼家嗣不復愛重視如芻草夫短壽者不爲沙門婆羅門等男女大小之所敬念若使如來同諸行者亦復不爲一切世間人天衆生之所奉敬如來所說不變不異眞實之法亦無受者是故文殊師利不應說言如來同於一切諸行復次文殊師利譬如貧女無有居家救護之者加復病苦飢渴所逼遊行乞丐止他客舍寄生一子是客舍

主驅逐令去其産未久攜抱是兒欲至他國於其中路遇惡風雨寒苦並至多爲蚊虻蜂螫毒蟲之所唼食經由恒河抱兒而度其水漂疾而不放捨於是母子遂共俱没如是女人慈念功德命終之後生於梵天文殊師利若有善男子欲護正法勿説如來同於諸行不同諸行唯當自責我今愚癡無有慧目如來正法不可思議是故不應宣説如來定是有爲定是無爲若正見者應説如來定是無爲何以故能爲衆生生善法故生憐愍故如彼貧女在於恒河爲愛念子而捨身命善男子護法菩薩亦應如是寧捨身命不説如來同於有爲當言如來同於無爲以説如來同無爲故得阿耨多羅三藐三菩提如彼女人得生梵天何以故以護法故云何護法所謂説言如來同於無爲善男子如是之人雖不求解脱解脱自至如彼貧女不求梵天梵天自至文殊師利如人遠行中路疲極寄止他舍卧寐之中其室忽然大火卒起即時驚寤尋自思惟我於今者定死無疑具慚愧故以衣纏身即便命終生忉利天從是已後滿八十反作大梵王滿百千世生於人中爲轉輪王是人不復生三惡趣展轉常生安樂之處以是縁故文殊師利若善男子有慚愧者不應觀佛同於諸行文殊師利外道邪見可説如來同於有爲持戒比丘不應如是於如來所生有爲想若言如來是有爲者即是妄語當知是人死入地獄如人自處於已舍宅文殊師利如來真實是無爲法不應復言是有爲也汝從今日於生死中應捨無知求於正

智當知如來即是無爲若能如是觀如來者具足當得三十二相速疾成就阿耨多羅三藐三菩提爾時文殊師利法王子讚純陀言善哉善哉善男子汝今已作長壽因緣能知如來是常住法不變異法無爲之法汝今如是善覆如來有爲之相如彼火人爲慚愧故以衣覆身以是善心生忉利天復爲梵王轉輪聖王不至惡趣常受安樂汝亦如是善覆如來有爲相故於未來世必定當得三十二相八十種好十八不共法無量壽命不在生死常受安樂不久得成應正徧知純陀如來次後自當廣說我之與汝俱亦當覆如來有爲有爲無爲且共置之汝可隨時速施飯食如是施者諸施中最若比丘比丘尼優婆塞優婆夷遠行疲極所須之物應當清淨隨時給與如是速施即是具足檀波羅蜜根本種子純陀若有最後施佛及僧若多若少若足不足宜速及時如來正爾當般涅槃純陀答言文殊師利汝今何故貪爲此食而言多少足與不足令我時施文殊師利如來昔日苦行六年尚自支持况於今日須臾間耶文殊師利汝今實謂如來正覺受斯食耶然我定知如來身者即是法身非爲食身爾時佛告文殊師利如是如是如純陀言善哉純陀汝已成就微妙大智善入甚深大乘經典文殊師利語純陀言汝謂如來是無爲者如來之身即是長壽若作是知佛所悅可純陀答言如來非獨悅可於我亦復悅可一切衆生文殊師利言如來於汝及以於我一切衆生皆悉悅可純陀答言汝不應言如來悅可夫悅

可者則是倒想若有倒想則是生死有生死者即有爲法是故文殊勿謂如來是有爲也若言如來是有爲者我與仁者俱行顛倒文殊師利如來無有愛念之想夫愛念者如彼母牛愛念其子雖復飢渴行求水草若足不足忽然還歸諸佛世尊無有是念等視一切如羅睺羅如是念者即是諸佛智慧境界文殊師利譬如國王調御駕駟欲令驢車而及之者無有是處我與仁者亦復如是欲盡如來微密深奥亦無是處文殊師利如金翅鳥飛昇虛空無量由旬下觀大海悉見水性魚鼈黿鼉龜龍之屬及見己影如於明鏡見諸色像凡夫少智不能籌量如是所見我與仁者亦復如是不能籌量如來智慧文殊師利語純陀言如是如是如汝所說我於此事非爲不達直欲試汝諸菩薩事爾時世尊從其面門出種種光其光明曜照文殊身文殊師利遇斯光已即知是事尋告純陀如來今者現是瑞相不久必當入於涅槃汝先所設最後供養宜時奉獻佛及大衆純陀當知如來放是種種光明非無因緣純陀聞已情塞默然佛告純陀汝所奉施佛及大衆今正是時如來正爾當般涅槃第二第三亦復如是爾時純陀聞佛語已舉聲啼哭悲噎而言苦哉苦哉世間空虛復白大衆我等今者一切當共五體投地同聲勸佛莫般涅槃爾時世尊復告純陀莫大啼哭令心憔悴當觀是身猶如芭蕉熱時之燄水沫幻化乾闥婆城坏器電光亦如畫水臨死之囚熟果段肉如織經盡如碓上下當觀諸行猶雜毒食有爲之法

多諸過患於是純陀復白佛言如來不欲久住於世我當云何而不啼泣苦哉苦哉世間空虛唯願世尊憐愍我等及諸衆生久住於世勿般涅槃佛告純陀汝今不應發如是言憐愍我故久住於世我以憐愍汝及一切是故今欲入於涅槃何以故諸佛法爾有爲亦然是故諸佛而說偈言

有爲之法　其性無常　生已不住　寂滅爲樂

純陀汝今當觀一切行雜諸法無我無常不住此身多有無量過患猶如水泡是故汝今不應啼泣爾時純陀復白佛言如是如是誠如尊教雖知如來方便示現入於涅槃而我不能不懷憂惱覆自思惟復生慶悅佛讚純陀善哉善哉能知如來示同衆生方便涅槃純陀汝今當聽如娑羅娑鳥春陽之月皆共集彼阿耨達池諸佛亦爾皆至是處純陀汝今不應思惟諸佛長壽短壽一切諸法皆如幻相如來在中以方便力無所染著何以故諸佛法爾純陀我今受汝所獻供養爲欲令汝度於生死諸有流故若諸人天於此最後供養我者悉皆當得不動果報常受安樂何以故我是衆生良福田故汝若復欲爲諸衆生作福田者速辦所施不宜久停爾時純陀爲諸衆生得度脫故低頭抆淚而白佛言善哉世尊我若堪任爲福田時則能了知如來涅槃及非涅槃我等今者及諸聲聞緣覺智慧猶如蚊蟻實不能量如來涅槃及非涅槃爾時純陀及其眷屬愁憂啼泣圍繞如來燒香散華盡心敬奉尋與文殊從座而去供辦食具其去未久是時此地六種震動乃至梵

世亦復如是地動有二或有地動或大地動小動者名爲地動大動者名大地動有小聲者名曰地動有大聲者名大地動獨地動者名曰地動山河樹木及大海水一切動者名大地動一向動者名曰地動周迴旋轉名大地動動名地動動時能令衆生心動名大地動菩薩初從兜率天下閻浮提時名大地動從初生出家成阿耨多羅三藐三菩提轉於法輪及般涅槃名大地動今日如來將入涅槃是故此地如是大動時諸天龍乾闥婆阿修羅迦樓羅緊那羅摩睺羅伽人及非人聞是語已身毛皆豎同聲哀泣而說偈言

稽首禮調御　我等今勸請　違離於人仙
故無有救護　今見佛涅槃　我等沒苦海
愁憂懷悲惱　猶如犢失母　貧窮無救護
猶如困病人　無醫隨自心　食所不應食
衆生煩惱病　常爲諸見害　遠離法醫師
服食邪毒藥　是故佛世尊　不應見捨離
如國無君主　人民皆飢饉　我等亦如是
失蔭及法味　今聞佛涅槃　我等心迷亂
如彼大地動　迷失於諸方　大仙入涅槃
佛日墜於地　法水悉枯涸　我等定當死
如來般涅槃　衆生極苦惱　譬如長者子
新喪於父母　如來入涅槃　如其不還者
我等及衆生　悉無有救護　如來入涅槃
乃至諸畜生　一切皆愁怖　苦惱焦其心
我等於今者　云何不愁惱　如來見放捨
猶如棄涕唾　譬如日初出　光明甚暉赫
旣能還自照　亦滅一切闇　如來神通光
能除我苦惱　處在大衆中　譬如須彌山

世尊譬如國王生育諸子形貌端正心常愛念先教技藝悉令通利然後將付魁膾令殺世尊我等今日爲法王子蒙佛教誨已具正見願莫放捨如其放捨則同王子唯願久住不入涅槃世尊譬如有人善學諸論復於此論而生怖畏如來亦爾通達諸法而於諸法復生怖畏若使如來久住於世說甘露味充足一切如是衆生則不復畏墮於地獄世尊譬如有人初學作務爲官所收閉之囹圄有人問之汝受何事答言我今受大憂苦若其得脫則得安樂世尊亦爾爲我等故修諸苦行我等今者猶未得免生死苦惱云何如來得受安樂世尊譬如醫王善解方藥偏以祕方教授其子不教其餘外受學者如來亦爾獨以甚深祕密之藏偏教文殊遺棄我等不見顧愍如來於法應無慳悋如彼醫王偏教其子不教外來諸受學者彼醫所以不能普教情存勝負故有祕惜如來之心終無勝負何故如是不見教誨唯願久住莫般涅槃世尊譬如老少病苦之人離於善徑行於險路路險澀難多受苦惱更有異人見之憐愍即便示以平坦好道世尊我亦如是所謂少者喻未增長法身之人老者喻重煩惱病者喻未脫生死險路者喻二十五有唯願如來示導我等甘露正道久住於世勿入涅槃爾時世尊告諸比丘汝等比丘莫如凡夫諸天人等愁憂啼哭當勤精進繫心正念時諸天人阿修羅等聞佛所說止不啼哭猶如有人殯喪子已止不啼哭爾時世尊爲諸大衆說是偈言

汝等當開意　不應大愁苦　諸佛法皆爾
是故當默然　樂不放逸行　守心正憶念
遠離諸非法　慰意受歡樂
復次比丘若有疑惑今皆當問若空不空若常無常若苦非苦若依非依若去不去若歸非歸若恒非恒若斷非斷若衆生非衆生若有若無若實不實若眞不眞若滅不滅若密不密若二不二如是等種種法中有所疑者今應諮問我當隨順爲汝斷之亦當爲汝先說甘露然後乃當入於涅槃諸比丘佛出世難人身難得值佛生信是事亦難能忍難忍是亦復難成就禁戒具足無缺得阿羅漢果是事亦難如求金沙優曇鉢華汝諸比丘離於八難得人身難汝等遇我不應空過我於往昔種種苦行今得如是無上方便爲汝等故無量劫中捨身手足頭目髓腦是故汝等不應放逸汝等比丘云何莊嚴正法寶城具足種種功德珍寶戒定智慧爲墻壍埤堄汝今遇是佛法寶城不應取此虛僞之物譬如商主遇眞寶城取諸瓦礫而便還家汝亦如是值遇寶城取虛僞物汝諸比丘勿以下心而生知足汝等今者雖得出家於此大乘不生貪慕汝諸比丘身雖得服袈裟染衣其心猶未得染大乘清淨之法汝諸比丘雖行乞食經歷多處初未曾乞大乘法食汝諸比丘雖除鬚髮未爲正法除諸結使汝諸比丘今當眞實教勑汝等我今現在大衆和合如來法性眞實不倒是故汝等應當精進攝心勇猛摧諸結使十力慧日既滅沒已汝等當爲無明所覆諸比丘譬如大地諸山藥草爲衆

生用我法亦爾出生妙善甘露法味而爲衆生種種煩惱病之良藥我今當令一切衆生及以我子四部之衆悉皆安住祕密藏中我亦復當安住是中入於涅槃何等名爲祕密之藏猶如∴字三點若並則不成伊縱亦不成如摩醯首羅面上三目乃得成伊三點若別亦不得成我亦如是解脫之法亦非涅槃如來之身亦非涅槃摩訶般若亦非涅槃三法各異亦非涅槃我今安住如是三法爲衆生故名入涅槃如世伊字爾時諸比丘聞佛世尊定當涅槃皆悉憂愁身毛爲豎涕淚盈目稽首佛足繞無量帀白佛言世尊快說無常苦空無我世尊譬如一切衆生跡中象跡爲上是無常想亦復如是於諸想中最爲第一若有精勤修習之者能除一切欲界欲愛色無色愛無明憍慢及無常想世尊如來若離無常想者今則不應入於涅槃若不離者云何說言修無常想離三界愛無明憍慢及無常想世尊譬如農夫秋月之時深耕其地能除穢草是無常想亦復如是能除一切欲界欲愛色無色愛無明憍慢及無常想世尊譬如耕田秋耕爲勝如諸跡中象跡爲勝於諸想中無常爲勝世尊譬如帝王知命將終恩赦天下獄囚繫閉悉令得脫然後捨命如來今者亦應如是度諸衆生一切無知無明繫閉皆令解脫然後乃入於般涅槃我等今者皆未得度云何如來便欲放捨入於涅槃世尊譬如有人爲鬼所持遇良呪師以呪力故便得除差如來亦爾爲諸聲聞除無明鬼令得安住摩訶般若解脫等法如世伊字世

尊譬如香象爲人所縛雖有良師不能禁制頓絕羈鎖自恣而去我未如是脫五十七煩惱繫縛云何如來便欲放捨入於涅槃世尊如人病瘧值遇良醫所苦得除我亦如是多諸患苦邪命熱病雖遇如來病未除愈未得無上安隱常樂云何如來便欲放捨入於涅槃世尊譬如醉人不自覺知不識親踈母女姊妹迷荒婬亂言語放逸臥糞穢中時有良師與藥令服服已吐酒還自憶識心懷慚愧深自尅責酒爲不善諸惡根本若能除斷則遠衆罪世尊我亦如是往昔以來輪轉生死情色所醉貪嗜五欲非母母想非姊姊想非女女想於非衆生生衆生想是故輪轉受生死苦如彼醉人臥糞穢中如來今當施我法藥令我還吐煩惱惡酒而我未得醒悟之心云何如來便欲放捨入於涅槃世尊譬如有人歎芭蕉樹以爲堅實無有是處世尊衆生亦爾若歎我人衆生壽命養育知見作者受者是眞實者亦無是處我等如是修無我想世尊譬如漿滓無所復用是身亦爾無我無主世尊如七葉華無有香氣是身亦爾無我無主我等如是心常修習無我之想如佛所說一切諸法無我我所汝諸比丘應當修習如是修已則除我慢離我慢已便入涅槃世尊譬如鳥跡空中現者無有是處有能修習無我想者而有諸見亦無是處爾時世尊讚諸比丘善哉善哉汝等善能修無我想時諸比丘即白佛言世尊我等不但修無我想亦更修習其餘諸想所謂苦想無常想無我想世尊譬如人醉其心瞑眩見諸山河石壁草

木宮殿屋舍日月星辰皆悉迴轉世尊若有不修苦無常想無我等想如是之人不名爲聖多諸放逸流轉生死世尊以是因緣我等善修如是諸想爾時佛告諸比丘言諦聽諦聽汝向所引醉人喻者但知文字未達其義何等爲義如彼醉人見上日月實非迴轉生迴轉想衆生亦爾爲諸煩惱無明所覆生顛倒心我計無我常計無常淨計不淨樂計爲苦以爲煩惱之所覆故雖生此想不達其義如彼醉人於非轉處而生轉想我者即是佛義常者是法身義樂者是涅槃義淨者是法義汝等比丘云何而言有我想者憍慢貢高流轉生死汝等若言我亦修習無常苦想無我想是三種修無有實義我今當說勝三修法苦者計樂樂者計苦是顛倒法無常計常常計無常是顛倒法無我計我我計無我是顛倒法不淨計淨淨計不淨是顛倒法有如是等四顛倒法是人不知正修諸法汝諸比丘於苦法中生於樂想於無常中生於常想於無我中生於我想於不淨中生於淨想世間亦有常樂我淨出世亦有常樂我淨世間法者有字無義出世間者有字有義何以故世間之法有四顛倒故不知義所以者何有想顛倒心倒見倒以三倒故世間之人樂中見苦常見無常我見無我淨見不淨是名顛倒以顛倒故世間知字而不知義何等爲義無我者名爲生死我者名爲如來無常者聲聞緣覺常者如來法身苦者一切外道樂者即是涅槃不淨者即有爲法淨者諸佛菩薩所有正法是名不顛倒以不倒故知字知義

若欲遠離四顛倒者應知如是常樂我淨時諸比丘白佛言世尊如佛所說離四倒者則得了知常樂我淨如來今者永無四倒則已了知常樂我淨若已了知常樂我淨何故不住一劫半劫教導我等令離四倒而見放捨欲入涅槃如來若見顧念教勑我當至心頂受修習如來若入於涅槃者我等云何與是毒身同共止住修於梵行我等亦當隨佛世尊入於涅槃爾時佛告諸比丘汝等不應作如是語我今所有無上正法悉以付囑摩訶迦葉是迦葉者當爲汝等作大依止猶如如來爲諸衆生作依止處摩訶迦葉亦復如是當爲汝等作依止處譬如大王多所統領若遊巡時悉以國事付囑大臣如來亦爾所有正法亦以付囑摩訶迦葉汝等當知先所修習無常苦想非是眞實譬如春時有諸人等在大池浴乘船遊戲失瑠璃寶沒深水中是時諸人悉共入水求覓是寶競捉瓦石草木沙礫各各自謂得瑠璃珠歡喜持出乃知非眞是時寶珠猶在水中以珠力故水皆澄清於是大衆乃見寶珠故在水下猶如仰觀虛空月形是時衆中有一智人以方便力安徐入水即便得珠汝等比丘不應如是修習無常苦無我想不淨想等以爲實義如彼諸人各以瓦石草木沙礫而爲寶珠汝等應當善學方便在在處處常修我想常樂淨想復應當知先所修習四法相貌悉是顛倒欲得眞實修諸想者如彼智人巧出寶珠所謂我想常樂淨想爾時諸比丘白佛言世尊如佛先說諸法無我汝當修學修學是已則離我想

離我想者則離憍慢離憍慢者得入涅槃是義云何佛告諸比丘善哉善哉汝今善能諮問是義爲自斷疑譬如國王闇鈍少智有一醫師性復頑嚚而王不別厚賜俸祿療治衆病純以乳藥亦復不知病起根原雖知乳藥復不善解或有風病冷病熱病一切諸病悉教服乳是王不別是醫知乳好醜善惡復有明醫曉八種術善療衆病知諸方藥從遠方來是時舊醫不知諮受反生貢高輕慢之心彼時明醫即便依附請以爲師諮受醫方祕奧之法語舊醫言我今請仁以爲師範唯願爲我宣暢解說舊醫答言卿今若能爲我給使四十八年然後乃當教汝醫法時彼明醫即受其教我當如是我當如是隨我所能當給走使是時舊醫即將客醫共入見王是時客醫即爲王說種種醫方及餘技藝大王當知應善分別此法如是可以治國此法如是可以療病爾時國王聞是語已方知舊醫癡騃無智即便驅逐令出國界然後倍復恭敬客醫是時客醫作是念言欲教王者今正是時即語王言大王於我實愛念者當求一願王即答言從此右臂及餘身分隨意所求一切相與彼客醫言王雖許我一切身分然我不敢多有所求今所求者願王宣令一切國內從今已往不得復服舊醫乳藥所以者何是藥毒害多傷損故若欲服者當斬其首斷乳藥已終更無有橫死之人常處安樂故求是願時王答言汝之所求蓋不足言尋爲宣令一切國內有病之人皆悉不聽以乳爲藥若爲藥者當斬其首爾時客醫以種種味和

合衆藥謂辛苦鹹甜酢等味以療衆病無不得差其後不久王復得病即命是醫我今病重困苦欲死當云何治醫占王病應用乳藥尋白王言如王所患應當服乳我於先時所斷乳藥是大妄語今若服者最能除病王今患熱正應服乳時王語醫汝今狂耶爲熱病乎而言服乳能除此病汝先言毒今云何服欲欺我耶先醫所讚汝言是毒令我驅遣今復言好最能除病如汝所言我本舊醫定爲勝汝是時客醫復語王言王今不應作如是語如蟲食木有成字者此蟲不知是字非字智人見之終不唱言是蟲解字亦不驚怪大王當知舊醫亦爾不別諸病悉與乳藥如彼蟲道偶成於字是先舊醫不解乳藥好醜善惡時王問言云何不解客醫答王是乳藥者亦是毒害亦是甘露云何是乳復名甘露若是牸牛不食酒糟滑草麥䴸其犢調善放牧之處不在高原亦不下濕飲以清流不令馳走不與特牛同共一羣飲餧調適行住得所如是乳者能除諸病是則名爲甘露妙藥除是乳已其餘一切皆名毒害爾時大王聞是語已讚言大醫善哉善哉我從今日始知乳藥善惡好醜即便服之病得除愈尋時宣令一切國內從今以往當服乳藥國人聞之皆生瞋恨咸相謂言大王今者爲鬼所持爲狂顛耶而誑我等復令服乳一切人民皆懷瞋恨悉集王所王言汝等不應於我而生瞋恨而此乳藥服與不服悉是醫教非是我咎爾時大王及諸人民踊躍歡喜倍共恭敬供養是醫一切病者皆服乳藥病悉除愈汝等比

丘當知如來應正徧知明行足善逝世間解無上士調御丈夫天人師佛世尊亦復如是爲大醫王出現於世降伏一切外道邪醫諸王衆中唱如是言我爲醫王欲伏外道故唱是言無我無人衆生壽命養育知見作者受者比丘當知是諸外道所言我者如蟲食木偶成字耳是故如來於佛法中唱言無我爲調衆生故爲知時故說是無我有因緣故亦說有我如彼良醫善知於乳是藥非藥非如凡夫所計吾我凡夫愚人所計我者或有說言大如拇指或如芥子或如微塵如來說我悉不如是是故說言諸法無我實非無我何者是實若法是實是眞是常是主是依性不變易是名爲我如彼大醫善解乳藥如來亦爾爲衆生故說諸法中眞實有我汝等四衆應當如是修習是法

大般涅槃經卷第二

音釋

滷郎古切沙滷謂塉薄之地也　杌五忽切木無枝也　蠶徂含切吐絲蟲也　繭吉典切蠶衣也　虻眉庚切　懱莫結切輕傷也　擕玄圭切提擕也　螫施隻切蟲行毒也　黿愚袁切似鼈而大　鼉唐何切水蟲似蜥蜴而長大　坏鋪杯切未燒瓦器　碓都內切舂具也　扙武粉切揩拭也　澀色入切梗澀也　殯必刃切蔽塗也　埤堄埤疋計切堄五計切埤堄城上女墻也　醯馨兮切　羈居宜切羈縶也　瘧魚約切痁病也　嗜時利切好也　瞋眩瞋莫見切眩熒絹切瞋眩憒亂也　嚚魚巾切口不道忠信之言爲嚚　療力照切治也　騃語駭切癡也　牸疾置切牝牛也　䴬與力切麥糠也　餧於僞切飼也　拇莫補切將指也

大般涅槃經卷第三

北凉天竺三藏曇無讖奉　詔譯

壽命品第一之三

佛復告諸比丘汝於戒律有所疑者今恣汝問我當解說令汝心喜我已修學一切諸法本性空寂了了通達汝等比丘莫謂如來唯修諸法本性空寂復告比丘汝於戒律有所疑者今可致問時諸比丘即白佛言世尊我等無有智慧能問如來應正徧知所以者何如來境界不可思議所有諸定不可思議所演教誨不可思議是故我等無有智慧能問如來世尊譬如老人年百二十身嬰長病寢臥牀席不能起居氣力虛劣餘命無幾有一富人緣事欲行當至他方以百斤金寄是老人而作是言我今他行以是寶物持用相寄或十年還二十年還汝當還我是時老人即便受之而此老人復無繼嗣其後不久病篤命終所寄之物悉皆散失財主行還債索無所如是癡人不知籌量可寄不可寄是故行還債索無所以是因緣喪失財寶世尊我等聲聞亦復如是雖聞如來慇懃教戒不能受持令法久住如彼老人受他寄付我今無智於諸戒律當何所問佛告諸比丘汝等今者若問於我則能利益一切衆生是故告汝聽隨所疑恣意而問爾時諸比丘白佛言世尊譬如有人年二十五盛壯端正多有財寶金銀瑠璃父母妻子眷屬宗親悉皆存在亦有人來寄其寶物語其人言我有緣事欲至他處事訖當還汝當還我是時壯人守護是物如自已有其人遇病即命家屬如是金寶是

他所寄彼若來索悉皆還之智者如是善知籌量行還索物皆悉得之無所亡失世尊亦爾若以法寶付囑阿難及諸比丘不得久住何以故一切聲聞及大迦葉悉當無常如彼老人受他寄物是故應以無上佛法付諸菩薩以諸菩薩善能問答如是法寶則得久住無量千世增益熾盛利安衆生如彼壯人受他寄物以是義故諸大菩薩乃能問耳我等智慧猶如蚊䖟何能諮請如來深法時諸聲聞默然而住爾時佛讃諸比丘言善哉善哉汝等善得無漏之心阿羅漢心我亦曾念以此二緣應以大乘付諸菩薩令是妙法久住於世爾時佛告一切大衆善男子善女人我之壽命不可稱量樂說之辯亦不可盡汝等宜可隨意諮問若戒若歸第二第三亦復如是爾時衆中有一菩薩摩訶薩本是多羅聚落人也姓大迦葉婆羅門種年在幼稚以佛神力即從座起偏袒右肩繞百千帀右膝著地合掌向佛而白佛言世尊我於今者欲少諮問若佛聽者乃敢發言佛告迦葉如來應正徧知恣汝所問當爲汝說斷汝所疑令汝歡喜爾時迦葉菩薩摩訶薩白佛言世尊如來哀愍已垂聽許今當問之然我所有智慧微少猶如蚊䖟如來世尊道德巍巍純以栴檀師子難伏不可壞衆而爲眷屬如來之身猶眞金剛色如瑠璃眞實難壞復爲如是大智慧海之所圍繞是衆會中諸大菩薩摩訶薩等皆悉成就無量無邊深妙功德猶如香象於如是等大衆之前豈敢發問今當承佛神通之力及因大衆善根威德少發問耳即

於佛前説偈問曰
云何得長壽　金剛不壞身　復以何因緣
得大堅固力　云何於此經　究竟到彼岸
願佛開微密　廣爲衆生説　云何得廣大
爲衆作依止　實非阿羅漢　而與羅漢等
云何知天魔　爲衆作留難　佛説波旬説
云何分別知　云何諸調御　心喜説眞諦
正善具成就　演説四顛倒　云何作善業
大仙今當説　云何諸菩薩　能見難見性
云何解滿字　及與半字義　云何共聖行
如娑羅娑鳥　迦隣提日月　太白與歲星
云何未發心　而名爲菩薩　云何於大衆
而得無所畏　猶如閻浮金　無能説其過
云何處濁世　不汙如蓮華　云何處煩惱
煩惱不能染　如醫療衆病　不爲病所汙
生死大海中　云何作船師　云何捨生死
如蛇蜕故皮　云何觀三寶　猶如天意樹
三乘若無性　云何而得説　猶如樂未生
云何名受樂　云何諸菩薩　而得不壞衆
云何爲生盲　而作眼目導　云何示多頭
唯願大仙説　云何説法者　增長如月初
云何復示現　究竟於涅槃　云何勇健者
示人天魔道　云何知法性　而受於法樂
云何諸菩薩　遠離一切病　云何爲衆生
演説於祕密　云何説畢竟　及與不畢竟
如其斷疑網　云何不定説　云何而得近
最勝無上道　我今請如來　爲諸菩薩故
願爲説甚深　微妙諸行等　一切諸法中
悉有安樂性　唯願大仙尊　爲我分別説
衆生大依止　兩足尊妙藥　今欲問諸陰

而我無智慧　精進諸菩薩　亦復不能知
如是等甚深　諸佛之境界
爾時佛讃迦葉菩薩善哉善哉善男子汝今
未得一切種智我已得之然汝所問甚深祕
藏如一切智之所諮問等無有異善男子我
坐道場菩提樹下初成正覺爾時無量阿僧
祇恒河沙等諸佛世界有諸菩薩亦曾問我
是甚深義然其所問句義功德亦皆如是等
無有異如是問者則能利益無量衆生爾時
迦葉菩薩復白佛言世尊我無智力能問如
來如是深義世尊譬如蚊虻不能飛過大海
彼岸周遍虚空我亦如是不能諮問如來如
是智慧大海法性虚空甚深之義世尊譬如
國王髻中明珠付典藏臣藏臣得已頂戴恭
敬增加守護我亦如是頂戴恭敬增加守護
如來所說方等深義何以故令我廣得深智
慧故爾時佛告迦葉菩薩善男子諦聽諦聽
當爲汝說如來所得長壽之業菩薩以是業
因緣故得壽命長是故應當至心聽受若業
能爲菩提因者應當誠心聽受是義既聽受
已轉爲人說善男子我以修習如是業故得
阿耨多羅三藐三菩提今復爲人廣說是義
善男子譬如王子犯罪繫獄王甚憐愍愛念
子故躬自迴駕至其繫所菩薩亦爾欲得長
壽應當護念一切衆生同於子想生大慈大
悲大喜大捨授不殺戒教修善法亦當安止
一切衆生於五戒十善復入地獄餓鬼畜生
阿修羅等一切諸趣拔濟是中苦惱衆生脱
未脱者度未度者未涅槃者令得涅槃安慰
一切諸恐怖者以如是等業因緣故菩薩則

得壽命長遠於諸智慧而得自在隨所壽終生於天上爾時迦葉菩薩復白佛言世尊菩薩摩訶薩等視衆生同於子想是義深隱我未能解世尊如來不應說言菩薩於諸衆生修平等心同於子想所以者何於佛法中有破戒者作逆罪者毀正法者云何當於如是等人同子想耶佛告迦葉如是如是我於衆生實作子想如羅睺羅迦葉菩薩復白佛言世尊昔十五日僧布薩時曾於受具清淨衆中有一童子不善修習身口意業在屏隈處盜聽說戒密迹力士承佛神力以金剛杵碎之如塵世尊是金剛神極成暴惡乃能斷是童子命根云何如來視諸衆生同於子想如羅睺羅佛告迦葉汝今不應作如是言是童子者即是化人非真實也爲欲驅遣破戒毀法令出衆故金剛密迹亦是化耳迦葉毀謗正法及一闡提或有殺生乃至邪見及故犯禁我於是等悉生悲心同於子想如羅睺羅善男子譬如國王諸羣臣等有犯王法隨罪誅戮而不捨置如來世尊不如是也於毀法者與驅遣羯磨訶責羯磨置羯磨舉罪羯磨不可見羯磨滅羯磨未捨惡見羯磨善男子如來所以與謗法者作如是等降伏羯磨爲欲示諸行惡之人有果報故善男子汝今當知如來即是施惡衆生無恐畏者若放一光若二若五或有遇者悉令遠離一切諸惡如來今者具有如是無量勢力善男子未可見法汝欲見者今當爲汝說其相貌我涅槃後隨其方面有持戒比丘威儀具足護持正法見壞法者即能驅遣訶責懲治當知是人得

福無量不可稱計善男子譬如有王專行暴惡會遇重病有隣國王聞其名聲興兵而來頓欲殄滅是時病王無力勢故方乃恐怖改心修善而是隣王得福無量持法比丘亦復如是驅遣訶責壞法之人令行善法得福無量善男子譬如長者所居之處田宅屋舍生諸毒樹長者知已即便斫伐永令滅盡又如壯人首生白髮愧而翦拔不令生長持法比丘亦復如是見有破戒壞正法者即應驅遣訶責舉處若善比丘見壞法者置不訶責驅遣舉處當知是人佛法中怨若能驅遣訶責舉處是我弟子真聲聞也迦葉菩薩復白佛言世尊如佛所言則不等視一切衆生同於子想如羅睺羅世尊若有一人以刀害佛復有一人持栴檀塗佛佛於此二若生等心云何復言當治毀禁若治毀禁是言則失佛告迦葉菩薩善男子譬如國王大臣宰相產育諸子顏貌端正聰明黠慧若二三四將付嚴師而作是言君可爲我教詔諸子威儀禮節技藝書疏校計筭數悉令成就我今四子就君受學假使三子病杖而死餘有一子必當苦治要令成就雖喪三子我終不恨迦葉是父及師得殺罪不不也世尊何以故以愛念故爲欲成就無有惡心如是教誨得福無量善男子如來亦爾視壞法者等如一子如來今以無上正法付囑諸王大臣宰相比丘比丘尼優婆塞優婆夷是諸國王及四部衆應當勸勵諸學人等令得增上戒定智慧若有不學是三品法懈怠破戒毀正法者國王大臣四部之衆應當苦治善男子是諸國王及

四部衆當有罪不不也世尊善男子是諸國王及四部衆尚無有罪何況如來善男子如來善修如是平等於諸衆生同一子想如是修者是名菩薩修平等心於諸衆生同一子想善男子菩薩如是修習此業得壽命長亦能善知宿世之事迦葉菩薩復白佛言世尊如佛所説菩薩若有修平等心視諸衆生同於子想得壽命長如來不應作如是説何以故如知法人能説種種孝順之法還至家中以諸瓦石打擲父母而是父母是良福田多所利益難遭難遇應好供養反生惱害是知法人言行相違如來所言亦復如是菩薩修習等心衆生同子想者應得長壽善知宿命常住於世無有變易今者世尊以何因緣壽命極短同人間耶如來將無於諸衆生生怨憎想世尊昔日作何惡業斷幾命根得是短壽不滿百年佛告迦葉善男子汝今何緣於如來前發是麤言如來長壽於諸壽中最上最勝所得常法於諸常中最爲第一迦葉菩薩復白佛言世尊云何如來得壽命長佛告迦葉善男子如八大河一名恒河二名閻摩羅三名薩羅四名阿利羅跋提五名摩訶六名辛頭七名博义八名悉陀是八大河及諸小河悉入大海迦葉如是一切人中天上地及虚空壽命大河悉入如來壽命海中是故如來壽命無量復次迦葉譬如阿耨達池出四大河如來亦爾出一切命迦葉譬如一切諸常法中虚空第一如來亦爾於諸常中最爲第一迦葉如諸藥中醍醐第一如來亦爾於衆生中壽命第一迦葉菩薩復白佛言世

尊如來壽命若如是者應住一劫若減一劫常宣妙法如澍大雨迦葉汝今不應於如來所生滅盡想迦葉若有比丘比丘尼優婆塞優婆夷乃至外道五通神仙得自在者若住一劫若減一劫經行空中坐卧自在左脅出火右脅出水身出煙燄猶如火聚若欲住壽能得如意於壽命中修短自在如是五通尚得如是隨意神力豈況如來於一切法得自在力而當不能住壽半劫若一劫若百劫若百千劫若無量劫以是義故當知如來是常住法不變易法如來此身是變化身非雜食身為度衆生示同毒樹是故現捨入於涅槃迦葉當知佛是常法不變易法汝等於是第一義中應勤精進一心修習既修習已廣為人說爾時迦葉菩薩白佛言世尊出世之法與世間法有何差別如佛言曰佛是常法不變易法世間亦說梵天是常自在天常無有變易我常性常微塵亦常若言如來是常法者如來何故不常現耶若不常現有何差別何以故梵天乃至微塵世性亦不現故佛告迦葉譬如長者多有諸牛色雖種種同共一羣付放牧人令逐水草但為醍醐不求乳酪彼牧牛者搆已自食長者命終所有諸牛悉為羣賊之所抄掠賊得牛已無有婦女即自搆捋得已而食爾時羣賊各相謂言彼大長者畜養此牛不期乳酪但為醍醐我等今者當設何方而得之耶夫醍醐者名為世間第一上味我等無器設使得乳無安置處復共相謂唯有皮囊可以盛之雖有盛處不知鑽搖漿猶難得況復生酥爾時諸賊以醍醐故

加之以水以水多故乳酪醍醐一切俱失凡夫亦爾雖有善法皆是如來正法之餘何以故如來世尊入涅槃後盜竊如來遺餘善法若戒定慧如彼諸賊劫掠羣牛諸凡夫人雖復得是戒定智慧無有方便不能解說以是義故不能獲得常戒常定常慧解脫如彼羣賊不知方便喪失醍醐如彼羣賊爲醍醐故加之以水凡夫亦爾爲解脫故說我衆生壽命士夫梵天自在天微塵世性戒定智慧及與解脫非想非非想天即是涅槃實亦不得解脫涅槃如彼羣賊不得醍醐是諸凡夫有少梵行供養父母以是因緣得生天上受少安樂如彼羣賊加水之乳而是凡夫實不知因修少梵行供養父母得生天上又不能知戒定智慧歸依三寶以不知故說常樂我淨雖復說之而實不知是故如來出世之後乃爲演說常樂我淨如轉輪王出現於世福德力故羣賊退散牛無損命時轉輪王即以諸牛付一牧人多巧便者是人方便即得醍醐以醍醐故一切衆生無有患苦法輪聖王出現世時諸凡夫人不能演說戒定慧者即便退散如賊退散爾時如來善說世法及出世法爲衆生故令諸菩薩隨而演說菩薩摩訶薩既得醍醐復令無量無邊衆生獲得無上甘露法味所謂如來常樂我淨以是義故善男子如來是常不變易法非如世間凡夫愚人謂梵天等是常法也此常法稱要是如來非是餘法迦葉應當如是知如來身迦葉諸善男子善女人常當繫心修此二字佛是常住迦葉若有善男子善女人修此二字當知

是人隨我所行至我至處善男子若有修習如是二字爲滅相者當知如來則於其人爲般涅槃善男子涅槃義者即是諸佛之法性也迦葉菩薩白佛言世尊佛法性者其義云何世尊我今欲知法性之義唯願如來哀愍廣說夫法性者即是捨身捨身者名無所有若無所有身云何存身若存者云何而言身有法性身有法性云何得存我今云何當知是義佛告迦葉菩薩善男子汝今不應作如是說滅是法性夫法性者無有滅也善男子譬如無想天成就色陰而無色想不應問言是諸天等云何而住歡娛受樂云何行想云何見聞善男子如來境界非諸聲聞緣覺所知善男子不應說言如來身者是滅法也善男子如是滅法是佛境界非諸聲聞緣覺所及善男子汝今不應思量如來何處住何處行何處見何處樂善男子如是之義亦非汝等之所知及諸佛法身種種方便不可思議復次善男子應當修習佛法及僧而作常想是三法者無有異想無無常想無變異想若於三法修異想者當知是輩清淨三歸則無依處所有禁戒皆不具足終不能證聲聞緣覺菩提之果若能於是不可思議修常想者則有歸處善男子譬如因樹則有樹影如來亦爾有常法故則有歸處非是無常若言如來是無常者如來則非諸天世人所歸依處迦葉菩薩白佛言世尊譬如闇中有樹無影迦葉汝不應言有樹無影但非肉眼之所見耳善男子如來亦爾其性常住是不變異無智慧眼不能得見如彼闇中不見樹影凡夫

之人於佛滅後說言如來是無常法亦復如是若言如來異法僧者則不能成三歸依處如汝父母各各異故故使無常迦葉菩薩復白佛言世尊我從今始當以佛法衆僧三事常住啓悟父母乃至七世皆令奉持甚奇世尊我今當學如來法僧不可思議既自學已亦當爲人廣說是義若有諸人不能信受當知是輩久修無常如是之人我當爲其而作霜雹爾時佛讃迦葉菩薩善哉善哉汝今善能護持正法如是護法不欺於人以不欺人善業緣故而得長壽善知宿命

金剛身品第二

爾時世尊復告迦葉善男子如來身者是常住身不可壞身金剛之身非雜食身即是法身迦葉菩薩白佛言世尊如佛所說如是等身我悉不見唯見無常破壞微塵雜食等身何以故如來當入於涅槃故佛言迦葉汝今莫謂如來之身不堅可壞如凡夫身善男子汝今當知如來之身無量億劫堅牢難壞非人天身非恐怖身非雜食身如來之身非身是身不生不滅不習不修無量無邊無有足迹無知無形畢竟清淨無有動搖無受無行不住不作無味無雜非是有爲非業非果非行非滅非心非數不可思議常不可議無識離心亦不離心其心平等無有亦有無有去來而亦去來不破不壞不斷不絕不出不滅非主亦主非有非無非覺非觀非字非不字非定非不定不可見了了見無處亦處無宅亦宅無闇無明無有寂靜而亦寂靜是無所有不受不施清淨無垢無諍斷諍住無住處

不取不墮非法非非法非福田非不福田無盡不盡離一切盡是空離空雖不常住而亦常住非念念滅無有垢濁無字離字非聲非說亦非修習非稱非量非一非異非像非相諸相莊嚴非勇非畏無寂不寂無熱不熱不可覩見無有相貌如來度脫一切衆生無度脫故能解衆生無有解故覺了衆生無覺了故如實說法無有二故不可思量無等等故平如虛空無有形貌同無生性不斷不常常行一乘衆生見三不退不轉斷一切結不戰不觸非性住性非合非散非長非短非圓非方非陰入界亦陰入界非增非損非勝非負如來之身成就如是無量功德無有知者無不知者無有見者無不見者非有爲非無爲非世非不世非作非不作非依非不依非四大非不四大非因非不因非衆生非不衆生非沙門非婆羅門是師子非師子非身非不身不可宣說除一法相不可筭數般涅槃時不般涅槃如來法身皆悉成就如是無量微妙功德迦葉唯有如來乃知是相非諸聲聞緣覺所知迦葉如是功德成如來身非是雜食所長養身迦葉如來真身功德如是云何復得諸疾患苦危脆不堅如坏器乎迦葉如來所以示病苦者爲欲調伏諸衆生故善男子汝今當知如來之身即金剛身汝從今日常當專心思惟此義莫念食身亦當爲人說如來身即是法身迦葉菩薩白佛言世尊如來成就如是功德其身云何當有病苦無常破壞我從今日常當思惟如來之身是常法身安樂之身亦當爲他如是廣說唯然世尊

如來法身金剛不壞而未能知所因云何佛言迦葉以能護持正法因緣故得成就是金剛身迦葉我於往昔護法因緣今得成就是金剛身常住不壞善男子護持正法者不受五戒不修威儀應持刀劍弓箭鉾矟守護持戒清淨比丘迦葉菩薩白佛言世尊若有比丘離於守護獨處空閑塚間樹下當說是人爲眞比丘若有隨逐守護行者當知是輩是禿居士佛告迦葉莫作是語言禿居士若有比丘隨所至處供身趣足讀誦經典思惟坐禪有來問法即爲宣說所謂布施持戒福德少欲知足雖能如是種種說法然故不能作師子吼不爲師子之所圍遶不能降伏非法惡人如是比丘不能自利及利衆生當知是輩懈怠懶墮雖能持戒守護淨行當知是人無所能爲若有比丘供身之具亦常豐足復能護持所受禁戒能師子吼廣說妙法謂修多羅祇夜受記伽陀優陀那伊帝目多伽闍陀伽毗佛畧阿浮陀達磨以如是等九部經典爲他廣說利益安樂諸衆生故唱如是言涅槃經中制諸比丘不應畜養奴婢牛羊非法之物若有比丘畜如是等不淨之物應當治之如來先於異部經中說有比丘畜如是等非法之物某甲國王如法治之驅令還俗若有比丘能作如是師子吼時有破戒者聞是語已咸共瞋恚害是法師是說法者設復命終故名持戒自利利他以是緣故我聽國主羣臣宰相諸優婆塞護說法人若有欲得護正法者當如是學迦葉如是破戒不護法者名禿居士非持戒者得如是名善男子過

去之世無量無邊阿僧祇劫於此拘尸那城有佛出世號歡喜增益如來應正徧知明行足善逝世間解無上士調御丈夫天人師佛世尊爾時世界廣博嚴淨豐樂安隱人民熾盛無有飢渴如安樂國諸菩薩等彼佛世尊住世無量化衆生已然後乃於娑羅雙樹入般涅槃佛涅槃後正法住世無量億歲餘四十年佛法未滅爾時有一持戒比丘名曰覺德多有徒衆眷屬圍繞能師子吼頒宣廣說九部經典制諸比丘不得畜養奴婢牛羊非法之物爾時多有破戒比丘聞作是說皆生惡心執持刀杖逼是法師是時國王名曰有德聞是事已爲護法故即便往至說法者所與是破戒諸惡比丘極共戰鬪令說法者得免危害王於爾時身被刀劔箭矟之瘡體無完處如芥子許爾時覺德尋讚王言善哉善哉王今眞是護正法者當來之世此身當爲無量法器王於是時得聞法已心大歡喜尋即命終生阿閦佛國而爲彼佛作第一弟子其王將從人民眷屬有戰鬪者有隨喜者一切不退菩提之心命終悉生阿閦佛國覺德比丘却後壽終亦得往生阿閦佛國而爲彼佛作聲聞衆中第二弟子若有正法欲滅盡時應當如是受持擁護迦葉爾時王者則我身是說法比丘迦葉佛是迦葉護正法者得如是等無量果報以是因緣我於今日得種種相以自莊嚴成就法身不可壞身迦葉菩薩復白佛言世尊如來常身猶如畫石佛告迦葉菩薩善男子以是因緣故比丘比丘尼優婆塞優婆夷應當勤加護持正法護法果

報廣大無量善男子是故護法優婆塞等應執刀杖擁護如是持法比丘若有受持五戒之者不得名爲大乘人也不受五戒爲護正法乃名大乘護正法者應當執持刀劍器仗侍說法者迦葉白佛言世尊若諸比丘與如是等諸優婆塞持刀杖者共爲伴侶爲有師耶爲無師乎爲是持戒爲是破戒佛告迦葉莫謂是等爲破戒人善男子我涅槃後濁惡之世國土荒亂互相抄掠人民飢餓爾時多有爲飢餓故發心出家如是之人名爲禿人是禿人輩見有持戒威儀具足清淨比丘護持正法驅逐令出若殺若害迦葉菩薩復白佛言世尊是持戒人護正法者云何當得遊行村落城邑教化善男子是故我今聽持戒人依諸白衣持刀杖者以爲伴侶若諸國王大臣長者優婆塞等爲護法故雖持刀杖我說是等名曰持戒雖持刀杖不應斷命若能如是即得名爲第一持戒迦葉言護法者謂具正見能廣宣說大乘經典終不捉持王者寶蓋油瓶穀米種種果蓏不爲利養親近國王大臣長者於諸檀越心無諂曲具足威儀摧伏破戒諸惡人等是名持戒護法之師能爲衆生眞善知識其心弘廣譬如大海迦葉若有比丘以利養故爲他說法是人所有徒衆眷屬亦效是師貪求利養是人如是便自壞衆迦葉衆有三種一者犯戒雜僧二者愚癡僧三者清淨僧破戒雜僧則易可壞持戒淨僧利養因緣所不能壞云何破戒雜僧若有比丘雖持禁戒爲利養故與破戒者坐起行來共相親附同其事業是名破戒亦名雜

僧云何愚癡僧若有比丘在阿蘭若處諸根不利闇鈍蹔瞢少欲乞食於説戒日及自恣時教諸弟子清淨懺悔見非弟子多犯禁戒不能教令清淨懺悔而便與共説戒自恣是名愚癡僧云何名清淨僧有比丘僧不爲百千億數諸魔之所沮壞是菩薩衆本性清淨能調如上二部之衆悉令安住清淨衆中是名護法無上大師善持律者爲欲調伏利衆生故知諸戒相若輕若重非是律者則不證知若是律者則便證知云何調伏衆生故若諸菩薩爲化衆生常入聚落不擇時節或至寡婦婬女舍宅與同住止經歷多年若是聲聞所不應爲是名調伏利益衆生云何知重若見如來因事制戒汝從今日慎更莫犯如四重禁出家之人所不應作而便故作非是沙門非釋種子是名爲重云何爲輕若犯輕事如是三諫若能捨者是名爲輕非律不證者若有讚説不清淨物應受用者不共同止是律應證者善學戒律不近破戒見有所行隨順戒律心生歡喜如是能知佛法所作善能解説是名律師善解一字善持契經亦復如是如是善男子佛法無量不可思議如來亦爾不可思議迦葉菩薩白佛言世尊如是如是誠如聖教佛法無量不可思議如來亦爾不可思議故知如來常住不壞無有變異我今善學亦當爲人廣宣是義爾時佛讃迦葉菩薩善哉善哉如來身者即是金剛不可壞身菩薩應當如是善學正見正知若能如是了了知見即是見佛金剛之身不可壞身如於鏡中見諸色像

名字功德品第三

爾時如來復告迦葉善男子汝今應當善持是經文字章句所有功德若有善男子善女人聞是經名生四趣者無有是處何以故如是經典乃是無量無邊諸佛之所修習所得功德我今當說迦葉菩薩白佛言世尊當何名此經菩薩摩訶薩云何奉持佛告迦葉是經名爲大般涅槃上語亦善中語亦善下語亦善義味深邃其文亦善純備具足清淨梵行金剛寶藏滿足無鈌汝今善聽我今當說善男子所言大者名之爲常如八大河悉歸大海此經如是降伏一切諸結煩惱及諸魔性然後要於大般涅槃放捨身命是故名曰大般涅槃善男子又如醫師有一祕方悉攝一切所有醫方善男子如來亦爾所說種種妙法祕密深奧藏門悉皆入於大般涅槃是故名爲大般涅槃善男子譬如農夫春月下種常有悕望旣收果實衆望都息善男子一切衆生亦復如是修學餘經常悕滋味若得聞是大般涅槃悕望諸經所有滋味悉皆永斷是大涅槃能令衆生度諸有流善男子如諸迹中象跡爲最此經如是於諸經三昧最爲第一善男子譬如耕田秋耕爲勝此經如是諸經中勝善男子如諸藥中醍醐第一善治衆生熱惱亂心是大涅槃爲最第一善男子譬如甜酥八味具足大般涅槃亦復如是八味具足云何爲八一者常二者恒三者安四者清涼五者不老六者不死七者無垢八者快樂是爲八味具足八味是故名爲大般涅槃若諸菩薩摩訶薩等安住是中復能處

處示現涅槃是故名爲大般涅槃迦葉善男子善女人若欲於此大般涅槃而涅槃者當如是學如來常住法僧亦然迦葉菩薩復白佛言甚奇世尊如來功德不可思議法僧亦爾不可思議是大涅槃亦不可思議若有修學是經典者得正法門能爲良醫若未學者當知是人盲無慧眼無明所覆

大般涅槃經卷第三

音釋

蛻輸芮切蛇解皮也　隈烏回切隩也　戮力竹切殺也　懲持陵切戒也　黠胡八切慧也　搆居候切與穀同取牛乳也　抄掠抄楚教切畧取也掠力灼切劫奪也　捋盧活切搆取也　脆比芮切物易斷也　阿閦梵語也此云無動　蓏郎果切蔓實也　鼟瞢鼟都鄧切瞢毋亘切鼟瞢不明也

大般涅槃經卷第四

北凉天竺三藏曇無讖奉　詔譯

如來性品第四之一

佛復告迦葉善男子菩薩摩訶薩分別開示大般涅槃有四種義何等爲四一者自正二者正他三者能隨問答四者善解因縁義云何自正若佛如來見諸因縁而有所說譬如比丘見大火聚便作是言我寧抱是熾然火聚終不敢於如來所說十二部經及祕密藏謗言此經是波旬所說若言如來法僧無常如是說者爲自侵欺亦欺於人寧以利刀自斷其舌終不說言如來法僧是無常也若聞他說亦不信受於此說者應生憐愍如來法僧不可思議應如是持自觀己身猶如火聚是名自正云何正他佛說法時有一女人乳養嬰兒來詣佛所稽首佛足有所顧念心自思惟便坐一面爾時世尊知而故問汝以愛念多令兒酥不知籌量消與不消爾時女人即白佛言甚奇世尊善能知我心中所念惟願如來教我多少世尊我於今朝多與兒酥恐不能消將無夭壽唯願如來爲我解說佛言汝兒所食尋即消化增益壽命女人聞已心大踊躍復作是言如來實說故我歡喜世尊如是爲欲調伏諸衆生故善能分別說消不消亦說諸法無我無常若佛世尊先說常者受化之徒當言此法與外道同即便捨去復告女人若兒長大能自行來凡所食噉能消難消本所與酥則不供足我之所有聲聞弟子亦復如是如汝嬰兒不能消是常住之法是故我先說苦無常若我聲聞諸弟子等

功德已備堪任修習大乘經典我於是經爲說六味云何六味說苦酢味無常鹹味無我苦味樂如甜味我如辛味常如淡味彼世間中有三種味所謂無常無我無樂煩惱爲薪智慧爲火以是因緣成涅槃飯謂常樂我令諸弟子悉皆甘嗜復告女人汝若有緣欲至他處應驅惡子令出其舍悉以寶藏付示善子女人白佛實如聖教珍寶之藏應示善子不示惡子姊我亦如是般涅槃時如來微密無上法藏不與聲聞諸弟子等如汝寶藏不示惡子要當付囑諸菩薩等如汝寶藏委付善子何以故聲聞弟子生變異想謂佛如來眞實滅度然我眞實不滅度也如汝遠行未還之頃汝之惡子便言汝死汝實不死諸菩薩等說言如來常不變易如汝善子不言汝死以是義故我以無上祕密之藏付諸菩薩善男子若有衆生謂佛常住不變異者當知是家則爲有佛是名正他云何能隨問答者若有人來問佛世尊我當云何不捨錢財而得名爲大施檀越佛言若有沙門婆羅門等少欲知足不受不畜不淨物者當施其人奴婢僕使修梵行者施與女人斷酒肉者施以酒肉不過中食施過中食不著華香施以華香如是施者施名流布徧至他方財寶之費不失毫釐是則名爲能隨問答爾時迦葉菩薩白佛言世尊食肉之人不應施肉何以故我見不食肉者有大功德佛讚迦葉善哉善哉汝今乃能善知我意護法菩薩應當如是善男子從今日始不聽聲聞弟子食肉若受檀越信施之時應觀是食如子肉想迦葉菩

薩復白佛言世尊云何如來不聽食肉善男子夫食肉者斷大慈種迦葉又言如來何故先聽比丘食三種淨肉迦葉是三種淨肉隨事漸制迦葉菩薩復白佛言世尊何因緣故十種不淨乃至九種清淨而復不聽佛告迦葉亦是因事漸次而制當知即是現斷肉義迦葉菩薩復白佛言云何如來稱讚魚肉爲美食耶善男子我亦不說魚肉之屬爲美食也我說甘蔗粳米石蜜一切穀麥及黑石蜜乳酪酥油以爲美食雖說應畜種種衣服所應畜者要是壞色何況貪著是魚肉味迦葉復言如來若制不食肉者彼五種味乳酪酪漿生酥熟酥胡麻油等及諸衣服憍奢耶衣珂貝皮革金銀盂器如是等物亦不應受善男子不應同彼尼乾所見如來所制一切禁戒各有異意異意故聽食三種淨肉異想故斷十種肉異想故一切悉斷及自死者迦葉我從今日制諸弟子不得復食一切肉也迦葉其食肉者若行若住若坐若卧一切衆生聞其肉氣悉生恐怖譬如有人近師子已衆人見之聞師子臭亦生恐怖善男子如人噉蒜臭穢可惡餘人見之聞臭捨去設遠見者猶不欲視況當近之諸食肉者亦復如是一切衆生聞其肉氣悉皆恐怖生畏死想水陸空行有命之類悉捨之走咸言此人是我等怨是故菩薩不習食肉爲度衆生示現食肉雖現食之其實不食善男子如是菩薩清淨之食猶尚不食況當食肉善男子我涅槃後無量百歲四道聖人悉復涅槃正法滅後於像法中當有比丘似像持律少讀誦經貪嗜

飲食長養其身身所被服麤陋醜惡形容顦顇無有威德放畜牛羊擔負薪草頭鬚爪髮悉皆長利雖服袈裟猶如獵師細視徐行如貓伺鼠常唱是言我得羅漢多諸病苦眠卧糞穢外現賢善內懷貪嫉如受啞法婆羅門等實非沙門現沙門像邪見熾盛誹謗正法如是等人破壞如來所制戒律正行威儀說解脫果離清淨法及壞甚深祕密之教各自隨意反說經律而作是言如來皆聽我等食肉自生此論言是佛說互共諍訟各自稱是沙門釋子善男子爾時復有諸沙門等貯聚生穀受取魚肉手自作食執持油瓶寶蓋革屣親近國王大臣長者占相星宿勤修醫道畜養奴婢金銀瑠璃硨磲碼碯玻瓈真珠珊瑚琥珀璧玉珂貝種種果蓏學諸技藝畫師泥作造書教學種植根栽蠱道呪術和合諸藥作唱妓樂香華治身摴蒱圍碁學諸工巧若有比丘能離如是諸惡事者當說是人真我弟子爾時迦葉復白佛言世尊諸比丘比丘尼優婆塞優婆夷因他而活若乞食時得雜肉食云何得食應清淨法佛言迦葉當以水洗令與肉別然後乃食若其食器爲肉所汚但使無味聽用無罪若見食中多有肉者則不應受一切現肉悉不應食食者得罪我今唱是斷肉之制若廣說者則不可盡涅槃時到是故略說是則名爲能隨問答迦葉云何善解因緣義如有四部之衆來問我言世尊如是之義如來初出何故不爲波斯匿王說是法門深妙之義或時說深或時說淺或名爲犯或名不犯云何名墮云何名律云何

名波羅提木叉義佛言波羅提木叉者名爲知足成就威儀無所受畜亦名淨命墮者名四惡趣又復墮者墮於地獄乃至阿鼻論其遲速過於暴雨聞者驚怖堅持禁戒不犯威儀修習知足不受一切不淨之物又復墮者長養地獄畜生餓鬼以是諸義故名曰墮波羅提木叉者離身口意不善邪業律者入戒威儀深經善義遮受一切不淨之物及不淨因緣亦遮四重十三僧殘二不定法三十捨墮九十一墮四悔過法衆多學法七滅諍等或復有人破一切戒云何一切謂四重法乃至七滅諍法或復有人誹謗正法甚深經典及一闡提具足成就盡一切相無有因緣如是等人自言我是聰明利智輕重之罪悉皆覆藏覆藏諸惡如龜藏六如是衆罪長夜不悔以不悔故日夜增長是諸比丘所犯衆罪終不發露是使所犯遂復滋蔓是故如來知是事已漸次而制不得一時爾時有善男子善女人白佛言世尊如來久知如是之事何不先制將無世尊欲令衆生入阿鼻獄譬如多人欲至他方迷失正路隨逐邪道是諸人等不知迷故皆謂是道復不見人可問是非衆生如是迷於佛法不見正眞如來應爲先說正道勑諸比丘此是犯戒此是持戒當如是制何以故如來正覺是眞實者知見正道唯有如來天中之天能說十善增上功德及其義味是故啓請應先制戒佛言善男子若言如來能爲衆生宣說十善增上功德是則如來視諸衆生如羅睺羅云何難言將無世尊欲令衆生入於地獄我見一人有墮阿鼻

地獄因緣尚爲是人住世一劫若減一劫我於衆生有大慈悲何緣當誑如子想者令入地獄善男子如王國内有納衣者見衣有孔然後方補如來亦爾見諸衆生有入阿鼻地獄因緣即以戒善而爲補之善男子譬如轉輪聖王先爲衆生說十善法其後漸漸有行惡者王即隨事漸漸而斷斷諸惡已然後自行聖王之法善男子我亦如是雖有所說不得先制要因比丘漸行非法然後方乃隨事制之樂法衆生隨教修行如是等衆乃能得見如來法身如轉輪王所有輪寶不可思議如來亦爾不可思議法僧二寶亦不可思議能說法者及聞法者皆不可思議是名善解因緣義也菩薩如是分別開示四種相義是名大乘大涅槃中因緣義也復次自正者所謂得是大般涅槃正他者我爲比丘說言如來常存不變隨問答者迦葉因汝所問故得廣爲菩薩摩訶薩比丘比丘尼優婆塞優婆夷說是甚深微妙義理因緣義者聲聞緣覺不解如是甚深之義不聞伊字三點而成解脫涅槃摩訶般若成祕密藏我今於此闡揚分別爲諸聲聞開發慧眼假使有人作如是言如是四事云何爲一非虚妄耶即應反質是虚空無所有不動無礙如是四事有何等異是豈得名爲虚妄乎不也世尊如是諸句即是一義所謂空義自正正他能隨問答解因緣義亦復如是即大涅槃等無有異佛告迦葉若有善男子善女人作如是言如來無常云何當知是無常也如佛所言滅諸煩惱名爲涅槃猶如火滅悉無所有滅諸煩惱亦

復如是故名涅槃云何如來爲常住法不變易也如佛言曰離諸有者乃名涅槃是涅槃中無有諸有云何如來爲常住法不變易也如衣壞盡不名爲物涅槃亦爾滅諸煩惱不名爲物云何如來爲常住法不變易耶如佛言曰離欲寂滅名曰涅槃如人斬首則無有首離欲寂滅亦復如是空無所有故名涅槃云何如來爲常住法不變易也如佛言曰

譬如熱鐵　椎打星流　散已尋滅　莫知所在
得正解脫　亦復如是　已度婬欲　諸有淤泥
得無動處　不知所至

云何如來爲常住法不變易耶迦葉若有人作如是難者名爲邪難迦葉汝亦不應作是憶想謂如來性是滅盡也迦葉滅煩惱者不名爲物何以故永畢竟故是故名常是句寂靜爲無有上滅盡諸相無有遺餘是句鮮白常住無退是故涅槃名曰常住如來亦爾常住無變言星流者謂煩惱也散已尋滅莫知所在者謂諸如來煩惱滅已不在五趣是故如來是常住法無有變易復次迦葉諸佛所師所謂法也是故如來恭敬供養以法常故諸佛亦常迦葉菩薩復白佛言若煩惱火滅如來亦滅是則如來無常住處如彼迸鐵赤色滅已莫知所至如來煩惱亦復如是滅無所至又如彼鐵熱與赤色滅已無有如來亦爾滅已無常滅煩惱火便入涅槃當知如來即是無常善男子所言鐵者名諸凡夫凡夫之人雖滅煩惱滅已復生故名無常如來不爾滅已不生是故名常迦葉復言如鐵赤色滅已還置火中赤色復生如來若爾應還生

結若結還生即是無常佛言迦葉汝今不應作如是言如來無常何以故如來是常善男子如彼然木滅已有灰煩惱滅已便有涅槃壞衣斬首破瓶等喻亦復如是如是等物各有名字名曰壞衣斬首破瓶迦葉如鐵冷已可使還熱如來不爾斷煩惱已畢竟清涼煩惱熾火更不復生迦葉當知無量衆生猶如彼鐵我以無漏智慧熾火燒彼衆生諸煩惱結迦葉復言善哉善哉我今諦知如來所說諸佛是常佛言迦葉譬如聖王素在後宮或時遊觀在於後園王雖不在諸婇女中亦不得言聖王命終善男子如來亦爾雖不現於閻浮提界入涅槃中不名無常如來出於無量煩惱入于涅槃安樂之處遊諸覺華歡娛受樂迦葉復問如佛言曰我以久度煩惱大海若佛已度煩惱海者何緣復共耶輸陀羅生羅睺羅以是因緣當知如來未度煩惱諸結大海唯願如來說其因緣佛告迦葉汝不應言如來久度煩惱大海何緣復共耶輸陀羅生羅睺羅以是因緣當知如來未度煩惱諸結大海善男子是大涅槃能建大義汝等今當至心諦聽廣爲人說莫生驚疑若有菩薩摩訶薩住大涅槃須彌山王如是高廣悉能令入葶藶子糩其諸衆生依須彌者亦無迫迮無往來想如本不異唯應度者見是菩薩以須彌山内葶藶糩復還安止本所住處善男子復有菩薩摩訶薩住大涅槃能以三千大千世界置葶藶糩其中衆生亦無迫迮及往來想如本不異唯應度者見是菩薩以此三千大千世界置葶藶糩復還安止本所

住處善男子復有菩薩摩訶薩住大涅槃能以三千大千世界内一毛孔乃至本處亦復如是善男子復有菩薩摩訶薩住大涅槃斷取十方三千大千諸佛世界置於針鋒如貫棗葉擲置他方異佛世界其中所有一切衆生不覺往返爲在何處唯應度者乃能見之乃至本處亦復如是善男子復有菩薩摩訶薩住大涅槃斷取十方三千大千諸佛世界置於右掌如陶家輪擲置他方微塵世界無一衆生有往來想唯應度者乃見之耳乃至本處亦復如是善男子復有菩薩摩訶薩住大涅槃斷取一切十方無量諸佛世界悉内已身其中衆生悉無迫迮亦無往返及住處想唯應度者乃能見之乃至本處亦復如是善男子復有菩薩摩訶薩住大涅槃以十方世界内一塵中其中衆生亦無迫迮往返之想唯應度者乃能見之乃至本處亦復如是善男子是菩薩摩訶薩住大涅槃則能示現種種無量神通變化是故名曰大般涅槃是菩薩摩訶薩所可示現如是無量神通變化一切衆生無能測量汝今云何能知如來習近愛欲生羅睺羅善男子我已久住是大涅槃種種示現神通變化於此三千大千世界百億日月百億閻浮提種種示現如首楞嚴經中廣説我於三千大千世界或閻浮提示現涅槃亦不畢竟取於涅槃或閻浮提示入母胎令其父母生我子想而我此身畢竟不從愛欲和合而得生也我已久從無量劫來離於愛欲我今此身即是法身隨順世間示現入胎善男子此閻浮提林微尼園示現從

母摩耶而生生已即能東行七步唱如是言我於人天阿修羅中最尊最上父母人天見已驚喜生希有心而諸人等謂是嬰兒而我此身無量劫來久離是法如來身者即是法身非是肉血筋脉骨髓之所成立隨順世間衆生法故示爲嬰兒南行七步示現欲爲無量衆生作上福田西行七步示現生盡永斷老死是最後身北行七步示現已度諸有生死東行七步示爲衆生而作導首四維七步示現斷滅種種煩惱四魔種性成於如來應正徧知上行七步示現不爲不淨之物之所染汙猶如虛空下行七步示現法雨滅地獄火令彼衆生受安隱樂毁禁戒者示作霜雹於閻浮提生七日已又示剃髮諸人皆謂我是嬰兒初始剃髮一切人天魔王波旬沙門婆羅門無有能見我頂相者況有持刀臨之剃髮若有持刀至我頂者無有是處我久已於無量劫中剃除鬚髮爲欲隨順世間法故示現剃髮我既生已父母將我入天祠中以我示於摩醯首羅摩醯首羅即見我時合掌恭敬立在一面我已久於無量劫中捨離如是入天祠法爲欲隨順世間法故示現如是我於閻浮示現穿耳一切衆生實無有能穿我耳者隨順世間衆生法故示現如是復以諸寶作師子璫用莊嚴耳然我已於無量劫中離莊嚴具爲欲隨順世間法故作是示現示入學堂修學書疏然我已於無量劫中具足成就徧觀三界所有衆生無有堪任爲我師者爲欲隨順世間法故示入學堂故名如來應正徧知習學乘象槃馬捔力種種技藝

亦復如是於閻浮提而復示現爲王太子衆生皆見我爲太子於五欲中歡娱受樂然我已於無量劫中捨離如是五欲之樂爲欲隨順世閒法故示如是相相師占我若不出家當爲轉輪聖王王閻浮提一切衆生皆信是言然我已於無量劫中捨轉輪位爲法輪王於閻浮提現離婇女五欲之樂見老病死及沙門已出家修道衆生皆謂悉達太子初始出家然我已於無量劫中出家學道隨順世法故示如是我於閻浮提示現出家受具足戒精勤修道得須陀洹果斯陀含果阿那含果阿羅漢果衆人皆謂是阿羅漢果易得不難然我已於無量劫中成阿羅漢果爲欲度脱諸衆生故坐於道場菩提樹下以草爲座摧伏衆魔衆皆謂我始於道場菩提樹下降伏魔軍然我已於無量劫中久降伏已爲欲降伏剛强衆生故現是化我又示現大小便利出息入息衆皆謂我有大小便利出息入息然我是身所得果報悉無如是大小便利出入息等隨順世閒故示如是我又示現受人信施然我是身都無飢渴隨順世法故示如是我又示同諸衆生故現有睡眠然我已於無量劫中具足無上深妙智慧遠離三有進止威儀頭痛腹痛背痛木槍洗足洗手洗面漱口嚼楊枝等衆皆謂我有如是事然我此身都無此事手足清淨猶如蓮華口氣淨潔如優鉢羅香一切衆生謂我是人我實非人我又示現受糞掃衣浣濯縫打然我久已不須是衣衆人皆謂羅睺羅者是我之子輸頭檀王是我之父摩耶夫人是我之母處在

世間受諸快樂離如是事出家學道衆人復言是王太子瞿曇大姓遠離世樂求出世法然我久離世間愛欲如是等事悉是示現一切衆生咸謂是人然我實非善男子我雖在此閻浮提中數數示現入於涅槃然我實不畢竟涅槃而諸衆生皆謂如來真實滅盡而如來性實不永滅是故當知是常住法不變易法善男子大涅槃者即是諸佛如來法界我又示現閻浮提中出於世間衆生皆謂我始成佛然我已於無量劫中所作已辦隨順世法故復示現於閻浮提初出成佛我又示現於閻浮提不持禁戒犯四重罪衆人皆見謂我實犯然我已於無量劫中堅持禁戒無有漏缺我又示現於閻浮提爲一闡提衆人皆見是一闡提然我實非一闡提也一闡提者云何能成阿耨多羅三藐三菩提我又示現於閻浮提破和合僧衆生皆謂我是破僧我觀人天無有能破和合僧者我又示現於閻浮提護持正法衆人皆謂我是護法悉生驚怪諸佛法爾不應驚怪我又示現於閻浮提爲魔波旬衆人皆謂我是波旬然我久於無量劫中離於魔事清淨無染猶如蓮華我又示現於閻浮提女身成佛衆人皆言甚奇女人能成阿耨多羅三藐三菩提如來畢竟不受女身爲欲調伏無量衆生故現女像憐愍一切諸衆生故而復示現種種色像我又示現閻浮提中生於四趣然我久已斷諸趣因以業因故墮於四趣爲度衆生故生是中我又示現閻浮提中作梵天王令事梵者安住正法然我實非梵天而諸衆生咸皆謂我

爲眞梵天示現天像徧諸天廟亦復如是我又示現於閻浮提入婬女舍然我實無貪欲之想清淨不汙猶如蓮華爲諸貪婬嗜色衆生於四衢道宣說妙法然我實無欲穢之心衆生謂我守護女人我又示現於閻浮提入青衣舍爲教諸婢令住正法然我實無如是惡業墮在青衣我又示現閻浮提中而作博士爲教童蒙令住正法我又示現於閻浮提入諸酒舍博弈之處示受種種勝負鬬諍爲欲拔濟彼諸衆生而我實無如是惡業而諸衆生皆謂我作如是之業我又示現久住冢間作大鷲身度諸飛鳥而諸衆生咸謂我是眞實鷲身然我久已離於是業爲欲度彼諸鳥鷲故示如是身我又示現閻浮提中作大長者爲欲安立無量衆生住於正法又復示作諸王大臣王子輔相於是衆中各爲第一爲修正法故處王位我又示現閻浮提中疫病劫起多有衆生爲病所惱先施醫藥然後爲說微妙正法令其安住無上菩提衆人皆謂是病劫起又復示現閻浮提中飢餓劫起隨其所須供給飲食然後爲說微妙正法令其安住無上菩提又復示現閻浮提中刀兵劫起即爲說法令離怨害使得安住無上菩提又復示現爲計常者說無常想計樂想者爲說苦想計我想者說無我想計淨想者說不淨想若有衆生貪著三界即爲說法令離是處度衆生故爲說無上微妙法藥爲斷一切煩惱樹故種植無上法藥之樹爲欲拔濟諸外道故演說正法雖復示現爲衆生師而心初無衆生師想爲欲拔濟諸下賤故現入

其中而爲説法非是惡業受是身也如來正覺如是安住大般涅槃是故名爲常住無變如閻浮提東弗于逮西瞿耶尼北鬱單越亦復如是如四天下三千大千世界亦復如是二十五有如首楞嚴經中廣説以是故名大般涅槃若有菩薩摩訶薩安住如是大般涅槃能示如是神通變化而無所畏迦葉以是緣故汝不應言羅睺羅者是佛之子何以故我於往昔無量劫中已離欲有是故如來名曰常住無有變易迦葉復言如來云何名曰常住如佛言曰如燈滅已無有方所如來亦爾既滅度已亦無方所佛言迦葉善男子汝今不應作如是言燈滅盡已無有方所如來亦爾既滅度已無有方所善男子譬如男女然燈之時燈爐大小悉滿中油隨有油在其明猶存若油盡已明亦俱盡其明滅者喻煩惱滅明雖滅盡燈爐猶存如來亦爾煩惱雖滅法身常存善男子於意云何明與燈爐爲俱滅不迦葉答言不也世尊雖不俱滅然是無常若以法身喻燈爐者燈爐無常法身亦爾應是無常善男子汝今不應作如是難如世間言器如來世尊無上法器彼器無常非如來也一切法中涅槃爲常如來體之故名爲常復次善男子言燈滅者是阿羅漢所證涅槃以滅貪愛諸煩惱故喻之燈滅阿那含者名曰有貪以有貪故不得説言同於燈滅是故我昔覆相説言喻如燈滅非大涅槃同於燈滅阿那含者非數數來又不還來二十五有更不受於臭身蟲身食身毒身是則名爲阿那含也若更受身名爲那含不受身者

名阿那含有去來者名曰那含無去來者名
阿那含

大般涅槃經卷第四

音釋

粳古行切稻之不黏者曰粳 蒜蘇貫切葷菜也 屣所爾切華屣也 蠱果五切蠱毒也 摴蒱摴抽居切蒱薄胡切摴蒱博戲也 蔓無販切蔓莚也 獪公外切粗獪也 迮側格切狹也 葶藶葶音亭藶音歷 鏘千羊切與槍同 浣胡管切衣垢也 濯直角切浣也

大般涅槃經卷第五

北涼天竺三藏曇無讖奉　詔譯

如來性品第四之二

爾時迦葉菩薩白佛言世尊如佛所說諸佛世尊有祕密藏是義不然何以故諸佛世尊唯有密語無有密藏譬如幻主機關木人人雖覩見屈伸俯仰莫知其內而使之然佛法不爾咸令衆生悉得知見云何當言諸佛世尊有祕密藏佛讚迦葉善哉善哉善男子如汝所言如來實無祕密之藏何以故如秋滿月處空顯露清淨無翳人皆覩見如來之言亦復如是開發顯露清淨無翳愚人不解謂之祕藏智者了達則不名藏善男子譬如有人多積金銀至無量億其心慳恡不肯惠施拯濟貧窮如是積聚乃名祕藏如來不爾於無邊劫積聚無量妙法珍寶心無慳悋常以惠施一切衆生云何當言如來祕藏善男子譬如有人身根不具或無一目一手一足以羞恥故不令人見人不見故名爲祕藏如來不爾所有正法具足無缺令人覩見云何當言如來祕藏善男子譬如貧人多負人財怖畏債主隱不欲現故名爲藏如來不爾不負一切衆生世法雖負衆生出世之法而亦不藏何以故恒於衆生生一子想而爲演說無上法故善男子譬如長者多有財寶唯有一子心甚愛重情無捨離所有珍寶悉用示之如來亦爾視諸衆生同於一子善男子如世間人以男女根醜陋鄙惡以衣覆蔽故名爲藏如來不爾永斷此根以無根故無所覆藏善男子如婆羅門所有語論終不欲令刹利

毗舍首陀等聞何以故以此論中有過惡故如來正法則不如是初中後善是故不得名之祕藏善男子譬如長者唯有一子心常憶念憐愍無已將詣師所欲令受學懼不速成尋便將還以愛念故晝夜慇懃教其半字而不教誨毗伽羅論何以故以其幼稚力未堪故善男子假使長者教半字已是兒即時能得了知毗伽羅論不不也世尊如是長者於是子所有祕藏不不也世尊何以故以子年幼故不爲說不以祕故悋而不說所以者何若有嫉妬祕悋之心乃名爲藏如來不爾云何當言如來祕藏佛言善哉善哉善男子如汝所言若有瞋心嫉妬慳悋乃名爲藏如來無有瞋心嫉妬云何名藏善男子彼大長者謂如來也所言一子者謂一切衆生如來視於一切衆生猶如一子教一子者謂聲聞弟子半字者謂九部經毗伽羅論者所謂方等大乘經典以諸聲聞無有慧力是故如來爲說半字九部經典而不爲說毗伽羅論方等大乘善男子如彼長者子既長大堪任讀學若不爲說毗伽羅論可名爲藏若諸聲聞有堪任力能受大乘毗伽羅論如來祕惜不爲說者可言如來有祕密藏如來不爾是故如來無有祕藏如彼長者教半字已次爲演說毗伽羅論我今亦爾爲諸弟子說於半字九部經已次爲演說毗伽羅論所謂如來常存不變復次善男子譬如夏月興大雲雷降注大雨令諸農夫下種之者多獲果實不下種者無所克獲無所獲者非龍王咎而此龍王亦無所藏我今如來亦復如是降大法雨大

涅槃經若諸衆生種善子者得慧芽果無善子者則無所獲無所獲者非如來咎然佛如來實無所藏迦葉復言我今定知如來世尊無所祕藏如佛所說毗伽羅論謂佛如來常存不變是義不然何以故佛昔說偈

諸佛與緣覺　及以弟子衆　猶捨無常身
何況諸凡夫

今者乃說常存無變是義云何佛言善男子我爲一切聲聞弟子教半字故而說是偈善男子波斯匿王其母命終悲號戀慕不能自勝來至我所我即問言大王何以悲苦懊惱乃至於此王言世尊國太夫人是日命終假使有能令我母命還如本者我當捨國象馬七珍及以身命悉以賞之我復語言大王且莫愁惱憂悲啼哭一切衆生壽命盡者名之爲死諸佛緣覺聲聞弟子尚捨此身況復凡夫善男子我爲波斯匿王教半字故而說是偈我今爲諸聲聞弟子說毗伽羅論謂如來常存無有變易若有人言如來無常云何是人舌不墮落迦葉復言如佛所說

無所積聚　於食知足　如鳥飛空　跡不可尋

是義云何世尊於此衆中誰得名爲無所積聚誰復得名於食知足誰行於空跡不可尋而此去者爲至何方佛言迦葉夫積聚者名曰財寶善男子積聚有二種一者有爲二者無爲有爲積聚者即聲聞行無爲積聚者即如來行善男子僧亦二種有爲無爲有爲僧者名曰聲聞聲聞僧者無有積聚所謂奴婢非法之物庫藏穀米鹽豉胡麻大小諸豆若有說言如來聽畜奴婢僕使如是之物舌則

卷縮我諸所有聲聞弟子名無積聚亦得名為於食知足若有貪食不名知足不貪食者是名知足跡難尋者則近無上菩提之道我說是人雖去無至迦葉復言若有為僧尚無積聚況無為僧無為僧者即是如來如來云何當有積聚夫積聚者名為藏匿是故如來凡有所說無所悋惜云何名藏跡不可尋者所謂涅槃涅槃之中無有日月星辰諸宿寒熱風雨生老病死二十五有離諸憂苦及諸煩惱如是涅槃如來住處常不變易以是因緣如來至是娑羅樹間於大涅槃而般涅槃佛告迦葉所言大者其性廣博猶如有人壽命無量名大丈夫是人若能安住正法名人中勝如我所說八大人覺為一人有為多人有若一人具八則為最勝所言涅槃者無諸瘡疣善男子譬如有人為毒箭所射多受苦痛值遇良醫為拔毒箭傅以妙藥令其離苦得受安樂是醫即便遊於城邑及諸聚落隨有患苦瘡疣之處即往其所為療衆苦善男子如來亦爾成等正覺為大醫王見閻浮提苦惱衆生無量劫中被婬怒癡煩惱毒箭受大苦切為如是等說大乘經甘露法藥療治此已復至他方有諸煩惱毒箭之處示現作佛為其療治是故名曰大般涅槃大般涅槃者名解脫處隨有調伏衆生之處如來於中而作示現以是眞實甚深義故名大涅槃迦葉菩薩復白佛言世尊世間醫師悉能療治一切衆生瘡疣病不善男子世間瘡疣凡有二種一者可治二不可治凡可治者醫則能治不可治者則不能治迦葉復言如佛言者

如來則爲於閻浮提治衆生已若言治已是諸衆生其中云何復有未能得涅槃者若未悉得云何如來說言治竟欲至他方善男子閻浮提内衆生有二一者有信二者無信有信之人則名可治何以故定得涅槃無瘡疣故是故我說治閻浮提諸衆生已無信之人名一闡提一闡提者名不可治除一闡提餘悉治已是故涅槃名無瘡疣世尊何等名涅槃善男子夫涅槃者名爲解脫迦葉復言所言解脫爲是色耶爲非色乎佛言善男子或有是色或非是色言非色者即是聲聞緣覺解脫言是色者即是諸佛如來解脫善男子是故解脫亦色非色如來爲諸聲聞弟子說爲非色世尊聲聞緣覺若非色者云何得住善男子如非想非非想天亦色非色我亦說

爲非色若人難言非想非非想天若非色者云何得住去來進止如是之義諸佛境界非諸聲聞緣覺所知解脫亦爾亦色非色說爲非色亦想非想說爲非想如是之義諸佛境界非諸聲聞緣覺所知爾時迦葉菩薩復白佛言世尊唯願哀愍重垂廣說大涅槃行解脫之義佛讚迦葉善哉善哉善男子眞解脫者名曰遠離一切繫縛若眞解脫離諸繫縛則無有生亦無和合譬如父母和合生子眞解脫者則不如是是故解脫名曰不生迦葉譬如醍醐其性清淨如來亦爾非因父母和合而生其性清淨所以示現有父母者爲欲化度諸衆生故眞解脫者即是如來如來解脫無二無别譬如春月下諸種子得煖氣已尋便出生眞解脫者則不如是又解脫者名

曰虚無虚無即是解脱解脱即是如來如來即是虚無非作所作凡是作者猶如城郭樓觀却敵眞解脱者則不如是是故解脱即是如來又解脱者即無爲法譬如陶師作已還破解脱不爾眞解脱者不生不滅是故解脱即是如來如來亦爾不生不滅不老不死不破不壞非有爲法以是義故名曰如來入大涅槃不老不死有何等義老者名爲遷變髮白面皺死者身壞命終如是等法解脱中無以無是事故名解脱如來亦無髮白面皺有爲之法是故如來無有老也無有老故則無有死又解脱者名曰無病所謂病者四百四病及餘外來侵損身者是處無故故名解脱無疾病者即眞解脱眞解脱者即是如來如來無病是故法身亦無有病如是無病即是如來死者名曰身壞命終是處無死即是甘露是甘露者即眞解脱眞解脱者即是如來如來成就如是功德云何當言如來無常若言無常無有是處是金剛身云何無常是故如來不名命終如來清淨無有垢穢如來之身非胎所汙如分陁利本性清淨如來解脱亦復如是如是解脱即是如來是故如來清淨無垢又解脱者諸漏瘡疣永無遺餘如來亦爾無有一切諸漏瘡疣又解脱者無有鬪諍譬如飢人見他飲食生貪奪想解脱不爾又解脱者名曰安靜凡夫人言夫安靜者謂摩醯首羅如是之言即是虚妄眞安靜者畢竟解脱畢竟解脱即是如來又解脱者名曰安隱如多賊處不名安隱清夷之處乃名安隱是解脱中無有怖畏故名安隱是故安隱

即眞解脱眞解脱者即是如來如來者即是法也又解脱者無有等侣有等侣者如有國王有隣國等夫解脱者則無如是無等侣者謂轉輪聖王無有能與作齊等者解脱亦爾無有等侣無等侣者即眞解脱眞解脱者即是如來轉法輪王是故如來無有等侣有等侣者無有是處又解脱者名無憂愁有憂愁者譬如國王畏難强隣而生憂愁夫解脱者則無是事譬如壞怨則無憂慮解脱亦爾是無憂畏無憂畏者即是如來又解脱者名無憂喜譬如女人止有一子從役遠行卒得凶問聞之愁苦後復聞活便生歡喜夫解脱中無如是事無憂喜者即眞解脱眞解脱者即是如來又解脱者無有塵垢譬如春月日没之後風起塵霧夫解脱中無如是事無塵霧者喻眞解脱眞解脱者即是如來譬如聖王髻中明珠無有垢穢夫解脱性亦復如是無有垢穢無垢穢者喻眞解脱眞解脱者即是如來如眞金性不雜沙石乃名眞寶有人得之生於財想夫解脱性亦復如是如彼眞寶彼眞寶者喻眞解脱眞解脱者即是如來譬如瓦瓶破而聲焭金剛寶瓶則不如是夫解脱者亦無焭破金剛寶瓶喻眞解脱眞解脱者即是如來是故如來身不可壞其聲焭者如蓖麻子盛熱之時置之日曝出聲震爆夫解脱者無如是事如彼金剛眞寶之瓶無焭破聲假使無量百千之人悉共射之無能壞者無焭破聲喻眞解脱眞解脱者即是如來如貧窮人負他物故爲他所繫枷鎖策罰受諸苦毒夫解脱中無如是事無有負債猶如

長者多有財寶無量億數勢力自在不負他物夫解脱者亦復如是多有無量法財珍寳勢力自在無所負也無所負者喻眞解脱眞解脱者即是如來又解脱者名無逼切如春涉熱夏日食甜冬日觸冷眞解脱中無有如是不適意事無逼切者喻眞解脱眞解脱者即是如來又逼切者譬如有人飽食魚肉而復飲乳是人則爲近死不久眞解脱中無如是事是人若得甘露良藥所患得除眞解脱者亦復如是甘露良藥喻眞解脱眞解脱者即是如來云何逼切不逼切也譬如凡夫我慢自高而作是念一切衆中誰能害我即便攜持蛇虎毒蟲當知是人不盡壽命則無横死眞解脱中無如是事不逼切者如轉輪王所有神珠能伏蜣蜋九十六種諸毒蟲等若有聞是神珠香者諸毒消滅眞解脱者亦復如是皆悉遠離二十五有毒消滅者喻眞解脱眞解脱者即是如來又不逼切者譬如虛空解脱亦爾彼虛空者喻眞解脱眞解脱者即是如來又逼切者如近乾草然諸燈火近則熾然眞解脱中無如是事又不逼切者譬如日月不逼衆生解脱亦爾於諸衆生無有逼切無有逼切喻眞解脱眞解脱者即是如來又解脱者名無動法喻如怨親眞解脱中無如是事又不動者如轉輪王更無聖王以爲親友若更有親則無是處解脱亦爾更無有親若有親者亦無是處彼王無親喻眞解脱眞解脱者即是如來如來者即是法也又無動者譬如素衣易受染色解脱不爾又無動者如婆師華欲令有臭及青色者無有是

處解脫亦爾欲令有㲉及諸色者亦無是處是故解脫即是如來又解脫者名爲希有譬如水中生於蓮華非爲希有火中生者是乃希有有人見之便生歡喜眞解脫者亦復如是其有見者心生歡喜彼希有者喻眞解脫眞解脫者即是如來其如來者即是法身又希有者譬如嬰兒其齒未生漸漸長大然後乃生解脫不爾無有生與不生又解脫者名曰虛寂無有不定夫不定者如一闡提究竟不移犯重禁者不成佛道無有是處何以故是人若於佛正法中心得淨信爾時即便滅一闡提若復得作優婆塞者亦得斷滅於一闡提犯重禁者滅此罪已則得成佛是故若言畢竟不移不成佛道無有是處眞解脫中都無如是滅盡之事又虛寂者墮於法界如法界性即眞解脫眞解脫者即是如來又一闡提若盡滅者則不得稱一闡提也何等名爲一闡提耶一闡提者斷滅一切諸善根本心不攀緣一切善法乃至不生一念之善眞解脫中都無是事無是事故即眞解脫眞解脫者即是如來又解脫者名不可量譬如穀聚其量可知眞解脫者則不如是譬如大海不可度量解脫亦爾不可度量不可量者即眞解脫眞解脫者即是如來又解脫者名無量法如一衆生多有業報解脫亦爾有無量報無量報者即眞解脫眞解脫者即是如來又解脫者名爲廣大譬如大海無與等者解脫亦爾無能與等無與等者即眞解脫眞解脫者即是如來又解脫者名曰最上譬如虛空最高無比解脫亦爾最高無比高無比者

即眞解脫眞解脫者即是如來又解脫者名無能過譬如師子所住之處一切百獸無能過者解脫亦爾無有能過無能過者即眞解脫眞解脫者即是如來又解脫者名爲無上譬如北方諸方中上解脫亦爾爲無有上無有上者即眞解脫眞解脫者即是如來又解脫者名無上上譬如北方之於東方爲無上上解脫亦爾無有上上無上上者即眞解脫眞解脫者即是如來又解脫者名曰恒法譬如人天身壞命終是名曰恒非不恒也解脫亦爾非是不恒非不恒者即眞解脫眞解脫者即是如來又解脫者名曰堅實如佉陀羅栴檀沉水其性堅實解脫亦爾其性堅實性堅實者即眞解脫眞解脫者即是如來又解脫者名曰不虛譬如竹葦其體空虛解脫不爾當知解脫即是如來又解脫者名不可汙譬如牆壁未被塗治蚊虻在上止住遊戲若以塗治綵畫雕飾蟲聞綵香即便不住如是不住喻眞解脫眞解脫者即是如來又解脫者名曰無邊譬如聚落皆有邊表解脫不爾譬如虛空無有邊際解脫亦爾無有邊際如是解脫即是如來又解脫者名不可見譬如空中鳥跡難見如是難見喻眞解脫眞解脫者即是如來又解脫者名曰甚深何以故聲聞緣覺所不能入不能入者即眞解脫眞解脫者即是如來又甚深者諸佛菩薩之所恭敬譬如孝子供養父母功德甚深功德甚深喻眞解脫眞解脫者即是如來又解脫者名不可見譬如有人不見自頂解脫亦爾聲聞緣覺所不能見不能見者即眞解脫眞解脫

者即是如來又解脫者名無屋宅譬如虛空
無有屋宅解脫亦爾言屋宅者喻二十五有
無有屋宅喻眞解脫眞解脫者即是如來又
解脫者名不可取如阿摩勒果人可取持解
脫不爾不可取持不可取持即眞解脫眞解
脫者即是如來又解脫者名不可執譬如幻
物不可執持解脫亦爾不可執持不可執持
即眞解脫眞解脫者即是如來又解脫者無
有身體譬如有人體生瘡癩及諸癰疽顛狂
乾枯眞解脫中無如是病無如是病喻眞解
脫眞解脫者即是如來又解脫者名爲一味
如乳一味解脫亦爾唯有一味如是一味即
眞解脫眞解脫者即是如來又解脫者名曰
清淨如水無泥澄靜清淨解脫亦爾澄靜清
淨澄靜清淨即眞解脫眞解脫者即是如來
又解脫者名曰一味如空中雨一味清淨一
味清淨喻眞解脫眞解脫者即是如來又解
脫者名曰除却譬如滿月無諸雲翳解脫亦
爾無諸雲翳無諸雲翳即眞解脫眞解脫者
即是如來又解脫者名曰寂靜譬如有人熱
病除愈身得寂靜解脫亦爾身得寂靜身得
寂靜即眞解脫眞解脫者即是如來又解脫
者即是平等譬如野田毒蛇鼠狼俱有殺心
解脫不爾無有殺心無殺心者即眞解脫眞
解脫者即是如來又平等者譬如父母等心
於子解脫亦爾其心平等心平等者即眞解
脫眞解脫者即是如來又解脫者名無異處
譬如有人唯居上妙清淨屋宅更無異處解
脫亦爾無有異處無異處者即眞解脫眞解
脫者即是如來又解脫者名曰知足譬如飢

人值遇甘饌食之無猒解脫不爾如食乳糜更無所須更無所須喻眞解脫眞解脫者即是如來又解脫者名曰斷絕如人被縛斷縛得脫解脫亦爾斷絕一切疑心結縛如是斷疑即眞解脫眞解脫者即是如來又解脫者名到彼岸譬如大河有此彼岸解脫不爾雖無此岸而有彼岸有彼岸者即眞解脫眞解脫者即是如來又解脫者名曰默然譬如大海其水汎漲多諸音聲解脫不爾如是解脫即是如來又解脫者名曰美妙譬如衆藥雜訶梨勒其味則苦解脫不爾味如甘露味如甘露喻眞解脫眞解脫者即是如來又解脫者除諸煩惱譬如良醫和合諸藥善療衆病解脫亦爾能除煩惱除煩惱者即眞解脫眞解脫者即是如來又解脫者名曰無迮譬如小舍不容多人解脫不爾多所容受多所容受即眞解脫眞解脫者即是如來又解脫者名滅諸愛不雜婬欲譬如女人多諸愛欲解脫不爾如是解脫即是如來如來如是無有貪欲瞋恚愚癡憍慢等結又解脫者名曰無愛愛有二種一者餓鬼愛二者法愛眞解脫者離餓鬼愛憐愍衆生故有法愛如是法愛即眞解脫眞解脫者即是如來又解脫者離我我所如是解脫即是如來如來者即是法也又解脫者即是滅盡離諸有貪如是解脫即是如來如來者即是法也又解脫者即是救護能救一切諸怖畏者如是解脫即是如來如來者即是法也又解脫者即是歸處若有歸依如是解脫不求餘依譬如有人依恃於王不求餘依雖復依王則有動轉依解脫

者無有動轉無動轉者即眞解脱眞解脱者即是如來如來者即是法也又解脱者名爲屋宅譬如有人行於曠野則有險難解脱不爾無有險難無險難者即眞解脱眞解脱者即是如來又解脱者是無所畏如師子王於諸百獸不生怖畏解脱亦爾於諸魔衆不生怖畏無怖畏者即眞解脱眞解脱者即是如來又解脱者無有迮狹譬如隘路乃至不受二人並行解脱不爾如是解脱即是如來又有不迮譬如有人畏虎墮穽解脱不爾如是解脱即是如來又有不迮如大海中捨壞小船得堅牢船乘之度海到安隱處心得快樂解脱亦爾心得快樂得快樂者即眞解脱眞解脱者即是如來又解脱者拔諸因緣譬如因乳得酪因酪得酥因酥得醍醐眞解脱中都無是因無是因者即眞解脱眞解脱者即是如來又解脱者能伏憍慢譬如大王慢於小王解脱不爾如是解脱即是如來如來者即是法也又解脱者伏諸放逸謂放逸者多有貪欲眞解脱中無有是名無是名者即眞解脱眞解脱者即是如來又解脱者能除無明如上妙酥除諸滓穢乃名醍醐解脱亦爾除無明滓生於眞明如是眞明即眞解脱眞解脱者即是如來又解脱者名爲寂靜純一無二如空野象獨一無侶解脱亦爾獨一無二獨一無二即眞解脱眞解脱者即是如來又解脱者名爲堅實如竹葦蓖麻莖幹空虛而子堅實除佛如來其餘人天皆不堅實眞解脱者遠離一切諸有流等如是解脱即是如來又解脱者名能覺了增益於我眞解脱

者亦復如是如是解脫即是如來又解脫者名捨諸有譬如有人食已而吐解脫亦爾捨於諸有捨諸有者即眞解脫眞解脫者即是如來又解脫者名曰決定如婆師華香七葉中無解脫亦爾如是解脫即是如來又解脫者名曰水大譬如水大於諸大勝能潤一切草木種子解脫亦爾能潤一切有生之類如是解脫即是如來又解脫者名曰爲入如有門戸則通入路金性之處金則可得解脫亦爾如彼門戸修無我者則得入中如是解脫即是如來又解脫者名曰爲善譬如弟子隨逐於師善奉教勑得名爲善解脫亦爾如是解脫即是如來又解脫者名出世法於一切法最爲出過如衆味中酥乳最勝解脫亦爾如是解脫即是如來又解脫者名曰不動譬如門閫風不能動眞解脫者亦復如是如是解脫即是如來又解脫者名無濤波如彼大海其水濤波解脫不爾如是解脫即是如來又解脫者譬如宮殿解脫亦爾當知解脫即是如來又解脫者名曰所用如閻浮檀金多有所任無有能説是金過惡解脫亦爾無有過惡無有過惡即眞解脫眞解脫者即是如來又解脫者捨嬰兒行譬如大人捨小兒行解脫亦爾除捨五陰除捨五陰即眞解脫眞解脫者即是如來又解脫者名曰究竟如被繫者從繫得脫洗浴清淨然後還家解脫亦爾畢竟清淨畢竟清淨即眞解脫眞解脫者即是如來又解脫者名無作樂無作樂者貪欲瞋恚愚癡吐故喻如有人誤飲蛇毒爲除毒故即服吐藥既得吐已毒即除愈身得安

樂解脫亦爾吐於煩惱諸結縛毒身得安樂名無作樂無作樂者即眞解脫眞解脫者即是如來又解脫者名斷四種毒蛇煩惱斷煩惱者即眞解脫眞解脫者即是如來又解脫者名離諸有滅一切苦得一切樂永斷貪欲瞋恚愚癡拔斷一切煩惱根本拔根本者即眞解脫眞解脫者即是如來又解脫者名斷一切有爲之法出生一切無漏善法斷塞諸道所謂若我無我非我非無我唯斷取著不斷我見我見者名爲佛性佛性者即眞解脫眞解脫者即是如來又解脫者名不空空空空者名無所有無所有者即是外道尼揵子等所計解脫而是尼揵實無解脫故名空空眞解脫者則不如是故不空空不空空者即眞解脫眞解脫者即是如來又解脫者名空不空如水酒酪酥蜜瓶等雖無水酒酪酥蜜時猶故得名爲水等瓶而是瓶等不可說空及以不空若言空者則不得有色香味觸若言不空而復無有水酒等實解脫亦爾不可說色及以非色不可說空及以不空若言空者則不得有常樂我淨若言不空誰受是常樂我淨者以是義故不可說空及以不空空者謂無二十五有及諸煩惱一切苦一切相一切有爲行如瓶無酪則名爲空不空者謂眞實善色常樂我淨不動不變猶如彼瓶色香味觸故名不空是故解脫喻如彼瓶彼瓶遇緣則有破壞解脫不爾不可破壞不可破壞即眞解脫眞解脫者即是如來又解脫者名曰離愛譬如有人愛心悕望釋提桓因大梵天王自在天王解脫不爾若得成於阿耨

多羅三藐三菩提已無愛無疑無愛無疑即眞解脫眞解脫者即是如來若言解脫有愛疑者無有是處又解脫者斷諸有貪斷一切相一切繫縛一切煩惱一切生死一切因緣一切果報如是解脫即是如來如來即是涅槃一切衆生怖畏生死諸煩惱故故受三歸譬如羣鹿怖畏獵師既得免離若得一跳則喻一歸如是三跳則喻三歸以三跳故得受安樂衆生亦爾怖畏四魔惡獵師故受三歸依三歸依故則得安樂受安樂者即眞解脫眞解脫者即是如來如來者即是涅槃涅槃者即是無盡無盡者即是佛性佛性者即是決定決定者即是阿耨多羅三藐三菩提迦葉菩薩白佛言世尊若涅槃佛性決定如來是一義者云何說言有三歸依佛告迦葉善男子一切衆生怖畏生死故求三歸以三歸故則知佛性決定涅槃善男子有法名一義異有法名義俱異名一義異者佛常法常比丘僧常涅槃虛空皆亦是常是名名一義異名義俱異者佛名爲覺法名不覺僧名和合涅槃名解脫虛空名非善亦名無礙是爲名義俱異善男子三歸依者亦復如是名義俱異云何爲一是故我告摩訶波闍波提憍曇彌莫供養我當供養僧若供養僧則得具足供養三歸摩訶波闍波提即答我言衆僧之中無佛無法云何說言供養衆僧則得具足供養三歸我復告言汝隨我語則供養佛爲解脫故即供養法衆僧受者則供養僧善男子是故三歸不得爲一善男子如來或時說一爲三說三爲一如是之義諸佛境界非是

聲聞緣覺所知迦葉復言如佛所説畢竟安樂名涅槃者是義云何夫涅槃者捨身捨智若捨身智誰當受樂佛言善男子譬如有人食已心悶出外欲吐既得吐已而復迴還同伴問之汝今所患竟爲瘥不而復來還答言已瘥身得安樂如來亦爾畢竟遠離二十五有永得涅槃安樂之處不可動轉無有盡滅斷一切受名無受樂如是無受名爲常樂若言如來有受樂者無有是處是故畢竟樂者即是涅槃涅槃者即眞解脱眞解脱者即是如來迦葉復言不生不滅是解脱耶如是如是善男子不生不滅即是解脱如是解脱即是如來迦葉復言若不生不滅是解脱者虚空之性亦無生滅應是如來如如來性即是解脱佛告迦葉善男子是事不然世尊何故不然善男子如迦蘭伽鳥及命命鳥其聲清妙寧可同於烏鵲音不不也世尊烏鵲之聲比命命鳥百千萬倍不可爲比迦葉復言迦蘭伽等其聲微妙身亦不同如來云何比之烏鵲無異葶藶比須彌山佛與虚空亦復如是迦蘭伽聲可喻佛聲不可以喻烏鵲之音爾時佛讚迦葉菩薩善哉善哉汝今善解甚深難解如來有時以因緣故引彼虚空以喻解脱如是解脱即是如來眞解脱者一切人天無能爲匹而此虚空實非其喻爲化衆生故以虚空非喻爲喻當知解脱即是如來如來之性即是解脱解脱如來無二無別善男子非喻者如無比之物不可引喻有因緣故可得引喻如經中説面貌端正猶月盛滿白象鮮潔猶如雪山滿月不得即同於面雪山

不得即是白象善男子不可以喻喻眞解脱為化衆生故作喻耳以諸譬喻知諸法性皆亦如是迦葉復言云何如來作二種説佛言善男子譬如有人執持刀劒以瞋恚心欲害如來如來和悅無恚恨色是人當得壞如來身成逆罪不不也世尊何以故如來身界不可壞故所以者何以無身聚唯有法性法性之性理不可壞是人云何能壞佛身直以惡心故成無間以是因緣引諸譬喻得知實法爾時佛讃迦葉菩薩善哉善哉善男子我所欲説汝今已説又善男子譬如惡人欲害其母住於野田在穀積下母為送食其人見已尋生害心便前磨刀母時知已逃入積中其人持刀繞積偏斫斫已歡喜生已殺想其母尋後從穀積出還至家中於意云何是人成就無間罪不世尊不可定説何以故若説有罪母身應壞身若不壞云何言有若説無罪生已殺想心懷歡喜云何言無是人雖不具足逆罪而亦是逆以是因緣引諸譬喻得知實法佛讃迦葉善哉善哉善男子以是因緣我説種種方便譬喻以喻解脱雖以無量阿僧祇喻而實不可以喻為比或有因緣亦可譬説或有因緣不可喻説是故解脱成就如是無量功德趣涅槃者涅槃如來亦有如是無量功德以如是等無量功德成就滿故名大涅槃迦葉菩薩白佛言世尊我今始知如來至處為無有盡處若無盡當知壽命亦應無盡佛言善哉善哉善男子汝今善能護持正法若有善男子善女人欲斷煩惱諸結縛者當作如是護持正法

大般涅槃經卷第五

音釋

拯之肯切救也　疣于求切疣贅也　皺側救切皮皺也　㲚思移切器破聲也　毗頻脂切　曝步木切曬也　爆布校切火裂聲也　癰疽於容切疽千余切癰疽腫瘍也　汎漲汎乎梵切漲知亮切汎漲大水貌　隘烏懈切陿也　穽疾正切陷坑也　滓壯士切澱也　莖何耕切枝柱也　榦居案切枝榦也　濤徒刀切大波也　瘥楚懈切病瘳也　積子智切聚也

大般涅槃經卷第六

北涼天竺三藏曇無讖奉　詔譯

如來性品第四之三

善男子是大涅槃微妙經中有四種人能護正法建立正法憶念正法能多利益憐愍世間爲世間依安樂人天何等爲四有人出世具煩惱性是名第一須陀洹人斯陀含人是名第二阿那含人是名第三阿羅漢人是名第四是四種人出現於世能多利益憐愍世間爲世間依安樂人天云何名爲具煩惱性若有人能奉持禁戒威儀具足建立正法從佛所聞解其文義轉爲他人分別宣說所謂少欲是道多欲非道廣說如是八大人覺有犯罪者教令發露懺悔滅除善知菩薩方便所行祕密之法是名凡夫非第八人第八人者不名凡夫名爲菩薩不名爲佛第二人者名須陀洹斯陀含人若得正法受持正法從佛聞法如其所聞聞已書寫受持讀誦轉爲他說若聞法已不寫不受不持不說而言奴婢不淨之物佛聽畜者無有是處是名第二人如是之人未得第二第三住處名爲菩薩已得受記第三人者名阿那含阿那含者誹謗正法若言聽畜奴婢僕使不淨之物受持外道典籍書論及爲客塵煩惱所鄣諸舊煩惱之所覆蓋若藏如來真實舍利及爲外病之所惱害或爲四大毒蛇所侵論說我者悉無是處若說無我斯有是處說著世法無有是處若說大乘相續不絕斯有是處若所受身有八萬戶蟲亦無是處永離婬欲乃至夢中不失不淨斯有是處臨終之日生怖畏者

亦無是處阿那含者爲何謂也是人不還如上所說所有過患永不能汙往返周旋名爲菩薩已得受記不久得成阿耨多羅三藐三菩提是則名爲第三人也第四人者名阿羅漢阿羅漢者斷諸煩惱捨於重擔逮得已利所作已辦住第十地得自在智隨人所樂種種色像悉能示現如所莊嚴欲成佛道即能得成能成如是無量功德名阿羅漢是名四人出現於世能多利益憐愍世間爲世間依安樂人天於人天中最尊最勝猶如如來名人中勝爲歸依處迦葉白佛言世尊我今不依是四種人何以故如瞿師羅經中佛爲瞿師羅說若天魔梵爲欲破壞變爲佛像具足莊嚴三十二相八十種好圓光一尋面部圓滿猶月盛明眉間毫相白踰珂雪如是莊嚴來向汝者汝當檢校定其虛實既覺知已應當降伏世尊魔等尚能變作佛身況當不能作羅漢等四種之身坐卧空中左脅出水右脅出火身出煙燄猶如火聚以是因緣我於是中心不生信或有所說不能稟受亦無敬念而作依止佛言善男子於我所說若生疑者尚不應受況如是等是故應當善分別知是善不善可作不可作如是作已長夜受樂善男子譬如偷狗夜入人舍其家婢使若覺知者即應驅罵汝疾出去若不出者當斷汝命偷狗聞之即去不還汝等從今亦應如是降伏波旬應作是言波旬汝今不應作如是像若故作者當以五繫繫縛於汝魔聞是已便當還去如彼偷狗更不復還迦葉白佛言世尊如佛爲瞿師羅長者說若能如是降伏

魔者亦可得近於大涅槃如來何必說是四人爲歸依處如是四人所可言說未必可信佛告迦葉善男子如我所說亦復如是非爲不爾善男子我爲聲聞有肉眼者說言降魔不爲修學大乘人說聲聞之人雖有天眼故名肉眼學大乘者雖有肉眼乃名佛眼何以故是大乘經名爲佛乘而此佛乘最上最勝善男子譬如有人勇健威猛有怯弱者常來依附其勇健人常教怯者汝當如是持弓執箭修學稍道長鉤羂索又復告言夫鬬戰者雖如履刃不應生於怖畏之想當視人天生輕弱想應自生心作勇健想或時有人素無膽勇詐作健相執持弓刀種種器仗以自莊嚴來至陣中唱呼大喚汝於是人亦復不應生於憂怖如是輩人若見汝時不怖畏者當知是人不久散壞如彼偷狗善男子如來亦爾告諸聲聞汝等不應畏魔波旬若魔波旬化作佛身至汝所者汝當精勤堅固其心降伏於魔時魔即當愁憂不樂復道而去善男子如彼健人不從他習學大乘者亦復如是得聞種種深密經典其心欣樂不生驚怖何以故如是修學大乘之人已曾供養恭敬禮拜過去無量萬億佛故雖有無量億千魔衆欲來侵嬈於是事中終不驚畏善男子譬如有人得阿竭陀藥不畏一切毒蛇等畏是藥力故亦能消除一切毒等是大乘經亦復如是如彼藥力不畏一切諸魔毒等亦能降伏令更不起復次善男子譬如有龍性甚妬懲欲害人時或以眼視或以氣噓是故一切師子虎豹豺狼狗犬皆生怖畏是等惡獸或聞

聲見形或觸其身無不喪命有善呪者以呪力故能令如是諸惡毒龍金翅鳥等惡象師子虎豹豺狼皆悉調善任爲御乘如是等獸見彼善呪即便調伏聲聞緣覺亦復如是見魔波旬皆生恐怖而魔波旬亦復不生畏懼之心猶行魔業學大乘者亦復如是見諸聲聞怖畏魔事於此大乘不生信樂先以方便降伏諸魔悉令調善堪任爲乘因爲廣說種種妙法聲聞緣覺見調魔已不生怖畏於此大乘無上正法方生信樂作如是言我等從今不應於此正法之中而作障礙復次善男子聲聞緣覺於諸煩惱而生怖畏學大乘者都無恐懼修學大乘有如是力以是因緣先所說者爲欲令彼聲聞緣覺調伏諸魔非爲大乘是大涅槃微妙經典不可消伏甚奇甚特若有聞者聞已信受能信如來是常住法如是之人甚爲希有如優曇華我涅槃後若有得聞如是大乘微妙經典生信敬心當知是等於未來世百千億劫不墮惡道爾時佛告迦葉菩薩善男子我般涅槃後當有百千無量衆生誹謗不信是大涅槃微妙經典迦葉菩薩復白佛言世尊是諸衆生於佛滅後久近便當誹謗是經世尊復有何等純善衆生當能拔濟是謗法者佛告迦葉善男子我般涅槃後四十年中於閻浮提廣行流布然後乃當隱没於地善男子譬如甘蔗稻米石蜜乳酥醍醐隨有之處其土人民皆言是味味中第一或復有人純食粟米及以稗子是人亦言我所食者最爲第一是薄福人受業報故若是福人耳初不聞粟稗之名所食唯

食粳粮甘蔗石蜜醍醐是大涅槃微妙經典亦復如是鈍根薄福不樂聽聞如彼薄福憎惡粳粮及石蜜等二乘之人亦復如是憎惡無上大涅槃經或有衆生其心甘樂聽受是經聞已歡喜不生誹謗如彼福人食於稻粮善男子譬如有王居在山中嶮難惡處雖有甘蔗粳粮石蜜以其難得貪惜積聚不敢噉食懼其有盡唯食粟稗有異國王聞之憐笑即以車載粳粮甘蔗而送與之其王得已即便分張舉國共食民既食已皆生歡喜咸作是言因彼王故令我得是希有之食善男子是四種人亦復如是爲此無上大法之將是四種中或有一人見於他方無量菩薩雖學如是大乘經典若自書寫若令他書爲利養故爲稱譽故爲了法故爲依止故爲用博易其餘經故不能廣爲他人宣說是故持是微妙經典送至彼方與彼菩薩令發無上菩提之心安住菩提是菩薩得是經已即便廣爲他人演說令無量衆生得受如是大乘法味皆悉是此一菩薩力所未聞經悉令得聞如彼人民因王力故得希有食又善男子是大涅槃微妙經典所流布處當知其地即是金剛是中諸人亦如金剛若有能聽如是經者即不退轉於阿耨多羅三藐三菩提隨其所願悉得成就如我今日所可宣說汝等比丘應善受持若有衆生不能聽聞如是經典當知是人甚可憐愍何以故是人不能受持如是大乘經典甚深義故迦葉菩薩白佛言世尊如來滅後四十年中是大乘典大涅槃經於閻浮提廣行流布過是已後沒於地者却

後久近復當還出佛言善男子若我正法餘八十年前四十年是經復當於閻浮提雨大法雨迦葉菩薩復白佛言世尊如是經典正法滅時正戒毀時非法增長時無如法衆生時誰能聽受奉持讀誦令其通利供養恭敬書寫解說唯願如來憐愍衆生分別廣說令諸菩薩聞已受持持已即得不退阿耨多羅三藐三菩提心爾時佛讚迦葉善哉善哉善男子汝今善能問如是義善男子若有衆生於熈連河沙等諸佛所發菩提心乃能於是惡世受持如是經典不生誹謗善男子若有能於一恒河沙等諸佛世尊發菩提心然後乃能於惡世中不謗是法愛樂是典不能爲人分別廣說善男子若有衆生於二恒河沙等佛所發菩提心然後乃能於惡世中不謗是法正解信樂受持讀誦亦不能爲他人廣說若有衆生於三恒河沙等佛所發菩提心然後乃能於惡世中不謗是法受持讀誦書寫經卷雖爲他說未解深義若有衆生於四恒河沙等佛所發菩提心然後乃能於惡世中不謗是法受持讀誦書寫經卷爲他廣說十六分中一分之義雖復演說亦不具足若有衆生於五恒河沙等佛所發菩提心然後乃能於惡世中不謗是法受持讀誦書寫經卷廣爲人說十六分中八分之義若有於六恒河沙等佛所發菩提心然後乃能於惡世中不謗是法受持讀誦書寫經卷爲他廣說十六分中十二分義若有衆生於七恒河沙等佛所發菩提心然後乃能於惡世中不謗是法受持讀誦書寫經卷爲他廣說十六分

中十四分義若有衆生於八恒河沙等佛所發菩提心然後乃能於惡世中不謗是法受持讀誦書寫經卷亦勸他人令得書寫自能聽受復勸他人令得聽受讀誦通利擁護堅持憐愍世間諸衆生故供養是經亦勸他人令其供養恭敬尊重讀誦禮拜亦復如是具足能解盡其義味所謂如來常住不變畢竟安樂廣說衆生悉有佛性善知如來所有法藏供養如是諸佛等已建立如是無上正法受持擁護若有始發阿耨多羅三藐三菩提心當知是人未來之世必能建立如是正法受持擁護是故汝今不應不知未來世中護法之人何以故是發心者於未來世必能護持無上正法善男子有惡比丘聞我涅槃不生憂愁今日如來入般涅槃何其快哉如來在世遮我等利今入涅槃誰復當有遮奪我者若無遮奪我則還得如本利養如來在世禁戒嚴峻今入涅槃悉當放捨所受袈裟本爲法式今當廢壞如木頭旛如是等人誹謗拒逆是大乘經善男子汝今應當如是憶持若有衆生成就具足無量功德乃能信是大乘經典信已受持其餘衆生有樂法者若能廣爲解說此經其人聞已過去無量阿僧祇劫所作惡業皆悉除滅若有不信是經典者現身當爲無量病苦之所惱害多爲衆人所見罵辱命終之後人所輕賤顔貌醜陋資生艱難常不供足雖復少得麤澀弊惡生生常處貧窮下賤誹謗正法邪見之家若臨終時或值荒亂刀兵競起帝王暴虐怨家讎隙之所侵逼雖有善友而不遭遇資生所須求不

能得雖少得利常患飢渴唯爲凡下之所顧識國王大臣悉不齒録設復聞其有所宣説正使是理終不信受如是之人不至善處如折翼鳥不能飛行是人亦爾於未來世不能得至人天善處若復有人能信如是大乘經典本所受形雖復麤陋以經功德即便端正威顏色力日更增多常爲人天之所樂見恭敬愛戀情無捨離國王大臣及家親屬聞其所説悉皆敬信若我聲聞弟子之中欲行第一希有事者當爲世間廣宣如是大乘經典善男子譬如霧露勢雖欲住不過日出日既出已消滅無餘善男子是諸衆生所有惡業亦復如是住世勢力不過得見大涅槃日是日既出悉能除滅一切惡業復次善男子譬如有人出家剃髮雖服袈裟故未得受沙彌十戒或有長者來請衆僧未受戒者即與大衆俱共受請雖未受戒已墮僧數善男子若有衆生發心始學是大乘典大涅槃經書持讀誦亦復如是雖未具足位階十地則已墮於十住數中或有衆生是佛弟子或非弟子若因貪怖或因利養聽受是經乃至一偈聞已不謗當知是人則爲已近阿耨多羅三藐三菩提善男子以是因緣我説四人爲世間依善男子如是四人若以佛説言非佛説無有是處是故我説如是四人爲世間依善男子汝應供養如是四人世尊我當云何識知是人而爲供養佛告迦葉若有建立護持正法如是之人應從啓請當捨身命而供養之如我於是大乘經説

有知法者　若老若少　故應供養　恭敬禮拜

猶如事火婆羅門等有知法者若老若少故應供養恭敬禮拜亦如諸天奉事帝釋迦葉菩薩白佛言世尊如佛所說供養師長正應如是今有所疑唯願廣說若有長宿護持禁戒從年少邊諮受未聞云何是人當禮敬不若當禮敬是則不名爲持戒也若是年少護持禁戒從諸宿舊破戒人邊諮受未聞復應禮不若出家人從在家人諮受未聞復當禮不然出家人不應禮敬在家人也然佛法中年少幼小應當恭敬耆舊長宿以是長宿先受具戒成就威儀是故應當供養恭敬如佛言曰其破戒者是佛法中所不容受猶如良田多有稊稗又如佛說有知法者若老若少故應供養如事帝釋如是二句其義云何將非如來虛妄說耶如佛言曰持戒比丘亦有所犯何故如來而作是說世尊亦於餘經中說聽治破戒如是所說其義未了佛告迦葉善男子我爲未來諸菩薩等學大乘者說如是偈不爲聲聞弟子說也善男子如我先說正法滅已毀正戒時增長破戒非法盛時一切聖人隱不現時受畜奴婢不淨物時是四人中當有一人出現於世剃除鬚髮出家修道見諸比丘各各受畜奴婢僕使不淨之物淨與不淨一切不知是律非律亦復不識是人爲欲調伏如是諸比丘故與共和光不同其塵自所行處及佛行處善能別知雖見諸人犯波羅夷默然不舉何以故我出於世爲欲建立護持正法是故默然而不舉處善男子如是之人爲護法故雖有所犯不名破戒善男子如有國王遇病崩亡儲君稚小

未任紹繼有旃陀羅豐饒財寶巨富無量多有眷屬自以强力伺國虛弱簒居王位治化未久國人居士婆羅門等亡叛逃走遠投他國雖有在者乃至不欲眼見是王或有長者婆羅門等不離本土譬如諸樹隨其生處即是中死旃陀羅王知其國人逃叛者衆尋即還遣諸旃陀羅守邏諸道復於七日擊鼓唱令諸婆羅門有能爲我作灌頂師者當以半國而爲爵賞諸婆羅門聞是語已悉無來者各作是言何處當有婆羅門種作如是事旃陀羅王復作是言婆羅門中若無一人爲我師者我要當令諸婆羅門與旃陀羅共住食宿同其事業若有能來灌我頂者半國之封此言不虛呪術所致三十三天上妙甘露不死之藥亦當共分而服食之爾時有一婆羅門子年在弱冠修治淨行長髮爲相善知呪術往至王所白言大王王所勑使我悉能爲爾時大王心生歡喜受此童子作灌頂師諸婆羅門聞是事已皆生瞋恚責此童子汝婆羅門云何乃作旃陀羅師爾時其王即分半國與是童子因共治國經歷多時爾時童子語其王言我捨家法來作王師然教大王微密呪術而今大王猶不見親時王答言我今云何不親汝耶童子答言先王所有不死之藥猶未共食王言善哉善哉大師我實不知師若須者唯願持去是時童子聞王語已即取歸家請諸大臣而共食之諸臣食已即共白王快哉大師有是甘露不死之藥王既知已語其師言云何大師獨與諸臣服食甘露而不見分爾時童子更以其餘雜毒之藥與

王令服王既服已須臾藥發悶亂躃地無所覺知猶如死人爾時童子立本儲君還以爲王作如是言師子御座法不應令旃陀羅昇我從昔來未曾聞見旃陀羅種而爲王也若旃陀羅治國理民無有是處汝今應還紹繼先王正法治國爾時童子經理是已復以解藥與旃陀羅令其醒悟既醒悟已驅令出國是時童子雖爲是事猶故不失婆羅門法其餘居士婆羅門等聞其所作歎未曾有讚言善哉善哉仁者善能驅遣旃陀羅王善男子我涅槃後護持正法諸菩薩等亦復如是以方便力與彼破戒假名受畜一切不淨物僧同其事業爾時菩薩若見有人雖多犯戒能治毀禁諸惡比丘即往其所恭敬禮拜四事供養經書什物悉以奉上如其自無要當方便從諸檀越求覓而與爲是事故應畜八種不淨之物何以故是人爲治諸惡比丘如彼童子驅旃陀羅爾時菩薩雖復恭敬禮拜是人受畜八種不淨之物悉無有罪何以故以是菩薩爲欲擯治諸惡比丘令清淨僧得安隱住流布方等大乘經典利益一切諸天人故善男子以是因緣我於經中說是二偈令諸菩薩皆共讚歎護法之人如彼居士婆羅門等稱讚童子善哉善哉護法菩薩正應如是若有人見護法之人與破戒者同其事業說有罪者當知是人自受其殃是護法者實無有罪善男子若有比丘犯禁戒已憍慢心故覆藏不悔當知是人名眞破戒菩薩摩訶薩爲護法故雖有所犯不名破戒何以故以無憍慢發露悔故善男子是故我於經中覆

相説如是偈

有知法者 若多若少 故應供養 恭敬禮拜

猶如事火 婆羅門等 如第二天 奉事帝釋

以是因縁我亦不爲學聲聞人但爲菩薩而説是偈迦葉菩薩白佛言世尊如是等菩薩摩訶薩於戒極緩本所受戒爲具在不佛言善男子汝今不應作如是説何以故本所受戒如本不失設有所犯即應懺悔悔已清淨善男子如故隄塘穿決有孔水則淋漏何以故無人治故若有人治水則不出菩薩亦爾雖與破戒共作布薩受戒自恣同其僧事所有戒律不如隄塘穿決淋漏何以故若無清淨持戒之人僧則損減慢緩懈怠日有增長若有清淨持戒之人即能具足不失本戒善男子於乘緩者乃名爲緩於戒緩者不名爲緩菩薩摩訶薩於此大乘心不懈慢是名本戒爲護正法以大乘水而自澡浴是故菩薩雖現破戒不名爲緩迦葉菩薩白佛言衆僧之中有四種人如菴羅果生熟難知破戒持戒云何可識佛言善男子因大涅槃微妙經典則易可知云何因是大涅槃經可得知也譬如田夫種稻穀等耘除稗莠以肉眼觀名爲淨田至其成實草穀各異如是八事能汙染僧若能除却以肉眼觀則知清淨若有持戒破戒不作惡時以肉眼觀難可分別若惡彰露則易可知如彼稗莠易可分別僧中亦爾若能遠離於八不淨毒蛇之法是名清淨聖衆福田應爲人天之所供養清淨果報非是肉眼所能分別復次善男子如迦羅迦林其樹衆多於是林中唯有一樹名鎮頭迦是

迦羅迦樹鎮頭迦樹二果相似不可分別其果熟時有一女人悉皆拾取鎮頭迦果纔有一分迦羅迦果乃有十分是女不識齎來詣市而衒賣之凡愚小兒復不別故買迦羅迦果噉已命終有智人輩聞是事已即問女人姊於何處持是果來是時女人即示方所諸人即言如是方所多有無量迦羅迦樹唯有一根鎮頭迦樹諸人知已笑而捨去善男子大衆之中八不淨法亦復如是於是衆中多有受用如是八法唯有一人清淨持戒不受如是八不淨法而知諸人受畜非法然與同事不相捨離如彼林中一鎮頭迦樹有優婆塞見是諸人多有非法併不恭敬供養是人若欲供養應先問言大德如是八事應受畜不佛所聽不若言佛聽如是之人得共布薩羯磨自恣不是優婆塞如是問已衆皆答言如是八事如來憐愍皆悉聽畜優婆塞言祇洹精舍有諸比丘或言金銀佛所聽畜或言不聽有言聽者是不聽者不與共住說戒自恣乃至不共一河飲水利養之物悉不共之汝等云何言佛聽許佛天中天雖復受之汝等衆僧亦不應畜若有受者乃至不應與共說戒自恣羯磨同其僧事若共說戒自恣羯磨同僧事者命終即當墮於地獄如彼諸人食迦羅果已而便命終復次善男子譬如城市有賣藥人有妙甘藥出於雪山亦復多賣其餘雜藥味甘相似時有諸人咸皆欲買然不識別至賣藥所問言汝有雪山藥不其賣藥人即答言有是人欺詐以餘雜藥語買者言此是雪山甘妙好藥時買藥者以肉眼故

不能善別即買持去復作是念我今已得雪山甘藥迦葉若聲聞僧中有假名僧有眞實僧有和合僧若持戒破戒於是衆中等應供養恭敬禮拜是優婆塞以肉眼故不能分別喻如彼人不能分別雪山甘藥誰是持戒誰是破戒誰是眞僧誰是假僧有天眼者乃能分別迦葉若優婆塞知是比丘是破戒人不應給施禮拜供養若知是人受畜八法亦復不應給施所須禮拜供養若於僧中有破戒者不應以被袈裟因緣恭敬禮拜迦葉菩薩復白佛言世尊善哉善哉如來所說眞實不虛我當頂受譬如金剛珍寶異物如佛所說是諸比丘當依四法何等爲四依法不依人依義不依語依智不依識依了義經不依不了義經如是四法應當證知非四種人佛言

善男子依法者即是如來大般涅槃一切佛法即是法性是法性者即是如來是故如來常住不變若復有言如來無常是人不知不見法性若不知見是法性者不應依止如上所說四人出世護持法者應當證知而爲依止何以故是人善解如來微密深奥藏故能知如來常住不變若言如來無常變易無有是處如是四人即名如來何以故是人能解如來密語及能說故若有人能了知如來甚深密藏及知如來常住不變如是之人若爲利養說言如來是無常者無有是處如是之人尚可依止何況不依是四人也依法者即是法性不依人者即是聲聞法性者即是如來聲聞者即是有爲如來者即是常住有爲者即是無常善男子若人破戒爲利養故說

言如來無常變易如是之人所不應依善男子是名定義依義不依語者義者名曰覺了覺了義者名不羸劣不羸劣者名曰滿足滿足義者名曰如來常住不變如來常住不變義者即是法常法常義者即是僧常是名依義不依語也何等語言所不應依所謂諸論綺飾文辭如佛所說無量諸經貪求無猒多姦諛諂詐現親附現相求利經理白衣爲其執役又復唱言佛聽比丘畜諸奴婢不淨之物金銀珍寶穀米倉庫牛羊象馬販賣求利於飢饉世憐愍子故聽諸比丘儲貯陳宿手自作食不受而噉如是等語所不應依依智不依識者所言智者即是如來若有聲聞不能善知如來功德如是之識不應依止若知如來即是法身如是眞智所應依止若見如來方便之身言是陰界諸入所攝食所長養亦不應依是故知識不可依止若復有人作是說者及其經書亦不應依依了義經不依不了義經不了義經者謂聲聞乘聞佛如來深密藏處悉生疑怪不知是藏出大智海猶如嬰兒無所別知是則名爲不了義也了義者名爲菩薩眞實智慧隨於自心無礙大智猶如大人無所不知是名了義又聲聞乘名不了義無上大乘乃名了義若言如來無常變易名不了義若言如來常住不變是名了義聲聞所說應證知者名不了義菩薩所說應證知者名爲了義若言如來食所長養是不了義若言常住不變易者是名了義若言如來入於涅槃如薪盡火滅名不了義若言如來入法性者是名了義聲聞乘法則不應

依何以故如來爲欲度衆生故以方便力說聲聞乘猶如長者教子半字善男子聲聞乘者猶如初耕未得果實如是名爲不了義也是故不應依聲聞乘大乘之法則應依止何以故如來爲欲度衆生故以方便力說於大乘是故應依是名了義如是四依應當證知復次依義者義名質直質直者名曰光明光明者名不羸劣不羸劣者名曰如來又光明者名爲智慧質直者名爲常住如來常者名爲依法法者名常亦名無邊不可思議不可執持不可繫縛而亦可見若有說言不可見者如是之人所不應依是故依法不依於人若有人以微妙之語宣說無常如是之言所不應依是故依義不依於語依智者衆僧是常無爲不變不畜八種不淨之物是故依智不依於識若有說言識作識受無和合僧何以故夫和合者名無所有無所有者云何言常是故此識不可依止依了義者了義者名爲知足終不詐現威儀清白憍慢自高貪求利養亦於如來隨宜方便所說法中不生執著是名了義若有能住如是等中當知是人則爲已得住第一義是故名爲依了義經不依不了義經不了義者如經中說一切燒然一切無常一切皆苦一切皆空一切無我是名不了義何以故以不能了如是義故令諸衆生墮阿鼻獄所以者何以取著故於義不了一切燒者謂如來說涅槃亦燒一切無常者涅槃亦無常苦空無我亦復如是是故名爲不了義經不應依止善男子若有人言如來憐愍一切衆生善知時宜以知時故說輕

爲重説重爲輕如來觀知所有弟子有諸檀越供給所須令無所乏如是之人佛則不聽受畜奴婢金銀財寶販賣市易不淨物等若諸弟子無有檀越供給所須時世飢饉飲食難得爲欲建立護持正法我聽弟子受畜奴婢金銀車乘田宅穀米貿易所須雖聽受畜如是等物要當淨施篤信檀越如是四法所應依止若有戒律阿毗曇修多羅不違是四亦應依止若有説言有時非時有能護法不能護法如來悉聽一切比丘受畜如是不淨物者如是之言不應依止若有戒律阿毗曇修多羅中有同是説如是三分亦不應依我爲肉眼諸衆生等説是四依終不爲於有慧眼者是故我今説是四依法者即是法性義者即是如來常住不變智者了知一切衆生悉有佛性了義者了達一切大乘經典

大般涅槃經卷第六

音釋

憋匹滅切急性也　稗旁卦切稊稗也　隟乞逆切怨隙也　稊田黎切似穀穢草也　篡初患切逆而奪取之曰篡　隄都黎切岸也　莠以九切穢草也　衒炫絹切行且賣也　諛容朱切面從也　諂丑琰切佞言也　販方願切買賤賣貴也

大般涅槃經卷第七

北凉天竺三藏曇無讖奉　詔譯

如來性品第四之四

爾時迦葉菩薩白佛言世尊如上所說四種人等應當依耶佛言如是如是善男子如我所說應當依止何以故有四魔故何等爲四如魔所說諸餘經律能受持者迦葉菩薩白佛言世尊如佛所說有四種魔若魔所說及佛所說我當云何而得分別有諸衆生隨逐魔行復有隨順佛所教者如是等輩復云何知佛告迦葉我般涅槃七百歲後是魔波旬漸當沮壞我之正法譬如獵師身服法衣魔王波旬亦復如是作比丘像比丘尼像優婆塞像優婆夷像亦復化作須陀洹身乃至化作阿羅漢身及佛色身魔王以此有漏之形作無漏身壞我正法是魔波旬壞正法時當作是言菩薩昔於兜率天上沒來在此迦毗羅城白淨王宮依因父母愛欲和合生育是身若言有人生於人中爲諸世間天人大衆所恭敬者無有是處又復說言往昔苦行種種布施頭目髓腦國城妻子是故今者得成佛道以是因緣爲諸人天乾闥婆阿修羅迦樓羅緊那羅摩睺羅伽之所恭敬若有經律作是說者當知悉是魔之所說善男子若有經律作如是言如來正覺久已成佛今方示現成佛道者爲欲度脱諸衆生故示有父母依因愛欲和合而生隨順世間作是示現如是經律當知眞是如來所說若有隨順魔所說者是魔眷屬若能隨順佛說經律即是菩薩若有說言如來生時於十方面各行七步

不可信者是魔所說若復有說如來出世於十方面各行七步此是如來方便示現是名如來所說經律若有隨順魔所說者是魔眷屬若能隨順佛所說者即是菩薩若有說言菩薩生已父王使人將詣天祠諸天見已悉下禮敬是故名佛復有難言天者先出佛在於後云何諸天禮敬於佛作是難者當知即是波旬所說若有經言佛到天祠是諸天等摩醯首羅大梵天王釋提桓因皆悉合掌敬禮其足如是經律是佛所說若有隨順魔所說者是魔眷屬若能隨順佛所說者即是菩薩若有經律說言菩薩爲太子時以貪心故四方娉妻處在深宮五欲自娛歡悅受樂如是經律波旬所說若有說言菩薩久已捨離貪心妻息之屬乃至不受三十三天上妙五欲如棄涕唾何况人欲剃除鬚髮出家修道如是經律是佛所說若有隨順魔經律者是魔眷屬若有隨順佛經律者即是菩薩若有說言佛在舍衛祇陀精舍聽諸比丘受畜奴婢僕使牛羊象馬驢騾雞豬貓狗金銀瑠璃眞珠玻瓈硨磲碼碯珊瑚琥珀珂貝璧玉銅鐵釜鑊大小銅盤所須之物耕田種植販賣市易儲積穀米如是衆事佛大慈故憐愍衆生皆聽畜之如是經律悉是魔說若有說言佛在舍衛祇陀精舍那梨樓鬼所住之處爾時如來因婆羅門字羖羝德及波斯匿王說言比丘不應受畜金銀瑠璃玻瓈眞珠硨磲碼碯珊瑚琥珀珂貝璧玉奴婢僕使童男童女牛羊象馬驢騾雞豬貓狗等獸銅鐵釜鑊大小銅盤種種雜色牀敷臥具資生所須所

謂屋宅耕田種植販賣市易自手作食自磨自舂治身呪術調鷹方法仰觀星宿推步盈虛占相男女解夢吉凶是男是女非男非女六十四能復有十八惑人呪術種種工巧或說世間無量俗事散香末香塗香熏香種種華鬘治髮方術姦僞諂曲貪利無猒愛樂憒鬧戲笑談說貪嗜魚肉和合毒藥治壓香油捉持寶蓋及以革屣造扇箱篋種種畫像積聚穀米大小麥豆及諸果蓏親近國王王子大臣及諸女人高聲大笑或復默然於諸法中多生疑惑多語妄說長短好醜或善不善好著妙衣如是種種不淨之物於施主前躬自讚歎出入遊行不淨之處所謂酤酒婬女博弈如是之人我今不聽在比丘中應當休道還俗役使譬如稗莠悉滅無餘當知是等經律所制悉是如來之所說也若有隨順魔所說者是魔眷屬若有隨順佛所說者即是菩薩若有說言菩薩爲欲供養天神故入天祠所謂梵天大自在天韋陀天迦旃延天所以入者爲欲調伏諸天人故若言不爾無有是處若言菩薩不能入於外道邪論知其威儀文章技藝僕使鬪諍不能和合不爲男女國王大臣之所恭敬又亦不知和合諸藥以不知故乃名如來如其知者是邪見輩又復如來於怨親中其心平等如以刀割及香塗身於此二人不生增益損減之心唯能處中故名如來如是經律當知是魔之所說也若有說言菩薩如是示入天祠外學法中出家修道示現知其威儀禮節能解一切文章技藝示入書堂技巧之處能善和合僕使鬪諍

於諸大衆童男童女後宫妃后人民長者婆羅門等王及大臣貧窮等中最尊最上復爲是等之所恭敬亦能示現如是等事雖處諸見不生愛心猶如蓮華不受塵垢爲度一切諸衆生故善行如是種種方便隨順世法如是經律當知即是如來所説若有隨順魔所説者是魔眷屬若能隨順佛所説者是大菩薩若有説言如來爲我解説經律若惡法中輕重之罪及偷蘭遮其性皆重我等律中終不爲之我久忍受如是之法汝等不信我當云何自捨已律就汝律耶汝所有律是魔所説我等經律是佛所制如來先説九部法印如是九印印我經律初不聞有方等經典一句一字如來所説無量經律何處有説方等經耶如是等中未曾聞有十部經名如其有者當知必定調達所作調達惡人以滅善法造方等經我等不信如是等經是魔所説何以故破壞佛法更相是非故如是之言汝經中有我經中無我經律中如來説言我涅槃後惡世當有不正經律所謂大乘方等經典未來之世當有如是諸惡比丘我又説言過九部經有方等典若有人能了知其義當知是人正了經律遠離一切不淨之物微妙清淨猶如滿月若有説言如來雖爲一一經律説如恒河沙等義味我律中無將知爲無如其有者如來何故於我律中而不解説是故我今不能信受當知是人則爲得罪是人復言如是經律我當受持何以故當爲我作知足少欲斷除煩惱智慧涅槃善法因故如是説者非我弟子若有説言如來爲欲度衆生

故說方等經當知是人眞我弟子若有不受方等經者當知是人非我弟子不爲佛法而出家也即是邪見外道弟子如是經律是佛所說若不如是是魔所說若有隨順魔所說者是魔眷屬若有隨順佛所說者即是菩薩復次善男子若有說言如來不爲無量功德之所成就無常變異以得空法宣說無我不順世間如是經律名魔所說若有人言如來正覺不可思議亦爲無量阿僧祇等功德所成是故常住無有變異如是經律是佛所說若有隨順魔所說者是魔眷屬若有隨順佛所說者即是菩薩復有人言或有比丘實不毁犯波羅夷罪衆人皆謂犯波羅夷如斷多羅樹而是比丘實無所犯何以故我常說言四波羅夷若犯一者猶如析石不可還合若有自說得過人法是則名爲犯波羅夷何以故實無所得詐現得相故如是之人退失人法是名波羅夷所謂若有比丘少欲知足持戒清淨住空閑處若王大臣見是比丘心生念言謂得羅漢即前讚歎恭敬禮拜復作是言如是大師捨是身已當得阿耨多羅三藐三菩提比丘聞已即答王言我實未得沙門道果王莫稱我已得道果唯願大王勿爲我說不知足法不知足者乃至謂得阿耨多羅三藐三菩提皆默然受我今若當默然受者當爲諸佛之所訶責知足之行諸佛所讚是故我欲終身歡樂奉修知足又知足者我定自知未得道果王稱我得我今不受故名知足時王答言大師實得阿羅漢果如佛無異爾時其王普皆宣告内外人民中宫妃后悉

令皆知得沙門果是故咸令一切聞者心生敬信供養尊重如是比丘眞是梵行清淨之人以是因緣普令諸人得大福德而是比丘實不毀犯波羅夷罪何以故前人自生歡喜之心讚歎供養故如是比丘當有何罪若有說言是人得罪當知是經是魔所說復有比丘說佛祕藏甚深經典一切衆生皆有佛性以是性故斷無量億諸煩惱結即得成於阿耨多羅三藐三菩提除一闡提若王大臣作如是言比丘汝當作佛不作佛耶有佛性不比丘答言我今身中定有佛性成以不成未能審之王言大德如其不作一闡提者必成無疑比丘言爾實如王言是人雖言定有佛性亦復不犯波羅夷也復有比丘即出家時作是思惟我今必定成阿耨多羅三藐三菩提如是之人雖未得成無上道果已爲得福無量無邊不可稱計假使有人當言是人犯波羅夷一切比丘無不犯者何以故我於往昔八十億劫常離一切不淨之物少欲知足威儀成就善修如來無上法藏亦自定知身有佛性是故我今得成阿耨多羅三藐三菩提得名爲佛有大慈悲如是經律是佛所說若有不能隨順是者是魔眷屬若能隨順是大菩薩復有說言無四波羅夷十三僧殘二不定法三十捨墮九十一墮四懺悔法衆多學法七滅諍等無偷蘭遮五逆等罪及一闡提若有比丘犯如是等墮地獄者外道之人悉應生天何以故諸外道等無戒可犯是故如來示現怖人故說斯戒若言佛說我諸比丘若欲行婬應捨法服著俗衣裳然後行婬

復應生念婬欲因緣非我過咎如來在世亦有比丘習行婬欲得正解脫或命終後生於天上古今有之非獨我作或犯四重或犯五戒或行一切不淨律儀猶故而得眞正解脫如來雖說犯突吉羅如忉利天日月歲數八百萬歲墮在地獄是亦如來示現怖人言波羅夷至突吉羅輕重無差是諸律師妄作此言言是佛制必定當知非佛所說如是言說是魔經律若復說言於諸戒中若犯小戒乃至微細當受苦報無有齊限如是知已防護自身如龜藏六若有律師復作是言凡所犯戒都無罪報如是之人不應親近如佛所說

若過一法　是名妄語　不見後世　無惡不造

是故不應親近是人我佛法中清淨如是況復有犯偷蘭遮罪或犯僧殘及波羅夷而非罪耶是故應當深自防護如是等法若不守護更以何法名爲禁戒我於經中亦說有犯四波羅夷乃至微細突吉羅等應當苦治衆生若不護持禁戒云何當得見於佛性一切衆生雖有佛性要因持戒然後乃見因見佛性得成阿耨多羅三藐三菩提九部經中無方等經是故不說有佛性也經雖不說當知實有若作是說當知是人眞我弟子迦葉菩薩白佛言世尊如上所說一切衆生有佛性者九部經中所未曾聞如其說有云何不犯波羅夷耶佛言善男子如汝所說實不毀犯波羅夷也善男子譬如有人說言大海唯有七寶無八種者是人無罪若有說言九部經中無佛性者亦復無罪何以故我於大乘大智海中說有佛性二乘之人所不知見是故

說無不得罪也如是境界諸佛所知非是聲聞緣覺所及善男子若人不聞如來甚深祕密藏者云何當知有佛性耶何等名爲祕密之藏所謂方等大乘經典善男子有諸外道或說我常或說我斷如來不爾亦說有我亦說無我是名中道若有說言佛說中道一切衆生悉有佛性煩惱覆故不知不見是故應當勤修方便斷壞煩惱若有能作如是說者當知是人不犯四重若不能作如是說者是則名爲犯波羅夷若有說言我已成就阿耨多羅三藐三菩提何以故以有佛性故有佛性者必定當成阿耨多羅三藐三菩提以是因緣我今已得成就菩提當知是人則名爲犯波羅夷罪何以故雖有佛性以未修習諸善方便是故未見以未見故不能得成阿耨多羅三藐三菩提善男子以是義故佛法甚深不可思議迦葉菩薩白佛言世尊有王問言云何比丘墮過人法佛告迦葉若有比丘爲利養故爲飲食故作諸諛諂姦僞欺詐云何當令諸世間人定實知我是乞士也以是因緣令我大得利養名譽如是比丘多愚癡故長夜常念我實未得四沙門果云何當令諸世間人謂我已得復當云何令優婆塞優婆夷等咸共指我作如是言是人福德真是聖人如是思惟正爲求利非爲求法行來入出進止安庠執持衣鉢不失威儀獨坐空處如阿羅漢令世間人咸作是言如是比丘善好第一精勤苦行修寂滅法以是因緣我當大得門徒弟子諸人亦當大致供養衣服飲食卧具醫藥令多女人敬念愛重若有比丘

及比丘尼作如是事隨過人法復有比丘爲欲建立無上正法住空寂處非阿羅漢而欲令人謂是羅漢是好比丘是善比丘寂靜比丘令無量人生於信心以此因緣我得無量諸比丘等以爲眷屬因是得教破戒比丘及優婆塞悉令持戒以是因緣建立正法光揚如來無上大事開顯方等大乘法化度脫一切無量衆生善解如來所說經律輕重之義復言我今亦有佛性有經名曰如來祕藏於是經中我當必定得成佛道能盡無量億煩惱結廣爲無量諸優婆塞說言汝等盡有佛性我之與汝俱當安住如來道地成阿耨多羅三藐三菩提盡無量億諸煩惱結作是說者是人不名墮過人法名爲菩薩若言有犯突吉羅者忉利天上日月歲數八百萬歲墮地獄中受諸罪報何況故犯偷蘭遮罪此大乘中若有比丘犯偷蘭遮不應親近何等名爲大乘經中偷蘭遮罪若有長者造立佛寺以諸華鬘用供養佛有比丘見華貫中縷不問輒取犯偷蘭遮若知不知亦如是犯若以貪心破壞佛塔犯偷蘭遮如是之人不應親近若王大臣見塔朽故爲欲修補供養舍利於是塔中或得珍寶即寄比丘比丘得已自在而用如是比丘名爲不淨多起鬭諍善優婆塞不應親近供養恭敬如是比丘名爲無根名爲二根名不定根不定根者欲貪女時身即爲女欲貪男時身即爲男如是比丘名爲惡根不名爲男不名爲女不名出家不名在家如是比丘不應親近供養恭敬於佛法中沙門法者應生悲心覆育衆生乃至蟻子

應施無畏是沙門法遠離飲酒乃至齅香是沙門法不得妄語乃至夢中不念妄語是沙門法不生欲心乃至夢中亦復如是是沙門法迦葉菩薩白佛言世尊若有比丘夢行婬欲是犯戒不佛言不也應於婬欲生臭穢想乃至不生一念淨想遠離女人煩惱愛想若夢行婬寤應生悔比丘乞食受供養時應如飢世食子肉想若生婬欲應疾捨離如是法門當知是佛所說經律若有隨順魔所說者是魔眷屬若能隨順佛所說者是名菩薩若有說言佛聽比丘常翹一脚寂嘿不言卧灰土上自墜高巖投淵赴火五熱炙身卧棘刺上淘糠飲汁服毒斷食殺害衆生故弄師子呪術方道旃陀羅種二根無根二根合一悉聽爲道斷五種味乳酪酪漿生酥熟酥油蜜之等聽著繒綵以軻爲跋一切穀米草木之類皆有壽命佛說是已便入涅槃如是說者即是魔說若言如來不聽比丘常翹一脚寂嘿不言卧灰土上自墜高巖投淵赴火五熱炙身卧棘刺上淘糠飲汁服毒斷食殺害衆生故弄師子呪術方道旃陀羅種二根無根二根合者不聽爲道聽服五種乳酪酪漿酥油蜜等不聽受著繒綵衣服以軻爲跋穀米草木無命無我非衆生數若有能作如是說者是我弟子若不能者當知即是外道弟子如是經律是佛所說若有隨順魔所說者是魔眷屬若能隨順佛所說者是名菩薩善男子魔說佛說差別之相今已爲汝廣宣分別迦葉白佛言世尊我今始知魔說佛說差別之相因是得入佛法深義佛讚迦葉善哉善

哉善男子汝能如是曉了分別是名黠慧善男子所言苦者不名聖諦何以故若言苦是苦聖諦者一切牛羊驢馬及地獄衆生應有聖諦善男子若復有人不知如來甚深境界常住不變微密法身謂是食身非是法身不知如來道德威力是名爲苦何以故以不知故法見非法非法見法當知是人必墮惡趣輪轉生死增長諸結多受苦惱若有能知如來常住無有變異或聞常住二字音聲若一經耳即生天上後解脫時乃能證知如來常住無有變易既證知已而作是言我於往昔曾聞是義今得解脱方乃證知我於本際以不知故輪轉生死周迴無窮始於今日乃得真知若如是知真是修苦多所利益若不知者雖復勤修無所利益是名知苦名苦聖諦若人不能如是修習是名爲苦非苦聖諦苦集諦者於真法中不生真知受不淨物所謂奴婢能以非法言是正法斷滅正法不令久住以是因緣不知法性以不知故輪轉生死多受苦惱不得生天及正解脱若有深知不壞正法以是因緣得生天上及正解脱若有不知苦集諦處而言正法無有常住悉是滅法以是因緣於無量劫流轉生死受諸苦惱若能知法常住不異是名知集名集聖諦若人不能如是修習是名爲集非集聖諦苦滅諦者若有多修習學空法是爲不善何以故滅一切法故壞於如來真法藏故作是修學是名修空修苦滅者逆於一切諸外道等若言修空是滅諦者一切外道亦修空法應有滅諦若有説言有如來藏雖不可見若能滅

除一切煩惱爾乃得入若發此心一念因緣於諸法中而得自在若有修習如來密藏無我空寂如是之人於無量世在生死中流轉受苦若有不作如是修者雖有煩惱疾能滅除何以故因知如來祕密藏故是名苦滅聖諦若能如是修習滅者是我弟子若有不能作如是修是名空修非滅聖諦道聖諦者所謂佛法僧寶及正解脫有諸衆生顛倒心言無佛法僧及正解脫生死流轉猶如幻化修習是見以此因緣輪轉三有久受大苦若能發心見於如來常住無變法僧解脫亦復如是乘此一念於無量世自在果報隨意而得何以故我於往昔以四倒故非法計法受於無量惡業果報我今已滅如是見故成佛正覺是名道聖諦若有人言三寶無常修習是見是虛妄修非道聖諦若修是法爲常住者是我弟子眞見修習四聖諦法是名四聖諦迦葉菩薩復白佛言世尊我今始知修習甚深四聖諦法佛告迦葉善男子謂四倒者於非苦中生於苦想名曰顛倒非苦者名爲如來生苦想者謂於如來無常變異若說如來是無常者名大罪苦若言如來捨此苦身入於涅槃如薪盡火滅是名非苦而生苦想是名顛倒我若說言如來常者即是我見以我見故有無量罪是故應說如來無常如是說者我則受樂如來無常即爲是苦若是苦者云何生樂以於苦中生樂想故名爲顛倒樂生苦想名爲顛倒樂者即是如來苦者如來無常若說如來是無常者是名樂中生於苦想如來常住是名爲樂我若說言如來是常

云何復得入於涅槃若言如來非是苦者云何捨身而取滅度以於樂中生苦想故名爲顛倒是名初倒無常常想常無常想是名顛倒無常者名不修空不修空故壽命短促若有說言不修空寂得長壽者是名顛倒是名第二顛倒無我我想我無我想是名顛倒世間之人亦說有我佛法之中亦說有我世間之人雖說有我無有佛性是則名爲於無我中而生我想是名顛倒佛法有我即是佛性世間之人說佛法無我是名我中生無我想若言佛法必定無我是故如來勑諸弟子修習無我名爲顛倒是名第三顛倒淨不淨想不淨淨想是名顛倒淨者即是如來常住非雜食身非煩惱身非血肉身非是筋骨繫縛之身若有說言如來無常是雜食身乃至筋骨繫縛之身法僧解脫是滅盡者是名顛倒不淨淨想名顛倒者若有說言我此身中無有一法是不淨者以無不淨定當得入清淨之處如來所說修不淨觀如是之言是虛妄說是名顛倒是則名爲第四顛倒迦葉菩薩白佛言世尊我從今日始得正見世尊自是之前我等悉名邪見之人世尊二十五有有我不也佛言善男子我者即是如來藏義一切衆生悉有佛性即是我義如是我義從本以來常爲無量煩惱所覆是故衆生不能得見善男子如貧女人舍內多有眞金之藏家人大小無有知者時有異人善知方便語貧女人我今雇汝汝可爲我耘除草穢女即答言我不能也汝若能示我子金藏然後乃當速爲汝作是人復言我知方便能示汝子女

人答言我家大小尚自不知況汝能知是人復言我今審能女人答言我亦欲見并可示我是人即於其家掘出真金之藏女人見已心生歡喜生奇特想宗仰是人善男子衆生佛性亦復如是一切衆生不能得見如彼寶藏貧女不知善男子我今普示一切衆生所有佛性爲諸煩惱之所覆蔽如彼貧人有真金藏不能得見如來今日普示衆生諸覺寶藏所謂佛性而諸衆生見是事已心生歡喜歸仰如來善方便者即是如來貧女人者即是一切無量衆生真金藏者即是佛性也復次善男子譬如女人生育一子嬰孩得病是女愁惱求覓醫師醫師既來合三種藥酥乳石蜜與之令服因告女人兒服藥已且莫與乳須藥消已爾乃與之是時女人即以苦物用塗其乳母語兒言我乳毒塗不可復觸小兒渴乏欲得母乳聞乳毒氣便遠捨去逮至藥消母人以水淨洗其乳喚其子言來與汝乳是時小兒雖復飢渴先聞毒氣是故不來母復語言爲汝服藥故以毒塗汝藥已消我已洗竟汝便可來飲乳無苦是兒聞已漸漸還飲善男子如來亦爾爲度一切教諸衆生修無我法如是修已永斷我心入於涅槃爲除世間諸妄見故示現出過世間法故復示世間計我虛妄非真實故修無我法清淨身故喻如女人爲其子故苦味塗乳如來亦爾爲修空故說言諸法悉無有我如彼女人淨洗乳已而喚其子欲令還服我今亦爾說如來藏是故比丘不應生怖如彼小兒聞母喚已漸還飲乳比丘亦爾應自分別如來祕藏

不得不有迦葉菩薩白佛言世尊實無有我何以故嬰兒生時無所知曉若有我者即生之日尋應有知以是義故定知無我若定有我受生已後應無終沒若使一切皆有佛性是常住者應無壞相若無壞相云何而有刹利婆羅門毗舍首陀及旃陀羅畜生差别今見業緣種種不同諸趣各異若定有我一切衆生應無勝負以是義故定知佛性非是常法若言佛性定是常者何緣復說有殺盗婬兩舌惡口妄言綺語貪恚邪見若我性常何故酒後迷荒醉亂若我性常盲應見色聾應聞聲啞應能語拘躄能行若我性常不應避於火坑大水毒藥刀劒惡人禽獸若我常者本所更事不應忘失若不忘失何緣復言我曾何處見是人耶若我常者則不應有少壯老等衰盛力勢憶念往事若我常者止住何處爲在涕唾青黄赤白諸色中耶若我常者應徧身中如胡麻油間無空處若斷身時我亦應斷佛告迦葉善男子譬如王家有大力士其人眉間有金剛珠與餘力士捔力相撲而彼力士以頭牴觸其額上珠尋沒膚中都不自知是珠所在其處有瘡即命良醫欲自療治時有明醫善知方藥即知是瘡因珠入體是珠入皮即便停住是時良醫尋問力士卿額上珠爲何所在力士驚答大師醫王我額上珠乃失去耶是珠今者爲何所在將非幻化憂愁啼哭是時良醫慰喻力士汝今不應生大愁苦汝因鬭時寶珠入體今在皮裏影現於外汝曹鬭時瞋恚毒盛珠陷入體故不自知是時力士不信醫言若在皮裹膿血

不淨何緣不出若在筋裏不應可見汝今云何欺誑於我時醫執鏡以照其面珠在鏡中明了顯現力士見已心懷驚怪生奇特想善男子一切衆生亦復如是不能親近善知識故雖有佛性皆不能見而爲貪婬瞋恚愚癡之所覆蔽故墮地獄畜生餓鬼阿修羅旃陀羅剎利婆羅門毗舍首陀生如是等種種家中因心所起種種業緣雖受人身聾盲瘖瘂拘躄癃跛於二十五有受諸果報貪婬瞋恚愚癡覆心不知佛性如彼力士寶珠在體謂呼失去衆生亦爾不知親近善知識故不識如來微密寶藏修學無我喻如非聖雖說有我亦復不知我之眞性我諸弟子亦復如是不知親近善知識故修學無我亦復不知無我之處尚自不知無我眞性況復能知有我眞性善男子如來如是說諸衆生皆有佛性喻如良醫示彼力士金剛寶珠是諸衆生爲諸無量億煩惱等之所覆蔽不識佛性若盡煩惱爾時乃得證知了了如彼力士於明鏡中見其寶珠善男子如來祕藏如是無量不可思議復次善男子譬如雪山有一味藥名曰樂味其味極甜在深叢下人無能見有人聞香即知其地當有是藥過去世有轉輪王於此雪山爲此藥故在在處處造作木筩以接是藥是藥熟時從地流出集木筩中其味眞正王既沒已其後是藥或酢或鹹或甜或苦或辛或淡如是一味隨其流處有種種異是藥眞味停留在山猶如滿月凡人薄福雖以钁斵加功困苦而不能得復有聖王出現於世以福因緣即得是藥眞正之味善男

子如來祕藏其味亦爾爲諸煩惱叢林所覆無明衆生不能得見一味藥者喻如佛性以煩惱故出種種味所謂地獄畜生餓鬼天人男女非男非女刹利婆羅門毗舍首陀佛性雄猛難可沮壞是故無有能殺害者若有殺者則斷佛性如是佛性終不可斷性若可斷無有是處如我性者即是如來祕密之藏如是祕藏一切無能沮壞燒滅雖不可壞然不可見若得成就阿耨多羅三藐三菩提爾乃證知以是因緣無能殺者迦葉菩薩復白佛言世尊若無殺者應當無有不善之業佛告迦葉實有殺生何以故善男子衆生佛性住五陰中若壞五陰名曰殺生若有殺生即墮惡趣以業因緣而有刹利婆羅門毗舍首陀及旃陀羅若男若女非男非女二十五有差別之相流轉生死非聖之人橫計於我大小諸相猶如稗子或如米豆乃至拇指如是種種妄生憶想妄想之相無有眞實出世我相名爲佛性如是計我是名最善復次善男子譬如有人善知伏藏即取利钁斵地直下磐石沙礫直過無難唯至金剛不能穿徹夫金剛者所有刀斧不能沮壞善男子衆生佛性亦復如是一切論者天魔波旬及諸人天所不能壞五陰之相即是起作起作之相喻如石沙可穿可壞佛性者喻如金剛不可沮壞以是義故壞五陰者名爲殺生善男子必定當知佛法如是不可思議

大般涅槃經卷第七

音釋

㲉果五切 羝都黎切 憒古對切心亂也 閙女教切不靜也 篋詰叶切箱屬 翹祈堯切舉也 嘿密北切不語也 棘訖力切荊棘也 躄必益切足不能行也 撲弼角切踣也 觝典禮切觸也 跛補火切偏廢也 钁厥縛切大鉏也 斲竹角切斫也

大般涅槃經卷第八

北凉天竺三藏曇無讖奉　詔譯

如來性品第四之五

善男子方等經者猶如甘露亦如毒藥迦葉菩薩復白佛言如來何緣說方等經譬如甘露亦如毒藥佛言善男子汝今欲知如來祕藏眞實義不迦葉言爾我今實欲得知如來祕藏之義爾時世尊而說偈言

或有服甘露　傷命而早夭　或有服甘露
壽命得長存　或有服毒生　有緣服毒死
無礙智甘露　所謂大乘典　如是大乘典
亦名雜毒藥　如酥醍醐等　及以諸石蜜
服消則爲藥　不消則爲毒　方等亦如是
智者爲甘露　愚不知佛性　服之則成毒
聲聞及緣覺　大乘爲甘露　猶如諸味中
乳最爲第一　如是勤進者　依因於大乘
得至於涅槃　成人中象王　衆生知佛性
猶如迦葉等　無上甘露味　不生亦不死
迦葉汝今當　善分別三歸　如是三歸性
則是我之性　若能諦觀察　我性有佛性
當知如是人　得入祕密藏　知我及我所
是人已出世　佛法三寶性　無上第一尊
如我所說偈　其性義如是

爾時迦葉復說偈言

我今都不知　歸依三寶處　云何當歸趣
無上無所畏　不知三寶處　云何作無我
云何歸佛者　而得於安隱　云何歸依法
唯願爲我說　云何得自在　云何不自在
云何歸依僧　轉得無上利　云何眞實說
未來成佛道　未來若不成　云何歸三寶

我今無預知　當行次第依　云何未懷妊
而作生子想　若必在胎中　則名爲有子
子若處胎中　定當生不久　是名爲子義
衆生業亦然　如佛之所說　愚者不能知
以其不知故　輪迴生死獄　假名優婆塞
不知眞實義　唯願廣分別　除斷我疑網
如來大智慧　唯垂哀分別　願說於如來
祕密之寶藏　迦葉汝當知　我今當爲汝
善開微密藏　令汝疑得斷　今當至心聽
汝於諸菩薩　則與第七佛　同其一名號
歸依於佛者　眞名優婆塞　終不更歸依
其餘諸天神　歸依於法者　則離於殺害
歸依聖僧者　不求於外道　如是歸三寶
則得無所畏　迦葉白佛言　我亦歸三寶
是名爲正路　諸佛之境界　三寶平等相
常有大智性　我性及佛性　無二無差別
是道佛所讚　正進安止處　亦名正遍見
故爲佛所稱　我亦趣善逝　所讚無上道
是最爲甘露　諸有所無有

爾時佛告迦葉菩薩善男子汝今不應如諸聲聞凡夫之人分別三寶於此大乘無有三歸分別之相所以者何於佛性中即有法僧爲欲化度聲聞凡夫故分別說三歸異相善男子若欲隨順世間法者則應分別有三歸依善男子菩薩應作如是思惟我今此身歸依於佛若即此身得成佛道既成佛已不應恭敬禮拜供養於諸世尊何以故諸佛平等等爲衆生作歸依故若欲尊重法身舍利便應禮敬諸佛塔廟所以者何爲欲化度諸衆生故亦令衆生於我身即起塔廟想禮拜供

養如是衆生以我法身爲歸依處一切衆生皆依非眞邪僞之法我當次第爲説眞法又有歸依非眞僧者我當爲作依眞僧處若有分別三歸依者我當爲作一歸依處無三差別於生盲衆爲作眼目復當爲諸聲聞緣覺作眞歸處善男子如是菩薩爲無量惡諸衆生等及諸智者而作佛事善男子譬如有人臨陣戰時即生心念我於是中最爲第一一切兵衆悉依恃我亦如王子如是思惟我當調伏其餘王子紹繼大王霸王之業而得自在令諸王子悉見歸依是故不應生下劣心如王王子大臣亦爾善男子菩薩摩訶薩亦復如是作是思惟云何三事與我一體善男子我示三事即是涅槃如來者名無上士譬如人身頭最爲上非餘肢節手足等也佛亦如是最爲尊上非法僧也爲欲化度諸世間故種種示現差別之相如彼梯隥是故汝今不應受持如凡愚人所知三歸差別之相汝於大乘猛利決斷應如剛刀迦葉菩薩白佛言世尊我知故問非爲不知我爲菩薩大勇猛者問於無垢清淨行處欲令如來爲諸菩薩廣宣分別奇特之事稱揚大乘方等經典如來大悲今已善説我亦如是安住其中所説菩薩清淨行處即是宣説大涅槃經世尊我今亦當廣爲衆生顯揚如是如來祕藏亦當證知眞三歸處若有衆生能信如是大涅槃經其人則能自然了達三歸依處何以故如來祕藏有佛性故其有宣説是經典者皆言身中盡有佛性如是之人則不遠求三歸依處何以故於未來世我身即當成就三寶

是故聲聞緣覺之人及餘衆生皆依於我恭敬禮拜善男子以是義故應當善學大乘經典迦葉復言佛性如是不可思議三十二相八十種好亦不可思議爾時佛讚迦葉菩薩善哉善哉善男子汝已成就深利智慧我今當更善爲汝說入如來藏若我住者即是常法不離於苦若無我者修行淨行無所利益若言諸法皆無有我是即斷見若言我住即是常見若言一切行無常者即是斷見諸行常者復是常見若言苦者即是斷見若言樂者復是常見修一切法常者墮於斷見修一切法斷者墮於常見如步屈蟲要因前脚得移後足修常斷者亦復如是要因斷常以是義故修餘法苦者皆名不善修餘法樂者則名爲善修餘法無我者是諸煩惱分修餘法常者是則名曰如來祕藏所謂涅槃無有窟宅修餘法無常者即是財物修餘法常者謂佛法僧及正解脫當知如是佛法中道遠離二邊而說眞法凡夫愚人於中無疑如羸病人服食酥已氣力輕便有無之法體性不定譬如四大其性不同各相違反良醫善知隨其偏發而消息之善男子如來亦爾於諸衆生猶如良醫知諸煩惱體相差別而爲除斷開示如來祕密之藏清淨佛性常住不變若言有者智不應染若言無者即是妄語若言有者不應默然亦復不應戲論諍訟但求了知諸法眞性凡夫之人戲論諍訟不解如來微密藏故若說於苦愚人便謂身是無常說一切苦復不能知身有樂性說無常者凡夫之人計一切身皆是無常譬如瓦坏有智之

人應當分別不應盡言一切無常何以故我身即有佛性種子若説無我凡夫當謂一切佛法悉無有我智者應當分別無我假名不實如是知已不應生疑若言如來祕藏空寂凡夫聞之生斷滅見有智之人應當分別如來是常無有變易若言解脱喻如幻化凡夫當謂得解脱者即是磨滅有智之人應當分別人中師子雖有去來常住不變若言無明因緣諸行凡夫之人聞已分別生二法想明與無明智者了達其性無二無二之性即是實性若言諸行因緣識者凡夫謂二行之與識智者了達其性無二無二之性即是實性若言十善十惡可作不可作善道惡道白法黑法凡夫謂二智者了達其性無二無二之性即是實性若言應修一切法苦凡夫謂一智者了達其性無二無二之性即是實性若言一切行無常如來祕藏亦是無常凡夫謂二智者了達其性無二無二之性即是實性若言一切法無我如來祕藏亦無有我凡夫謂二智者了達其性無二無二之性即是實性我與無我性無有二如來祕藏其義如是不可稱計無量無邊諸佛所讚我今於是一切功德成就經中皆悉説已善男子我與無我性相無二汝應如是受持頂戴善男子汝亦應當堅持憶念如是經典如我先於摩訶般若波羅蜜經中説我無我無有二相善男子如因乳生酪因酪得生酥因生酥得熟酥因熟酥得醍醐如是酪性為從乳生為從自生從他生耶乃至醍醐亦復如是若從他生即是他作非是乳生若非乳生乳無所為若

自生者不應相似相續而生若相續生則不俱生若不俱生五種之味則不一時雖不一時定復不從餘處來也當知乳中先有酪相甜味多故不能自變乃至醍醐亦復如是是牛食噉水草因緣血脉轉變而得成乳若食甘草其乳則甜若食苦草乳則苦味雪山有草名曰肥膩牛若食者純得醍醐無有青黄赤白黑色穀草因緣其乳則有色味之異是諸衆生以明無明業因緣故生於二相若無明轉則變爲明一切諸法善不善等亦復如是無有二相迦葉菩薩白佛言世尊如佛所說乳中有酪是義云何世尊若言乳中定有酪相以微細故不可見者云何說言從乳因緣而生於酪法若本無則名爲生如其已有云何言生若言乳中定有酪相百草之中亦應有乳如是乳中亦應有草若言乳中定無酪者云何因乳而得生酪若法本無而後生者何故乳中不生於草善男子不可定言乳中有酪乳中無酪亦不可說從他而生若言乳中定有酪者云何而得體味各異是故不可說言乳中定有酪性若言乳中定無酪者乳中何故不生兎角置毒乳中酪則殺人是故不可說言乳中定無酪性若言是酪從他生者何故水中不生於酪是故不可說言酪從他生善男子是牛食噉草因緣故血則變白草血滅已衆生福力變而成乳是乳雖從草血而出不得言二唯得名爲從因緣生酪至醍醐亦復如是以是義故得名牛味是乳滅已因緣成酪何等因緣若酵若煖是故得名從因緣有乃至醍醐亦復如是是故不得

定言乳中無有酪相從他生者離乳而有無有是處善男子明與無明亦復如是若與煩惱諸結俱者名爲無明若與一切善法俱者名之爲明是故我言無有二相以是因緣我先說言雪山有草名曰肥膩牛若食者即成醍醐佛性亦爾善男子衆生薄福不見是草佛性亦爾煩惱覆故衆生不見譬如大海雖同一鹹其中亦有上妙之水味同於乳喻如雪山雖復成就種種功德多生諸藥亦有毒草諸衆生身亦復如是雖有四大毒蛇之種其中亦有妙藥天王所謂佛性非是作法但爲煩惱客塵所覆若刹利婆羅門毗舍首陀能斷除者即見佛性成無上道譬如虛空震雷起雲一切象牙上皆生華若無雷震華則不生亦無名字衆生佛性亦復如是常爲一切煩惱所覆不可得見是故我說衆生無我若得聞是大般涅槃微妙經典則見佛性如象牙華雖聞契經一切三昧不聞是經不知如來微妙之相如無雷時象牙上華不可得見聞是經已即知一切如來所說祕藏佛性喻如天雷見象牙華聞是經已即知一切無量衆生皆有佛性以是義故說大涅槃名爲如來祕密之藏增長法身猶如雷時象牙上華以能長養如是大義故得名爲大般涅槃若有善男子善女人有能習學是大涅槃微妙經典當知是人能報佛恩眞佛弟子迦葉菩薩復白佛言甚奇世尊所言佛性甚深甚深難見難入聲聞緣覺所不能服佛言善男子如是如是如汝所歎不違我說迦葉菩薩白佛言世尊是佛性者云何甚深難見難入

佛言善男子如百盲人爲治目故造詣良醫是時良醫即以金錍抉其眼膜以一指示問言見不盲人荅言我猶未見復以二指三指示之乃言少見善男子是大涅槃微妙經典如來未說亦復如是無量菩薩雖具足行諸波羅蜜乃至十住猶未能見所有佛性如來既說即便少見是菩薩摩訶薩既得見已咸作是言甚奇世尊我等流轉無量生死常爲無我之所惑亂善男子如是菩薩位階十地尚不了了知見佛性何況聲聞緣覺之人能得見耶復次善男子譬如仰觀虛空鵝鴈爲是虛空爲是鵝鴈諦觀不已髣髴見之十住菩薩於如來性知見少分亦復如是況復聲聞緣覺之人能得知見善男子譬如醉人欲涉遠路矇朧見道十住菩薩於如來性知見少分亦復如是善男子譬如渴人行於曠野是人渴逼遍行求水見有叢樹樹有白鶴是人迷悶不能分別是樹是水諦觀不已乃是白鶴及以叢樹善男子十住菩薩於如來性知見少分亦復如是善男子譬如有人在大海中乃至無量百千由旬遠望大船樓櫓堂閣即作是念彼是樓櫓爲是虛空久視乃生必定之心知是樓櫓十住菩薩於自身中見如來性亦復如是善男子譬如王子身極懦弱通夜遊戲至明清旦目視一切悉不明了十住菩薩雖於己身見如來性亦復如是不大明了復次善男子譬如臣吏王事所拘逼夜還家電光暫發因見牛叢即作是念爲是牛耶叢雲屋舍是人久視雖生牛想猶不審定十住菩薩雖於己身見如來性未能審定

亦復如是復次善男子如持戒比丘觀無蟲水而見蟲相即作是念此中動者爲是蟲耶是塵土耶久視不已雖知是塵亦不明了十住菩薩於已身中見如來性亦復如是不大明了復次善男子譬如有人於陰闇中遠見小兒即作是念彼爲是牛鷲鳥人耶久視不已雖見小兒猶不明了十住菩薩於已身分見如來性亦復如是不大明了復次善男子譬如有人於夜闇中見畫菩薩像即作是念是菩薩像自在天像大梵天像成染衣耶是人久視雖復意謂是菩薩像亦不明了十住菩薩於已身分見如來性亦復如是不大明了善男子所有佛性如是甚深難得知見唯佛能知非諸聲聞緣覺所及善男子智者應作如是分別知如來性迦葉菩薩白佛言世尊佛性如是微細難見云何肉眼而能得見佛告迦葉善男子如彼非想非非想天亦非二乘所能得知隨順契經以信故知善男子聲聞緣覺信順如是大涅槃經自知已身有如來性亦復如是善男子是故應當精勤修習大涅槃經善男子如是佛性唯佛能知非諸聲聞緣覺所及迦葉菩薩復白佛言世尊非聖凡夫有衆生性皆說有我佛言譬如二人共爲親友一是王子一是貧賤如是二人互相往返是時貧人見是王子有一好刀淨妙第一心中貪著王子後時捉持是刀逃至他國於是貧人後於他家寄卧止宿即於眠中寱語刀刀傍人聞之收至王所時王問言汝言刀者何處得耶是人具以上事答王王今設使屠割臣身分張手足欲得刀者實不

可得臣與王子素爲親厚先與一處雖曾眼見乃至不敢以手撡觸況當故取王復問言卿見刀時相貌何類答言大王臣所見者如羖羊角王聞是已欣然而笑語言汝今隨意所至莫生憂怖我庫藏中都無是刀況汝乃於王子邊見時王即問諸羣臣言汝等曾見如是刀不言已崩背尋立餘子紹繼王位復問輔臣卿等曾於官庫藏中見是刀不諸臣答言臣等曾見覆復問言其狀何似答言大王如羖羊角王言我官藏中何處當有如是刀相次第四王皆悉檢校求索不得却後數時先逃王子從他國還來至本土復得爲王既登王位復問諸臣汝見刀不答言大王臣等皆見又復問言其狀何似答言王子其色清淨如優鉢羅華復有答言形如羊角復有說言其色紅赤猶如火聚復有答言猶如黑蛇時王大笑卿等皆悉不見我刀真實之相善男子菩薩摩訶薩亦復如是出現於世說我真相說已捨去喻如王子持淨妙刀逃至他國凡夫愚人說言一切有我有我如彼貧人止宿他舍寱語刀刀聲聞緣覺問諸衆生我有何相答言我見我相大如拇指或言如米或如稗子有言我相住在心中熾然如日如是衆生不知我相喻如諸臣不知刀相菩薩如是說於我相凡夫不知種種分別妄作我相如問刀相答似羊角是諸凡夫次第相續而起邪見爲斷如是諸邪見故如來示現說於無我喻如王子語諸臣言我庫藏中無如是刀善男子今日如來所說真我名曰佛性如是佛性我佛法中喻如淨刀善男子若

有凡夫能善說者即是隨順無上佛法若有善能分別隨順宣說是者當知即是菩薩相貌善男子所有種種異論呪術言語文字皆是佛說非外道說迦葉菩薩白佛言世尊云何如來說字根本佛言善男子說初半字以爲根本持諸記論呪術文章諸陰實法凡夫之人學是字本然後能知是法非法迦葉菩薩復白佛言世尊所言字者其義云何善男子有十四音名爲字義所言字者名曰涅槃常故不流若不流者則爲無盡夫無盡者即是如來金剛之身是十四音名曰字本(初短)噁者不破壞故不破壞者名曰三寶喻如金剛又復噁者不流故不流者即是如來如來九孔無所流故是故不流又無九孔是故不流不流即常常即如來如來無作是故不流又復噁者名爲功德功德者即是三寶是故名噁阿者名阿闍棃阿闍棃者義何謂也於世間中得名聖者何謂爲聖聖名無著少欲知足亦名清淨能度衆生於三有流生死大海是名爲聖又復阿者名曰制度修持淨戒隨順威儀又復阿者名依聖人應學威儀進止舉動供養恭敬禮拜三尊孝養父母及學大乘善男女等具持禁戒及諸菩薩摩訶薩等是名聖人又復阿者名曰教誨如言汝來如是應作如是莫作若有能遮非威儀法是名聖人是故名阿(次短)億者即是佛性梵行廣大清淨無垢喻如滿月汝等如是應作不作是義非義此是佛說此是魔說是故名億(次長)伊者佛法微妙甚深難得如自在天大梵天王法名自在若能持者則名護法又自在者名

四護世是四自在則能攝護大涅槃經亦能自在敷揚宣說又復伊者能爲衆生自在說法復次伊者爲自在故說何等是也所謂修習方等經典復次伊者爲斷嫉妬如除稗穢皆悉能令變成吉祥是故名伊郁者於諸經中最上最勝增長上上謂大涅槃復次郁者如來之性聲聞縁覺所未曾聞如一切處北欝單越最爲殊勝菩薩若能聽受是經於一切衆最爲殊勝以是義故是經得名最上最勝是故名郁優者喻如牛乳諸味中上如來之性亦復如是於諸經中最尊最上若有誹謗當知是人與牛無别復次優者是人名爲無慧正念誹謗如來微密祕藏當知是人甚可憐愍遠離如來祕密之藏說無我法是故名優嘔者即是諸佛法性涅槃是故名嘔黳者謂如來義復次黳者如來進止屈申舉動無不利益一切衆生是故名黳烏者名煩惱義煩惱者名曰諸漏如來永斷一切煩惱是故名烏炮者謂大乘義於十四音是究竟義大乘經典亦復如是於諸經論最爲究竟是故名炮菴者能遮一切諸不淨物於佛法中能捨一切金銀寶物是故名菴阿者名勝乘義何以故此大乘典大涅槃經於諸經中最爲殊勝是故名阿迦者於諸衆生起大慈悲生於子想如羅睺羅作妙善義是故名迦呿者名非善友非善友者名曰雜穢不信如來祕密之藏是故名呿伽者名藏藏者即是如來祕藏一切衆生皆有佛性是故名伽啯者如來常音何等名爲如來常音所謂如來常住不變是故名啯俄者一切諸行破壞之相

是故名俄遮者即是修義調伏一切諸衆生故名爲修義是故名遮車者如來覆蔭一切衆生喻如大蓋是故名車闍者是正解脫無有老相是故名闍饍者煩惱繁茂喻如稠林是故名饍若者是智慧義知眞法性是故名若吒者於閻浮提示現半身而演說法喻如半月是故名吒咃者法身具足喻如滿月是故名咃荼者是愚癡僧不知常與無常喻如小兒是故名荼袒者不知師恩喻如羝羊是故名袒拏者非是聖義喻如外道是故名拏多者如來於彼告諸比丘宜離驚畏當爲汝等說微妙法是故名多他者名愚癡義衆生流轉生死纏裹如蠶蜣蜋是故名他陀者名曰大施所謂大乘是故名陀彈者稱讚功德所謂三寶如須彌山高峻廣大無有傾倒是故名彈那者三寶安住無有傾動喻如門閫是故名那波者名顚倒義若言三寶悉皆滅盡當知是人爲自疑惑是故名波頗者是世間災若言世間災起之時三寶亦盡當知是人愚癡無智違失聖旨是故名頗婆者名佛十力是故名婆滼者名爲重擔堪任荷負無上正法當知是人是大菩薩是故名滼摩者是諸菩薩嚴峻制度所謂大乘大般涅槃是故名摩耶者是諸菩薩在在處處爲諸衆生說大乘法是故名耶囉者能壞貪欲瞋恚愚癡說眞實法是故名囉羅者名聲聞乘動轉不住大乘安固無有傾動捨聲聞乘精勤修集無上大乘是故名羅啝者如來世尊爲諸衆生雨大法雨所謂世間呪術經書是故名啝奢者遠離三箭是故名奢沙者名具足義

若能聽是大涅槃經則爲已得聞持一切大乘經典是故名沙娑者爲諸衆生演説正法令心歡喜是故名娑訶者名心歡喜奇哉世尊離一切行怪哉如來入般涅槃是故名訶荼者名曰魔義無量諸魔不能毀壞如來祕藏是故名荼復次荼者乃至示現隨順世間有父母妻子是故名荼魯流盧樓如是四字説有四義謂佛法僧及以對法言對法者隨順世間如提婆達示現壞僧化作種種形貌色像爲制戒故智者了達不應於此而生怖畏是名隨順世間之行以是故名魯流盧樓吸氣古根隨鼻之聲長短超聲隨音解義皆因舌齒而有差別如是字義能令衆生口業清淨衆生佛性則不如是假於文字然後清淨何以故性本淨故雖復處在陰入界中則不同於陰入界也是故衆生悉應歸依諸菩薩等以佛性故等視衆生無有差別是故半字於諸經書記論文章而爲根本又半字義者皆是煩惱言説之本故名半字滿字者乃是一切善法言説之根本也譬如世間爲惡之者名爲半人修善之者名爲滿人如是一切經書記論皆因半字而爲根本若言如來及正解脱入於半字是事不然何以故離文字故是故如來於一切法無礙無著眞得解脱何等名爲解了字義有知如來出現於世能滅半字是故名爲解了字義若有隨逐半字義者是人不知如來之性何等名爲無字義也親近修習不善法者是名無字又無字者雖能親近修習善法不知如來常與無常恒與非恒及法僧二寶律與非律經與非經

魔説佛説若有不能如是分別是名隨逐無字義也我今已説如是隨逐無字之義善男子是故汝今應離半字善解滿字迦葉菩薩白佛言世尊我等應當善學字數今我值遇無上之師已受如來慇懃誨勅佛讃迦葉善哉善哉樂正法者應如是學爾時佛告迦葉菩薩善男子鳥有二種一名迦隣提二名鴛鴦遊止共俱不相捨離是苦無常無我等法亦復如是不得相離迦葉菩薩白佛言世尊云何是苦無常無我如彼鴛鴦迦隣提鳥佛言善男子異法是苦異法是樂異法是常異法無常異法是我異法無我譬如稻米異於麻麥麻麥復異豆粟甘蔗如是諸種從其萌芽乃至葉華皆是無常果實成熟人受用時乃名爲常何以故性眞實故迦葉菩薩白佛言世尊如是等物若是常者同如來耶佛言善男子汝今不應作如是説何以故若言如來如須彌山劫壞之時須彌崩倒如來爾時豈同壞耶善男子汝今不應受持是義善男子一切諸法唯除佛性涅槃更無一法而是常者直以世諦言果實常迦葉菩薩白佛言世尊善哉善哉如佛所説佛告迦葉如是如是善男子雖修一切契經諸定乃至未聞大般涅槃皆言一切悉是無常聞是經已雖有煩惱如無煩惱即能利益一切人天何以故曉了已身有佛性故是名爲常復次善男子譬如菴羅樹其華始敷名無常相若成果實多所利益乃名爲常如是善男子雖修一切契經諸定未聞如是大涅槃經時咸言一切悉是無常聞是經已雖有煩惱如無煩惱即

能利益一切人天何以故曉了自身有佛性故是名爲常復次善男子譬如金鑛銷融之時是無常相融以成金多所利益乃名爲常如是善男子雖修一切契經諸定未聞如是大涅槃經時咸言一切悉是無常聞是經已雖有煩惱如無煩惱即能利益一切人天何以故曉了自身有佛性故是名爲常復次善男子譬如胡麻未被壓時名曰無常既壓成油多有利益乃名爲常善男子雖修一切契經諸定未聞如是大涅槃經咸言一切悉是無常聞是經已雖有煩惱如無煩惱即能利益一切人天何以故曉了已身有佛性故是名爲常復次善男子譬如衆流皆歸大海一切契經諸定三昧皆歸大乘大涅槃經何以故究竟善說有佛性故善男子是故我言異法是常異法無常乃至無我亦復如是迦葉菩薩白佛言世尊如來已離憂悲毒箭夫憂悲者名之爲天如來非天有憂悲者名之爲人如來非人是憂悲者二十五有如來非二十五有是故如來無有憂悲何故稱言如來憂悲善男子無想天者名爲無想若無想者則無壽命若無壽命云何而有陰界諸入以是義故無想天壽不可說言有所住處善男子譬如樹神依樹而住不得定言依枝依節依莖依葉雖無定所不得言無無想天壽亦復如是善男子佛法亦爾甚深難解如來實無憂悲苦惱而於衆生起大慈悲現有憂悲視諸衆生如羅睺羅復次善男子無想天中所有壽命唯佛能知非餘所及乃至非想非非想處亦復如是迦葉如來之性清淨無染

猶如化身何處當有憂悲苦惱若言如來無憂悲者云何能利一切衆生弘廣佛法若言無者云何而言等視衆生如羅睺羅若不等視如羅睺羅如是之言則爲虚妄以是義故善男子佛不可思議法不可思議衆生佛性不可思議無想天壽不可思議如來有憂及以無憂是佛境界非諸聲聞緣覺所知善男子譬如空中舍宅微塵不可住立若言舍宅不因空住無有是處以是義故不可說舍住於虚空不住虚空凡夫之人雖復說言舍住虚空而是虚空實無所住何以故性無住故善男子心亦如是不可說言住陰界入及以不住無想天壽亦復如是如來憂悲亦復如是若無憂悲云何說言等視衆生如羅睺羅若言有者復云何言性同虚空善男子譬如幻師雖復化作種種宮殿殺生長養繫縛放捨及作金銀瑠璃寶物叢林樹木都無實性如來亦爾隨順世間示現憂悲無有眞實善男子如來已入於般涅槃云何當有憂悲苦惱若謂如來入於涅槃是無常者當知是人則有憂悲若謂如來不入涅槃常住不變當知是人無有憂悲如來有憂及以無憂無能知者復次善男子譬如下人能知下法不知中上中者知中不知於上上者知上及知中下聲聞緣覺亦復如是齊知自地如來不爾悉知自地及以他地是故如來名無礙智示現幻化隨順世間凡夫肉眼謂是眞實而欲盡知如來無礙無上智者無有是處有憂無憂唯佛能知以是因緣異法有我異法無我是名鴛鴦迦隣提鳥性復次善男子佛法猶

如鴛鴦共行是迦隣提及鴛鴦鳥盛夏水漲選擇高原安處其子爲長養故然後隨本安隱而遊如來出世亦復如是化無量衆生令住正法如彼鴛鴦迦隣提鳥選擇高原安置其子如來亦爾令諸衆生所作辦已即便入於大般涅槃善男子是名異法是苦異法是樂諸行是苦涅槃是樂第一微妙壞諸行故迦葉菩薩白佛言世尊云何衆生得涅槃者名第一樂佛言善男子如我所說諸行和合名爲老死

謹慎不放逸　是處名甘露
放逸不謹慎　是名爲死句
若不放逸者　則得不死處
如其放逸者　常趣於死路

若放逸者名有爲法是有爲法爲第一苦若不放逸者則名涅槃彼涅槃者名爲甘露第一最樂若趣諸行是名死處受第一苦若至涅槃則名不死受最妙樂若不放逸雖集諸行是亦名爲常樂不死不破壞身云何放逸云何不放逸非聖凡夫是名放逸常死之法出世聖人是不放逸無有老死何以故入於第一常樂涅槃以是義故異法是苦異法是樂異法是我異法無我如人在地仰觀虛空不見鳥迹善男子衆生亦爾無有天眼在煩惱中而不自見有如來性是故我說無我密教所以者何無天眼者不知眞我横計我故因諸煩惱所造有爲即是無常是故我說異法是常異法無常

精勤勇猛者　若處於山頂
平地及曠野　常見諸凡夫
昇大智慧殿　無上微妙臺
既自除憂患　亦見衆生憂

如來悉斷無量煩惱住智慧山見諸衆生常在無量億煩惱中迦葉菩薩復白佛言世尊如偈所説是義不然何以故入涅槃者無憂無喜云何得昇智慧臺殿復當云何住在山頂而見衆生佛言善男子智慧殿者即名涅槃無憂愁者謂如來也有憂愁者名凡夫人以凡夫憂故如來無憂須彌山頂者謂正解脫勤精進者喻須彌山無有動轉地謂有爲行也是諸凡夫安住是地造作諸行其智慧者則名正覺離有常住故名如來如來愍念無量衆生常爲諸有毒箭所中是故名爲如來有憂迦葉菩薩白佛言世尊若使如來有憂慼者則不得稱爲等正覺佛言迦葉皆有因緣隨有衆生應受化處如來於中示現受生雖現受生而實無生是故如來名常住法

如迦隣提鴛鴦等鳥

大般涅槃經卷第八

音釋

妊汝鴆切孕也　隥丁鄧切登陟之道也　膩女利切肥膩也　酵古孝切酒酵也　燸乃管切溫也　篦正作鎞邊迷切掠器也　抉一決切挑也　髣髴髣妃兩切髴敷勿切髣髴見不審貌　朦朧朦莫紅切朧盧紅切　舶薄陌切大船也　懦奴卧切劣弱也　寱研計切寐言也　摚抽庚切與撐同拄也　噁烏故切　哩因連切　黟烏奚切　呿祛遮切　咺其凝切　渢扶泛切　吸許及切呼吸也　鑛古猛切銅鐵朴也

大般涅槃經卷第九

北涼天竺三藏曇無讖奉　詔譯

如來性品第四之六

復次善男子譬如有人見月不現皆言月没而作没想而此月性實無没也轉現他方彼處衆生復謂月出而此月性實無出也何以故以須彌山障故不現其月常生性無出没如來應正徧知亦復如是出於三千大千世界或閻浮提示有父母衆生皆謂如來生於閻浮提内或閻浮提示現涅槃而如來性實無涅槃而諸衆生皆謂如來實般涅槃喻如月没善男子如來之性實無生滅爲化衆生故示生滅善男子如此滿月餘方見半此方半月餘方見滿閻浮提人若見月初皆謂一日起初月想見月盛滿謂十五日生盛滿想而此月性實無虧盈因須彌山而有增減善男子如來亦爾於閻浮提或現初生或示涅槃現始生時猶如月初一切皆謂童子初生行於七步如二日月或復示現入於書堂如三日月示現出家如八日月放大智慧微妙光明能破無量衆生魔衆如十五日盛滿之月或復示現三十二相八十種好以自莊嚴而現涅槃喻如月蝕如是衆生所見不同或見半月或見滿月或見月蝕而此月性實無增減蝕噉之者常是滿月如來之身亦復如是是故名爲常住不變復次善男子喻如滿月一切悉現在在處處城邑聚落山澤水中若井若池若瓮若鑊一切皆現有諸衆生行百由旬百千由旬見月常隨凡夫愚人妄生憶想言我本於城邑屋宅見如是月今復於

此空澤而見爲是本月爲異於本各作是念月形大小或如鍑口或復有言大如車輪或言猶如四十九由旬一切皆見月之光明或見團圓喻如金槃是月性一種種衆生各見異相善男子如來亦爾出現於世或有人天而作是念如來今者在我前住復有衆生亦生是念如來今者在我前住或有聾瘂亦見如來有聾瘂相衆生雜類言音各異皆謂如來悉同已語亦各生念在我舍宅受我供養或有衆生見如來身廣大無量有見微小或有見佛是聲聞像或有見佛爲緣覺像有諸外道復各念言如來今者在我法中出家學道或有衆生復作是念如來今者獨爲我故出現於世如來實性喻如彼月即是法身是無生身方便之身隨順於世示現無量本業因緣在在處處示現有生猶如彼月以是義故如來常住無有變異復次善男子如羅睺羅阿修羅王以手遮月世間諸人咸謂月蝕阿修羅王實不能蝕以阿修羅障其明故是月團圓無有虧損但以手障故使不現若攝手時世間咸謂月已還生皆言是月多受苦惱假使百千阿修羅王不能惱之如來亦爾示有衆生於如來所生麤惡心出佛身血起五逆罪至一闡提爲未來世諸衆生故如是示現壞僧斷法而作留難假使百千無量諸魔不能得出如來身血所以者何如來之身無有肉血筋脉骨髓如來眞實實無惱壞衆生皆謂法僧毀壞如來滅盡而如來性眞實無變無有破壞隨順世間如是示現復次善男子如二人鬬若以刀仗傷身出血雖至於

死不起殺想如是業相輕而不重於如來所本無殺心雖出身血是業亦爾輕而不重如來如是於未來世爲化衆生示現業報復次善男子猶如良醫勤教其子醫方根本此是根藥此是味藥此是色藥種種相貌汝當善知其子敬奉父之所勑精勤習學善解諸藥是醫後時壽盡命終其子號咷而作是言父本教我根藥如是莖藥如是華藥如是色相如是如來亦爾爲化衆生示現制戒應當如是受持莫犯作五逆罪誹謗正法及一闡提爲未來世起是事者是故示現欲令比丘於佛滅後作如是知此是契經甚深之義此是戒律輕重之相此是阿毗曇分別法句如彼醫子復次善男子如人見月六月一蝕而上諸天須臾之間頻見月蝕何以故彼天日長人間短故善男子如來亦爾天人咸謂如來壽短如彼天人須臾之間頻見月蝕如來又於須臾之間示現百千萬億涅槃斷煩惱魔陰魔死魔是故百千萬億天魔悉知如來入般涅槃又復示現無量百千先業因緣隨順世間種種性故示現如是無量無邊不可思議是故如來常住無變復次善男子譬如明月衆生樂見是故稱月號爲樂見衆生若有貪恚愚癡則不得稱爲樂見也如來如是其性純善清淨無垢是最可稱爲樂見也樂法衆生視之無猒惡心之人不喜瞻視以是義故故言如來喻如明月復次善男子譬如日出有三時異謂春夏冬冬日則短春日處中夏日極長如來亦爾於此三千大千世界爲短壽者及諸聲聞示現壽短斯等見已咸謂

如來壽命短促喻如冬日爲諸菩薩示現中
壽若至一劫若減一劫喻如春日唯佛覩佛
其壽無量喻如夏日善男子如來所說方等
大乘微密之教示現世間雨大法雨於未來
世若有人能受持是典開示分别利益衆生
當知是輩眞是菩薩喻如盛夏天降甘雨若
有聲聞緣覺之人聞佛如來微密之教喻如
冬日多遇泠患菩薩之人若聞如是微密教
誨如來常住性無變易喻如春日萌芽開敷
而如來性實無長短爲世間故示現如是即
是諸佛眞實法性復次善男子譬如衆星晝
則不現而人皆謂晝星滅没其實不没所以
不現日光映故如來亦爾聲聞緣覺不能得
見喻如世人不見晝星復次善男子譬如陰
闇日月不現愚夫謂言日月失没而是日月
實不失没如來正法滅盡之時三寶現没亦
復如是非爲永滅是故當知如來常住無有
變易何以故三寶眞性不爲諸垢之所染故
復次善男子譬如黑月彗星夜現其明熾
暫出還没衆生見已生不祥想諸辟支佛亦
復如是出無佛世衆生見已皆謂如來眞實
滅度生憂悲想而如來身實不滅没如彼日
月無有滅没復次善男子譬如日出衆霧悉
除此大涅槃微妙經典亦復如是出興於世
若有衆生一經耳者悉能滅除一切諸惡無
間罪業是大涅槃甚深境界不可思議善説
如來微密之性以是義故諸善男子善女人
等應於如來生常住心無有變易正法不斷
僧寶不滅是故應當多修方便勤學是典是
人不久當得成於阿耨多羅三藐三菩提是

故此經名爲無量功德所成亦名菩提不可窮盡以不盡故故得稱爲大般涅槃有善光故猶如夏日身無邊故名大涅槃復次善男子如日月光諸明中最一切諸明所不能及大涅槃光亦復如是於諸契經三昧光明最爲殊勝諸經三昧所有光明所不能及何以故大涅槃光能入衆生諸毛孔故衆生雖無菩提之心而能爲作菩提因緣是故復名大般涅槃迦葉菩薩白佛言世尊如佛所說大涅槃光入於一切衆生毛孔衆生雖無菩提之心而能爲作菩提因者是義不然何以故世尊犯四重禁作五逆人及一闡提光明入身作菩提因者如是等輩與淨持戒修習諸善有何差別若無差別如來何故說四依義世尊又如佛言若有衆生聞大涅槃一經於耳則得斷除諸煩惱者如來云何先說有人於恒河沙等佛所發心聞大涅槃不解其義若不解義云何能斷一切煩惱佛言善男子除一闡提其餘衆生聞是經已悉皆能作菩提因緣法聲光明入毛孔者必定當得阿耨多羅三藐三菩提何以故若有人能供養恭敬無量諸佛方乃得聞大涅槃經薄福之人則不得聞所以者何大德之人乃能得聞如是大事厮下小人則不得聞何等爲大所謂諸佛甚深祕藏謂佛性是以是義故名爲大事迦葉菩薩白佛言世尊云何未發菩提心者作菩提因佛告迦葉若有聞是大涅槃經言我不用發菩提心誹謗正法是人即時於夜夢中見羅刹像心中怖懅羅刹語言咄善男子汝今若不發菩提心當斷汝命是人惶

怖覺已即發菩提之心是人命終若在三惡
及在人天續復憶念菩提之心當知是人是
大菩薩摩訶薩也以是義故是大涅槃威神
力故能令未發菩提心者作菩提因善男子
是名菩薩發心因緣非無因緣以是義故大
乘妙典眞佛所說復次善男子如虛空中興
大雲雨霔於大地枯木石山高原堆阜水所
不住流霔下田陂池悉滿利益無量一切衆
生是大涅槃微妙經典亦復如是雨大法雨
普潤衆生於一闡提發菩提心無有是處復
次善男子譬如焦種雖遇甘雨百千萬劫終
不生芽芽若生者亦無是處一闡提輩亦復
如是雖聞如是大般涅槃微妙經典終不能
發菩提心芽若能發者無有是處何以故是
人斷滅一切善根如彼焦種不能復生菩提
根芽復次善男子譬如明珠置濁水中以珠
威德水即爲清投之淤泥不能令清是大涅
槃微妙經典亦復如是置餘衆生五無間罪
四重禁法濁水之中猶可澄清發菩提心投
一闡提淤泥之中百千萬歲不能令清起菩
提心何以故是一闡提滅諸善根非其器故
假使是人百千萬歲聽受如是大涅槃經終
不能發菩提之心所以者何無善心故復次
善男子譬如藥樹名曰藥王於諸藥中最爲
殊勝若和酪漿若蜜若酥若水若乳若末若
丸若以塗瘡熏身塗目若見若齅能滅衆生
一切諸病如是藥樹不作是念一切衆生若
取我根不應取葉若取莖者不應取根若取
身者不應取皮若取皮者不應取身是樹雖
復不生是念而能除滅一切病苦善男子是

大涅槃微妙經典亦復如是能除一切衆生惡業四波羅夷五無間罪若内若外所有諸惡諸有未發菩提心者因是則得發菩提心何以故是妙經典諸經中王如彼藥樹諸藥中王若有修習是大涅槃及不修者若聞有是經典名字聞已敬信所有一切煩惱重病皆悉除滅唯不能令一闡提輩安止住於阿耨多羅三藐三菩提如彼妙藥雖能療治種種重病而不能治必死之人復次善男子如人手瘡捉持毒藥毒則隨入若無瘡者毒則不入一闡提輩亦復如是無菩提因如無瘡者毒不得入所謂瘡者即是無上菩提因緣毒者即是第一妙藥完無瘡者謂一闡提復次善男子譬如金剛無能壞者而能破壞一切之物唯除龜甲及白羊角是大涅槃微妙經典亦復如是悉能安止無量衆生於菩提道唯不能令一闡提輩立菩提因復次善男子如馬齒草娑羅翅樹尼迦羅樹雖斷枝莖續生如故不如多羅斷已不生是諸衆生亦復如是若得聞是大涅槃經雖犯四禁及五無間猶故能生菩提因緣一闡提輩則不如是雖得聽受是妙經典而不能生菩提道因復次善男子如佉陀羅樹鎮頭迦樹斷已不生及諸焦種一闡提輩亦復如是雖得聞是大涅槃經而不能發菩提因緣猶如焦種復次善男子譬如大雨終不住空是大涅槃微妙經典亦復如是普雨法雨於一闡提則不能住是一闡提周體密緻猶如金剛不容外物迦葉菩薩白佛言世尊如佛說偈

不見善不作　唯見惡可作　是處可怖畏

猶如險惡道
世尊如是所說有何等義佛言善男子不見者謂不見佛性善者即是阿耨多羅三藐三菩提不作者所謂不能親近善友唯見者見無因果惡者謂謗方等大乘經典可作者謂一闡提說無方等以是義故一闡提輩無心趣向清淨善法何等善法謂涅槃也趣涅槃者謂能修習賢善之行而一闡提無賢善行是故不能趣向涅槃是處可畏謂謗正法誰應怖畏所謂智者何以故以謗法者無有善心及方便故險惡道者謂諸行也迦葉復言如佛所說
云何見所作　云何得善法　何處不怖畏
如王夷坦道
是義何謂佛言善男子見所作者發露諸惡從生死際所作諸惡悉皆發露至無至處以是義故是處無畏喻如人王所遊正路其中盜賊悉皆逃走如是發露一切諸惡悉滅無餘復次不見所作者謂一闡提所作衆惡而不自見是一闡提憍慢心故雖多作惡於是事中初無怖畏以是義故不得涅槃喻如獼猴捉水中月善男子假使一切無量衆生一時成於阿耨多羅三藐三菩提已此諸如來亦復不見彼一闡提成於菩提以是義故名不見所作又復不見誰之所作所謂不見如來所作佛爲衆生說有佛性一闡提輩流轉生死不能知見以是義故名爲不見如來所作又一闡提見於如來畢竟涅槃謂眞無常猶如燈滅膏油俱盡何以故是人惡業不虧損故若有菩薩所作善業迴向阿耨多羅三

藐三菩提時一闡提輩雖復毀呰破壞不信然諸菩薩猶故施與欲共成於無上之道何以故諸佛法爾

作惡不即受　如乳即成酪　猶灰覆火上　愚者輕蹈之

一闡提者名爲無目是故不見阿羅漢道如阿羅漢不行生死險惡之道以無目故誹謗方等不欲修習如阿羅漢勤修慈心一闡提輩不修方等亦復如是若人說言我今不信聲聞經典信受大乘讀誦解說是故我今即是菩薩一切衆生悉有佛性以佛性故衆生身中即有十力三十二相八十種好我之所說不異佛說汝今與我俱破無量諸惡煩惱如破水瓶以破結故即得見於阿耨多羅三藐三菩提是人雖作如是演說其心實不信有佛性爲利養故隨文而說如是說者名爲惡人如是惡人不速受果如乳成酪譬如王使善能談論巧於方便奉命他國寧喪身命終不匿王所說言教智者亦爾於凡夫中不惜身命要必宣說大乘方等如來祕藏一切衆生皆有佛性善男子有一闡提作羅漢像住於空處誹謗方等大乘經典諸凡夫人見已皆謂眞阿羅漢是大菩薩摩訶薩是一闡提惡比丘輩住阿蘭若處壞阿蘭若法見他得利心生嫉妬作如是言所有方等大乘經典悉是天魔波旬所說亦說如來是無常法毀滅正法破壞衆僧復作是言波旬所說非善順說作是宣說邪惡之法是人作惡不即受報如乳成酪灰覆火上愚輕蹈之如是人者謂一闡提是故當知大乘方等微妙經典

必定清淨如摩尼珠投之濁水水即爲清大乘經典亦復如是復次善男子譬如蓮華爲日所照無不開敷一切衆生亦復如是若得見聞大涅槃日未發心者皆悉發心爲菩提因是故我說大涅槃光所入毛孔必爲妙因彼一闡提雖有佛性而爲無量罪垢所纏不能得出如蠶處繭以是業緣不能生於菩提妙因流轉生死無有窮已復次善男子如優鉢羅華鉢頭摩華拘物頭華分陀利華生於淤泥而終不爲淤泥所汙若有衆生修大涅槃微妙經典亦復如是雖有煩惱終不爲彼煩惱所汙何以故以知如來性相力故善男子譬如有國多清冷風若觸衆生身諸毛孔能除一切鬱蒸之惱此大乘典大涅槃經亦復如是遍入一切衆生毛孔爲作菩提微妙因緣除一闡提何以故非法器故復次善男子譬如良醫解八種藥滅一切病唯除必死一切契經禪定三昧亦復如是能治一切貪恚愚癡諸煩惱病能拔煩惱毒刺等箭而不能治犯四重禁五無間罪善男子復有良醫過八種術能除衆生所有病苦唯不能治必死之病是大涅槃大乘經典亦復如是能除衆生一切煩惱安住如來清淨妙因未發心者令得發心唯除必死一闡提輩復次善男子譬如良醫能以妙藥治諸盲人令見日月星宿諸明一切色像唯不能治生盲之人是大乘典大涅槃經亦復如是能爲聲聞緣覺之人開發慧眼令其安住無量無邊大乘經典未發心者謂犯四禁五無間罪悉能令發菩提之心唯除生盲一闡提輩復次善男子

譬如良醫善解八術爲治衆生一切病苦與種種方吐下諸藥及以塗身薰藥灌鼻散藥丸藥若貧愚人不欲服之良醫愍念即將是人還其舍宅强與令服以藥力故所患得除女人産時兒衣不出與之令服服已即出并令嬰兒安樂無患是大乘典大涅槃經亦復如是所至之處若至舍宅能除衆生無量煩惱犯四重禁五無間罪未發心者悉令發心除一闡提迦葉菩薩白佛言世尊犯四重禁及五無間名極重惡譬如斷截多羅樹頭更不復生是等未發菩提之心云何能與作菩提因佛言善男子是諸衆生若於夢中夢墮地獄受諸苦惱即生悔心哀哉我等自招此罪若我今得脱是罪者必定當發菩提之心我今所見最是極惡從是寤已即知正法有大果報如彼嬰兒漸漸長大常作是念是醫最良善解方藥我本處胎與我母藥母以藥故身得安隱以是因緣我命得全奇哉我母受大苦惱滿足十月懷抱我胎既生之後推乾去濕除去不淨大小便利乳哺長養將護我身以是義故我當報恩色養侍衛隨順供養犯四重禁及無間罪臨命終時念是大乘大涅槃經雖墮地獄畜生餓鬼天上人中如是經典亦爲是人作菩提因除一闡提復次善男子譬如良醫及良醫子所知深奥出過諸醫善知除毒無上呪術若惡毒蛇若龍若蝮以諸呪術呪藥令良復以此藥用塗革屣以此革屣觸諸毒蟲毒爲之消唯除一毒名曰大龍是大乘典大涅槃經亦復如是若有衆生犯四重禁五無間罪悉能消滅令住菩

提如藥華屣能消衆毒未發心者悉令發心安止住於菩提之道是彼大乘大涅槃經威神藥故令諸衆生生於安樂唯除大龍一闡提輩復次善男子譬如有人以雜毒藥用塗大鼓於衆人中擊之發聲雖無心欲聞聞之皆死唯除一人不橫死者是大乘典大涅槃經亦復如是在在處處諸行衆中有聞聲者所有貪欲瞋恚愚癡悉皆滅盡其中雖有無心思念是大涅槃因緣力故能滅煩惱而結自滅犯四重禁及五無間聞是經已亦作無上菩提因緣漸斷煩惱除不橫死一闡提也復次善男子譬如闇夜諸所營作一切皆息若未訖者要待日明學大乘者雖修契經一切諸定要待大乘大涅槃日聞於如來微密之教然後乃能造菩提業安住正法猶如天雨潤益增長一切諸種成就果實悉除飢饉多受豐樂如來祕藏無量法雨亦復如是悉能除滅八種熱病是經出世如彼果實多所利益安樂一切能令衆生見於佛性如法華中八千聲聞得受記莂成大果實如秋收冬藏更無所作一闡提輩亦復如是於諸善法無所營作復次善男子譬如良醫聞他人子非人所持尋以妙藥并遣一使勑語使言卿持此藥速與彼人彼人若遇諸惡鬼神以藥力故悉當遠去卿若遲晚吾當自往終不令彼枉橫死也若彼病人得見使者及吾威德諸苦當除得安隱樂是大乘典大涅槃經亦復如是若比丘比丘尼優婆塞優婆夷及諸外道有能受持如是經典讀誦通利復爲他人分別廣説若自書寫令他書寫斯等皆爲

菩提因緣若犯四禁及五逆罪若爲邪鬼毒惡所持聞是經典所有諸惡悉皆消滅如見良醫惡鬼遠去當知是人是眞菩薩摩訶薩也何以故暫得聞是大涅槃故亦以生念如來常故暫得聞者尚得如是何況書寫受持讀誦除一闡提其餘皆是菩薩摩訶薩復次善男子譬如聾人不聞音聲一闡提輩亦復如是雖復欲聽是妙經典而不得聞所以者何聾因緣故復次善男子譬如良醫一切醫方無不通達兼復廣知無量呪術是醫見王作如是言大王今者有必死病其王答言卿不見我腹內之事云何而言有必死病醫即答言若不見信應服下藥既下之後王自驗之王不肯服爾時良醫以呪術力令王糞門徧生瘡疱兼復癰下蟲血雜出王見是已生大怖懼讚彼良醫善哉善哉卿先所白吾不用之今乃知卿於吾此身作大利益恭敬是醫猶如父母是大乘典大涅槃經亦復如是於諸衆生有欲無欲悉能令彼煩惱崩落是諸衆生乃至夢中夢見是經恭敬供養喻如大王恭敬良醫是大良醫知必死者終不治之是大乘典大涅槃經亦復如是終不能治一闡提輩復次善男子譬如良醫善知八種悉能療治一切諸病唯不能治必死之人諸佛菩薩亦復如是悉能療救一切有罪唯不能治必死之人一闡提輩復次善男子譬如良醫善知八種微妙經術復能博達過於八種以已所知先教其子若水若陸山間藥草悉令識知如是漸漸教八事已次復教餘最上妙術如來應正徧知亦復如是先教其子

諸比丘等方便除滅一切煩惱修學淨身不堅固想謂水陸山間水者喻身受苦如水上泡陸者喻身不堅如芭蕉樹其山間者喻煩惱中修無我想以是義故身名無我如來如是於諸弟子漸漸教學九部經法令善通利然後教學如來祕藏爲其子故說如來常如來如是說大乘典大涅槃經爲諸衆生已發心者及未發心作菩提因除一闡提如是善男子是大乘典大涅槃經無量無數不可思議未曾有也當知即是無上良醫最尊最勝衆經中王復次善男子譬如大船從海此岸至於彼岸復從彼岸還至此岸如來應正徧知亦復如是乘大涅槃大乘寶船周旋往返濟度衆生在在處處有應度者悉令得見如來之身以是義故如來名曰無上船師譬如有船則有船師以有船師則有衆生渡於大海如來常住化度衆生亦復如是復次善男子譬如有人在大海中乘船欲渡若得順風須臾之間則能得過無量由旬若不得者雖復久住經無量歲不離本處有時船壞沒水而死衆生如是在於愚癡生死大海乘諸行船若得值遇大般涅槃猛利之風則能疾到無上道岸若不值遇當久流轉無量生死或時破壞墮於地獄畜生餓鬼復次善男子譬如有人不遇風王久住大海作是思惟我等今者必在此死如是念時忽遇利風隨順渡海復作是言快哉是風未曾有也令我等輩安隱得過大海之難衆生如是久處愚癡生死大海困苦窮悴未遇如是大涅槃風則應生念我等必定墮於地獄畜生餓鬼是諸衆

生思惟是時忽遇大乘大涅槃風隨順吹向入於阿耨多羅三藐三菩提方知眞實生奇特想歎言快哉我從昔來未曾見聞如是如來微密之藏爾乃於是大涅槃經生清淨信復次善男子如蛇蜕皮爲死滅耶不也世尊善男子如來亦爾方便示現棄捨毒身可言如來無常滅耶不也世尊如來於此閻浮提中方便捨身如彼毒蛇捨於故皮是故如來名爲常住復次善男子譬如金師得好眞金隨意造作種種諸器如來亦爾於二十五有悉能示現種種色身爲化衆生拔生死故是故如來名無邊身雖復示現種種諸身亦名常住無有變易復次善男子如菴羅樹及閻浮樹一年三變有時生華光色敷榮有時生葉滋茂蓊鬱有時凋落狀似枯死善男子於意云何是樹實爲枯滅不耶不也世尊善男子如來亦爾於三界中示三種身有時初生有時長大有時涅槃而如來身實非無常迦葉菩薩讚言善哉善哉誠如聖教如來常住無有變易

大般涅槃經卷第九

音釋

蝕 實職切侵虧也　坌 蒲奔切坌也　號咷 號胡刀切咷徒刀切號咷大哭　彗 徐醉切妖星也　廝 息移切賤役也　懅 其據切懼也　緻 直利切密　繭 吉典切　疱 薄教切疱瘡也　癠 當蓋切下病也

大般涅槃經卷第十

北涼天竺三藏曇無讖奉　詔譯

如來性品第四之七

善男子如來密語甚深難解譬如大王告諸羣臣先陀婆來先陀婆者一名四實一者鹽二者器三者水四者馬如是四法皆同此名有智之臣善知此名若王洗時索先陀婆即便奉水若王食時索先陀婆即便奉鹽若王食已將欲飲漿索先陀婆即便奉器若王欲遊索先陀婆即便奉馬如是智臣善解大王四種密語是大乘經亦復如是有四無常大乘智臣應當善知若佛出世爲衆生說如來涅槃智臣當知此是如來爲計常者說無常相欲令比丘修無常想或復說言正法當滅智臣當知此是如來爲計樂者說於苦想欲令比丘多修苦想或復說言我今病苦衆僧破壞智臣當知此是如來爲計我者說無我想欲令比丘修無我想或復說言所謂空者是正解脫智臣當知此是如來說正解脫無二十五有欲令比丘修學空想以是義故是正解脫則名爲空亦名不動謂不動者是解脫中無有苦故是故不動是正解脫爲無有相謂無相者無有色聲香味觸等故名無相是正解脫常不變易是解脫中無有無常熱惱變易是故解脫名曰常住不變清涼或復說言一切衆生有如來性智臣當知此是如來說於常法欲令比丘修正常法是諸比丘若能如是隨順學者當知是人眞我弟子善知如來微密之藏如彼大王智慧之臣善知王意善男子如是大王亦有如是密語之法

何況如來而自當無也善男子是故如來微密之教難可得知唯有智者乃能解我甚深佛法非是世間凡夫品類所能信也復次善男子如波羅奢樹迦尼迦樹阿叔迦樹值天亢旱不生華實及餘水陸所生之物皆悉枯悴無有潤澤不能增長一切諸藥無復勢力善男子是大乘典大涅槃經亦復如是於我滅後有諸衆生不能恭敬無有威德何以故是諸衆生不知如來微密藏故所以者何以是衆生薄福德故復次善男子如來正法將欲滅盡爾時多有行惡比丘不知如來微密之藏懶墯懈怠不能讀誦宣揚分別如來正法譬如癡賊棄捨眞寶擔負草𢦟不解如來微密藏故於是經中懈怠不懃哀哉大險當來之世甚可怖畏苦哉衆生不懃聽受是大乘典大涅槃經唯諸菩薩摩訶薩等能於是經取眞實義不著文字隨順不逆爲衆生說復次善男子如牧牛女爲欲賣乳貪多利故加二分水轉賣與餘牧牛女人彼女得已復加二分轉復賣與近城女人彼女得已復加二分轉復賣與城中女人彼女得已復加二分詣市賣之時有一人爲子納婦當須好乳以贍賓客至市欲買是賣乳者多索價數是人答言汝乳多水不直爾許正值我今贍待賓客是故當取取已還家煑用作糜都無乳味雖復無味於苦味中千倍爲勝何以故乳之爲味諸味中最勝善男子我涅槃後正法未滅餘八十年爾時是經於閻浮提當廣流布是時當有諸惡比丘抄掠是經分作多分能滅正法色香美味是諸惡人雖復讀誦如

是經典滅除如來深密要義安置世間莊嚴文飾無義之語抄前着後抄後着前前後著中中著前後當知如是諸惡比丘是魔伴黨受畜一切不淨之物而言如來悉聽我畜如牧牛女多加水乳諸惡比丘亦復如是雜以世語錯定是經令多衆生不得正說正寫正取尊重讚歎供養恭敬是惡比丘爲利養故不能廣宣流布是經所可分流少不足言如彼牧牛貧窮女人展轉賣乳乃至成糜而無乳味是大乘典大涅槃經亦復如是展轉薄淡無有氣味雖無氣味猶勝餘經足一千倍如彼乳味於諸苦味爲千倍勝何以故是大乘典大涅槃經於聲聞經最爲上首喻如牛乳味中最勝以是義故名大涅槃復次善男子若善男子善女人等無有不求男子身者何以故一切女人皆是衆惡之所住處復次善男子如蚊子尿不能令此大地潤洽其女人者婬欲難滿亦復如是譬如大地一切作丸如葶藶子如是等男與一女人共爲慾事猶不能足假使男子數如恒沙與一女人共爲慾事猶不能足善男子譬如大海一切天雨百川衆流皆悉投歸而彼大海未曾滿足女人之法亦復如是假使一切能爲男者與一女人共爲慾事而亦不足復次善男子如阿叔迦樹波吒羅樹迦尼迦樹春華開敷有蜂唼取色香細味不知猒足女人欲男亦復如是不知厭足善男子以是義故諸善男子善女人等聽是大乘大涅槃經常應呵責女人之相求於男子何以故是大乘經典有丈夫相所謂佛性若人不知是佛性者則無男

相所以者何不能自知有佛性故若有不能知佛性者我說是等名爲女人若能自知有佛性者我說是人爲丈夫相若有女人能知自身定有佛性當知是等即爲男子善男子是大乘典大涅槃經無量無邊不可思議功德之聚何以故以說如來祕密藏故是故善男子善女人若欲速知如來祕藏應當方便懃修此經迦葉菩薩白佛言世尊如是如是如佛所說我今以有丈夫之相得入如來微密藏故如來今日始覺悟我因是即得決定通達佛言善哉善哉善男子汝今隨順世間之法而作是說迦葉復言我不隨順世間法也佛讚迦葉善哉善哉汝今所知無上法味甚深難知而能得知如蜂採味汝亦如是復次善男子如蚊子尿不能令此大地霑洽當來之世是經流布亦復如是如彼蚊尿正法欲滅是經先當沒於此地當知即是正法衰相復次善男子譬如過夏初月名秋秋雨連霔此大乘典大涅槃經亦復如是爲於南方諸菩薩故當廣流布降霔法雨彌滿其處正法欲滅當至罽賓具足無缺潛沒地中或有信者有不信者如是大乘方等經典甘露法味悉沒於地是經沒已一切諸餘大乘經典皆悉滅沒若得是經具足無缺人中象王諸菩薩等當知如來無上正法將滅不久爾時文殊師利白佛言世尊今此純陀猶有疑心唯願如來重爲分別令得除斷佛言善男子云何疑心汝當說之當爲斷除文殊師利言純陀心疑如來常住以得知見佛性力故若見佛性而爲常者本未見時應是無常若本

無常後亦應爾何以故如世間物本無今有已有還無如是等物悉是無常以是義故諸佛菩薩聲聞緣覺無有差別爾時世尊即說偈言

本有今無　本無今有　三世有法　無有是處

善男子以是義故諸佛菩薩聲聞緣覺亦有差別亦無差別文殊師利讚言善哉誠如聖教我今始解諸佛菩薩聲聞緣覺亦有差別亦無差別迦葉菩薩白佛言世尊如佛所說諸佛菩薩聲聞緣覺性無差別唯願如來分別廣說利益安樂一切衆生佛言善男子諦聽諦聽當爲汝說善男子譬如長者若長者子多畜乳牛有種種色常令一人守護將養是人有時爲祠祀故盡構諸牛著一器中見其乳色同一白色尋便驚怪牛色各異其乳云何皆同一色是人思惟如此一切皆是衆生業報因緣令乳色一善男子聲聞緣覺菩薩亦爾同一佛性猶如彼乳所以者何同盡漏故而諸衆生言佛菩薩聲聞緣覺而有差別有諸聲聞凡夫之人疑於三乘云何無別是諸衆生久後自解一切三乘同一佛性猶如彼人悟解乳相由業因緣復次善男子譬如金鑛陶鍊滓穢然後消融成金之後價直無量善男子聲聞緣覺菩薩亦爾皆得成就同一佛性何以故除煩惱故如彼金鑛除諸滓穢以是義故一切衆生同一佛性無有差別以其先聞如來密藏後成佛時自然得知如彼長者知乳一相何以故以斷無量億煩惱故迦葉菩薩白佛言世尊若一切衆生有佛性者佛與衆生有何差別如是說者多有

過谷若諸衆生皆有佛性何因緣故舍利弗等以小涅槃而般涅槃緣覺之人於中涅槃而般涅槃菩薩之人於大涅槃而般涅槃如是等人若同佛性何故不同如來涅槃而般涅槃善男子諸佛世尊所得涅槃非諸聲聞緣覺所得以是義故大般涅槃名爲善有世若無佛非無二乘得二涅槃迦葉復言是義云何佛言無量無邊阿僧祇劫乃有一佛出現於世開示三乘善男子如汝所言菩薩二乘無差別者我先於此如來密藏大涅槃中已說其義諸阿羅漢無有善有何以故諸阿羅漢悉當得是大涅槃故以是義故大般涅槃有畢竟樂是故名爲大般涅槃迦葉言如佛說者我今始知差別之義無差別義何以故一切菩薩聲聞緣覺未來之世皆當歸於大般涅槃譬如衆流歸於大海是故聲聞緣覺之人悉名爲常非是無常以是義故亦有差別亦無差別迦葉言云何性差別佛言善男子聲聞如乳緣覺如酪菩薩之人如生熟酥諸佛世尊猶如醍醐以是義故大涅槃中說四種性而有差別迦葉復言一切衆生性相云何佛言善男子如牛新生乳血未別凡夫之性雜諸煩惱亦復如是迦葉復言拘尸那城有旃陀羅名曰歡喜佛記是人由一發心當於此界千佛數中速成無上正真之道以何等故如來不記尊者舍利弗目揵連等速成佛道佛言善男子或有聲聞緣覺菩薩作誓願言我當久久護持正法然後乃成無上佛道以發速願故與速記復次善男子譬如商人有無價寶詣市賣之愚人見已不識

輕笑寶主唱言我此實珠價直無數聞已復笑各各相謂此非眞寶是玻黎珠善男子聲聞緣覺亦復如是若聞速記則便懈怠輕笑薄賤如彼愚人不識眞寶於未來世有諸比丘不能翹懃修習善法貧窮困苦飢餓所逼因是出家長養其身心志輕慓邪命諂曲若聞如來授諸聲聞速疾記者便當大笑輕慢毁呰當知是等即是破戒自言已得過人之法以是義故隨發速願故與速記護正法者爲授遠記迦葉菩薩復白佛言世尊菩薩摩訶薩云何當得不壞眷屬佛告迦葉若諸菩薩勤加精進欲護正法以是因緣所得眷屬不可沮壞迦葉菩薩復白佛言世尊何因緣故衆生得此脣口乾焦佛告迦葉若有不識三寶常存以是因緣脣口乾焦如人口爽不知甜苦辛酢鹹淡六味差別一切衆生愚癡無智不識三寶是常存法是故名爲脣口乾焦復次善男子若有衆生不知如來是常住者當知是人則爲生盲若知如來是常住者如是之人雖是肉眼我說是等名爲天眼復次善男子若有能知如來是常當知是人久已修習如是經典我說是等亦名天眼雖有天眼而不能知如來是常我說斯等名爲肉眼是人乃至不識自身手脚肢節亦復不能令他識知以是義故名爲肉眼復次善男子如來常爲一切衆生而作父母所以者何一切衆生種種形類二足四足多足無足佛以一音而爲說法彼彼異類各自得解各各歎言如來今日爲我說法以是義故名爲父母復次善男子如人生子始十六月雖復語言

未可解了而彼父母欲教其語先同其音漸漸教之是父母語可不正耶不也世尊善男子諸佛如來亦復如是隨諸衆生種種音聲而爲說法爲令安住於正法故隨所應見而爲示現種種形像如來如是同彼語言可不正耶不也世尊何以故如來所說如師子吼隨順世間種種音聲而爲衆生演說妙法

一切大衆所問品第五之一

爾時世尊從其面門放種種色青黃赤白紅紫光明照純陀身純陀遇已與諸眷屬持諸餚饌皆往佛所欲奉如來及比丘僧最後供養種種器物充滿具足持至佛前爾時有大威德天人而遮其前周帀圍繞謂純陀言且住純陀勿便奉施當爾之時如來復放無量無邊種種光明諸天大衆遇斯光已尋聽純陀前至佛所奉其所施爾時天人及諸衆生各各自取所持供養至於佛前長跪白佛唯願如來聽諸比丘受此飲食時諸比丘知是時故執持衣鉢一心安庠爾時純陀爲佛及僧布置種種師子寶座懸繒旛蓋香華瓔珞爾時三千大千世界莊嚴微妙猶如西方安樂國土爾時純陀住於佛前憂悲悵怏重白佛言唯願如來猶見哀愍住壽一劫若減一劫佛告純陀汝欲令我久住世者宜當速奉最後具足檀波羅蜜爾時一切菩薩摩訶薩天人雜類異口同音唱如是言奇哉純陀成大福德能令如來受取最後無上供養而我等輩無福所致所設供具則爲唐捐爾時世尊欲令一切衆望滿足於自身上一一毛孔化無量佛一一諸佛各有無量諸比丘僧是

諸世尊及無量衆皆悉示現受其供養釋迦如來自受純陀所奉設者爾時純陀所持粳粮成熟之食摩伽陀國滿足八斛以佛神力皆悉充足一切大會爾時純陀見是事已心生歡喜踊躍無量一切大衆亦復如是爾時大衆承佛聖旨各作是念如來今已受我等施不久便當入於涅槃作是念已心生悲喜爾時樹林其地狹小以佛神力如針鋒處皆有無量諸佛世尊及其眷屬等坐而食所食之物亦無差別是時天人阿修羅等啼泣悲歎而作是言如來今日已受我等最後供養受供養已當般涅槃我等當復更供養誰我今永離無上調御盲無眼目爾時世尊爲欲慰喻一切大衆而說偈言

汝等莫悲歎　諸佛法應爾　我入於涅槃
已經無量劫　常受最勝樂　永處安隱處
汝今至心聽　我當說涅槃　我已離食想
終無飢渴患　我今當爲汝　說其隨順願
令諸一切衆　咸得安隱樂　汝聞應修行
諸佛法常住　假使烏角鵄　同共一樹棲
猶如親兄弟　爾乃永涅槃　如來視一切
猶如羅睺羅　常爲衆生尊　云何永涅槃
假使蛇鼠狼　同處一穴遊　相愛如兄弟
爾乃永涅槃　如來視一切　猶如羅睺羅
常爲衆生尊　云何永涅槃　假使七葉華
轉爲婆師香　迦留迦果樹　轉爲鎮頭果
如來視一切　猶如羅睺羅　云何捨慈悲
永入於涅槃　假使一闡提　現身成佛道
永處第一樂　爾乃入涅槃　如來視一切
皆如羅睺羅　云何捨慈悲　永入於涅槃

假使一切衆 一時成佛道 遠離諸過患
爾乃入涅槃 如來視一切 皆如羅睺羅
云何捨慈悲 永入於涅槃 假使蚊子尿
浸壞於大地 諸山及百川 大海悉盈滿
若有如是事 爾乃入涅槃 悲心視一切
皆如羅睺羅 常爲衆生尊 云何永涅槃
以是故汝等 應深樂正法 不應生憂惱
號泣而啼哭 若欲自正行 應修如來常
常觀如是法 長存不變易 復應生是念
三寶皆常住 是則獲大護 如呪枯生果
是名爲三寶 四衆應善聽 聞已應歡喜
即發菩提心 若能計三寶 常住同眞諦
此則是諸佛 最上之誓願

若有比丘比丘尼優婆塞優婆夷能以如來最上誓願而發願者當知是人無有愚癡堪受供養以此願力功德果報於世最勝如阿羅漢若有不能如是觀了三寶常者是旃陀羅若有能知三寶常住實法因緣離苦安樂無有嬈害能留難者爾時人天大衆阿修羅等聞是法已心生歡喜踊躍無量其心調柔善滅諸蓋心無高下威德清淨顏貌怡悅知佛常住是故施設諸天供養散種種華末香塗香鼓天伎樂以供養佛爾時佛告迦葉菩薩言善男子汝見是衆希有事不迦葉答言已見世尊見諸如來無量無邊不可稱計受諸大衆人天所奉飲食供養又見諸佛其身姝大所坐之處如一針鋒多衆圍繞不相障礙復見大衆悉發誓願說十三偈亦知大衆各心念言如來今者獨受我供假使純陀所奉飲食碎如微塵一塵一佛猶不周徧以佛

神力悉皆充足一切大衆唯諸菩薩摩訶薩及文殊師利法王子等能知如是希有事耳悉是如來方便示現聲聞大衆及阿修羅等皆知如來是常住法爾時世尊告純陀言汝今所見爲是希有奇特事不實爾世尊我先所見無量諸佛三十二相八十種好莊嚴其身今悉見爲菩薩摩訶薩體貌瓌異殊大殊妙唯見佛身喻如藥樹爲諸菩薩摩訶薩等之所圍繞佛告純陀汝先所見無量佛者是我所化爲欲利益一切衆生令得歡喜如是菩薩摩訶薩等所可修行不可思議能作無量諸佛之事純陀汝今皆已成就菩薩摩訶薩行得住十地菩薩所行具足成辦迦葉菩薩白佛言世尊如是如是如佛所說純陀所修成菩薩行我亦隨喜今者如來欲爲未來無量衆生作大明故說是大乘大涅槃經世尊一切契經說有餘義無餘義耶善男子我所說者亦有餘義亦無餘義純陀白佛言世尊如佛所說

所有之物　布施一切　唯可讚歎　無可虧損

世尊是義云何持戒毀戒有何差別佛言唯除一人餘一切施皆可讚歎純陀問言云何名爲唯除一人佛言如此經中所說破戒純陀復言我今未解唯願說之佛語純陀言破戒者謂一闡提其餘在所一切布施皆可讚歎獲大果報純陀復問一闡提者其義云何佛言純陀若有比丘及比丘尼優婆塞優婆夷發麤惡言誹謗正法造是重業永不改悔心無慚愧如是等人名爲趣向一闡提道若犯四重作五逆罪自知定犯如是重事而心

初無怖畏慚愧不肯發露於彼正法永無護惜建立之心毀呰輕賤言多過咎如是等人亦名趣向一闡提道若復說言無佛法僧如是等人亦名趣向一闡提道唯除如此一闡提輩施其餘者一切讚歎爾時純陀復白佛言世尊所言破戒其義云何佛言純陀若犯四重及五逆罪誹謗正法如是等人名爲破戒純陀復問如是破戒可拔濟不佛言純陀有因緣故則可拔濟若被法服猶未捨遠其心常懷慚愧恐怖而自考責咄哉何爲犯斯重罪何其怪哉造斯苦業其心改悔生護法心欲建正法有護法者我當供養若有讀誦大乘典者我當諮問受持讀誦既通利已復當爲他分別廣說我說是人不爲破戒何以故善男子譬如日出能除一切塵翳闇冥是大涅槃微妙經典出興於世亦復如是能除衆生無量劫中所作衆罪是故此經說護正法得大果報拔濟破戒若有毀謗是正法者能自改悔還歸於法自念所作一切不善如人自害心生恐怖驚懼慚愧除此正法更無救護是故應當還歸正法若能如是如說歸依布施是人得福無量亦名世間應受供養若犯如上惡業之罪若經一月或十五日不生歸依發露之心若施是人果報甚少犯五逆者亦復如是能生悔心內懷慚愧今我所作不善之業甚爲大苦我當建立護持正法是則不名五逆罪也若施是人得福無量犯逆罪已不生護法歸依之心有施是者福不足言又善男子犯重罪者汝今諦聽我當爲汝分別廣說應生是心謂正法者即是如來

微密之藏是故我當護持建立施是人者得勝果報善男子譬如女人懷妊垂產值國荒亂逃至他土在一天廟即便產生聞其舊邦安隱豐熟携將其子欲還本土中路值河水漲瀑急荷負是兒不能得渡即自念言我今寧與一處併命終不捨棄而獨渡也念已母子俱共没命命終之後尋生天中以愛念子欲令得渡而是女人本性弊惡以愛子故得生天中犯四重禁五無間罪生護法心亦復如是雖復先爲不善之業以護法故得爲世間無上福田是護法者有如是等無量果報純陀復言世尊若一闡提能自改悔恭敬供養讚歎三寶施如是人得大果報不佛言善男子汝今不應作如是說善男子譬如有人食菴羅果吐核置地而復念言是果核中應有甘味即復還取破而嘗之其味極苦心生悔恨恐失果種即還收拾種之於地懃加修治以蘇油乳隨時溉灌於意云何寧可生不不也世尊假使天降無上甘雨猶亦不生善男子彼一闡提亦復如是燒然善根當於何處而得除罪善男子若生善心是則不名一闡提也善男子以是義故一切所施所得果報非無差別何以故施諸聲聞所得報異施辟支佛得報亦異唯施如來獲無上果是故說言一切所施非無差別純陀復言何故如來而說是偈佛言純陀有因緣故我說此偈王舍城中有優婆塞心無淨信奉事尼乾而來問我布施之義以是因緣故說斯偈亦爲菩薩摩訶薩等說祕藏義如斯偈者其義云何一切者少分一切當知菩薩摩訶薩人中

之雄攝取持戒施其所須捨棄破戒如除稗稗復次善男子如我昔日所說偈言

一切江河　必有迴曲　一切叢林　必名樹木
一切女人　必懷諂曲　一切自在　必受安樂

爾時文殊師利菩薩摩訶薩即從座起偏袒右肩右膝著地前禮佛足而說偈言

非一切河　必有迴曲　非一切林　悉名樹木
非一切女　必懷諂曲　一切自在　不必受樂

佛所說偈其義有餘唯垂哀愍說其因緣何以故世尊於此三千大千世界有渚名拘耶尼其渚有河端直不曲名娑婆耶喻如繩墨直入西海如是河相於餘經中佛未曾說唯願如來因此方等阿含經中說有餘義令諸菩薩深解是義世尊譬如有人先識金鑛後不識金如來亦爾盡知法已而所演說有餘不盡如來雖作如是餘說應當方便解其意趣一切叢林必是樹木是亦有餘何以故種種金銀瑠璃寶樹是亦名林一切女人必懷諂曲是亦有餘何以故亦有女人善持禁戒功德成就有大慈悲一切自在必受樂者是亦有餘何以故有自在者轉輪聖帝如來法王不屬死魔不可滅盡梵釋諸天雖得自在悉是無常若得常住無變易者乃名自在所謂大乘大般涅槃佛言善男子汝今善得樂說之辯且止諦聽文殊師利譬如長者身嬰病苦良醫診之爲合膏藥是時病者貪欲多服醫語之言若能消者則可多服汝今體羸不應多服當知是膏亦名甘露亦名毒藥若多服不銷則名爲毒善男子汝今勿謂是醫所說違失義理喪膏力勢善男子如來亦爾

爲諸國王后妃太子王子大臣因波斯匿王王子后妃憍慢心故爲欲調伏示現恐怖如彼良醫故說偈言

一切江河　必有迴曲　一切叢林　必名樹木
一切女人　必懷諂曲　一切自在　必受安樂

文殊師利汝今當知如來所說無有漏失如此大地可令反覆如來之言終無漏失以是義故如來所說一切有餘爾時佛讚文殊師利善哉善哉善男子汝已久知如是之義哀愍一切欲令衆生得智慧故廣問如來如是偈義爾時文殊師利法王之子復於佛前而說偈言

於他語言　隨順不逆　亦不觀他　作以不作
但自觀身　善不善行

世尊如是說此法藥非爲正說於他語言隨順不逆者唯願如來垂哀正說何以故世尊常說一切外學九十五種皆趣惡道聲聞弟子皆向正路善護禁戒攝持威儀守護諸根如是等人深樂大法趣向善道如來何故於九部中見有毀他則便呵責如是偈義爲何所趣佛告文殊師利善男子我說此偈亦不盡爲一切衆生爾時唯爲阿闍世王諸佛世尊若無因緣終不逆說有因緣故乃說之耳善男子阿闍世王害其父已來至我所欲折伏我作如是問云何世尊有一切智非一切智耶若一切智調達往昔無量世中常懷惡心隨逐如來欲爲殺害云何如來聽其出家善男子以是因緣我爲是王而說此偈

於他語言　隨順不逆　亦不觀他　作以不作
但自觀身　善不善行

佛告大王汝今害父已作逆罪最重無間應當發露以求清淨何縁乃更見他過咎善男子以是義故我爲彼王而說是偈復次善男子亦爲護持不毁禁戒成就威儀見他過者而說是偈若復有人受他教誨遠離衆惡復教他人令離衆惡如是之人則我弟子爾時世尊爲文殊師利而說偈言

一切畏刀杖　無不愛壽命　恕已可爲喻

勿殺勿行杖

爾時文殊師利復於佛前而說偈言

非一切畏杖　非一切愛命　恕已可爲喻

勤作善方便

如來說是法句之義亦是未盡何以故如阿羅漢轉輪聖王玉女象馬主藏大臣若諸天人及阿修羅執持利劒能害之者無有是處勇士烈女馬王獸王持戒比丘雖復對至而不恐怖以是義故如來說偈亦是有餘若言恕已可爲喻者是亦有餘何以故若使羅漢以已喻彼則有我想及以命想若有我想及以命想則應擁護凡夫亦應見阿羅漢悉是行人若如是者即是邪見若有邪見命終之時即應生於阿鼻地獄又復羅漢設於衆生生害心者無有是處無量衆生亦復無能害羅漢者佛言善男子言我想者謂於衆生生大悲心無殺害想謂阿羅漢平等之心勿謂世尊無有因縁而逆說也昔日於此王舍城中有大獵師多殺羣鹿請我食肉我於是時雖受彼請於諸衆生生慈悲心如羅睺羅而說偈言

當令汝長養　若久住於世　受持不害法

猶如諸佛壽

是故我說此偈

一切畏刀杖　無不愛壽命　恕己可爲喻

勿殺勿行杖

佛言善哉善哉文殊師利爲諸菩薩摩訶薩故諮問如來如是密教爾時文殊師利復說是偈

云何敬父母　隨順而尊重　云何修此法

墮於無間獄

於是如來復以偈答文殊師利

若以貪愛母　無明以爲父　隨順尊重者

則墮無間獄

爾時如來復爲文殊師利菩薩重說偈言

一切屬他　則名爲苦　一切由己　自在安樂

一切憍慢　勢極暴惡　賢善之人　一切愛念

爾時文殊師利菩薩摩訶薩白佛言世尊如來所說是亦不盡唯願如來復垂哀愍說其因緣何以故如長者子從師學時爲屬師不若屬師者義不成就若不屬者亦不成就若得自在亦不成就是故如來所說有餘復次世尊譬如王子無所綜習觸事不成是亦自在愚闇常苦如是王子若言自在義亦不成若言屬他義亦不成以是義故佛所說義名爲有餘是故一切屬他不必受苦一切自在不必受樂一切憍慢勢極暴惡是亦有餘世尊如諸烈女憍慢心故出家學道護持禁戒威儀成就守攝諸根不令馳散是故一切憍慢之結不必暴惡賢善之人一切愛念是亦有餘如人內犯四重禁已不捨法服堅持威儀護持法者見已不愛是人命終必墮地獄

若有賢人犯重禁已護法見之即驅令出罷道還俗以是義故一切賢善何必悉愛

大般涅槃經卷第十

音釋

尿奴弔切　洽胡夾切霑洽也　罽賓梵語也此云賤種罽居例切　懆正作躁則到切不安靜也　餚饌餚何交切凡非穀食曰餚饌雛綰切具食也　姝春朱切美也　瓌姑回切偉也　核下革切果中實也　瀩居代切澆也　診止忍切候脉也　綜子宋切經理也

大般涅槃經卷第十一

北涼天竺三藏曇無讖奉　詔譯

一切大衆所問品第五之二

爾時佛告文殊師利有因緣故如來於此說有餘義又有因緣諸佛如來而說是法時王舍城有一女人名曰善賢還父毋家因至我所歸依於我及法衆僧而作是言一切女人勢不自由一切男子自在無礙我於爾時知是女心即爲宣說如是偈頌文殊師利善哉善哉汝今能爲一切衆生問於如來如是密語文殊師利復說偈言

一切諸衆生　皆依飲食存　一切有大力　其心無嫉妬
一切因飲食　而多得病苦　一切修淨行　而得受安樂
如是世尊今受純陀飲食供養將無如來有恐怖耶爾時世尊復爲文殊而說偈言

非一切衆生　盡依飲食存　非一切大力　心皆無嫉妬
非一切因食　而致病苦患　非一切淨行　悉得受安樂

文殊師利汝若得病我亦如是應得病苦何以故諸阿羅漢及辟支佛菩薩如來實無所食但欲化彼示現受用無量衆生所施之物令其具足檀波羅蜜拔濟地獄畜生餓鬼若言如來六年苦行身羸瘦者無有是處諸佛世尊獨拔諸有不同凡夫云何而得身羸劣耶諸佛世尊精勤修習獲金剛身不同世人危脆之身我諸弟子亦復如是不可思議不依於食一切大力無嫉妬者亦有餘義如世間人終身永無嫉妬之心而亦無力一切病苦因食得者亦有餘義亦見有人得客病者

所謂刺刺刀劒矛矟一切淨行受安樂者是亦有餘世間亦有外道之人修於梵行多受苦惱以是義故如來所說一切有餘是名如來非無因緣而說此偈有因緣故說昔日於此憂禪尼國有婆羅門名羖羝德來至我所欲受第四八戒齋法我於爾時爲說是偈爾時迦葉菩薩白佛言世尊何等名爲無餘義耶云何復名一切義乎善男子一切者唯除助道常樂善法是名一切亦名無餘其餘諸法亦名有餘亦名無餘欲令樂法諸善男子知此有餘及無餘二義迦葉菩薩心大歡喜踊躍無量前白佛言甚奇世尊等視衆生如羅睺羅爾時佛讚迦葉菩薩善哉善哉汝今所見微妙甚深迦葉菩薩白佛言世尊唯願如來說是大乘大涅槃經所得功德佛告迦葉善男子若有得聞是經名字所得功德非諸聲聞辟支佛等所能宣說唯佛能知何以故不可思議是佛境界何況受持讀誦通利書寫經卷爾時諸天世人及阿修羅即於佛前異口同音而說偈言

諸佛難思議　法僧亦復然　是故今勸請
唯願小停住　尊者大迦葉　及以阿難等
二衆之眷屬　且待須臾至　幷及摩伽主
阿闍世大王　至心敬信佛　猶故未來此
唯願於如來　小垂哀愍住　於此大衆中
斷我諸疑網

爾時如來爲諸大衆而說偈言

我法最長子　是名大迦葉　阿難勤精進
能斷一切疑　汝等當諦觀　阿難多聞士
自然能解了　是常及無常　以是故不應

心懷於憂惱
爾時大衆以種種物供養如來供養佛已即發阿耨多羅三藐三菩提心無量無邊恒河沙等諸菩薩輩得住初地爾時世尊與文殊師利迦葉菩薩及以純陀而受記莂受記莂已說如是言諸善男子自修其心愼莫放逸我今背疾擧體皆痛我今欲卧如彼小兒及常患者汝等文殊當爲四部廣說大法今以此法付囑於汝乃至迦葉阿難等來復當付囑如是正法爾時如來說是語已爲欲調伏諸衆生故現身有疾右脅而卧如彼病人

現病品第六

爾時迦葉菩薩白佛言世尊如來已免一切疾病患苦悉除無復怖畏世尊一切衆生有四毒箭則爲病因何等爲四貪欲瞋恚愚癡憍慢若有病因則有病生所謂愛熱肺病上氣吐逆膚體㿇㿇其心悶亂下痢噦噎小便淋瀝眼耳疼痛背滿腹脹顛狂乾痟鬼魅所著如是種種身心諸病諸佛世尊悉無復有今日如來何緣顧命文殊師利而作是言我今背痛汝等當爲大衆說法有二因緣則無病苦何等爲二一者憐愍一切衆生二者給施病者醫藥如來往昔已於無量萬億劫中修菩薩道常行愛語利益衆生不令苦惱施疾病者種種醫藥何緣於今自言有病世尊世有病人或坐或卧不安處所或索飲食勑誡家屬修治産業何故如來默然而卧不教弟子聲聞人等尸波羅蜜諸禪解脫三摩跋提修諸正懃何緣不說如是甚深大乘經典如來何故不以無量方便教大迦葉人中象

王諸大人等令不退於阿耨多羅三藐三菩提何故不治諸惡比丘受畜一切不淨物者世尊實無有病云何默然右脅而卧諸菩薩等凡所給施病者醫藥所得善根悉施衆生而共迴向一切種智爲除衆生諸煩惱障業障報障煩惱障者貪欲瞋恚愚癡忿怒纏蓋焦惱嫉妬慳悋姦詐諛諂無慚無愧慢慢慢大慢不如慢增上慢我慢邪慢憍慢放逸貢高忿恨諍訟邪命諂媚詐現異相以利求利惡求多求無有恭敬不隨教誨親近惡友貪利無猒纏縛難解欲於惡欲貪於惡貪身見有見及以無見頻伸喜睡欠呿不樂貪嗜飲食其心瞢瞢心緣異想不善思惟身口多惡好喜多語諸根闇鈍發言多虛常爲欲覺恚覺害覺之所覆蓋是名煩惱障業障者五無間罪重惡之病報障者生在地獄畜生餓鬼誹謗正法及一闡提是名報障如是三障名爲大病而諸菩薩於無量劫修菩提時給施一切疾病醫藥常作是願令諸衆生永斷如是三障重病復次世尊菩薩摩訶薩修菩提時給施一切病者醫藥常作是願願令衆生永斷諸病得成如來金剛之身又願一切無量衆生作妙藥王斷除一切諸惡重病願諸衆生得阿伽陀藥以是藥力能除一切無量惡毒又願衆生於阿耨多羅三藐三菩提無有退轉速得成就無上佛藥銷除一切煩惱毒箭又願衆生勤修精進成就如來金剛之身作微妙藥療治衆病不令有人生諍訟想亦願衆生作大藥樹療治一切諸惡重病又願衆生拔出毒箭得成如來無上光明又願

衆生得入如來智慧大藥微密法藏世尊菩薩如是已於無量百千萬億那由他劫發是誓願令諸衆生悉無復病何緣如來乃於今日唱言有病復次世尊世有病人不能坐起俯仰進止食飲不御漿水不下亦復不能教誡諸子修治家業爾時父母妻子兄弟親屬知識各於是人生必死想世尊如來今日亦復如是右脅而卧無所論說此閻浮提有諸愚人當作是念如來正覺必當涅槃生滅盡想而如來性實不畢竟入於涅槃何以故如來常住無變易故以是因緣不應說言我今背痛復次世尊世有病者身體羸損若偃若側卧著牀褥爾時家室心生惡賤起必死想如來今者亦復如是當爲外道九十五種之所輕慢生無常想彼諸外道當作是言不如我等以我性常自在時節微塵等法而爲常住無有變易沙門瞿曇無常所遷是變易法以是義故世尊今日不應黙然右脅而卧復次世尊世有病者四大增損互不調適羸瘦之極是故不能隨意坐起卧著牀褥如來四大無不和適身力具足亦無羸損世尊如十小牛力不如一大牛力十大牛力不如一青牛力十青牛力不如一凡象力十凡象力不如一野象力十野象力不如一二牙象力十二牙象力不如一四牙象力十四牙象力不如雪山一白象力十雪山白象力不如一香象力十香象力不如一青象力十青象力不如一黃象力十黃象力不如一赤象力十赤象力不如一白象力十白象力不如一山象力十山象力不如一優鉢羅象力十優鉢羅

象力不如一波頭摩象力十波頭摩象力不如一拘物頭象力十拘物頭象力不如一分陀利象力十分陀利象力不如人中一力士力十人中力士力不如一鉢揵提力十鉢揵提力不如一八臂那羅延力十那羅延力不如一十住菩薩一節之力一切凡夫身中諸節節不相到人中力士節頭相到鉢揵提身諸節相接那羅延身節頭相拘十住菩薩諸節骨解蟠龍相結是故菩薩其力最大世界成時從金剛際起金剛座上至道場菩提樹下菩薩坐已其心即時逮得十力如來今者不應如彼嬰孩小兒嬰孩小兒愚癡無智無所能說以是義故隨意偃側無人譏訶如來世尊有大智慧照明一切人中之龍具大威德成就神通無上仙人永斷疑網已拔毒箭進止安詳威儀具足得無所畏今者何故右脅而卧令諸人天憂愁苦惱爾時迦葉菩薩即於佛前而說偈言

瞿曇大聖德　願起演妙法　不應如小兒
病者卧牀褥　調御天人師　倚卧雙樹間
下愚凡夫見　當言必涅槃　不知方等典
甚深佛所行　不見微密藏　猶盲不見道
唯有諸菩薩　文殊師利等　能解是甚深
譬如善射者　三世諸世尊　大悲爲根本
如是大慈悲　今爲何所在　若無大悲者
是則不名佛　佛若必涅槃　是則不名常
唯願無上尊　哀受我等請　利益於衆生
摧伏諸外道

爾時世尊大悲熏心知諸衆生各各所念將欲隨順畢竟利益即從卧起結跏趺坐顏貌

熈怡如融金聚面目端嚴猶月盛滿形容清淨無諸垢穢放大光明充徧虛空其光大盛過百千日照于東方南西北方四維上下諸佛世界惠施衆生大智之炬悉令得滅無明黑闇令百千億那由他衆生安止不退菩提之心爾時世尊心無疑慮如師子王以三十二大人之相八十種好莊嚴其身於其身上一切毛孔一一毛孔出一蓮華其華微妙各具千葉純眞金色瑠璃爲莖金剛爲鬚玫瑰爲臺形大團圓猶如車輪是諸蓮華各出種種雜色光明青黃赤白紫玻瓈色是諸光明皆悉徧至阿鼻地獄想地獄黑繩地獄衆合地獄叫喚地獄大叫喚地獄焦熱地獄大焦熱地獄是八地獄其中衆生常爲諸苦之所逼切所謂燒煑火炙所刺劚剝遇斯光已如是衆苦悉滅無餘安隱清涼快樂無極是光明中宣說如來祕密之藏言諸衆生皆有佛性衆生聞已即便命終生人天中乃至八種寒冰地獄所謂阿波波地獄阿吒吒地獄阿羅羅地獄阿婆婆地獄優鉢羅地獄波頭摩地獄拘物頭地獄分陀利地獄是中衆生常爲寒苦之所逼惱所謂劈裂身體碎壞互相殘害遇斯光已如是等苦亦滅無餘即得調和熅煖適身是光明中亦復宣說如來祕密之藏言諸衆生皆有佛性衆生聞已即便命終生人天中爾時於此閻浮提界及餘世界所有地獄皆悉空虛無受罪者除一闡提餓鬼衆生飢渴所逼以髮纏身於百千歲未曾得聞漿水之名遇斯光已飢渴即除是光明中亦說如來微密祕藏言諸衆生皆有佛性

衆生聞已即便命終生人天中令諸餓鬼亦悉空虛除謗大乘方等正典畜生衆生互相殺害共相殘食遇斯光已恚心悉滅是光明中亦說如來祕密之藏言諸衆生皆有佛性衆生聞已即便命終生人天中當爾之時畜生亦盡除謗正法是一一華各有一佛圓光一尋金色晃耀微妙端嚴最上無比三十二相八十種好莊嚴其身是諸世尊或有坐者或有行者或有卧者或有住者或震雷音者或霔雨者或放電光或復放風或出煙燄身如火聚或有示現七寶諸山池泉河水山林樹木或復示現七寶國土城邑聚落宮殿屋宅或復示現象馬師子虎狼孔雀鳳凰諸鳥或復示現令閻浮提所有衆生悉見地獄畜生餓鬼或復示現欲界六天復有世尊或說陰界諸入多諸過患或復有說四聖諦法或復有說諸法因緣或復有說諸業煩惱皆因緣生或復有說我與無我或復有說苦樂二法或復有說常無常等或復有說淨與不淨復有世尊爲諸菩薩演說所行六波羅蜜或復有說諸大菩薩所得功德或復有說諸佛世尊所得功德或復有說聲聞之人所得功德或復有說隨順一乘或復有說三乘成道或有世尊左脅出水右脅出火或有示現初生出家坐於道場菩提樹下轉妙法輪入于涅槃或有世尊作師子吼令此會中有得一果二果三果至第四果或復有說出離生死無量因緣爾時於此閻浮提中所有衆生遇斯光已盲者見色聾者聽聲瘂者能言拘躄能行貧者得財慳者能施恚者慈心不信者

信如是世界無一衆生修行惡法除一闡提

爾時一切天龍鬼神乾闥婆阿修羅迦樓羅緊那羅摩睺羅伽羅刹揵陀憂摩陀阿婆魔羅人非人等悉共同聲唱如是言善哉善哉無上天尊多所利益説是語已踊躍歡喜或歌或舞或身動轉以種種華散佛及僧所謂大優鉢羅華拘物頭華波頭摩華分陀利華曼陀羅華摩訶曼陀羅華曼殊沙華摩訶曼殊沙華散陀那華摩訶散陀那華盧脂那華摩訶盧脂那華香華大香華適意華大適意華愛見華大愛見華端嚴華第一端嚴華復散諸香所謂沉水多伽樓香栴檀鬱金和合雜香海岸聚香復以天上寶幢旛蓋諸天妓樂箏笛笙瑟箜篌鼓吹供養於佛而説偈言

我今稽首大精進　無上正覺兩足尊
天人大衆所不知　唯有瞿曇乃能了
世尊往昔爲我故　於無量劫修苦行
如何一旦放本誓　而便捨命欲涅槃
一切衆生不能見　諸佛世尊祕密藏
以是因緣難得出　輪轉生死墜惡道
如佛所説阿羅漢　一切皆當至涅槃
如是甚深佛行處　凡夫下愚誰能知
施諸衆生甘露法　爲欲斷除諸煩惱
若有服此甘露已　不復受生老病死
如來世尊以療治　百千無量諸衆生
令其所有諸重病　一切銷滅無遺餘
世尊久已捨病苦　故得名爲第七佛
唯願今日雨法雨　潤漬我等功德種
是諸大衆及人天　如是請已默然住

説是偈時蓮華臺中一切諸佛從閻浮提徧

至淨居悉皆聞之爾時佛告迦葉菩薩善哉
善哉善男子汝已具足如是甚深微妙智慧
不爲一切諸魔外道之所破壞善男子汝已
安住不爲一切諸邪惡風之所傾動善男子
汝今成就樂說辯才已曾供養過去無量恒
河沙等諸佛世尊是故能問如來正覺如是
之義善男子我於往昔無量無邊億那由他
百千萬劫已除病根永離倚卧迦葉過去無
量阿僧祇劫有佛出世號無上勝如來應供
正徧知明行足善逝世間解無上士調御丈
夫天人師佛世尊爲諸聲聞說是大乘大涅
槃經開示分別顯發其義我於爾時亦爲彼
佛而作聲聞受持如是大涅槃典讀誦通利
書寫經卷廣爲他人開示分別解說其義以
是善根迴向阿耨多羅三藐三菩提善男子
我從是來未曾爲惡煩惱業緣墮於惡道誹
謗正法作一闡提受黄門身無根二根反逆
父母殺阿羅漢破塔壞僧出佛身血犯四重
禁從是已來身心安隱無諸苦惱迦葉我今
實無一切疾病所以者何諸佛世尊久已遠
離一切病故迦葉是諸衆生不知大乘方等
密教便謂如來真實有疾迦葉如言如來人
中師子而如來者實非師子如是之言即是
如來祕密之教迦葉如言如來人中大龍而
我已於無量劫中捨離是業迦葉如言如來
是人是天而我真實非人非天亦非鬼神乾
闥婆阿修羅迦樓羅緊那羅摩睺羅伽非我
非命非可養育非人士夫非作非不作非受
非不受非世尊非聲聞非說非不說如是等
語皆是如來祕密之教迦葉如言如來猶如

大海須彌山王而如来者實非鹹味同於石山當知是語亦是如來祕密之教迦葉如言如來如分陁利而我實非分陁利也如是之言即是如來祕密之教迦葉如言如來猶如父母而如來者實非父母如是之言亦是如來祕密之教迦葉如言如來是大船師而如來者實非船師如是之言亦是如來祕密之教迦葉如言如來猶如商主而如來者實非商主如是之言亦是如來祕密之教迦葉如言如來能摧伏魔而如來者實無惡心欲令他伏如是之言皆是如來祕密之教迦葉如言如來能治癰瘡而我實非治癰師也如是之言亦是如來祕密之教迦葉如我先說若有善男子善女人善能修治身口意業捨命之時雖有親族取其屍骸或以火燒或投大水或棄冢間狐狼禽獸競共食噉然心意識即生善道而是心法實無去來亦無所至直言前後相似相續相貌不異如是之言即是如來祕密之教迦葉我今言病亦復如是亦是如來祕密之教是故顧命文殊師利吾今背痛汝等當爲四衆說法迦葉如來正覺實無有病右脅而卧亦不畢竟入於涅槃迦葉是大涅槃即是諸佛甚深禪定如是禪定非是聲聞緣覺行處迦葉汝先所問如來何故倚卧不起不索飲食誡勑家屬修治產業迦葉虛空之性亦無起坐求索飲食勑誡家屬修治產業亦無去來生滅老壯出沒傷碎解脫繫縛亦不自說亦不說他亦不自解亦不解他非安非病善男子諸佛世尊亦復如是猶如虛空云何當有諸病苦耶迦葉世有三

人其病難治一謗大乘二五逆罪三一闡提如是三病世中極重悉非聲聞緣覺菩薩之所能治善男子譬如有病必死難治若有瞻病隨意醫藥若無瞻病隨意醫藥如是之病定不可治當知是人必死不疑善男子是三種人亦復如是若有聲聞緣覺菩薩或有說法或不說法不能令其發阿耨多羅三藐三菩提心迦葉譬如病人若有瞻病隨意醫藥則可令瘥若無此三則不可瘥聲聞緣覺亦復如是從佛菩薩得聞法已即能發於阿耨多羅三藐三菩提心非不聞法能發心也迦葉譬如病人若有瞻病隨意醫藥若無瞻病隨意醫藥皆悉可瘥有一種人亦復如是或值聲聞不值聲聞或值緣覺不值緣覺或值菩薩不值菩薩或值如來不值如來或得聞法或不聞法自然得成阿耨多羅三藐三菩提所謂有人或爲自身或爲他身或爲怖畏或爲利養或爲諛諂或爲誑他書寫如是大涅槃經受持讀誦供養恭敬爲他說者迦葉有五種人於是大乘大涅槃典有病行處非如來也何等爲五一斷三結得須陀洹果不墮地獄畜生餓鬼人天七返永斷諸苦入於涅槃迦葉是名第一人有病行處是人未來過八萬劫便當得成阿耨多羅三藐三菩提迦葉第二人者斷三結縛薄貪恚癡得斯陀含果名一往來永斷諸苦入於涅槃迦葉是名第二人有病行處是人未來過六萬劫便當得成阿耨多羅三藐三菩提迦葉第三人者斷五下結得阿那含果更不來此永斷諸苦入於涅槃是名第三人有病行處是人未

來過四萬劫便當得成阿耨多羅三藐三菩提迦葉第四人者永斷貪欲瞋恚愚癡得阿羅漢果煩惱無餘入於涅槃亦非麒麟獨一之行是名第四人有病行處是人未來過二萬劫便當得成阿耨多羅三藐三菩提迦葉第五人者永斷貪欲瞋恚愚癡得辟支佛道煩惱無餘入於涅槃眞是麒麟獨一之行是名第五人有病行處是人未來過十千劫便當得成阿耨多羅三藐三菩提迦葉是名第五人有病行處非如來也

聖行品第七之一

爾時佛告迦葉菩薩善男子菩薩摩訶薩應當於是大涅槃經專心思惟五種之行何等爲五一者聖行二者梵行三者天行四者嬰兒行五者病行善男子菩薩摩訶薩常當修習是五種行復有一行是如來行所謂大乘大涅槃經迦葉云何菩薩摩訶薩所修聖行菩薩摩訶薩若從聲聞若從如來得聞如是大涅槃經聞已生信信已應作如是思惟諸佛世尊有無上道有大正法大衆正行復有方等大乘經典我今當爲愛樂貪求大乘經故捨離所愛妻子眷屬所居舍宅金銀珍寶微妙瓔珞香華妓樂奴婢僕使男女大小象馬車乘牛羊雞犬豬豕之屬復作是念居家迫窄猶如牢獄一切煩惱由之而生出家寬曠猶如虛空一切善法因之增長若在家居不得盡壽淨修梵行我今應當剃除鬚髮出家學道作是念已我今定當出家修學無上正眞菩提之道菩薩如是欲出家時天魔波旬生大苦惱言是菩薩復當與我興大戰諍

善男子如是菩薩何處當復與人戰諍是時菩薩即至僧坊若見如來及佛弟子威儀具足諸根寂靜其心柔和清淨寂滅即至其所而來出家剃除鬚髮服三法衣既出家已奉持禁戒威儀不缺進止安詳無所觸犯乃至小罪心生怖畏護戒之心猶如金剛善男子譬如有人帶持浮囊欲渡大海爾時海中有一羅刹即從其人乞索浮囊其人聞已即作是念我今若與必定沒死答言羅刹汝寧殺我浮囊叵得羅刹復言汝若不能全與我者見惠其半是人猶故不肯與之羅刹復言汝若不能惠我半者幸願與我三分之一是人不肯羅刹復言若不能者當施手許是人不肯羅刹復言汝今若復不能與我如手許者我今飢窮衆苦所逼願當濟我如微塵許是人復言汝今所索誠復不多然我今日方當渡海不知前途近遠如何若與汝者氣當漸出大海之難何由得過脫能中道沒水而死善男子菩薩摩訶薩護持禁戒亦復如是如彼渡人護惜浮囊菩薩如是護戒之時常有煩惱諸惡羅刹語菩薩言汝當信我終不相欺但破四禁護持餘戒以是因緣令汝安隱得入涅槃菩薩爾時應作是言我今寧持如是禁戒墮阿鼻獄終不毀犯而生天上煩惱羅刹復作是言卿若不能破四禁者可破僧殘以是因緣令汝安隱得入涅槃菩薩亦應不隨其語羅刹復言卿若不能犯僧殘者亦可故犯偷蘭遮罪以是因緣令汝安隱得入涅槃菩薩爾時亦復不隨羅刹復言卿若不能犯偷蘭遮可犯捨墮以是因緣可得安隱

入於涅槃菩薩爾時亦不隨之羅刹復言卿若不能犯捨墮者可犯波夜提以是因緣令汝安隱得入涅槃菩薩爾時亦不隨之羅刹復言卿若不能犯波夜提者幸可毀破突吉羅戒以是因緣可得安隱入於涅槃菩薩爾時心自念言我今若犯突吉羅罪不發露者則不能渡生死彼岸而得涅槃菩薩摩訶薩於是微小諸戒律中護持堅固心如金剛菩薩摩訶薩持四重禁及突吉羅敬重堅固等無差別菩薩若能如是堅持則爲具足五支諸戒所謂具足菩薩根本業清淨戒前後眷屬餘清淨戒非諸惡覺覺清淨戒護持正念念清淨戒迴向阿耨多羅三藐三菩提戒迦葉是菩薩摩訶薩復有二種戒一者受世教戒二者得正法戒菩薩若受正法戒者終不爲惡受世教戒者白四羯磨然後乃得復次善男子有二種戒一者性重戒二者息世譏嫌戒性重戒者謂四禁也息世譏嫌戒者不作販賣輕秤小斗欺誑於人因他形勢取人財物害心繫縛破壞成功然明而卧田宅種植家業坐肆不畜象馬車乘牛羊駝驢雞犬獼猴孔雀鸚鵡共命及拘枳羅豺狼虎豹貓貍豬豕及餘惡獸童男童女大男大女奴婢僮僕金銀瑠璃玻瓈真珠硨磲碼碯珊瑚璧玉珂貝諸寶赤銅白鑞鍮鉐盂器氍毹氀毼拘執藉衣一切穀米大小麥豆黍粟稻麻生熟食具常受一食不曾再食若行乞食及僧中食常知止足不受別請不食肉不飲酒五辛能葷悉不食之是故其身無有臭處常爲諸天一切世人恭敬供養尊重讚歎趣足而

食終不長受所受衣服纔足覆身進止常與
三衣鉢俱終不捨離如鳥二翼不畜根子莖
子節子椄子子子不畜寶藏若金若銀飲食
廚庫衣裳服飾高廣大牀象牙金牀雜色編
織悉不用坐不畜一切細輭諸席不坐象韉
馬韉不以細輭上妙衣裳用敷牀卧其牀兩
頭不置二枕亦不受畜妙好丹枕安黃木枕
終不觀看象鬪馬鬪車鬪兵鬪男鬪女鬪牛
鬪羊鬪水牛雞雉鸚鵡等鬪亦不故往觀看
軍陣不應故聽吹貝皷角琴瑟箏笛箜篌歌
叫妓樂之聲除供養佛摴蒱圍碁波羅塞戲
師子象鬪彈碁六博拍毱擲石投壺牽道八
道行城一切戲笑悉不觀作終不占相手脚
面目不以抓鏡芝草楊枝鉢盂髑髏而作卜
筮亦不仰觀虛空星宿除欲解睡不作王家
往返使命以此語彼以彼語此終不諛諂邪
命自活亦不宣說王臣盜賊鬪諍飲食國土
飢饉恐怖豐樂安隱之事善男子是名菩薩
摩訶薩息世譏嫌戒善男子菩薩摩訶薩堅
持如是遮制之戒與性重戒等無差別善男
子菩薩摩訶薩受持如是諸禁戒已作是願
言寧以此身投於熾然猛火深坑終不毀犯
過去未來現在諸佛所制禁戒與剎利女婆
羅門女居士等女而行不淨復次善男子菩
薩摩訶薩復作是願寧以熱鐵周匝纏身終
不敢以破戒之身受於信心檀越衣服復次
善男子菩薩摩訶薩復作是願寧以此口吞
熱鐵丸終不敢以毀戒之口食於信心檀越
飲食復次善男子菩薩摩訶薩復作是願寧
卧此身大熱鐵上終不敢以破戒之身受於

信心檀越牀臥敷具復次善男子菩薩摩訶薩復作是願我寧以身受三百鉾終不敢以毀戒之身受於信心檀越醫藥復次善男子菩薩摩訶薩復作是願寧以此身投熱鐵鑊不以破戒之身受於信心檀越房舍屋宅復次善男子菩薩摩訶薩復作是願寧以鐵鎚打碎此身從頭至足令如微塵不以破戒受諸刹利婆羅門居士恭敬禮拜復次善男子菩薩摩訶薩復作是願寧以熱鐵挑其兩目不以染心視他好色復次善男子菩薩摩訶薩復作是願寧以鐵錐徧耳攙刺不以染心聽好音聲復次善男子菩薩摩訶薩復作是願寧以利刀割去其鼻不以染心貪齅諸香復次善男子菩薩摩訶薩復作是願寧以利刀割裂其舌不以染心貪著美味復次善男子菩薩摩訶薩復作是願寧以利斧斬斫其身不以染心貪著諸觸何以故以是因緣能令行者墮於地獄畜生餓鬼迦葉是名菩薩摩訶薩護持禁戒菩薩摩訶薩護持如是諸禁戒已悉以施於一切衆生以是因緣願令衆生護持禁戒得清淨戒善戒不缺戒不㭊戒大乘戒不退戒隨順戒畢竟戒具足成就波羅蜜戒善男子菩薩摩訶薩修持如是清淨戒時即得住於初不動地云何名爲不動地也菩薩住是不動地中不動不墮不退不散善男子譬如須彌山旋嵐猛風不能令動墮落退散菩薩摩訶薩住是地中亦復如是不爲色聲香味觸所動不墮地獄畜生餓鬼不退聲聞辟支佛地不爲異見邪風所散而作邪命復次善男子又不動者不爲貪欲恚

癡所動又不墮者不墮四重又不退者不退戒還家又不散者不爲違逆大乘經者之所散壞復次善男子菩薩摩訶薩亦復不爲諸煩惱魔之所傾動不爲陰魔所墮乃至坐於道場菩提樹下雖有天魔不能令其退於阿耨多羅三藐三菩提亦復不爲死魔所散善男子是名菩薩摩訶薩修習聖行善男子云何名爲聖行聖行者佛及菩薩之所行故故名聖行以何等故名佛菩薩爲聖人也如是等人有聖法故常觀諸法性空寂故以是義故故名聖人有聖戒故復名聖人有聖定慧故故名聖人有七聖財所謂信戒慚愧多聞智慧捨離故故名聖人有七聖覺故故名聖人以是義故復名聖行

大般涅槃經卷第十一

音釋

羸瘦羸倫爲切病也 脆此芮切物易斷也 刺刺上七賜切下七亦切 矛稍矛迷浮切稍色角切並兵器也 羖羝羖公户切羝丁兮切並牡羊也 瘖詞什切小痛也 噦於月切嘔也 噎烏結切氣塞也 痳瀝痳音林瀝音厤痳瀝謂痳病而滴瀝也 痟思燋切渴病也 諛諂諛容朱切面從也諂丑琰切佞言也 媚明祕切悅也 欠呿欠去劒切呿丘迦切欠呿謂氣壅滯欠呿而解也 嗜時利切好也 豐瞢豐都鄧切瞢武亙切豐瞢不明也 偃於幰切息也 鉢揵提梵語也此云堅固揵巨言切 皤蒲官切屈曲也 玫瑰玫莫杯切瑰古回切玫瑰火齊珠也 刎剥刎足美切割也剥北角切削也 劈裂劈普辟切剖也裂良薛切破也 拘躄拘音俱手拘攣也躄必益切足不能行也 漬疾智切浸潤也 癰於恭切疽也 狐狼狐音胡狼音郎並獸名 噉徒濫切食也 豬豕豬陟魚切豕賞是切 浮囊囊奴當切浮囊渡海具也 貓貍貓莫交切貍鄰知切狐貍也 鍮鉐鍮音偷鉐音石鍮鉐銅似金者 氍毹氍具俱切毛席也毹力朱切毛布也 毾㲪毾音榻㲪音登毾㲪毛席也 鞲而容切毳飾也 葷許云切臭菜也 椄即涉切續

木也 韉 則前切 鞍具也 簧 胡光切 雉 直几切 野雞也 摴蒱 摴 丑居切 蒱 薄胡切 摴蒱戲也 鞠 居六切 皮毛之丸也 抓 側絞切 鉾 音牟 與矛同 錐 職追切 鑽也 攙 初銜切 析 先的切 分也 嵐 盧含切

大般涅槃經卷第十二

北涼天竺三藏曇無讖奉　詔譯

聖行品第七之二

復次善男子菩薩摩訶薩聖行者觀察是身從頭至足其中唯有髮毛爪齒不淨垢穢皮肉筋骨脾腎心肺肝膽腸胃生熟二藏大小便利涕唾目淚肪膏腦膜骨髓膿血腦胲諸脉菩薩如是專念觀時誰有是我我爲屬誰住在何處誰屬於我復作是念骨是我耶離骨是乎菩薩爾時除去皮肉唯觀白骨復作是念骨色相異所謂青黃白色鴿色如是骨相亦復非我何以故我者亦非青黃白色及以鴿色菩薩繫心作是觀時即得斷除一切色欲復作是念如是骨者從因緣生依因足骨以拄踝骨依因踝骨以拄蹲骨依因蹲骨以拄膝骨依因膝骨以拄髀骨依因髀骨以拄髖骨依因髖骨以拄腰骨依因腰骨以拄脊骨依因脊骨以拄肋骨復因脊骨上拄項骨依因項骨以拄頰骨依因頰骨以拄牙齒上有髑髏復因項骨以拄髆骨依因髆骨以拄臂骨依因臂骨以拄腕骨依因腕骨以拄掌骨依因掌骨以拄指骨菩薩摩訶薩如是觀時身所有骨一切分離得是觀已即斷三欲一形貌欲二姿態欲三細觸欲菩薩摩訶薩觀青骨時見此大地東西南北四維上下悉皆青相如青色觀黃白鴿色亦復如是菩薩摩訶薩作是觀時眉間即出青黃赤白鴿色等光是菩薩於是一一諸光明中見有佛像見已即問如此身者不淨因緣和合共成云何而得坐起行住屈伸俯仰視瞬喘息悲

泣喜笑此中無主誰使之然作是問已光中諸佛忽然不現復作是念或識是我故使諸佛不爲我說復觀此識次第生滅猶如流水亦復非我復作是念若識非我出息入息或能是我復作是念是入出息直是風性而是風性乃是四大四大之中何者是我地性非我水火風性亦復非我復作是念此身一切悉無有我唯有心風因緣和合示現種種所作事業譬如呪力幻術所作亦如箜篌隨意出聲是故此身如是不淨假衆因緣和合共成當於何處而生貪欲若被罵辱復於何處而生瞋恚而我此身三十六物不淨臭穢何處當有受罵辱者若聞其罵即便思惟以何音聲而見罵也一一音聲不能見罵若一不能多亦不能以是義故不應生瞋若他來打亦應思惟如是打者從何而生復作是念因手刀杖及以我身故得名打我今何緣橫瞋於他乃是我身自招此咎以我受是五陰身故譬如因的則有箭中我身亦爾有身有打我若不忍心則散亂心若散亂則失正念若失正念則不能觀善不善義若不能觀善不善義則行惡法惡法因緣則墮地獄畜生餓鬼菩薩爾時作是觀已得四念處得四念處已則得住於堪忍地中菩薩摩訶薩住是地已則能堪忍貪欲恚癡亦能堪忍寒熱飢渴蚊虻蚤虱暴風惡觸種種疾疫惡口罵詈撾打楚撻身心苦惱一切能忍是故名爲住堪忍地迦葉菩薩摩訶薩白佛言世尊菩薩未得住不動地淨持戒時頗有因緣得破戒不善男子菩薩未得住不動地有因緣故可得

破戒迦葉言唯然世尊何者是耶佛告迦葉若有菩薩知以破戒因緣則能令人受持愛樂大乘經典又能令其讀誦通利書寫經卷廣爲人說不退轉於阿耨多羅三藐三菩提爲如是故故得破戒菩薩爾時應作是念我寧一劫若減一劫墮於阿鼻地獄受此罪報當令如是之人不退轉於阿耨多羅三藐三菩提迦葉以是因緣菩薩摩訶薩得毀淨戒爾時文殊師利菩薩摩訶薩白佛言世尊若有菩薩攝取護持如是之人令不退轉菩提之心爲是毀戒若墮阿鼻無有是處爾時佛讚文殊師利言善哉善哉如汝所說我念往昔於此閻浮提作大國王名曰仙豫愛念敬重大乘經典其心純善無有麤惡嫉妬慳悋口常宣說愛語善語身常攝護貧窮孤獨布施精進無有休廢時世無佛聲聞緣覺我於爾時愛樂大乘方等經典十二年中事婆羅門供給所須過十二年施安已訖即作是言卿等今應發阿耨多羅三藐三菩提心婆羅門言大王菩提之性是無所有大乘經典亦復如是大王云何乃令人物同於虛空善男子我於爾時心重大乘聞婆羅門誹謗方等聞已即時斷其命根善男子以是因緣從是已來不墮地獄善男子擁護攝持大乘經典乃有如是無量勢力復次迦葉又有聖行所謂四聖諦苦集滅道是名四聖諦迦葉苦者逼迫相集者能生長相滅者寂滅相道者大乘相復次善男子苦者現相集者轉相滅者除相道者能除相復次善男子苦者有三相苦苦相行苦相壞苦相集者二十五有滅者

滅二十五有道者修戒定慧復次善男子有漏法者有二種有因有果無漏法者亦有二種有因有果有漏果者是則名苦有漏因者則名爲集無漏果者則名爲滅無漏因者則名爲道復次善男子八相名苦所謂生苦老苦病苦死苦愛别離苦怨憎會苦求不得苦五盛陰苦能生如是八苦法者是名爲集無有如是八法之處是名爲滅十力四無所畏三念處大悲是名爲道善男子生者出相所謂五種一者初出二者至終三者增長四者出胎五者種類生何等爲老老有二種一念念老二終身老復有二種一增長老二滅壞老是名爲老云何爲病病謂四大毒蛇互不調適亦有二種一者身病二者心病身病有五一者因水二者因風三者因熱四者雜病五者客病客病有四一者非分强作二者忘誤墮落三者刀杖瓦石四者鬼魅所著心病亦有四種一者踊躍二者恐怖三者憂愁四者愚癡復次善男子身心之病凡有三種何等爲三一者業報二者不得遠離惡對三者時節代謝生如是等因緣名字受分别病因緣者風等諸病名字者心悶肺脹上氣欬逆心驚下痢受分别者頭痛目痛手足等痛是名爲病何等爲死死者捨所受身捨所受身亦有二種一命盡死二外緣死命盡死者亦有三種一者命盡非是福盡二者福盡非是命盡三者福命俱盡外緣死者亦有三種一者非分自害死二者横爲他死三者俱死又有三種死一放逸死二破戒死三壞命根死何等名爲放逸死也若有誹謗大乘方等般

若波羅蜜是名放逸死何等名爲破戒死也毀犯去來現在諸佛所制禁戒是名破戒死何等名爲壞命根死捨五陰身是名壞命根死如是名曰死爲大苦何等名爲愛别離苦所愛之物破壞離散所愛之物破壞離散亦有二種一者人中五陰壞二者天中五陰壞如是人天所愛五陰分别校計有無量種是名愛别離苦何等名爲怨憎會苦所不愛者而共聚集所不愛者而共聚集亦有三種所謂地獄餓鬼畜生如是三趣分别校計有無量種如是則名怨憎會苦何等名爲求不得苦求不得苦亦有二種一者所希望處求不能得二者多役功力不得果報如是則名求不得苦何等名爲五盛陰苦五盛陰苦者生苦老苦病苦死苦愛别離苦怨憎會苦求不得苦是故名爲五盛陰苦迦葉生之根本凡有如是七種之苦老苦乃至五盛陰苦迦葉夫衰老者非一切有佛及諸天一向定無人中不定或有或無迦葉三界受身無不有生老不必定是故一切生爲根本迦葉世間衆生顛倒覆心貪著生相猒患老死迦葉菩薩不爾觀其初生巳見過患迦葉如有女人入於他舍是女端正顔貌瓌麗以好瓔珞莊嚴其身主人見巳即便問言汝字何等繫屬於誰女人答言我身即是功德大天主人問言汝所至處爲何所作女人答言我所至處能與種種金銀瑠璃玻瓈真珠珊瑚琥珀硨磲碼碯象馬車乘奴婢僕使主人聞巳心生歡喜踊躍無量我今福德故令汝來至我舍宅即便燒香散華供養恭敬禮拜復於門外更

見一女其形醜陋衣裳弊壞多諸垢膩皮膚皴裂其色艾白見已問言汝字何等繫屬誰家女人答言我字黑闇復問何故名爲黑闇女人答言我所行處能令其家所有財寶一切衰耗主人聞已即持利刀作如是言汝若不去當斷汝命女人答言汝甚愚癡無有智慧主人問言云何名爲癡無智慧女人答言汝家中者即是我姊我常與姊進止共俱汝若驅我亦當驅彼主人還入問功德天外有一女云是汝妹實爲是不功德天言實是我妹我與此妹行住共俱未曾相離隨所住處我常作好彼常作惡我常利益彼作衰損若愛我者亦應愛彼若見恭敬亦應敬彼主人即言若有如是好惡事者我俱不用各隨意去是時二女便共相將還其所止爾時主人見其還去心生歡喜踊躍無量是時二女復共相隨至一貧家貧人見已心生歡喜即請之言從今已去願汝二人常住我家功德天言我等先已爲他所驅汝復何緣俱請我住貧人答言汝今念我我以汝故復當敬彼是故俱請令住我家迦葉菩薩摩訶薩亦復如是不願生天以生當有老病死故是以俱棄曾無愛心凡夫愚人不知老病死等過患是故貪愛生死二法復次迦葉如婆羅門幼稚童子爲飢所逼見人糞中有菴羅果即便取之有智見已訶責之言汝婆羅門種姓清淨何故取是糞中穢果童子聞已赧然有愧即答之言我實不食爲欲洗淨還棄捨之智者語言汝大愚癡若還棄者本不應取善男子菩薩摩訶薩亦復如是於此生分不受不捨

如彼智者訶責童子凡夫之人欣生惡死如彼童子取果還棄復次迦葉譬如四衢道頭有人器盛滿食色香味具而欲賣之有人遠來飢虛羸乏見其飯食色香味具即詣問言此是何物食主答言此是上食色香味具若食此食得色得力能除飢渴得見諸天唯有一患所謂命終是人聞已即作是念我今不用色力見天亦不用死即作是言食是食已若命終者汝今何用於此賣之食主答言有智之人終不肯買唯有愚人不知是事多與我價貪而食之善男子菩薩摩訶薩亦復如是不願生天得色得力見於諸天何以故以其不免諸苦惱故凡夫愚癡隨有生處皆悉貪愛以其不見老病死故復次善男子譬如毒樹根亦能殺莖亦能殺皮華果實悉亦能殺善男子二十五有受生之處所受五陰亦復如是一切能殺復次迦葉譬如糞穢多少俱臭善男子生亦如是設壽八萬下至十歲俱亦受苦復次迦葉譬如險阬上有草覆於彼岸邊多有甘露若有食者壽命千年永除諸病安隱快樂凡夫愚人貪其味故不知其下有大深阬即前欲取不覺脚跌墮阬而死智者知已捨離遠去善男子菩薩摩訶薩亦復如是尚不欲受天上妙食況復人中凡夫之人乃於地獄吞噉鐵丸況復人天上妙餚饌而能不食迦葉以如是喻及餘無量無邊譬喻當知是生實爲大苦迦葉是名菩薩摩訶薩住於大乘大涅槃經觀於生苦迦葉云何菩薩摩訶薩於是大乘大涅槃經觀於老苦老者能爲欬逆上氣能壞勇力憶念進持

盛年快樂憍慢貢高安隱自恣能作背僂懈
怠懶墮爲他所輕迦葉譬如池水蓮華滿中
開敷鮮榮甚可愛樂值天降雹悉皆破壞善
男子老亦如是悉能破壞盛壯好色復次迦
葉譬如國王有一智臣善知兵法有敵國王
拒逆不順王遣此臣往討伐之即便擒獲將
來詣王老亦如是擒獲壯色將付死王復次
迦葉譬如折軸無所復用老亦如是無所復
用復次迦葉如大富家多有財寶金銀瑠璃
珊瑚琥珀硨磲碼碯有諸怨賊若入其家即
能劫奪悉令空盡善男子盛年壯色亦復如
是常爲老賊之所劫奪復次迦葉譬如貧人
貪著上饍細輭衣裳雖復悕望而不能得善
男子老亦如是雖有貪心欲受富樂五欲自
恣而不能得復次迦葉如陸地龜心常念水
善男子人亦如是既爲衰老之所乾枯心常
憶念壯時所受五欲之樂復次迦葉猶如秋
月所有蓮華皆爲一切之所樂見及其萎黄
人所惡賤善男子盛年壯色亦復如是悉爲
一切之所愛樂及其老至衆所惡賤復次迦
葉譬如甘蔗既被壓已滓無復味善男子壯
年盛色亦復如是既被老壓無三種味一出
家味二讀誦味三坐禪味復次迦葉譬如滿
月夜多光明晝則不爾善男子人亦如是壯
則端嚴形貌瓌偉老則衰羸形神枯悴復次
迦葉譬如有王常以正法治國理民眞實無
曲慈悲好施時爲敵國之所破壞流離逃迸
遂至他土他土人民見已生於憐愍之心咸
作是言大王往日正法治國不枉萬姓如何
一旦流離至此善男子人亦如是既爲衰老

所壞敗已常讚壯時所行事業復次迦葉譬如燈炷唯賴膏油膏油既常勢不久停善男子人亦如是唯賴壯膏壯膏既盡衰老之炷何得久停復次迦葉譬如枯河不能利益人及非人飛鳥走獸善男子人亦如是爲老所枯不能利益一切作業復次迦葉譬如河岸臨峻之樹若遇暴風必當顛墮善男子人亦如是臨老嶮岸死風既至勢不得住復次迦葉如車軸折不任重載善男子老亦如是不能諮受一切善法復次迦葉譬如嬰兒爲人所輕善男子老亦如是常爲一切之所輕毀迦葉以是等喻及餘無量無邊譬喻當知是老實爲大苦迦葉是名菩薩摩訶薩修行大乘大涅槃經觀於老苦迦葉云何菩薩摩訶薩修行大乘大涅槃經觀於病苦所謂病者能壞一切安隱樂事譬如雹雨傷壞穀苗復次迦葉如人有怨心常憂愁而懷恐怖善男子一切衆生亦復如是常畏病苦心懷愁憂復次迦葉譬如有人形貌端正爲王夫人欲心所愛遣使逼喚與共交通時王捕得即時使人挑其一目截其一耳斷一手足是人爾時形容改異人所惡賤善男子人亦如是先貌端嚴耳目具足既爲病苦所纏逼已則爲衆人之所惡賤復次迦葉如芭蕉樹竹葦蘆騾有子則死善男子人亦如是有病則死復次迦葉如轉輪王主兵大臣常在前導王隨後行亦如魚王蟻王螺王牛主商主在前行時如是諸衆悉皆隨從無捨離者善男子死轉輪王亦復如是常隨病臣不相捨離魚蟻螺牛商主病王亦復如是常爲死衆之所隨

逐迦葉病因緣者所謂苦惱愁憂悲歎身心不安或爲怨賊之所逼害破壞浮囊發撤橋梁亦能劫奪正命根本復能破壞盛壯好色力勢安樂除捨慚愧能爲身心焦熱熾然以是等喻及餘無量無邊譬喻當知病苦是爲大苦迦葉是名菩薩摩訶薩修行大乘大涅槃經觀於病苦迦葉云何菩薩摩訶薩修行大乘大涅槃經觀於死苦所謂死者能燒滅故迦葉如火災起能燒一切唯除二禪力不至故善男子死火亦爾能燒一切唯除菩薩住於大乘大般涅槃勢不及故復次迦葉如水災起一切漂沒唯除三禪力不至故善男子死水亦爾漂沒一切唯除菩薩住於大乘大般涅槃復次迦葉如風災起能吹一切悉令散滅唯除四禪力不至故善男子死風亦爾悉能吹滅一切所有唯除菩薩住於大乘大般涅槃迦葉菩薩白佛言世尊彼第四禪以何因緣風不能吹水不能漂火不能燒佛告迦葉善男子彼第四禪內外過患一切無故善男子初禪過患內有覺觀外有火災二禪過患內有歡喜外有水災三禪過患內有喘息外有風災善男子彼第四禪內外過患一切俱無是故諸災不能及之善男子菩薩摩訶薩亦復如是安住大乘大般涅槃內外過患一切皆盡是故死王不能及之復次善男子如金翅鳥能噉能銷一切龍魚金銀等寶唯除金剛不能令銷善男子死金翅鳥亦復如是能噉能銷一切衆生唯不能銷住於大乘大般涅槃菩薩摩訶薩復次迦葉譬如河岸所有草木大水暴漲悉隨漂流入於大

海唯除楊柳以其輭故善男子一切衆生亦復如是悉皆隨流入于死海唯除菩薩住於大乘大般涅槃復次迦葉如那羅延悉能摧伏一切力士唯除大風何以故以無礙故善男子死那羅延亦復如是悉能摧伏一切衆生唯除菩薩住於大乘大般涅槃何以故以無礙故復次迦葉譬如有人於怨憎中詐現親善常相追逐如影隨形伺求其便而欲殺之彼怨謹慎堅牢自備故使是人不能得殺善男子死怨亦爾常伺衆生而欲殺之唯不能殺住於大乘大般涅槃菩薩摩訶薩何以故以是菩薩不放逸故復次迦葉譬如卒降金剛暴雨悉壞藥衣諸樹山林土沙瓦石金銀瑠璃一切之物唯不能壞金剛真寶善男子金剛死雨亦復如是悉能破壞一切衆生唯除金剛菩薩住於大乘大般涅槃復次迦葉如金翅鳥能噉諸龍唯不能噉受三歸者善男子死金翅鳥亦復如是能噉一切無量衆生唯除菩薩住三定者何謂三定空無相願復次迦葉如摩羅毒蛇凡所蝎螫雖有良呪上妙好藥無如之何唯阿竭多星呪能令除愈善男子死毒所螫亦復如是一切醫方無如之何唯除菩薩住於大乘大涅槃呪復次迦葉譬如有人爲王所瞋其人若能以輭善語貢上財寶便可得脫善男子死王不爾雖以輭語錢財珍寶而貢上之亦不得脫善男子夫死者於嶮難處無有資粮去處懸遠而無伴侶晝夜常行不知邊際深邃幽闇無有燈明入無門戶而有處所雖無痛處不可療治往無遮止到不得脫無所破壞見者愁

毒非是惡色而令人怖數在身邊不可覺知迦葉以是等喻及餘無量無邊譬喻當知是死眞爲大苦迦葉是名菩薩摩訶薩修行大乘大涅槃經觀於死苦迦葉云何菩薩摩訶薩住於大乘大涅槃經觀愛別離苦愛別離苦能爲一切衆苦根本如說偈言

因愛生憂　因愛生怖　若離於愛　何憂何怖

愛因緣故則生憂苦以憂苦故則令衆生生於衰老愛別離苦者所謂命終善男子以別離故能生種種微細諸苦今當爲汝分別顯示善男子過去之世人壽無量時世有王名爲善住其王爾時爲童子身太子治事及登王位各八萬四千歲時王頂上生一肉皰其皰柔輭如兜羅綿細輭劫貝漸漸增長不以爲患足滿十月皰即開剖生一童子其形端正奇異少雙色像分明人中第一父王歡喜字之頂生時善住王即以國事委付頂生棄捨宮殿妻子眷屬入山學道滿八萬四千歲爾時頂生於十五日處在高樓沐浴受齋即於東方有金輪寶其輪千輻轂輞具足非工匠造自然成就而來應之頂生大王即作是念我昔曾聞五通仙說若剎利王於十五日處在高樓沐浴受齋若有金輪千輻不減轂輞具足非工匠造自然成就而來應者當知是王即當得作轉輪聖帝復作是念我今當試即以左手擎此輪寶右執香爐右膝著地而發誓言是金輪寶若實不虛應如過去轉輪聖王所行道去作是誓已是金輪寶飛昇虛空遍十方已還來住在頂生左手爾時頂生心生歡喜踊躍無量復作是言我今定當

作轉輪王其後不久復有象寶狀貌端嚴如白蓮華七枝拄地頂生見已復作是念我昔曾聞五通仙説若轉輪王於十五日處在高樓沐浴受齋若有象寶狀貌端嚴如白蓮華七枝拄地而來應者當知是王即是聖王復作是念我今當試即擎香爐右膝著地而發誓言是白象寶若實不虛應如過去轉輪聖王所行道去作是誓已是白象寶從旦至夕周遍八方盡大海際還住本處爾時頂生心大歡喜踊躍無量復作是言我今定是轉輪聖王其後不久次有馬寶其色紺燄髦尾金色頂生見已復作是念我昔曾聞五通仙説若轉輪王於十五日處在高樓沐浴受齋若有馬寶其色紺燄髦尾金色而來應者當知是正即是聖王復作是念我今當試即執香爐右膝著地而發誓言是紺馬寶若實不虛應如過去轉輪聖王所行道去作是誓已是紺馬寶從旦至夕周遍八方盡大海際還住本處爾時頂生心大歡喜踊躍無量復作是言我今定是轉輪聖王其後不久復有女寶形容端正微妙第一不長不短不白不黑身諸毛孔出栴檀香口氣香潔如青蓮華其目遠視見一由旬耳聞鼻齅亦復如是其舌廣大出能覆面形色細薄如赤銅葉心聰叡哲有大智慧於諸衆生常有軟語是女以手觸王衣時即知王身安樂病患亦知王心所緣之處爾時頂生復作是念若有女人能知王心即是女寶其後不久於王宮內自然而有寶摩尼珠純青瑠璃大如人髀能於闇中照一由旬若天降雨滴如車軸是珠力能作蓋

遍覆足一由旬遮此大雨不令下過爾時頂生復作是念若轉輪王得是寶珠必是聖王其後不久有主藏臣自然而出多饒財寶巨富無量庫藏盈溢無所乏少報得眼根力能徹見一切地中所有伏藏隨王所念皆能辦之爾時頂生復欲試之即共乘船入於大海告藏臣言我今欲得珍異之寶藏臣聞已即以兩手撓大海水時十指頭出十寶藏以奉聖王而白王言大王所須隨意用之其餘在者當投大海爾時頂生心大歡喜踊躍無量復作是言我今定是轉輪聖王其後不久有主兵臣自然而出勇健猛略策謀第一善知四兵若任鬪者則現聖王若不任者退不令見未摧伏者能令摧伏已摧伏者力能守護爾時頂生復作是念若轉輪王得是兵寶當知定是轉輪聖王爾時頂生轉輪聖帝告諸大臣汝等當知此閻浮提安隱豐樂然我今已七寶成就千子具足更何所爲諸臣答言唯然大王東弗婆提猶未歸德王應往討爾時聖王與其七寶一切營從飛空而往東弗婆提彼土人民歡喜歸化復告大臣我閻浮提及弗婆提安隱豐樂人民熾盛悉來歸化七寶成就千子具足復何所爲諸臣答言唯然大王西瞿陀尼猶未歸德爾時聖王復與七寶一切營從飛空而往西瞿陀尼王既至彼彼土人民亦復歸伏復告大臣我閻浮提及弗婆提此瞿陀尼安隱豐樂人民熾盛咸以歸化七寶成就千子具足復何所爲諸臣答言唯然大王北鬱單越猶未歸化爾時聖王復與七寶一切營從飛空而往北鬱單越

王既至彼彼土人民歡喜歸德復告大臣我四天下安隱豐樂人民熾盛咸以歸德七寶成就千子具足更何所爲諸臣答言唯然聖王三十三天壽命極長安隱快樂彼天身形端嚴無比所居宫殿牀榻卧具悉是七寶自恃天福未來歸化今可往討令其摧伏爾時聖王復與七寶一切營從飛騰虚空上忉利天見有一樹其色青緑聖王見已即問大臣此是何色大臣答言此是波利質多羅樹忉利諸天夏三月日常於其下娱樂受樂復見白色猶如白雲復問大臣彼是何色大臣答言是善法堂忉利諸天常集其中論人天事於是天主釋提桓因知頂生王已來在外即出迎逆見已執手升善法堂分座而坐彼時二王形容相貌等無差別唯有視眴爲別異

耳是時聖王即生念言我今寧可退彼王位即住其中爲天王不善男子爾時帝釋受持讀誦大乘經典開示分別爲他演説唯於深義未盡通達以是讀誦受持分別爲他廣説因緣力故有大威德善男子而是頂生於此帝釋生惡心已即便墮落還閻浮提與所愛念人天離別生大苦惱復遇惡病即便命終爾時帝釋迦葉佛是轉輪聖王則我身是善男子當知如是愛別離者極爲大苦善男子菩薩摩訶薩尚憶過去如是等輩愛別離苦何況菩薩住於大乘大涅槃經而當不觀現在之世愛別離苦善男子云何菩薩摩訶薩修行大乘大涅槃經觀怨憎會苦善男子是菩薩摩訶薩觀於地獄畜生餓鬼人中天上皆有如是怨憎會苦譬如人觀牢獄繫閉枷

鏁杻械以爲大苦菩薩摩訶薩亦復如是觀於五道一切受生悉是怨憎合會大苦復次善男子譬如有人常畏怨家枷鎖杻械捨離父母妻子眷屬珍寶產業而遠逃避善男子菩薩摩訶薩亦復如是怖畏生死具足修行六波羅蜜入於涅槃迦葉是名菩薩摩訶薩修行大乘大般涅槃觀怨憎會苦善男子云何菩薩修行大乘大般涅槃觀求不得苦求者一切盡求盡求者有二種一求善法二求不善法善法未得苦惡法未離苦是則略說五盛陰苦迦葉是名苦諦爾時迦葉菩薩摩訶薩白佛言世尊如佛所說五盛陰苦是義不然何以故如佛往昔告釋摩男若色苦者一切衆生不應求色若有求者則不名苦如佛告諸比丘有三種受苦受樂受不苦不樂受如佛先爲諸比丘說若有人能修行善法則得受樂又如佛說於善道中六觸受樂眼見好色是則爲樂耳鼻舌身意思好法亦復如是如佛說偈

持戒則爲樂　身不受衆苦　睡眠得安隱
寤則心歡喜　若受衣食時　誦習而經行
獨處於山林　如是爲最樂　若能於衆生
晝夜常修慈　因是得常樂　以不惱他故
少欲知足樂　多聞分別樂　無著阿羅漢
亦名爲受樂　菩薩摩訶薩　畢竟到彼岸
所作衆事辦　是名爲最樂

世尊如諸經中所說樂相其義如是如佛今說云何當與此義相應

大般涅槃經卷第十二

音釋

脾腎　脾音毗土藏也腎時軫切水藏也
肺　芳未切金藏也
肝膽　肝居寒切木藏也膽覩敢切連肝之府也
腸胃　腸仲良切胃于貴切穀府也
渧唾　涕他計切唾吐臥切
肪膏　肪音方脂也膏居勞切神之液也
膜　音莫胲也
髓　息委切骨中脂也
胲　柯開切膜也
脉　音陌
踝　胡尾切足骨也
蹲　市兗切腓腸也
䏶　部禮切股也
髖　音寬兩股間也
腰　於宵切
脊　資昔切背呂也
肋　歷德切脅背也
頰　吉協切面旁也
膞　音博肩膞也
臂　畀義切手脘也
脘　烏貫切臂節也
態　他代切姿態也
瞬　輸閏切目動也
喘息　喘昌兗切疾息也
蚊蝱　蚊音文蝱莫庚切
蚤虱　蚤音早虱色櫛切
疫　營隻切瘟疫也
撾　職爪切擊也
撻　他達切捶也
脹　知亮切脹滿也
欬　苦蓋切逆氣也
殨　姑回切偉也
膩　女利切肥膩也
皴　七旬切皮皵也
耗　呼到切滅也
赧　奴板切面慚赤也
阬　客庚切阬塹也
跌　徒結切蹶也
餚饌　餚胡茅切饌士戀切
僂　力矩切背曲也
擒　渠金切捉也
萎　於危切枯也
壓　烏甲切
瓌偉　瓌公回切偉羽鬼切
蝎　許謁切毒蟲也
螫　施隻切蟲湊也
皰　披教切
轂輞　轂音穀輻所湊者輞音罔車輞也
髦　莫袍切長毛也
撓　女巧切攪也
眴　與瞬同
枷鏁　枷古牙切鏁思果切
杻械　杻敕久切械胡介切

大般涅槃經卷第十三

北涼天竺三藏曇無讖奉　詔譯

聖行品第七之三

佛告迦葉善哉善哉善男子善能諮問如來是義善男子一切衆生於下苦中橫生樂想是故我今所說苦相與本不異爾時迦葉菩薩白佛言如佛所說於下苦中生樂想者下生下老下病下死下愛別離下求不得下怨憎會下五盛陰如是等苦亦應有樂世尊下生者所謂三惡趣中生者所謂人中上生者所謂天上若復有人作如是問若於下樂生於苦想於中樂中生無苦樂想於上樂中生於樂想當云何答世尊若下苦中生樂想者未見有人當受千罰初一下時已生樂想若不生者云何說言於下苦中而生樂想佛告迦葉如是如是如汝所說以是義故無有樂想何以故猶如彼人當受千罰受一下已即得脫者是人爾時便生樂想是故當知於無樂中妄生樂想迦葉言世尊彼人不以一下生於樂想以得脫故而生樂想迦葉是故我昔爲釋摩男說五陰中樂實不虛也迦葉有三受三苦三受者所謂樂受苦受不苦不樂受三苦者所謂苦苦行苦壞苦善男子苦受者名爲三苦所謂苦苦行苦壞苦餘二受者所謂行苦壞苦善男子以是因緣生死之中實有樂受菩薩摩訶薩以苦樂性不相捨離是故說言一切皆苦善男子生死之中實無有樂但諸佛菩薩隨順世間說言有樂迦葉菩薩白佛言世尊諸佛菩薩若隨俗說是虛妄不如佛所說修行善者則受樂報持戒安

樂身不受苦乃至衆事以辦是爲最樂如是等經所說樂受是虛妄不若是虛妄諸佛世尊久於無量百千萬億阿僧祇劫修菩提道已離妄語今作是說其義云何佛言善男子如上所說諸受樂偈即是菩提道之根本亦能長養阿耨多羅三藐三菩提以是義故先於經中說是樂相善男子譬如世間所須資生能爲樂因故名爲樂所謂女色躭湎飲酒上饌甘味渴時得水寒時遇火衣服瓔珞象馬車乘奴婢僮僕金銀瑠璃珊瑚眞珠倉庫穀米如是等物世間所須能爲樂因是名爲樂善男子如是等物亦能生苦因於女人生男子苦憂愁悲泣乃至斷命因酒甘味乃至倉穀亦能令人生大憂惱以是義故一切皆苦無有樂相善男子菩薩摩訶薩於是八苦解苦無苦善男子一切聲聞辟支佛等不知樂因爲如是人於下苦中說有樂相唯有菩薩住於大乘大般涅槃乃能知是苦因樂因善男子云何菩薩摩訶薩住於大乘大般涅槃觀察集諦善男子菩薩摩訶薩觀此集諦是陰因緣所謂集者還愛於有愛有二種一愛已身二愛所須復有二種未得五欲繫心專求既求得已堪忍專著復有三種欲愛色愛無色愛復有三種業因緣愛煩惱因緣愛苦因緣愛出家之人有四種愛何等爲四衣服飲食卧具湯藥復有五種貪著五陰隨諸所須一切愛著分別校計無量無邊善男子愛有二種一者善愛二不善愛不善愛者唯愚求之善法愛者諸菩薩求善法愛者復有二種不善與善求二乘者名爲不善求大乘

者是名爲善善男子凡夫愛者名之爲集不名爲諦菩薩愛者名爲實諦不名爲集何以故爲度衆生所以受生不以愛故而受生也迦葉菩薩白佛言世尊如佛世尊於餘經中爲諸衆生說業爲因緣或說憍慢或說六觸或說無明爲五盛陰而作因緣今以何義說四聖諦獨以愛性爲五陰因佛讚迦葉菩薩善哉善哉善男子如汝所說諸因緣者非爲非因但是五陰要因於愛善男子譬如大王若出遊巡大臣眷屬悉皆隨從愛亦如是隨愛行處是諸結使亦復隨行譬如膩衣隨有塵著著則隨住愛亦如是隨所愛處業結亦住復次善男子譬如濕地則能生芽愛亦如是能生一切業煩惱芽善男子菩薩摩訶薩住是大乘大般涅槃深觀此愛凡有九種一如債有餘二如羅剎女婦三如妙華莖中有毒蛇纏之四如惡食性所不便而强食之五如婬女六如摩樓迦子七如瘡中瘜肉八如暴風九如彗星云何名爲如債有餘善男子譬如窮人負他錢財雖償欲畢餘未畢故猶繫在獄而不得脫聲聞緣覺亦復如是以有愛習之餘氣故不能得成阿耨多羅三藐三菩提善男子是名如債有餘善男子云何如羅剎女婦善男子譬如有人以羅剎女而爲婦妾是羅剎女隨所生子生已便噉子既盡已次噉其夫善男子愛羅剎女亦復如是隨諸衆生生善根子隨生隨食善根既盡復噉衆生令墮地獄畜生餓鬼唯除菩薩是名如羅剎女婦善男子云何如妙華莖毒蛇纏之譬如有人性愛好華不見華莖毒蛇過患即

便前捉捉已蛇螫螫已命終一切凡夫亦復如是貪五欲華不見是愛毒蛇過患而便受取即爲愛毒之所蠍螫命終墮於三惡道中唯除菩薩是名如妙華莖毒蛇纏之善男子云何所不便食而强食之譬如有人所不便食而强食之食已腹痛患下而死愛食亦爾五道衆生强食貪著以是因緣墮三惡道唯除菩薩是名所不便食而强食之善男子云何如婬女譬如愚人與婬女通而彼婬女巧作種種諂媚現親悉奪是人所有錢財錢財既盡便復驅逐愛之婬女亦復如是愚人無智與之交通而是愛女奪其所有一切善法善法既盡驅逐令墮三惡道中唯除菩薩是名婬女善男子云何摩樓迦子譬如摩樓迦子若鳥食已隨糞墮地或因風吹來在樹下

即便生長纏繞縛束尼拘陀樹令不增長遂至枯死愛摩樓迦子亦復如是纏縛凡夫所有善法不令增長遂至枯滅既枯滅已命終之後墮三惡道唯除菩薩是名摩樓迦子善男子云何如瘡中瘜肉如人久瘡中生瘜肉其人要當勤心療治莫生捨心若生捨心瘡瘜增長蟲疽復生以是因緣即便命終凡夫愚人五陰瘡痍亦復如是愛於其中而爲瘜肉應當勤心療治愛瘜若不治者命終即墮三惡道中唯除菩薩是名瘡中瘜肉善男子云何暴風譬如暴風能偃山移岳拔深根栽愛暴大風亦復如是於父母所而生惡心能拔大智舍利弗等無上深固菩提根栽唯除菩薩是名暴風善男子云何彗星譬如彗星出現天下一切人民飢饉病瘦嬰諸苦惱愛

之彗星亦復如是能斷一切善根種子令凡夫人孤窮飢饉生煩惱病流轉生死受種種苦唯除菩薩是名彗星善男子菩薩摩訶薩住於大乘大般涅槃觀察愛結如是九種善男子以是義故諸凡夫人有苦無諦聲聞緣覺有苦有苦諦而無眞實諸菩薩等解苦無苦是故無苦而有眞諦諸凡夫人有集無諦聲聞緣覺有集有集諦諸菩薩等解集無集是故無集而有眞諦聲聞緣覺有滅非眞菩薩摩訶薩有滅有眞諦聲聞緣覺有道非眞菩薩摩訶薩有道有眞諦善男子云何菩薩摩訶薩住於大乘大般涅槃見滅見滅諦所謂斷除一切煩惱若煩惱斷則名爲常滅煩惱火則名寂滅煩惱滅故則得受樂諸佛菩薩求因緣故故名爲淨更不復受二十五有故名出世以出世故名爲我常於色聲香味觸男女生住滅苦樂不苦不樂不取相貌故名畢竟寂滅眞諦善男子菩薩如是住於大乘大般涅槃觀滅聖諦善男子云何菩薩摩訶薩住於大乘大般涅槃觀道聖諦善男子譬如闇中因燈得見麤細之物菩薩摩訶薩亦復如是住於大乘大般涅槃因八聖道見一切法所謂常無常有爲無爲有衆生非衆生物非物苦樂我無我淨不淨煩惱非煩惱業非業實不實乘非乘知不知陀羅驃非陀羅驃求那非求那見非見色非色道非道解非解善男子菩薩如是住於大乘大般涅槃觀道聖諦迦葉菩薩白佛言世尊若八聖道是道聖諦義不相應何以故如來或說信心爲道能度諸漏或時說道不放逸是諸佛世

尊不放逸故得阿耨多羅三藐三菩提亦是
菩薩助道之法或時說言精進是道如告阿
難若有人能勤修精進則得成於阿耨多羅
三藐三菩提或時說言觀身念處若有繫心
精勤修習是身念處則得成於阿耨多羅三
藐三菩提或時說言正定爲道如告大德摩
訶迦葉夫正定者眞實是道非不正定而是
道也若入禪定乃能思惟五陰生滅非不入
定能思惟也或說一法若人修集能淨衆生
滅除一切憂悲苦惱逮得正法所謂念佛三
昧或復說言修無常想是名爲道如告比丘
有能多修無常想者能得阿耨多羅三藐三
菩提或說空寂阿蘭若處獨坐思惟能得速
成阿耨多羅三藐三菩提或時說言爲人演
說是名爲道若聞法已疑網即斷疑網斷已

則得阿耨多羅三藐三菩提或時說言持戒
是道如告阿難若有精勤修持禁戒是人則
度生死大苦或時說言親近善友是名爲道
如告阿難若有親近善知識者則具淨戒若
有衆生能親近我則得發於阿耨多羅三藐
三菩提心或時說言修慈是道修學慈者斷
諸煩惱得不動處或時說言智慧是道如佛
昔爲波闍波提比丘尼說妹妹如諸聲聞以
智慧力能斷諸漏諸漏煩惱或時如來說施
是道如佛往昔告波斯匿王大王當知我於
往昔多行惠施以是因緣今日得成阿耨多
羅三藐三菩提世尊若八聖道是道諦者如
是等經豈非虛妄若彼諸經非虛妄者彼中
何緣不說八聖道爲道聖諦若彼不說如來
往昔何故錯謬然我定知諸佛如來久離錯

謬爾時世尊讚迦葉菩薩言善哉善哉善男子汝今欲知菩薩大乘微妙經典所有祕密故作是問善男子如是諸經悉入道諦善男子如我所說若有信道如是信道是信根本是能佐助菩提之道是故我說無有錯謬善男子如來善知無量方便欲化衆生故作如是種種說法善男子譬如良醫識諸衆生種種病源隨其所患而爲合藥并藥所禁唯水一種不在禁例或服薑水或甘草水或細辛水或黑石蜜水或阿摩勒水或尼波羅水或鉢晝羅水或服冷水或服熱水或蒲萄水或安石榴水善男子而是良醫善知衆生所患種種藥雖多禁水不在例如來亦爾善知方便於一法相隨諸衆生分別演說種種名相彼諸衆生隨所說受受已修習除斷煩惱如彼病人隨良醫教所患得除復次善男子如有一人善解雜語在大衆中是諸大衆熱渴所逼咸發聲言我欲飲水我欲飲水是人即時以清冷水隨其種類說言是水或言波尼或言鬱特或言渿利藍或言婆利或言波耶或言甘露或言牛乳以如是等無量水名爲大衆說善男子如來亦爾以一聖道爲諸聲聞種種演說從信根等至八聖道復次善男子譬如金師以一種金隨意造作種種瓔珞所謂鉗鏁環釧釵鐺天冠臂印雖有如是差別不同然不離金善男子如來亦爾以一佛道隨諸衆生種種分別而爲說之或說一種所謂諸佛一道無二復說二種所謂定慧復說三種謂見智慧復說四種所謂見道修道無學道佛道復說五種所謂信行道法行道

信解脫道見到道身證道復說六種所謂須陀洹道斯陀含道阿那含道阿羅漢道辟支佛道佛道復說七種所謂念覺分擇法覺分精進覺分喜覺分除覺分定覺分捨覺分復說八種所謂正見正思惟正語正業正命正精進正念正定復說九種所謂八聖道及信復說十種所謂十力復說十一種所謂十力大慈復說十二種所謂十力大慈大悲復說十三種所謂十力大慈大悲念佛三昧復說十六種所謂十力大慈大悲念佛三昧及佛所得三正念處復說二十道所謂十力四無所畏大慈大悲念佛三昧三正念處善男子是道一體如來昔日爲衆生故種種分別復次善男子譬如一火因可然故得種種名所謂木火草火糠火䴵火牛馬糞火善男子佛道亦爾一而無二爲衆生故種種分別復次善男子譬如一識分別說六若至於眼則名眼識乃至意識亦復如是善男子道亦如是一而無二如來爲化諸衆生故種種分別復次善男子譬如一色眼所見者則名爲色耳所聞者則名爲聲鼻所齅者則名爲香舌所嘗者則名爲味身所覺者則名爲觸善男子道亦如是一而無二如來爲欲化衆生故種種分別善男子以是義故以八聖道名道聖諦善男子是四聖諦諸佛世尊次第說之以是因緣無量衆生得度生死迦葉菩薩白佛言世尊昔佛一時在恒河岸尸首林中爾時如來取其樹葉告諸比丘我今手中所捉葉多一切因地草木葉多諸比丘言世尊一切因地草木葉多不可稱計如來所捉少不足

言諸比丘我所覺了一切諸法如因大地生草木等爲諸衆生所宣說者如手中葉世尊爾時說如是言如來所了無量諸法若入四諦則爲已說若不入者應有五諦爾時佛讚迦葉菩薩善哉善哉善男子汝今所問則能利益安隱快樂無量衆生善男子如是諸法悉已攝在四聖諦中迦葉菩薩復作是言如是等法若在四諦如來何故唱言不說佛言善男子雖復入中猶不名說何以故善男子知聖諦者有二種智一者中二者上中者聲聞緣覺智上者諸佛菩薩智善男子知諸陰苦名爲中智分別諸陰有無量相悉是諸苦非是聲聞緣覺所知是名上智善男子如是等義我於彼經亦不說之善男子知諸入者名之爲門亦名爲苦是名中智分別種種有

無量相悉是諸苦非諸聲聞緣覺所知是名上智如是等義我於彼經亦不說之善男子知諸界者名之爲分亦名爲性亦名爲苦是名中智分別諸界有無量相悉是諸苦非諸聲聞緣覺所知是名上智善男子如是等義我於彼經亦不說之善男子知色壞相是名中智分別諸色有無量壞相悉是諸苦非諸聲聞緣覺所知是名上智如是等義我於彼經亦不說之善男子知受覺相是名中智分別諸受有無量覺相非諸聲聞緣覺所知是名上智善男子如是等義我於彼經亦不說之善男子知想取相是名中智分別是想有無量取相非諸聲聞緣覺所知是名上智如是等義我於彼經亦不說之善男子知行作相是名中智分別是行無量作相非諸聲聞

緣覺所知是名上智善男子如是等義我於彼經亦不說之善男子知識分別相是名中智分別是識無量智相非諸聲聞緣覺所知是名上智善男子如是等義我於彼經亦不說之善男子知愛因緣能生五陰是名中智一人起愛無量無邊聲聞緣覺所不能知能知一切衆生所起如是等愛是名上智如是等義我於彼經亦不說之善男子知滅煩惱是名中智分別煩惱不可稱計滅亦如是不可稱計非諸聲聞緣覺所知是名上智如是等義我於彼經亦不說之善男子知是道相能離煩惱是名中智分別道相無量無邊所離煩惱亦無量無邊非諸聲聞緣覺所知是名上智如是等義我於彼經亦不說之善男子知世諦者是名中智分別世諦無量無邊

不可稱計非諸聲聞緣覺所知是名上智如是等義我於彼經亦不說之善男子一切行無常諸法無我涅槃寂滅是第一義是名中智知第一義無量無邊不可稱計非諸聲聞緣覺所知是名上智如是等義我於彼經亦不說之爾時文殊師利菩薩摩訶薩白佛言世尊所說世諦第一義諦其義云何世尊第一義中有世諦不世諦之中有第一義不如其有者即是一諦如其無者將非如來虛妄說耶善男子世諦者即第一義諦世尊若爾者則無二諦佛言善男子有善方便隨順衆生說有二諦善男子若隨言說則有二種一者世法二者出世法善男子如出世人之所知者名第一義諦世人知者名爲世諦善男子五陰和合稱言某甲凡夫衆生隨其所稱

是名世諦解陰無有某甲名字離陰亦無某甲名字出世之人如其性相而能知之名第一義諦復次善男子或復有法有名有實或復有法有名無實善男子有名無實者即是世諦有名有實者是第一義諦善男子如我衆生壽命知見養育丈夫作者受者熱時之燄乾闥婆城龜毛兔角旋火之輪諸陰界入是名世諦苦集滅道名第一義諦善男子世法有五種一者名世二者句世三者縛世四者法世五者執著世善男子云何名世男女缾衣車乘屋舍如是等物是名名世云何句世四句一偈如是等偈名爲句世云何縛世捲合繫結束縛合掌是名縛世云何法世如鳴椎集僧嚴鼓誡兵吹貝知時是名法世云何執著世如望遠人有染衣者生想執著言是沙門非婆羅門見有結繩橫佩身上便生念言是婆羅門非沙門也是名執著世善男子如是名爲五種世法善男子若有衆生於如是等五種世法心無顛倒如實而知是名第一義諦復次善男子若燒若割若死若壞是名世諦無燒無割無死無壞是名第一義諦復次善男子有八苦相名爲世諦無生無老無病無死無愛別離無怨憎會無求不得無五盛陰是名第一義諦復次善男子譬如一人多有所能若其走時則名走者或收刈時復名刈者或作飲食名作食者若治材木則名工匠鍛金銀時言金銀師如是一人有多名字法亦如是其實是一而有多名依因父母和合而生名爲世諦十二因緣和合生者名第一義諦文殊師利菩薩摩訶薩白佛

言世尊所言實諦其義云何佛言善男子言實諦者名曰眞法善男子若法非眞不名實諦善男子實諦者無有顛倒無顛倒者乃名實諦善男子實諦者無有虛妄若有虛妄不名實諦善男子實諦者名曰大乘非大乘者不名實諦善男子實諦者是佛所說非魔所說若是魔說非佛說者不名實諦善男子實諦者一道清淨無有二也善男子有常有樂有我有淨是則名爲實諦之義文殊師利白佛言世尊若以眞實爲實諦者眞實之法即是如來虛空佛性若如是者如來虛空及與佛性無有差別佛告文殊師利有苦有諦有實有集有諦有實有滅有諦有實有道有諦有實善男子如來非苦非諦是實虛空非苦非諦是實佛性非苦非諦是實文殊師利所言苦者爲無常相是可斷相是爲實諦如來之性非苦非無常非可斷相是故爲實虛空佛性亦復如是復次善男子所言集者能令五陰和合而生亦名爲苦亦名無常是可斷相是爲實諦善男子如來非是集性非是陰因非可斷相是故爲實虛空佛性亦復如是善男子所言滅者名煩惱滅亦常無常二乘所得名曰無常諸佛所得是則名常亦名證法是爲實諦善男子如來之性不名爲滅能滅煩惱非常無常不名證知常住無變是故爲實虛空佛性亦復如是善男子道者能斷煩惱亦常無常是可修法是名實諦如來非道能斷煩惱非常無常非可修法常住不變是故爲實虛空佛性亦復如是復次善男子言眞實者即是如來如來者即是眞實眞實

者即是虛空虛空者即是眞實眞實者即是佛性佛性者即是眞實文殊師利有苦有苦因有苦盡有苦對如來非苦乃至非對是故爲實不名爲諦虛空佛性亦復如是苦者有爲有漏無樂如來非有爲非有漏湛然安樂是實非諦文殊師利白佛言世尊如佛所說不顛倒者名爲實諦若爾者四諦之中有四倒不如其有者云何說言無有顛倒名爲實諦一切顛倒不名爲實佛告文殊師利一切顛倒皆入苦諦如諸衆生有顛倒心名爲顛倒善男子譬如有人不受父母尊長教勅雖受不能隨順修行如是人等名爲顛倒如是顛倒非不是苦即是苦也文殊師利言如佛所說不虛妄者即是實諦若爾者當知虛妄則非實諦佛言善男子一切虛妄皆入苦諦

如有衆生欺誑於他以是因緣墮於地獄畜生餓鬼如是等法名爲虛妄如是虛妄非不是苦即是苦也聲聞緣覺諸佛世尊遠離不行故名虛妄如是虛妄諸佛二乘所斷除故名實諦文殊師利言如佛所說大乘是實諦者當知聲聞辟支佛乘則爲不實佛告文殊師利彼二乘者亦實不實聲聞緣覺斷諸煩惱則名爲實無常不住是變易法名爲不實文殊師利言如佛所說若佛所說名爲實諦當知魔說則爲不實世尊如魔所說聖諦攝不佛言文殊師利魔所說者二諦所攝所謂苦集凡是一切非法非律不能令人而得利益終日宣說亦無有人見苦斷集證滅修道是名虛妄如是虛妄名爲魔說文殊師利言如佛所說一道清淨無有二者諸外道等

亦復說言我有一道清淨無二若言一道是實諦者與彼外道有何差别若無差别不應說言一道清淨佛言善男子諸外道等有苦集諦無滅道諦於非滅中而生滅想於非道中而生道想於非果中生於果想於非因中生於因想以是義故彼無一道清淨無二文殊師利言如佛所說有常有我有樂有淨是實義者諸外道等應有實諦佛法中無何以故諸外道輩亦復說言諸行是常云何是常可意不可意諸業報等受不失故可意者名十善報不可意者十不善報若言諸行悉皆無常而作業者於此已滅誰復於彼受果報乎以是義故諸行是常殺生因緣故名爲常世尊若言諸行悉無常者能殺可殺二俱無常若無常者誰於地獄而受罪報若言定有地獄受報當知諸行實非無常世尊繫心專念亦名爲常所謂十年所念乃至百年亦不忘失是故爲常若無常者本所見事誰憶誰念以是因緣一切諸行非無常也世尊一切憶想亦名爲常有人先見他人手脚頭項等相後時若見便還識之若無常者本相應滅世尊諸所作業以久修習若從初學或經三年或經五年然後善知故名爲常世尊筭數之法從一至二從二至三乃至百千若無常者初一應滅初一若滅誰復至二如是常一終無有二以一不滅故得至二乃至百千是故爲常世尊如讀誦法讀一阿含至二阿含乃至三四阿含如其無常所可讀誦終不至四以是讀誦增長因緣故名爲常世尊瓶衣車乘如人負債大地形相山河樹林藥木草

葉衆生治病皆悉是常亦復如是世尊一切外道皆作是說諸行是常若是常者即是實諦世尊有諸外道復言有樂云何知耶受者定得可意報故世尊凡受樂者必定得之所謂大梵天王大自在天釋提桓因毗紐天及諸人天以是義故名定有樂世尊有諸外道復言有樂能令衆生生求望故飢者求食渴者求飲寒者求温熱者求涼極者求息病者求瘥欲者求色若無樂者彼何緣求以有求者故知有樂世尊有諸外道復作是言施能得樂世間之人好施沙門諸婆羅門貧窮困苦衣服飲食卧具醫藥象馬車乘秣香塗香衆華屋宅依止燈明作如是等種種惠施爲我後世受可意報是故當知決定有樂世尊有諸外道復作是言以因緣故當知有樂謂受樂者有因緣故名爲樂觸若無樂者何得因緣如無兔角則無因緣有樂因緣則知有樂世尊有諸外道復作是言上中下故當知有樂下受樂者釋提桓因中受樂者大梵天王上受樂者大自在天以有如是上中下故當知有樂世尊有諸外道復言有淨何以故若無淨者不應起欲若起欲者當知有淨又復說言金銀珍寶瑠璃玻瓈硨磲碼碯珊瑚眞珠璧玉珂貝流泉浴池飲食衣服華香秣香塗香燈燭之明如是等物悉是淨法復次有淨謂五陰者即是淨器盛諸淨物所謂人天諸仙阿羅漢辟支佛菩薩諸佛以是義故名之爲淨世尊有諸外道復言有我有所覩見能造作故譬如有人入陶師家雖復不見陶師之身以見輪繩定知其家必是陶師我

亦如是眼見色已必知有我若無我者誰能見色聞聲乃至觸法亦復如是復次有我云何得知因相故知何等爲相喘息視眴壽命役心受諸苦樂貪求瞋恚如是等法悉是我相是故當知必定有我復次有我能別味故有人食果見已知味是故當知必定有我復次有我云何知耶執作業故執鎌能刈執斧能斫執瓶盛水執車能御如是等事我執能作當知必定而有我也復次有我云何知耶即於生時欲得乳餔乘宿習故是故當知必定有我復次有我云何知耶和合利益他衆生故譬如瓶衣車乘田宅山林樹木象馬牛羊如是等物若和合者則有利益此内五陰亦復如是眼等諸根有和合故則利益我是故當知必定有我復次有我云何知耶有遮法故如有物故則有遮礙物若無者則無有遮若有遮者則知有我是故當知必定有我復次有我云何知耶伴非伴故親與非親非是伴侶正法邪法亦非伴侶智與非智亦非伴侶沙門非沙門婆羅門非婆羅門子非子晝非晝夜非夜我非我如是等法爲伴非伴是故當知必定有我世尊諸外道等種種說有常樂我淨當知定有常樂我淨世尊以是義故諸外道等亦得說言我有眞諦佛言善男子若有沙門婆羅門有常有樂有我有淨者是非沙門非婆羅門何以故迷於生死離一切智大導師故如是沙門婆羅門等沉沒諸欲善法羸損故是諸外道繫在貪欲瞋恚癡獄堪忍受樂故是諸外道雖知業果自作自受而猶不能遠離惡法是諸外道非是正

法正命自活何以故無智慧火不能消故是諸外道雖欲貪著上妙五欲貪於善法不勤修故是諸外道雖欲往至正解脫中而持戒足不成就故是諸外道雖欲求樂而不能求樂因緣故是諸外道雖復憎惡一切諸苦然其所行未能遠離諸苦因緣是諸外道雖爲四大毒蛇所纏猶行放逸不能謹慎是諸外道無明所覆遠離善友樂在三界無常熾然大火之中而不能出是諸外道遇諸煩惱難愈之病而復不求大智良醫是諸外道方於未來當涉無邊險遠之路而不知以善法資粮而自莊嚴是諸外道常爲婬欲災毒所害而反抱持五欲霜毒是諸外道瞋恚熾盛而復反更親近惡友是諸外道常爲無明之所覆蔽而反推求邪惡之法是諸外道常爲邪見之所誑惑而反於中生親善想是諸外道悕食甘果而種苦子是諸外道已處煩惱闇室之中而反遠離大智炬明是諸外道患煩惱渴而復更飲諸欲鹹水是諸外道漂没生死無邊大河而復遠離無上船師是諸外道迷惑顛倒言諸行常諸行若常無有是處善男子我觀諸行悉皆無常云何知也以因緣故若有諸法從緣生者則知無常是諸外道無有一法不從緣生善男子佛性無生無滅無去無來非過去非未來非現在非因所作非無因作非作非作者非相非無相非有名非無名非名非色非長非短非陰界入之所攝持是故名常善男子佛性即是如來如來即是法法即是常善男子常者即是如來如來即是僧僧即是常以是義故從因生法不

名爲常是諸外道無有一法不從因生善男子是諸外道不見佛性如來及法是故外道所可言說悉是妄語無有眞諦諸凡夫人先見瓶衣車乘舍宅城郭河水山林男女象馬牛羊後見相似便言是常當知其實非是常也善男子一切有爲皆是無常虛空無爲是故爲常佛性無爲是故爲常虛空者即是佛性佛性者即是如來如來者即是無爲無爲者即是常常者即是法法者即是僧僧即無爲無爲者即是常善男子有爲之法凡有二種色法非色法非色法者心心數法色法者地水火風善男子心名無常何以故性是攀緣相應分別故善男子眼識性異乃至意識性異是故無常善男子色境界異乃至法境界異是故無常善男子眼識相應異乃至意識相應異是故無常善男子心若常者眼識應獨緣一切法善男子若眼識異乃至意識異則知無常以法相似念念生滅凡夫見已計之爲常善男子諸因緣相可破壞故亦名無常所謂因眼因色因明因思惟生於眼識耳識生時所因各異非眼識因緣乃至意識異亦如是

大般涅槃經卷第十三

音釋

躭湎（躭都含切樂也湎彌兗切溺也）瘜肉（瘜音息惡肉也）彗（祥歲切妖星也）債（側賣切負財也）疽（七余切癰疽也）痍（以脂切瘡痍也）紗（桑何切）鉗（奇炎切）釧（尺絹切臂鐶也）釵（楚街切笄也）鐺（音當正作璫充耳珠也）糠（苦岡切穀皮也）麧（音弋麥麧也）刈（倪祭切割也）鍛（都玩切鍊

也

紐女久切

鐮力鹽切刀也

餔蒲故切口飼也

大般涅槃經卷第十四

北涼天竺三藏曇無讖奉　詔譯

聖行品第七之四

復次善男子壞諸行因緣異故心名無常所謂修無常心異修苦空無我心異心若常者應常修無常尚不得觀苦空無我況復得觀常樂我淨以是義故外道法中不能攝取常樂我淨善男子當知心法必定無常復次善男子心性異故名爲無常所謂聲聞心性異緣覺心性異諸佛心性異一切外道心有三種一者出家心二者在家心三者在家遠離心樂相應心異苦相應心異不苦不樂相應心異貪欲相應心異瞋恚相應心異愚癡相應心異一切外道心相亦異所謂愚癡相應心異疑惑相應心異邪見相應心異進止威儀其心亦異善男子心若常者亦復不能分別諸色所謂青黃赤白紫色善男子心若常者諸憶念法不應忘失善男子心若常者凡所讀誦不應增長復次善男子心若常者不應說言已作今作當作若有已作今作當作當知是心必定無常善男子心若常者則無怨親非怨非親心若常者則不應言我物他物若死若生心若常者雖有所作不應增長善男子以是義故當知心性各各別異有別異故當知無常善男子我今於此非色法中演說無常其義已顯復當爲汝說色無常是色無常本無有生生已滅故內心處胎歌羅邏時本無有生生已變故外諸芽莖本無有生生已變故是故當知一切色法悉皆無常善男子所有內色隨時而變歌羅邏時異安

浮陀時異伽那時異閉手時異諸疱時異初生時異嬰孩時異童子時異乃至老時各各變異所有外色亦復如是芽異莖異枝異葉異華異果異異復次善男子內味亦異歌羅邏時異乃至老時各各變異外味亦爾芽莖枝葉華果味異歌羅邏時力異乃至老時力異歌羅邏時狀貌異乃至老時狀貌亦異歌羅邏時果報異乃至老時果報亦異歌羅邏時名字異乃至老時名字亦異所謂內色壞已還合故知無常外諸樹木亦壞已還合故知無常次第漸生故知無常次第生歌羅邏時乃至老時次第生芽乃至果子故知無常諸色可滅故知無常歌羅邏滅時異乃至老滅時異芽滅時異乃至果滅時異故知無常凡夫無知見相似生計以爲常以是義故名曰無常若無常即是苦若苦即是不淨善男子我因迦葉先問是事於彼已答復次善男子諸行無我善男子總一切法謂色非色色非我也何以故可破可壞可裂可打生增長故我者不可破壞裂打生長以是義故知色非我非色之法亦復非我何以故因緣生故善男子若諸外道以專念故知有我者專念之性實非我也若以專念爲我性者過去之事則有忘失有忘失故定知無我善男子若諸外道以憶想故知有我者無憶想故定知無我如說見人手有六指即更問言我先何處共相見耶若有我者不應復問以相問故定知無我善男子若諸外道以有遮故知有我者善男子以有遮故定知無我如言調達終不發言非調達也我亦如是若定是我終不

遮我以遮我故定知無我若以遮故知有我者汝今不遮定應無我善男子若諸外道以伴非伴知有我者以無伴故應無有我有法無伴所謂如來虛空佛性我亦如是實無有伴以是義故定知無我復次善男子若諸外道以名字故知有我者無我法中亦有我名如貧賤人名字富貴如言我死若我死者我則殺我而我實不可殺假名殺我亦如甡人名爲長者以是義故定知無我復次善男子若諸外道生已求乳知有我者善男子若有我者一切嬰兒不應執持糞穢火蛇毒藥以是義故定知無我復次善男子一切衆生於三法中悉有等智所謂淫欲飲食恐怖是故無我復次善男子若諸外道以相貌故知有我者善男子相故無我無相故亦無我若人睡時不能進止俯仰視眴不覺苦樂不應有我若以進止俯仰視眴知有我者機關木人亦應有我善男子如來亦爾不進不止不俯不仰不視不眴不苦不樂不貪不恚不癡不行如來如是眞實有我復次善男子若諸外道以見他食果口中生涎知有我者善男子以憶念故見則生涎涎非我也我亦非涎非喜非悲非欠非笑非卧非起非飢非飽以是義故定知無我善男子是諸外道癡如小兒無慧方便不能了達常與無常苦樂淨不淨我無我壽命非壽命衆生非衆生實非實有非有於佛法中取少許分虛妄計有常樂我淨而實不知常樂我淨如生盲人不識乳色便問他言乳色何似他人答言色白如貝盲人復問是乳色者如貝聲耶答言不也復問

貝色爲何似也答言猶稻米粖盲人復問乳色柔輭如稻米粖耶稻米粖者復何所似答言猶如雨雪盲人復言彼稻米粖冷如雪耶雪復何似答言猶如白鵠是生盲人雖聞如是四種譬喻終不能得識乳眞色是諸外道亦復如是終不能識常樂我淨善男子以是義故我佛法中有眞實諦非諸外道文殊師利白佛言希有世尊如來於今臨般涅槃方便轉於無上法輪乃作如是分別眞諦佛告文殊師利汝今云何故於如來生涅槃想善男子如來實是常住不變不般涅槃善男子若有計我是佛我成阿耨多羅三藐三菩提我即是法法是我所我即是道道是我所我即世尊世尊即是我所我即是聲聞聲聞即是我所我能說法令他聽受我轉法輪餘人不能如來終不作如是計是故如來不轉法輪善男子若有人作如是妄計我即是眼眼即是我所耳鼻舌身意亦復如是我即是色色即是我所乃至法亦如是我即是地地即是我所水火風亦如是善男子若有人言我即是信信是我所我是多聞多聞即是我所我是檀波羅蜜檀波羅蜜即是我所我是尸羅波羅蜜尸羅波羅蜜即是我所我是羼提波羅蜜羼提波羅蜜即是我所我是毗梨耶波羅蜜毗梨耶波羅蜜即是我所我是禪波羅蜜禪波羅蜜即是我所我是般若波羅蜜般若波羅蜜即是我所我是四念處四念處即是我所四正勤四如意足五根五力七等覺分八聖道分亦復如是善男子如來終不作如是計是故如來不轉法輪善男子若言

常住無有變易云何說言佛轉法輪是故汝今不應說言如來方便轉於法輪善男子譬如因眼緣色緣明緣思惟因緣和合得生眼識善男子眼不念言我能生識色乃至思惟終不念言我生眼識眼識亦復不作念言我能自生善男子如是等法因緣和合得名爲見善男子如來亦爾因六波羅蜜三十七助菩提之法覺了諸法復因咽喉舌齒脣口言語音聲爲憍陳如初始說法名轉法輪以是義故如來不名轉法輪也善男子若不轉者即名爲法法即如來善男子譬如因燧因鑽因手因乾牛糞而得生火燧亦不言我能生火鑽手牛糞各不念言我能生火火亦不言我能自生如來亦爾因六波羅蜜乃至憍陳如名轉法輪如來亦復不生念言我轉法輪善男子若不生者是則名爲轉正法輪是轉法輪即名如來善男子譬如因酪因水因鑽因瓶因繩因人手捉而得出酥酪不念言我能出酥乃至人手亦不念言我能出酥酥亦不言我能自出衆緣和合故得出酥如來亦爾終不念言我轉法輪善男子若不出者是則名爲轉正法輪是轉法輪即是如來善男子譬如因子因地因水因火因風因糞因時因人作業而芽得生善男子子亦不言我能生芽乃至作業亦不念言我能生芽芽亦不言我能自生如來亦爾終不念言我轉法輪善男子若不作者是則名爲轉正法輪是轉法輪即是如來善男子譬如因鼓因空因皮因人因桴和合出聲鼓不念言我能出聲乃至桴亦如是聲亦不言我能自生善男子如

來亦爾終不念言我轉法輪善男子轉法輪者名爲不作不作者即轉法輪轉法輪者即是如來善男子轉法輪者乃是諸佛世尊境界非諸聲聞緣覺所知善男子虛空非生非出非作非造非有爲法如來亦爾非生非出非作非造非有爲法如如來性佛性亦爾非生非出非作非造非有爲法善男子諸佛世尊語有二種一者世語二出世語善男子如來爲諸聲聞緣覺說於世語爲諸菩薩說出世語善男子是諸大衆復有二種一者求小乘二者求大乘我於昔日波羅柰城爲諸聲聞轉于法輪今始於此拘尸那城爲諸菩薩轉大法輪復次善男子復有二人中根上根爲中根人於波羅柰轉於法輪爲上根人人中象王迦葉菩薩等於此拘尸那城轉大法輪善男子極下根者如來終不爲轉法輪極下根者即一闡提復次善男子求佛道者復有二種一中精進二上精進於波羅柰爲中精進轉於法輪今於此間拘尸那城爲上精進轉大法輪復次善男子我昔於彼波羅柰城初轉法輪八萬天人得須陀洹果今於此間拘尸那城八十萬億人不退轉於阿耨多羅三藐三菩提復次善男子波羅柰城大梵天王稽首請我轉於法輪今於此間拘尸那城迦葉菩薩稽首請我轉大法輪復次善男子我昔於彼波羅柰城轉法輪時說於無常苦空無我今於此間拘尸那城轉法輪時說常樂我淨復次善男子我昔於彼波羅柰城轉法輪時所出音聲聞于梵天如來今於拘尸那城轉法輪時所出音聲遍於東方二十

恒河沙等諸佛世界南西北方四維上下亦復如是復次善男子諸佛世尊凡有所說皆悉名爲轉法輪也善男子譬如聖王所有輪寶未降伏者能令降伏已降伏者能令安隱善男子諸佛世尊凡所說法亦復如是無量煩惱未調伏者能令調伏已調伏者令生善根善男子譬如聖王所有輪寶則能消滅一切怨賊如來演法亦復如是能令一切諸煩惱賊皆悉寂靜復次善男子譬如聖王所有輪寶下上迴轉如來說法亦復如是能令下趣諸惡衆生上生人天乃至佛道善男子是故汝今不應讚言如來於此更轉法輪爾時文殊師利白佛言世尊我於此義非爲不知所以問者爲欲利益諸衆生故世尊我已久知轉法輪者實是諸佛如來境界非是聲聞緣覺所知爾時世尊告迦葉菩薩善男子是名菩薩住於大乘大涅槃經所行聖行迦葉菩薩白佛言世尊復以何義名爲聖行善男子聖名諸佛世尊以是義故名爲聖行世尊若是諸佛之所行者則非聲聞緣覺菩薩所能修行善男子是諸世尊安住於此大般涅槃而作如是開示分別演說其義以是義故名曰聖行聲聞緣覺及諸菩薩如是聞已則能奉行故名聖行善男子是菩薩摩訶薩得是行已則得住於無所畏地善男子若有菩薩得住如是無所畏地則不復畏貪恚愚癡生老病死亦復不畏惡道地獄畜生餓鬼善男子惡有二種一者阿修羅二者人中人中有三種惡一者一闡提二者誹謗方等經典三者犯四重禁善男子住是地中諸菩薩等

終不畏墮如是惡中亦復不畏沙門婆羅門外道邪見天魔波旬亦復不畏受二十五有是故此地名無所畏善男子菩薩摩訶薩住無畏地得二十五三昧壞二十五有善男子得無垢三昧能壞地獄有得無退三昧能壞畜生有得心樂三昧能壞餓鬼有得歡喜三昧能壞阿修羅有得日光三昧能斷弗婆提有得月光三昧能斷瞿耶尼有得熱燄三昧能斷鬱單越有得如幻三昧能斷閻浮提有得一切法不動三昧能斷四天王處有得難伏三昧能斷三十三天處有得悅意三昧能斷燄摩天有得青色三昧能斷兜率天有得黄色三昧能斷化樂天有得赤色三昧能斷他化自在天有得白色三昧能斷初禪有得種種三昧能斷大梵王有得雙三昧能斷二禪有得雷音三昧能斷三禪有得霔雨三昧能斷四禪有得如虛空三昧能斷無想有得照鏡三昧能斷淨居阿那含有得無礙三昧能斷空處有得常三昧能斷識處有得樂三昧能斷不用處有得我三昧能斷非想非非想處有善男子是名菩薩得二十五三昧斷二十五有善男子如是二十五三昧名諸三昧王善男子諸菩薩摩訶薩入如是等諸三昧王若欲吹壞須彌山王隨意即能欲知三千大千世界所有衆生心之所念亦悉能知欲以三千大千世界所有衆生内於己身一毛孔中隨意即能亦令衆生無迫迮想若欲化作無量衆生悉令充滿三千大千世界中者亦能隨意欲分一身以爲多身復合多身以爲一身雖作如是心無所著猶如蓮華善

男子菩薩摩訶薩得入如是三昧王已即得住於自在之地菩薩得住是自在地得自在力隨欲生處即得往生善男子譬如聖王領四天下隨意所行無能障礙菩薩摩訶薩亦復如是一切生處若欲生者隨意往生善男子菩薩摩訶薩若見地獄一切衆生有可得令住善根者菩薩即往而生其中菩薩雖生非本業果菩薩摩訶薩住自在地力因緣故而生其中善男子菩薩摩訶薩雖在地獄不受熾然碎身等苦善男子菩薩摩訶薩所可成就如是功德無量無邊百千萬億尚不可說何況諸佛所有功德而當可說爾時衆中有一菩薩名住無垢藏王有大威德成就神通得大總持三昧具足得無所畏即從座起偏袒右肩右膝著地長跪合掌白佛言世尊如佛所說諸佛菩薩所可成就功德智慧無量無邊百千萬億實不可說我意猶謂故不如是大乘經典何以故因是大乘方等經力故能出生諸佛世尊阿耨多羅三藐三菩提時佛讚言善哉善哉善男子如是如是如汝所說是諸大乘方等經典雖復成就無量功德欲比是經不得為喻百倍千倍百千萬億乃至筭數譬喻所不能及善男子譬如從牛出乳從乳出酪從酪出生酥從生酥出熟酥從熟酥出醍醐醍醐最上若有服者衆病皆除所有諸藥悉入其中善男子佛亦如是從佛出於十二部經從十二部經出修多羅從修多羅出方等經從方等經出般若波羅蜜從般若波羅蜜出大涅槃猶如醍醐言醍醐者喻於佛性佛性者即是如來善男子以是

義故說言如來所有功德無量無邊不可稱計迦葉菩薩白佛言世尊如佛所讚大涅槃經猶如醍醐最上最妙若有能服衆病悉除一切諸藥悉入其中我聞是已竊復思念若有不能聽受是經當知是人爲大愚癡無有善心世尊我於今者實能堪忍剝皮爲紙刺血爲墨以髓爲水析骨爲筆書寫如是大涅槃經書已讀誦令其通利然後爲人廣說其義世尊若有衆生貪著財物我當施財然後以是大涅槃經勸之令讀若尊貴者先以愛語而隨其意然後漸當以是大乘大涅槃經勸之令讀若凡庶者當以威勢逼之令讀若憍慢者我當爲其而作僕使隨順其意令其歡喜然後復當以大涅槃而教導之若有誹謗大乘經者當以勢力摧之令伏既摧伏已然後勸令讀大涅槃若有愛樂大乘經者我躬當往恭敬供養尊重讚歎爾時佛讚迦葉菩薩善哉善哉汝甚愛樂大乘經典貪大乘經愛大乘經味大乘經信敬尊重供養大乘善男子汝今以此善心因緣當得超越無量無邊恒河沙等諸大菩薩在前得成阿耨多羅三藐三菩提汝亦不久復當如我廣爲大衆演說如是大般涅槃如來佛性諸佛所說祕密之藏善男子過去之世佛日未出我於爾時作婆羅門修菩薩行悉能通達一切外道所有經論修寂滅行具足威儀其心清淨不爲外來能生欲想之所破壞滅瞋恚火受持常樂我淨之法周遍求索大乘經典乃至不聞方等名字我於爾時住於雪山其山清淨流泉浴池樹林藥木充滿其地處處石間

有清流水多諸香華周遍嚴飾衆鳥禽獸不可稱計甘果滋繁種別難計復有無量藕根甘根青木香根我於爾時獨處其中唯食諸果食已繫心思惟坐禪經無量歲亦不聞有如來出世大乘經名善男子我修如是難行苦行時釋提桓因及諸天人等心大驚怖即共集會各各相謂而說偈言

各各相指示　清淨雪山中　寂靜離欲主
功德莊嚴王　已離貪瞋慢　永斷諂愚癡
口初未曾說　麤惡等語言

爾時衆中有一天子名曰歡喜復說偈言

如是離欲人　清淨勤精進　將不求帝釋
及以諸天耶　若是外道者　修行諸苦行
是人多欲求　帝釋所生處

爾時復有一仙天子即爲帝釋而說偈言

天主憍尸迦　不應生是處　外道修苦行
何必求帝處

說是偈已復作是言憍尸迦世有大士爲衆生故不貪己身爲欲利益諸衆生故而修種種無量苦行如是之人見生死中諸過咎故設見珍寶滿此大地諸山大海不生貪著如視涕唾如是大士棄捨財寶所愛妻子頭目髓腦手足支節所居舍宅象馬車乘奴婢僮僕亦不願求生於天上唯求欲令一切衆生得受快樂如我所解如是大士清淨無染衆結永盡唯欲求於阿耨多羅三藐三菩提釋提桓因復作是言如汝言者是人則爲攝取一切世間衆生大仙若此世間有佛樹者能除一切諸天世人及阿修羅煩惱毒蛇是諸衆生住是佛樹陰涼中者煩惱諸毒悉得消

滅大仙是人若當未來世中作善逝者我等悉當得滅無量熾然煩惱如是之事實爲難信何以故無量百千諸衆生等發於阿耨多羅三藐三菩提心見少微緣於阿耨多羅三藐三菩提即便動轉如水中月水動則動猶如畫像難成易壞菩提之心亦復如是難發易壞大仙如有多人以諸鎧仗牢自莊嚴欲前討賊臨陣恐怖則便退散無量衆生亦復如是發菩提心牢自莊嚴見生死過心生恐怖即便退散大仙我見如是無量衆生發心之後皆生動轉是故我今雖見是人修於苦行無惱無熱住於道檢其行清淨未能信也我今要當自往試之知其實能堪任荷負阿耨多羅三藐三菩提大重擔不大仙猶如車有二輪則有載用鳥有二翼堪任飛行是苦行者亦復如是我雖見其堅持禁戒未知其人有深智不若有深智當知則能堪任荷負阿耨多羅三藐三菩提之重擔也大仙譬如魚母多有胎子成就者少如菴羅樹華多果少衆生發心乃有無量及其成就少不足言大仙我當與汝俱往試之大仙譬如眞金三種試已乃知其眞謂燒打磨試彼苦行亦當如是爾時釋提桓因自變其身作羅刹像形甚可畏下至雪山去其不遠而便立住是時羅刹心無所畏勇健難當辯才次第其聲清雅宣過去佛所說半偈

諸行無常　是生滅法

說是半偈已便住其前所現形貌甚可怖畏顧眄遍視觀於四方是苦行者聞是半偈心生歡喜譬如估客於險難處夜行失伴恐怖

推索還遇同侣心生歡喜踊躍無量亦如久病未遇良醫瞻病好藥後卒得之如人没海卒遇船舫如渴乏人遇清冷水如爲怨逐忽然得脫如久繫人卒聞得出亦如農夫炎旱值雨亦如行人還得歸家家人見已生大歡喜善男子我於爾時聞是半偈心中歡喜亦復如是即從坐起以手舉髮四向顧視而說是言向所聞偈誰之所說爾時亦更不見餘人唯見羅刹即說是言誰開如是解脫之門誰能雷震諸佛音聲誰於生死睡眠之中而獨覺寤唱如是言誰能於此示導生死飢饉衆生無上道味無量衆生沉生死海誰能於中作大船師是諸衆生常爲煩惱重病所纏誰能於中爲作良醫說是半偈啓悟我心猶如半月漸開蓮華善男子我於爾時更無所見唯見羅刹復作是念將是羅刹說是偈耶覆復生疑或非其說何以故是人形容甚可怖畏若有得聞是偈句者一切恐怖醜陋即除何有此人形貌如是能說此偈不應火中出於蓮華非日光中出生冷水善男子我於爾時復作是念我今無智而此羅刹或能得見過去諸佛從諸佛所聞是半偈我今當問即便前至是羅刹所作如是言善哉大士汝於何處得是過去離怖畏者所說半偈大士復於何處而得如是半如意珠大士是半偈義乃是過去未來現在諸佛世尊之正道也一切世間無量衆生常爲諸見羅網所覆終身於此外道法中初不得聞如是出世十力世雄所說空義善男子我問是已即答我言大婆羅門汝今不應問我是義何以故我不

食來已經多日處處求索了不能得飢渴苦惱心亂寱語非我本心之所知也假使我今力能飛行遊於虛空至鬱單越乃至天上處處求食亦不能得以是緣故我說是語善男子我時即復語羅刹言大士若能爲我說是偈竟我當終身爲汝弟子大士汝所說者名字不終義亦不盡以何因緣不欲說耶夫財施者則有竭盡法施因緣不可盡也雖無所盡多所利益我今聞此半偈法已心生驚疑汝今幸可爲我除斷說此偈竟我當終身爲汝弟子羅刹答言汝智太過但自愛身都不見念今我定爲飢苦所逼實不能說我即問言汝所食者爲是何物羅刹答言汝不足問我若說者令多人怖我復問言此中獨處更無有人我不畏汝何故不說羅刹答言我所食者唯人煖肉其所飲者唯人熱血自我薄福唯食此食周遍求索困不能得世雖多人皆有福德兼爲諸天之所守護而我無力不能得殺善男子我復語言汝但具足說是半偈我聞偈已當以此身奉施供養大士我設命終如此之身無所復用當爲虎狼鵄梟鵰鷲之所噉食然後不得一毫之福我今爲求阿耨多羅三藐三菩提捨不堅身以易堅身羅刹答言誰當信汝如是之言爲八字故棄所愛身善男子我即答言汝眞無智譬如有人施他瓦器得七寶器我亦如是捨不堅身得金剛身汝言誰當信者我今有證大梵天王釋提桓因及四天王能證是事復有天眼諸菩薩等爲欲利益無量衆生修行大乘具六度者亦能證知復有十方諸佛世尊利衆

生者亦能證我爲八字故捨於身命羅剎復言汝若如是能捨身者諦聽諦聽當爲汝說其餘半偈善男子我於爾時聞是事已心中歡喜即解已身所著鹿皮爲此羅剎敷置法座白言和尚願坐此座我即於前叉手長跪而作是言唯願和尚善爲我說其餘半偈令得具足羅剎即說

生滅滅已　寂滅爲樂

爾時羅剎說是偈已復作是言菩薩摩訶薩汝今已聞具足偈義汝之所願爲悉滿足若必欲利諸衆生者時施我身善男子我於爾時深思此義然後處處若石若壁若樹若道書寫此偈即便更繫所著衣裳恐其死後身體露現即上高樹爾時樹神復問我言善哉仁者欲作何事善男子我時答言我欲捨身以報偈價樹神問言如是偈者何所利益我時答言如是偈句乃是過去未來現在諸佛所說開空法道我爲此法棄捨身命不爲利養名聞財寶轉輪聖王四大天王釋提桓因大梵天王人天中樂爲欲利益一切衆生故捨此身善男子我捨身時復作是言願令一切慳惜之人悉來見我捨離此身若有少施起貢高者亦令得見我爲一偈捨此身命如棄草木菩薩爾時說是語已尋即放身自投樹下未至地時虚空之中出種種聲其聲乃至阿迦尼吒天爾時羅剎還復釋身即於空中接取菩薩安置平地爾時釋提桓因及諸天人大梵天王稽首頂禮菩薩足下讃言善哉善哉眞是菩薩能大利益無量衆生欲於無明黑闇之中然大法炬由我愛惜如來大

法故相嬈惱唯願聽我懺悔罪咎汝於未來必定成就阿耨多羅三藐三菩提願見濟度爾時釋提桓因及諸天衆禮菩薩足於是辭去忽然不現善男子如我往昔爲半偈故捨棄此身以是因緣便得超越足十二劫在彌勒前成阿耨多羅三藐三菩提善男子我得如是無量功德皆由供養如來正法善男子汝今亦爾發於阿耨多羅三藐三菩提心則已超過無量無邊恒河沙等諸菩薩上善男子是名菩薩住於大乘大般涅槃修於聖行

梵行品第八之一

善男子云何菩薩摩訶薩梵行善男子菩薩摩訶薩住於大乘大般涅槃住七善法得具梵行何等爲七一者知法二者知義三者知時四者知足五者知自六者知衆七者知尊卑善男子云何菩薩摩訶薩知法善男子是菩薩摩訶薩知十二部經謂修多羅祇夜授記伽陀優陀那尼陀那阿波陀那伊帝目多伽闍陀伽毗佛略阿浮陀達磨優波提舍善男子何等名爲修多羅經從如是我聞乃至歡喜奉行如是一切名修多羅經何等名爲祇夜經佛告諸比丘昔我與汝愚無智慧不能如實見四眞諦是故流轉久處生死没大苦海何等爲四苦集滅道如佛昔日爲諸比丘説契經竟爾時復有利根衆生爲聽法故後至佛所即便問人如來向者爲説何事佛時知已即因本經以偈頌曰

我昔與汝等　不見四眞諦　是故久流轉
生死大苦海　若能見四諦　則得斷生死
生有既已盡　更不受諸有

是名祇夜經何等名爲授記經如有經律如來說時爲諸天人受佛記莂汝阿逸多未來有王名曰儴佉當於是世而成佛道號曰彌勒是名授記經何等名爲伽陀經除修多羅及諸戒律其餘有說四句之偈所謂

諸惡莫作　諸善奉行　自淨其意　是諸佛教

是名伽陀經何等名爲優陀那經如佛晡時入於禪定爲諸天衆廣說法要時諸比丘各作是念如來今者爲何所作如來明旦從禪定起無有人問以他心智即自說言比丘當知一切諸天壽命極長汝諸比丘善哉爲他不求已利善哉少欲善哉知足善哉寂靜如是諸經無問自說是名優陀那經何等名爲尼陀那經如諸經偈所因根本爲他演說如舍衛國有一丈夫羅網捕鳥得已籠繫隨與水穀而復還放世尊知其本末因緣而說偈言

莫輕小罪　以爲無殃　水滴雖微　漸盈大器

是名尼陀那經何等名爲阿波陀那經如戒律中所說譬喻是名阿波陀那經何等名爲伊帝目多伽經如佛所說比丘當知我出世時所可說者名曰戒經鳩留秦佛出世之時名甘露鼓拘那含牟尼佛時名曰法鏡迦葉佛時名分別空是名伊帝目多伽經何等名爲闍陀伽經如佛世尊本爲菩薩時修諸苦行所謂比丘當知我於過去作鹿作羆作麞作兔作粟散王轉輪聖王龍金翅鳥諸如是等行菩薩道時所可受身是名闍陀伽經何等名爲毗佛略經所謂大乘方等經典其義廣大猶如虛空是名毗佛略經何等名爲未

曾有經如彼菩薩初出生時無人扶持即行七步放大光明遍觀十方亦如獮猴手捧蜜器以獻如來如白項狗佛邊聽法如魔波旬變爲青牛行瓦鉢間令諸瓦鉢互相撐觸無所傷損如佛初生入天廟時令彼天像起下禮敬如是等經名未曾有經何等名爲優波提舍經如佛世尊所說諸經若作論義分別廣說辯其相貌是名優波提舍經菩薩若能如是了知十二部經名爲知法

大般涅槃經卷第十四

音釋

歌羅邏梵語也亦云羯邏藍此云凝滑邏郎佐切 皰匹貌切瘡皰也 燧音遂取火之木也 桴音孚鼓椎也 眄彌殄切邪視也 寱魚祭切睡語也 鵄梟鵄抽知切鵂鶹也梟堅尭切土梟也 儴佉梵語也亦云霜佉此云貝即珂貝也儴汝陽切佉丘迦切 羆彼支切 撐觸撐除庚切謂物相抵觸也

大般涅槃經卷第十五

北涼天竺三藏曇無讖奉　詔譯

梵行品第八之二

云何菩薩摩訶薩知義菩薩摩訶薩若於一切文字語言廣知其義是名知義云何菩薩摩訶薩知時善男子菩薩善知如是時中任修寂靜如是時中任修精進如是時中任修捨定如是時中任供養佛如是時中任供養師如是時中任修布施持戒忍辱精進禪定具足般若波羅蜜是名知時云何菩薩摩訶薩知足善男子菩薩摩訶薩知足者所謂飲食衣藥行住坐卧睡寤語默是名知足善男子云何菩薩摩訶薩自知是菩薩自知我有如是信如是戒如是多聞如是捨如是慧如是去來如是正念如是善行如是問如是答是名自知云何菩薩摩訶薩知衆善男子是菩薩知如是等是刹利衆婆羅門衆居士衆沙門衆應於是衆如是行來如是坐起如是說法如是問答是名知衆善男子云何菩薩摩訶薩知人尊卑善男子人有二種一者信二者不信菩薩當知信者是善其不信者不名爲善復次信有二種一者常往僧坊二者不往菩薩當知其往者善其不往者不名爲善往僧坊者復有二種一者禮拜二者不禮拜菩薩當知禮拜者善不禮拜者不名爲善其禮拜者復有二種一者聽法二者不聽法菩薩當知聽法者善不聽法者不名爲善其聽法者復有二種一至心聽二不至心菩薩當知至心聽者是則名善不至心者不名爲善至心聽法復有二種一者思義二不思義

菩薩當知思義者善不思義者不名爲善其思義者復有二種一如說修行二不如說如說行者是則名善不如說行不名爲善如說行者復有二種一求聲聞不能利安饒益一切苦惱衆生二者迴向無上大乘利益多人令得安樂菩薩應知能利多人得安樂者最上最善善男子如諸寶中如意寶珠最爲勝妙如諸味中甘露最上如是菩薩於人天中最勝最上不可譬喻善男子是名菩薩摩訶薩住於大乘大涅槃經住七善法菩薩住是七善法已得具梵行復次善男子復有梵行謂慈悲喜捨迦葉菩薩白佛言世尊若多修慈能斷瞋恚修悲心者亦斷瞋恚云何而言四無量心推義而言則應有三世尊慈有三緣一緣衆生二緣於法三則無緣悲喜捨心亦復如是若從是義唯應有三不應有四衆生緣者緣於五陰願與其樂是名衆生緣法緣者緣諸衆生所須之物而施與之是名法緣無緣者緣於如來是名無緣慈者多緣貧窮衆生如來大師永離貧窮受第一樂若緣衆生則不緣佛法亦如是以是義故緣如來者名曰無緣世尊慈之所緣一切衆生如緣父母妻子親屬以是義故名曰衆生緣法緣者不見父母妻子親屬見一切法皆從緣生是名法緣無緣者不住法相及衆生相是名無緣悲喜捨心亦復如是是故應三不應有四世尊人有二種一者見行二者愛行見行之人多修慈悲愛行之人多修喜捨是故應二不應有四世尊夫無量者名曰無邊邊不可得故名無量若無量者則應是一不應

言四若言四者何得無量是故應一不應四也佛告迦葉菩薩善男子諸佛如來爲諸衆生所宣法要其言秘密難可了知或爲衆生說一因緣如說何等爲一因緣所謂一切有爲之法善男子或說二種因之與果或說三種煩惱業苦或說四種無明諸行生與老死或說五種所謂受愛取有及生或說六種三世因果或說七種謂識名色六入觸受及以愛取或說八種除無明行及生老死其餘八事或說九種如城經中除無明行識其餘九事或說十一如爲薩遮尼揵子說除生一法其餘十一或時具說十二因緣如王舍城爲迦葉等具說十二無明乃至生老病死善男子如一因緣爲衆生故種種分別無量心法亦復如是善男子以是義故於諸如來深審行處不應生疑善男子如來世尊有大方便無常說常常說無常說樂爲苦說苦爲樂不淨說淨淨說不淨我說無我無我說我於非衆生說爲衆生於實衆生說非衆生非物說物物說非物非實說實實說非實非境說境境說非境非生說生生說非生乃至無明說明明說無明色說非色非色說色非道說道道說非道善男子如來以是無量方便爲調衆生豈虚妄耶善男子或有衆生貪於財貨我於其人自化其身作轉輪王於無量歲隨其所須種種供給然後教化令其安住阿耨多羅三藐三菩提若有衆生貪著五欲於無量歲以妙五欲充足其情然後勸化令其安住阿耨多羅三藐三菩提若有衆生榮豪自貴我於其人無量歲中爲作僕使趨走給侍

得其心已即復勸化令其安住阿耨多羅三藐三菩提若有衆生性悷自是須人訶諌我於無量百千歲中教訶敎喻令其心調然後復勸令其安住阿耨多羅三藐三菩提善男子如來如是於無量歲以種種方便令諸衆生安住阿耨多羅三藐三菩提豈虚妄耶諸佛如來雖處衆惡無所染汙猶如蓮華善男子應如是知四無量義善男子是無量心體性有四若有修行生大梵處善男子如是無量伴侣有四是故名四夫修慈者能斷貪欲修悲心者能斷瞋恚修喜心者能斷不樂修捨心者能斷貪欲瞋恚衆生善男子以是義故得名爲四非一二三善男子如汝所言慈能斷瞋悲亦如是應說三者汝今不應作如是難何以故善男子恚有二種一能奪命二能鞭撻修慈則能斷彼奪命修悲能除彼鞭撻者善男子以是義故豈非四耶復次瞋有二種一瞋衆生二瞋非衆生修慈心者斷瞋衆生若修悲者斷非衆生復次瞋有二種一有因緣二無因緣修慈心者斷有因緣修悲心者斷無因緣復次瞋有二種一者久於過去修習二者於今現在修習修慈心者能斷過去修悲心者斷於現在復次瞋有二種一瞋聖人二瞋凡夫修慈心者斷瞋聖人修悲心者斷瞋凡夫復次瞋有二種一上二中修慈斷上修悲斷中善男子以是義故則名爲四何得難言應三非四是故迦葉是無量心伴侶相對分別爲四復以器故應名爲四器若有慈則不得有悲喜捨心以是義故應四無減善男子以行分別故應有四若行慈時

無悲喜捨是故有四善男子以無量故亦得名四夫無量者則有四種有無量心有緣非自在有無量心自在非緣有無量心亦緣亦自在有無量心非緣非自在何等無量有緣非自在緣於無量無邊衆生而不能得自在三昧雖得不定或得或失何等無量自在非緣如緣父母兄弟姊妹欲令安樂非無量緣何等無量亦緣亦自在謂諸佛菩薩何等無量非緣非自在聲聞緣覺不能廣緣無量衆生亦非自在善男子以是義故名四無量非諸聲聞緣覺所知乃是諸佛如來境界善男子如是四事聲聞緣覺雖名無量少不足言諸佛菩薩則得名爲無量無邊迦葉菩薩白佛言世尊如是如是實如聖教諸佛如來所有境界非諸聲聞緣覺所及世尊頗有菩薩住於大乘大般涅槃得慈悲心非是大慈大悲心不佛言有善男子菩薩若於諸衆生中三品分別一者親人二者怨憎三者中人於親人中復作三品謂上中下怨憎亦爾是菩薩摩訶薩於上親中與增上樂於中下親中亦復平等與增上樂於上怨中與少分樂於中怨所與中品樂於下怨中與增上樂菩薩如是轉增修習於上怨中與中品樂於中下怨中等與增上樂轉復修習於上中下等與上樂若上怨中與上樂者爾時得名慈心成就菩薩爾時於父母所及上怨中得平等心無有差別善男子是名得慈非大慈也世尊何緣菩薩得如是慈猶故不得名爲大慈善男子以難成故不名大慈何以故久於過去無量劫中多習煩惱未修善法是故不能於

一日中調伏其心善男子譬如豌豆乾時錐刺終不可著煩惱堅硬亦復如是雖一日夜繫心不散難可調伏又如家犬不畏於人山林野鹿見人怖走瞋恚難去如守家狗慈心易失如彼野鹿是故此心難可調伏以是義故不名大慈復次善男子譬如畫石其文常存畫水速滅勢不久住瞋如畫石諸善根本如彼畫水是故此心難得調伏如大火聚其明久住電光之明不得暫停瞋如火聚慈如電光之明是故此心難得調伏以是義故不名大慈善男子菩薩摩訶薩住於初地名曰大慈何以故善男子最極惡者名一闡提初住菩薩修大慈時於一闡提心無差別不見其過故不生瞋以是義故得名大慈善男子爲諸衆生除無利益是名大慈欲與衆生無量利樂是名大悲於諸衆生心生歡喜是名大喜無所擁護名爲大捨若不見我法相己身見一切法平等無二是名大捨自捨己樂施與他人是名大捨善男子唯四無量能令菩薩增長具足六波羅蜜其餘諸行不必能爾善男子菩薩摩訶薩先得世間四無量心然後乃發阿耨多羅三藐三菩提心次第方得出世間者善男子因世無量得出世無量以是義故名大無量迦葉菩薩白佛言世尊除無利益與利樂者實無所爲如是思惟即是虛觀無有實利世尊譬如比丘觀不淨時見所著衣悉是皮相而實非皮所可食噉皆作蟲相而實非蟲觀大豆羹作下汁相而實非糞觀所食酪猶如髓腦而實非腦觀骨碎末猶如麨相而實非麨四無量心亦復如是

不能眞實利益衆生令其得樂雖口發言與衆生樂而實不得如是之觀非虛妄耶世尊若非虛妄實與樂者而諸衆生何故不以諸佛菩薩威德力故一切受樂若當眞實不得樂者如佛所說我念往昔獨修慈心經此劫世七返成壞不來此生世界成時生梵天中世界壞時生光音天若生梵天力勢自在無能摧伏於千梵中最勝最上名大梵王有諸衆生皆於我所生最上想三十六返作忉利天王釋提桓因無量百千作轉輪王獨修慈心乃得如是人天果報若不實者云何得與此義相應佛言善哉善哉善男子汝眞勇猛無所畏懼即爲迦葉而說偈言

若於一衆生　不生瞋恚心　而願與彼樂
是名爲慈善　一切衆生中　若起於悲心
是名聖種性　得福報無量　設使五通仙
悉滿此大地　有大自在主　奉施其所安
象馬種種物　所得福報果　不及修一慈
十六分中一

善男子夫修慈者實非妄想諦是眞實若是聲聞緣覺之慈是名虛妄諸佛菩薩眞實不虛云何知耶善男子菩薩摩訶薩修行如是大涅槃者觀土爲金觀金爲土地作水相水作地相水作火相火作水相地作風相風作地相隨意成就無有虛妄觀實衆生爲非衆生觀非衆生爲實衆生悉隨意成無有虛妄善男子當知菩薩四無量心是實思惟非不眞實復次善男子云何名爲眞實思惟謂能斷除諸煩惱故善男子夫修慈者能斷貪欲修悲心者能斷瞋恚修喜心者能斷不樂修

捨心者能斷貪恚及衆生相以是故名眞實思惟復次善男子菩薩摩訶薩四無量心能爲一切諸善根本善男子菩薩摩訶薩若不得見貧窮衆生無緣生慈若不生慈則不能起惠施之心以施因緣令諸衆生得安隱樂所謂飲食車乘衣服華香牀卧舍宅燈明如是施時心無繫縛不生貪著必定迴向阿耨多羅三藐三菩提其心爾時無所依止妄想永斷不爲怖畏名譽利養不求人天所受快樂不生憍慢不望返報不爲誑他故行布施不求富貴凡行施時不見受者持戒破戒是田非田此是知識此非知識施時不見是器非器不擇日時是處非處亦復不計飢饉豐樂不見因果此是衆生此非衆生是福非福雖復不見施者受者及以財物乃至不見斷及果報而常行施無有斷絶善男子菩薩若見持戒破戒乃至果報終不能施若不布施則不具足檀波羅蜜若不具足檀波羅蜜則不能成阿耨多羅三藐三菩提善男子譬如有人身被毒箭其人眷屬欲令安隱爲除毒故即命良醫而爲拔箭彼人方言且待莫觸我今當觀如是毒箭從何方來誰之所射爲是刹利婆羅門毗舍首陀復更作念是何木耶竹耶柳耶其鏃鐵者何冶所出剛耶柔耶其毛羽者是何鳥翼烏鵄鷲耶其有毒者爲從作生自然而有爲是人毒惡蛇毒耶如是癡人竟不能知尋便命終善男子菩薩亦爾若行施時分別受者持戒破戒乃至果報終不能施若不能施則不具足檀波羅蜜若不具足檀波羅蜜則不能成阿耨多羅三藐三

菩提復次善男子菩薩摩訶薩行布施時於諸衆生慈心平等猶如子想又行施時於諸衆生起悲愍心譬如父母瞻視病子行施之時其心歡喜猶如父母見子病愈既施之後其心放捨猶如父母見子長大能自存活是菩薩摩訶薩於慈心中布施食時常作是願我今所施悉與一切衆生共之以是因緣令諸衆生得大智食勤進迴向無上大乘願諸衆生得善智食不求聲聞緣覺之食願諸衆生得法喜食不求愛食願諸衆生悉得般若波羅蜜食皆令充滿攝取無礙增上善根願諸衆生悟解空相得無礙身猶如虛空願諸衆生常為受者憐愍一切為衆福田善男子菩薩摩訶薩修慈心時凡所施食應當堅發如是等願復次善男子菩薩摩訶薩於慈心中布施漿時當作是願我今所施悉與一切衆生共之以是因緣令諸衆生趣大乘河飲八味水速涉無上菩提之道離於聲聞緣覺枯渴渴仰求於無上佛乘斷煩惱渴渴仰法味離生死愛愛樂大乘大般涅槃具足法身得諸三昧入於甚深智慧大海願諸衆生得甘露味菩提出世離欲寂靜如是諸味願諸衆生具足無量百千法味具法味已得見佛性見佛性已能雨法雨雨法雨已佛性徧覆猶如虛空復令其餘無量衆生得一法味所謂大乘非諸聲聞辟支佛味願諸衆生得一甜味無有六種差别之味願諸衆生唯求法味無礙佛法所行之味不求餘味善男子菩薩摩訶薩於慈心中布施漿時應當堅發如是等願復次善男子菩薩摩訶薩於慈心中

施車乘時應作是願我今所施悉與一切衆生共之以是因緣普令衆生成於大乘得住大乘不退於乘不動轉乘金剛座乘不求聲聞辟支佛乘向於佛乘無能伏乘無羸乏乘不退没乘無上乘十力乘大功德乘未曾有乘希有乘難得乘無邊乘知一切乘善男子菩薩摩訶薩於慈心中施車乘時常應如是堅發誓願復次善男子菩薩摩訶薩於慈心中布施衣時當作是願我今所施悉與一切衆生共之以是因緣令諸衆生得慚愧衣法界覆身裂諸見衣衣服離身一尺六寸得金色身所受諸觸柔輭無礙光色潤澤皮膚細輭常光無量無色離色願諸衆生皆悉普得無色之身過一切色得入無色大般涅槃善男子菩薩摩訶薩布施衣時應當如是堅發誓願復次善男子菩薩摩訶薩於慈心中布施華香塗香粖香諸雜香時應作是願我今所施悉與一切衆生共之以是因緣令諸衆生一切皆得佛華三昧七覺妙鬘繫其首頂願諸衆生形如滿月所見諸色微妙第一願諸衆生皆成一相百福莊嚴願諸衆生隨意得見可意之色願諸衆生常遇善友得無礙香離諸臭穢願諸衆生具諸善根無上珍寶願諸衆生相視和悦無有憂苦衆善各備不相憂念願諸衆生戒香具足願諸衆生持無礙戒香氣馚馥充滿十方願諸衆生得堅牢戒無悔之戒一切智戒離諸破戒悉得無戒未曾有戒無師戒無作戒無荒戒無汙染戒竟已戒究竟戒得平等戒於香塗身及以斫刺等無憎愛願諸衆生得無上戒大乘之戒

非小乘戒願諸衆生悉得具足尸波羅蜜猶如諸佛所成就戒願諸衆生悉爲布施持戒忍辱精進禪智之所熏修願諸衆生悉得成就大般涅槃微妙蓮華其華香氣充滿十方願諸衆生純食大乘大般涅槃無上香饌猶蜂採華但取香味願諸衆生悉得成就無量功德所熏之身善男子菩薩摩訶薩於慈心中施華香時常當堅發如是誓願復次善男子菩薩摩訶薩於慈心中施牀敷時應作是願我今所施悉與一切衆生共之以是因緣令諸衆生得天中天所卧之牀得大智慧坐四禪處卧於菩薩所卧之牀不卧聲聞辟支佛牀離卧惡牀願諸衆生得安樂牀離生死牀成大涅槃師子卧牀願諸衆生坐此牀已復爲其餘無量衆生示現神通師子遊戲願諸衆生住此大乘大宫殿中爲諸衆生演説佛性願諸衆生坐無上牀不爲世法之所降伏願諸衆生得忍辱牀離於生死飢饉凍餓願諸衆生得無畏牀永離一切煩惱怨賊願諸衆生得清淨牀專求無上正眞之道願諸衆生得善法牀常爲善友之所擁護願諸衆生得右脅卧牀依因諸佛所行之法善男子菩薩摩訶薩於慈心中施牀敷時應當堅發如是誓願復次善男子菩薩摩訶薩於慈心中施舍宅時常作是願我今所施悉與一切衆生共之以是因緣令諸衆生處大乘舍修行善友所行之行修大悲行六波羅蜜行大正覺行一切菩薩所行道行無邊廣大如虛空行願諸衆生皆得正念遠離惡念願諸衆生悉得安住常樂我淨永離四倒願諸衆生

悉皆受持出世文字願諸衆生必爲無上一切智器願諸衆生悉得入於甘露屋宅願諸衆生初中後心常入大乘涅槃屋宅願諸衆生於未來世常處菩薩所居宮殿善男子菩薩摩訶薩於慈心中施舍宅時常當堅發如是誓願復次善男子菩薩摩訶薩於慈心中施燈明時當作是願我今所施悉與一切衆生共之以是因緣令諸衆生光明無量安住佛法願諸衆生常得照明願諸衆生得色微妙光澤第一願諸衆生其目清淨無諸翳網願諸衆生得大智炬善解無我無衆生相無人無命願諸衆生皆得覩見清淨佛性猶如虛空願諸衆生肉眼清淨徹見十方恒沙世界願諸衆生得佛光明普照十方願諸衆生得無礙眼皆悉得見清淨佛性願諸衆生得大智明破一切闇及一闡提願諸衆生得無礙光明普照無量諸佛世界願諸衆生然大乘燈離二乘燈願諸衆生所得光明滅無明闇過於千日普照之功願諸衆生得火珠明悉滅三千大千世界所有黒闇願諸衆生具足五眼悟諸法相成無師覺願諸衆生無見無明願諸衆生悉得大乘大般涅槃微妙光明示悟衆生眞實佛性善男子菩薩摩訶薩於慈心中施燈明時常應堅發如是誓願善男子一切聲聞緣覺菩薩諸佛如來所有善根慈爲根本善男子菩薩摩訶薩修習慈心能生如是無量善根所謂不淨出息入息無常生滅四念處七方便三觀處十二因緣無我等觀煖法頂法忍法世第一法見道修道正勤如意諸根諸力七菩提分八聖道分四

禪四無量心八解脱八勝處十一切入空無相願無諍三昧知他心智及諸神通知本際智聲聞智緣覺智菩薩智佛智善男子如是等法慈爲根本善男子以是義故慈是眞實非虛妄也若有人問誰是一切諸善根本當言慈是以是義故慈是眞實非虛妄也善男子能爲善者名實思惟實思惟者即名爲慈慈即如來慈即大乘大乘即慈慈即如來善男子慈即菩提道菩提道即如來如來即慈善男子慈即大梵大梵即慈慈即如來善男子慈者能爲一切衆生而作父母父母即慈慈即如來善男子慈者乃是不可思議諸佛境界不可思議諸佛境界即是慈也當知慈者即是如來善男子慈者即是衆生佛性如是佛性久爲煩惱之所覆蔽故令衆生不得覩見佛性即慈慈即如來善男子慈即大空大空即慈慈即如來善男子慈即虛空虛空即慈慈即如來善男子慈即是常常即是法法即是僧僧即是慈慈即如來善男子慈即是樂樂即是法法即是僧僧即是慈慈即如來善男子慈即是淨淨即是法法即是僧僧即是慈慈即如來善男子慈即是我我即是法法即是僧僧即是慈慈即如來善男子慈即甘露甘露即慈慈即佛性佛性即法法即是僧僧即是慈慈即如來善男子慈者即是一切菩薩無上之道道即是慈慈即如來善男子慈者即是諸佛世尊無量境界無量境界即是慈也當知是慈即是如來善男子慈若無常無常即慈當知是慈是聲聞慈善男子慈若是苦苦即是慈當知是慈是聲聞慈

善男子慈若不淨不淨即慈當知是慈是聲聞慈善男子慈若無我無我即慈當知是慈是聲聞慈善男子慈若妄想妄想即慈當知是慈是聲聞慈善男子慈若不名檀波羅蜜非檀之慈當知是慈是聲聞慈乃至般若波羅蜜亦復如是善男子慈若不能利益衆生如是之慈是聲聞慈善男子慈若不入一乘之道當知是慈是聲聞慈善男子慈若不能覺了諸法當知是慈是聲聞慈善男子慈若不能見如來性當知是慈是聲聞慈善男子慈若見法悉是有相當知是慈是聲聞慈善男子慈若有漏有漏慈者是聲聞慈善男子慈若有爲有爲之慈是聲聞慈善男子慈若不能住於初住非初住慈當知即是聲聞慈也善男子慈若不能得佛十力四無所畏當知是慈是聲聞慈善男子慈若能得四沙門果當知是慈是聲聞慈善男子慈若有無非有非無如是之慈非諸聲聞辟支佛等所能思議善男子慈若不可思議法不可思議佛性不可思議如來亦不可思議善男子菩薩摩訶薩住於大乘大般涅槃修如是慈雖復安住眠睡之中而不睡眠勤精進故雖常覺寤亦無覺寤以無眠故於睡眠中諸天雖護亦無護者不行惡故眠不惡夢無有不善離睡眠故命終之後雖生梵天亦無所生得自在故善男子夫修慈者能得成就如是無量無邊功德善男子是大涅槃微妙經典亦能成就如是無量無邊功德諸佛如來亦得成就如是無量無邊功德迦葉菩薩白佛言世尊菩薩摩訶薩所有思惟悉是眞實聲聞緣

覺非眞實者一切衆生何故不以菩薩威力等受快樂若諸衆生實不得樂當知菩薩所修慈心爲無利益佛言善男子菩薩之慈非不利益善男子有諸衆生或必受苦或有不受苦若有衆生必受苦者菩薩之慈爲無利益謂一闡提若有受苦不必定者菩薩之慈則爲利益令彼衆生悉受快樂善男子譬如有人遥見師子虎豹豺狼羅刹鬼等自然生怖夜行見杌亦生怖畏善男子如是諸人自然怖畏衆生如是見修慈者自然受樂善男子以是義故菩薩修慈是實思惟非無利益善男子我說是慈有無量門所謂神通善男子如提婆達教阿闍世欲害如來是時我入王舍大城次第乞食阿闍世王即放護財狂醉之象欲令害我及諸弟子其象爾時蹋殺無量百千衆生衆生死已多有血氣是象嗅已狂醉倍常見我翼從被服赤色謂呼是血而復見趣我弟子中未離欲者四怖馳走唯除阿難爾時王舍大城之中一切人民同時舉聲啼哭號泣作如是言怪哉如來今日滅沒如何正覺一旦散壞是時調達心生歡喜瞿曇沙門滅沒甚善從今已往眞是不現快哉此計我願得遂善男子我於爾時爲欲降伏護財象故即入慈定舒手示之即於五指出五師子是象見已其心怖畏尋即失糞舉身投地敬禮我足善男子我於爾時手五指頭實無師子乃是修慈善根力故令彼調伏復次善男子我欲涅槃始初發足向拘尸那城有五百力士於其中路平治掃灑中有一石衆欲舉棄盡力不能我時憐愍即起慈心彼

諸力士尋即見我以足拇指舉此大石擲置虛空還以手接安置右掌吹令碎末復還聚合令彼力士貢高心息即爲略說種種法要令其俱發阿耨多羅三藐三菩提心善男子如來爾時實不以指舉此大石在虛空中還置右掌吹令碎末復合如本善男子當知即是慈善根力令諸力士見如是事復次善男子此南天竺有一大城名首波羅於是城中有一長者名曰盧至爲衆導主已於過去無量佛所植衆善本善男子彼大城中一切人民信伏邪道奉事尼揵我時欲度彼長者故從王舍城至彼城邑其路中間相去六十五由旬步涉而往爲欲化度彼諸人故彼衆尼揵聞我欲至首波羅城即作是念沙門瞿曇若至此者此諸人民便當捨我更不供給我等窮悴奈何自活諸尼揵輩各各分散告彼城人沙門瞿曇今欲來此然彼沙門委棄父母東西馳騁所至之處能令土地穀米不登人民飢饉死亡者衆病疫相侵無可救解瞿曇無賴純將諸惡羅刹鬼神以爲侍從無父無母孤窮之人而來諮啓爲作門徒所可教詔純說虛空隨其至處初無安樂彼人聞已即懷怖畏頭面敬禮尼揵子足白言大師我等今者當設何計尼揵答言沙門瞿曇性好叢林流泉清水外設有者宜應破壞汝等便可相與出城諸有之處斫伐令盡莫使有遺流泉井池悉置糞穢堅閉城門各嚴器仗當壁防護勤自固守彼設來者莫令得前若不前者汝當安隱我等亦當作種種術令彼瞿曇復道還去彼諸人民聞是語已敬諾施行

斫伐樹木汙辱諸水莊嚴器仗牢自防護善男子我於爾時至彼城邑不見一切樹木叢林唯見諸人莊嚴器仗當壁自守見是事已尋生憐愍慈心向之所有樹木還生如本復更生長其餘諸樹不可稱計河池井泉其水清淨盈滿其中如青瑠璃生衆雜華彌覆其上變其城壁爲紺瑠璃城内人民悉得徹見我及大衆門自開闢無能制者所嚴器仗變成雜華盧至長者而爲上首與其人民俱共相隨往至佛所我即爲說種種法要令彼諸人一切皆發阿耨多羅三藐三菩提心善男子我於爾時實不化作種種樹木清淨流水盈滿河池變其本城爲紺瑠璃令彼人民徹見於我開其城門器仗爲華善男子當知皆是慈善根力能令彼人見如是事

大般涅槃經卷第十五

音釋

悷郎計切憹悷也 鞕畀連切扑也 豌一丸切豆名 硬魚孟切堅牢也 麨尺沼切乾糧也 鏃千木切箭鏑也 馚馥馚敷文切馥房六切馚馥香氣盛貌 杌五忽切樹無枝也 蹹徒合切踐也 嗅許救切以鼻擸氣也

大般涅槃經卷第十六

北涼天竺三藏曇無讖奉　詔譯

梵行品第八之三

復次善男子舍衛城中有婆羅門女姓婆私吒唯有一子愛之甚重遇病命終爾時女人愁毒入心狂亂失性躶形無恥遊行四衢啼哭失聲唱言子子汝何處去周徧城邑無有疲已而是女人已於先佛植衆德本善男子我於是女起慈愍心是時女人即得見我便生子想還得本心前抱我身嗚嗟我口我時即告侍者阿難汝可持衣與是女人既與衣已便爲種種說諸法要是女聞法歡喜踊躍發阿耨多羅三藐三菩提心善男子我於爾時實非彼子彼非我母亦無抱持善男子當知皆是慈善根力令彼女人見如是事復次善男子波羅㮈城有優婆夷字曰摩訶斯那達多已於過去無量先佛種諸善根是優婆夷夏九十日請命衆僧奉施醫藥是時衆中有一比丘身嬰重病良醫診之當須肉藥若得肉者病則可除若不得肉命將不久時優婆夷聞醫此言尋持黄金徧至市里唱如是言誰有肉賣吾以金買若有肉者當等與金周徧城市求不能得是優婆夷尋自取刀割其髀肉切以爲臛下種種香送病比丘比丘服已病即得瘥是優婆夷患瘡苦惱不能堪忍即發聲言南無佛陀南無佛陀我於爾時在舍衛城聞其音聲於是女人起大慈心是女尋見我持良藥塗其瘡上還合如本我即爲其種種說法聞法歡喜發阿耨多羅三藐三菩提心善男子我於爾時實不往至波羅

柰城持藥塗是優婆夷瘡善男子當知皆是慈善根力令彼女人見如是事復次善男子調達惡人貪不知足多服酥故頭痛腹滿受大苦惱不能堪忍發如是言南無佛陀南無佛陀我時住在優禪尼國聞其音聲即生慈心爾時調達尋便見我往至其所手摩頭腹授與鹽湯而令服之服已平復善男子我實不往提婆達所摩其頭腹授湯令服善男子當知皆是慈善根力令提婆達見如是事復次善男子憍薩羅國有諸羣賊其數五百羣黨抄劫爲害滋甚波斯匿王患其縱暴遣兵伺捕得已挑目逐著黑闇叢林之下是諸羣賊已於先佛植衆德本旣失目已受大苦惱各作是言南無佛陀南無佛陀我等今者無有救護啼哭號咷我時住在祇洹精舍聞其音聲即生慈心時有涼風吹香山中種種香藥滿其眼眶尋還得眼如本不異諸賊開眼即見如來住立其前而爲說法賊聞法已發阿耨多羅三藐三菩提心善男子我於爾時實不作風吹香山中種種香藥住其人前而爲說法善男子當知皆是慈善根力令彼羣賊見如是事復次善男子瑠璃太子以愚癡故殺其父王自立爲主復念宿嫌多害釋種取萬二千釋種諸女刵劓耳鼻斷截手足推之坑塹時諸女人身受苦惱作如是言南無佛陀南無佛陀我等今者無有救護復大號咷是諸女人已於先佛種諸善根我於爾時在竹林中聞其音聲即起慈心諸女爾時見我來至迦毗羅城以水洗瘡以藥覆之苦痛尋除耳鼻手足還復如本我時即爲略說法

要悉令俱發阿耨多羅三藐三菩提心即於大愛道比丘尼所出家受具足戒善男子如來爾時實不往至迦毗羅城以水洗瘡覆藥止苦善男子當知皆是慈善根力令彼女人見如是事悲喜之心亦復如是善男子以是義故菩薩摩訶薩修慈思惟即是眞實非虛妄也善男子夫無量者不可思議菩薩所行不可思議諸佛所行亦不可思議是大乘典大涅槃經亦不可思議復次善男子菩薩摩訶薩修慈悲喜已得住極愛一子之地善男子云何是地名曰極愛復名一子善男子譬如父母見子安隱心大歡喜菩薩摩訶薩住是地中亦復如是視諸衆生同於一子見修善者生大歡喜是故此地名曰極愛善男子譬如父母見子遇患心生苦惱愍之愁毒初無捨離菩薩摩訶薩住是地中亦復如是見諸衆生爲煩惱病之所纏切心生愁惱憂念如子身諸毛孔血皆流出是故此地名爲一子善男子如人小時拾取土塊糞穢瓦石枯骨木枝置於口中父母見已恐爲其患左手捉頭右手挑出菩薩摩訶薩住是地中亦復如是見諸衆生法身未增或行身口意業不善菩薩見已則以智手拔之令出不欲令彼流轉生死受諸苦惱是故此地復名一子善男子譬如父母所愛之子捨而終亡父母愁惱願與併命菩薩亦爾見一闡提墮於地獄亦願與俱生地獄中何以故是一闡提若受苦時或生一念改悔之心我即當爲說種種法令彼得生一念善根是故此地復名一子善男子譬如父母唯有一子其子睡寤行住

坐卧心常念之若有罪咎善言誘喻不加其惡菩薩摩訶薩亦復如是見諸衆生若墮地獄畜生餓鬼或人天中造作善惡心常念之初不放捨若行諸惡終不生瞋以惡加之是故此地復名一子迦葉菩薩白佛言世尊如佛所說其言祕密我今智淺云何能解若諸菩薩住一子地能如是者云何如來昔爲國王行菩薩時斷絶爾所婆羅門命若得此地則應護念若不得者復何因緣不墮地獄若使等視一切衆生同於子想如羅睺羅何故復向提婆達多說如是言癡人無羞食人涕唾令彼聞已生於瞋恨起不善心出佛身血提婆達多造是惡已如來復記當墮地獄一劫受罪世尊如是之言云何於義不相違背世尊須菩提者住虛空地凡欲入城求乞飲食要先觀人若有於已生嫌嫉心則止不行乃至極飢猶不行乞何以故是須菩提常作是念我憶往昔於福田所生一惡念由是因緣墮大地獄受種種苦我今寧飢終日不食終不令彼於我起嫌墮於地獄受苦惱也復作是念若有衆生嫌我立者我當終日端坐不起若有衆生嫌我坐者我當終日立不移處行卧亦爾是須菩提護衆生故尚起是心何況菩薩菩薩若得一子地者何緣如來出是麤言使諸衆生起重惡心善男子汝今不應作如是難言佛如來爲諸衆生作煩惱因緣善男子假使蚊蝱能盡海底如來終不爲諸衆生作煩惱因緣善男子假令大地悉爲非色水爲乾相火爲冷相風爲住相三寶佛性及以虛空作無常相如來終不爲諸衆生

作煩惱因緣善男子假使毁犯四重禁罪及一闡提謗正法者現身得成十力無畏三十二相八十種好如來終不爲諸衆生作煩惱因緣善男子假使聲聞辟支佛等常住不變如來終不爲諸衆生作煩惱因緣善男子假使十住諸菩薩等犯四重禁作一闡提誹謗正法如來終不爲諸衆生作煩惱因緣善男子假使一切無量衆生喪滅佛性如來究竟入般涅槃如來終不爲諸衆生作煩惱因緣善男子假使擲罥能繫縛風齒能破鐵爪壞須彌如來終不爲諸衆生作煩惱因緣寧與毒蛇同共一處内其兩手餓師子口佉陀羅炭用洗浴身終不發言如來世尊爲諸衆生作煩惱因緣善男子如來眞實能爲衆生斷除煩惱終不爲作煩惱因也善男子如汝所言如來往昔殺婆羅門者善男子菩薩摩訶薩乃至蟻子尚不故殺況婆羅門菩薩常作種種方便惠施衆生無量壽命善男子夫施食者則爲施命菩薩摩訶薩行檀波羅蜜時常施衆生無量壽命善男子修不殺戒得壽命長菩薩摩訶薩行尸波羅蜜時則爲施與一切衆生無量壽命善男子愼口無過得壽命長菩薩摩訶薩行羼提波羅蜜時常勸衆生莫生怨想推直於人引曲向已無所諍訟得壽命長是故菩薩行羼提波羅蜜時已施衆生無量壽命善男子精勤修善得壽命長菩薩摩訶薩行毗棃耶波羅蜜時常勸衆生勤修善法衆生行已得無量壽命是故菩薩行毗棃耶波羅蜜時已施衆生無量壽命善男子修攝心者得壽命長菩薩摩訶薩行禪

波羅蜜時勸諸衆生修平等心衆生行已得壽命長是故菩薩行禪波羅蜜時已施衆生無量壽命善男子於諸善法不放逸者得壽命長菩薩摩訶薩行般若波羅蜜時勸諸衆生於諸善法不生放逸衆生行已以是因緣得壽命長是故菩薩行般若波羅蜜時已施衆生無量壽命善男子以是義故菩薩摩訶薩於諸衆生終無奪命善男子汝能所問殺婆羅門時得是地不善男子我時已得以愛念故斷其命根非惡心也善男子譬如父母唯有一子愛之甚重犯官憲制是時父母以怖畏故若擯若殺雖復擯殺無有惡心菩薩摩訶薩爲護正法亦復如是若有衆生謗大乘者即以鞭撻苦加治之或奪其命欲令改往遵修善法菩薩常當作是思惟以何因緣能令衆生發起信心隨其方便要當爲之諸婆羅門命終之後生阿鼻地獄即有三念一者自念我從何處而來生此即便自知從人道中來二者自念我今所生爲是何處即便自知是阿鼻獄三者自念乘何業緣而來生此即便自知乘謗方等大乘經典不信因緣爲國主所殺而來生此念是事已即於大乘方等經典生信敬心尋時命終生甘露鼓如來世界於彼壽命具足十劫善男子以是義故我於往昔乃與是人十劫壽命云何名殺善男子有人掘地刈草斫樹斬截死屍罵詈鞭撻以是業緣墮地獄不迦葉菩薩白佛言世尊如我解佛所說義者應墮地獄何以故如佛昔爲聲聞說法汝諸比丘於餘樵木莫生惡心何以故一切衆生因惡心故墮于地

獄爾時佛讚迦葉菩薩善哉善哉如汝所說應善受持善男子若因惡心墮地獄者菩薩爾時實無惡心何以故菩薩摩訶薩於一切衆生乃至蟲蟻悉生憐愍利益心故所以者何善知因緣諸方便故以方便力欲令衆生種諸善根善男子以是義故我於爾時以善方便雖奪其命而非惡心善男子婆羅門法若殺蟻子滿足十車無有罪報蚊虻蚤虱貓子師子虎狼熊羆諸惡蟲獸及餘能爲衆生害者殺滿十車鬼神羅刹拘槃茶迦羅富單那顛狂乾枯諸鬼神等能爲衆生作嬈害者有奪其命悉無罪報若殺惡人則有罪報殺已不悔則墮餓鬼若能懺悔三日斷食其罪消滅無有遺餘若殺和尚害其父母女人及牛無數千年在地獄中善男子佛及菩薩知殺有三謂下中上下者蟻子乃至一切畜生唯除菩薩示現生者善男子菩薩摩訶薩以願因緣示受畜生是名下殺以下殺因緣墮於地獄畜生餓鬼具受下苦何以故是諸畜生有微善根是故殺者具受罪報是名下殺中殺者從凡夫人至阿那含是名爲中以是業因墮於地獄畜生餓鬼具受中苦是名中殺上殺者父母乃至阿羅漢辟支佛畢定菩薩是名爲上以是業因緣故墮於阿鼻大地獄中具受上苦是名上殺善男子若有能殺一闡提者則不墮此三種殺中善男子彼諸婆羅門等一切皆是一闡提也譬如掘地刈草斫樹斬截死屍罵詈鞭撻無有罪報殺一闡提亦復如是無有罪報何以故諸婆羅門乃至無有信等五法是故雖殺不墮地獄善

男子汝先所言如來何故罵提婆達多癡人食唾汝亦不應作如是問何以故諸佛世尊凡所發言不可思議善男子或有實語爲世所愛非時非法不爲利益如是之言我終不說善男子或復有言麤獷虛妄非時非法聞者不愛不能利益我亦不說善男子若有語言雖復麤獷眞實不虛是時是法能爲一切衆生利益聞雖不悅我要說之何以故諸佛世尊應正徧知知方便故善男子如我一時遊彼曠野聚落叢林在其林下有一鬼神即名曠野純食肉血多殺衆生復於其聚日食一人善男子我於爾時爲彼鬼神廣說法要然彼暴惡愚癡無智不受教法我即化身爲大力鬼動其宮殿令不安所彼鬼于時將其眷屬出其宮殿欲來拒逆鬼見我時即失心念惶怖躃地迷悶斷絕猶如死人我以慈愍手摩其身即還起坐作如是言快哉今日還得身命是大神王具大威德有慈愍心赦我愆咎即於我所生善信心我即還復如來之身復更爲說種種法要令彼鬼神受不殺戒即於是日曠野村中有一長者次應當死村人已送付彼鬼神鬼神得已即以施我我旣受已便爲長者更立名字名手長者爾時彼鬼即白我言世尊我及眷屬唯仰血肉以自存活今以戒故當云何活我即答言從今當勑聲聞弟子隨有修行佛法之處悉當令其施汝飲食善男子以是因緣爲諸比丘制如是戒汝等從今常當施彼曠野鬼食若有住處不能施者當知是輩非我弟子即是天魔徒黨眷屬善男子如來爲欲調伏衆生故示

如是種種方便非故令彼生怖畏也善男子我亦以木打護法鬼又於一時在一山上推羊頭鬼令墮山下復於樹頭撲護獼猴鬼令護財象見五師子使金剛神怖薩遮尼揵亦以針刺箭毛鬼身雖作如是亦不令彼諸鬼神等有滅沒者直欲令彼安住正法故示如是種種方便善男子我於爾時實不罵辱提婆達多提婆達多亦不愚癡食人涕唾亦不生於惡趣之中阿鼻地獄受罪一劫亦不壞僧出佛身血亦不遠犯四重之罪誹謗正法大乘經典非一闡提亦非聲聞辟支佛也善男子提婆達多實非聲聞緣覺境界唯是諸佛之所知見善男子是故汝今不應難言如來何緣訶責罵辱提婆達多汝於諸佛所有境界不應如是生於疑網迦葉菩薩白佛言世尊譬如甘蔗數數煎煑得種種味我亦如是從佛數聞多得法味所謂出味離欲味寂滅味道味世尊譬如真金數數燒打鎔銷鍊治轉更明淨調和柔輭光色微妙其價難量然後乃爲人天寶重世尊如來亦爾鄭重諮問則得聞見甚深之義令深行者受持奉修無量衆生發阿耨多羅三藐三菩提心然後爲諸人天所宗恭敬供養爾時佛讚迦葉菩薩善哉善哉菩薩摩訶薩爲欲利益諸衆生故諮啓如來如是深義善男子以是義故我隨汝意說於大乘方等甚深祕密之法所謂極愛如一子地迦葉菩薩白佛言世尊若諸菩薩修慈悲喜得一子地者修捨心時復得何地佛言善哉善哉善男子汝善知時知我欲說汝則諮問菩薩摩訶薩修捨心時則得

住於空平等地如須菩提善男子菩薩摩訶薩住空平等地則不見有父母兄弟姊妹兒息親族知識怨憎中人乃至不見陰界諸入衆生壽命善男子譬如虛空無有父母兄弟妻子乃至無有衆生壽命一切諸法亦復如是無有父母乃至壽命菩薩摩訶薩見一切法亦復如是其心平等如彼虛空何以故善能修習諸空法故迦葉菩薩白佛言世尊云何名空善男子空者所謂內空外空內外空有爲空無爲空無始空性空無所有空第一義空空空大空菩薩摩訶薩云何觀於內空是菩薩摩訶薩觀內法空是內法空謂無父母怨親中人衆生壽命常樂我淨如來法僧所有財物是內法中雖有佛性而是佛性非內非外所以者何佛性常住無變易故是名菩薩摩訶薩觀於內空外空者亦復如是無有內法內外空者亦復如是善男子唯有如來法僧佛性不在二空何以故如是四法常樂我淨是故四法不名爲空是名內外俱空善男子有爲空者有爲之法悉皆是空所謂內空外空內外空常樂我淨空衆生壽命如來法僧第一義空是中佛性非有爲故是故佛性非有爲法空是名有爲空善男子云何菩薩摩訶薩觀無爲空是無爲法悉皆是空所謂無常苦不淨無我陰界入衆生壽命相有爲有漏內法外法無爲法中佛等四法故非有爲非無爲性是善故非無爲性常住故非有爲是名菩薩觀無爲空云何菩薩摩訶薩觀無始空是菩薩摩訶薩見生死無始皆悉空寂所謂空者常樂我淨皆悉空寂無有

變易衆生壽命三寶佛性及無爲法是名菩薩觀無始空云何菩薩觀於性空是菩薩摩訶薩觀一切法本性皆空謂陰界入常無常苦樂淨不淨我無我觀如是等一切諸法不見本性是名菩薩摩訶薩觀於性空云何菩薩摩訶薩觀無所有空如人無子言舍宅空畢竟觀空無有親愛愚癡之人言諸方空貧窮之人言一切空如是所計或空或非空菩薩觀時如貧窮人一切皆空是名菩薩摩訶薩觀無所有空云何菩薩摩訶薩觀第一義空善男子菩薩摩訶薩觀第一義時是眼生時無所從來及其滅時去無所至本無今有已有還無推其實性無眼無主如眼無性一切諸法亦復如是何等名爲第一義空有業有報不見作者如是空法名第一義空是名菩薩摩訶薩觀第一義空云何菩薩摩訶薩觀於空空是空空中乃是聲聞辟支佛等所迷沒處善男子是有是無是名空空是是非是是名空空善男子十住菩薩尚於是中通達少分猶如微塵況復餘人善男子如是空空亦不同於聲聞所得空空三昧是名菩薩觀於空空善男子云何菩薩摩訶薩觀於大空善男子言大空者謂般若波羅蜜是名大空善男子菩薩摩訶薩得如是空門則得住於虛空等地善男子我今於是大衆之中說如是等諸空義時有十恒河沙等菩薩摩訶薩即得住於虛空等地善男子菩薩摩訶薩住是地已於一切法中無有滯礙繫縛拘執心無迷悶以是義故名虛空等地善男子譬如虛空於可愛色不生貪著不愛色中不生

嗔恚菩薩摩訶薩住是地中亦復如是於好惡色心無貪恚善男子譬如虛空廣大無對悉能容受一切諸物菩薩摩訶薩住是地中亦復如是廣大無對悉能容受一切諸法以是義故復得名爲虛空等地善男子菩薩摩訶薩住是地中於一切法亦見亦知若行若緣若性若相若因若緣若衆生心若根若禪定若乘若善知識若持禁戒若所施如是等法一切知見復次善男子菩薩摩訶薩住是地中知而不見云何爲知知自餓法投淵赴火自墜高巖常翹一腳五熱炙身常卧灰土棘刺編椽樹葉惡草牛糞之上衣麤麻衣塚間所棄糞掃氀毼欽婆羅衣麞鹿皮革芻草衣裳茹菜噉果藕根油滓牛糞根果若行乞食限從一家主若言無即便捨去設復還喚終不迴顧不食鹽肉五種牛味常所飲服糠汁沸湯受持牛戒鷄狗雉戒以灰塗身長髮爲相以羊祠時先呪後殺四月事火七日服風百千億華供養諸天諸所欲願因此成就如是等法能爲無上解脫因者無有是處是名爲知云何不見菩薩摩訶薩不見一人行如是法得正解脫是名不見復次善男子菩薩摩訶薩亦見亦知何等爲見見諸衆生行是邪法必墮地獄是名爲見云何爲知知諸衆生從地獄出生於人中若能修行檀波羅蜜乃至具足諸波羅蜜是人必得入正解脫是名爲知復次善男子菩薩摩訶薩復有亦見亦知云何爲見見常無常苦樂淨不淨我無我是名爲見云何爲知知諸如來定不畢竟入於涅槃知如來身金剛無壞非是煩惱

所成就身又非臭穢腐敗之身亦復能知一切衆生悉有佛性是名爲知復次善男子菩薩摩訶薩復有亦知亦見云何爲知知是衆生信心成就知是衆生求於大乘是人順流是人逆流是人正住知是衆生已到彼岸順流者謂凡夫人逆流者從須陀洹乃至緣覺正住者謂菩薩等到彼岸者所謂如來應正徧知是名爲知云何爲見菩薩摩訶薩住於大乘大涅槃典修梵行心以淨天眼見諸衆生造身口意三業不善墮於地獄畜生餓鬼見諸衆生修善業者命終當生天上人中是諸衆生從闇入闇有諸衆生從闇入明有諸衆生從明入闇有諸衆生從明入明是名爲見復次善男子菩薩摩訶薩復有亦知亦見菩薩摩訶薩知諸衆生修身修戒修心修慧

是人今世惡業成就或因貪欲瞋恚愚癡是業必應地獄受報是人直以修身修戒修心修慧現世輕受不墮地獄云何是業能得現報懺悔發露所有諸惡既悔之後更不敢作慚愧成就故供養三寶故常自訶責故是人以是善業因緣不墮地獄現世受報所謂頭痛目痛腹痛背痛横羅死殃訶責罵辱鞭打閉繫飢餓困苦受如是等現世輕報是名爲知云何爲見菩薩摩訶薩見如是人不能修習身戒心慧造少惡業此業因緣應現受報是人少惡不能懺悔不自訶責不生慚愧無有怖懼是業增長地獄受報是名爲見復有知而不見云何爲知知諸衆生皆有佛性爲諸煩惱之所覆蔽不能得見是名知而不見復有知而少見十住菩薩摩訶薩等知諸衆

生皆有佛性見不明了猶如闇夜所見不了復有亦見亦知所謂諸佛如來亦見亦知復有亦見亦知不見不知亦見亦知者所謂世間文字言語男女車乘瓶瓮舍宅城邑衣裳飲食山河園林衆生壽命是名亦知亦見云何不見不知聖人所有微密之語無有男女乃至園林是名不見不知復有知而不見知所惠施知所供處知於受者知因果報是名爲知云何不見不見所施供處受者及以果報是名不見菩薩摩訶薩知有八種即是如來五眼所知迦葉菩薩白佛言世尊菩薩摩訶薩能如是知得何等利佛言善男子菩薩摩訶薩能如是知得四無礙法無礙義無礙辭無礙樂說無礙法無礙者知一切法及法名字義無礙者知一切法所有諸義能隨諸法所立名字而爲作義辭無礙者隨字論正音論闡陀論世辯論樂說無礙者所謂菩薩摩訶薩凡所演說無有障礙不可動轉無所畏懼難可摧伏善男子是名菩薩能如是見知即得如是四無礙智復次善男子法無礙者菩薩摩訶薩徧知聲聞緣覺菩薩諸佛之法義無礙者乘雖有三知其歸一終不謂有差別之相辭無礙者菩薩摩訶薩於一法中作種種名經無量劫說不可盡聲聞緣覺能作是說無有是處樂說無礙者菩薩摩訶薩於無量劫爲諸衆生演說諸法若名若義種種異說不可窮盡復次善男子法無礙者菩薩摩訶薩雖知諸法而不取著義無礙者菩薩摩訶薩雖知諸義而亦不著辭無礙者菩薩摩訶薩雖知名字亦不取著樂說無礙者

菩薩摩訶薩雖知樂說如是最上而亦不著何以故善男子若取著者不名菩薩迦葉菩薩復白佛言世尊若不取著則不知法若知法者則是取著若知不著則無所知云何如來說言知法而不取著佛言善男子夫取著者不名無礙無所取著乃名無礙善男子是故一切諸菩薩等有取著者則無無礙若無無礙不名菩薩當知是人名爲凡夫何故取著名爲凡夫一切凡夫取著於色乃至著識以著色故則生貪心生貪心故爲色繫縛乃至爲識之所繫縛以繫縛故則不得免生老病死憂悲大苦一切煩惱是故取著名爲凡夫以是義故一切凡夫無四無礙善男子菩薩摩訶薩已於無量阿僧祇劫知見法相以知見故則知其義以見法相及知義故而於色中不生繫著乃至識中亦復如是以不著故菩薩於色不生貪心乃至識中亦不生貪以無貪故則不爲色之所繫縛乃至不爲識之所縛以不縛故則得脫於生老病死憂悲大苦一切煩惱以是義故一切菩薩得四無礙善男子以是因緣我爲弟子十二部中說繫著者名爲魔縛若不著者則脫魔縛譬如世間有罪之人爲王所縛無罪之人王不能縛菩薩摩訶薩亦復如是有繫著者爲魔所縛無繫著者魔不能縛以是義故菩薩摩訶薩而無所著

大般涅槃經卷第十六

音釋

躶郎果切赤體也　唼子合切口师也　診章忍切視也　臛訶各切肉羹也　瘥楚懈切病除也　號咷號平刀切號咷大哭也　眶去王切目匡也　刵刵仍吏切截耳也　劓劓牛例切割鼻也　壍七艷切坑也　罥古縣切索也　斫之若切刀斲也　熊胡弓切獸也　毼胡葛切毛布也

大般涅槃經卷第十七

北涼天竺三藏曇無讖奉　詔譯

梵行品第八之四

復次善男子法無礙者菩薩摩訶薩善知字持而不忘失所謂持者如地如山如眼如雲如人如母一切諸法亦復如是義無礙者菩薩雖知諸法名字而不知義得義無礙則知於義云何知義謂地持者如地普持一切衆生及非衆生以是義故名爲地持善男子謂山持者菩薩摩訶薩作是思惟何故名山而爲持耶山能持地令無傾動是故名持何故復名眼爲持耶眼能持光故名爲持何故復名雲爲持耶雲名龍氣龍氣持水故名雲持何故復名人爲持耶人能持法及以非法故名人持何故復名母爲持耶母能持子故名母持菩薩摩訶薩知一切法名字句義亦復如是辭無礙者菩薩摩訶薩以種種辭演說一義亦無有義猶如男女舍宅車乘衆生等名何故無義善男子夫義者乃是菩薩諸佛境界辭者凡夫境界以知義故得辭無礙樂說無礙者菩薩摩訶薩知辭知義故於無量阿僧祇劫說辭說義而不可盡是名樂說無礙善男子菩薩摩訶薩於無量無邊阿僧祇劫修行世諦以修行故知法無礙復於無量阿僧祇劫修第一義諦故得義無礙亦於無量阿僧祇劫修習毗伽羅論故得辭無礙亦於無量阿僧祇劫修習說世論故得樂說無礙善男子聲聞緣覺若有得是四無礙者無有是處善男子九部經中我說聲聞緣覺之人有四無礙聲聞緣覺眞實無有何以故菩

薩摩訶薩爲度衆生故修如是四無礙智緣覺之人修寂滅法志樂獨處若化衆生但現神通終日默然無所宣說云何當有四無礙智何故默然而無所說緣覺不能說法度人令得煖法頂法忍法世第一法須陀洹斯陀含阿那含阿羅漢辟支佛菩薩摩訶薩不能令人發阿耨多羅三藐三菩提心何以故善男子緣覺出世世間無有九部經典是故緣覺無辭無礙樂說無礙善男子緣覺之人雖知諸法無法無礙何以故法無礙者名爲知字緣覺之人雖知文字無字無礙何以故不知常住二字故是故緣覺不得法無礙雖知於義無義無礙眞知義者知諸衆生悉有佛性佛性義者名爲阿耨多羅三藐三菩提以是義故緣覺之人不得義無礙是故緣覺一切無有四無礙智云何聲聞無四無礙聲聞之人無有三種善巧方便何等爲三一者必須輭語然後受法二者必須麤語然後受化三者不輭不麤然後受化聲聞之人無此三故無四無礙復次聲聞緣覺不能畢竟知辭知義無自在智知於境界無有十力四無所畏不能畢竟度於十二因緣大河不能善知衆生諸根利鈍差別未能永斷二諦疑心不知衆生種種諸心所緣境界不能善說第一義空是故二乘無四無礙迦葉菩薩白佛言世尊若諸聲聞緣覺之人一切無有四無礙者云何世尊說舍利弗智慧第一大目揵連神通第一摩訶拘絺羅四無礙第一如其無者如來何故作如是說爾時世尊讚迦葉言善哉善哉善男子譬如恒河有無量水辛頭

大河水亦無量愽义大河水亦無量悉陀大河水亦無量阿耨達池水亦無量大海之中水亦無量如是諸水雖同無量然其多少其實不等聲聞緣覺及諸菩薩四無礙智亦復如是善男子若說等者無有是處善男子我爲凡夫說摩訶拘絺羅四無礙智爲最第一汝所問者其義如是善男子聲聞之人或有得一或有得二若具足四無有是處迦葉菩薩白佛言世尊如佛先說梵行品中菩薩知見得四無礙者菩薩知見則無所得亦無有心言無所得世尊是菩薩摩訶薩實無所得若使菩薩心有得者則非菩薩名爲凡夫云何如來說言菩薩而有所得佛言善男子善哉善哉我將欲說而汝復問善男子菩薩摩訶薩實無所得無所得者名四無礙善男子

以何義故無所得者名爲無礙若有得者則名爲礙有障礙者名四顛倒善男子菩薩摩訶薩無四倒故故得無礙是故菩薩名無所得復次善男子無所得者則名爲慧菩薩摩訶薩得是慧故名無所得有所得者名爲無明菩薩永斷無明闇故故無所得是故菩薩名無所得復次善男子無所得者名大涅槃菩薩摩訶薩安住如是大涅槃中不見一切諸法性相是故菩薩名無所得有所得者名二十五有菩薩永斷二十五有得大涅槃是故菩薩名無所得復次善男子無所得者名爲大乘菩薩摩訶薩不住諸法故得大乘是故菩薩名無所得有所得者名爲聲聞辟支佛道菩薩永斷二乘道故得於佛道是故菩薩名無所得復次善男子無所得者名方等

經菩薩讀誦如是經故得大涅槃是故菩薩名無所得有所得者名十二部經菩薩不修純說方等大乘經典是故菩薩名無所得復次善男子無所得者名爲虛空世間無物名爲虛空菩薩得是虛空三昧無所見故是故菩薩名無所得有所得者名生死輪一切凡夫輪迴生死故有所見菩薩永斷一切生死是故菩薩名無所得復次善男子菩薩摩訶薩無所得者名常樂我淨菩薩摩訶薩見佛性故得常樂我淨是故菩薩名無所得有所得者名無常無樂無我無淨菩薩摩訶薩斷是無常無樂無我無淨是故菩薩名無所得復次善男子無所得者名第一義空菩薩摩訶薩觀第一義空悉無所見是故菩薩名無所得有所得者名爲五見菩薩永斷是五見故得第一義空是故菩薩名無所得復次善男子無所得者名爲阿耨多羅三藐三菩提菩薩摩訶薩得阿耨多羅三藐三菩提時悉無所見是故菩薩名無所得有所得者名爲聲聞緣覺菩提菩薩永斷二乘菩提是故菩薩名無所得善男子汝之所問亦無所得我之所說亦無所得若說有得是魔眷屬非我弟子迦葉菩薩白佛言世尊爲我說是菩薩無所得時無量衆生斷有相心以是事故我敢諮啓無所得義令如是等無量衆生離魔眷屬爲佛弟子迦葉菩薩白佛言世尊如來先於娑羅雙樹間爲純陀說偈

本有今無　本無今有　三世有法　無有是處

世尊是義云何佛言善男子我爲化度諸衆生故而作是說亦爲聲聞辟支佛故而作是

說亦爲文殊師利法王子故而作是說不但正爲純陀一人說是偈也時文殊師利將欲問我我知其心而爲說之我既說已文殊師利即得解了迦葉菩薩言世尊如文殊等詎有幾人能了是義唯願如來更爲大衆廣分別說善男子諦聽諦聽今當爲汝重敷演之言本有者我昔本有無量煩惱以煩惱故現在無有大般涅槃言本無者本無般若波羅蜜以無般若波羅蜜故現在具有諸煩惱結若有沙門若婆羅門若天若魔若梵若人說言如來去來現在有煩惱者無有是處復次善男子言本有者我本有父母和合之身是故現在無有金剛微妙法身言本無者我身本無三十二相八十種好以本無有三十二相八十種好故現在具有四百四病若有沙門若婆羅門若天若魔若梵若人說言如來去來現在有病苦者無有是處復次善男子言本有者我昔本有無常無我無樂無淨以有無常無我無樂無淨故現在無有阿耨多羅三藐三菩提言本無者本不見佛性以不見故無常樂我淨若有沙門若婆羅門若天若魔若梵若人說言如來去來現在無常樂我淨者無有是處復次善男子言本有者本有凡夫修苦行心謂得阿耨多羅三藐三菩提以是事故現在不能破壞四魔言本無者我本無有六波羅蜜以本無有六波羅蜜故修行凡夫苦行之心謂得阿耨多羅三藐三菩提若有沙門若婆羅門若天若魔若梵若人說言如來去來現在有苦行者無有是處復次善男子言本有者我昔本有雜食之身

以有食身故現在無有無邊之身言本無者本無三十七助道法以無三十七助道法故現在具有雜食之身若有沙門若婆羅門若天若魔若梵若人說言如來去來現在有雜食身者無有是處復次善男子言本有者我昔本有一切法中取著之心以是事故現在無有畢竟空定言本無者我本無有中道實義以無中道眞實義故於一切法則有著心若有沙門若婆羅門若天若魔若梵若人說言如來去來現在說一切法是有相者無有是處復次善男子言本有者我初得阿耨多羅三藐三菩提時有諸鈍根聲聞弟子以有鈍根聲聞弟子故不得演說一乘之實言本無者本無利根人中象王迦葉菩薩等以無利根迦葉等故隨宜方便開示三乘若有沙門若婆羅門若天若魔若梵若人說言如來去來現在畢竟演說三乘法者無有是處復次善男子言本有者我本說言却後三月於娑羅雙樹當般涅槃是故現在不得演說大方等典大般涅槃言本無者本昔無有文殊師利大菩薩等以無有故現在說言如來無常若有沙門若婆羅門若天若魔若梵若人說言如來去來現在是無常者無有是處善男子如來普爲諸衆生故雖知諸法說言不知雖見諸法說言不見有相之法說言無相無相之法說言有相實有無常說言有常實有有常說言無常樂我淨等亦復如是三乘之法說言一乘一乘之法隨宜說三略相說廣廣相說略四重之法說偷蘭遮偷蘭遮法說爲四重犯說非犯非犯說犯輕罪說重重

罪說輕何以故如來明見衆生根故善男子如來雖作是說終無虛妄何以故虛妄之語即是罪過如來悉斷一切罪過云何當有虛妄語耶善男子如來雖無虛妄之言若知衆生因虛妄說得法利者隨宜方便則爲說之善男子一切世諦若於如來即是第一義諦何以故諸佛世尊爲第一義故說於世諦亦令衆生得第一義諦若使衆生不得如是第一義者諸佛終不宣說世諦善男子如來有時演說世諦衆生謂佛說第一義諦有時演說第一義諦衆生謂佛說於世諦是則諸佛甚深境界非是聲聞緣覺所知善男子是故汝先不應難言菩薩摩訶薩無所得也菩薩常得第一義諦云何難言無所得也迦葉復言世尊第一義諦亦名爲道亦名菩提亦名涅槃若有菩薩言有得道菩提涅槃即是無常何以故法若常者則不可得猶如虛空誰有得者世尊如世間物本無今有名爲無常道亦如是道若可得則名無常法若常者無得無生猶如佛性無得無生世尊夫道者非色非不色不長不短非高非下非生非滅非赤非白非青非黃非有非無云何如來說言可得菩提涅槃亦復如是佛言如是如是善男子道有二種一者常二者無常菩提之相亦有二種一者常二者無常涅槃亦爾外道道者名爲無常內道道者名之爲常聲聞緣覺所有菩提名爲無常菩薩諸佛所有菩提名之爲常外解脫者名爲無常內解脫者名之爲常善男子道與菩提及以涅槃悉名爲常一切衆生常爲無量煩惱所覆無慧眼故

不能得見而諸衆生爲欲見故修戒定慧以修行故見道菩提及以涅槃是名菩薩得道菩提及涅槃也道之性相實不生滅以是義故不可捉持善男子道者雖無色像可見稱量可知而實有用善男子如衆生心雖是非色非長非短非麤非細非縛非解非是見法而亦是有以是義故我爲須達說言長者心爲城主長者若不護心則不護身口若護心者則護身口以不善護是身口故令諸衆生到三惡趣護身口者則令衆生得人天涅槃得名眞實其不得者名不眞實善男子道與菩提及以涅槃亦復如是亦有亦常如其無者云何能斷一切煩惱以其有故一切菩薩了了知見善男子見有二種一相貌見二了了見云何相貌見如遠見煙名爲見火實不見火雖不見火亦非虛妄見空中鶴便言見水雖不見水亦非虛妄如見華葉便言見根雖不見根亦非虛妄如人遥見籬間牛角便言見牛雖不見牛亦非虛妄如見女人懷妊便言見欲雖不見欲亦非虛妄如見樹生華便言見水雖不見水亦非虛妄又如見雲便言見雨雖不見雨亦非虛妄如見身業及以口業便言見心雖不見心亦非虛妄是名相貌見云何了了見如眼見色善男子如人眼根清淨不壞自觀掌中阿摩勒果菩薩摩訶薩了了見道菩提涅槃亦復如是雖如是見初無見相善男子以是因緣我於往昔告舍利弗一切世間若有沙門若婆羅門若天若魔若梵若人之所不知不見不覺唯有如來悉知見覺及諸菩薩亦復如是舍利弗若諸

世間所知見覺我與菩薩亦知見覺世間衆生之所不知不見不覺亦不自知不知見覺世間衆生所知見覺便自說言我知見覺舍利弗如來一切悉知見覺亦不自言我知見覺一切菩薩亦復如是何以故若使如來作知見覺相當知是則非佛世尊名爲凡夫菩薩亦爾迦葉菩薩言如佛世尊爲舍利弗說世間知者我亦得知世間不知我亦悉知其義云何善男子一切世間不知不見不覺佛性若有知見覺佛性者不名世間名爲菩薩世間之人亦復不知不見不覺十二部經十二因緣四倒四諦三十七品阿耨多羅三藐三菩提大般涅槃若知見覺者不名世間當名菩薩善男子是名世間不知見覺云何世間所知見覺所謂梵天自在天八臂天性時微塵法及非法是造化主世界終始斷常二見說言初禪至非非想名爲涅槃善男子是名世間所知見覺菩薩摩訶薩於如是事亦知見覺菩薩如是知見覺已若言不知不見不覺是爲虛妄虛妄之法則爲是罪以是罪故墮於地獄善男子若男若女若沙門若婆羅門說言無道菩提涅槃當知是輩名一闡提魔之眷屬名爲謗法如是謗法名謗諸佛如是之人不名世間不名非世間爾時迦葉聞是事已即以偈頌而讚歎佛

大慈愍衆生　故令我歸依　善拔衆毒箭
故稱大醫王　世醫所療治　雖差還復生
如來所治者　畢竟不復發　世尊甘露藥
以施諸衆生　衆生既服已　不死亦不生
如來今爲我　演說大涅槃　衆生聞秘藏

即得不生滅

迦葉菩薩說是偈已即白佛言世尊如佛所說一切世間不知見覺菩薩悉能知見覺者若使菩薩是世間者不得說言世間不知不見不覺而是菩薩能知見覺若非世間有何異相佛言善男子言菩薩者亦是世間亦非世間不知見覺者名爲世間知見覺者不名世間汝言有何異者我今當說善男子若男若女若有初聞是涅槃經即生敬信發阿耨多羅三藐三菩提心者是則名爲世間菩薩一切世間不知見覺如是菩薩亦同世間不知見覺菩薩聞是涅槃經已知有世間不知見覺應是菩薩所知見覺知是事已即自思惟我當云何方便修習得知見覺覆復念言唯當深心修持淨戒善男子菩薩爾時以是因緣於未來世在在生處戒常清淨善男子菩薩摩訶薩以戒淨故在在生處常無憍慢邪見疑網終不說言如來畢竟入於涅槃是名菩薩修持淨戒戒既清淨次修禪定以修定故在在生處正念不忘所謂一切衆生悉有佛性十二部經諸佛世尊常樂我淨一切菩薩安住方等大涅槃經悉見佛性如是等事憶而不忘因修定故得十一空是名菩薩修清淨定戒定已備次修淨慧以修慧故初不計著身中有我我中有身是身是我非身非我是名菩薩修習淨慧以修慧故所受持戒牢固不動善男子譬如須彌不爲四風之所傾動菩薩摩訶薩亦復如是不爲四倒之所傾動善男子菩薩爾時自知見覺所受持戒無所傾動是名菩薩所知見覺非世間也

善男子菩薩見所持戒牢固不動心無悔恨無悔恨故心得歡喜得歡喜故心得悦樂得悦樂故心則安隱心安隱故得無動定得無動定故得實知見得實知見故猒離生死猒離生死故便得解脱得解脱故明見佛性是名菩薩所知見覺非世間也善男子是名世間所不知見覺而是菩薩所知見覺迦葉復言云何菩薩修持淨戒心無悔恨乃至明了見於佛性佛言善男子世間戒者不名清淨何以故世間戒者爲於有故性不定故非畢竟故不能廣爲一切衆生以是義故名爲不淨以不淨故有悔恨心以悔恨故心無歡喜無歡喜故則無悦樂無悦樂故則無安隱無安隱故無不動定無不動定故無實知見無實知見故則無猒離無猒離故則無解脱無解脱故不見佛性不見佛性故終不能得大般涅槃是名世間戒不清淨善男子菩薩摩訶薩清淨戒者戒非戒故非爲有故定畢竟故爲衆生故是名菩薩戒清淨也善男子菩薩摩訶薩於淨戒中雖不欲生無悔恨心無悔恨心自然而生善男子譬如有人執持明鏡不期見面面像自現亦如農夫種之良田不期生芽而芽自生亦如然燈不期滅闇而闇自滅善男子菩薩摩訶薩堅持淨戒無悔恨心自然而生亦復如是以淨戒故心得歡喜善男子如端正人自見面貌心生歡喜持淨戒者亦復如是善男子破戒之人見戒不淨心不歡喜如形殘者自見面貌不生喜悦破戒之人亦復如是善男子譬如牧牛有二女人一持酪瓶一持漿瓶俱共至城而欲賣

之於路脚跌二瓶俱破一則歡喜一則愁惱持戒破戒亦復如是持淨戒者心則歡喜心歡喜故則便思惟諸佛如來於涅槃中說有能持清淨戒者則得涅槃我今修習如是淨戒亦應得之以是因緣心則悅樂迦葉復言喜之與樂有何差別善男子菩薩摩訶薩不作惡時名爲歡喜心淨持戒名之爲樂善男子菩薩摩訶薩觀於生死則名爲喜見大涅槃名之爲樂下名爲喜上名爲樂離世共法名之爲喜得不共法名之爲樂以戒淨故身體輕柔口無麤過菩薩爾時若見若聞若齅若嘗若觸若知悉無諸惡以無惡故心得安隱以安隱故則得靜定得靜定故得實知見實知見故猒離生死猒生死故則得解脫得解脫故得見佛性見佛性故得大涅槃是名菩薩清淨持戒非世間戒何以故善男子菩薩摩訶薩所受淨戒五法佐助云何爲五一信二慚三愧四善知識五宗敬戒離五蓋故所見清淨離五見故心無疑網離五疑故一者疑佛二者疑法三者疑僧四者疑戒五者疑不放逸菩薩爾時即得五根所謂信念精進定慧得五根故得五種涅槃謂色解脫乃至識解脫是名菩薩清淨持戒非世間也善男子是名世間之所不知不見不覺而是菩薩所知見覺善男子若我弟子受持讀誦書寫演說大涅槃經有破戒者有人呵責輕賤毀辱而作是言若佛祕藏大涅槃經有威力者云何令汝毀所受戒若人受持是涅槃經毀禁戒者當知是經爲無威力若無威力雖復讀誦爲無利益緣是輕毀涅槃經故復令

無量無邊衆生墮於地獄受持是經而毁戒者則是衆生惡知識也非我弟子是魔眷屬如是之人我亦不聽受持是典寧使不受不持不修不以毁戒受持修習善男子若我弟子受持讀誦書寫演説涅槃經者當正身心愼無掉戲輕躁舉動身爲掉戲心爲輕動求有之心名爲輕動身造諸業名爲掉戲若我弟子求有造業不應受持是大乘典大涅槃經若有如是受持經者人多輕呵而作是言若佛祕藏大涅槃經有威力者云何令汝求有造業若持經者求有造業當知是經爲無威力若無威力雖復受持爲無利益緣是輕毁涅槃經故復令無量無邊衆生墮於地獄受持是經求有造業則是衆生惡知識也非我弟子是魔眷屬復次善男子若我弟子受

持讀誦書寫演説是涅槃經莫非時説莫非國説莫不請説莫輕心説莫處處説莫自歎説莫輕他説莫滅佛法説莫熾然世法説善男子若我弟子受持是經非時而説乃至熾然世法説者人當輕呵而作是言若佛祕藏大涅槃經有威力者云何令汝非時而説乃至熾然世法而説若持經者作如是説當知是經爲無威力若無威力雖復受持爲無利益緣是輕毁涅槃經故令無量衆生墮於地獄受持是經非時而説乃至熾然世法而説則是衆生惡知識也非我弟子是魔眷屬善男子若欲受持者説大涅槃者説佛性者説如來祕藏者説大乘者説方等經者説聲聞乘者説辟支佛乘者説解脱者見佛性者先當清淨其身以身淨故則無呵責無呵責故

令無量人於大涅槃生清淨信信心生故恭敬是經若聞一偈一句一字及說法者則得發於阿耨多羅三藐三菩提心當知是人則是衆生眞善知識非惡知識是我弟子非魔眷屬是名菩薩非世間也善男子是名世間之所不知不見不覺而是菩薩所知見覺復次善男子云何復名一切世間所不知見覺而是菩薩所知見覺所謂六念處何等爲六念佛念法念僧念戒念施念天善男子云何念佛如來應正徧知明行足善逝世間解無上士調御丈夫天人師佛世尊常不變易具足十力四無所畏大師子吼名大沙門大婆羅門大淨畢竟到於彼岸無能勝者無見頂者無有怖畏不驚不動獨一無侶無師自悟疾智大智利智深智解脫智不共智廣普智畢竟智智寶成就人中象王人中牛王人中龍王人中丈夫人中蓮華分陀利華調御人師爲大施主大法之師以知法故名大法師以知義故名大法師以知時故名大法師以知足故名大法師以知我故名大法師知大衆故名大法師以知衆生種種性故名大法師以知諸根利鈍中故名大法師說中道故名大法師云何名如來如過去諸佛所說不變云何不變過去諸佛爲度衆生說十二部經如來亦爾故名如來諸佛世尊從六波羅蜜三十七品十一空來至大涅槃如來亦爾是故號佛爲如來也諸佛世尊爲衆生故隨宜方便開示三乘壽命無量不可稱計如來亦爾是故號佛爲如來也云何爲應世間之法悉名怨家佛應害故故名爲應夫四魔者

是菩薩愍諸佛如來爲菩薩時能以智慧破壞四魔是故名應復次應者名爲遠離爲菩薩時應當遠離無量煩惱故名爲應復次應者名樂過去諸佛爲菩薩時雖於無量阿僧祇劫爲衆生故受諸苦惱終無不樂而常樂之如來亦爾是故名應又復應者一切人天應以種種香華瓔珞幢旛妓樂而供養之是故名應云何正徧知正者名不顛倒徧知者於四顛倒無不通達又復正者名爲苦行徧知者知因苦行定有苦果又復正者名世間中徧知者畢竟定知修習中道得阿耨多羅三藐三菩提又復正者名爲可數可量可稱徧知者不可數不可量不可稱是故號佛爲正徧知也善男子聲聞縁覺亦有徧知亦不徧知何以故徧知者名五陰十二入十八界聲聞縁覺亦得徧知是名徧知云何不徧知善男子假使二乘於無量劫觀一色陰不能盡知以是義故聲聞縁覺無有徧知云何明行足明者名得無量善果行名脚足善果者名阿耨多羅三藐三菩提脚足者名爲戒慧乘戒慧足得阿耨多羅三藐三菩提是故名爲明行足也又復明者名呪行者名吉足者名果善男子是名世間義呪者名爲解脱吉者名爲阿耨多羅三藐三菩提果者名爲大般涅槃是故名爲明行足也又復明者名光行者名業足者名果善男子是名世間義光者名不放逸業者名六波羅蜜果者名爲阿耨多羅三藐三菩提又復明者名爲三明一菩薩明二諸佛明三無明明菩薩明者即是般若波羅蜜諸佛明者即是佛眼無明明者

即畢竟空行者於無量劫爲衆生故修諸善業足者明見佛性以是義故名明行足云何善逝善者名高逝名不高善男子是名世間義高者名爲阿耨多羅三藐三菩提不高者即如來心也善男子心若高者不名如來是故如來名爲善逝又復善者名爲善知識逝者善知識果善男子是名世間義善知識者即初發心果者名爲大般涅槃如來不捨最初發心得大涅槃是故如來名爲善逝又復善者名好逝者名有善男子是名世間義好者名見佛性有者名大涅槃善男子涅槃之性實非有也諸佛世尊因世間故說言是有善男子譬如世人實無有子說言有子實無有道說言有道涅槃亦爾因世間故說言爲有諸佛世尊成大涅槃故名善逝

大般涅槃經卷第十七

音釋

摩訶拘絺羅 梵語也此云大膝絺丑夷切　詎 巨許切豈也　呵 虎何切責也　掉戲 掉徒弔切摇動也戲香義切戲弄也　輕躁 躁子到切輕躁不安静也

大般涅槃經卷第十八

北涼天竺三藏曇無讖奉　詔譯

梵行品第八之五

善男子云何世間解善男子世間者名爲五陰解者名知諸佛世尊善知五陰故名世間解又世間者名爲五欲解名不著不著五欲故名世間解又世間解者東方無量阿僧祇世界一切聲聞緣覺不知不見不解諸佛悉知悉見悉解南西北方四維上下亦復如是是故號佛爲世間解又世間者一切凡夫解者知諸凡夫善惡因果非是聲聞緣覺所知唯佛能知是故號佛爲世間解又世間者名曰蓮華解名不汙善男子是名世間義蓮華者即是如來不汙者如來不爲世間八法之所染汙是故號佛爲世間解又世間解者諸佛菩薩名世間解何以故諸佛菩薩見世間故故名世間解善男子如因食得命名食爲命諸佛菩薩亦復如是見世間故故名世間解云何無上士上士者名之爲斷無所斷者名無上士諸佛世尊無有煩惱故無所斷是故號佛爲無上士又上士者名爲諍訟無上士者無有諍訟如來無諍是故號佛爲無上士又上士者名語可壞無上士者語不可壞如來所言一切衆生所不能壞是故號佛爲無上士又上士者名爲上座無上士者名無上座三世諸佛更無過者是故號佛爲無上士上者名新士者名故諸佛世尊體大涅槃無新無故是故號佛爲無上士云何調御丈夫自既丈夫復調丈夫善男子言如來者實非丈夫非不丈夫因調丈夫故故名如來爲

丈夫也善男子一切男女若具四法則名丈夫何等爲四一近善知識二能聽法三思惟義四如說修行善男子若男若女具是四法則名丈夫善男子若有男子無此四法則不得名爲丈夫也何以故身雖丈夫行同畜生如來調伏若男若女是故號佛調御丈夫復次善男子如馭馬者凡有四種一者觸毛二者觸皮三者觸肉四者觸骨隨其所觸稱馭者意如來亦爾以四種法調伏衆生一爲說生令受佛語如觸其毛隨馭者意二者說生老便受佛語如觸毛皮隨馭者意三者說生及以老病便受佛語如觸毛皮肉隨馭者意四者說生及老病死便受佛語如觸毛皮肉骨隨馭者意善男子馭者調馬無有決定如來世尊調伏衆生必定不虛是故號佛爲調御丈夫云何天人師師有二種一者善教二者惡教諸佛菩薩常以善法教諸衆生何等善法謂身口意善諸佛菩薩教諸衆生作如是言善男子汝當遠離身不善業何以故以身惡業是可遠離得解脫故是故我以此法教汝若是惡業不可遠離得解脫者終不教汝令遠離也若諸衆生離惡業已墮三惡者無有是處以遠離故成阿耨多羅三藐三菩提得大涅槃是故諸佛菩薩常以此法教化衆生口意亦爾是故號佛爲無上師復次昔未得道今已得之以所得道爲衆生說從本已來未修梵行今已修竟以已所修爲衆生說自破無明復爲衆生破壞無明自得淨目復爲衆生破除盲冥令得淨眼自知二諦復爲衆生演說二諦既自解脫復爲衆生說解

脱法自度無邊生死大河復令衆生皆悉得度自得無畏復教衆生令無怖畏自旣涅槃復爲衆生演大涅槃是故號佛爲無上師天者名晝天上晝長夜短是故名天又復天者名無愁惱常受快樂是故名天又復天者名爲燈明能破黑闇而爲大明是故名天亦以能破惡業黑闇得於善業而生天上是故名天又復天者名吉以吉祥故得名爲天又復天者名曰日有光明故名曰爲天以是義故名爲天也人者名曰能多思義又復人者身口柔輭又復人者名有憍慢又復人者能破憍慢善男子諸佛雖爲一切衆生無上大師然經中說爲天人師何以故善男子諸衆生中唯大與人能發阿耨多羅三藐三菩提心能修十善業道能得須陀洹果斯陀含果阿那含果阿羅漢果辟支佛道得阿耨多羅三藐三菩提是故號佛爲天人師云何爲佛佛者名覺旣自覺悟復能覺他善男子譬如有人覺知有賊賊無能爲菩薩摩訶薩能覺一切無量煩惱旣覺了已令諸煩惱無所能爲是故名佛以是覺故不生不老不病不死是故名佛婆伽婆者婆伽名破婆名煩惱能破煩惱故名婆伽婆又能成就諸善法故又能善解諸法義故有大功德無能勝故有大名聞徧十方故又能種種大惠施故又於無量阿僧祇劫吐女根故善男子若男若女能如是念佛者若行若住若坐若卧若晝若夜若明若闇常得不離見佛世尊善男子何故名爲如來應正徧知乃至婆伽婆而有如是無量功德大名稱耶善男子菩薩摩訶薩於昔

無量阿僧祇劫恭敬父母和尚諸師上座長老於無量劫常爲衆生而行布施堅持禁戒修習忍辱勤行精進禪定智慧大慈大悲大喜大捨是故今得三十二相八十種好金剛之身又復菩薩於昔無量阿僧祇刼修習信念進定慧根於諸師長恭敬供養常爲法利不爲食利菩薩若持十二部經若讀若誦常爲衆生令得解脫安隱快樂終不自爲何以故菩薩常修出世間心及出家心無爲之心無諍訟心無垢穢心無繫縛心無取著心無覆蓋心無無記心無生死心無疑網心無貪欲心無瞋恚心無愚癡心無憍慢心無穢濁心無煩惱心無苦心無量心廣大心虛空心無心無無心不調心不護心無覆藏心無世間心常定心常修心常解脫心無報心無願心善願心無語心柔輭心不住心自在心無漏心第一義心不退心無常心正直心無諂曲心純善心無多少心無堅鞕心無凡夫心無聲聞心無緣覺心善知心界知心生界知心住界知心自在界知心是故今得十力四無所畏大悲三念處常樂我淨是故得稱如來乃至婆伽婆是名菩薩摩訶薩思佛云何菩薩摩訶薩念法善男子菩薩摩訶薩思惟諸佛所可說法最妙最上因是法故能令衆生得現在果唯此正法無有時節法眼所見非肉眼見然不可以譬喻爲比不生不出不住不滅不始不終無爲無數無舍宅者爲作舍宅無歸作歸無明作明未到彼岸令到彼岸爲無香處作無礙香不可覩見了了見不動不轉不長不短永斷諸樂而安隱樂畢竟

微妙非色斷色而亦是色乃至非識斷識而亦是識非業斷業非結斷結非物斷物而亦是物非界斷界而亦是界非有斷有而亦是有非入斷入而亦是入非因斷因而亦是因非果斷果而亦是果非虛非實斷一切實而亦是實非生非滅永斷生滅而亦是滅非相非非相斷一切相而亦是相非教非不教而亦是師非怖非安斷一切怖而亦是安非忍非不忍永斷不忍而亦是忍非止非不止斷一切止而亦是止一切法頂悉能永斷一切煩惱清淨無相永脫諸相無量衆生畢竟住處能滅一切生死熾火乃是諸佛所遊居處常不變易是名菩薩念法云何念僧諸佛聖僧如法而住受持正法隨順修行不可覩見不可捉持不可破壞無能嬈害不可思議一切衆生良祐福田雖爲福田無所受取清淨無穢無漏無爲廣普無邊其心調柔平等無二無有嬈濁常不變易是名念僧云何念戒菩薩思惟有戒不破不漏不壞不雜雖無形色而可護持雖無觸對善修方便可得具足無有過咎諸佛菩薩之所讚歎是大方等大涅槃因善男子譬如大地船舫瓔珞大姓大海灰汁舍宅刀劒橋梁良醫妙藥阿伽陀藥如意寶珠脚足眼目父母蔭凉無能劫盜不可嬈害火不能焚水不能漂大山梯隥諸佛菩薩妙寶勝幢若住是戒得須陀洹果我亦有分然我不須何以故若我得是須陀洹果不能廣度一切衆生若住是戒則得阿耨多羅三藐三菩提我亦有分是我所欲何以故若得阿耨多羅三藐三菩提當爲衆生廣說

妙法而作救護是名菩薩摩訶薩念戒云何念施菩薩摩訶薩深觀此施乃至阿耨多羅三藐三菩提因諸佛菩薩親近修習如是布施我亦如是親近修習若不惠施不能莊嚴四部之衆施雖不能畢竟斷結而能除破現在煩惱以施因緣故常爲十方無量無邊恒河沙等世界衆生之所稱歎菩薩摩訶薩施衆生食則施其命以是果報得佛之時常不變易以施樂故成佛之時則得安樂菩薩施時如法求財不侵彼施是故成佛得清淨涅槃菩薩施時令諸衆生不求而得是故成佛得自在我以施因緣令他得力是故成佛獲得十力以施因緣令他得語是故成佛得四無礙諸佛菩薩修習是施爲涅槃因我亦如是修習布施爲涅槃因廣說如雜華經云何念天有四天王處乃至非想非非想處若有信心得四天王處我亦有分若戒多聞布施智慧得四天王處乃至得非想非非想處我亦有分然非我欲何以故四天王處乃至非想非非想處皆是無常以無常故生老病死以是義故非我所欲譬如幻化誑於愚夫智慧之人所不惑著如幻化者即是四天王處乃至非想非非想處愚者即是一切凡夫我則不同凡夫愚人我曾聞有第一義天謂諸佛菩薩常不變易以常住故不生不老不病不死我爲衆生精勤求於第一義天何以故第一義天能令衆生除斷煩惱猶如意樹若我有信乃至有慧則能得是第一義天當爲衆生廣分別說第一義天是名菩薩摩訶薩念天善男子是名菩薩非世間也是爲世間

不知見覺而是菩薩所知見覺善男子若我弟子謂受持讀誦書寫演說十二部經及以受持讀誦書寫敷演解說大涅槃經等無差別者是義不然何以故善男子大涅槃者即是一切諸佛世尊甚深祕藏以是諸佛甚深祕藏是則爲勝善男子以是義故大涅槃經甚奇甚特不可思議迦葉菩薩白佛言世尊我亦知是大涅槃經甚奇甚特不可思議佛法衆僧不可思議菩薩菩提大涅槃經亦不可思議世尊以何義故復名菩薩不可思議善男子菩薩摩訶薩無有教者而能自發菩提之心既發心已勤修精進正使大火焚燒身首終不求救捨念法心何以故菩薩摩訶薩常自思惟我於無量阿僧祇劫或在地獄餓鬼畜生人中天上爲諸結火之所燒然初不曾得一決定法決定法者即是阿耨多羅三藐三菩提若我爲於阿耨多羅三藐三菩提終不護惜身心與命我爲阿耨多羅三藐三菩提正使碎身猶如微塵終不放捨勤精進也何以故勤精進心即是阿耨多羅三藐三菩提因善男子如是菩薩未見阿耨多羅三藐三菩提乃能如是不惜身命況復見已是故菩薩不可思議又復不可思議菩薩摩訶薩所見生死無量過患非是聲聞緣覺所及雖知生死無量過患爲衆生故於中受苦不生猒離是故復名不可思議菩薩摩訶薩爲衆生故雖在地獄受諸苦惱如三禪樂是故復名不可思議善男子譬如長者其家失火長者見已從舍而出諸子在後未脫火難長者爾時定知火害爲諸子故還旋赴救不

顧其難菩薩摩訶薩亦復如是雖知生死多諸過惡爲衆生故處之不猒是故復名不可思議善男子無量衆生發菩提心見生死中多諸過惡心即退沒或爲聲聞或爲緣覺若有菩薩聞是經者終不退失菩提之心而爲聲聞辟支佛也如是菩薩雖復未階初不動地而心堅固無有退沒是故復名不可思議善男子若有人言我能浮渡大海之水如是之言可思議不世尊如是之言或可思議或不可思議何以故若人渡者則不可思議若阿修羅渡則可思議善男子我亦不說阿修羅也正說人耳世尊人中亦有可思議者不可思議者世尊人亦二種一者聖人二者凡夫凡夫之人則不可思議賢聖之人則可思議善男子我說凡夫不說聖人世尊若凡夫人實不可思議善男子凡夫之人實不能渡大海水也如是菩薩實能渡於生死大海是故復名不可思議善男子若有人能以藕根絲懸須彌山可思議不不也世尊善男子菩薩摩訶薩於一念頃悉能稱量一切生死是故復名不可思議善男子菩薩摩訶薩已於無量阿僧祇劫常觀生死無常無我無樂無淨而爲衆生分別演說常樂我淨雖如是說然非邪見是故復名不可思議善男子如人入水水不能漂入大猛火火不能燒如是之事不可思議菩薩摩訶薩亦復如是雖處生死不爲生死之所惱害是故復名不可思議善男子人有三品謂上中下下品之人初入胎時作是念言我今處廁衆穢歸處如死屍間衆棘刺中大黑闇處初出胎時復作是念

我今出廁出衆穢處乃至出於大黒闇處中品之人作是念言我今入於衆樹林中清淨河中房室舍宅出時亦爾上品之人作是念言我昇殿堂在華林間乘馬乘象登陟高山出時亦爾菩薩摩訶薩初入胎時自知入胎住時知住出時知出終不生於貪瞋之心而未得階初住地也是故復名不可思議善男子阿耨多羅三藐三菩提實不可以譬喻爲比善男子心亦不可以方喻爲比而皆可説菩薩摩訶薩無有師諮受學之處而能得於阿耨多羅三藐三菩提法得是法已心無慳悋常爲衆生而演説之是故復名不可思議善男子菩薩摩訶薩有身遠離非口有口遠離非身有非身非口而亦遠離身遠離者謂離殺盜婬是名身遠離非口口遠離者謂離妄語兩舌惡口無義語是名口遠離非身非身非口是遠離者所謂遠離貪嫉瞋恚邪見善男子是名非身非口而亦遠離善男子菩薩摩訶薩不見一法是身是業及與離主而亦有離是故復名不可思議口亦如是善男子從身離身從口離口從慧遠離非身非口善男子實有此慧然不能令菩薩遠離何以故善男子無有一法能壞能作有爲法性異生異滅是故此慧不能遠離善男子慧不能破火不能燒水不能爛風不能動地不能持生不能生老不能老住不能住壞不能壞貪不能貪瞋不能瞋癡不能癡以有爲性異生異滅故菩薩摩訶薩終不生念我以此慧破諸煩惱而自説言我破煩惱雖作是説非是虚妄是故復名不可思議迦葉復言世尊我

今始知菩薩摩訶薩不可思議佛法衆僧大涅槃經及受持者菩提涅槃不可思議世尊無上佛法當久近住幾時而滅善男子若大涅槃經乃至有是五行所謂聖行梵行天行病行嬰兒行若我弟子有能受持讀誦書寫演說其義爲諸衆生之所恭敬尊重讚歎種種供養當知爾時佛法未滅善男子若大涅槃經具足流布當爾之時我諸弟子多犯禁戒造作衆惡不能敬信如是經典以不信故不能受持讀誦書寫解說其義不爲衆人之所恭敬乃至供養見受持者輕毀誹謗汝是六師非佛弟子當知佛法將滅不久迦葉菩薩復白佛言世尊我親從佛聞如是義迦葉佛法住世七日然後滅盡世尊迦葉如來有是經不如其有者云何言滅如其無者云何說言大涅槃經是諸如來祕密之藏佛言善男子我先說言唯有文殊師利乃解是義今當重說至心諦聽善男子諸佛世尊有二種法一者世法二者第一義法世法者則有壞滅第一義法則不壞滅復有二種一者無常無我無樂無淨二者常樂我淨無常無我無樂無淨則有壞滅常樂我淨則無壞滅復有二種一者二乘所持二者菩薩所持二乘所持則有壞滅菩薩所持則無壞滅復有二種一者外二者内外法者則有壞滅内法者則無壞滅復有二種一者有爲二者無爲有爲之法則有壞滅無爲之法無有壞滅復有二種一者可得二者不可得可得之法則有壞滅不可得者無有壞滅復有二種一者共法二者不共法共法壞滅不共之法無有壞滅

復有二種一者人中二者天中人中壞滅天無壞滅復有二種一者十一部經二者方等經十一部經則有壞滅方等經典無有壞滅善男子若我弟子受持讀誦書寫解說方等經典恭敬供養尊重讚歎當知爾時佛法不滅善男子汝向所問迦葉如來有是經不者善男子大涅槃經悉是一切諸佛祕藏何以故諸佛雖有十一部經不說佛性不說如來常樂我淨諸佛世尊永不畢竟入於涅槃是故此經名爲如來祕密之藏十二部經所不說故故名爲藏如人七寶不出外用名之爲藏善男子是人所以藏積此物爲未來事故何等未來事所謂穀貴賊來侵國值遇惡王爲用贖命道路澀難財難得時乃當出用善男子諸佛如來祕密之藏亦復如是爲未來世諸惡比丘畜不淨物爲四衆說如來畢竟入於涅槃讀誦世典不敬佛經如是等惡現於世時如來爲欲滅是諸惡令得遠離邪命利養如來則爲演說是經若是經典祕密之藏滅不現時當知爾時佛法則滅善男子大涅槃經常不變易云何難言迦葉佛時有是經不善男子迦葉佛時所有衆生貪欲微薄智慧滋多諸菩薩摩訶薩等調柔易化有大威德總持不忘如大象王世界清淨一切衆生悉知如來終不畢竟入於涅槃常住無變雖有是典不須演說善男子今世衆生多諸煩惱愚癡喜怒無有智慧多諸疑網信根不立世界不淨一切衆生恒爲如來無常遷變畢竟入於大般涅槃是故如來演說是經善男子迦葉佛法實亦不滅何以故常不變故

善男子若有衆生我見無我無我見我常見無常無常見常樂見無樂無樂見樂淨見不淨不淨見淨滅見不滅不滅見滅罪見非罪非罪見罪輕罪見重重罪見輕乘見非乘非乘見乘道見非道非道見道實是菩提見非菩提實非菩提謬見菩提苦見非苦集見非集滅見非滅實見非實實是世諦見第一義諦第一義諦見是世諦歸見非歸非歸見歸以眞佛語名爲魔語實是魔語以爲佛語如是之時諸佛乃說大涅槃經善男子寧說蚊觜盡大海底不可說言如來法滅寧言以索繫縛猛風不可說言如來法滅寧說口吹須彌散壞不可說言如來法滅寧言佉陀羅火中生於蓮華不可說言如來法滅寧說阿伽陀藥而爲毒藥不可說言如來法滅寧說月可令熱日可令冷不可說言如來法滅寧說四大各捨已性不可說言如來法滅善男子若佛初出得阿耨多羅三藐三菩提已未有弟子解甚深義彼佛世尊便涅槃者當知是法不久住世復次善男子若佛初出得阿耨多羅三藐三菩提已有諸弟子解甚深義佛雖涅槃當知是法久住於世復次善男子若佛初出得阿耨多羅三藐三菩提已雖有弟子解甚深義無有篤信白衣檀越敬重佛法佛便涅槃當知是法不久住世復次善男子若佛初出得阿耨多羅三藐三菩提已有諸弟子解甚深義多有篤信白衣檀越敬重佛法佛雖涅槃當知是法久住於世復次善男子若佛初出得阿耨多羅三藐三菩提已有諸弟子解甚深義雖有篤信白衣檀越敬重

佛法而諸弟子演説經法貪爲利養不爲涅槃佛復滅度當知是法不久住世復次善男子若佛初出得阿耨多羅三藐三菩提已有諸弟子解甚深義復有篤信白衣檀越敬重佛法彼諸弟子凡所演説不貪利養爲求涅槃佛雖滅度當知是法久住於世復次善男子若佛初出得阿耨多羅三藐三菩提已雖有弟子解甚深義復有篤信白衣檀越敬重佛法而諸弟子多起諍訟互相是非佛復涅槃當知是法不久住世復次善男子若佛初出得阿耨多羅三藐三菩提已有諸弟子解甚深義復有篤信白衣檀越敬重佛法彼諸弟子修和敬法不相是非互相尊重佛雖涅槃當知是法久住不滅復次善男子若佛初出得阿耨多羅三藐三菩提已雖有弟子解甚深義復有篤信白衣檀越敬重佛法彼諸弟子爲大涅槃而演説法互相恭敬不起諍訟然畜一切不淨之物復自讚言我得須陀洹果乃至阿羅漢果佛復涅槃當知是法不久住世復次善男子若佛初出得阿耨多羅三藐三菩提已有諸弟子解甚深義復有篤信白衣檀越敬重佛法彼諸弟子爲大涅槃演説經法善修和敬互相尊重不畜一切不淨之物亦不自言得須陀洹乃至得阿羅漢彼佛世尊雖復滅度當知是法久住於世復次善男子若佛初出得阿耨多羅三藐三菩提已有諸弟子乃至不畜不淨之物又不自言得須陀洹至阿羅漢各執所見種種異説而作是言長老諸佛所制四重之法乃至七滅諍法爲衆生故或遮或開十二部經亦復

如是何以故佛知國土時節各異衆生不同利鈍差别是故如來或遮或開有輕重説善男子譬如良醫爲病服乳爲病遮乳熱病聽服冷病則遮如來亦爾觀諸衆生煩惱病根亦開亦遮長老我親從佛聞如是義唯我知義汝不能知唯我解律汝不能解我知諸經汝不能知彼佛復滅當知是法不久住世復次善男子若佛初出得阿耨多羅三藐三菩提已有諸弟子乃至不言我得須陀洹果至阿羅漢亦不説言諸佛世尊爲衆生故或遮或開長老我親從佛聞如是義如是法如是律長老當依如來十二部經此義若是我當受持如其非者我當棄捨彼佛世尊雖復涅槃當知是法久住於世善男子我法滅時有聲聞弟子或説有神或説神空或説有中陰或説無中陰或説有三世或説無三世或説有三乘或説無三乘或言一切有或言一切無或言衆生有始有終或言衆生無始無終或言十二因緣是有爲法或言因緣是無爲法或言如來有病苦行或言如來無病苦行或言如來不聽比丘食十種肉何等爲十人蛇象馬驢狗師子猪狐獼猴其餘悉聽或言一切不聽或言比丘不作五事何等爲五不賣生口刀酒酪沙胡麻油等其餘悉聽或言不聽入五種舍何等爲五屠兒婬女酒家王宫旃陀羅舍餘舍悉聽或言不聽著憍奢耶衣餘一切聽或言如來聽諸比丘受畜衣食卧具其價各直十萬兩金或言不聽或言涅槃常樂我淨或言涅槃直是結盡更無别法名爲涅槃譬如織縷名之爲衣衣既壞已名

爲無衣實無别法名無衣也涅槃之體亦復如是善男子當爾之時我諸弟子正説者少邪説者多受正法少受邪法多受佛語少受魔語多善男子爾時拘睒彌國有二弟子一者羅漢二者破戒破戒徒衆凡有五百羅漢徒衆其數一百破戒者説如來畢竟入於涅槃我親從佛聞如是義如來所制四重之法若持亦可犯亦無罪我今亦得阿羅漢果四無礙智而阿羅漢亦犯如是四重之法四重之法若是實罪阿羅漢者終不應犯如來在世制言堅持臨涅槃時悉皆放捨時阿羅漢比丘言長老汝不應説如來畢竟入於涅槃我知如來常不變易如來在世及涅槃後犯四重禁罪無差别若言羅漢犯四重禁是義不然何以故須陀洹人尚不犯禁况阿羅漢若長老言我是羅漢阿羅漢者終不生想我得羅漢阿羅漢者唯説善法不説不善長老所説純是非法若有得見十二部經定知長老非阿羅漢善男子爾時破戒比丘徒衆即共斷是阿羅漢命善男子是時魔王因是二衆忿恚之心悉共害是六百比丘爾時凡夫各共説言哀哉佛法於是滅盡而我正法實不滅也爾時其國有十二萬諸大菩薩善持我法云何當言我法滅耶當于爾時閻浮提内無一比丘爲我弟子爾時波旬悉以大火焚燒一切所有經典其中或有遺餘在者諸婆羅門即共偷取處處採拾安置己典以是義故諸小菩薩佛未出時率共信受婆羅門語諸婆羅門雖作是説我有齋戒而諸外道眞實無也諸外道等雖復説言有我樂淨而

實不解我樂淨義直以佛法一字二字一句二句說言我典有如是義爾時拘尸那城娑羅雙樹間無量無邊阿僧祇衆聞是語已悉共唱言世間虛空世間虛空迦葉菩薩告諸大衆汝等且莫憂愁啼哭世間不空如來常住無有變易法僧亦爾爾時大衆聞是語已啼哭即止悉發阿耨多羅三藐三菩提心爾時王舍大城阿闍世王其性弊惡喜行殺戮具口四惡貪恚愚癡其心熾盛唯見現在不見未來純以惡人而爲眷屬貪著現世五欲樂故父王無辜橫加逆害因害父已心生悔熱身諸瓔珞妓樂不御心悔熱故徧體生瘡其瘡臭穢不可附近尋自念言我今此身已受華報地獄果報將近不遠爾時其母字韋提希以種種藥而爲傅之其瘡遂增無有降損王即白母如是瘡者從心而生非四大起若言衆生有能治者無有是處時有大臣名曰月稱往至王所在一面立白言大王何故愁悴顏容不悅爲身痛耶爲心痛乎王答臣言我今身心豈得不痛我父無辜橫加逆害我從智者曾聞是義世有五人不脫地獄謂五逆罪我今已有無量無邊阿僧祇罪云何身心而得不痛又無良醫治我身心臣言大王莫大愁苦即說偈言

若常愁苦　愁遂增長　如人喜眠　眠則滋多
貪婬嗜酒　亦復如是

如王所言世有五人不脫地獄誰往見之來語王耶言地獄者直是世間多智者說如王所言世無良醫治身心者今有大醫名富蘭那一切知見得自在定畢竟修習清淨梵行

常爲無量無邊衆生演說無上涅槃之道爲諸弟子說如是法無有黑業無黑業報無有白業無白業報無黑白業無黑白業報無有上業及以下業是師今在王舍城中唯願大王屈駕往彼可令是師療治身心時王答言審能如是滅除我罪我當歸依

大般涅槃經卷第十八

音釋

馭 牛倨切統御也 漂 音飄浮也 梯隥 梯天黎切木階也隥丁鄧切登陟之道也 澀 色立切梗澀也 織縷 織之翼切經緯也縷力主切絲縷也 拘睒彌 梵語也亦云憍賞彌中印度境睒尸染切 戮 音六殺也 辜 音孤罪也 悴 秦醉切憔悴也

大般涅槃經卷第十九

北涼天竺三藏曇無讖奉　詔譯

梵行品第八之六

復有一臣名曰藏德復往王所而作是言大王何故面貌顦顇脣口乾焦音聲微細猶如怯人見大怨敵顏色皴皺將何所苦爲身痛耶爲心痛乎王即答言我今身心云何不痛我之癡盲無有慧目近諸惡友而爲親善隨調婆達惡人之言正法之王橫加逆害我昔曾聞智人而說偈言

若於父母　佛及弟子　生不善心　起於惡業
如是果報　在阿鼻獄

以是事故令我心怖生大苦惱又無良醫而見救療大臣復言唯願大王且莫愁怖法有二種一者出家二者王法王法者謂害其父則王國土雖云是逆實無有罪如迦羅羅蟲要壞母腹然後乃生生法如是雖破母腹實亦無罪騾懷妊等亦復如是治國之法法應如是雖殺父兄亦無有罪出家法者乃至蚊蟻殺亦有罪唯願大王寬意莫愁何以故

若常愁苦　愁遂增長　如人喜眠　眠則滋多
貪婬嗜酒　亦復如是

如王所言世無良醫治身心者今有大師名末伽梨拘舍離子一切知見憐愍衆生猶如赤子已離煩惱能拔衆生三毒利箭一切衆生於一切法無知見覺唯是一人獨知見覺如是大師常爲弟子說如是法一切衆生身有七分何等爲七地水火風苦樂壽命如是七法非化非作不可毀害如伊師迦草安住不動如須彌山不捨不作猶如乳酪各不諍

訟若苦若樂若善不善投之利刀無所傷害何以故七分空中無妨礙故命亦無害何以故無有害者及死者故無作無受無說無聽無有念者及以教者常說是法能令衆生滅除一切無量重罪是師今在王舍大城唯願大王往至其所王若見者衆罪消滅時王答言審能如是除滅我罪我當歸依復有一臣名曰實德復到王所即說偈言

大王何故 身脫瓔珞 首髮蓬亂 乃至如是
王身何故 顫慄不安 猶如猛風 吹動華樹

王今何故容色愁悴猶如農夫下種之後天不降雨愁苦如是爲是心痛爲身痛耶王即答言我今身心豈得不痛我父先王慈愛流惻特見矜念實無辜咎往問相師相師答言是兒生已定當害父雖聞是語猶見瞻養曾聞智者作如是言若人姦母及比丘尼偷僧鬘物殺發無上菩提心者害及其父如是之人必定當墮阿鼻地獄我今身心豈得不痛大臣復言唯願大王且莫愁苦如其父王修解脫者害則有罪若治國法殺則無罪大王非法者名爲無法無法者名爲無罪譬如無子名爲無子亦如惡子名之無子雖言無子實非無子如食無鹽名爲無鹽食若少鹽亦名無鹽如河無水名爲無水亦如少水亦名無水如念念滅亦言無常雖住一劫亦名無常如人受苦名爲無樂雖受少樂亦名無樂如不自在名之無我雖少自在亦名無我如闇夜時名之無日雲霧之時亦言無日大王雖言小法名爲無法實非無法願王留神聽臣所說一切衆生皆有餘業以業緣故數受

生死若使先王有餘業者王今殺之竟有何罪唯願大王寬意莫愁何以故
若常愁苦 愁遂增長 如人喜眠 眠則滋多
貪婬嗜酒 亦復如是
如王所言世無良醫治身心者今有大師名删闍耶毗羅胝子一切知見其智淵深猶如大海有大威德具大神通能令衆生離諸疑網一切衆生不知見覺唯是一人獨知見覺今者近在王舍城住爲諸弟子說如是法一切衆中若是王者自在隨意造作善惡雖爲衆惡悉無有罪如火燒物無淨不淨王亦如是與火同性譬如大地淨穢普載雖爲是事初無瞋喜王亦如是與地同性譬如水性淨穢俱洗雖爲是事亦無憂喜王亦如是與水同性譬如風性淨穢等吹雖爲是事亦無憂喜王亦如是與風同性如秋髡樹春則還生雖復髡斫實無有罪一切衆生亦復如是此間命終還此間生以還生故當有何罪一切衆生苦樂果報悉皆不由現在世業因在過去現在受果現在無因未來無果以現果故衆生持戒勤修精進遮現惡果以持戒故則得無漏得無漏故盡有漏業以盡業故衆苦得盡衆苦盡故故得解脫唯願大王速往其所令其療治身心苦痛王若見者衆罪則除王即答言審有是師能除我罪我當歸依復有一臣名悉知義即至王所作如是言王今何故形不端嚴如失國者如泉枯涸池無蓮華樹無華葉破戒比丘身無威德爲身痛耶爲心痛乎王即答言今我身心豈得無痛我父先王慈惻流念然我不孝不知報恩常以

安樂安樂於我而我背恩反斷其樂先王無辜橫興逆害我亦曾聞智者說言若有害父當於無量阿僧祇劫受大苦惱我今不久必墮地獄又無良醫救療我罪大臣即言唯願大王放捨愁苦王不聞耶昔者有王名曰羅摩害其父已得紹王位拔提大王毗樓真王那睺沙王迦帝迦王毗舍佉王月光明王日光明王愛王持多人王如是等王皆害其父得紹王位然無一王入地獄者於今現在毗瑠璃王優陀耶王惡性王鼠王蓮華王如是等王皆害其父悉無一王生愁惱者雖言地獄餓鬼天中誰有見者大王唯有二有一者人道二者畜生雖有是二非因緣生非因緣死若非因緣何有善惡唯願大王勿懷愁怖何以故

若常愁苦　愁遂增長　如人喜眠　眠則滋多
貪婬嗜酒　亦復如是

如王所言世無良醫治身心者今有大師名阿耆多翅舍欽婆羅一切知見觀金與土平等無二刀斫右脅左塗栴檀於此二人心無差別等視怨親心無異相此師真是世之良醫若行若立若坐若卧常在三昧心無分散告諸弟子作如是言若自作若教他作若自斫若教他斫若自炙若教他炙若自害若教他害若自偷若教他偷若自婬若教他婬若自妄語若教他妄語若自飲酒若教他飲酒若殺一村一城一國若以刀輪殺一切衆生若恒河以南布施衆生恒河以北殺害衆生悉無罪福無施戒定今者近在王舍城住願王速往王若見者衆罪除滅王言大臣審能

如是除滅我罪我當歸依復有大臣名曰吉
得復往王所作如是言王今何故面無光澤
如日中燈如晝時月如失國君如荒敗土大
王今者四方清夷無諸怨敵而今何故如是
愁苦爲身痛耶爲心痛乎有諸王子常生此
念我今何時當得自在大王今者已果所願
自在王領摩伽陀國先王寶藏具足而得唯
當快意縱情受樂如是愁苦何用經懷王即
答言我今云何得不愁惱大臣譬如愚人但
貪其味不見利刀如食雜毒不見其過我亦
如是如鹿見草不見深穽如鼠貪食不見貓
狸我亦如是見現在樂不見未來不善苦果
曾從智者聞如是言寧於一日受三百鉾不
於父毋生一念惡我今已近地獄熾火云何
當得不愁惱耶大臣復言誰來誑王言有地
獄如刺頭利誰之所造飛鳥色異復誰所作
水性潤漬石性堅鞕如風動性如火熱性一
切萬物自死自生誰之所作言地獄者直是
智者文辭造作言地獄者爲有何義臣當說
之地者名地獄者名破破於地獄無有罪報
是名地獄又復地者名人獄者名天以害其
父故到人天以是義故婆藪仙人唱言殺羊
得人天樂是名地獄又復地者名命獄者名
長以殺生故得壽命長故名地獄大王是故
當知實無地獄大王如種麥得麥種稻得稻
殺地獄者還得地獄殺害於人應還得人大
王今當聽臣所說實無殺害若有我者實亦
無害若無我者復無所害何以故若有我者
常無變易以常住故不可殺害不破不壞不
繫不縛不瞋不喜猶如虛空云何當有殺害

之罪若無我者諸法無常以無常故念念壞滅念念滅故殺者死者皆念念滅若念念滅誰當有罪大王如火燒木火則無罪如斧斫樹斧亦無罪如鎌刈草鎌實無罪如刀殺人刀實非人刀亦無罪人云何罪如毒殺人毒實非人毒藥非罪人云何罪一切萬物皆亦如是實無殺害云何有罪唯願大王莫生愁苦何以故

若常愁苦　愁遂增長　如人喜眠　眠則滋多
貪婬嗜酒　亦復如是

如王所言世無良醫治惡業者今有大師名迦羅鳩馱迦旃延一切知見明了三世於一念頃能見無量無邊世界聞聲亦爾能令衆生遠離過惡猶如恒河若内若外所有諸罪皆悉清淨是大良師亦復如是能除衆生内外衆罪爲諸弟子說如是法若人殺害一切衆生心無慚愧終不墮惡猶如虛空不受塵水有慚愧者即入地獄猶如大水潤濕於地一切衆生悉是自在天之所作自在天喜衆生安樂自在天瞋衆生苦惱一切衆生若罪若福乃是自在之所爲作云何當言人有罪福譬如工匠作機關木人行住坐卧唯不能言衆生亦爾自在天者喻如工匠木人者喻衆生身如是造化誰當有罪如是大師今者近在王舍城住唯願速往如其見者衆罪消滅王即答言審有是人能滅我罪我當歸依復有一臣名無所畏往至王所說如是言大王世有愚人一日之中百喜百愁百眠百寤百驚百哭有智之人斯無是事大王何故憂愁如是如失侶客如墮深泥無救拔者如人

渴乏不得槳水猶如迷人無有導者如困病人無醫療治如海船破無救援者大王今者爲身痛耶爲心痛乎王即答言我今身心豈得不痛我近惡友不觀口過先王無辜橫興逆害我今定知當入地獄復無良醫而見救濟臣即白王唯願大王莫生愁毒夫剎利者名爲王種若爲國土若爲沙門及婆羅門爲安人民雖復殺害無有罪也先王雖復恭敬沙門不能承事諸婆羅門心無平等心無平等故則非剎利大王今者爲欲供養諸婆羅門殺害先王當有何罪大王實無殺害夫殺害者殺害壽命命名風氣風氣之性不可殺害云何害命而當有罪唯願大王莫復愁苦何以故

若常愁苦　愁遂增長　如人喜眠　眠則滋多
貪婬嗜酒　亦復如是

如王所言世無良醫而療治者今有大師名尼乾陀若提子一切知見憐愍衆生善知衆生諸根利鈍達解一切隨宜方便世間八法所不能汙寂靜修習清淨梵行爲諸弟子說如是言無施無善無父無母無今世後世無阿羅漢無修無道一切衆生經八萬劫於生死輪自然得脫有罪無罪悉亦如是如四大河所謂辛頭恒河博叉私陀悉入大海無有差別一切衆生亦復如是得解脫時悉無差別是師今在王舍城住唯願大王速往其所若得見者衆罪消除王即答言審有是師能除我罪我當歸依爾時大醫名曰耆婆往至王所白言大王得安眠不王即以偈答言

若有能永斷　一切諸煩惱　不貪染三界

乃得安隱眠　若得大涅槃　演說甚深義
名眞婆羅門　乃得安隱眠　身無諸惡業
口離於四過　心無有疑網　乃得安隱眠
身心無熱惱　安住寂靜處　獲致無上樂
乃得安隱眠　心無有取著　遠離諸怨讎
常和無諍訟　乃得安隱眠　若不造惡業
心常懷慚愧　信惡有果報　乃得安隱眠
敬養於父母　不害一生命　不盜他財物
乃得安隱眠　調伏於諸根　親近善知識
破壞四魔衆　乃得安隱眠　不見吉不吉
及以苦樂等　爲諸衆生故　輪轉於生死
若能如是者　乃得安隱眠　誰得安隱眠
所謂諸佛是　深觀空三昧　身心安不動
誰得安隱眠　所謂慈悲者　常修不放逸
視衆如一子　衆生無明冥　不見煩惱果
常造諸惡業　不得安隱眠　若爲於自身
及以他人身　造作十惡業　不得安隱眠
若言爲樂故　害父無過咎　隨是惡知識
不得安隱眠　若食過節度　冷飲而過差
如是則病苦　不得安隱眠　若於王有過
邪念他婦女　及行曠路者　不得安隱眠
持戒果未熟　太子未紹位　盜者未獲財
不得安隱眠

耆婆我今病重於正法王興惡逆害一切良醫妙藥呪術善巧瞻病所不能治何以故我父先王如法治國實無辜咎橫加逆害如魚處陸當有何樂如鹿在檻初無歡心如人自知命不終日如王失國逃迸他土如人聞病不可療治如破戒者聞說罪過我昔曾聞智者說言身口意業若不清淨當知是人必墮

地獄我亦如是云何當得安隱眠耶今我又無無上大醫演說法藥除我病苦耆婆答王善哉善哉王雖作罪心生重悔而懷慚愧大王諸佛世尊常說是言有二白法能救衆生一慚二愧慚者自不作罪愧者不教他作慚者內自羞恥愧者發露向人慚者羞人愧者羞天是名慚愧無慚愧者不名爲人名爲畜生有慚愧故則能恭敬父母師長有慚愧故說有父毋兄弟姊妹善哉大王具有慚愧大王且聽臣聞佛說智者有二一者不造諸惡二者作已懺悔愚者亦二一者作罪二者覆藏雖先作惡後能發露悔已慚愧更不敢作猶如濁水置之明珠以珠威力水即爲清如煙雲除月則清明作惡能悔亦復如是王若懺悔懷慚愧者罪則除滅清淨如本大王富有二種一者象馬種種畜生二者金銀種種珍寶象馬雖多不敵一珠大王衆生亦爾一者惡富二者善富多作諸惡不如一善臣聞佛說修一善心破百種惡大王如少金剛能壞須彌亦如少火能燒一切如少毒藥能害衆生少善亦爾能破大惡雖名小善其實是大何以故破大惡故大王如佛所說覆藏者漏不覆藏者則無有漏發露悔過是故無漏若作衆罪不覆不藏以不覆故罪則微薄若懷慚愧罪則消滅大王水滴雖微漸盈大器善心亦爾一一善心能破大惡若覆罪者罪則增長發露慚愧罪則消滅是故諸佛說有智者不覆藏罪善哉大王能信因果信業信報唯願大王莫懷愁怖若有衆生造作諸罪覆藏不悔心無慚愧不見因果及以業報不

能諂啓有智之人不近善友如是之人一切良醫乃至瞻病所不能治如迦摩羅病世醫拱手覆罪之人亦復如是云何罪人謂一闡提一闡提者不信因果無有慚愧不信業報不見現在及未來世不親善友不隨諸佛所說教誡如是之人名一闡提諸佛世尊所不能治何以故如世死屍醫不能治一闡提者亦復如是諸佛世尊所不能治大王今者非一闡提云何而言不可救療如王所言無能治者大王當知迦毗羅城淨飯王子姓瞿曇氏字悉達多無師覺悟自然而得阿耨多羅三藐三菩提三十二相八十種好莊嚴其身具足十力四無所畏一切知見大慈大悲憐愍一切如羅睺羅隨善衆生如犢逐毋知時而說非時不語實語淨語妙語義語法語一語能令衆生永離煩惱善知衆生諸根心性隨宜方便無不通達其智高大如須彌山深邃廣遠猶如大海是佛世尊有金剛智能破衆生一切惡罪若言不能無有是處今者去此十二由旬在拘尸那城娑羅雙樹間而爲無量阿僧祇等諸菩薩僧演種種法若有若無若有爲若無爲若有漏若無漏若煩惱果若善法果若色法若非色法若非色若非非色法若我若非我若非非我若常若非常若非常非非常若樂若非樂若非樂非非樂若相若非相若非相非非相若斷若非斷若非斷非非斷若世若出世若非世非出世若乘若非乘若非乘非非乘若自作自受若自作他受若無作無受大王若當於佛所聞無作無受所有重罪即當消滅王今且聽釋

提桓因命將欲終有五相現一者衣裳垢膩二者頭上華萎三者身體臭穢四者腋下汗出五者不樂本座時天帝釋或於靜處若見沙門若婆羅門即至其所生於佛想爾時沙門及婆羅門見帝釋來深自慶幸即說是語天主我今歸依於汝釋聞是已乃知非佛復自念言彼若非佛不能治我五退没相是時御臣名般遮尸語帝釋言憍尸迦乾闥婆王名敦浮樓其王有女字須拔陀王若能以此女見與臣當示王除衰相處釋即答言善男子毗摩質多阿修羅王有女舍脂是吾所敬卿若必能示吾消滅惡相處者猶當相與況須拔陀憍尸迦有佛世尊字釋迦牟尼今者在於王舍大城若能往彼諮禀未聞衰没之相必得除滅善男子若佛世尊審能滅者便可迴駕至其住處御臣奉命即迴車乘到王舍城耆闍崛山至於佛所頭面禮足却坐一面白佛言世尊天人之中誰爲繫縛憍尸迦慳貪嫉妬又言慳貪嫉妬因何而生答言因無明生又言無明復因何生答言因放逸生又言放逸復因何生答言因顛倒生又言顛倒復因何生答言因疑心生世尊顛倒之法因疑生者實如聖教何以故我有疑心以疑心故則生顛倒於非世尊生世尊想我今見佛疑網即除疑網除故顛倒亦盡顛倒盡故無有慳心乃至妬心佛言汝言無有慳妬心者汝今已得阿那含耶阿那含者無有貪心若無貪心云何爲命來至我所而阿那含實不求命世尊有顛倒者則有求命無顛倒者則不求命然我今者實不求命所欲求者唯

佛法身及佛智慧憍尸迦求佛法身及佛慧者將來之世必當得之爾時帝釋聞佛說已五衰没相即時消滅便起作禮繞佛三帀恭敬合掌而白佛言世尊我今即死即生失命得命又聞佛說當得阿耨多羅三藐三菩提是為更生為更得命世尊一切人天云何增益復以何緣而致損減憍尸迦鬬諍因緣人天損減善修和敬則得增益世尊若以鬬諍而損減者我從今日更不復與阿修羅戰佛言善哉善哉憍尸迦諸佛世尊說忍辱法是阿耨多羅三藐三菩提因爾時釋提桓因即前禮佛於是還去大王如來以能除諸惡相是故稱佛不可思議王若往者所有重罪必當得除大王且聽有婆羅門子字曰不害以殺無量諸衆生故名鴦崛魔復欲害母惡心起時身亦隨動身心動者即五逆因五逆因故必墮地獄後見佛時身心俱動復欲生害身心動者即五逆因五逆因故當入地獄是人得遇如來大師即時得滅地獄因緣發阿耨多羅三藐三菩提心是故稱佛為無上醫非六師也大王復有須毗羅王子其父瞋之截其手足推之深井其母矜愍使人牽出將至佛所尋見佛時手足還具即發阿耨多羅三藐三菩提心大王以見佛故得現果報是故稱佛為無上醫非六師也大王如恒河邊有諸餓鬼其數五百於無量歲初不見水雖至河上純見流火飢渴所逼發聲號哭爾時如來在於河側鬱曇鉢林坐一樹下時諸餓鬼來至佛所白佛言世尊我等飢渴命將不遠佛言恒河流水汝何不飲鬼即答言如來

見水我則見火佛言恒河清流實非火也汝惡業故心自顛倒謂爲是火我當爲汝除滅顛倒令汝見水爾時世尊廣爲諸鬼說慳貪過諸鬼即言我今渴乏雖聞法言都不入心佛言汝若渴乏先可入河恣意飲之是諸鬼等以佛力故即得飲水既飲水已如來復爲種種說法既聞法已悉發阿耨多羅三藐三菩提心捨餓鬼形得於天身大王是故稱佛爲無上醫非六師也大王舍婆提國羣賊五百波斯匿王挑出其目盲無前導不能得往至於佛所佛憐愍故即至賊所慰喻之言善男子善護身口更勿造惡諸賊即時聞如來音微妙清徹尋還得眼即於佛前合掌禮佛而白佛言世尊我今知佛慈心普覆一切衆生非獨人天爾時如來即爲說法既聞法已悉發阿耨多羅三藐三菩提心是故如來真是世間無上良醫非六師也大王舍婆提國有旃陀羅名曰氣噓殺無量人見佛弟子大目揵連即時得破地獄因緣而得上生三十三天以有如是聖弟子故稱佛如來爲無上醫非六師也大王波羅㮈城有長者子名阿逸多婬愿其母以是因緣殺戮其父其母復與外人共通子既知已便復殺之有阿羅漢是其知識於此知識復生愧恥即便殺之殺已即到祇洹精舍求欲出家時諸比丘具知此人有三逆罪無敢聽者以不聽故倍生瞋恚即於其夜放大猛火焚燒僧坊多殺無辜然後復往王舍城中至如來所求哀出家如來即聽爲說法要令其重罪漸漸輕微發阿耨多羅三藐三菩提心是故稱佛爲世良醫

非六師也大王本性暴惡信受惡人提婆達多放大醉象欲令踐佛象既見佛即時醒悟佛便伸手摩其頂上復爲説法悉令得發阿耨多羅三藐三菩提心大王畜生見佛猶得破壞畜生業果況復人耶大王當知若見佛者所有重罪必當得滅大王世尊未得阿耨多羅三藐三菩提時魔與無量無邊眷屬至菩薩所菩薩爾時以忍辱力壞魔惡心令魔受法尋發阿耨多羅三藐三菩提心佛有如是大功德力大王有曠野鬼多害衆生如來爾時爲善賢長者至曠野村爲其説法時曠野鬼聞法歡喜即以長者授於如來然後便發阿耨多羅三藐三菩提心大王波羅柰國有屠兒名曰廣額於日日中殺無量羊見舍利弗即受八戒經一日夜以是因緣命終得爲北方天王毗沙門子如來弟子尚有如是大功德果況復佛也大王北天竺國有城名曰細石其城有王名曰龍印貪國重位戮害其父害其父已心生悔恨即捨國政來至佛所求哀出家佛言善來即成比丘重罪消滅發阿耨多羅三藐三菩提心大王當知佛有如是無量無邊大功德果大王如來有弟提婆達多破壞衆僧出佛身血害蓮華比丘尼作三逆罪如來爲説種種法要令其重罪尋得微薄是故如來爲大良醫非六師也大王若能信臣語者唯願速往至如來所若不見信願善思之大王諸佛世尊大悲普覆不限一人正法弘廣無所不包怨親平等心無憎愛終不偏爲一人令得阿耨多羅三藐三菩提餘人不得如來非獨四部之師普是一切

天人龍鬼地獄畜生餓鬼等師一切衆生亦當視佛如父母想大王當知如來不但獨爲豪貴之人拔提迦王而演説法亦爲下賤優波離等不獨偏受須達多阿那邠坻所奉飯食亦受貧人須達多食不但獨爲舍利弗等利根説法亦爲鈍根周利槃特不但獨聽大迦葉等無貪之性出家求道亦聽大貪難陀出家不但獨聽煩惱薄者優樓頻螺迦葉等出家求道亦聽煩惱深厚造重罪者波斯匿王弟修陀耶出家求道不以莎草恭敬供養拔其瞋根鴦崛魔羅惡心欲害捨而不救不但獨爲有智男子而演説法亦爲極愚判合智者女人説法不但獨令出家之人得四道果亦令在家得三道果不但獨爲富多羅等捨諸怱務閑寂思惟而説法要亦爲頻婆娑羅王等統領國事理王務者而説法要不但獨爲斷酒之人亦爲躭酒郁伽長者荒醉者説不但獨爲入禪定者離波多等亦爲喪子亂心婆羅門女婆私吒説不但獨爲巳之弟子亦爲外道尼乹子説不但獨爲盛壯之年二十五者亦爲衰老八十者説不但獨爲根熟之人亦爲善根未熟者説不但獨爲末利夫人亦爲婬女蓮華女説不但獨受波斯匿王上饌甘味亦受長者尸利毱多雜毒之食大王當知尸利毱多往昔亦作逆罪之因以遇佛聞法即發阿耨多羅三藐三菩提心大王假使一月常以衣食供養恭敬一切衆生不如有人一念念佛所得功德十六分一大王假使鍜金爲人車馬載寶其數各百以用布施不如有人發心向佛舉足一步大王假

使復以象車百乘載大秦國種種珍寶及其女人身佩瓔珞數亦滿百持用布施猶故不如發心向佛舉足一步復置是事若以四事供養三千大千世界所有衆生猶亦不如發心向佛舉足一步復置是事若使大王供養恭敬恒河沙等無量衆生不如一往娑羅雙樹到如來所誠心聽法爾時大王答言耆婆如來世尊性已調柔故得調柔以爲眷屬如栴檀林純以栴檀而爲圍繞如來清淨所有眷屬亦復清淨猶如大龍純以諸龍而爲眷屬如來寂靜所有眷屬亦復寂靜如來無貪所有眷屬亦復無貪佛無煩惱所有眷屬亦無煩惱吾今既是極惡之人惡業纏裹其身臭穢繫屬地獄云何當得至如來所吾設往者恐不顧念接叙言説卿雖勸吾令往佛所

然吾今日深自鄙悼都無去心爾時虚空尋出聲言無上佛法將欲衰殄甚深法河於今欲涸大法明燈將滅不久法山欲頽法船欲沈法橋欲壞法殿欲崩法幢欲倒法樹欲折善友欲去大怖將至法餓衆生將至不久煩惱疫病將欲流行大闇時至渴法時來魔王欣慶解釋甲胄佛日將没大涅槃山大王佛若去世王之重惡更無治者大王汝今已造阿鼻地獄極重之業以是業緣必受不疑大王阿者言無鼻者名間間無暫樂故言無間大王假使一人獨墮是獄其身長大八萬由延徧滿其中間無空處其身周帀受種種苦設有多人身亦徧滿不相妨礙大王寒地獄中暫遇熱風以之爲樂熱地獄中暫遇寒風亦名爲樂有地獄中設命終已若聞活聲即

便還活阿鼻地獄都無此事大王阿鼻地獄四方有門一一門外各有猛火東西南北交過通徹八萬由旬周帀鐵牆鐵網彌覆其地亦鐵上火徹下下火徹上大王若魚在熬脂膏燋然是中罪人亦復如是大王作一逆者則便具受如是一罪若造二逆罪則二倍五逆具者罪亦五倍大王我今定知王之惡業必不得免唯願大王速往佛所除佛世尊餘無能救我今愍汝故相勸導爾時大王聞是語已心懷怖懼舉身顫慄五體掉動如芭蕉樹仰而答曰汝爲是誰不現色像而但有聲大王吾是汝父頻婆娑羅汝今當隨耆婆所說莫隨邪見六臣之言時王聞已悶絶躃地身瘡增劇臭穢倍前雖以冷藥塗而治之瘡蒸毒熱但增無損

大般涅槃經卷第十九

音釋

顦顇（顦昨焦切顇秦醉切顦顇愁瘁也）怯（去劫切畏也）皵（七藥切皮細起也）髼（薄紅切髮髼鬆也）顫慄（顫音戰慄力質切顫慄恐懼貌）删闍耶毗羅胝（梵語也删闍耶此云正勝毗羅胝此云不作删音山胝張尼切）枯涸（枯苦胡切涸乎各切枯涸水竭也）穽（疾郢切坑也）舒（與予同）鞕（與硬同）數（思苟切）㰏（其亮切施罟於道也）噓（音虛）慝（他德切邪也）邠坻（梵語也此云團施即給孤長者邠彼貧切坻直尼切）熬（五勞切煎也）劇（竭戟切甚也）

大般涅槃經卷第二十

北涼天竺三藏曇無讖奉　詔譯

梵行品第八之七

爾時世尊在雙樹間見阿闍世王悶絕躃地即告大衆我今當爲是王住世至無量劫不入涅槃迦葉菩薩白佛言世尊如來當爲無量衆生不入涅槃何故獨爲阿闍世王佛言善男子是大衆中無有一人謂我必定入於涅槃阿闍世王定謂我當畢竟永滅是故悶絕自投於地善男子如我所言爲阿闍世不入涅槃如是密義汝未能解何以故我言爲者一切凡夫阿闍世者普及一切造五逆者又復爲者即是一切有爲衆生我終不爲無爲衆生而住於世何以故夫無爲者非衆生也阿闍世者即是具足煩惱等者又復爲者即是不見佛性衆生若見佛性我終不爲久住於世何以故見佛性者非衆生也阿闍世者即是一切未發阿耨多羅三藐三菩提心者又復爲者即是阿難迦葉二衆阿闍世者即是阿闍世王後宮妃后及王舍城一切婦女又復爲者名爲佛性言阿闍者名爲不生世者名怨以不生佛性故則煩惱怨生煩惱怨生故不見佛性以不生煩惱故則見佛性以見佛性故則得安住大般涅槃是名不生是故名爲爲阿闍世善男子阿闍者名不生不生者名涅槃世名世法爲者名不汙以世八法所不汙故無量無邊阿僧祇劫不入涅槃是故我言爲阿闍世無量億劫不入涅槃善男子如來密語不可思議佛法衆僧亦不可思議菩薩摩訶薩亦不可思議大涅槃經

亦不可思議爾時世尊大悲導師爲阿闍世王入月愛三昧入三昧已放大光明其光清涼往照王身身瘡即愈鬱蒸除滅王覺瘡愈身體清涼語耆婆言曾聞人說劫將欲盡三月並現當是之時一切衆生患苦悉除時既未至此光何來照觸吾身瘡苦除愈身得安樂耆婆答言此非劫盡三月並照亦非火日星宿藥草寶珠天光王又問言此光若非三月並照寶珠明者爲是誰光大王當知是天中天所放光明是光無根非有邊際非熱非冷非常非滅非色非無色非相非無相非青非黃非赤非白欲度衆生故使可見有相可說有根有邊有熱有冷青黃赤白大王是光雖爾實不可說不可覩見乃至無有青黃赤白王言耆婆彼天中天以何因緣放斯光明

大王今是瑞相似相爲及以王先言世無良醫療治身心故放斯光先治王身然後及心王言耆婆如來世尊亦見念耶耆婆答言譬如一人而有七子是七子中一子遇病父母之心非不平等然於病子心則偏多大王如來亦爾於諸衆生非不平等然於罪者心則偏重於放逸者佛則慈念不放逸者心則放捨何等名爲不放逸者謂六住菩薩大王諸佛世尊於諸衆生不觀種性老少中年貧富時節日月星宿工巧下賤僮僕婢使唯觀衆生有善心者若有善心則便慈念大王當知如是瑞相即是如來入月愛三昧所放光明王即問言何等名爲月愛三昧耆婆答言譬如月光能令一切優鉢羅華開敷鮮明月愛三昧亦復如是能令衆生善心開敷是故名

爲月愛三昧大王譬如月光能令一切行路之人心生歡喜月愛三昧亦復如是能令修習涅槃道者心生歡喜是故復名月愛三昧大王譬如月光從初一日至十五日形色光明漸漸增長月愛三昧亦復如是令初發心諸善根本漸漸增長乃至具足大般涅槃是故復名月愛三昧大王譬如月光從十六日至三十日形色光明漸漸損減月愛三昧亦復如是光所照處所有煩惱能令漸減是故復名月愛三昧大王譬如盛熱之時一切衆生常思月光月光既照鬱熱即除月愛三昧亦復如是能令衆生除貪惱熱大王譬如滿月衆星中王爲甘露味一切衆生之所愛樂月愛三昧亦復如是諸善中王爲甘露味一切衆生之所愛樂是故復名月愛三昧王言

我聞如來不與惡人同止坐起語言談論猶如大海不宿死屍如鴛鴦鳥不住圊厠釋提桓因不與鬼住鳩翅羅鳥不棲枯樹如來亦爾我當云何而得往見設其見者我身將不陷入地耶我觀如來寧近醉象師子虎狼猛火熾炎終不近於重惡之人是故我今思忖是已當有何心往見如來耆婆答言大王譬如渴人速赴清泉飢夫求食怖者求救病求良醫熱求蔭涼寒者求火王今求佛亦應如是大王如來尚爲一闡提等演說法要何況大王非一闡提而當不蒙慈悲救濟王言耆婆我昔曾聞一闡提者不信不聞不能觀察不得義理何故如來而爲說法耆婆答言大王譬如有人身遇重病是人夜夢昇一柱殿服酥油脂及以塗身卧灰食灰攀上枯樹或

與獼猴遊行坐卧沉水没泥墮墜樓殿高山林木象馬牛羊身著青黄赤黑色衣喜笑歌舞或見烏鷲狐貍之屬齒髮墮落裸形枕狗卧糞穢中復與亡者行住坐起攜手食噉毒蛇滿路而從中過或復夢與被髮女人共相抱持多羅樹葉以爲衣服乘壞驢車正南而遊是人夢已心生愁惱以愁惱故身病逾增以病增故諸家親屬遣使命醫所可遣使形體缺短根不具足頭蒙塵土著弊壞衣載故壞車語彼醫言速疾上車爾時良醫即自思惟今見是使相貌不吉當知病者難可療治復作是念使雖不吉復當占日爲可治不若四日六日八日十二日十四日如是日者病亦難治復作是念日雖不吉復當占星爲可治不若是火星奎星昴星閻羅王星濕星滿星如是星時病亦難治復作是念星雖不吉復當觀時若是秋時冬時及日入時夜半時月入時當知是病亦難可治復作是念如是衆相雖復不吉或定不定當觀病人若有福德皆可療治若無福德雖吉何益思惟是已尋與使俱在路復念若彼病者有長壽相則可療治短壽相者則不可治即於前路見二小兒相牽鬭諍捉頭拔髮瓦石刀杖共相撩打見人持火自然殄滅或見有人斫伐樹木或復見人手曳皮革隨路而行或見道路有遺落物或見有人執持空器或見沙門獨行無侶復見虎狼烏鷲野狐見是事已復作是念所遣使人乃至道路所見諸相悉皆不祥當知病者定難療治復作是念我若不往則非良醫如其往者不可療治復更念言如是

衆相雖復不祥且當捨置往至病所思惟是已復於前路聞如是聲所謂亡失死喪崩破壞折剥脱墮墜負燒不來不可療治不能拔濟復聞南方有飛鳥聲所謂烏鷲舍利鳥聲若狗若鼠野狐兎豬聞是聲已復作是念當知病者難可療治爾時即入病人舍宅見彼病人數寒數熱骨節頭痛目赤流淚耳聲聞外咽喉結痛舌上烈破其色正黑頭不自勝體枯無汗大小便利擁隔不通身卒肥大紅赤異常語聲不均或麤或細舉體班駮異色青黄其腹脹滿言語不了醫見是已問瞻病言病者昨來意志云何答言大師其人本來敬信三寶及以諸天今者變異敬信情息本喜惠施今者慳恡本性少食今則過多本性弊惡今則和善本性慈孝恭敬父母今於父毋無恭敬心醫聞是已即前齅之優鉢羅香沉水雜香畢陵迦香多伽羅香多摩羅跋香鬱金香栴檀香炙肉臭蒲萄酒臭燒筋骨臭魚臭糞臭知香臭已即前觸身覺身細輭猶如繒綿劫貝娑華或鞕如石或冷如冰或熱如火或澀如沙爾時良醫見如是等種種相已定知病者必死不疑然不定言是人當死語瞻病者吾今遽務明當更來隨其所須恣意勿遮即便還家明日使到復語使言我事未訖兼未合藥智者當知如是病者必死不疑大王世尊亦爾於一闡提輩善知根性而爲說法何以故若不爲說一切凡夫當言如來無大慈悲有慈悲者名一切智若無慈悲云何說言一切智人是故如來爲一闡提而演說法大王如來世尊見諸病者常施法藥

病者不服非如來咎大王一闡提輩分別有二一者得現在善根二者得後世善根如來善知一闡提輩能於現在得善根者則爲說法後世得者亦爲説法今雖無益作後世因是故如來爲一闡提演説法要一闡提者復有二種一者利根二者中根利根之人於現在世能得善根中根之人後世則得諸佛世尊不空說法大王譬如淨人墜墮圊廁有善知識見而愍之尋前捉髮而拔出之諸佛如來亦復如是見諸衆生墮三惡道方便救濟令得出離是故如來爲一闡提而演説法王語耆婆若使如來審如是者明當選擇良日吉辰然後乃往耆婆白王大王如來法中無有選擇良日吉辰大王如重病人猶不看日時節吉凶唯求良藥王今病重求佛良醫不應選擇良時好日大王如栴檀火及伊蘭火二俱燒相無有異也吉日凶日亦復如是若到佛所俱得滅罪唯願大王今日速往爾時大王即命一臣名曰吉祥而告之言大臣當知吾今欲往佛世尊所速辦供養所須之具臣言大王善哉善哉所須供具一切悉有阿闍世王與其夫人嚴駕車乘一萬二千姝壯大象其數五萬一一象上各載三人齎持幡蓋華香妓樂種種供具無不備足導從馬騎有十八萬摩伽陀國所有人民尋從王者其數足滿五十八萬爾時拘尸那城所有大衆滿十二由延悉皆遥見阿闍世王與其眷屬尋路而來爾時佛告諸大衆言一切衆生爲阿耨多羅三藐三菩提近因緣者莫先善友何以故阿闍世王若不隨順耆婆語者來月

七日必定命終墮阿鼻獄是故近因莫若善友阿闍世王復於前路聞舍婆提毗瑠璃王乘舩入海遇火而死瞿迦離比丘生身入地至阿鼻獄須那剎多作種種惡到於佛所衆罪得滅聞是語已語耆婆言吾今雖聞如是二言猶未審定汝來耆婆吾欲與汝同載一象設我當入阿鼻地獄冀汝捉持不令我墮何以故吾昔曾聞得道之人不入地獄爾時佛告諸大衆言阿闍世王猶有疑心我今當爲作決定心爾時會中有一菩薩名持一切白佛言世尊如佛先說一切諸法皆無定相所謂色無定相乃至涅槃亦無定相如來今者云何而言爲阿闍世作決定心佛言善哉善哉善男子我今定爲阿闍世王作決定心何以故若王疑心可破壞者當知諸法無有定相是故我爲阿闍世王作決定心當知是心爲無決定善男子若彼王心是決定者王之逆罪云何可壞以無定相其罪可壞是故我爲阿闍世王作決定心爾時大王即到娑羅雙樹間至於佛所仰瞻如來三十二相八十種好猶如微妙眞金之山爾時世尊出八種聲告言大王時阿闍世王左右顧視此大衆中誰是大王我既罪戾又無福德如來不應稱爲大王爾時如來即復喚言阿闍世大王時王聞已心大歡喜即作是言如來今日顧命語言眞知如來於諸衆生大悲憐愍等無差別白佛言世尊我今疑心永無遺餘定知如來眞是衆生無上大師爾時迦葉菩薩語持一切菩薩言如來已爲阿闍世王作決定心爾時阿闍世王即白佛言世尊假使我

令得與梵王釋提桓因坐起飲食猶不歡悅得遇如來一言顧命深以欣慶爾時阿闍世王即以所持旛蓋華香妓樂供養前禮佛足右遶三帀禮敬畢已却坐一面爾時佛告阿闍世王言大王今當爲汝說正法要汝當一心諦聽諦聽凡夫常當繫心觀身有二十事所謂我此身中空無無漏一無諸善根本二我此生死未得調順三墮墜深坑無處不畏四以何方便得見佛性五云何修定得見佛性六生死常苦無常我淨七八難之難難得遠離八恒爲怨家之所追逐九無有一法能遮諸有十於三惡趣未得解脫十一具足種種諸惡邪見十二亦未造立度五逆津十三生死無際未得其邊十四不作諸業不得果報十五無有我作他人受果十六不作樂因終無樂果十七若有造業果終不失十八因無明生亦因而死十九去來現在常行放逸二十大王凡夫之人當於此身常作如是二十種觀作是觀已不樂生死不樂生死則得止觀爾時次第觀心生相住相滅相次第觀心生住滅相定慧進戒亦復如是觀生住滅已知心相乃至戒相終不作惡無有死畏三惡道畏若不繫心觀察如是二十事者心則放逸無惡不造阿闍世言如我解佛所說義者我從昔來初未曾觀是二十事故造衆惡造衆惡故則有死畏三惡道畏世尊自我招殃造茲重惡父王無辜橫加逆害是二十事設觀不觀必定當墮阿鼻地獄佛告大王一切諸法性相無常無有決定王云何言必定當墮阿鼻地獄阿闍世王白佛言世尊若一切法無定相者我之殺罪

亦應不定若殺定者一切諸法則非不定佛言大王善哉善哉諸佛世尊説一切法悉無定相王復能知殺亦不定是故當知殺無定相大王如汝所言父王無辜横加逆害者何者是父但於假名衆生五陰妄生父想於十二入十八界中何者是父若色是父四陰應非若四是父色亦應非若色非色合爲父者無有是處何以故色與非色性無合故大王凡夫衆生於是色陰妄生父想如是色陰亦不可害何以故色有十種是十種中唯色一種可見可持可稱可量可牽可縛雖可見縛其性不住以不住故不可得見不可捉持不可稱量不可牽縛色相如是云何可殺若色是父可殺可害獲罪報者餘九應非若九非者則應無罪大王色有三種過去未來現在過去現在則不可害何以故過去過去故現在念念滅故遮未來故名之爲殺如是一色或有可殺或不可殺有殺不殺色則不定若色不定殺亦不定殺不定故報亦不定云何説言定入地獄大王一切衆生所作罪業凡有二種一者輕二者重若心口作則名爲輕身口心作則名爲重大王心念口説身不作者所得報輕大王昔日口不勑殺但言削足大王若勑侍臣立斬王首坐時乃斬猶不得罪況王不勑云何得罪王若得罪諸佛世尊亦應得罪何以故汝父先王頻婆娑羅常於諸佛種諸善根是故今日得居王位諸佛若不受其供養則不爲王若不爲王汝則不得爲國生害若汝殺父當有罪者我等諸佛亦應有罪若佛世尊無得罪者汝獨云何而得

罪耶大王頻婆娑羅往有惡心於毗富羅山遊行獵鹿周徧曠野悉無所得唯見一仙五通具足見已即生瞋恚惡心我今遊獵所以不得正坐此人驅逐令去即勑左右而令殺之其人臨終生瞋惡心退失神通而作誓言我實無辜汝以心口横加戮害我於來世亦當如是還以心口而害於汝時王聞已即生悔心供養死屍先王如是尚得輕受不墮地獄況王不爾而當地獄受果報耶先王自作還自受之云何令王而得殺罪如王所言父王無辜者大王云何言無夫有罪者則有罪報無惡業者則無罪報汝父先王若無辜罪云何有報頻婆娑羅於現世中亦得善果及以惡果是故先王亦復不定以不定故殺亦不定殺不定故云何而言定入地獄大王衆生狂惑凡有四種一者貪狂二者藥狂三者呪狂四者本業緣狂大王我弟子中有是四狂雖多作惡我終不記是人犯戒是人所作不至三惡若還得心亦不言犯王本貪國逆害父王貪狂心作云何得罪大王如人躭醉逆害其母既醒悟已心生悔恨當知是業亦不得報王今貪醉非本心作若非本心云何得罪大王譬如幻師四衢道頭幻作種種男女象馬瓔珞衣服愚癡之人謂爲眞實有智之人知非眞有殺亦如是凡夫謂實諸佛世尊知其非眞大王譬如山澗響聲愚癡之人謂之實聲有智之人知其非眞殺亦如是凡夫謂實諸佛世尊知其非眞大王如人有怨詐來親附愚癡之人謂爲實親智者了達乃知虛詐殺亦如是凡夫謂實諸佛世尊知其

非眞大王如人執鏡自見面像愚癡之人謂爲眞面智者了達知其非眞殺亦如是凡夫謂實諸佛世尊知其非眞大王如熱時炎愚癡之人謂之是水智者了達知其非水殺亦如是凡夫謂實諸佛世尊知其非眞大王如乾闥婆城愚癡之人謂爲眞實智者了達知其非眞殺亦如是凡夫謂實諸佛世尊知其非眞大王如人夢中受五欲樂愚癡之人謂之爲實智者了達知其非眞殺亦如是凡夫謂實諸佛世尊知其非眞大王殺法殺業殺者殺果及以解脫我皆了之則無有罪王雖知殺云何有罪大王譬如有人主知典酒如其不飲則亦不醉雖復知火亦不燒然王亦如是雖復知殺云何有罪大王有諸衆生於日出時作種種罪於月出時復行劫盜日月不出則不作罪雖因日月令其作罪然此日月實不得罪殺亦如是雖復因王王實無罪大王如王宮中常勅屠羊心初無懼云何於父獨生懼心雖復人畜尊卑差別寶命畏死二俱無異何故於羊心輕無懼於父先王生重憂苦大王世間之人是愛僮僕不得自在爲愛所使而行殺害設有果報乃是愛罪王不自在當有何咎大王譬如涅槃非有非無而亦是有殺亦如是雖非有非無而亦是有慚愧之人則爲非有無慚愧者則爲非無受果報者名之爲有空見之人則爲非有有見之人則爲非無有有見者亦名爲有何以故有有見者得果報故無有見者則無果報常見之人則爲非有無常見者則爲非無常常見者不得爲無何以故常常見者有惡業果

故是故常常見者不得爲無以是義故雖非有非無而亦是有大王夫衆生者名出入息斷出入息故名爲殺諸佛隨俗亦說爲殺大王色是無常色之因緣亦是無常從無常因生色云何常乃至識是無常識之因緣亦是無常從無常因生識云何常以無常故苦以苦故空以空故無我若是無常苦空無我爲何所殺殺無常者得常涅槃殺苦得樂殺空得實殺於無我而得眞我大王若殺無常苦空無我者則與我同我亦殺於無常苦空無我不入地獄汝云何入爾時阿闍世王如佛所說觀色乃至觀識作是觀已即白佛言世尊我今始知色是無常乃至識是無常我本若能如是知者則不作罪世尊我昔曾聞諸佛世尊常爲衆生而作父母雖聞是語猶未審定今則定知世尊我亦曾聞須彌山王四寶所成所謂金銀瑠璃玻瓈若有衆鳥隨所集處則同其色雖聞是言亦不審定我今來至佛須彌山則與同色同色者則知諸法無常苦空無我世尊我見世間從伊蘭子生伊蘭樹不見伊蘭生栴檀樹我今始見從伊蘭子生栴檀樹伊蘭子者我身是也栴檀樹者即是我心無根信也無根者我初不知恭敬如來不信法僧是名無根世尊我若不遇如來世尊當於無量阿僧祇劫在大地獄受無量苦我今見佛以是見佛所得功德破壞衆生所有一切煩惱惡心佛言大王善哉善哉我今知汝必能破壞衆生惡心世尊若我審能破壞衆生諸惡心者使我常在阿鼻地獄無量劫中爲諸衆生受大苦惱不以爲苦爾

時摩伽陀國無量人民悉發阿耨多羅三藐三菩提心以如是等無量人民發大心故阿闍世王所有重罪即得微薄王及夫人後宫婇女悉皆同發阿耨多羅三藐三菩提心爾時阿闍世王語耆婆言耆婆我今未死已得天身捨於短命而得長命捨無常身而得常身令諸衆生發阿耨多羅三藐三菩提心即是天身長命常身即是一切諸佛弟子說是語已即以種種寶幢旛蓋香華瓔珞微妙妓樂而供養佛復以偈頌而讃歎言

實語甚微妙　善巧於句義　甚深祕密藏
爲衆故顯示　所有廣博言　爲衆故略說
具足如是語　善能療衆生　若有諸衆生
得聞是語者　若信及不信　定知是佛語
諸佛常輭語　爲衆故說麤　麤語及輭語
皆歸第一義　是故我今者　歸依於世尊
如來語一味　猶如大海水　是名第一諦
故無無義語　如來今所說　種種無量法
男女大小聞　同獲第一義　無因亦無果
無生及無滅　是名大涅槃　聞者破諸結
如來爲一切　常作慈父母　當知諸衆生
皆是如來子　世尊大慈悲　爲衆故苦行
如人著鬼魅　狂亂多所作　我今得見佛
所得三業善　願以此功德　迴向無上道
我今所供養　佛法及衆僧　願以此功德
三寶常在世　我今所當得　種種諸功德
願以此破壞　衆生四種魔　我遇惡知識
造作三世罪　今於佛前悔　願後更莫造
願諸衆生等　悉發菩提心　繫心常思念
十方一切佛　復願諸衆生　永破諸煩惱

了了見佛性　猶如妙德等

爾時世尊讚阿闍世王善哉善哉若有人能發菩提心當知是人則爲莊嚴諸佛大衆大王汝昔已於毗婆尸佛初發阿耨多羅三藐三菩提心從是已來至我出世於其中間未曾墮於地獄受苦大王當知菩提之心乃有如是無量果報大王從今已往常當勤修菩提之心何以故從是因緣當得消滅無量惡故爾時阿闍世王及摩伽陀舉國人民從座而起遶佛三帀辭退還宫天行品者如雜華說

嬰兒行品第九

善男子云何名爲嬰兒行善男子不能起住來去語言是名嬰兒如來亦爾不能起者如來終不起諸法相不能住者如來不著一切諸法不能來者如來身行無有動揺不能去者如來已到大般涅槃不能語者如來雖爲一切衆生演說諸法實無所說何以故有所說者名有爲法如來世尊非是有爲是故無說又無語者猶如嬰兒言語未了雖復有語實亦無語如來亦爾語未了者即是諸佛祕密之言雖有所說衆生不解故名無語又嬰兒者名物不一未知正語雖名物不一未知正語非不因此而得識物如來亦爾一切衆生方類各異所言不同如來方便隨而說之亦令一切因而得解又嬰兒者能說大字如來亦爾說於大字所謂婆啝啝者有爲婆者無爲是名嬰兒啝者名爲無常婆者名爲有常如來說常衆生聞已爲常法故斷於無常是名嬰兒行又嬰兒者不知苦樂晝夜父母

菩薩摩訶薩亦復如是爲衆生故不知苦樂無晝夜相於諸衆生其心平等故無父母親踈等相又嬰兒者不能造作大小諸事菩薩摩訶薩亦復如是菩薩不造生死作業是名不作大事大事者即五逆也菩薩摩訶薩終不造作五逆重罪小事者即二乘心菩薩終不退菩提心而作聲聞辟支佛乘又嬰兒行者如彼嬰兒啼哭之時父母即以楊樹黄葉而語之言莫啼莫啼我與汝金嬰兒見已生眞金想便止不啼然此楊葉實非金也木牛木馬木男木女嬰兒見已亦復生於男女等想即止不啼實非男女以作如是男女想故名曰嬰兒如來亦爾若有衆生欲造衆惡如來爲說三十三天常樂我淨端正自恣於妙宫殿受五欲樂六根所對無非是樂衆生聞有如是樂故心生貪樂止不爲惡勤作三十三天善業實是生死無常無樂無我無淨爲度衆生方便說言常樂我淨又嬰兒者若有衆生猒生死時如來則爲說於二乘然實無有二乘之實以二乘故知生死過見涅槃樂以是見故則能自知有斷不斷有眞不眞有修不修有得不得善男子如彼嬰兒於非金中而生金想如來亦爾於不淨中而說爲淨如來以得第一義故則無虚妄如彼嬰兒於非牛馬作牛馬想若有衆生於非道中作眞道想如來亦說非道爲道非道之中實無有道以能生道微因緣故說非道爲道如彼嬰兒於木男女生男女想如來亦爾知非衆生說衆生想而實無有衆生相也若佛如來說無衆生一切衆生則墮邪見是故如來說有

衆生於衆生中作衆生想者則不能破衆生相也若於衆生破衆生相者是則能得大般涅槃以得如是大涅槃故止不啼哭是名嬰兒行善男子若有男女受持讀誦書寫解說是五行者當知是人必定當得如是五行迦葉菩薩白佛言世尊如我解佛所說義者我亦定當得是五行佛言善男子不獨汝得如是五行今此會中九十三萬人亦同於汝得是五行

大般涅槃經卷第二十

音釋

圊廁圊七情切廁初寺切圊廁溷也 陷戶監切沒下也 攜戶圭切持也 奎苦圭切星名也 昴莫飽切星名也 撩落蕭切攏也 班駮班布還切駮北角切班駮色不純也 戾郎計切罪也 咊與和同

大般涅槃經卷第二十一

北涼天竺三藏曇無讖奉　詔譯

光明遍照高貴德王菩薩品第十之一

爾時世尊告光明遍照高貴德王菩薩摩訶薩言善男子若有菩薩摩訶薩修行如是大涅槃經得十事功德不與聲聞辟支佛共不可思議聞者驚怪非內非外非難非易非相非非相非是世法無有相貌世間所無何等爲十一者有五何等爲五一者所不聞者而能得聞二者聞已能爲利益三者能斷疑惑之心四者慧心正直無曲五者能知如來密藏是爲五事何等不聞而能得聞所謂甚深微密之義一切衆生悉有佛性佛法衆僧無有差別三寶性相常樂我淨一切諸佛無有畢竟入涅槃者常住無變如來涅槃非有非無非有爲非無爲非有漏非無漏非色非不色非名非不名非相非不相非有非不有非物非不物非因非果非待非不待非明非暗非出非不出非常非不常非斷非不斷非始非終非過去非未來非現在非陰非不陰非入非不入非界非不界非十二因緣非不十二因緣如是等法甚深微密昔所不聞而能得聞復有不聞所謂一切外道經書四毗陀論毗伽羅論衛世師論迦毗羅論一切呪術醫方技藝日月薄蝕星宿運變圖書讖記如是等經初未曾聞秘密之義今於此經而得知之復有十一部經除毗佛略亦無如是深密之義今因此經而得知之善男子是名不聞而能得聞聞已利益者若能聽受是大涅槃經悉能具知一切方等大乘經典甚深義

味譬如男女於明淨鏡見其色像了了分明大涅槃鏡亦復如是菩薩執之悉得明見大乘經典甚深之義亦如有人在暗室中執大炬火悉見諸物大涅槃炬亦復如是菩薩執之得見大乘深奥之義亦如日出有千光明悉能照了諸山幽暗令一切人遠見諸物是大涅槃清淨慧日亦復如是照了大乘深邃之處令二乘人遠見佛道所以者何以能聽受是大涅槃微妙經故善男子若有菩薩摩訶薩聽受如是大涅槃經得知一切諸法名字若能書寫讀誦通利爲他廣說思惟其義則知一切諸法義理善男子其聽受者唯知名字不知其義若能書寫受持讀誦爲他廣說思惟其義則能知義復次善男子聽是經者聞有佛性未能得見書寫讀誦爲人廣說思惟其義則得見之聽是經者聞有檀名未能得見檀波羅蜜書寫讀誦爲他廣說思惟其義則能得見檀波羅蜜乃至般若波羅蜜亦復如是善男子菩薩摩訶薩若能聽是大涅槃經則知法知義具二無礙於諸沙門婆羅門等若天魔梵一切世中得無所畏開示分別十二部經演說其義無有差違不從他聞而能自知近於阿耨多羅三藐三菩提善男子是名聞已能爲利益斷疑心者疑有二種一者疑名二者疑義聽是經者斷疑名心思惟義者斷疑義心復次善男子疑有五種一者疑佛定涅槃不二者疑佛是常住不三者疑佛是眞樂不四者疑佛是眞淨不五者疑佛是眞我不聽是經者疑佛涅槃則得永斷書寫讀誦爲他廣說思惟其義四疑永斷

復次善男子疑有三種一疑聲聞爲有爲無二疑緣覺爲有爲無三疑佛乘爲有爲無聽是經者如是三疑永滅無餘書寫讀誦爲他廣說思惟其義則能了知一切衆生悉有佛性復次善男子若有衆生不聞如是大涅槃經其心多疑所謂若常無常若樂不樂若淨不淨若我無我若命非命若衆生非衆生若畢竟不畢竟若他世若過世若有若無若苦若非苦若集若非集若道若非道若滅若非滅若法若非法若善若非善若空若非空聽是經者如是諸疑悉得永斷復次善男子若有不聞如是經者復有種種衆多疑心所謂色是我耶受想行識是我耶眼能見耶我能見耶乃至識能知耶我能知耶色受報耶我受報耶乃至識受報耶我受報耶色至他世耶我至他世耶乃至識亦復如是生死之法有始有終耶無始無終耶聽是經者如是等疑亦得永斷復有人疑一闡提犯四重禁作五逆罪謗方等經如是等輩有佛性耶無佛性耶聽是經者如是等疑悉得永斷復有人疑世間有邊耶世間無邊耶有十方世界耶無十方世界耶聽是經者如是等疑亦得永斷是名能斷疑惑之心慧心正直無邪曲者心若有疑則所見不正一切凡夫若不得聞是大涅槃微妙經典所見邪曲乃至聲聞辟支佛人所見亦曲云何名爲一切凡夫所見邪曲於有漏中見常樂我淨於如來所見無常苦不淨無我見有衆生壽命知見計非有想非無想處以爲涅槃見自在天有八聖道有見斷見如是等見名爲邪曲菩薩摩訶薩

若得聞是大涅槃經修行聖行則得斷除如是邪曲云何名爲聲聞緣覺邪曲見耶見於菩薩從兜率下化乘白象降神母胎父名淨飯母曰摩耶迦毗羅城處胎滿足十月而生生未至地帝釋捧接難陀龍王及跋難陀吐水而浴摩尼跋陀大鬼神王執持寶蓋隨後侍立地神化華以承其足四方各行滿足七步到於天廟令諸天像悉起承迎阿私陀仙抱持占相既占相已生大悲苦自傷當終不覩佛興諸師學書算計射御圖讖技藝處在深宮六萬婇女娛樂受樂出城遊觀至迦毗羅園道見老人乃至沙門法服而行還至宮中見諸婇女形體狀貌猶如枯骨所有宮殿塚墓無異猒惡出家夜半踰城至鬱陀伽阿羅邏等大仙人所聞説識處及非有想非無想處既聞是已諦觀是處是非常苦不淨無我捨至樹下具修梵行滿足六年知是苦行不能得成阿耨多羅三藐三菩提爾時復到阿利跋提河中洗浴受牧牛女所奉乳糜受已轉至菩提樹下破魔波旬得成阿耨多羅三藐三菩提於波羅柰爲五比丘初轉法輪乃至於此拘尸那城入般涅槃如是等見是名聲聞緣覺曲見善男子菩薩摩訶薩聽受如是大涅槃經悉得斷除如是等見若能書寫讀誦通利爲他演説思惟其義則得正直無邪曲見善男子菩薩摩訶薩修行如是大涅槃經諦知菩薩無量劫來不從兜率降神母胎乃至拘尸那城入般涅槃是名菩薩摩訶薩正直之見能知如來深密義者所謂即是大般涅槃一切衆生悉有佛性懺四重禁

除謗法心盡五逆罪滅一闡提然後得成阿耨多羅三藐三菩提是名甚深秘密之義復次善男子云何復名甚深之義雖知衆生實無有我而於未來不失業果雖知五陰於此滅盡善惡之業終不敗亡雖有諸業不得作者雖有至處無有去者雖有繫縛無受縛者雖有涅槃亦無滅者是名甚深秘密之義爾時光明遍照高貴德王菩薩摩訶薩白佛言世尊如我解佛所說聞不聞義是義不然何以故法若有者便應定有法若無者便應定無無不應生有不應滅如其聞者是則爲聞若不聞者則爲不聞云何而言聞所不聞世尊若不可聞是爲不聞若已聞者則更不聞何以故已得聞故云何而言聞所不聞譬如去者到則不去去則不到亦如生已不生不

生不生得已不得不得不得聞已不聞不聞不聞亦復如是世尊若不聞聞者一切衆生未有菩提即應有之未得涅槃亦應得之未見佛性應見佛性云何復言十住菩薩雖見佛性未得明了世尊若不聞聞者如來往昔從誰得聞若言得聞何故如來於阿含中復言無師若不聞不聞如來得成阿耨多羅三藐三菩提者一切衆生不聞不聞亦應得成阿耨多羅三藐三菩提如來若當不聞如是大涅槃經見佛性者一切衆生不聞是經亦應得見世尊凡是色者或可見或不可見聲亦如是或是可聞或不可聞是大涅槃非色非聲云何而言可得見聞世尊過去已滅則不可聞未來未至亦不可聞現在聽時則不名聞聞已聲滅更不可聞是大涅槃亦非過

去未來現在若非三世則不可說若不可說
則不可聞云何而言菩薩修是大涅槃經聞
所不聞爾時世尊讚光明遍照高貴德王菩
薩摩訶薩言善哉善哉善男子汝今善知一
切諸法如幻如燄如乾闥婆城畫水之迹亦
如泡沫芭蕉之樹空無有實非命非我無有
苦樂如十住菩薩之所知見時大衆中忽然
之頃有大光明非青見青非黃見黃非赤見
赤非白見白非色見色非明見明非見而見
爾時大衆遇斯光已身心快樂譬如比丘入
師子王定爾時文殊師利菩薩摩訶薩白佛
言世尊今此光明誰之所放爾時如來默然
不說迦葉菩薩復問文殊師利何因緣故有
此光明照於大衆文殊師利默然不說爾時
無邊身菩薩復問迦葉菩薩今此光明誰之
所有迦葉菩薩默然不說淨住王子菩薩復
問無邊身菩薩何因緣故是大衆中有此光
明無邊身菩薩默然不說如是五百菩薩皆
亦如是雖相諮問然無答者爾時世尊問文
殊師利言文殊師利何因緣故是大衆中有
此光明文殊師利言世尊如是光明名爲智
慧智慧者即是常住常住之法無有因緣云
何佛問何因緣故有是光明是光明者名大
涅槃大涅槃者則名常住常住之法不從因
緣云何佛問何因緣故有是光明是光明者
即是如來如來者即是常住常住之法不從
因緣云何如來問於因緣光明者名大慈大
悲大慈大悲者名爲常住常住之法不從因
緣云何如來問於因緣光明者即是念佛念
佛者是名常住常住之法不從因緣云何如

來問於因緣光明者即是一切聲聞緣覺不共之道聲聞緣覺不共之道即名常住常住之法不從因緣云何如來問於因緣世尊亦有因緣因滅無明則得熾然阿耨多羅三藐三菩提燈佛言文殊師利汝今莫入諸法甚深第一義諦應以世諦而解説之文殊師利言世尊於此東方過二十恒河沙等世界有佛世界名曰不動其佛住處縱廣正等足滿一萬二千由延其地七寶無有土石平正柔輭無諸溝坑其諸樹木四寶所成金銀瑠璃及以玻瓈華果茂盛無時不有若有衆生聞其華香身心安樂譬如比丘入第三禪周帀復有三千大河其水微妙八味具足若有衆生在中浴者所得喜樂譬如比丘入第二禪其河多有種種諸華優鉢羅華鉢頭摩華拘物頭華分陀利華香華大香華微妙香華常華一切衆生無遮護華其河兩岸亦有衆華所謂阿提目多伽華占婆華波吒羅華婆師羅華摩利迦華大摩利迦華新摩利迦華須摩那華由提迦華檀菟迦利華常華一切衆生無遮護華底布金沙有四梯陛金銀瑠璃雜色玻瓈多有衆鳥遊集其上復有無量虎狼師子諸惡禽獸其心相視猶如赤子彼世界中一切無有犯重禁者誹謗正法及一闡提五逆等罪其土調適無有寒熱飢渴苦惱無貪欲恚放逸嫉妬無有日月晝夜時節猶如第二忉利天上其土人民等有光明各各無有憍慢之心一切悉是菩薩大士皆得神通具大功德其心悉皆尊重正法乘於大乘愛念大乘貪樂大乘護惜大乘大慧成就得

大總持心常憐愍一切衆生其佛號曰滿月光明如來應供正遍知明行足善逝世間解無上士調御丈夫天人師佛世尊隨所住處有所講宣其土衆生無不得聞爲瑠璃光菩薩摩訶薩講宣如是大涅槃經言善男子菩薩摩訶薩若能修行大涅槃經所不聞者悉皆得聞彼瑠璃光菩薩摩訶薩問滿月光明佛亦如此問光明遍照高貴德王菩薩摩訶薩所問等無有異彼滿月光明佛即告瑠璃光菩薩言善男子西方去此二十恒河沙佛土彼有世界名曰娑婆其土多有山陵堆阜土沙礫石荊棘惡刺周遍充滿常有飢渴寒熱苦惱其土人民不能恭敬沙門婆羅門父毋師長貪著非法欲於非法修行邪法不信正法壽命短促有行姦詐王者懲之王雖有國不知滿足於他所有生貪利心興師相伐枉死者衆王者修行如是非法四天善神心無歡喜故降災旱穀米不登人民多病苦惱無量彼中有佛號釋迦牟尼如來應供正遍知明行足善逝世間解無上士調御丈夫天人師佛世尊大悲純厚愍衆生故於拘尸那城娑羅雙樹間爲諸大衆敷演如是大涅槃經彼有菩薩名光明遍照高貴德王已問斯事如汝無異佛今答之汝可速往自當得聞世尊彼瑠璃光菩薩聞是事已與八萬四千菩薩摩訶薩欲來至此故先現瑞以此因緣有此光明是名因緣亦非因緣爾時瑠璃光菩薩與八萬四千諸大菩薩俱持諸旛蓋香華瓔珞種種伎樂倍勝於前俱來至此拘尸那城娑羅雙樹間以己所持供養之具供養

於佛頭面禮足合掌恭敬右繞三帀修敬已畢却坐一面爾時世尊問彼菩薩善男子汝爲到來爲不到來瑠璃光菩薩言世尊到亦不來不到亦不來我觀是義都無有來世尊諸行若常亦復不來若是無常亦無有來若人見有衆生性者有來不來我今不見衆生定性云何當言有來不來有憍慢者見有去來無憍慢者則無去來有取行者見有去來無取行者則無去來若見如來畢竟涅槃則有去來不見如來畢竟涅槃則無去來不聞佛性則有去來聞佛性者則無去來若見聲聞辟支佛人有涅槃者則有去來不見聲聞辟支佛人有涅槃者則無去來若見聲聞辟支佛人常樂我淨則有去來若不見者則無去來若見如來無常樂我淨則有去來若見如來常樂我淨則無去來世尊且置斯事欲有所問唯垂哀愍少見聽許佛言善男子隨意所問今正是時我當爲汝分別解說所以者何諸佛難值如優曇華法亦如是難可得聞十二部經中方等復難是故應當專心聽受時瑠璃光菩薩摩訶薩既蒙聽許兼被誡勑即白佛言世尊云何菩薩摩訶薩有能修行大涅槃經聞所不聞爾時如來讚言善哉善哉善男子汝今欲盡如是大乘大涅槃海正復值我能善解説汝今所有疑網毒箭我爲大醫能善拔出汝於佛性猶未明了我有慧炬能爲照明汝今欲度生死大河我能爲汝作大船師汝於我所生父母想我亦於汝生赤子心汝心今者貪正法寶值我多有能相惠施諦聽諦聽善思念之吾當爲汝分别

宣釋善男子欲聽法者今正是時若聞法已當生敬信至心聽受恭敬尊重於正法所莫求其過莫念貪欲瞋恚愚癡莫觀法師種姓好惡既聞法已莫生憍慢莫爲恭敬名譽利養當爲度世甘露法利亦莫生念我聽法已先自度身然後度人先自解身然後解人先自安身然後安人先自涅槃然後令人而得涅槃於佛法僧應生等想於生死中生大苦想於大涅槃應生常樂我淨之想先爲他人然後爲身當爲大乘莫爲二乘於一切法當無所住亦莫專執一切法相於諸法中莫生貪想常生知法見法之想善男子汝能如是至心聽法是則名爲聞所不聞善男子有不聞聞有不聞不聞有聞不聞有聞聞善男子如不生生不生不生生不生生生如不到到不到不到到不到到到世尊云何不生生善男子安住世諦初出胎時是名不生生云何不生不生善男子是大涅槃無有生相是名不生不生云何名生不生善男子世諦死時是名生不生云何生生善男子一切凡夫是名生生何以故生生不斷故一切有漏念念生故是名生生四住菩薩名生不生何以故生自在故是名生不生善男子是名內法云何外法未生生未生未生生未生生生善男子譬如種子未生芽時得四大和合人功作業然後乃生是名未生生云何未生未生譬如敗種及未遇緣如是等輩名未生未生云何生未生如芽生已則不增長是名生未生云何生生如芽增長若生不生則無增長如是一切有漏是名外法生生瑠璃光菩薩摩

訶薩白佛言世尊有漏之法若有生者爲是常耶是無常乎生若是常有漏之法則無有生生若無常則有漏是常世尊若生能自生生無自性若能生他以何因緣不生無漏世尊若未生時有生者云何於今乃名爲生若未生時無生者何故不説虚空爲生佛言善哉善哉善男子不生生不可説生生亦不可説生不生亦不可説不生不生亦不可説生亦不可説不生亦不可説有因緣故亦可得説云何不生生不可説不生名爲生云何可説何以故以其生故云何生生不可説生生故生生故不生亦不可説云何生不生不可説生即名爲生生不自生故不可説云何不生不生不可説不生者名爲涅槃涅槃不生故不可説何以故以修道得故云何生亦不可説以生無故云何不生不可説以有得故云何有因緣故亦可得説十因緣法爲生作因以是義故亦可得説善男子汝今莫入甚深空定何以故大衆鈍故善男子有爲之法生亦是常以住無常生亦無常住亦是常以生生故住亦無常異亦是常以法無常異亦無常壞亦是常以本無今有故壞亦無常善男子以性故生住異壞皆悉是常念念滅故不可説常是大涅槃能斷滅故故名無常善男子有漏之法未生之時已有生性故生能生無漏之法本無生性是故生不能生如火有本性遇緣則發眼有見性因色因明因心故見衆生生法亦復如是由本有性遇業因緣父母和合則便有生爾時瑠璃光菩薩摩訶薩及八萬四千菩薩摩訶薩聞是法已

踊在虛空高七多羅樹恭敬合掌而白佛言世尊我蒙如來慇懃教誨因大涅槃始得悟解聞所不聞亦令八萬四千菩薩深解諸法不生生等世尊我今已解斷諸疑網然此會中有一菩薩名曰無畏復欲諮稟惟垂聽許爾時世尊告無畏菩薩善男子隨意問難吾當爲汝分別解說爾時無畏菩薩與八萬四千諸菩薩等俱從座起更整衣服長跪合掌而白佛言世尊此土衆生當造何業而得生彼不動世界其土菩薩云何而得智慧成就人中象王有大威德具修諸行利智捷疾聞則能解爾時世尊即說偈言

不害衆生命　堅持諸禁戒　受佛微妙教
則生不動國　不奪他人財　常施惠一切
造招提僧坊　則生不動國　不犯他婦女
自妻不非時　施持戒臥具　則生不動國
不爲自他故　求利及恐怖　慎口不妄語
則生不動國　莫壞善知識　遠離惡眷屬
口常和合語　則生不動國　如諸菩薩等
常離諸惡口　所說人樂聞　則生不動國
乃至於戲笑　不說非時語　謹慎常時語
則生不動國　見他得利養　常生歡喜心
不起嫉妒結　則生不動國　不惱於衆生
常生於慈心　不生方便惡　則生不動國
邪見言無施　父母及去來　不起如是見
則生不動國　曠路作好井　種植果樹林
常施乞食者　則生不動國　若於佛法僧
供養一香燈　乃至獻一華　則生不動國
若爲恐怖故　利養及福德　書是經一偈
則生不動國　若爲悕利福　能於一日中

讀誦是經典　則生不動國　若爲無上道
一日一夜中　受持八齋戒　則生不動國
不與犯重禁　同共一處住　訶謗方等者
則生不動國　若能施病者　乃至於一果
歡喜而瞻視　則生不動國　不犯僧鬘物
善守於佛物　塗掃佛僧地　則生不動國
造像及佛塔　猶如大拇指　常生歡喜心
則生不動國　若爲是經典　自身及財寶
施於說法者　則生不動國　若能聽書寫
受持及讀誦　諸佛秘密藏　則生不動國

爾時無畏菩薩摩訶薩白佛言世尊我今已知所造業緣得生彼國是光明遍照高貴德王菩薩摩訶薩普爲憐愍一切衆生先所諮問如來若說則能利益安樂人天阿修羅乾闥婆迦樓羅緊那羅摩睺羅伽等爾時世尊即告光明遍照高貴德王菩薩善哉善哉善男子汝今於此當至心聽吾當爲汝分別解說有因緣故未到不到有因緣故不到到有因緣故到不到有因緣故到到何因緣故未到不到善男子夫不到者是大涅槃凡夫未到以有貪欲瞋恚愚癡故身業口業不清淨故及受一切不淨物故犯四重故謗方等故一闡提故五逆罪故以是義故未到不到善男子何因緣故不到到不到者名大涅槃何義故到永斷貪欲瞋恚愚癡身口惡故不受一切不淨物故不犯四重故不謗方等經故不作一闡提故不作五逆罪故以是義故名不到到須陀洹者八萬劫到斯陀含者六萬劫到阿那含者四萬劫到阿羅漢者二萬劫到辟支佛者十千劫到以是義故名不到到

善男子何因緣故名到不到到者名爲二十五有一切衆生常爲無量煩惱諸結之所覆蔽往來不離猶如車輪是名爲到聲聞緣覺及諸菩薩已得永離故名不到爲欲化度諸衆生故示現在中亦名爲到善男子何因緣故名到到到者即是二十五有一切凡夫須陀洹乃至阿那含煩惱因緣故名到到善男子聞所不聞亦復如是有不聞聞有不聞不聞有聞不聞有聞聞云何不聞聞善男子不聞者名大涅槃何故不聞非有爲故非音聲故不可説故云何亦聞得聞名故所謂常樂我淨以是義故名不聞聞爾時光明遍照高貴德王菩薩摩訶薩白佛言世尊如佛所説大涅槃者不可得聞云何復言常樂我淨而可得聞何以故世尊斷煩惱者名得涅槃若未斷者名爲不得以是義故涅槃之性本無今有若世間法本無今有則名無常譬如缾等本無今有已有還無故名無常涅槃若爾云何説言常樂我淨復次世尊凡因莊嚴而得成者悉名無常涅槃若爾應是無常何等因緣所謂三十七品六波羅蜜四無量心觀於骨相阿那婆那六念處破析六大如是等法皆是成就涅槃因緣故名無常復次世尊有名無常若涅槃是有亦應無常如佛昔於阿含中説聲聞緣覺諸佛世尊皆有涅槃以是義故名爲無常復次世尊可見之法名爲無常如佛先説見涅槃者則得斷除一切煩惱復次世尊譬如虛空於諸衆生等無障礙故名爲常若使涅槃則平等者何故衆生有得不得涅槃若爾於諸衆生不平等者則不

名常世尊譬如百人共有一怨若害此怨則多人受樂若使涅槃是平等法一人得時應多人得一人斷結應多人亦斷若不如是云何名常譬如有人恭敬供養尊重讚歎國王王子父母師長則得利養是不名常涅槃亦爾不名爲常何以故如佛昔於阿含經中告阿難言若有人能恭敬涅槃則得斷結受無量樂以是義故不名爲常世尊若涅槃中有常樂我淨名者不名爲常如其無者云何可說爾時世尊告光明遍照高貴德王菩薩摩訶薩涅槃之體非本無今有若涅槃體本無今有者則非無漏常住之法有佛無佛性相常住以諸衆生煩惱覆故不見涅槃便謂爲無善薩摩訶薩以戒定慧勤修其心斷煩惱已便得見之當知涅槃是常住法非本無今有是故爲常善男子如暗室中井種種七寶人亦知有暗故不見有智之人善知方便然大明燈持往照了悉得見之是人於此終不生念水及七寶本無今有涅槃亦爾本自有之非適今也煩惱暗故衆生不見大智如來以善方便然智慧燈令諸菩薩得見涅槃常樂我淨是故智者於此涅槃不應說言本無今有善男子汝言因莊嚴故得成涅槃應無常者是亦不然何以故善男子涅槃之體非生非出非實非虛非作業生非是有漏有爲之法非聞非見非墮非死非別異相亦非同相非往非還非去來今非一非多非長非短非圓非方非尖非邪非有相非無相非名非色非因非果非我我所以是義故涅槃是常恒不變易是以無量阿僧祇劫修習善法以

自莊嚴然後乃見善男子譬如地下有八味水一切衆生而不能得有智之人施功穿掘則便得之涅槃亦爾譬如盲人不見日月良醫療之則便得見而是日月非是本無今有涅槃亦爾先自有之非適今也善男子如人有罪繫之囹圄久乃得出還家得見父母兄弟妻子眷屬涅槃亦爾善男子汝言因緣故涅槃之法應無常者是亦不然何以故善男子因有五種何等爲五一者生因二者和合因三者住因四者增長因五者遠因云何生因生因者即是業煩惱等及外諸草木子是名生因云何和合因如善與善心和合不善與不善心和合無記與無記心和合是名和合因云何住因如下有柱屋則不墮山河樹木因大地故而得住立内有四大無量煩惱衆生得住是名住因云何增長因因緣衣服飲食等故令衆生增長如外種子火所不燒鳥所不食則得增長如諸沙門婆羅門等依因和尚善知識等而得增長如因父母子得增長是名增長因云何遠因譬如因呪鬼不能害毒不能中依憑國王無有盜賊如芽依因地水火風等如水鑽人爲酥遠因如明色等爲識遠因父母精血爲衆生遠因如時節等悉名遠因善男子涅槃之體非是如是五因所成云何當言是無常耶復次善男子復有二因一者作因二者了因如陶師輪繩是名作因如燈燭等照暗中物是名了因善男子大涅槃者不從作因而有唯從了因了因者所謂三十七助道法六波羅蜜是名了因善男子布施者是涅槃因非大涅槃因檀波

羅蜜乃得名爲大涅槃因三十七品是涅槃因非大涅槃因無量阿僧祇助菩提法乃得名爲大涅槃因

大般涅槃經卷第二十一

音釋

毘陀（梵語也或云韋陀此云智論毘頻彌切）毘伽羅（梵語也此云字本伽具牙切）衛世師（梵語也此云無勝）薄蝕（薄伯各切氣往迫也蝕乘力切侵噬也）讖記（讖楚禁切楨言未來之驗曰讖）阿羅邏（梵語也仙人名邏郎佐切）溝坑（溝古侯切水瀆也坑口莖切塹也）優鉢羅（梵語也此云青蓮華鉢比末切）鉢頭摩（梵語也此云紅蓮華）分陀利（梵語也此云白蓮華）塠阜（塠都回切聚土也阜房久切小土山也）沙礫（礫郎擊切小石也）荆棘（荆舉卿切楚木也棘紀力切小棗也）懲（直陵切戒也）囹圄（囹郎丁切圄魚巨切獄名也）鑽（子筭切所以穿物也）

大般涅槃經卷第二十二

北涼天竺三藏曇無讖奉　詔譯

光明遍照高貴德王菩薩品第十之二

爾時光明遍照高貴德王菩薩摩訶薩白佛言世尊云何布施不得名爲檀波羅蜜云何布施而得名之檀波羅蜜乃至般若波羅蜜云何不得名般若波羅蜜云何得名般若波羅蜜云何名涅槃云何名大涅槃佛言善男子菩薩摩訶薩修行方等大般涅槃不聞布施不見布施不聞檀波羅蜜不見檀波羅蜜乃至不聞般若不見般若不聞般若波羅蜜不見般若波羅蜜不聞涅槃不見涅槃不聞大涅槃不見大涅槃菩薩摩訶薩修大涅槃知見法界解了實相空無所有無有和合覺知之相得無漏相無所作相如幻化相熱時炎相乾闥婆城空虛之相菩薩爾時得如是相無貪恚癡不聞不見是名菩薩摩訶薩眞實之相安住實相菩薩摩訶薩自知此是檀此是檀波羅蜜乃至此是般若此是般若波羅蜜此是涅槃此是大涅槃善男子云何是施非波羅蜜見有乞者然後乃與是名爲施非波羅蜜若無乞者開心自施是則名爲檀波羅蜜若時時施是名爲施非波羅蜜若修常施是則名爲檀波羅蜜若施他已還生悔心是名爲施非波羅蜜施已不悔是則名爲檀波羅蜜菩薩摩訶薩於財物中生四怖心王賊水火歡喜施與是則名爲檀波羅蜜若望報施是名爲施非波羅蜜施不望報是則名爲檀波羅蜜若爲恐怖名聞利養家法相續天上五欲爲憍慢故爲勝他故爲知識故

爲求報故如市易法善男子如人種樹爲得蔭涼爲得華果及以材木若人修行如是等施是名爲施非波羅蜜菩薩摩訶薩修行如是大涅槃者不見施者受者財物不見時節不見福田及非福田不見因不見緣不見果報不見作者不見受者不見多不見少不見淨不見不淨不輕受者已身財物不見見者不見不見者不計已他唯爲方等大般涅槃常住法故修行布施爲利一切諸衆生故而行布施爲斷一切衆生煩惱故行於施爲諸衆生不見受者施者財物故故行於施善男子譬如有人墮大海水抱持死屍則得度脫菩薩摩訶薩修大涅槃行布施時亦復如是如彼死屍善男子譬如有人閉在深獄門戶堅牢唯有廁孔便從中出到無礙處菩薩摩訶薩修大涅槃行布施時亦復如是善男子譬如貴人恐怖急厄更無恃怙依旃陀羅菩薩摩訶薩修大涅槃行於布施亦復如是善男子譬如病人爲除病苦得安樂故服食不淨菩薩摩訶薩修大涅槃行於布施亦復如是善男子如婆羅門值穀湧貴爲壽命故食噉狗肉菩薩摩訶薩修大涅槃行於布施亦復如是善男子大涅槃中如是之事從無量劫來不聞而聞尸羅尸羅波羅蜜乃至般若般若波羅蜜如佛雜華經中廣說善男子云何菩薩摩訶薩修大涅槃不聞而聞十二部經其義深邃昔來不聞今因是經得具足聞先雖得聞唯聞名字而今於此大涅槃經乃得聞義聲聞緣覺唯聞十二部經名字不聞其義今於此經具足得聞是名不聞而聞

善男子一切聲聞緣覺經中曾不聞佛有常樂我淨不畢竟滅三寶佛性無差別相犯四重罪謗方等經作五逆罪及一闡提悉有佛性今於此經而得聞之是名不聞而聞爾時光明遍照高貴德王菩薩摩訶薩白佛言世尊若犯重禁謗方等經作五逆罪一闡提等有佛性者是等云何復墮地獄世尊若使是等有佛性者云何復言無常樂我淨世尊若斷善根名一闡提者斷善根時所有佛性云何不斷佛性若斷云何復言常樂我淨如其不斷何故名爲一闡提耶世尊犯四重禁名爲不定謗方等經作五逆罪及一闡提悉名不定如是等輩若決定者云何得成阿耨多羅三藐三菩提得須陀洹乃至辟支佛亦名不定若須陀洹至辟支佛是決定者亦不應成阿耨多羅三藐三菩提世尊若犯四重不決定者須陀洹乃至辟支佛亦不決定如是不定諸佛如來亦復不定若佛不定涅槃體性亦復不定至一切法亦復不定云何不定若一闡提除一闡提則成佛道諸佛如來亦應如是入涅槃已亦應還出不入涅槃若如是者涅槃之性則爲不定不決定故當知無有常樂我淨云何說言一闡提等當得涅槃爾時世尊告光明遍照高貴德王菩薩摩訶薩言善哉善哉善男子爲欲利益無量衆生令得安樂憐愍慈念諸世間故爲欲增長發菩提心諸菩薩故作如是問善男子汝已親近過去無量諸佛世尊於諸佛所種諸善根久已成就菩提功德降伏衆魔令其退散已教無量無邊衆生悉令得至阿耨多羅三藐

三菩提久已通達諸佛如來所有甚深秘密之藏已問過去無量無邊恒河沙等諸佛世尊如是甚深微密之義我都不見一切世間若人若天沙門婆羅門若魔若梵有能諮問如來是義今當誠心諦聽諦聽吾當爲汝分別演說善男子一闡提者亦不決定若決定者是一闡提終不能得阿耨多羅三藐三菩提以不決定是故能得如汝所言佛性不斷云何一闡提斷善根者善男子善根有二種一者内二者外佛性非内非外以是義故佛性不斷復有二種一者有漏二者無漏佛性非有漏非無漏是故不斷復有二種一者常二者無常佛性非常非無常是故不斷若是斷者則應還得若不還得則名不斷若斷已得名一闡提犯四重者亦是不定若決定者犯四重禁終不能得阿耨多羅三藐三菩提謗方等經亦復不定若決定者謗正法人終不能得阿耨多羅三藐三菩提作五逆罪亦復不定若決定者五逆之人終不能得阿耨多羅三藐三菩提色與色相二俱不定香味觸相生相至無明相陰入界相二十五有相四生乃至一切諸法皆亦不定善男子譬如幻師在大衆中化作四兵車步象馬作諸瓔珞嚴身之具城邑聚落山林樹木泉池河井而彼衆中有諸小兒無有智慧觀見之時悉以爲實其中智人知其虚誑以幻力故惑人眼目善男子一切凡夫乃至聲聞辟支佛等於一切法見有定相亦復如是諸佛菩薩於一切法不見定相善男子譬如小兒於盛夏月見熱時炎謂之爲水有智之人於此熱炎

終不生於實水之想但是虛炎誑人眼目非實是水一切凡夫聲聞緣覺見一切法亦復如是悉謂是實諸佛菩薩於一切法不見定相善男子譬如山澗因聲有響小兒聞之謂是實聲有智之人解無定實但有聲相誑於耳識善男子一切凡夫聲聞緣覺於一切法亦復如是見有定相諸菩薩等解了諸法悉無定相見無常相空寂等相無生滅相以是義故菩薩摩訶薩見一切法是無常相善男子亦有定相云何爲定常樂我淨在何處耶所謂涅槃善男子須陀洹果亦復不定不決定故經八萬劫得阿耨多羅三藐三菩提心斯陀含果亦復不定不決定故經六萬劫得阿耨多羅三藐三菩提心阿那含果亦復不定不決定故經四萬劫得阿耨多羅三藐三菩提心阿羅漢果亦復不定不決定故經二萬劫得阿耨多羅三藐三菩提心辟支佛道亦復不定不決定故經十千劫得阿耨多羅三藐三菩提心善男子如來今於拘尸那城娑羅雙樹間示現倚卧師子之牀欲入涅槃令諸未得阿羅漢果衆弟子等及諸力士生大憂苦亦令天人阿修羅乾闥婆迦樓羅緊那羅摩睺羅伽等大設供養欲使諸人以千端氎纏裹其身七寶爲棺盛滿香油積諸香木以火焚之唯餘二端不可得燒一者襯身二者最在外爲諸衆生分散舍利以爲八分一切所有聲聞弟子咸言如來入於涅槃當知如來亦不畢定入於涅槃何以故如來常住不變易故以是義故如來涅槃亦復不定善男子當知如來亦復不定如來非天何以

故有四種天一者世間天二者生天三者淨天四者義天世間天者如諸國王生天者從四天王乃至非有想非無想天淨天者從須陀洹至辟支佛義天者十住菩薩摩訶薩等以何義故十住菩薩名爲義天以能善解諸法義故云何爲義見一切法是空義故善男子如來非王亦非四天乃至非有想非無想天從須陀洹至辟支佛十住菩薩以是義故如來非天然諸衆生亦復稱佛爲天中天是故如來非天非非天非人非非人非鬼非非鬼非地獄畜生餓鬼非非地獄畜生餓鬼非衆生非非衆生非法非非法非色非非色非長非非長非短非非短非相非非相非心非非心非有漏非無漏非有爲非無爲非常非無常非幻非非幻非名非非名非定非非定非有非非有非無非非無非説非非説非如來非不如來以是義故如來不定善男子何故如來不名世天世天者即是諸王如來久於無量劫中已捨王位是故非王非非王者如來生於迦毗羅城淨飯王家是故非非王非生天者如來久已離諸有故是故非生天非非生天何以故昇兜率天下閻浮提故是故如來非非生天亦非淨天何以故如來非是須陀洹乃至非辟支佛是故如來非是淨天非非淨天何以故世間八法所不能染猶如蓮華不受塵水是故如來非非淨天亦非義天何以故如來非是十住菩薩是故如來非義天也非非義天何以故如來常修十八空義故是故如來非非義天如來非人何以故如來久於無量劫中離人有故是故非

人亦非非人何以故生於迦毗羅城故是故非非人如來非鬼何以故不害一切諸衆生故是故非鬼亦非非鬼何以故亦以鬼像化衆生故是故非非鬼如來亦非地獄畜生餓鬼何以故如來久離諸惡業故是故非地獄畜生餓鬼亦非非地獄畜生餓鬼何以故如來亦復現受三惡諸趣之身化衆生故是故非非地獄畜生餓鬼亦非衆生何以故久已遠離衆生性故是故如來非衆生亦非非衆生何以故或時演說衆生相故是故如來非非衆生如來非法何以故諸法各各有別異相如來不爾唯有一相是故非法亦非非法何以故如來法界故是故非非法如來非色何以故十色入所不攝故是故非色亦非非色何以故身有三十二相八十種好故是故非非色如來非長何以故斷諸色故是故非長亦非非長何以故一切世間無有能見頂髻相故是故非非長如來非短何以故久已遠離憍慢結故是故非短亦非非短何以故爲瞿師羅長者示三尺身故是故非非短如來非相何以故久已遠離諸相相故是故非相亦非非相何以故善知諸相故是故非非相如來非心何以故虛空相故是故非心亦非非心何以故有十力心法故亦能知他衆生心故是故非非心如來非有爲何以故常樂我淨故是故非有爲亦非無爲何以故有來去坐卧示現涅槃故是故非無爲如來非常何以故身有分故是故非常云何非常以有知故常法無知猶如虛空如來有知是故非常云何非常有言說故常法無言亦如虛

空如來有言是故無常有姓氏故名曰無常無姓之法乃名爲常虛空常故無有姓氏如來有姓姓瞿曇氏是故無常有父母故名曰無常無父母者乃名曰常虛空常故無有父母佛有父母是故無常有四威儀名曰無常無四威儀乃名曰常虛空常故無四威儀佛有四威儀是故無常常住之法無有方所虛空常故無有方所如來出在東天竺地住舍婆提或王舍城是故無常以是義故如來非常亦非非常何以故生永斷故有生之法名曰無常無生之法乃名爲常如來無生是故爲常常法無姓有姓之法名曰無常如來無生無姓無生無姓故常有常之法徧一切處猶如虛空無處不有如來亦爾徧一切處是故爲常無常之法或言此有或言彼無如來不爾不可說言是處有彼處無是故爲常無常之法有時是有有時是無如來不爾有時是有有時是無是故爲常常住之法無名無色虛空常故無名無色如來亦爾無名無色是故爲常常住之法無因無果虛空常故無因無果如來亦爾無因無果是故爲常常住之法三世不攝如來亦爾三世不攝是故爲常如來非幻何以故永斷一切虛誑心故是故非幻亦非非幻何以故如來或時分此一身爲無量身無量之身復爲一身山壁直過無有障礙履水如地入地如水行空如地身出煙燄如大火聚雲雷震動其聲可畏或爲城邑聚落舍宅山川樹木或作大身或作小身男身女身童男童女身是故如來亦非非幻如來非定何以故如來於此拘尸那城娑

羅雙樹間示現入於般涅槃故是故非定亦非非定何以故常樂我淨故是故如來亦非非定如來非有漏何以故斷三漏故故非有漏三漏者欲界一切煩惱除無明是名欲漏色無色界一切煩惱除無明是名有漏三界無明名無明漏如來永斷是故非漏復次一切凡夫不見有漏云何凡夫不見有漏一切凡夫於未來世悉有疑心未來世中當得身耶不得身耶過去世中身本有耶爲本無耶現在世中是身有耶是身無耶若有我者是色耶非色耶色非色耶非色非非色耶想耶非想耶想非想耶非想非非想耶是身屬他耶不屬他耶屬不屬耶非屬非不屬耶有命無身耶有身無命耶有身有命耶無身無命耶身之與命有常耶無常耶常無常耶非常非無常耶身之與命自在作耶時節作耶無因作耶世性作耶微塵作耶法非法作耶士夫作耶煩惱作耶父母作耶我住心耶住眼中耶徧滿身中耶從何來耶去何至耶誰生耶誰死耶我於過去是婆羅門姓耶是剎利姓耶是毗舍姓耶是首陀姓耶當於未來得何姓耶我此身者過去之時是男身耶是女身耶畜生身耶若我殺生當有罪耶當無罪耶乃至飲酒當有罪耶當無罪耶我自作耶爲他作耶我受報耶身受報耶如是疑見無量煩惱覆衆生心因是疑見生六種心決定有我決定無我我見我我見無我無我見我我作我受我知是名邪見如來永拔如是無量見漏根本是故非漏善男子菩薩摩訶薩於大涅槃修聖行者亦得永斷如是諸漏諸

佛如來常修聖行是故無漏善男子凡夫不能善攝五根則有三漏爲惡所牽至不善處善男子譬如惡馬其性狠悷能令乘者至險惡處不能善攝此五根者亦復如是令人遠離涅槃善道至諸惡處譬如惡象心未調順有人乘之不隨意去遠離城邑至空曠處不能善攝此五根者亦復如是將人遠離涅槃城邑至於生死曠野之處善男子譬如佞臣教王作惡五根佞臣亦復如是常教衆生造無量惡善男子譬如惡子不受師長父母教勑則無惡不造不調五根亦復如是不受師長善言教勑無惡不造善男子凡夫之人不攝五根常爲地獄畜生餓鬼之所殘害亦如惡賊害及善人善男子凡夫之人不攝五根馳騁五塵譬如牧牛不善守護犯人苗稼凡夫之人不攝五根常在諸有多受苦惱善男子菩薩摩訶薩修大涅槃行聖行時常能善調守攝五根怖畏貪欲瞋恚愚癡憍慢嫉妬爲得一切諸善法故善男子若能善守此五根者則能攝心若能攝心則攝五根譬如有人擁護於王則護國土護國土者則護於王菩薩摩訶薩亦復如是若得聞是大涅槃經則得智慧得智慧故則得專念五根若散念則能止何以故是念慧故善男子如善牧者設牛東西噉他苗稼則便遮止不令犯暴菩薩摩訶薩亦復如是念慧因緣故守攝五根不令馳散菩薩摩訶薩有念慧者不見我相不見我所相不見衆生及所受用見一切法同法性相生於土石瓦礫之相譬如屋舍從衆緣生無有定性見諸衆生四大五陰之所

成立推無定性無定性故菩薩於中不生貪著一切凡夫見有衆生故起煩惱菩薩摩訶薩修大涅槃有念慧故於諸衆生不生貪著復次菩薩摩訶薩修大涅槃經者不著衆生相作種種法相善男子譬如畫師以衆雜綵畫作衆像若男若女若牛若馬凡夫無智見之則生男女等相畫師了知無有男女菩薩摩訶薩亦復如是於法異相觀於一相終不生於衆生之相何以故有念慧故菩薩摩訶薩修大涅槃或時觀見端正女人終不生於貪著之心何以故善觀相故善男子菩薩摩訶薩知五欲法無有歡樂不得暫停如犬齧枯骨如人持火逆風而行如篋毒蛇夢中所得路首果樹多人所擲亦如段肉衆鳥競逐如水上泡畫水之迹如織經盡如囚趣市猶如假借勢不得久觀欲如是多諸過惡復次菩薩摩訶薩觀諸衆生爲色香味觸因緣故從昔無數無量劫來常受苦惱一一衆生一劫之中所積身骨如王舍城毗富羅山所飲乳汁如四海水身所出血多四海水父母兄弟妻子眷屬命終哭泣所出目淚多四大海盡地草木爲四寸籌以數父母亦不能盡無量劫來或在地獄畜生餓鬼所受行苦不可稱計摶此大地猶如棗等易可窮極生死難盡菩薩摩訶薩如是深觀一切衆生欲因緣故受苦無量菩薩以是生死行苦故不失念慧善男子譬如世間有諸大衆滿二十五里王勑一臣持一油鉢經由中過莫令傾覆若棄一滴當斷汝命復遣一人拔刀在後隨而怖之臣受王教盡心堅持經歷爾所大衆之

中雖見可意五邪欲等心常念言我若放逸著彼邪欲當棄所持命不全濟是人以是怖因緣故乃至不棄一滴之油菩薩摩訶薩亦復如是於生死中不失念慧以不失故雖見五欲心不貪著若見淨色不生色相唯觀苦相乃至識相亦復如是不作生相不作滅相不作因相觀和合相菩薩爾時五根清淨根清淨故護根戒具一切凡夫五根不淨不能善持名曰根漏菩薩永斷是故無漏如來拔出永斷根本是故非漏復次善男子復有離漏菩薩摩訶薩欲爲無上甘露佛果故離於惡漏云何爲離若能修行大涅槃經書寫受持讀誦解說思惟其義是名爲離何以故善男子我都不見十二部經能離惡漏如此方等大涅槃經善男子譬如良師教諸弟子諸

弟子中有受教者心不造惡菩薩摩訶薩修大涅槃微妙經典亦復如是心不造惡善男子譬如世間有善呪術若有一聞却後七年不爲一切毒藥所中蛇不能螫若有誦者乃至命盡無有衆惡善男子是大涅槃經亦復如是若有衆生一經耳者却後七劫不墮惡道若有書寫讀誦解說思惟其義必得阿耨多羅三藐三菩提得見佛性如彼聖王得甘露味善男子是大涅槃有如是等無量功德善男子若有人能書寫是經讀誦解說爲他敷演思惟其義當知是人眞我弟子善受我教是我所見我之所念是人諦知我不涅槃隨如是人所住之處若城邑聚落山林曠野房舍田宅樓閣殿堂我亦在中常住不移我於是人常作受施或作比丘比丘尼優婆塞

優婆夷婆羅門梵志貧窮乞人云何當令是人得知如來受其所施之物善男子是人或於夜卧夢中夢見佛像或見天像沙門之像國王聖王師子王像蓮華形像優曇華像或見大山或見大海水或見日月或見白象及白馬像或見父母得華得果金銀瑠璃玻瓈等寶五種牛味爾時當知即是如來受其所施藉已喜樂尋得種種所須之物心不念惡樂修善法善男子是大涅槃悉能成就如是無量阿僧祇等不可思議無邊功德善男子汝今應當信受我語若有善男子善女人欲見我者欲恭敬我欲同法性而見於我欲得空定欲見實相欲得修集首楞嚴定師子王定欲破八魔八魔者所謂四魔無常無樂無我無淨欲得人中天上樂者見有受持大涅槃經書寫讀誦爲他解說思惟義者當往親近依附諮受供養恭敬尊重讚歎爲洗手足布置牀席四事供給令無所乏若從遠來應十由延路次奉迎爲是經故所重之物應以奉獻如其無者應自賣身何以故是經難遇過優曇華善男子我念過去無量無邊那由他劫爾時世界名曰娑婆有佛世尊號釋迦牟尼如來應供正遍知明行足善逝世間解無上士調御丈夫天人師佛世尊爲諸大衆宣說如是大涅槃經我於爾時從善友所轉聞彼佛當爲大衆說大涅槃我聞是已其心歡喜欲設供養居貧無物欲自賣身薄福不售即欲還家路見一人而便語言吾欲賣身君能買不其人答曰我家作業人無堪者汝設能爲我當買汝我即問言有何作業人無

能堪其人見答吾有惡病良醫處藥應當日服人肉三兩卿若能以身肉三兩日日見給便當與汝金錢五枚我時聞已心中歡喜我復語言汝與我錢假我七日須我事訖便還相就其人見答七日不可審能爾者當許一日善男子我於爾時即取其錢還至佛所頭面禮足盡其所有而以奉獻然後誠心聽受是經我時闇鈍雖得聞經唯能受持一偈文句

如來證涅槃　永斷於生死　若有至心聽
常得無量樂

受是偈已即便還至彼病人家善男子我時雖復日日與三兩肉以念偈因緣故不以爲痛日日不廢足滿一月善男子以是因緣其病得差我身平復亦無瘡痍我時見身具足完具即發阿耨多羅三藐三菩提心一偈之力尚能如是何況具足受持讀誦我見此經有如是利復倍發心願於未來得成佛道字釋迦牟尼善男子以是一偈因緣力故令我今日於大衆中爲諸天人具足宣說善男子以是因緣是大涅槃不可思議成就無量無邊功德乃是諸佛如來甚深秘密之藏以是義故能受持者斷離惡漏所謂惡者惡象惡馬惡牛惡狗毒蛇住處惡刺土地懸崖險岸暴水洄澓惡人惡國惡城惡舍惡知識等如是等輩若作漏因菩薩即離若不能作則不遠離若增有漏則便離之若不增長則不遠離若作惡法則便離之若能作善則不遠離云何爲離不持刀杖常以正慧方便而遠離之是故名爲正慧遠離爲生善法則離惡法

菩薩摩訶薩自觀其身如病如瘡如癰如怨如箭入體是大苦聚悉是一切善惡根本是身雖復不淨如是菩薩猶故瞻視將養何以故非爲貪身爲善法故爲於涅槃不爲生死爲常樂我淨不爲無常無樂我淨爲菩提道不爲有道爲於一乘不爲二乘爲三十二相八十種好微妙之身不爲乃至非有想非無想身爲法輪王不爲轉輪王善男子菩薩摩訶薩常當護身何以故若不護身命則不全命若不全則不能得書寫是經受持讀誦爲他廣說思惟其義是故菩薩應善護身以是義故菩薩得離一切惡漏善男子如欲渡者應善護筏臨路之人善護良馬田夫種植善護糞穢如爲瘡毒善護毒蛇如人爲財護旃陀羅爲壞賊故將護健兒亦如寒人愛護於火如癩病者求於毒藥菩薩摩訶薩亦復如是雖見是身無量不淨具足充滿爲欲受持大涅槃經故猶好將護不令乏少菩薩摩訶薩觀於惡象及惡知識等無有二何以故俱壞身故菩薩摩訶薩於惡象等心無怖懼於惡知識生畏懼心何以故是惡象等唯能壞身不能壞心惡知識者二俱壞故是惡象等唯壞一身惡知識者壞無量善身無量善心是惡象等唯能破壞不淨臭身惡知識者能壞淨身及以淨心是惡象等能壞肉身惡知識者壞於法身爲惡象殺不至三惡爲惡友殺必至三惡是惡象等但爲身怨惡知識者爲善法怨是故菩薩常當遠離諸惡知識如是等漏凡夫不離是故生漏菩薩離之則不生漏菩薩如是尚無有漏況於如來是故非

漏云何親近漏一切凡夫受取衣食卧具醫藥爲身心樂求如是物造種種惡不知過失輪迴三趣是故名漏菩薩摩訶薩見如是過則便遠離若須衣時即便受取不爲身故但爲於法不長憍慢心常卑下不爲嚴飾但爲羞恥障諸寒暑惡風惡雨惡蟲蚊虻蠅蚤蝮蝎雖受飲食心不貪著不爲身故常爲正法不爲膚肌但爲衆生不爲憍慢爲身力故不爲怨害爲治飢瘡雖得上味心無貪著受取房舍亦復如是貪慢之結不令居心爲菩提舍遮止結賊障惡風雨故受屋舍求醫藥者心無貪慢但爲正法不爲壽命爲常命故善男子如人病瘡爲酥麨塗以衣裹之爲出膿血酥麨塗拊爲瘡愈故以藥坌之爲惡風故在深屋中菩薩摩訶薩亦復如是觀身是瘡故以衣覆爲九孔膿求索飲食爲惡風雨受取房舍爲四毒發求覓醫藥菩薩受取四種供養爲菩提道非爲壽命何以故菩薩摩訶薩作是思惟我若不受是四供養身則磨滅不得堅牢若不堅牢則不忍苦若不忍苦則不能得修集善法若能忍苦則得修集無量善法我若不能堪忍衆苦則於苦受生瞋恚心於樂受中生貪著心若求樂不得則生無明是故凡夫於四供養生於有漏菩薩摩訶薩能深觀察不生於漏是故菩薩名爲無漏云何如來當名有漏是故如來不名有漏

大般涅槃經卷第二十二

音釋

一闡提　梵語也或云阿顛底迦此云極惡闡恥善切

襯　初覲切近身衣也

很悷　很胡懇切悷郎計切很悷不聽從也

齧　倪結切噬也

螫　施隻切蟲毒也

瘡痍　瘡初良切痏也又瘍也痍戈支切傷也

瘥　楚懈切病除也亦作差

蝮蝎　蝮方六切蟲名也蝎許竭切毒蟲也

麨　尺沼切乾粮也

拊　方遇切以手着物也

大般涅槃經卷第二十三

北涼天竺三藏曇無讖奉　詔譯

光明遍照高貴德王菩薩品第十之三

復次善男子一切凡夫雖善護身心猶故生於三種惡覺以是因緣雖斷煩惱得生非想非非想處猶故還墮三惡道中善男子譬如有人渡於大海垂至彼岸没水而死凡夫之人亦復如是垂盡三有還墮三塗何以故無善覺故何等善覺所謂六念處凡夫之人善心羸劣不善熾盛善心羸故慧心薄少慧心薄故增長諸漏菩薩摩訶薩慧眼清淨見三覺過知是三覺有種種患常與衆生作三乘怨三覺因緣乃令無量凡夫衆生不見佛性無量劫中生顛倒心謂佛世尊無常樂我唯有一淨如來畢竟入於涅槃一切衆生無常無樂無我無淨顛倒心故言有常樂我淨實無三乘顛倒心故言有三乘一實之道眞實不虛顛倒心故言無一實是三惡覺常爲諸佛及諸菩薩之所訶責是三惡覺常害於我或亦害他有是三覺一切諸惡常來隨從是三覺者即爲三縛連綴衆生無邊生死菩薩摩訶薩常作如是觀察三覺菩薩或時有因緣故應生欲覺默然不受譬如端正淨潔之人不受一切糞穢不淨如熱鐵丸人無受者如婆羅門性不受牛肉如飽滿人不受惡食如轉輪王不與一切旃陀羅等同坐一牀菩薩摩訶薩惡賊三覺不受不味亦復如是何以故菩薩思惟衆生知我是良福田我當云何受是惡法若受惡覺則不任爲衆生福田我自不言是良福田衆生見相便言我是我

令若起如是惡覺則爲欺誑一切衆生我於往昔以欺誑故無量劫中流轉生死墮三惡道我若惡心受人信施一切天人及五通仙悉當證知而見訶責我若惡覺受人信施或令施主果報減少或空無報我若惡心受檀越施則與施主而爲讎怨一切施主恒於我所起赤子想我當云何欺誑於彼而生怨想何以故或令施主不得果報或少果報故我常自稱爲出家人夫出家者不應起惡若起惡者則非出家出家之人身口相應若不相應則非出家我棄父母兄弟妻子眷屬知識出家修道正是修習諸善覺時非是修習不善覺時譬如有人入海求寶不取眞珠直取水精亦如有人棄妙音樂遊戲糞穢如棄寶女與婢交通如棄金器用於瓦盆如棄甘露服食毒藥如捨親舊良善之醫從怨惡醫求藥而服我亦如是捨離大師如來世尊甘露法味而服魔怨種種惡覺人身難得如優曇華我今已得如來難值遇優曇華我今已值清淨法寶難得見聞我今已聞猶如盲龜值浮木孔人命不停過於山水今日雖存明亦難保云何縱心令住惡法壯色不停猶如奔馬云何恃怙而生憍慢猶如惡鬼伺求人過四大惡魔亦復如是常來伺求我之過失云何當令惡覺發起譬如朽宅垂崩之屋我命亦爾云何起惡我名沙門沙門之人名覺善覺我今乃起不善之覺云何當得名沙門也我名出家出家之人名修善道我今行惡云何當得名爲出家我今名爲眞婆羅門婆羅門者名修淨行我今乃行不淨惡覺云何當

得名婆羅門我今亦名刹利大姓刹利姓者能除怨敵我今不能除惡怨敵云何當得名刹利姓我名比丘比丘之人名破煩惱我今不破惡覺煩惱云何當得名爲比丘世有六處難可值遇我今已得云何當令惡覺居心何等爲六一佛世難遇二正法難聞三善心難生四難生中國五難得人身六諸根難具如是六事難得已得是故不應起於惡覺菩薩爾時修行如是大涅槃經常勤觀察是諸惡心一切凡夫不見如是惡心過患故受三覺名爲受漏菩薩見已不受不著放捨不護依八聖道推之令去斬之令斷是故菩薩無有受漏云何當言如來有漏以是義故如來世尊非是有漏復次善男子凡夫若遇身心苦惱起種種惡若得身病若得心病令身口意作種種惡以作惡故輪迴三趣具受諸苦何以故凡夫之人無念慧故是故生於種種諸漏是名念漏菩薩摩訶薩常自思惟我從往昔無數劫來爲是身心造種種惡以是因緣流轉生死在三惡道具受衆苦遂令我遠三乘正路菩薩以是惡因緣故於已身心生大怖畏捨離衆惡趣向善道善男子譬如有王以四毒蛇盛之一篋令人瞻養餧飼卧起摩洗其身若令一蛇生瞋恚者我當准法戮之都市爾時其人聞王勑令心生惶怖捨篋逃走王時復遣五旃陀羅拔刀隨後其人迴顧見後五人遂疾捨去是時五人以惡方便藏所持刀密遣一人詐爲親善而語之言汝可還來其人不信投一聚落欲自隱匿既入聚中闚看諸舍都不見人執捉瓨器悉空無

物既不見人求物不得即便坐地聞空中聲咄哉男子此聚空曠無有居民今夜當有六大賊來汝設遇者命將不全汝當云何而得免之爾時其人恐怖遂增復捨而去路值一河其水漂急無有船筏以怖畏故即取種種草木爲筏復更思惟我設住此當爲毒蛇五旃陀羅一詐親者及六大賊之所危害若渡此河筏不可依當沒水死寧沒水死終不爲彼蛇賊所害即推草筏置之水中身倚其上手抱脚蹋截流而去既達彼岸安隱無患心意泰然恐怖消除菩薩摩訶薩得聞受持大涅槃經觀身如篋地水火風如四毒蛇見毒觸毒氣毒齧毒一切衆生遇是四毒故喪其命衆生四大亦復如是或見爲惡或觸爲惡或氣爲惡或齧爲惡以是因緣遠離衆善復次善男子菩薩摩訶薩觀四毒蛇有四種性所謂刹利婆羅門毗舍首陀是四大蛇亦復如是有四種性堅性濕性熱性動性是故菩薩觀是四大與四毒蛇同其種性復次善男子菩薩摩訶薩觀是四大如四毒蛇云何爲觀是四毒蛇常伺人便何時當視何時當觸何時當噓何時當齧四大毒蛇亦復如是常伺衆生求其短缺若爲四蛇之所殺者終不至於三惡道中若爲四大之所殺害必至三惡道定無有疑是四毒蛇雖復瞻養亦欲殺人四大亦爾雖常供給亦常牽人造作衆惡是四毒蛇若一瞋者則能殺人四大之性亦復如是若一大發亦能害人是四毒蛇雖同一處四心各異四大毒蛇亦復如是雖同一處性各別異是四毒蛇雖復恭敬難可親近

四大毒蛇亦復如是雖復恭敬亦難親近是四毒蛇若害人時或有沙門婆羅門等若以呪藥則可療治四大殺人雖有沙門婆羅門等神呪良藥則不能治如自喜人聞四毒蛇氣臭可惡則便遠離諸佛菩薩亦復如是聞四大臭即便遠離爾時菩薩復更思惟四大毒蛇生大怖畏背之馳走修八聖道五旃陀羅者即是五陰云何菩薩觀於五陰如旃陀羅旃陀羅者常能令人恩愛別離怨憎集會五陰亦爾令人貪近不善之法遠離一切純善之法復次善男子如旃陀羅種種器仗以自莊嚴若刀若盾若弓若箭若鎧若矟能害於人五陰亦爾以諸煩惱牢自莊嚴害諸癡人令墮諸有善男子如旃陀羅有過之人得便害之五陰亦爾有諸結過常能害人是故菩薩深觀五陰如旃陀羅復次菩薩觀察五陰如旃陀羅旃陀羅人無慈愍心怨親俱害五陰亦爾無慈愍心善惡俱害如旃陀羅惱一切人五陰亦爾以諸煩惱常惱一切生死衆生是故菩薩觀於五陰如旃陀羅復次善薩觀察五陰如旃陀羅旃陀羅人常懷害心五陰亦爾常懷諸結惱害之心如人無足刀仗侍從當知必爲旃陀羅人之所殺害衆生亦爾無足無刀無有侍從則爲五陰之所賊害足名爲戒刀名爲慧侍從名爲善知識無此三事故爲五陰之所賊害是故菩薩觀於五陰如旃陀羅復次善男子菩薩摩訶薩觀察五陰過旃陀羅何以故衆生若爲五旃陀羅之所殺者不墮地獄爲陰殺者則墮地獄是故菩薩觀察五陰過旃陀羅作是觀已

而作願言我寧終身近旃陀羅不能暫時近於五陰旃陀羅者唯能害於欲界癡人是五陰賊徧害三界凡夫衆生旃陀羅人唯能殺戮有罪之人是五陰賊不問衆生有罪無罪悉能害之旃陀羅人不害衰老婦女稚小是五陰賊不問衆生老稚婦女一切悉害是故菩薩深觀五陰過旃陀羅是故發願寧當終身近旃陀羅不能暫時親近五陰復次善男子旃陀羅者唯害他人終不自害五陰之賊自害害他及旃陀羅旃陀羅人可以善言錢財寶貨求而得脱五陰不爾不可強以善言誘喻錢財寶貨求而得脱旃陀羅人於四時中不必常殺五陰不爾常於念念害諸衆生旃陀羅人唯在一處可有逃避五陰不爾徧一切處無有逃避旃陀羅人雖復害人害已不隨五陰不爾殺衆生已隨逐不離是故菩薩寧以終身近旃陀羅不能暫時近於五陰有智之人以善方便得脱五陰善方便者即八聖道六波羅蜜四無量心以是方便而得解脱身心不爲五陰所害何以故身如金剛心如虚空是故身心難可沮壞以是義故菩薩觀陰成就種種諸不善法生大怖畏修八聖道亦如彼人畏四毒蛇五旃陀羅涉路而去無所顧留詐親善者名爲貪愛菩薩摩訶薩深觀愛結如怨詐親若知實者則無能爲若不能知必爲所害貪愛亦爾若知其性則不能令衆生輪轉生死苦中如其不知輪迴六趣具受衆苦何以故愛之爲病難捨離故如怨詐親難可遠離怨詐親者常伺人便令愛別離怨憎合會愛亦如是令人遠離一切

善法近於一切不善之法以是義故菩薩摩訶薩深觀貪愛如怨詐親見不見故聞不聞故如凡夫人見生死過雖有智慧以癡覆故後還不見聲聞緣覺亦復如是雖見不見雖聞不聞何以故以愛心故所以者何見生死過不能疾至阿耨多羅三藐三菩提以是義故菩薩摩訶薩觀此愛結如怨詐親云何名爲怨詐親相如怨不實詐現實相不可親近詐現近相實是不善詐現善相實是不愛詐爲愛相何以故常伺人便欲爲害故愛亦如是常爲衆生非實詐實非近詐近非善詐善非愛詐愛常誑一切輪迴生死以是義故菩薩觀愛如怨詐親怨詐親者但見身口不觀其心是故能誑愛亦如是唯爲虛誑實不可得是故能惑一切衆生怨詐親者有始有終易可遠離愛不如是無始無終難可遠離怨詐親者遠則難知近則易知愛不如是近尚難知況復遠耶以是義故菩薩觀愛過於詐親一切衆生以愛結故遠大涅槃近於生死遠常樂我淨近無常苦無我不淨是故我於處處經中說爲三垢於現在事以無明故不見過患不能捨離愛怨詐親終不能害有智之人是故菩薩深觀此愛生大怖畏修八聖道猶如彼人畏四毒蛇五旃陀羅及一詐親涉路不迴空聚落者即是六入菩薩摩訶薩觀内六入空無所有猶如空聚如彼怖人既入聚已乃至不見有一居人徧捉瓨器不得一物菩薩亦爾諦觀六入空無所有不見衆生一物之實是故菩薩觀内六入空無所有如彼空聚善男子彼空聚落群賊遠望終不

生於虛空之想凡夫之人亦復如是於六入聚不生空想以其不能生空想故輪迴生死受無量苦善男子群賊既至乃生空想菩薩亦爾觀此六入常生空想生空想故則不輪迴生死受苦菩薩摩訶薩於此六入常無顛倒無顛倒故是故不復輪迴生死復次善男子如有群賊入此空聚則得安樂煩惱諸賊亦復如是入此六入則得安樂如賊住空聚心無所畏煩惱群賊亦復如是住是六入亦無所畏如彼空聚乃是師子虎狼種種惡獸之所住處是內六入亦復如是一切衆惡煩惱走獸之所住處是故菩薩深觀六入空無所有純是一切不善住處復次善男子菩薩摩訶薩觀內六入空無所有如彼空聚何以故虛誑不實故空無所有作有想故實無有樂作樂想故實無有人作人想故內六入者亦復如是空無所有而作有想實無有樂而作樂想實無有人而作人想唯有智人乃能知之得其眞實復次善男子如空聚落或時有人或時無人六入不爾一向無人何以故性常空故智者所知非是眼見是故菩薩觀內六入多諸怨害修八聖道不休不息猶如彼人畏四毒蛇五旃陀羅一詐親善及六大賊怖著正路六大賊者即外六塵菩薩摩訶薩觀此六塵如六大賊何以故能劫一切諸善法故如六大賊能劫一切人民財寶是六塵賊亦復如是能劫一切衆生善財如六大賊若入人舍則能劫奪現家所有不擇好惡令巨富者忽爾貧窮是六塵賊亦復如是若入人根則能劫奪一切善法善法既盡貧窮

孤露作一闡提是故菩薩諦觀六塵如六大賊復次善男子如六大賊欲劫人時要因內人若無內人則便中還是六塵賊亦復如是欲劫善法要因內有衆生知見常樂我淨不空等相若內無有如是等相六塵惡賊則不能劫一切善法有智之人內無是相凡夫則有是故六塵常來侵奪善法之財不善護故爲其所劫護者名慧有智之人能善防護故不被劫是故菩薩觀是六塵如六大賊等無差別復次善男子如六大賊能爲人民身心苦惱是六塵賊亦復如是常爲衆生身心苦惱六大賊者唯能劫人現在財物是六塵賊常劫衆生三世善財六大賊者夜則歡樂六塵惡賊亦復如是處無明闇則得歡樂是六大賊唯有諸王乃能遮止六塵惡賊亦復如是唯佛菩薩乃能遮止是六大賊凡欲劫奪不擇端正種性聰喆多聞博學豪貴貧賤六塵惡賊亦復如是欲劫善法不擇端正乃至貧賤是六大賊雖有諸王截其手足猶故不能令其心息六塵惡賊亦復如是雖須陀洹斯陀含阿那含截其手足亦不能令不劫善法如勇健人乃能摧伏是六大賊諸佛菩薩亦復如是乃能摧伏六塵惡賊譬如有人多諸種族宗黨熾盛則不爲彼六賊所劫衆生亦爾有善知識不爲六塵惡賊所劫是六大賊若見人物則能偷劫六塵亦爾若見若知若聞若嗅若觸若覺皆悉能劫六大賊者唯能劫奪欲界人財不能劫奪色無色界六塵惡賊則不如是能劫三界一切善寶是故菩薩諦觀六塵過彼六賊作是觀已修八聖道

直往不迴如彼怖人畏四毒虵五旃陀羅一詐親者及六大賊捨空聚落涉路而去路值一河者即是煩惱云何菩薩觀此煩惱猶如大河如彼駛河能漂香象煩惱駛河亦復如是能漂緣覺是故菩薩深觀煩惱猶如駛河深難得底故名爲河邊不可得故名爲大其中多有種種惡魚煩惱大河亦復如是唯佛菩薩能得底故故名極深唯佛菩薩得其邊故故名廣大常害一切癡衆生故故名惡魚是故菩薩觀此煩惱猶如大河如大河水能長一切草木叢林煩惱大河亦復如是能長衆生二十五有是故菩薩觀此煩惱猶如大河譬如有人墮大河水無有慚愧衆生亦爾墮煩惱河無有慚愧如墮河者未得其底即便命終墮煩惱河亦復如是未盡其底周迴輪轉二十五有所言底者名爲空相若有不修如是空相當知是人不得出離二十五有一切衆生不能善修空無相故常爲煩惱駛河所漂如彼大河唯能壞身不能漂沒一切善法煩惱大河則不如是能壞一切身心善法彼大暴河唯能漂沒欲界中人煩惱大河乃能漂沒三界人天世間大河手抱脚蹋則到彼岸煩惱大河唯有菩薩因六波羅蜜乃能得度如大河水難可得度煩惱大河亦復如是難可得度云何名爲難可得度乃至十住諸大菩薩猶故未能畢竟得度唯有諸佛乃畢竟度是故名爲難可得度譬如有人爲河所漂不能修集毫末善法衆生亦爾爲煩惱河所漂沒者亦復不能修習善法如人墮河爲水所漂餘有力者則能拔濟墮煩惱河

爲一闡提聲聞緣覺乃至諸佛不能救濟世間大河劫盡之時七日並照能令枯涸煩惱大河則不如是聲聞緣覺雖修七覺猶不能乾是故菩薩觀諸煩惱猶如暴河譬如彼人畏四毒蛇五旃陀羅一詐親善及六大賊捨空聚落隨路而去既至河上取草爲栰者菩薩亦爾畏四大蛇五陰旃陀羅愛詐親善六入空聚六塵惡賊至煩惱河修戒定慧解脫解脫知見六波羅蜜三十七品以爲船栰依乘此栰渡煩惱河到於彼岸常樂涅槃菩薩修行大涅槃者作是思惟我若不能忍受如是身苦心苦則不能令一切衆生度煩惱河以是思惟雖有如是身心苦惱默然忍受以忍受故則不生漏如是菩薩尚無諸漏況佛如來而當有漏是故諸佛不名有漏云何如來非無漏也如來常行有漏中故有漏即是二十五有是故聲聞凡夫之人言佛有漏諸佛如來眞實無漏善男子以是因緣諸佛如來無有定相善男子是故犯四重禁謗方等經及一闡提悉皆不定爾時光明遍照高貴德王菩薩摩訶薩言如是如是誠如聖教一切諸法悉皆不定以不定故當知如來亦不畢竟入於涅槃如佛先說菩薩摩訶薩修大涅槃聞不聞中有涅槃大涅槃云何涅槃云何大涅槃爾時佛讚光明遍照高貴德王菩薩摩訶薩言善哉善哉善男子若有菩薩得念總持乃能如汝之所諮問善男子如世人言有海大海有河大河有山大山有地大地有城大城有衆生大衆生有王大王有人大人有天大天有道大道涅槃亦爾有涅槃大

涅槃云何涅槃善男子如人飢餓得少飯食名爲安樂如是安樂亦名涅槃如病得差則名安樂如是安樂亦名涅槃如人怖畏得歸依處則得安樂如是安樂亦名涅槃如貧窮人獲七寶物則得安樂如是安樂亦名涅槃如人觀骨不起貪欲則得安樂如是安樂亦名涅槃如是涅槃不得名爲大涅槃也何以故以飢渴故病故怖故生貪著故是名涅槃非大涅槃善男子若凡夫人及以聲聞或因世俗或因聖道斷欲界結則得安樂如是安樂亦名涅槃不得名爲大涅槃也能斷初禪乃至能斷非想非非想處結則得安樂如是安樂亦名涅槃不得名爲大涅槃也何以故還生煩惱有習氣故云何名爲煩惱習氣聲聞緣覺有煩惱氣所謂我身我衣我去我來我說我聽諸佛如來入於涅槃涅槃之性無我無樂唯有常淨是則名爲煩惱習氣佛法衆僧有差別相如來畢竟入於涅槃聲聞緣覺諸佛如來所得涅槃等無差別以是義故二乘所得非大涅槃何以故無常樂我淨故常樂我淨乃得名爲大涅槃也善男子譬如有處能受衆水名爲大海隨有聲聞緣覺菩薩諸佛如來所入之處名大涅槃四禪三三昧八背捨八勝處十一切處隨能攝取如是無量諸善法者名大涅槃善男子譬如有河第一香象不能得底則名爲大聲聞緣覺至十住菩薩不見佛性名爲涅槃非大涅槃若能了了見於佛性則得名爲大涅槃也是大涅槃唯大象王能盡其底大象王者謂諸佛也善男子若摩訶那伽及鉢健陀大力士等

經歷多時所不能上乃名大山聲聞緣覺及諸菩薩摩訶那伽大力士等所不能見如是乃名大涅槃也復次善男子隨有小王之所住處名曰小城轉輪聖王所住之處乃名大城聲聞緣覺八萬六萬四萬二萬一萬住處名爲涅槃無上法主聖王住處乃得名爲大般涅槃以是故名大般涅槃善男子譬如有人見四種兵不生怖畏當知是人名大衆生若有衆生於三惡道煩惱惡業不生怖畏而能於中廣度衆生當知是人得大涅槃若有人能供養父毋恭敬沙門及婆羅門修治善法所言誠實無有欺誑能忍諸惡惠施貧乏名大丈夫菩薩亦爾有大慈悲憐愍一切於諸衆生猶如父毋能度衆生於生死河普示衆生一實之道是則名爲大般涅槃善男子大名不可思議若不可思議一切衆生所不能信是則名爲大般涅槃唯佛菩薩之所見故名大涅槃以何因緣復名爲大以無量因緣然後乃得故名爲大善男子如世間人以多因緣之所得者則名爲大涅槃亦爾以多因緣之所得故故名爲大云何復名爲大涅槃有大我故名大涅槃涅槃無我大自在故名爲大我云何名爲大自在耶有八自在則名爲我何等爲八一者能示一身以爲多身身數大小猶如微塵充滿十方無量世界如來之身實非微塵以自在故現微塵身如是自在則爲大我二者示一塵身滿於三千大千世界如來之身實不滿於三千大千世界何以故以無邊故直以自在故滿三千大千世界如是自在名爲大我三者能以滿此三

千大千世界之身輕舉飛空過於二十恒河沙等諸佛世界而無障礙如來之身實無輕重以自在故能爲輕重如是自在名爲大我四者以自在故而得自在云何自在如來一心安住不動所可示化無量形類各令有心如來有時或造一事而令衆生各各成辦如來之身常住一土而令他土一切悉見如是自在名爲大我五者根自在故云何名爲根自在耶如來一根亦能見色聞聲嗅香別味覺觸知法如來六根亦不見色聞聲嗅香別味覺觸知法以自在故令根自在如是自在名爲大我六者以自在故得一切法如來之心亦無得想何以故無所得故若是有者可名爲得實無所有云何名得若使如來計有得想是則諸佛不得涅槃以無得故名得涅槃以自在故得一切法得諸法故名爲大我七者說自在故如來演說一偈之義經無量劫義亦不盡所謂若戒若定若施若慧如來爾時都不生念我說彼聽亦復不生一偈之想世間之人以四句爲偈隨世俗故說名爲偈一切法性亦無有說以自在故如來演說以演說故名爲大我八者如來徧滿一切諸處猶如虛空虛空之性不可得見如來亦爾實不可見以自在故令一切見如是自在名爲大我如是大我名大涅槃以是義故名大涅槃復次善男子譬如寶藏多諸珍異百種具足故名大藏諸佛如來甚深奥藏亦復如是多諸奇異具足無缺名大涅槃復次善男子無邊之物乃名爲大涅槃無邊是故名大復次善男子有大樂故名大涅槃涅槃無樂

以四樂故名大涅槃何等爲四一者斷諸樂故不斷樂者則名爲苦若有苦者不名大樂以斷樂故則無有苦無苦無樂乃名大樂涅槃之性無苦無樂是故涅槃名爲大樂以是義故名大涅槃復次善男子樂有二種一者凡夫二者諸佛凡夫之樂無常敗壞是故無樂諸佛常樂無有變異故名大樂復次善男子有三種受一者苦受二者樂受三者不苦不樂受不苦不樂是亦爲苦涅槃雖同不苦不樂然名大樂以大樂故名大涅槃二者大寂靜故名爲大樂涅槃之性是大寂靜何以故遠離一切憒閙法故以大寂故名大涅槃三者一切知故名爲大樂非一切知不名爲樂諸佛如來一切知故名爲大樂以大樂故名大涅槃四者身不壞故名爲大樂身若可壞則不名樂如來之身金剛無壞非煩惱身無常之身故名大樂以大樂故名大涅槃善男子世間名字或有因緣或無因緣有因緣者如舍利弗母名舍利因母立字故名舍利弗如摩鍮羅道人生摩鍮羅國因國立名故名摩鍮羅道人如目揵連目揵連者即是姓也因姓立名故名目揵連如我生於瞿曇種姓因姓立名稱爲瞿曇如毗舍佉道人毗舍佉者即是星名因星爲名名毗舍佉如有六指因六指故名六指人如佛奴天奴因佛因天故名佛奴天奴因濕生故故名濕生如因聲故名爲迦迦羅究究羅咀咀羅如是等名是因緣名無因緣者如蓮華地水火風虛空如曼陀婆一名二實一名殿堂二名飲漿堂不飲漿亦復得名爲曼陀婆如薩婆車多名

爲蛇蓋實非蛇蓋是名無因強立名字如坻羅婆夷名爲食油實不食油強爲立名名爲食油是名無因強立名字善男子是大涅槃亦復如是無有因緣強爲立名善男子譬如虛空不因小空名爲大空涅槃亦爾不因小相名大涅槃善男子譬如有法不可稱量不可思議故名爲大涅槃亦爾不可稱量不可思議故得名爲大般涅槃以純淨故名大涅槃善男子云何純淨淨有四種何等爲四一者二十五有名爲不淨能永斷故得名爲淨淨即涅槃如是涅槃亦得名有而是涅槃實非是有諸佛如來隨世俗故說涅槃有譬如世人非父言父非母言母實非父母而言父母涅槃亦爾隨世俗故說言諸佛有大涅槃二者業清淨故一切凡夫業不清淨故無涅槃諸佛如來業清淨故故名大淨以大淨故名大涅槃三者身清淨故身若無常則名不淨如來身常故名大淨以大淨故名大涅槃四者心清淨故心若有漏名曰不淨佛心無漏故名大淨以大淨故名大涅槃善男子是名善男子善女人修行如是大涅槃經具足成就初分功德

大般涅槃經卷第二十三

音釋

羸劣 羸力追切瘦也劣力輟切弱也 綴 陟衛切聯也 讎 市流切仇也 篋 苦協切竹笥也 餧飼 餧威位切飼詳吏切餧飼以食食之也 旃陀羅 梵語也此云屠者旃諸延切 闚 去規切小視也 瓨 胡江切長頸罌也 咄 當沒切呵也 蹋 吐盍切蹴也 噓 朽居切吹也 盾 食尹切兵器也

鎧可亥切甲也矟所角切矛屬也詰陟列切智也駛踈士切疾也

摩鍮羅梵語也國名鍮音偷咀在呂切坻直尼切

大般涅槃經卷第二十四

北涼天竺三藏曇無讖奉　詔譯

光明遍照高貴德王菩薩品第十之四

復次善男子云何菩薩摩訶薩修大涅槃成就具足第二功德善男子菩薩摩訶薩修大涅槃昔所不得而今得之昔所不見而今見之昔所不聞而今聞之昔所不到而今得到昔所不知而今知之云何名爲昔所不得而今得之所謂神通昔所不得而今乃得通有二種一者內二者外所言外者與外道共內復有二一者二乘二者菩薩菩薩修行大涅槃經所得神通不與聲聞辟支佛共云何名爲不與聲聞辟支佛共二乘所作神通變化一心作一不得衆多菩薩不爾於一心中則能具足現五趣身所以者何以得如是大涅槃經之勢力故是則名爲昔所不得而今得之又復云何昔所不得而今得之所謂身得自在心得自在何以故一切凡夫所有身心不得自在或心隨身或身隨心云何名爲心隨於身譬如醉人酒在身中爾時身動心亦隨動亦如身懶心亦隨懶是則名爲心隨於身又如嬰兒其身稚小心亦隨小大人身大心亦隨大又如有人身體麁澀心常思念欲得膏油潤漬令輭是則名爲心隨於身云何名爲身隨於心所謂去來坐卧修行施戒忍辱精進愁惱之人身則羸悴歡喜之人身則肥鮮恐怖之人身體顫動專心聽法身則怡悅悲泣之人涕淚橫流是則名爲身隨於心菩薩不爾於身心中俱得自在是則名爲昔所不得而今得之復次善男子菩薩摩訶薩

所現身相猶如微塵以此微身悉能徧至無量無邊恒河沙等諸佛世界無所障礙而心常定初不移動是則名爲心不隨身是亦名爲昔所不到而今能到何故復名昔所不到而今能到一切聲聞辟支佛等所不能到菩薩能到是故名爲昔所不到而今能到一切聲聞辟支佛等雖以神通不能變身如細微塵徧至無量恒河沙等諸佛世界聲聞緣覺身若動時心亦隨動菩薩不爾心雖不動身無不至是名菩薩心不隨身復次善男子菩薩化身猶如三千大千世界以此大身入一塵身其心爾時亦不隨小聲聞緣覺雖能化身令如三千大千世界而不能以如此大身入微塵身於此事中尚自不能況能令心而不隨動是名菩薩心不隨身復次善男子菩

薩摩訶薩以一音聲能令三千大千世界衆生悉聞心終不念令是音聲徧諸世界使諸衆生昔所不聞而今得聞而是菩薩亦初不言我令衆生昔所不聞而今得聞菩薩若言因我說法令諸衆生不聞聞者當知是人終不能得阿耨多羅三藐三菩提何以故衆生不聞我爲說者如此之心是生死心一切菩薩是心已盡以是義故菩薩摩訶薩所有身心不相隨逐善男子一切凡夫身心相隨菩薩不爾爲化衆生故雖現身小心亦不小何以故諸菩薩等所有心性常廣大故雖現大身心亦不大云何大身身如三千大千世界云何小心行嬰兒行以是義故心不隨身菩薩摩訶薩已於無量阿僧祇劫遠酒不飲而心亦動心無悲苦目亦流淚實無恐怖身亦

顫慄以是義故當知菩薩身心自在不相隨逐菩薩摩訶薩唯現一身而諸衆生各各見異復次善男子云何菩薩摩訶薩修大涅槃昔所不聞而今得聞菩薩摩訶薩先取聲相所謂象聲馬聲車聲人聲貝聲鼓聲簫笛等聲歌聲笑聲而修集之以修集故能聞無量三千大千世界所有地獄音聲復轉修集得異耳根異於聲聞緣覺天耳何以故二乘所得清淨耳通若依初禪淨妙四大唯聞初禪不聞二禪乃至四禪亦復如是雖可一時得聞三千大千世界所有音聲而不能聞無量無邊恒河沙等世界音聲以是義故菩薩所得異於聲聞緣覺耳根以是異故昔所不聞而今得聞雖聞音聲而心初無聞聲之相不作有相常相樂相我相淨相主相依相作相因相定相果相以是義故諸菩薩等昔所不聞而今得聞爾時光明遍照高貴德王菩薩言若佛所說不作定相不作果相是義不然何以故如來先說若人聞是大涅槃經一句一字必定得成阿耨多羅三藐三菩提如來於今云何復言無定無果若得阿耨多羅三藐三菩提即是定相即是果相云何而言無定無果聞惡聲故則生惡心生惡心故則至三塗若至三塗則是定果云何而言無定無果爾時如來讚言善哉善哉善男子能作是問若使諸佛說諸音聲有定果相者則非諸佛世尊之相是魔王相生死之相遠涅槃相何以故一切諸佛凡所演說無定果相善男子譬如刀中照人面像豎則見長橫則見闊若有定相云何而得豎則見長橫則見闊以

是義故諸佛世尊凡所演說無定果相善男子夫涅槃者實非聲果若使涅槃是聲果者當知涅槃非是常法善男子譬如世間從因生法有因則有果無因則無果因無常故果亦無常所以者何因亦作果果亦作因以是義故一切諸法無有定相若使涅槃從因生者因無常故果亦無常而是涅槃不從因生體非是果是故爲常善男子以是義故涅槃之體無定無果善男子夫涅槃者亦可言定亦可言果云何爲定一切諸佛所有涅槃常樂我淨是故爲定無生老壞是故爲定一闡提等犯四重禁誹謗方等作五逆罪捨除本心必定得故是故爲定善男子如汝所言若人聞我說大涅槃一字一句得阿耨多羅三藐三菩提者汝於是義猶未了了汝當諦聽吾當爲汝更分別之善男子若有善男子善女人聞大涅槃一字一句不作字相不作句相不作聞相不作佛相不作說相如是義者名無相相以無相相故得阿耨多羅三藐三菩提善男子如汝所言聞惡聲故到三塗者是義不然何以故非以惡聲而至三塗當知是果乃是惡心所以者何有善男子善女人等雖聞惡聲心不生惡是故當知非因惡聲生三塗中而諸衆生因煩惱結惡心滋多生三惡趣非因惡聲若聲有定相諸有聞者一切悉應生於惡心或有生者有不生者是故當知聲無定相以無定相故雖復因之不生惡心世尊聲若無定云何菩薩昔所不聞而今得聞善男子聲無定相昔所不聞今諸菩薩而今得聞以是義故我作是說昔所不聞

而今得聞善男子云何昔所不見而今得見善男子菩薩摩訶薩修大涅槃微妙經典先取明相所謂日月星宿庭燎燈燭珠火之明藥草等光以修集故得異眼根異於聲聞緣覺所得云何爲異二乘所得清淨天眼若依欲界四大眼根不見初禪若依初禪不見上地乃至自眼猶不能見若欲多見極至三千大千世界菩薩摩訶薩不修天眼見妙色身悉是骨相雖見他方恒河沙等世界色相不作色相不作常相有相物相名字等相作因緣相不作見相不言是眼微妙淨相唯見因緣非因緣相云何因緣色是眼緣若使是色非因緣者一切凡夫不應生於見色之相以是義故色名因緣非因緣者菩薩摩訶薩雖復見之不生色相是故非緣以是義故菩薩所得清淨天眼異於聲聞緣覺所得以是義故一時徧見十方世界現在諸佛是名菩薩昔所不見而今得見以是義故能見微塵聲聞緣覺所不能見以是義故雖見自眼初無見相見無常相見凡夫身三十六物不淨充滿如於掌中觀阿摩勒果以是義故昔所不見而今得見若見衆生所有色相則知其人大小乘根一觸衣故亦知是人善惡諸根差別之相以是義故昔所不知而今得知以一見故昔所不知而今得知以此知故昔所不見而今得見復次善男子云何菩薩昔所不知而今得知善薩摩訶薩雖知凡夫貪恚癡心初不作心及心數相不作衆生及以物相修第一義畢竟空相何以故一切菩薩常善修集空性相故以修空故昔所不知而今得

知云何爲知知無有我無有我所知諸衆生皆有佛性以佛性故一闡提等捨離本心悉當得成阿耨多羅三藐三菩提如此皆是聲聞緣覺所不能知菩薩能知以是義故昔所不知而今得知復次善男子云何昔所不知而今得知菩薩摩訶薩修大涅槃微妙經典念過去世一切衆生所生種姓父母兄弟妻子眷屬知識怨憎於一念中得殊異智異於聲聞緣覺智慧云何爲異聲聞緣覺所有智慧念過去世所有衆生種姓父母乃至怨憎而作種姓至怨憎相菩薩不爾雖念過去種姓父母乃至怨憎終不生於種姓父母怨憎等相常作法相空寂之相是名菩薩昔所不知而今得知復次善男子云何昔所不知而今得知菩薩摩訶薩修大涅槃微妙經典得他心智異於聲聞緣覺所得云何爲異聲聞緣覺以一念智知人心時則不能知地獄畜生餓鬼天心菩薩不爾於一念中徧知六趣衆生之心是名菩薩昔所不知而今得知復次善男子復有異知菩薩摩訶薩於一心中知須陀洹初心次第至十六心以是義故昔所不知而今得知是爲菩薩修大涅槃具足成就第二功德復次善男子云何菩薩摩訶薩修大涅槃成就具足第三功德善男子菩薩摩訶薩修大涅槃捨慈得慈得慈之時不從因緣云何名爲捨慈得慈善男子慈名世諦菩薩摩訶薩捨世諦慈得第一義慈第一義慈不從緣得復次云何捨慈得慈慈若可捨名凡夫慈慈若可得即名菩薩無緣之慈捨一闡提慈犯四重禁慈謗方等慈作五逆

慈得憐愍慈得如來慈世尊之慈無因緣慈云何復名捨慈得慈捨黃門慈無根二根女人之慈屠膾獵師畜養雞猪如是等慈亦捨聲聞緣覺之慈得諸菩薩無緣之慈不見自慈不見他慈不見持戒不見破戒雖自見悲不見衆生雖有苦受不見受者何以故以修第一眞實義故是名菩薩修大涅槃成就具足第三功德復次善男子云何菩薩摩訶薩修大涅槃成就具足第四功德善男子菩薩摩訶薩修大涅槃成就具足第四功德有十事何等爲十一者根深難可傾拔二者於自身生決定想三者不觀福田及非福田四者修淨佛土五者滅除有餘六者斷除業緣七者修清淨身八者了知諸緣九者離諸怨敵十者斷除二邊云何根深難可傾拔所言根者名不放逸不放逸者爲是何根所謂阿耨多羅三藐三菩提根善男子一切諸佛諸善根本皆由不放逸不放逸故諸餘善根轉轉增長以能增長諸善根故於諸善中最爲殊勝善男子如諸跡中象跡爲上不放逸法亦復如是於諸善法最爲殊勝善男子如諸明中日光爲最不放逸法亦復如是於諸善法最爲殊勝善男子如諸王中轉輪聖王爲最第一不放逸法亦復如是於諸善法爲最第一善男子如諸流中四河爲最不放逸法亦復如是於諸善法爲最爲上善男子如諸山中須彌山王爲最第一不放逸法亦復如是於諸善法爲最第一善男子如水生華中青蓮花爲最不放逸法亦復如是於諸善法爲最爲上善男子如陸生華中婆利師華爲最

爲上不放逸法亦復如是於諸善法爲最爲上善男子如諸獸中師子爲最不放逸法亦復如是於諸善法爲最爲上善男子如飛鳥中金翅鳥王爲最爲上不放逸法亦復如是於諸善法爲最爲上善男子如大身中羅睺羅阿脩羅王爲最爲上不放逸法亦復如是於諸善法爲最爲上善男子如一切衆生若二足四足多足無足中如來爲最不放逸法亦復如是於善法中爲最爲上善男子如諸衆中佛僧爲上不放逸法亦復如是於善法中爲最爲上善男子如佛法中大涅槃法爲最爲上不放逸法亦復如是於諸善法爲最爲上善男子以是義故不放逸根深固難拔云何不放逸故而得增長所謂信根戒根施根慧根忍根聞根進根念根定根善知識根如是諸根不放逸故而得增長以增長故深固難拔以是義故名爲菩薩摩訶薩修大涅槃根深難拔云何於身作決定想於自身所生決定心我今此身於未來世定當爲阿耨多羅三藐三菩提器心亦如是不作狹小不作變易不作聲聞辟支佛心不作魔心及自樂心樂生死心常爲衆生求慈悲心是名菩薩於自身中生決定心我於來世當爲阿耨多羅三藐三菩提器以是義故菩薩摩訶薩修大涅槃於自身中生決定想云何菩薩不觀福田及非福田云何福田外道持戒上至諸佛是名福田若有念言如是等輩是眞福田當知是心則爲狹劣菩薩摩訶薩悉觀一切無量衆生無非福田何以故以善修集異念處故有異念處善修集者觀諸衆生無有

持戒及以毀戒常觀諸佛世尊所説施雖四種俱得淨報何等爲四一者施主清淨受者不淨二者施主不淨受者清淨三者施受俱淨四者二俱不淨云何施淨受者不淨施主具有戒聞智慧知有慧施及施果報受者破戒專著邪見無施無報是名施淨受者不淨云何名爲受者清淨施主不淨施主破戒專著邪見言無慧施及施果報受者持戒多聞智慧知有慧施及施果報是名施主不淨受者清淨云何名爲施受俱淨施者受者俱有持戒多聞智慧知有慧施及施果報是名施受二俱清淨云何名爲二俱不淨施者受者破戒邪見言無有施及施果報若如是者云何復言得淨果報以無施無報故名爲淨善男子若有不見施及施報當知是人不名破戒專著邪見若依聲聞言不見施及施果報是則名爲破戒邪見若依如是大涅槃經不見慧施及施果報是則名爲持戒正見菩薩摩訶薩有異念處以修集故不見衆生持戒破戒施者受者及施果報是故得名持戒正見以是義故菩薩摩訶薩不觀福田及非福田云何名爲淨佛國土菩薩摩訶薩修大涅槃微妙經典爲阿耨多羅三藐三菩提度衆生故離殺害心以此善根願與一切衆生共之願諸衆生得壽命長有大勢力獲大神通以是誓願因緣力故於未來世成佛之時國土所有一切衆生得壽命長有大勢力獲大神通復次善男子菩薩摩訶薩修大涅槃微妙經典爲阿耨多羅三藐三菩提度衆生故離偷盗心以此善根願與一切衆生共之願

諸佛國土地所有純是七寶衆生富足所欲自恣以此誓願因緣力故於未來世成佛之時所得國土純是七寶衆生富足所欲自恣復次善男子菩薩摩訶薩修大涅槃微妙經典爲阿耨多羅三藐三菩提度衆生故離婬欲心以此善根願與一切衆生共之願諸佛土所有衆生無有貪欲瞋恚癡心亦無飢渴苦惱之者以是誓願因緣力故於未來世成佛之時國土衆生遠離貪婬瞋恚癡心一切無有飢渴苦惱復次善男子菩薩摩訶薩修大涅槃微妙經典爲阿耨多羅三藐三菩提度衆生故離妄語心以此善根願與一切衆生共之願諸佛土常有華樹果樹香樹所有衆生得妙音聲以是誓願因緣力故於未來世成佛之時所有國土常有華樹果樹香樹其中衆生悉得清淨上妙音聲復次善男子菩薩摩訶薩修大涅槃微妙經典爲阿耨多羅三藐三菩提度衆生故遠離兩舌以此善根願與一切衆生共之願諸佛土所有衆生常共和合講說正法以是誓願因緣力故成佛之時國土所有一切衆生悉共和合講論法要復次善男子菩薩摩訶薩修大涅槃微妙經典爲阿耨多羅三藐三菩提度衆生故遠離惡口以此善根願與一切衆生共之願諸佛土地平如掌無有沙礫瓦石之屬荆棘惡刺所有衆生其心平等以是誓願因緣力故於未來世成佛之時所有國土地平如掌無有沙礫荆棘惡刺所有衆生其心平等復次善男子菩薩摩訶薩修大涅槃微妙經典爲阿耨多羅三藐三菩提度衆生故離無義

語以此善根願與一切衆生共之願諸佛土所有衆生無有苦惱以是誓願因緣力故於未來世成佛之時國土所有一切衆生無有苦惱復次善男子菩薩摩訶薩修大涅槃微妙經典爲阿耨多羅三藐三菩提度衆生故遠離貪嫉以此善根願與一切衆生共之願諸佛土一切衆生無有貪嫉惱害邪見以是誓願因緣力故於未來世成佛之時國土所有一切衆生悉無貪嫉惱害邪見復次善男子菩薩摩訶薩修大涅槃微妙經典爲阿耨多羅三藐三菩提度衆生故遠離惱害以此善根願與一切衆生共之願諸佛國土所有衆生悉共修集大慈大悲得一子地以是誓願因緣力故於未來世成佛之時世界所有一切衆生悉共修集大慈大悲得一子地復次善男子菩薩摩訶薩修大涅槃微妙經典爲阿耨多羅三藐三菩提度衆生故遠離邪見以此善根願與一切衆生共之願諸佛土所有衆生悉得摩訶般若波羅蜜以是誓願因緣力故於未來世成佛之時世界衆生悉得受持摩訶般若波羅蜜是名菩薩修淨佛土云何菩薩摩訶薩滅除有餘有餘有三一者煩惱餘報二者餘業三者餘有善男子云何名爲煩惱餘報若有衆生習近貪欲是報熟故墮於地獄從地獄出受畜生身所謂鴿雀鴛鴦鸚鵡耆婆耆婆舍利伽鳥青雀魚鼈獼猴麞鹿若得人身受黃門形女人二根無根婬女若得出家犯初重戒是名餘報復次善男子若有衆生以慇重心習近瞋恚是報熟故墮於地獄從地獄出受畜生身所謂毒

蛇具四種毒見毒觸毒齧毒齩毒師子虎狼熊羆猫狸鷹鷂之屬若得人身具足十六諸惡律儀若得出家犯第二重戒是名餘報復次善男子若有修習愚癡之人是報熟時墮於地獄從地獄出受畜生身所謂象猪牛羊水牛蚤虱蚊䖟蟻子等形若得人身聾盲瘖瘂癃殘背僂諸根不具不能受法若得出家諸根闇鈍喜犯重戒乃至五錢是名餘報復次善男子若有修習憍慢之人是報熟時墮於地獄從地獄出受畜生身所謂糞蟲駝驢犬馬若生人中受奴婢身貧窮乞匃或得出家常爲衆生之所輕賤破第四戒是名餘報如是等名煩惱餘報如是餘報菩薩摩訶薩以能修集大涅槃故悉得斷除云何餘業謂一切凡夫業一切聲聞業須陀洹人受七有業斯陀含人受二有業阿那含人受色有業是名餘業如是餘業菩薩摩訶薩以能修集大涅槃故悉得斷除云何餘有阿羅漢得阿羅漢果辟支佛得辟支佛果無業無結而轉二果是名餘有如是三種有餘之法菩薩摩訶薩修集大乘大涅槃經故得滅除是名菩薩摩訶薩滅除有餘云何菩薩修清淨身菩薩摩訶薩修不殺戒有五種心謂下中上上上中上乃至正見亦復如是是五十心名初發心具足決定成五十心是名滿足如是百心名百福德具足百福成於一相如是展轉具足成就三十二相名清淨身所以復修八十種好世有衆生事八十種神何等八十十二日十二大天五大星北斗馬天行道天婆羅墮跋闍天功德天二十八宿地天風天

水天火天梵天樓陀天因提天拘摩羅天八臂天摩醯首羅天半闍羅天鬼子毋天四天王天造書天婆藪天是名八十爲此衆生修八十好以自莊嚴是名菩薩清淨之身何以故是八十天一切衆生之所信伏是故菩薩修八十好其身不動令彼衆生隨其所信各各而見見已增敬各發阿耨多羅三藐三菩提心以是義故菩薩摩訶薩修於淨身善男子譬如有人欲請大王要當莊嚴所有舍宅極令清淨辦具種種百味餚饍然後王當就其所請菩薩摩訶薩亦復如是欲請阿耨多羅三藐三菩提法輪王故先當修身極令清淨無上法王乃當處之以是義故菩薩摩訶薩要當修於清淨之身善男子譬如有人欲服甘露先當淨身菩薩摩訶薩亦復如是欲服無上甘露法味般若波羅蜜者要當先以八十種好清淨其身善男子譬如妙好金銀盂器盛之淨水中表俱淨菩薩摩訶薩其身清淨亦復如是盛阿耨多羅三藐三菩提水中表俱淨善男子如波羅柰素白之衣易受染色何以故性白淨故菩薩摩訶薩亦復如是以身淨故疾得阿耨多羅三藐三菩提以是義故菩薩摩訶薩修於淨身云何菩薩善知諸緣菩薩摩訶薩不見色相不見色緣不見色體不見色生不見色滅不見一相不見異相不見見者不見相貌不見受者何以故了因緣故如色一切法亦如是是名菩薩了知諸緣云何菩薩離諸怨敵一切煩惱是菩薩怨敵菩薩摩訶薩常遠離故是名菩薩壞諸怨敵五住菩薩視諸煩惱不名爲怨所以

者何因煩惱故菩薩有生以有生故故能展轉教化衆生以是義故不名爲怨何等爲怨所謂誹謗方等經者菩薩隨生不畏地獄畜生餓鬼唯畏如是謗方等者一切菩薩有八種魔名爲怨家遠是八魔名離怨家是名菩薩離諸怨家云何菩薩遠離二邊言二邊者謂二十五有及愛煩惱菩薩常離二十五有及愛煩惱是名菩薩遠離二邊是名菩薩摩訶薩修大涅槃具足成就第四功德爾時光明遍照高貴德王菩薩摩訶薩言如佛所說若有菩薩修大涅槃悉作如是十事功德如來何故唯修九事不修淨土佛言善男子我於往昔亦常具修如是十事一切菩薩及諸如來無有不修是十事者若使世界不淨充滿諸佛世尊於中出者無有是處善男子汝今莫謂諸佛出於不淨世界當知是心不善狹劣汝今當知我實不出閻浮提界譬如有人說言此界獨有日月他方世界無有日月如是之言無有義理若有菩薩發如是言此佛世界穢惡不淨他方佛土清淨嚴麗亦復如是善男子西方去此娑婆世界度四十二恒河沙等諸佛國土彼有世界名曰無勝彼土何故名曰無勝其土所有嚴麗之事悉皆平等無有差別猶如西方安樂世界亦如東方滿月世界我於彼土出現於世爲化衆生故於此土閻浮提中現轉法輪非但我身獨於此中現轉法輪一切諸佛亦於此中而轉法輪以是義故諸佛世尊非不修行如是十事善男子慈氏菩薩以誓願故當來之世令此世界清淨莊嚴以是義故一切諸佛所有

世界無不嚴淨復次善男子云何菩薩摩訶薩修大涅槃微妙經典具足成就第五功德善男子菩薩摩訶薩修大涅槃具足成就第五功德有五事何等爲五一者諸根完具二者不生邊地三者諸天愛念四當常爲天魔沙門剎利婆羅門等之所恭敬五者得宿命智菩薩以是大涅槃經因緣力故具足如是五事功德光明遍照高貴德王菩薩言如佛所說若有善男子善女人修於布施則得具足五事功德今云何言因大涅槃得是五事佛言善哉善哉善男子如是之事其義各異今當爲汝分別解說施得五事不定不常不淨不勝不異非無漏不能利益安樂憐愍一切衆生若依如是大涅槃經所得五事是定是常是淨是勝是異是無漏則能利益安樂憐愍一切衆生善男子夫布施者則離飢渴大涅槃經能令衆生悉得遠離二十五有渴愛之病布施因緣令生死相續大涅槃經能令生死斷不相續因布施故受凡夫法因大涅槃得作菩薩布施因緣能斷一切貧窮苦惱大涅槃經能斷一切貧善法者布施因緣有分有果因大涅槃得阿耨多羅三藐三菩提無分無果是名菩薩摩訶薩修大涅槃微妙經典具足成就第五功德復次善男子云何菩薩修大涅槃微妙經典具足成就第六功德菩薩摩訶薩修大涅槃得金剛三昧安住是中悉能破散一切諸法見一切法皆是無常皆是動相恐怖因緣病苦劫盜念念滅壞無有眞實一切皆是魔之境界無可見相菩薩摩訶薩住是三昧雖施衆生乃至不見

一衆生實爲衆生故精勤修集尸波羅蜜乃至修集般若波羅蜜亦復如是菩薩若見有一衆生不能畢竟具足成就檀波羅蜜乃至具足般若波羅蜜善男子譬如金剛所擬之處無不碎壞而是金剛無有折損金剛三昧亦復如是所擬之法無不碎壞而是三昧無有折損善男子如諸寶中金剛最勝菩薩所得金剛三昧亦復如是於諸三昧爲最第一何以故菩薩摩訶薩修是三昧一切三昧悉來歸屬善男子如諸小王悉來歸屬轉輪聖王一切三昧亦復如是悉來歸屬金剛三昧善男子譬如有人爲國怨讎人所耽患有人殺之一切世人無不稱讚是人功德金剛三昧亦復如是菩薩修集能壞一切衆生怨敵是故常爲一切三昧之所宗敬善男子譬如有人其力盛壯人無當者復更有人力能伏之當知是人世所稱美金剛三昧亦復如是力能摧伏難伏之法以是義故一切三昧悉來歸屬善男子譬如有人在大海浴當知是人已用諸河泉池之水菩薩摩訶薩亦復如是修集如是金剛三昧當知已爲修集其餘一切三昧善男子如香山中有一泉水名阿那婆蹋多其泉具足八味之水有人飲之無諸病苦金剛三昧亦復如是具八正道菩薩修集斷諸煩惱瘡疣重病善男子如人供養摩醯首羅當知是人已爲供養一切諸天金剛三昧亦復如是有人修集當知已爲修集一切諸餘三昧善男子若有菩薩安住如是金剛三昧見一切法無有障礙如於掌中觀阿摩勒果菩薩雖復得如是見終不作想見

一切法善男子譬如有人坐四衢道頭見諸衆生來去坐卧金剛三昧亦復如是見一切法生滅出没善男子譬如高山有人登之遠望諸方皆悉明了金剛定山亦復如是菩薩登之遠望諸法無不明了善男子譬如春月天降甘雨其滴微緻間無空處明眼之人見之了了菩薩亦爾得金剛定清淨之目遠見東方所有世界其中或有國土成壞一切皆見了了無障乃至十方亦復如是善男子如由乾陀山七日並出其山所有樹木叢林一切燒盡菩薩修集金剛三昧亦復如是所有一切煩惱叢林即時消滅善男子譬如金剛雖能摧破一切有物終不生念我能摧破金剛三昧亦復如是菩薩修已能破煩惱終不生念我能壞結善男子譬如大地能持萬物終不生念我力能持火亦不念我能燒物水亦不念我能潤漬風亦不念我能動物空亦不念我能容受涅槃亦復不生念言我令衆生而得滅度金剛三昧亦復如是雖能滅除一切煩惱而初無心言我能滅若有菩薩安住如是金剛三昧於一念中變身如佛其數無量徧滿十方恒河沙等諸佛世界而是菩薩雖作是化其心初無憍慢之想何以故菩薩常念誰有是定能作是化唯有菩薩安住如是金剛三昧乃能作耳菩薩摩訶薩安住如是金剛三昧於一念中徧到十方恒河沙等諸佛世界還其本處雖有是力亦不念言我能如是何以故以是三昧因縁力故菩薩摩訶薩安住如是金剛三昧於一念中能斷十方恒河沙等世界衆生所有煩惱而心初

無斷諸衆生煩惱之想何以故以是三昧因緣力故菩薩住是金剛三昧以一音聲有所演說一切衆生各隨種類而得解了示現一色一切衆生各各皆見種種色相安住一處身不移易能令衆生隨其方面各各而見演說一法若界若入一切衆生各隨本解而得聞之菩薩安住如是三昧雖見衆生而心初無衆生之相雖見男女無男女相雖見色法無有色相乃至見識亦無識相雖見晝夜無晝夜相雖見一切無一切相雖見一切煩惱諸結亦無一切煩惱之相雖見八聖道無八聖道相雖見菩提無菩提相雖見涅槃無涅槃相何以故善男子一切諸法本無相故菩薩以是三昧力故見一切法如本無相何故名爲金剛三昧善男子譬如金剛若在日中色則不定金剛三昧亦復如是在於大衆色亦不定是故名爲金剛三昧善男子譬如金剛一切世人不能評價金剛三昧亦復如是所有功德一切人天不能評量是故復名金剛三昧善男子譬如貧人得金剛寶則得遠離貧窮困苦惡鬼邪毒菩薩摩訶薩亦復如是得是三昧則能遠離煩惱諸苦諸魔邪毒是故復名金剛三昧是名菩薩修大涅槃具足成就第六功德

大般涅槃經卷第二十四

音釋

澀　所立切不滑也　漬　疾智切浸也　顫悚　顫之膳切寒掉也悚息拱切懼也　庭燎　燎力照切束葦樹之于庭燎之爲明也　屠膾　屠同都切殺也膾古外切細切肉也　狹　胡夾切隘也　鸚鵡　鸚於耕切鵡罔甫切能言鳥也　耆婆耆婆　梵語也此云命命爲名　熊羆　熊胡弓切羆波爲切並獸

名

鷂弋照切鷙鳥也　僂力主切傴也背曲也　緻直利切密也

大般涅槃經卷第二十五

北涼天竺三藏曇無讖奉　詔譯

光明遍照高貴德王菩薩品第十之五

復次善男子云何菩薩摩訶薩修大涅槃微妙經典具足成就第七功德善男子菩薩摩訶薩修大涅槃微妙經典作是思惟何法能爲大般涅槃而作近因菩薩即知有四種法爲大涅槃而作近因若言勤修一切苦行是大涅槃近因緣者是義不然所以者何若離四法得涅槃者無有是處何等爲四一者親近善友二者專心聽法三者繫念思惟四者如法修行善男子譬如有人身遇衆病若熱若冷虛勞下瘧衆邪鬼毒到良醫所良醫即爲隨病說藥是人至心善受醫教隨教合藥如法服之服已病愈身得安樂有病之人喻諸菩薩大良醫者喻善知識良醫所說喻方等經善受醫教喻善思惟方等經義隨教合藥喻如法修行三十七助道之法病除愈者喻滅煩惱得安樂者喻得涅槃常樂我淨善男子譬如有王欲如法治化令民安樂諮諸智臣其法云何諸臣即以先王舊法而爲說之王既聞已至心信行如法治國無諸怨敵是故令民安樂無患善男子王者喻諸菩薩諸智臣者喻善知識智臣爲王所說治法喻十二部經王既聞已至心信行喻諸菩薩繫心思惟十二部經所有深義如法治國喻諸菩薩如法修行所謂六波羅蜜以能修集六波羅蜜故無諸怨敵喻諸菩薩已離諸結煩惱惡賊得安樂者喻諸菩薩得大涅槃常樂我淨善男子譬如有人遇惡癩病有善知識

而語之言汝若能到須彌山邊病可得差所以者何彼有良藥味如甘露若能服者病無不愈其人至心信是事已即往彼山採服甘露其病除愈身得安樂惡癩病者喻諸凡夫善知識者喻諸菩薩摩訶薩等至心信受喻四無量心須彌山者喻八聖道甘露味者喻於佛性癩病除愈喻離煩惱得安樂者喻得涅槃常樂我淨善男子譬如有人畜諸弟子聰明利智是人晝夜常教不倦諸菩薩等亦復如是一切諸衆有信不信而常教化無有疲猒善男子善知識者所謂菩薩佛辟支佛聲聞人中信方等者何故名爲善知識耶善知識者能教衆生遠離十惡修行十善以是義故名善知識復次善知識者如法而說如說而行云何名爲如法而說如說而行自不殺生教人不殺乃至自行正見教人正見若能如是則得名爲眞善知識自修菩提亦能教人修行菩提以是義故名善知識自能修行信戒布施多聞智慧亦能教人信戒布施多聞智慧復以是義名善知識善知識者有善法故何等善法所作之事不求自樂常爲衆生而求於樂見他有過不說其短口常宣說純善之事以是義故名善知識善男子如空中月從初一日至十五日漸漸增長善知識者亦復如是令諸學人漸遠惡法增長善法善男子若有親近善知識者本未有戒定慧解脱解脱知見即便有之未具足者則得增廣何以故以其親近善知識故因是親近復得了達十二部經甚深之義若能聽是十二部經甚深義者名爲聽法聽法者則是大

乘方等經典聽方等經名眞聽法眞聽法者即是聽受大涅槃經大涅槃中聞有佛性如來畢竟不般涅槃是故名爲專心聽法專心聽法名八聖道以八聖道能斷貪欲瞋恚愚癡故名聽法夫聽法者名十一空以此諸空於一切法不作相貌夫聽法者名初發心乃至究竟阿耨多羅三藐三菩提心以因初心得大涅槃不以聞故得大涅槃以修集故得大涅槃善男子譬如病人雖聞醫教及藥名字不能愈病以服食故能得差病雖聽十二深因緣法不能得斷一切煩惱要以繫念善思惟故能得除斷是名第三繫念思惟復以何義名繫念思惟所謂三三昧空三昧無相三昧無作三昧空者於二十五有不見一實無作者於二十五有不作願求無相者無有十相所謂色相聲相香相味相觸相生相住相滅相男相女相修集如是三三昧者是名菩薩繫念思惟云何名爲如法修行如法修行即是修行檀波羅蜜乃至般若波羅蜜知陰入界眞實之相亦知聲聞緣覺諸佛同於一道而般涅槃法者即是常樂我淨不生不老不病不死不飢不渴不苦不惱不退不沒善男子解大涅槃甚深義者則知諸佛終不畢竟入於涅槃善男子第一眞實善知識者所謂菩薩諸佛世尊何以故常以三種善調御故何等爲三一者畢竟軟語二者畢竟訶責三者軟語訶責以是義故菩薩諸佛即是眞實善知識也復次善男子佛及菩薩爲大醫故名善知識何以故知病知藥應病授藥故譬如良醫善八種術先觀病相相有三種

何等爲三謂風熱水有風病者授之酥油熱病之人授之石蜜水病之者授之薑湯以知病根授藥得差故名良醫佛及菩薩亦復如是知諸凡夫病有三種一者貪欲二者瞋恚三者愚癡貪欲病者教觀骨相瞋恚病者觀慈悲相愚癡病者觀十二因緣相以是義故諸佛菩薩名善知識善男子如大船師善度人故名大船師諸佛菩薩亦復如是度諸衆生生死大海以是義故名善知識復次善男子因佛菩薩令諸衆生具足修得善法根本故善男子譬如雪山乃是種種微妙上藥根本之處佛及菩薩亦復如是悉是一切善根本處以是義故名善知識善男子雪山之中有上香藥名曰娑訶有人見之得壽無量無有病苦雖有四毒不能中傷若有觸者增長壽命滿百二十若有念者得宿命智何以故藥勢力故諸佛菩薩亦復如是若有見者即得斷除一切煩惱雖有四魔不能干亂若有觸者命不可夭不生不死不退不没所謂觸者若在佛邊聽受妙法若有念者得阿耨多羅三藐三菩提以是義故諸佛菩薩名善知識善男子如香山中有阿那婆蹋多池由是池故有四大河所謂恒河辛頭私陀博叉世間衆生常作是言若有罪者浴此四河衆罪得滅當知此言虛妄不實除此已往何等爲實諸佛菩薩是乃爲實所以者何若人親近則得滅除一切衆罪以是義故名善知識復次善男子譬如大地所有藥木一切叢林百穀甘蔗華果之屬值天炎旱將欲枯死難陀龍王及跋難陀憐愍衆生從大海出降注甘

雨一切叢林百穀草木滋潤還生一切衆生亦復如是所有善根將欲消滅諸佛菩薩生大慈悲從智慧海降甘露雨令諸衆生具足還得十善之法以是義故諸佛菩薩名善知識善男子譬如良醫善八種術見諸病人不觀種姓端正醜陋錢財寶貨悉爲治之是故世稱爲大良醫諸佛菩薩亦復如是見諸衆生有煩惱病不觀種姓端正醜陋錢財寶貨生慈愍心悉爲說法衆生聞已煩惱病除以是義故諸佛菩薩名善知識以是親近善友因緣則得近於大般涅槃云何菩薩聽法因緣而得近於大般涅槃一切衆生以聽法故則具信根得信根故樂行布施戒忍精進禪定智慧得須陁洹果乃至佛果是故當知得諸善法皆是聽法因緣勢力善男子譬如長者唯有一子遣至他國市易所須示其道路通塞之處而復誡之若遇婬女慎莫親愛若親愛者喪身殞命及以財寶弊惡之人亦莫交遊其子敬順父之教勑身心安隱多獲寶貨菩薩摩訶薩爲諸衆生敷演法要亦復如是示諸衆生及四部衆諸道通塞是諸衆等以聞法故遠離諸惡具足善法以是義故聽法因緣則得近於大般涅槃善男子譬如明鏡照人面像無不明了聽法明鏡亦復如是有人照之則見善惡明了無翳以是義故聽法因緣則得近於大般涅槃善男子譬如估客欲至寶渚不知道路有人示之其人隨語得至寶渚多獲諸珍不可稱計一切衆生亦復如是欲至善處採取道寶不知其路通塞之處菩薩示之衆生隨已得至善處獲得無

上大涅槃寶以是義故聽法因緣則得近於大般涅槃善男子譬如醉象狂騃暴惡多欲殺害有調象師以大鐵鉤鉤斵其頂即時調順惡心都盡一切衆生亦復如是貪欲瞋恚愚癡醉故欲多造惡諸菩薩等以聞法鉤斵之令住更不得起造諸惡心以是義故聽法因緣則得近於大般涅槃是故我於處處經中說我弟子專心聽受十二部經則離五蓋修七覺分以是修集七覺分故則得近於大般涅槃以聽法故須陀洹人離諸恐怖所以者何須達長者身遇重病心大愁怖聞舍利弗說須陀洹有四功德十種慰喻聞是事已恐怖即除以是義故聽法因緣則得近於大般涅槃何以故開法眼故世有三人一者無目二者一目三者二目言無目者常不聞法一目之人雖暫聞法其心不住二目之人專心聽受如聞而行以聽法故得知世間如是三人以是義故聽法因緣則得近於大般涅槃善男子如我昔於拘尸那城時舍利弗身遇病苦我時顧命阿難比丘廣爲說法時舍利弗聞是事已告四弟子汝舁我牀往至佛所我欲聽法時四弟子即共舁往既得聞法以法力故所苦除差身得安隱以是義故聽法因緣則得近於大般涅槃云何菩薩思惟因緣而得近於大般涅槃因是思惟心得解脫何以故一切衆生常爲五欲之所繫縛以思惟故悉得解脫以是義故思惟因緣則得近於大般涅槃復次善男子一切衆生常爲常樂我淨四法之所顛倒以思惟故得見諸法無常無樂無我無淨如是見已四倒即斷

以是義故思惟因緣則得近於大般涅槃復次善男子一切諸法有四種相何等爲四一者生相二者老相三者病相四者滅相以是四相能令一切凡夫衆生至須陀洹生大苦惱若能繫念善思惟者雖遇此四不生於苦以是義故思惟因緣則得近於大般涅槃復次善男子一切善法無不因於思惟而得何以故有人雖於無量無邊阿僧祇劫專心聽法若不思惟終不能得阿耨多羅三藐三菩提以是義故思惟因緣則得近於大般涅槃復次善男子若有衆生信佛法僧無有變易而生恭敬當知皆是繫念思惟因緣力故因得斷除一切煩惱以是義故思惟因緣則得近於大般涅槃云何菩薩如法修行善男子斷諸惡法修集善法是名菩薩如法修行復次云何如法修行見一切法空無所有無常無樂無我無淨以是見故寧捨身命不犯禁戒是名菩薩如法修行復次云何如法修行修有二種一者眞實二者不實不實者不知涅槃佛性如來法僧實相虛空等相是名不實云何眞實能知涅槃佛性如來法僧實相虛空等相是名眞實云何名爲知涅槃相涅槃之相凡有八事何等爲八一者盡二善性三實四眞五常六樂七我八淨是名涅槃復有八事何等爲八一者解脱二者善性三者不實四者不眞五者無常六者無樂七者無我八者無淨復有六相一者解脱二者善性三者不實四者不眞五者安樂六者清淨若有衆生依世俗道斷煩惱者如是涅槃則有八事解脱不實何以故以不常故以無常故

則無有實無有實故則無有眞雖斷煩惱以還起故無常無我無樂無淨是名涅槃解脱八事云何六相聲聞緣覺斷煩惱故名爲解脱而未能得阿耨多羅三藐三菩提故名爲不實以不實故名爲不眞未來之世當得阿耨多羅三藐三菩提故名無常以得無漏八聖道故名爲淨樂善男子若如是知是知涅槃不名佛性如來法僧實相虛空云何菩薩知於佛性佛性有六何等爲六一常二淨三實四善五當見六眞復有七事一者可證餘六如上是名菩薩知於佛性云何菩薩知如來相如來即是覺相善相常樂我淨解脱眞實示道可見是名菩薩知如來相云何菩薩知於法相法者若善不善若常不常若樂不樂若我無我若淨不淨若知不知若解不解若眞不眞若修不修若師非師若實不實是名菩薩知於法相云何菩薩知於僧相僧者常樂我淨是弟子相可見之相名眞不實何以故一切聲聞得佛道故何故名眞悟法性故是名菩薩知於僧相云何菩薩知於實相實相者若常無常若樂無樂若我無我若淨無淨若善不善若有若無若涅槃非涅槃若解脱非解脱若知不知若斷不斷若證不證若修不修若見不見是名實相非是涅槃佛性如來法僧虛空是名菩薩因修如是大涅槃故知於涅槃佛性如來法僧實相虛空等法差別之相善男子菩薩摩訶薩修大涅槃微妙經典不見虛空何以故佛及菩薩雖有五眼所不見故唯有慧眼乃能見之慧眼所見無法可見故名爲見若是無物名虛空者

如是虛空乃名爲實以是實故則名常無以常無故無樂我淨善男子空名無法無法名空譬如世間無物名空虛空之性亦復如是無所有故名爲虛空善男子衆生之性與虛空性俱無實性何以故如人說言除滅有物然後作空而是虛空實不可作何以故無所有故以無有故當知無空是虛空性若可作者則名無常若無常者不名虛空善男子如世間人說言虛空無色無礙常不變易是故世稱虛空之性爲第五大善男子而是虛空實無有性以光明故故名虛空實無虛空猶如世諦實無其性爲衆生故說有世諦善男子涅槃之體亦復如是無有住處直是諸佛斷煩惱處故名涅槃涅槃即是常樂我淨涅槃雖樂非是受樂乃是上妙寂滅之樂諸佛如來有二種樂一寂滅樂二覺知樂實相之體有三種樂一者受樂二者寂滅樂三覺知樂佛性一樂以當見故得阿耨多羅三藐三菩提時名菩提樂爾時光明遍照高貴德王菩薩摩訶薩白佛言世尊若煩惱斷處是涅槃者是事不然何以故如來往昔初成佛道至尼連禪河邊爾時魔王與其眷屬到於佛所而作是言世尊涅槃時到何故不入佛告魔王我今未有多聞弟子善持禁戒聰明利智能化衆生是故不入若言煩惱斷滅之處是涅槃者諸菩薩等於無量劫已斷煩惱何故不得稱爲涅槃俱是斷處何故獨稱諸佛有之菩薩無耶若斷煩惱非涅槃者何故如來昔告生名婆羅門言我今此身即是涅槃如來又時在毗舍離國魔復啓請如來昔以

未有弟子多聞持戒聰明利智能化衆生不入涅槃今巳具足何故不入如來爾時即告魔言汝今莫生悒遲之想却後三月吾當涅槃世尊若使滅度非涅槃者何故如來自期三月當般涅槃世尊若斷煩惱是涅槃者如來往昔初在道場菩提樹下斷煩惱時便是涅槃何故復言却後三月當般涅槃世尊若使爾時是涅槃者云何方爲拘尸那城諸力士等説言後夜當般涅槃如來誠實云何出是虚妄之言爾時世尊告光明遍照高貴德王菩薩摩訶薩言善男子若言如來得廣長舌當知如來於無量劫巳離妄語一切諸佛及諸菩薩凡所發言誠諦無虚善男子如汝所言波旬往昔啓請於我入涅槃者善男子而是魔王眞實不知涅槃之相何以故波旬意謂不化衆生默然而住便是涅槃善男子譬如世人見人不言無所造作便謂是人如死無異魔王波旬亦復如是意謂如來不化衆生默無所説便謂如來入般涅槃善男子如來不説佛法衆僧無差别相唯説常住清淨二法無差别耳善男子佛亦不説佛及佛性涅槃無差别相唯説常恒不變無差别耳善男子佛亦不説涅槃實相無差别相唯説常有實不變易無差别耳善男子爾時我諸聲聞弟子生於諍訟如拘睒彌諸惡比丘違返我教多犯禁戒受不淨物貪求利養向諸白衣而自讃歎我得無漏謂須陀洹果乃至我得阿羅漢果毁辱於他於佛法僧戒律和尚不生恭敬公於我前言如是物佛所聽畜如是等物佛不聽畜我亦語言如是等物我

實不聽復反我言如是等物實是佛聽如是惡人不信我言為是等故我告波旬汝莫悒遲却後三月當般涅槃善男子因如是等惡比丘故令諸聲聞受學弟子不見我身不聞我法便言如來入於涅槃唯諸菩薩能見我身常聞我法是故不言我入涅槃聲聞弟子雖復發言如來涅槃而我實不入於涅槃善男子若我所有聲聞弟子說言如來入涅槃者當知是人非我弟子是魔伴黨邪見惡人非正見也若言如來不入涅槃當知是人真我弟子非魔伴黨正見之人非惡邪也善男子我初不見弟子之中有言如來不化衆生黙然而住名般涅槃也善男子譬如長者多有子息捨至他方未得還頃諸子並謂父已死矣而是長者實亦不死諸子顛倒皆生死想聲聞弟子亦復如是不見我故便謂如來已於拘尸那城娑羅雙樹間而般涅槃而我實不般涅槃也聲聞弟子生涅槃想善男子譬如明燈有人覆之餘不知者謂燈已滅而是明燄實亦不滅以不知故生於滅想聲聞弟子亦復如是雖有慧眼以煩惱覆令心顛倒不見真身而便生於滅度之想而我實不取滅度也善男子如生盲人不見日月以不見故不知晝夜明暗之相以不知故便說無有日月之實實有日月盲者不見以不見故生於倒想言無日月聲聞弟子亦復如是如彼生盲不見如來便謂如來入於涅槃如來實不入於涅槃以倒想故生如是心善男子譬如雲霧覆蔽日月癡人便言無有日月日月實有直以覆故衆生不見聲聞弟子亦復

如是以諸煩惱覆智慧眼不見如來便言如來入於滅度善男子直是如來現嬰兒行非滅度也善男子如閻浮提日入之時衆生不見以黑山障故而是日性實無没入衆生不見生没入想聲聞弟子亦復如是爲諸煩惱山所障故不見我身以不見故便於如來生滅度想而我實不取滅度也是故我於毗耶離國告波旬言却後三月我當涅槃善男子如來懸見迦葉菩薩却後三月善根當熟亦見香山須跋陀羅竟安居已當至我所是故我告魔王波旬却後三月當般涅槃善男子有諸力士其數五百終竟三月亦當得發阿耨多羅三藐三菩提心我爲是故告波旬言却後三月當般涅槃善男子純陀等輩及五百棃車菴羅果女却後三月無上道心善根成熟爲是等故我告波旬却後三月當般涅槃善男子須那剎多親近外道尼乾子等我爲說法滿十二年彼人邪見不信不受我知是人邪見根栽却後三月定可斫伐我爲是故告波旬言却後三月當般涅槃善男子何因緣故我於往昔尼連河邊告魔波旬我今未有多知弟子是故不得入涅槃者我時欲爲五比丘等於波羅柰轉法輪故次復欲爲五比丘等所謂耶奢富那毗摩羅闍憍梵波提須婆睺次復欲爲郁伽長者等五十人次復欲爲摩伽陀國頻婆娑羅王等無量人天次復欲爲優樓頻螺迦葉門徒五百比丘次復欲爲那提迦葉伽耶迦葉兄弟二人及五百弟子次復欲爲舍利弗目揵連等二百五十比丘轉妙法輪是故我告魔王波旬不般

涅槃善男子有名涅槃非大涅槃云何涅槃非大涅槃不見佛性而斷煩惱是名涅槃非大涅槃以不見佛性故無常無我唯有樂淨以是義故雖斷煩惱不得名爲大般涅槃若見佛性能斷煩惱是則名爲大涅槃也以見佛性故得名爲常樂我淨以是義故斷除煩惱亦得稱爲大般涅槃善男子涅者言不槃者言織不織之義名之涅槃槃又言覆不覆之義乃名涅槃槃言去來不去不來乃名涅槃槃者言取不取之義乃名涅槃槃言不定定無不定乃名涅槃槃言新故無新故義乃名涅槃槃言障礙無障礙義乃名涅槃善男子有優樓佉迦毗羅弟子等言槃者名相無相之義乃名涅槃善男子槃者言有無有之義乃名涅槃槃名和合無和合義乃名涅槃槃者言苦無苦之義乃名涅槃善男子斷煩惱者不名涅槃不生煩惱乃名涅槃善男子諸佛如來煩惱不起是名涅槃所有智慧於法無礙是爲如來如來非是凡夫聲聞緣覺菩薩是名佛性如來身心智慧徧滿無量無邊阿僧祇土無所障礙是名虛空如來常住無有變易名曰實相以是義故如來實不畢竟涅槃是名菩薩修大涅槃微妙經典具足成就第七功德善男子云何菩薩摩訶薩修大涅槃微妙經典具足成就第八功德善男子菩薩摩訶薩修大涅槃除斷五事遠離五事成就六事修集五事守護一事親近四事信順一實心善解脫慧善解脫善男子云何菩薩除斷五事所謂五陰色受想行識所言陰者其義何謂能令衆生生死相續不離重

擠分散聚合三世所攝求其義理了不可得以是諸義故名爲陰菩薩摩訶薩雖見色陰不見其相何以故於十色中推求其性悉不可得爲世界故說言爲陰受有百八雖見受陰初無受相何以故受雖百八理無定實是故菩薩不見受陰想行識等亦復如是菩薩摩訶薩深見五陰是生煩惱之根本也以是義故方便令斷云何菩薩遠離五事所謂五見何等爲五一者身見二者邊見三者邪見四者戒取五者見取因是五見生六十二見因是諸見生死不絕是故菩薩防之不近云何菩薩成就六事謂六念處何等爲六一者念佛二者念法三者念僧四者念天五者念施六者念戒是名菩薩成就六事云何菩薩修集五事所謂五定一者知定二者寂定三者身心受快樂定四者無樂定五者首楞嚴定修集如是五種定心則得近於大般涅槃是故菩薩勤心修集云何菩薩守護一事謂菩提心菩薩摩訶薩常勤守護是菩提心猶如世人守護一子亦如瞎者護餘一目如行曠野守護導者菩薩守護菩提之心亦復如是因護如是菩提心故得阿耨多羅三藐三菩提因得阿耨多羅三藐三菩提故常樂我淨具足而有即是無上大般涅槃是故菩薩守護一法云何菩薩親近四事謂四無量心何等爲四一者大慈二者大悲三者大喜四者大捨因是四心能令無量無邊衆生發菩提心是故菩薩繫心親近云何菩薩信順一實菩薩了知一切衆生皆歸一道一道者謂大乘也諸佛菩薩爲衆生故分之爲三是故

菩薩信順不逆云何菩薩心善解脫貪恚癡心永斷滅故是名菩薩心善解脫云何菩薩慧善解脫菩薩摩訶薩於一切法知無障礙是名菩薩慧善解脫因慧解脫昔所不聞而今得聞昔所不見而今得見昔所不到而今得到爾時光明遍照高貴德王菩薩摩訶薩言世尊如佛所說心解脫者是義不然何以故心本無繫所以者何是心本性不爲貪欲瞋恚愚癡諸結所繫若本無繫云何而言心善解脫世尊若心本性不爲貪結之所繫者何等因緣而能得繫如人搫角本無乳相雖加功力乳無由出搫乳之者不得如是加功雖少乳則多出心亦如是本無貪者今云何有若本無貪後方有者諸佛菩薩本無貪相今悉應有世尊譬如石女本無子相雖加功力無量因緣子不可得心亦如是本無貪相雖造衆緣貪無由生世尊如鑽濕木火不可得心亦如是雖復鑽求貪不可得云何貪結能繫於心世尊譬如壓沙油不可得心亦如是雖復壓之貪不可得當知貪心二理各異設復有之何能汙心世尊譬如有人安橛於空終不得住安貪於心亦復如是種種因緣不能令貪繫縛於心世尊若心無貪名解脫者諸佛菩薩何故不拔虛空中刺世尊過去世心不名解脫未來世心亦無解脫現在世心不與道共何等世心名得解脫世尊如過去燈不能滅暗未來世燈亦不滅暗現在世燈復不滅暗何以故明之與暗二不並故心亦如是云何而言心得解脫世尊貪亦是有若貪無者見女相時不應生貪若因女相而

得生者當知是貪真實而有以有貪故墮三惡道世尊譬如有人見畫女像亦復生貪以生貪故得種種罪若本無貪云何見畫而生於貪若心無貪云何如來說言菩薩心得解脫若心有貪云何見相然後方生不見相者則不生也我今現見有惡果報當知有貪瞋恚愚癡亦復如是世尊譬如衆生有身無我而諸凡夫橫計我想雖有我想不墮三惡云何貪者於無女相而起女想墮三惡道世尊譬如鑽木而生於火然是火性衆緣中無以何因緣而得生耶世尊貪亦如是色中無貪香味觸法亦復無貪云何於色香味觸法生於貪耶若衆緣中悉無貪者云何衆生獨生於貪諸佛菩薩而不生耶世尊心亦不定若心定者無有貪欲瞋恚愚癡若不定者云何而言心得解脫貪亦不定若不定者云何因之生三惡趣貪者境界二俱不定何以故俱緣一色或生於貪或生於瞋或生愚癡是故貪者及與境界二俱不定若俱不定何故如來說言菩薩修大涅槃心得解脫

大般涅槃經卷第二十五

音釋

殞于敏切歿也　騃胡買切癡也　鉤斲鉤居侯切曲鉤也斲竹角切斫也　舁以諸切兩人對舉曰舁　睒失冉切　首楞嚴梵語也此云健相楞盧登切　瞎許鎋切一目盲也　橛其月切木段也

大般涅槃經卷第二十六

北涼天竺三藏曇無讖奉　詔譯

光明遍照高貴德王菩薩品第十之六

爾時世尊告光明遍照高貴德王菩薩摩訶薩言善哉善哉善男子心亦不爲貪結所繫亦非不繫非是解脱非不解脱非有非無非現在非過去非未來何以故善男子一切諸法無自性故善男子有諸外道作如是言因縁和合則有果生若衆縁中本無生性而能生者虚空不生亦應生果虚空不生非是因故以衆縁中本有果性是故合集而得生果所以者何如提婆達欲造牆壁則取泥土不取彩色欲造畫像則集彩色不取草木作衣取縷不取泥木作舍取泥不取縷綖以人取故當知是中各能生果以生果故當知因中必先有性若無性者一物之中應當出生一切諸物若是可取可作可出當知是中必先有果若無果者人則不取不作不出唯有虚空無取無作故能出生一切萬物以有因故如尼拘陀子生尼拘陀樹乳有醍醐縷中有布泥中有瓶善男子一切凡夫無明所盲作是定説色有著義心有貪性復言凡夫心有貪性亦解脱性遇貪因縁心則生貪若遇解脱心則解脱雖作此説是義不然有諸凡夫復作是言一切因中悉無有果因有二種一者微細二者麤大細即是常麤則無常從微細因轉成麤麤因從此麤因轉復成果麤無常故果亦無常善男子有諸凡夫復作是言心亦無因貪亦無因以時節故則生貪心如是等輩以不能知心因縁故輪迴六趣具受生

死善男子譬如枷犬繫之於柱終日繞柱不能得離一切凡夫亦復如是被無明枷繫生死柱繞二十五有不能得離善男子譬如有人墮於圊厠既得出已而復還入如人病瘥還爲病因如人涉路值空曠處既得過已而復還來又如淨洗還塗泥土一切凡夫亦復如是已得解脫無所有處唯未得脫非非想處而復還來至三惡趣何以故一切凡夫唯觀於果不觀因緣如犬逐塊不逐於人凡夫之人亦復如是唯觀於果不觀因緣以不觀故從非想退還三惡趣善男子諸佛菩薩終不定說因中有果因中無果及有無果非有非無果若言因中先定有果及定無果定有無果定非有非無果當知是等皆魔伴黨繫屬於魔即是愛人如是愛人不能永斷生死繫縛不知心相及以貪相善男子諸佛菩薩顯示中道何以故雖說諸法非有非無而不決定所以者何因眼因色因明因心因念識則得生是識決定不在眼中色中明中心中念中亦非中間非有非無從緣生故名之爲有無自性故名之爲無是故如來說言諸法非有非無善男子諸佛菩薩終不定說心有淨性及不淨性淨不淨心無住處故從緣生貪故說非無本無貪性故說非有善男子從因緣故心則生貪從因緣故心則解脫善男子因緣有二一者隨於生死二者隨大涅槃善男子有因緣故心共貪生共貪俱滅有共貪生不共貪滅有不共貪生共貪俱滅有不共貪生不共貪滅云何心共貪生共貪俱滅善男子若有凡夫未斷貪心修集貪心如是

之人心共貪生心共貪滅一切衆生不斷貪心心共貪生心共貪滅如欲界衆生一切皆有初地味禪若修不修常得成就遇因緣故即便得之言因緣者謂火災也一切凡夫亦復如是若修不修心共貪生心共貪滅何以故不斷貪故云何心共貪生不共貪滅聲聞弟子有因緣故生於貪心畏貪心故修白骨觀是名心共貪生不共貪滅復有心共貪生不共貪滅如聲聞人未證四果有因緣故生於貪心證四果時貪心得滅是名心共貪生不共貪滅菩薩摩訶薩得不動地時心共貪生不共貪滅云何不共貪生共貪俱滅若菩薩摩訶薩斷貪心已爲衆生故示現有貪以示現故能令無量無邊衆生諮受善法具足成就是名不共貪生共貪俱滅云何不共貪

生不共貪滅謂阿羅漢緣覺諸佛除不動地其餘菩薩是名不共貪生不共貪滅以是義故諸佛菩薩不決定説心性本淨性本不淨善男子是心不與貪結和合亦復不與瞋癡和合善男子譬如日月雖爲煙塵雲霧及羅睺羅之所覆蔽以是因緣令諸衆生不能得見雖不可見日月之性終不與彼五翳和合心亦如是以因緣故生於貪結衆生雖説心與貪合而是心性實不與合若是貪心即是貪性若是不貪即不貪性不貪之心不能爲貪貪結之心不能不貪善男子以是義故貪欲之結不能汙心諸佛菩薩永破貪結是故説言心得解脱一切衆生從因緣故生於貪結從因緣故心得解脱善男子譬如雪山懸峻之處人與獮猴俱不能行或復有處獮猴

能行人不能行或復有處人與獼猴二俱能行善男子人與獼猴能行處者如諸獵師純以黐膠置之案上用捕獼猴獼猴癡故往手觸之觸已粘手欲脫手故以脚蹋之脚復隨著欲脫脚故以口齧之口復粘著如是五處悉無得脫於是獵師以杖貫之負還歸家雪山嶮處喻佛菩薩所得正道獼猴者喻諸凡夫獵師者喻魔波旬黐膠者喻貪欲結人與獼猴俱不能行者喻諸凡夫魔王波旬俱不能行獼猴能行人不能者喻諸外道有智慧者諸惡魔等雖以五欲不能繫縛人與獼猴俱能行者一切凡夫及魔波旬常處生死不能修行凡夫之人五欲所縛令魔波旬自在將去如彼獵師黐捕獼猴擔負歸家善男子譬如國王安住已界身心安樂若至他界則得衆苦一切衆生亦復如是若能自住於已境界則得安樂若至他界則遇惡魔受諸苦惱自境界者謂四念處他境界者謂五欲也云何名爲繫屬於魔有諸衆生無常見常常見無常苦見於樂樂見於苦不淨見淨淨見不淨無我見我我見無我非實解脫橫見解脫眞實解脫見非解脫非乘見乘乘見非乘如是之人名繫屬魔繫屬魔者心不清淨復次善男子若見諸法眞實是有總別定相當知是人若見色時便作色相乃至見識亦作識相見男男相見女女相見日日相見月月相見歲歲相見陰陰相見入入相見界界相如是見者名繫屬魔繫屬魔者心不清淨復次善男子若見我是色色中有我我中有色色屬於我乃至見我是識識中有我我中有

識識屬於我如是見者繫屬於魔非我弟子善男子我聲聞弟子遠離如來十二部經修集種種外道典籍不修出家寂滅之業純營世俗在家之事何等名爲在家事也受畜一切不淨之物奴婢田宅象馬車乘駝驢雞犬獼猴猪羊種種穀麥遠離師僧親附白衣違返聖教向諸白衣作如是言佛聽比丘受畜種種不淨之物是名修集在家之事有諸弟子不爲涅槃但爲利養親近聽受十二部經招提僧物及僧鬘物衣著食噉如自己有慳惜他家及以稱譽親近國王及諸王子卜筮吉凶推步盈虛圍碁六博摴蒱投壺親比丘尼及諸處女畜二沙彌常遊屠獵酤酒之家及旃陀羅所住之處種種販賣手自作食受使隣國通致信命如是之人當知即是魔之眷屬非我弟子以是因緣心共貪生心共貪滅乃至癡心共生共滅亦復如是善男子以是因緣心性非淨亦非不淨是故我說心得解脫若有不受不畜一切不淨之物爲大涅槃受持讀誦十二部經書寫解說當知是等眞我弟子不行惡魔波旬境界即是修集三十七品以修集故不共貪生不共貪滅是名菩薩修大涅槃微妙經典具足成就第八功德復次善男子云何菩薩摩訶薩修大涅槃微妙經典具足成就第九功德善男子菩薩摩訶薩修大涅槃微妙經典初發五事悉得成就何等爲五一者信心二者直心三者戒四者親近善友五者多聞云何爲信菩薩摩訶薩信於三寶施有果報信於二諦一乘之道更無異趣爲諸衆生速得解脫諸佛菩薩

分別爲三信第一義諦信善方便是名爲信如是信者若諸沙門若婆羅門若天魔梵一切衆生所不能壞因是信故得聖人性修行布施若多若少悉得近於大般涅槃不墮生死戒聞智慧亦復如是是名爲信雖有是信而亦不見是爲菩薩修大涅槃成就初事云何直心菩薩摩訶薩於諸衆生作質直心一切衆生若遇因緣則生諂曲菩薩不爾何以故善解諸法悉因緣故菩薩摩訶薩雖見衆生諸惡過咎終不說之何以故恐生煩惱若生煩惱則墮惡趣如是菩薩若見衆生有少善事則讚歎之云何爲善所謂佛性讚佛性故令諸衆生發阿耨多羅三藐三菩提心爾時光明遍照高貴德王菩薩摩訶薩白佛言世尊如佛所說菩薩摩訶薩讚歎佛性令無量衆生發阿耨多羅三藐三菩提心是義不然何以故如來初開涅槃經時說有三種一者若有病人得良醫藥及瞻病者病則易差如其不得則不可愈二者若得不得悉不可差三者若得不得悉皆可差一切衆生亦復如是一者若遇善友諸佛菩薩聞說妙法則得發於阿耨多羅三藐三菩提心如其不遇則不能發所謂須陀洹斯陀含阿那含阿羅漢辟支佛二者雖遇善友諸佛菩薩聞說妙法亦不能發若其不遇亦不能發謂一闡提三者若遇不遇一切悉能發阿耨多羅三藐三菩提心所謂菩薩若言遇與不遇悉發阿耨多羅三藐三菩提心者如來今者云何說言因讚佛性令諸衆生發阿耨多羅三藐三菩提心世尊若遇善友諸佛菩薩聞說妙法

及以不遇悉不能發阿耨多羅三藐三菩提心當知是義亦復不然何以故如是之人當得阿耨多羅三藐三菩提故一闡提輩以佛性故若聞不聞悉亦當得阿耨多羅三藐三菩提故世尊如佛所說何等名爲一闡提也謂斷善根如是之義亦復不然何以故不斷佛性故如是佛性理不可斷云何佛說斷諸善根如佛往昔說十二部經善有二種一者常二者無常常者不斷無常者斷無常可斷故墮地獄常不可斷何故不遮佛性不斷非一闡提如來何故作如是說言一闡提世尊若因佛性發阿耨多羅三藐三菩提心何故如來廣爲衆生說十二部經世尊譬如四河從阿那婆蹋多池出若有天人諸佛世尊說言是河不入大海當還本源無有是處菩提之心亦復如是有佛性者若聞不聞若戒非戒若施非施若修不修若智非智悉皆應得阿耨多羅三藐三菩提世尊如優陀延山日從中出至于正南日若念言我不至西還東方者無有是處佛性亦爾若不聞不戒不施不修不智不得阿耨多羅三藐三菩提者無有是處世尊諸佛如來說因果性非有非無如是之義是亦不然何以故如其乳中無酪性者則無有酪尼拘陁子無五丈性者則不能生五丈之質若佛性中無阿耨多羅三藐三菩提樹者云何能生阿耨多羅三藐三菩提樹以是義故所說因果非有非無如是之義云何相應爾時世尊讃言善哉善哉善男子世有二人甚爲希有如優曇華一者不行惡法二者有罪能悔如是之人甚爲希有復

有二人一者作恩二者念恩復有二人一者諮受新法二者温故不忘復有二人一者造新二者修故復有二人一樂聞法二樂説法復有二人一善問難二善能答善問難者汝身是也善能答者謂如來也善男子因是善問即得轉于無上法輪能枯十二因緣大樹能度無邊生死大河能與魔王波旬共戰能摧波旬所立勝幢善男子如我先説三種病人值遇良醫瞻病好藥及以不遇病悉得瘥是義云何若得不得謂定壽命所以者何是人已於無量世中修三種善謂上中下以修如是三種善故得定壽命如鬱單越人壽命千年有遇病者若得良醫好藥瞻病及以不得悉皆得差何以故得定命故善男子如我所説若有病人得遇良醫好藥瞻病病得除差若不遇者則不得差是義云何善男子如是之人壽命不定命雖不盡有九因緣能夭其壽何等爲九一者知食不安而反食之二者多食三者宿食未消而復更食四者大小便利不隨時節五者病時不隨醫教六者不隨瞻病教勑七者雖耐不吐八者夜行以夜行故惡鬼打之九者房室過度以是緣故我説病者若遇醫藥病則可差若不遇者則不可愈善男子如我先説若遇不遇俱不差者是義云何有人命盡若遇不遇悉不可差何以故以命盡故以是義故我説病人若遇醫藥及以不遇悉不得差衆生亦爾發菩提心者若遇善友諸佛菩薩諮受深法若不遇之皆悉當成何以故以其能發菩提心故如鬱單越人得定壽命如我所説從須陀洹至辟

支佛若聞善友諸佛菩薩所說深法則發阿耨多羅三藐三菩提心若不值遇諸佛菩薩聞說深法則不能發阿耨多羅三藐三菩提心如不定命以九因緣命則中夭如彼病人值遇醫藥病則得差若不遇者病則不差是故我說遇佛菩薩聞說深法則能發心若不值遇則不能發如我先說若遇善友諸佛菩薩聞說深法若不值遇俱不能發是義云何善男子一闡提輩若遇善友諸佛菩薩聞說深法及以不遇俱不得離一闡提心何以故斷善法故一闡提輩亦得阿耨多羅三藐三菩提所以者何若能發於菩提之心則不復名一闡提也善男子以何緣故說一闡提得阿耨多羅三藐三菩提一闡提輩實不能得阿耨多羅三藐三菩提如命盡者雖遇良醫

好藥瞻病不能得差何以故以命盡故善男子一闡名信提名不具不具信故名一闡提佛性非信衆生非具以不具故云何可斷一闡名善方便提名不具修善方便不具足故名一闡提佛性非是修善方便衆生非具以不具故云何可斷一闡名進提名不具進不具故名一闡提佛性非進衆生非具以不具故云何可斷一闡名念提名不具念不具故名一闡提佛性非念衆生非具以不具故云何可斷一闡名定提名不具定不具故名一闡提佛性非定衆生非具以不具故云何可斷一闡名慧提名不具慧不具故名一闡提佛性非慧衆生非具以不具故云何可斷一闡名無常善提名不具以無常善不具足故名一闡提佛性是常非善非不善何以故善

法要從方便而得而是佛性非方便得是故非善何故復名非不善耶能得善果故善果者即是阿耨多羅三藐三菩提又善法者生已得故而是佛性非生巳得是故非善以斷生得諸善法故名一闡提善男子如汝所言若一闡提有佛性者云何不遮地獄之罪善男子一闡提中無有佛性善男子譬如有王聞箜篌音其聲清妙心即躭著喜樂愛念情無捨離即告大臣如是妙音從何處出大臣答言如是妙音從箜篌出王復語言持是聲來爾時大臣即持箜篌置於王前而作是言大王當知此即是聲王語箜篌出聲出聲而是箜篌聲亦不出爾時大王即斷其絃聲亦不出取其皮木悉皆析裂推求其聲了不能得爾時大王即瞋大臣云何乃作如是妄言大臣白王夫取聲者法不如是應以衆縁善巧方便聲乃出耳衆生佛性亦復如是無有住處以善方便故得可見以可見故得阿耨多羅三藐三菩提一闡提輩不見佛性云何能遮三惡道罪善男子若一闡提信有佛性當知是人不至三惡是亦不名一闡提也以不自信有佛性故即墮三惡墮三惡故名一闡提善男子如汝所說若乳無酪性不應出酪尼拘陀子無五丈性則不應有五丈之質愚癡之人作如是說智者終不發如是言何以故以無性故善男子如其乳中有酪性者不應復假衆縁力也善男子如水乳雜卧至一月終不成酪若以一滴頗求樹汁投之於中即便成酪若本有酪何故待縁衆生佛性亦復如是假衆縁故則便可見假衆縁故得

成阿耨多羅三藐三菩提若待衆緣然後成者即是無性以無性故能得阿耨多羅三藐三菩提善男子以是義故菩薩摩訶薩常讃人善不訟彼鈌名質直心復次善男子云何菩薩質直心也菩薩摩訶薩常不犯惡設有過失即時懺悔於師同學終不覆藏慚愧自責不敢復作於輕罪中生極重想若人詰問答言實犯復問是罪爲好不好答言不好復問是罪爲善不善答言不善復問是罪是善果耶不善果乎答言是罪實非善果又問是罪誰之所造將非諸佛法僧所作答言非佛法僧我所作也乃是煩惱之所構集以直心故信有佛性信佛性故則不得名一闡提也以直心故名佛弟子若受衆生衣服飲食卧具醫藥種各十萬不足爲多是名菩薩質直心也云何菩薩修持於戒菩薩摩訶薩受持禁戒不爲生天不爲恐怖乃至不受狗戒雞戒牛戒雉戒不作破戒不作鈌戒不作瑕戒不作雜戒不作聲聞戒受持菩薩摩訶薩戒尸羅波羅蜜戒得具足戒不生憍慢是名菩薩修大涅槃具第三戒云何菩薩親近善友菩薩摩訶薩常爲衆生說於善道不說惡道說於惡道非善果報善男子我身即是一切衆生眞善知識是故能斷富伽羅婆羅門所有邪見善男子若有衆生親近我者雖有生於地獄因緣即得生天如須那剎多羅等應墮地獄以見我故即得斷除地獄因緣生於色天雖有舍利弗目揵連等不名衆生眞善知識何以故生一闡提心因緣故善男子我昔住於波羅柰國時舍利弗教二弟子一觀

白骨一令數息經歷多年各不得定以是因緣即生邪見言無涅槃無漏之法設其有者我應得之何以故我能善持所受戒故我於爾時見是比丘生此邪心喚舍利弗而呵責之汝不善教云何乃爲是二弟子顛倒說法汝二弟子其性各異一主浣衣一是金師金師之子應教數息浣衣之人應教骨觀以汝錯教令是二人生於惡邪我於爾時爲是二人如應說法二人聞已得阿羅漢果是故我爲一切衆生眞善知識非舍利弗目揵連等若使衆生有極重結得遇我者我以方便即爲斷之如我弟難陀有極重欲我以種種善巧方便而爲除斷鴦掘魔羅有重瞋恚以見我故瞋恚即息阿闍世王有重愚癡以見我故癡心即滅如婆熈伽長者於無量劫修習成就極重煩惱以見我故即便斷滅設有弊惡廝下之人親近於我作弟子者煩惱消除以是因緣一切人天恭敬愛念尸利毱多邪見熾盛因見我故邪見即滅因見我故斷地獄因作生天緣如氣嘘旃陀羅命垂終時因見我故還得壽命如憍尸迦狂心錯亂因見我故還得本心如瘦瞿曇彌屠家之子常修惡業以見我故即便捨離如闡提比丘因見我故寧捨身命不毀禁戒如草繫比丘以是義故阿難比丘說半梵行名善知識我言不爾具足梵行乃名善知識是名菩薩修大涅槃具足第四親近善知識云何菩薩具足多聞菩薩摩訶薩爲大涅槃十二部經書寫讀誦分別解說是名菩薩具足多聞除十一部唯毗佛略受持讀誦書寫解說亦名菩薩具

足多聞除十二部經若能受持是大涅槃微妙經典書寫讀誦分别解說是名菩薩具足多聞除是經典具足全體若能受持一四句偈復除是偈若能受持如來常住性無變易是名菩薩具足多聞復除是事若知如來常不說法亦名菩薩具足多聞何以故法無性故如來雖說一切諸法常無所說是名菩薩修大涅槃成就第五具足多聞善男子若有善男子善女人爲大涅槃具足成就如是五事難作能作難忍能忍難施能施云何菩薩難作能作若聞有人食一胡麻得阿耨多羅三藐三菩提者信是語故乃至無量阿僧祇劫常食一麻若聞入火得阿耨多羅三藐三菩提者於無量劫在阿鼻地獄入熾火聚是名菩薩難作能作云何菩薩難忍能忍若聞受苦手杖刀石所打因縁得大涅槃即於無量阿僧祇劫身具受之不以爲苦是名菩薩難忍能忍云何菩薩難施能施若聞能以國城妻子頭目髓惱惠施於人得阿耨多羅三藐三菩提者即於無量阿僧祇劫以其所有國城妻子頭目髓腦惠施於人是名菩薩難施能施菩薩雖復難作能作終不念言是我所作難忍難施亦復如是善男子譬如父母唯有一子愛之甚重以好衣裳上妙甘饍隨時將養令無所乏其子若於是父母所生輕慢心惡口罵辱父母愛故不生瞋恨亦不念言我與是兒衣服飲食菩薩摩訶薩亦復如是視諸衆生猶如一子若子遇病父母亦病爲求醫藥勤而療之病既差已終不生念我爲是兒療治病苦菩薩亦爾見諸衆生遇煩

惱病生愛念心而爲說法以聞法故諸煩惱斷煩惱斷已終不念言我爲衆生斷諸煩惱若生此念終不得成阿耨多羅三藐三菩提唯作是念無一衆生我爲說法令斷煩惱菩薩摩訶薩於諸衆生不瞋不喜何以故善能修集空三昧故菩薩若修空三昧者當於誰所生瞋生喜善男子譬如山林猛火所焚若人斫伐或爲水漂而是林木當於誰所生瞋生喜菩薩摩訶薩亦復如是於諸衆生無瞋無喜何以故修空三昧故爾時光明遍照高貴德王菩薩摩訶薩白佛言世尊一切諸法性自空耶空空故空若性自空者不應修空然後見空云何如來言以修空而見空也若性自不空雖復修空不能令空善男子一切諸法性本自空何以故一切法性不可得故善男子色性不可得云何色性色者非地水火風不離地水火風非青黃赤白不離青黃赤白非有非無云何當言色有自性以性不可得故說爲空一切諸法亦復如是以相似相續故凡夫見已說言諸法性不空寂菩薩摩訶薩具足五事是故見法性本空寂善男子若有沙門及婆羅門見一切法性不空者當知是人非是沙門非婆羅門不得修集般若波羅蜜不得入於大般涅槃不得現見諸佛菩薩是魔眷屬善男子一切諸法性本自空亦因菩薩修集空故見諸法空善男子如一切法性無常故滅能滅之若非無常滅不能滅有爲之法有生相故生能生之有滅相故滅能滅之一切諸法有苦相故苦能令苦善男子如鹽性鹹能鹹異物石蜜性甘能甘

異物苦酒性酢能酢異物薑本性辛能辛異物訶梨勒苦能苦異物菴羅果淡能淡異物毒性能害令異物害甘露之性令人不死若合異物亦能不死菩薩修空亦復如是以修空故見一切法性皆空寂光明遍照高貴德王菩薩復作是言世尊若鹽能令非鹹作鹹修空三昧若如是者當知是空非善非妙其性顛倒若空三昧唯見空者空是無法爲何所見善男子是空三昧見不空法能令空寂然非顛倒如鹽非鹹作鹹是空三昧亦復如是不空作空善男子貪是有性非是空性貪若是空衆生不應以是因緣墮於地獄若墮地獄云何貪性當是空耶善男子色性是有何等色性所謂顛倒以顛倒故衆生生貪若是色性非顛倒者云何能令衆生生貪以生

貪故當知色性非不是有以是義故修空三昧非顛倒也善男子一切凡夫若見女人即生女相菩薩不爾雖見女人不生女相以不生相貪則不生貪不生故非顛倒也以世間人見有女故菩薩隨說言有女人若見男時説言是女是則顛倒是故我爲闍提説言汝婆羅門若以晝爲夜是即顛倒以夜爲晝是亦顛倒晝爲晝相夜爲夜相云何顛倒善男子一切菩薩住九地者見法有性以是見故不見佛性若見佛性則不復見一切法性以修如是空三昧故不見法性以不見故則見佛性諸佛菩薩有二種説一者有性二者無性爲衆生故説有法性爲諸賢聖説無法性爲不空者見法空故修空三昧令得見空無法性者亦修空故空以是義故修空見空善

男子汝言見空空是無法爲何所見者善男子如是如是菩薩摩訶薩實無所見無所見者即無所有無所有者即一切法菩薩摩訶薩修大涅槃於一切法悉無所見若有見者不見佛性不能修集般若波羅蜜不得入於大般涅槃是故菩薩見一切法性無所有善男子菩薩不但因見三昧而見空也般若波羅蜜亦空禪波羅蜜亦空毗棃耶波羅蜜亦空羼提波羅蜜亦空尸羅波羅蜜亦空檀波羅蜜亦空色亦空眼亦空識亦空如來亦空大般涅槃亦空是故菩薩見一切法皆悉是空是故我在迦毗羅城告阿難言汝莫愁惱悲泣啼哭阿難即言如來世尊我今眷屬悉皆死喪云何當得不愁啼耶如來與我俱生此城俱同釋種親戚眷屬云何如來獨不愁惱光顔更顯善男子我復告言阿難汝見迦毗真實而有我見空寂悉無所有汝見釋種悉是親戚我修空故悉無所見以是因緣汝生愁苦我身容顔益更光顯諸佛菩薩修集如是空三昧故不生愁惱是名菩薩修大涅槃微妙經典成就具足第九功德善男子云何菩薩修大涅槃微妙經典具足最後第十功德善男子菩薩修集三十七品入大涅槃常樂我淨爲諸衆生分別解說大涅槃經顯示佛性若須陀洹斯陀含阿那含阿羅漢辟支佛菩薩信是語者悉得入於大般涅槃若不信者輪迴生死爾時光明遍照高貴德王菩薩白佛言世尊何等衆生於是經中不生恭敬善男子我涅槃後有聲聞弟子愚癡破戒喜生鬬諍捨十二部經讀誦種種外道典

籍文頌手筆受畜一切不淨之物言是佛聽如是之人以好栴檀貿易凡木以金易鍮石銀易白鑞絹易氀褐以甘露味易於惡毒云何栴檀貿易凡木如我弟子爲供養故向諸白衣演説經法白衣情逸不喜聽聞白衣處高比丘處下兼以種種餚饍飲食而供給之猶不肯聽是名栴檀貿易凡木云何以金貿易鍮石鍮石喻色聲香味觸金喻於戒我諸弟子以色因緣破所受戒是名以金貿易鍮石云何以銀易於白鑞銀喻十善鑞喻十惡我諸弟子放捨十善行十惡法是名以銀貿易白鑞云何以絹貿易氀褐氀褐喻於無慚無愧絹喻慚愧我諸弟子放捨慚愧習無慚愧是名以絹貿易氀褐云何甘露貿易毒藥毒藥喻於種種供養甘露喻於諸無漏法我諸弟子爲利養故向諸白衣苦自譽讃言得無漏是名甘露貿易毒藥以如是等惡比丘故是大涅槃微妙經典廣行流布於閻浮提當是時也有諸弟子受持讀誦書寫是經演説流布當爲如是諸惡比丘之所殺害時惡比丘共相聚集立嚴峻制若有受持大涅槃經書寫讀誦分别説者一切不得共住共坐談論語言何以故涅槃經者非佛所説邪見所造邪見之人即是六師六師經典非佛經典所以者何一切諸佛悉説諸法無常無樂無我無淨若言諸法常樂我淨云何當是佛所説經諸佛菩薩聽諸比丘畜種種物六師所説不聽弟子畜一切物如是之義云何當是佛之所説諸佛菩薩不制弟子斷牛五味及以食肉六師不聽食五種鹽五種牛味及

以脂血若斷是者云何當是佛之正典諸佛菩薩說於三乘而是經中純說一乘謂大涅槃如此之言云何當是佛之正典諸佛畢竟入於涅槃是經言佛常樂我淨不入涅槃是經不在十二部數即是魔說非是佛說善男子如是之人雖我弟子不能信順是涅槃經善男子當爾之時若有衆生信此經典乃至半句當知是人真我弟子因如是信即見佛性入於涅槃爾時光明遍照高貴德王菩薩白佛言世尊善哉善哉如來今日善能開示大涅槃經世尊我因是事即得解悟大涅槃經一句半句以解一句至半句故見少佛性如佛所說我亦當得入大涅槃是名菩薩修大涅槃微妙經典具足成就第十功德

大般涅槃經卷第二十六

音釋

縷 力主切綫也

黐膠 黐丑知切膠音交黏也

嚙 五巧切噬也

摴蒱 摴丑居切蒱薄胡切摴蒱戲也

鴦掘魔羅 梵語也此云指鬘掘其物切

貿易 貿莫候切市易也

氀褐 氀力朱切褐胡葛切氀褐毛布也

大般涅槃經卷第二十七

北涼天竺三藏曇無讖奉　詔譯

師子吼菩薩品第十一之一

爾時佛告一切大衆諸善男子汝等若疑有佛無佛有法無法有僧無僧有苦無苦有集無集有滅無滅有道無道有實無實有我無我有樂無樂有淨無淨有常無常有乘無乘有性無性有衆生無衆生有有無有有眞無眞有因無因有果無果有作無作有業無業有報無報者今恣汝所問吾當爲汝分別解說善男子我實不見若天若人若魔若梵若沙門若婆羅門有來問我不能答者爾時會中有一菩薩名師子吼即從座起歛容整服前禮佛足長跪合掌而白佛言世尊我適欲問如來大慈復垂聽許爾時佛告諸大衆言諸善男子汝等今當於是菩薩深生恭敬尊重讃歎應以種種香華妓樂瓔珞旛蓋衣服飲食卧具醫藥房舍殿堂而供養之迎來送去所以者何是人已於過去諸佛深種善根福德成就是故今於我前欲師子吼善男子如師子王自知身力牙齒鋒鋩四足據地安住巖穴振尾出聲若有能具如是諸相當知是則能師子吼眞師子王晨朝出穴頻申欠呿四向顧望發聲震吼爲十一事何等爲十一一爲欲壞實非師子詐作師子故二爲欲試自身力故三爲欲令住處淨故四爲諸子知處所故五爲群輩無怖心故六爲眠者得覺悟故七爲一切放逸諸獸不放逸故八爲諸獸來依附故九爲欲調大香象故十爲教告諸子息故十一爲欲莊嚴自眷屬故一切

禽獸聞師子吼水性之屬潛没深淵陸行之類藏伏窟穴飛者墮落諸大香象怖走失糞諸善男子如彼野干雖逐師子至于百年終不能作師子吼也若師子子始滿三年則能哮吼如師子王善男子如來正覺智慧牙爪四如意足六波羅蜜滿足之身十力雄猛大悲爲尾安住四禪清淨窟宅爲諸衆生而師子吼摧破魔軍示衆十力開佛行處爲諸邪見作歸依所安撫生死怖畏之衆覺悟無明睡眠衆生行惡法者爲作悔心開示邪見一切衆生令知六師非師子吼故破富蘭那等憍慢心故爲令二乘生悔心故爲教五住諸菩薩等生大力心故爲令正見四部之衆於彼邪見四部徒衆不生怖畏故從聖行梵行天行窟宅頻申而出爲欲令彼諸衆生等破憍慢故欠呿爲令諸衆生等生善法故四向顧望爲令衆生得四無礙故四足據地爲令衆生具足安住尸波羅蜜故故師子吼師子吼者名決定説一切衆生悉有佛性如來常住無有變易善男子聲聞緣覺雖復隨逐如來世尊無量百千阿僧祇劫而亦不能作師子吼十住菩薩若能修行是三行處當知是則能師子吼諸善男子是師子吼菩薩摩訶薩今欲如是大師子吼是故汝等應當深心供養恭敬尊重讃歎爾時世尊告師子吼菩薩摩訶薩言善男子汝若欲問今可隨意師子吼菩薩摩訶薩白佛言世尊云何爲佛性以何義故名爲佛性何故復名常樂我淨若一切衆生有佛性者何故不見一切衆生所有佛性十住菩薩住何等法不了了見佛住

何等法而了了見十住菩薩以何等眼不了了見佛以何眼而了了見佛言善男子善哉善哉若有人能爲法諮啓則爲具足二種莊嚴一者智慧二者福德若有菩薩具足如是二莊嚴者則知佛性亦復解知名爲佛性乃至能知十住菩薩以何眼見諸佛世尊以何眼見師子吼菩薩言世尊云何名爲智慧莊嚴云何名爲福德莊嚴善男子慧莊嚴者謂從一地乃至十地是名慧莊嚴福德莊嚴者謂檀波羅蜜乃至般若非般若波羅蜜復次善男子慧莊嚴者所謂諸佛菩薩福德莊嚴者謂聲聞緣覺九住菩薩復次善男子福德莊嚴者有爲有漏有有果報有礙非常是凡夫法慧莊嚴者無爲無漏無有果報無礙常住善男子汝今具足是二莊嚴是故能問甚深妙義我亦具足是二莊嚴能答是義師子吼菩薩摩訶薩言世尊若有菩薩具足如是二莊嚴者則不應問一種二種云何世尊說言能答一種二種所以者何一切諸法無一二種一種二種者是凡夫相佛言善男子若有菩薩無二種莊嚴則不能知一種二種若有菩薩具二莊嚴則能解知一種二種若言諸法無一二者是義不然何以故若無一二云何得說一切諸法無一無二善男子若言一二是凡夫相是乃名爲十住菩薩非凡夫也何以故一者名爲涅槃二者名爲生死何故一者名爲涅槃以其常故何故二者名爲生死愛無明故常涅槃者非凡夫相生死二者亦非凡夫相以是義故具二莊嚴者能問能答善男子汝問云何爲佛性者諦聽諦聽

吾當爲汝分别解説善男子佛性者名第一義空第一義空名爲智慧所言空者不見空與不空智者見空及與不空常與無常苦之與樂我與無我空者一切生死不空者謂大涅槃乃至無我者即是生死我者謂大涅槃見一切空不見不空不名中道乃至見一切無我不見我者不名中道中道者名爲佛性以是義故佛性常恒無有變易無明覆故令諸衆生不能得見聲聞緣覺見一切空不見不空乃至見一切無我不見於我以是義故不得第一義空不得第一義空故不行中道無中道故不見佛性善男子不見中道者凡有三種一者定樂行二者定苦行三者苦樂行定樂行者所謂菩薩摩訶薩憐愍一切諸衆生故雖復處在阿鼻地獄如三禪樂定苦行者謂諸凡夫苦樂行者謂聲聞緣覺聲聞緣覺行於苦樂作中道想以是義故雖有佛性而不能見如汝所問以何義故名佛性者善男子佛性者即是一切諸佛阿耨多羅三藐三菩提中道種子復次善男子道有三種謂下上中下者梵天無常謬見是常上者生死無常謬見是常三寶是常横計無常何故名上能得最上阿耨多羅三藐三菩提故中者名第一義空無常見無常常見於常第一義空不名爲下何以故一切凡夫所不得故不名爲上何以故即是上故諸佛菩薩所修之道不上不下以是義故名爲中道復次善男子生死本際凡有二種一者無明二者有愛是二中間則有生老病死之苦是名中道如是中道能破生死故名爲中以是義故中

道之法名爲佛性是故佛性常樂我淨以諸衆生不能見故無常無樂無我無淨佛性實非無常無樂無我無淨善男子譬如貧人家有寶藏是人不見以不見故無常無樂無我無淨有善知識而語之言汝舍宅中有金寶藏何故如是貧窮困苦無常無樂無我無淨即以方便令彼得見以得見故是人即得常樂我淨佛性亦爾衆生不見以不見故無常無樂無我無淨有善知識諸佛菩薩以諸方便種種教告令彼得見以得見故衆生即得常樂我淨復次善男子衆生起見凡有二種一者常見二者斷見如是二見不名中道無常無斷乃名中道無常無斷即是觀照十二因緣智如是觀智是名佛性二乘之人雖觀因緣猶亦不得名爲佛性佛性雖常以諸衆

生無明覆故不能得見又未能渡十二因緣河猶如兎馬何以故不見佛性故善男子是觀十二因緣智慧即是阿耨多羅三藐三菩提種子以是義故十二因緣名爲佛性善男子譬如胡瓜名爲熱病何以故能爲熱病作因緣故十二因緣亦復如是善男子佛性者有因有因因有果有果果有因者即十二因緣因因者即是智慧有果者即是阿耨多羅三藐三菩提果果者即是無上大般涅槃善男子譬如無明爲因諸行爲果行因識果以是義故彼無明體亦因亦因因識亦果亦果果佛性亦爾善男子以是義故十二因緣不出不滅不常不斷非一非二不來不去非因非果善男子是因非果如佛性是果非因如大涅槃是因是果如十二因緣所生之法非

因非果名爲佛性非因果故常恒無變以是義故我經中說十二因緣其義甚深無知無見不可思惟乃是諸佛菩薩境界非諸聲聞緣覺所及以何義故甚深甚深衆生業行不常不斷而得果報雖念念滅而無所失雖無作者而有作業雖無受者而有果報受者雖滅果不敗亡無有慮知和合而有一切衆生雖與十二因緣共行而不見知不見知故無有始終十住菩薩唯見其終不見其始諸佛世尊見始見終以是義故諸佛了了得見佛性善男子一切衆生不能見於十二因緣是故輪轉善男子如蠶作繭自生自死一切衆生亦復如是不見佛性故自造結業流轉生死猶如拍毱善男子是故我於諸經中說若有人見十二緣者即是見法見法者即是見佛佛者即是佛性何以故一切諸佛以此爲性善男子觀十二緣智凡有四種一者下二者中三者上四者上上下智觀者不見佛性以不見故得聲聞道中智觀者不見佛性以不見故得緣覺道上智觀者見不了了不了了故住十住地上上智者見了了故得阿耨多羅三藐三菩提道以是義故十二因緣名爲佛性佛性者即第一義空第一義空名爲中道中道者即名爲佛佛者名爲涅槃爾時師子吼菩薩摩訶薩白佛言世尊若佛與佛性無差别者一切衆生何用修道佛言善男子如汝所問是義不然佛與佛性雖無差别然諸衆生悉未具足善男子譬如有人惡心害母害已生悔三業雖善是人故名地獄人也何以故是人定當墮地獄故是人雖無地

獄陰界諸入猶故得名爲地獄人善男子是故我於諸經中說若見有人修行善者名見天人修行惡者名見地獄何以故定受報故善男子一切衆生定得阿耨多羅三藐三菩提故是故我說一切衆生悉有佛性一切衆生眞實未有三十二相八十種好以是義故我於此經而說是偈

本有今無　本無今有　三世有法　無有是處

善男子有者凡有三種一未來有二現在有三過去有一切衆生未來之世當有阿耨多羅三藐三菩提是名佛性一切衆生現在悉有煩惱諸結是故現在無有三十二相八十種好一切衆生過去之世有斷煩惱是故現在得見佛性以是義故我常宣說一切衆生悉有佛性乃至一闡提等亦有佛性一闡提等無有善法佛性亦善以未來有故一闡提等悉有佛性何以故一闡提等定當得成阿耨多羅三藐三菩提故善男子譬如有人家有乳酪有人問言汝有酥耶答言我有酪實非酥以巧方便定當得故故言有酥衆生亦爾悉皆有心凡有心者定當得成阿耨多羅三藐三菩提以是義故我常宣說一切衆生悉有佛性善男子畢竟有二種一者莊嚴畢竟二者究竟畢竟一者世間畢竟二者出世畢竟莊嚴畢竟者六波羅蜜究竟畢竟者一切衆生所得一乘一乘者名爲佛性以是義故我說一切衆生悉有佛性一切衆生悉有一乘以無明覆故不能得見善男子如鬱單越三十三天果報覆故此間衆生不能得見佛性亦爾諸結覆故衆生不見復次善男子

佛性者即首楞嚴三昧性如醍醐即是一切諸佛之毋以首楞嚴三昧力故而令諸佛常樂我淨一切衆生悉有首楞嚴三昧以不修行故不得見是故不能得成阿耨多羅三藐三菩提善男子首楞嚴三昧者有五種名一者首楞嚴三昧二者般若波羅蜜三者金剛三昧四者師子吼三昧五者佛性隨其所作處處得名善男子如一三昧得種種名如禪名四禪根名定根力名定力覺名定覺正名正定八大人覺名爲定覺首楞嚴定亦復如是善男子一切衆生具足三定謂上中下上者謂佛性也以是故言一切衆生悉有佛性中者一切衆生具足初禪有因緣時則能修集若無因緣則不能修因緣二種一謂火災二謂破欲界結以是故言一切衆生悉具中定下定者十大地中心數定也以是故言一切衆生悉具下定一切衆生悉有佛性煩惱覆故不能得見十住菩薩雖見一乗不知如來是常住法以是故言十地菩薩雖見佛性而不明了善男子首楞嚴者名一切事畢竟嚴者名堅一切畢竟而得堅固名首楞嚴以是故言首楞嚴定名爲佛性善男子我於一時住尼連禪河邊告阿難言我今欲洗汝可取衣及以澡豆我旣入水一切飛鳥水陸之屬悉來觀我爾時復有五百梵志來在河邊因到我所各相謂言云何而得金剛之身若使瞿曇不說斷見我當從其啓受齋法善男子我於爾時以他心智知是梵志心之所念告梵志言云何謂我說於斷見彼梵志言瞿曇先於處處經中說諸衆生悉無有我旣言

無我云何而言非斷見耶若無我者持戒者誰破戒者誰佛言我亦不說一切衆生悉無有我我常宣說一切衆生悉有佛性佛性者豈非我耶以是義故我不說斷一切衆生不見佛性故無常無我無樂無淨如是則名說斷見也時諸梵志聞說佛性即是我故即發阿耨多羅三藐三菩提心尋時出家修菩提道一切飛鳥水陸之屬亦發無上菩提之心既發心已尋得捨身善男子是佛性者實非我也爲衆生故說名爲我善男子如來有因緣故說無我爲我眞實無我雖作是說無有虛妄善男子有因緣故說我爲無我而實有我爲世界故雖說無我而無虛妄佛性無我如來說我以是常故如來是我而說無我得自在故爾時師子吼菩薩摩訶薩言世尊若

一切衆生悉有佛性如金剛力士者以何義故一切衆生不能得見佛言善男子譬如色法雖有青黄赤白之異長短質像盲者不見雖復不見亦不得言無青黄赤白長短質像何以故盲雖不見有目見故佛性亦爾一切衆生雖不能見十住菩薩見少分故如來全見十住菩薩所見佛性如夜見色如來所見如晝見色善男子譬如瞎者見色不了有善良醫而爲治目以藥力故得了了見十住菩薩亦復如是雖見佛性不能明了以首楞嚴三昧力故能得明了善男子若有人見一切諸法無常無我無樂無淨見非一切法亦無常無我無樂無淨如是之人不見佛性一切者名爲生死非一切者名爲三寶聲聞緣覺見一切法無常無我無樂無淨非一切法亦

見無常無我無樂無淨以是義故不見佛性十住菩薩見一切法無常無我無樂無淨非一切法分見常樂我淨以是義故十分之中得見一分諸佛世尊見一切法無常無我無樂無淨非一切法見常樂我淨以是義故見於佛性如觀掌中阿摩勒果以是義故首楞嚴定名爲畢竟善男子譬如初月雖不可見不得言無佛性亦爾一切凡夫雖不得見亦不得言無佛性也善男子佛性者所謂十力四無所畏大悲三念處一切衆生悉有三種破煩惱故然後得見一闡提等破一闡提然後能得十力四無所畏大悲三念處以是義故我常宣說一切衆生悉有佛性善男子十二因緣一切衆生等共有之亦內亦外何等十二過去煩惱名爲無明過去業者則名爲行現在世中初始受胎是名爲識入胎五分四根未具名爲名色具足四根未名觸時是名六入未別苦樂是名爲觸染習一愛是名爲受習近五欲是名爲愛內外貪求是名爲取爲內外事起身口意業是名爲有現在世識名未來生現在名色六入觸受名未來世老病死也是名十二因緣善男子一切衆生雖有如是十二因緣或有未具如歌羅邏時死則無十二從生乃至老死得具十二色界衆生無三種受三種觸三種愛無有老病亦得名爲具足十二無色衆生無色乃至無有老病亦得名爲具足十二以定得故故名衆生平等具有十二因緣善男子佛性亦爾一切衆生定當得成阿耨多羅三藐三菩提故是故我說一切衆生悉有佛性善男子雪山

有草名爲忍辱牛若食者則出醍醐更有異草牛若食者則無醍醐雖無醍醐不可說言雪山之中無忍辱草佛性亦爾雪山者名爲如來忍辱草者名大涅槃異草者十二部經衆生若能聽受諮啓大般涅槃則見佛性十二部中雖不聞有不可說言無佛性也善男子佛性者亦色非色非色非非色亦相非相非相非非相亦一非一非一非非一非常非斷非非常非非斷亦有亦無非有非無亦盡非盡非盡非非盡亦因亦果非因非果亦義非義非義非非義亦字非字非字非非字亦苦亦樂非苦非樂亦我非我非我非非我亦空非空非空非非空云何爲色金剛身故云何非色十八不共非色法故云何非色非非色色非色無定相故云何爲相三十二相故云何非相一切衆生相不現故云何非相非非相相非相不決定故云何爲一一切衆生悉一乘故云何非一說三乘故云何非一非非一無數法故云何非常從緣見故云何非斷離斷見故云何非非常非非斷無終始故云何爲有一切衆生悉皆有故云何爲無從善方便而得見故云何非有非無虛空性故云何名盡得首楞嚴三昧故云何非盡以其常故云何非盡非非盡一切盡相斷故云何爲因以了因故云何爲果果決定故云何非因非果以其常故云何名義悉能攝取義無礙故云何非義不可說故云何非義非非義畢竟空故云何爲字有名稱故云何非字名無名故云何非字非非字斷一切字故云何亦苦亦樂諸受緣起故云何非苦非樂斷一

切受故云何非我未能具得八自在故云何非非我以其常故云何非我非非我不作不受故云何爲空第一義空故云何非空以其常故云何非空非非空能爲善法作種子故善男子若有人能思惟解了大涅槃經如是之義當知是人則見佛性佛性者不可思議乃是諸佛如來境界非諸聲聞縁覺所知善男子佛性者非陰界入非本無今有非已有還無從善因縁衆生得見譬如黑鐵入火則赤出冷還黑而是黑色非内非外因縁故有佛性亦爾一切衆生煩惱火滅則得聞見善男子如種滅已芽則得生而是芽性非内非外乃至華果亦復如是從縁故有善男子是大涅槃微妙經典成就具足無量功德佛性亦爾悉是無量無邊功德之所成就爾時師子吼菩薩摩訶薩言世尊菩薩具足成就幾法得見佛性而不明了諸佛世尊成就幾法得了了見善男子菩薩具足成就十法雖見佛性而不明了云何爲十一者少欲二者知足三者寂靜四者精進五者正念六者正定七者正慧八者解脱九者讚歎解脱十者以大涅槃教化衆生師子吼菩薩言世尊少欲知足有何差別善男子少欲者不求不取知足者得少之時心不悔恨少欲者少有所欲知足者但爲法事心不愁惱善男子欲者有三一者惡欲二者大欲三者欲欲惡欲者若有比丘心生貪欲欲爲一切大衆上首令一切僧隨逐我後令諸四部悉皆供養恭敬讚歎尊重於我令我先爲四衆説法皆令一切信受我語亦令國王大臣長者皆恭敬我令

我大得衣服飲食卧具醫藥上妙屋宅爲生死欲是名惡欲云何大欲若有比丘生於欲心云何當令四部之衆悉皆知我得初住地乃至十住得阿耨多羅三藐三菩提得阿羅漢果乃至須陀洹果我得四禪乃至四無礙智爲於利養是名大欲欲欲者若有比丘欲生梵天魔天自在天轉輪聖王若刹利若婆羅門皆得自在爲利養故是名欲欲若不爲是三種惡欲之所害者是名少欲欲者名爲二十五愛無有如是二十五愛是名少欲不求未來所欲之事是名少欲得而不著是名知足不求恭敬是名少欲得不積聚是名知足善男子有少欲不名知足有知足不名少欲有亦少欲亦知足有不知足不少欲少欲者謂須陀洹知足者謂辟支佛少欲知足者謂阿羅漢不少欲不知足者所謂菩薩善男子少欲知足復有二種一者善二者不善不善者所謂凡夫善者聖人菩薩一切聖人雖得道果不自稱説不自稱説故心不悔恨是名知足善男子菩薩摩訶薩修集大乘大涅槃經欲見佛性是故修集少欲知足云何寂靜寂靜有二一者心靜二者身靜身寂靜者終不造作身三種惡心寂靜者亦不造作意三種惡是則名爲身心寂靜身寂靜者終不親近四衆不預四衆所有事業心寂靜者終不修集貪欲恚癡是則名爲身心寂靜或有比丘身雖寂靜心不寂靜有心寂靜身不寂靜有身心寂靜又有身心俱不寂靜身寂靜心不寂靜者或有比丘坐禪靜處遠離四衆心常積集貪欲瞋癡是名身寂靜心不寂靜

心寂靜身不寂靜者或有比丘親近四衆國王大臣斷貪恚癡是名心寂靜身不寂靜身心寂靜者謂佛菩薩身心不靜者謂諸凡夫何以故凡夫之人身心雖靜不能深觀無常無樂無我無淨以是義故凡夫之人不能寂靜身口意業一闡提輩犯四重禁作五逆罪如是之人亦不得名身心寂靜云何精進若有比丘欲令身口意業清淨遠離一切諸不善業修集一切諸善業者是名精進是勤精進者繫念六處所謂佛法僧戒施天是名正念具正念者所得三昧是名正定具正定者觀見諸法猶如虚空是名正慧具正慧者遠離一切煩惱諸結是名解脱得解脱者爲諸衆生稱美解脱言是解脱常恒不變是名讚歎解脱解脱即是無上大般涅槃涅槃者即是煩惱諸結火滅又涅槃者名爲屋宅何以故能遮煩惱惡風雨故又涅槃者名爲歸依何以故能過一切諸怖畏故又涅槃者名爲洲渚何以故四大暴河不能漂故何等爲四一者欲暴二者有暴三者見暴四者無明暴是故涅槃名爲洲渚又涅槃者名畢竟歸何以故能得一切畢竟樂故若有善薩摩訶薩成就具足如是十法雖見佛性而不明了復次善男子出家之人有四種病是故不得四沙門果何等四病謂四惡欲一爲衣欲二爲食欲三爲卧具欲四爲有欲是名四惡欲是出家病有四良藥能療是病謂糞掃衣能治比丘爲衣惡欲乞食能破爲食惡欲樹下能破卧具惡欲身心寂靜能破比丘爲有惡欲以是四藥除是四病是名聖行如是聖行則

得名爲少欲知足寂靜者有四種樂何等爲四一者出家樂二寂靜樂三永滅樂四畢竟樂得是四樂名爲寂靜具四精進故名精進具四念處故名正念具四禪故故名正定見四聖實故名正慧永斷一切煩惱結故故名解脱訶說一切煩惱過故是名讚歎解脱善男子菩薩摩訶薩安住具足如是十法雖見佛性而不明了復次善男子菩薩摩訶薩聞是經已親近修集遠離一切世間之事是名少欲既出家已不生悔心是名知足既知足已近空閑處遠離憒閙是名寂靜不知足者不樂空閑夫知足者常樂空寂於空寂處常作是念一切世間悉謂我得沙門道果然我今者實未能得我今云何誑惑於人作是念已精勤修集沙門道果是名精進親近修集

大涅槃者是名正念隨順天行是名正定安住是定正見正知是名正慧正知見者能得遠離煩惱結縛是名解脱十住菩薩爲衆生故稱美涅槃是則名爲讚歎解脱善男子菩薩摩訶薩安住具足如是十法雖見佛性而不明了復次善男子夫少欲者若有比丘住空寂處端坐不卧或住樹下或在塚間或在露處隨有草地而坐其上乞食而食隨得爲足或一坐食不過一食唯畜三衣糞衣毛衣是名少欲既行是事心不生悔是名知足修空三昧是名寂靜得四果已於阿耨多羅三藐三菩提心不休息是名精進繫心思惟如來常住無有變易是名正念修八解脱是名正定得四無礙是名正慧遠離七漏是名解脱稱美涅槃無有十相名讚歎解脱十相者

謂生老病死色聲香味觸無常遠離十相者名大涅槃善男子是名菩薩摩訶薩安住具足如是十法雖見佛性而不明了復次善男子爲多欲故親近國王大臣長者刹利婆羅門毗舍首陀自稱我得須陀洹果乃至阿羅漢果爲利養故行住坐卧乃至大小便利若見檀越猶行恭敬接引語言破惡欲者名爲少欲雖未能壞諸結煩惱而能同於如來行處是名知足善男子如是二法乃是念定近因緣也常爲師宗同學所讃我亦常於處處經中稱美讃歎如是二法若能具足是二法者則得近於大涅槃門及五種樂是名寂静堅持戒者名爲精進有慚愧者名爲正念不見心相者名爲正定不求諸法性相因緣是名正慧無有相故煩惱則斷是名解脱稱美如是大涅槃經名讃歎解脱善男子是名菩薩摩訶薩安住十法雖見佛性而不明了善男子如汝所問十住菩薩以何眼故雖見佛性而不了了諸佛世尊以何眼故見於佛性而得了了善男子慧眼見故不得明了佛眼見故故得明了爲菩提行故則不了了若無行故則得了了住十住故雖見不了不住不去故得了了菩薩摩訶薩智慧因故見不了了諸佛世尊斷因果故見則了了一切覺者名爲佛性十住菩薩不得名爲一切覺故是故雖見而不明了善男子見有二種一者眼見二者聞見諸佛世尊眼見佛性如於掌中觀阿摩勒果十住菩薩聞見佛性故不了了十住菩薩唯能自知定得阿耨多羅三藐三菩提而不能知一切衆生悉有佛性善男子

復有眼見諸佛如來十住菩薩眼見佛性復有聞見一切衆生乃至九地聞見佛性菩薩若聞一切衆生悉有佛性心不生信不名聞見善男子若有善男子善女人欲見如來應當修習十二部經受持讀誦書寫解說師子吼菩薩摩訶薩言世尊一切衆生不能得知如來心相當云何觀而得知耶善男子一切衆生實不能知如來心相若欲觀察而得知者有二因緣一者眼見二者聞見若見如來所有身業當知是則爲如來也是名眼見若觀如來所有口業當知是則爲如來也是名聞見若見色貌一切衆生無與等者當知是則爲如來也是名眼見若聞音聲微妙最勝不同衆生所有音聲當知是則爲如來也是名聞見若見如來所作神通爲爲衆生爲爲利養若爲衆生不爲利養當知是則爲如來也是名眼見若觀如來以他心智觀衆生時爲利養說爲衆生說若爲衆生不爲利養當知是則爲如來也是名聞見云何如來而受是身何故受身爲誰受身是名眼見若觀如來云何說法何故說法爲誰說法是名聞見以身惡業加之不瞋當知是則爲如來也是名眼見以口惡業加之不恚當知是則爲如來也是名聞見若見菩薩初生之時於十方面各行七步摩尼跋陀富那跋陀鬼神大將執持幡蓋震動無量無邊世界金光晃曜彌滿虛空難陀龍王及跋難陀以神通力浴菩薩身諸天形像承迎禮拜阿私陀仙合掌恭敬盛年捨欲如棄涕唾不爲世樂之所迷惑出家修道樂於閑寂爲破邪見六年苦行於

諸衆生平等無二心常在定初無散亂相好嚴麗莊飾其身所遊之處丘墟皆平衣服離身四寸不墮行時直視不顧左右所食之物物無完過坐起之處草不動亂爲調衆生故往說法心無憍慢是名眼見若聞菩薩行七步已唱如是言我今此身最是後邊阿私陀仙合掌而言大王當知悉達太子定當得成阿耨多羅三藐三菩提終不在家作轉輪王何以故相明了故轉輪聖王相不明了悉達太子身相炳著是故必得阿耨多羅三藐三菩提見老病死復作是言一切衆生甚可憐愍常與如是生老病死共相隨逐而不能觀常行於苦我當斷之從阿羅邏五通仙人受無想定旣成就已復說其過從鬱陀伽仙受非有想非無想定旣成就已說非涅槃是生死法六年苦行無所剋獲即作是言修是苦行空無所得若是實者我應得之以虛妄故我無所得是名邪術非正道也旣成道已梵天勸請唯願如來當爲衆生廣開甘露說無上法佛言梵王一切衆生常爲煩惱之所障覆不能受我正法之言梵王復言世尊一切衆生凡有三種所謂利根中根鈍根利根能受唯願爲說佛言梵王諦聽諦聽我今當爲一切衆生開甘露門即於波羅㮈國轉正法輪宣說中道一切衆生不破諸結非不能破非破非不破故名中道不度衆生非不能度是名中道非一切成亦非不成是名中道凡有所說不自言師不言弟子是名中道說不爲利非不得果是名中道正語實語時語眞語言不虛發微妙第一如是等法是名聞見

善男子如來心相實不可見若有善男子善女人欲見如來應當依是二種因緣

大般涅槃經卷第二十七

音釋

鏠鋩（鏠敷容切鋩武方切）蠶（昨含切吐絲蟲也）澡豆（澡子浩切澡豆或皂莢也）憒閙（憒古對切心亂也閙奴教切不安靜也）毳衣（毳充芮切毳衣細毛布衣也）

大般涅槃經卷第二十八

北涼天竺三藏曇無讖奉　詔譯

師子吼菩薩品第十一之二

爾時師子吼菩薩摩訶薩白佛言世尊如先所說菴羅果喻四種人等有人行細心不正實有人心細行不正實有人心細行亦正實有人心不細行不正實是初二種云何可知如佛所說雖依是二不可得知佛言善哉善哉善男子菴羅果喻二種人等實難可知以難知故我經中說當與共住住若不知當與久處久處不知當以智慧智若不知當深觀察以觀察故則知持戒及以破戒善男子具是四事共住久處智慧觀察然後得知持戒破戒善男子戒有二種持者亦二一究竟戒二不究竟有人以因緣故受持禁戒智者當觀是人持戒爲爲利養爲究竟持善男子如來戒者無有因緣是故得名爲究竟戒以是義故菩薩雖爲諸惡衆生之所傷害不生恚礙是故如來得名成就畢竟持戒究竟持戒善男子我昔一時與舍利弗及五百弟子俱共止住摩伽陀國瞻婆大城時有獵師追逐一鴿是鴿惶怖至舍利弗影猶故戰慄如芭蕉樹動至我影中身心安隱恐怖得除是故當知如來世尊畢竟持戒乃至身影猶有是力善男子不究竟戒尚不能得聲聞緣覺何況能得阿耨多羅三藐三菩提復有二種一爲利養二爲正法爲利養故受持禁戒當知是戒不見佛性及以如來雖聞佛性及如來名猶不得名爲聞見也若爲正法受持禁戒當知是戒能見佛性及以如來是名眼見亦

名聞見復有二種一者根深難拔二者根淺易動若能修集空無相願是名根深難拔若不修集是三三昧雖復修集爲二十五有是名根淺易動復有二種一爲自身二爲衆生爲衆生者能見佛性及以如來持戒之人復有二種一者性自能持二者須他教勑若受戒已經無量世初不漏失或值惡國遇惡知識惡時惡世姧邪惡法邪見同止爾時雖無受戒之法修持如本無所毀犯是名性自能持若遇師僧白四羯磨然後得戒雖得戒已要憑和尚諸師同學善友誨喻乃知進止聽法說法修諸威儀是名須他教勑善男子性能持者眼見佛性及以如來亦名聞見戒復有二一聲聞戒二菩薩戒從初發心乃至得成阿耨多羅三藐三菩提是名菩薩戒若觀白骨乃至證得阿羅漢果是名聲聞戒若有受持聲聞戒者當知是人不見佛性及以如來若有受持菩薩戒者當知是人得阿耨多羅三藐三菩提能見佛性如來涅槃師子吼菩薩言世尊何因緣故受持禁戒佛言善男子爲心不悔故何故不悔爲受樂故何故受樂爲遠離故何故遠離爲安隱故何故安隱爲禪定故何故禪定爲實知見故何故爲實知見爲見生死諸過患故何故爲見於生死過患爲心不貪著故何故爲心不貪著爲得解脱故何故爲得解脱爲得無上大涅槃故何故爲得大般涅槃爲得常樂我淨法故何故爲得常樂我淨爲得不生不滅故何故爲得不生不滅爲見佛性故是故菩薩性自能持究竟淨戒善男子持戒比丘雖不發願求

不悔心不悔之心自然而得何以故法性爾故雖不求樂遠離安隱眞實知見見生死過心不貪著解脫涅槃常樂我淨不生不滅見於佛性而自然得何以故法性爾故師子吼菩薩言世尊若因持戒得不悔果因於解脫得涅槃果者戒則無因涅槃無果戒若無因則名爲常涅槃有因則是無常若爾者涅槃則爲本無今有若本無今有是爲無常猶如然燈涅槃若爾云何得名我樂淨耶佛言善男子善哉善哉汝已曾於無量佛所種諸善根能問如來如是深義善男子不失本念乃如是問耶我憶往昔過無量劫波羅柰城有佛出世號曰善德爾時彼佛三億歲中演說如是大涅槃經我時與汝俱在彼會我以是事諮問彼佛爾時如來爲衆生故三昧正受未答此義善哉大士乃能憶念如是本事諦聽諦聽當爲汝說戒亦有因謂聽正法聽正法者是亦有因謂近善友近善友者是亦有因所謂信心有信心者是亦有因因有二種一者聽法二思惟義善男子信心者因於聽法聽法者因於信心如是二法亦因亦因因亦果亦果果善男子譬如尼乾立拒舉瓶互爲因果不得相離善男子如無明緣行行緣無明是無明行亦因亦因因亦果亦果果乃至生緣老死老死緣生是生老死亦因亦因因亦果亦果果善男子生能生法不能自生不自生故由生生生生生不自生復賴生故生是故二生亦因亦因因亦果亦果果善男子信心聽法亦復如是善男子是果非因謂大涅槃何故名果是上果故沙門果故婆羅

門果故斷生死故破煩惱故是故名果爲諸煩惱之所訶責是故涅槃名果煩惱者名爲過過善男子涅槃無因而體是果何以故無生滅故無所作故非有爲故是無爲故常不變故無處所故無始終故善男子若涅槃有因則不得稱爲涅槃也槃者言因般涅言無無有因故故稱涅槃師子吼菩薩言如佛所說涅槃無因是義不然若言無者則合六義一者畢竟無故故名爲無如一切法無我無我所二者有時無故故名爲無如世人言河池無水無有日月三者少故故名爲無如世人言食中少鹹名爲無鹹甘漿少甜名爲無甜四者無受故故名爲無如旃陀羅不能受持婆羅門法是故名爲無婆羅門五者受惡法故故名爲無如世間言人受惡法不名沙門及婆羅門是故名爲無有沙門及婆羅門六者不對故故名爲無譬如無白名之爲黑無有明故名之無明世尊涅槃亦爾有時無因故名涅槃佛言善男子汝今所說如是六義何故不引畢竟無者以喻涅槃乃取有時無耶善男子涅槃之體畢竟無因猶如無我及無我所善男子世法涅槃終不相對是故六事不得爲喻善男子一切諸法悉無有我而此涅槃眞實有我以是義故涅槃無因而體是果是因非果名爲佛性非因生故是因非果非沙門果故名非果何故名因以了因故善男子因有二種一者生因二者了因能生法者是名生因燈能了物故名了因煩惱諸結是名生因緣生父母是名了因如穀子等是名生因地水糞等是名了因復有生因

謂六波羅蜜阿耨多羅三藐三菩提復有了因謂佛性阿耨多羅三藐三菩提復有了因謂六波羅蜜佛性復有生因謂首楞嚴三昧阿耨多羅三藐三菩提復有了因謂八正道阿耨多羅三藐三菩提復有生因所謂信心六波羅蜜師子吼菩薩言世尊如佛所說見於如來及以佛性是義云何世尊如來之身無有相貌非長非短非白非黑無有方所不在三界非有爲相非眼識識云何可見佛性亦爾佛言善男子佛身二種一者常二者無常無常者爲欲度脫一切衆生方便示現是名眼見常者如來世尊解脫之身亦名眼見亦名聞見佛性亦二種一者可見二者不可見可見者十住菩薩諸佛世尊不可見者一切衆生眼見者謂十住菩薩諸佛如來眼見衆生所有佛性聞見者一切衆生九住菩薩聞有佛性如來之身復有二種一者是色二者非色色者如來解脫非色者如來永斷諸色相故佛性二種一者是色二者非色色者阿耨多羅三藐三菩提非色者凡夫乃至十住菩薩十住菩薩見不了了故名非色善男子佛性者復有二種一者是色二者非色色者謂佛菩薩非色者一切衆生色者名爲眼見非色者名爲聞見佛性者非內非外雖非內外然非失壞故名衆生悉有佛性師子吼菩薩言世尊如佛所說一切衆生悉有佛性如乳中有酪金剛力士諸佛佛性如淨醍醐云何如來說言佛性非內非外佛言善男子我亦不說乳中有酪酪從乳生故言有酪世尊一切生法各有時節善男子乳時無酪亦

無生酥熟酥醍醐一切衆生亦謂是乳是故我言乳中無酪如其有者何故不得二種名字如人二能言金鐵師酪時無乳生酥熟酥及以醍醐衆生亦謂是酪非乳非生熟酥及以醍醐乃至醍醐亦復如是善男子因有二種一者正因二者縁因正因者如乳生酪縁因者如煖酵等從乳生故故言乳中而有酪性師子吼菩薩言世尊若乳無酪性角中亦無何故不從角中生耶善男子角亦生酪何以故我亦説言縁因有二一酵二煖角性煖故亦能生酪師子吼言世尊若角能生酪求酪之人何故求乳而不取角佛言善男子是故我説正因縁因師子吼菩薩言若使乳中本無酪性今方有者乳中本無菴摩羅樹何故不生二俱無故善男子乳亦能生菴摩羅樹若以乳灌一夜之中增長五尺以是義故我説二因善男子若一切法一因生者可得難言乳中何故不能出生菴摩羅樹善男子猶如四大爲一切色而作因縁然色各異差別不同以是義故乳中不生菴摩羅樹世尊如佛所説有二因者正因縁因衆生佛性爲是何因善男子衆生佛性亦二種因一者正因二者縁因正因者謂諸衆生縁因者謂六波羅蜜師子吼言世尊我今定知乳有酪性何以故我見世間求酪之人唯取於乳終不取水是故當知乳有酪性善男子如汝所問是義不然何以故一切衆生欲見面像即便取刀師子吼言世尊以是義故乳有酪性若刀無面像何故取刀佛言善男子若此刀中定有面像何故顛倒竪則見長横則見闊若

是自面何故見長若是他面何得稱言是已面像若因已面見他面者何故不見驢馬面像師子吼言世尊眼光到彼故見面像佛言善男子而此眼光實不到彼何以故近遠一時俱得見故不見中間所有物故善男子光若到彼而得見者一切衆生悉見於火何故不燒如人遠見白物不應生疑鶴耶旛耶人耶樹耶若光到者云何得見水精中物淵中魚石若不到見何故得見水精中物而不得見壁外之色是故若言眼光到彼而見長者是義不然善男子如汝所言乳有酪者何故賣乳之人但取乳價不責酪直賣草馬者但索馬價不責駒直善男子世間之人無子息故故求娉婦婦若懷妊不得言女若言是女有兒性故故應娉婦是義不然何以故若有兒性亦應有孫若有孫者則是兄弟何以故一腹生故是故我言女無兒性若其乳中有酪性者何故一時不見五味若樹子中有尼拘陀五丈質者何故一時不見芽莖枝葉華果形色之異善男子乳色時異味異果異乃至醍醐亦復如是云何可說乳有酪性善男子譬如有人明當服酥今已患臭若言乳中定有酪性亦復如是善男子譬如有人有筆紙墨和合成字而是紙中本無有字以本無故假緣而成若本有者何須衆緣譬如青黃合成綠色當知是二本無綠性若本有者何須合成善男子譬如衆生因食得命而此食中實無有命若本有命未食之時食應是命善男子一切諸法本無有性以是義故我說是偈

本無今有 本有今無 三世有法 無有是處
善男子一切諸法因緣故生因緣故滅善男子若諸衆生內有佛性者一切衆生應有佛身如我今也衆生佛性不破不壞不牽不捉不繫不縛如衆生中所有虛空一切衆生悉有虛空無罣礙故各不自見有此虛空若使衆生無虛空者則無去來行住坐卧不生不長以是義故我經中說一切衆生有虛空界虛空界者是名虛空衆生佛性亦復如是十住菩薩少能見之如金剛珠善男子衆生佛性諸佛境界非是聲聞緣覺所知一切衆生不見佛性是故常爲煩惱繫縛流轉生死見佛性故諸結煩惱所不能繫解脫生死得大涅槃師子吼菩薩言世尊一切衆生有佛性性如乳中酪性若乳無酪性云何佛說有一種因一者正因二者緣因緣因者一酵二煖虛空無性故無緣因佛言善男子若使乳中定有酪性者何須緣因師子吼菩薩言世尊以有性故故須緣因何以故欲明見故緣因者即是了因世尊譬如闇中先有諸物爲欲見故以燈照了若本無者燈何所照如土中有瓶故須人水輪繩杖等而爲了因如尼拘陀子須地水糞而作了因乳中酵煖亦復如是須作了因是故雖先有性要假了因然後得見以是義故定知乳中先有酪性善男子若使乳中定有酪性者即是了因若是了因復何須了善男子若是了因性是了者常應自了若自不了何能了他若言了因有二種性一者自了二者了他是義不然何以故了因一法云何有二若有二者乳亦應二若使

乳中無二相者云何了因而獨有二師子吼言世尊如世人言我共八人了因亦爾自了了他佛言善男子了因若爾則非了因何以故數者能數自色他色故得言八而此色性自無了相無了相故要須智性乃數目他是故了因不能自了亦不了他善男子一切衆生有佛性者何故修集無量功德若言修集是了因者已同酪壞若言因中定有果者戒定智慧則無增長我見世人本無禁戒禪定智慧從師受已漸漸增益若言師教是了因者當師教時受者未有戒定智慧若是了者應了未有云何乃了戒定智慧令得增長師子吼菩薩言世尊若了因無者云何得名有乳有酪善男子世間答難凡有三種一者轉答如先所說何故名戒以不悔故乃至爲得大涅槃故二者默然答如有梵志來問我言我是常耶我時默然三者疑答如此經中若了因有二乳中何故不得有二善男子我今轉答如世人言有乳酪者以定得故是故得名有乳有酪佛性亦爾有衆生有佛性以當見故師子吼言世尊如佛所說是義不然過去已滅未來未到云何名有若言當有名爲有者是義不然如世間人見無兒息便言無兒一切衆生無佛性者云何說言一切衆生悉有佛性佛言善男子過去名有譬如種橘芽生子滅芽亦甘甜乃至生果味亦如是熟已乃酢善男子而是酢味子芽乃至生果悉無隨本熟時形色相貌則生酢味而是酢味本無今有雖本無今有非不因本如是本子雖復過去故得名有以是義故過去名有云

何復名未來爲有譬如有人種植胡麻有人問言何故種此答言有油實未有油胡麻熟已收子熬蒸擣壓然後乃得出油當知是人非虛妄也以是義故名未來有云何復名過去有耶善男子譬如有人私屏罵王經歷年歲王乃聞之聞已即問何故見罵答言大王我不罵也何以故罵者已滅王言罵者我身二俱存在云何言滅以是因緣喪失身命善男子是二實無而果不滅是名過去有云何復名未來有耶譬如有人往陶師所問有瓶不答言有瓶而是陶師實未有瓶以有泥故故言有瓶當知是人非妄語也乳中有酪衆生佛性亦復如是欲見佛性應當觀察時節形色是故我說一切衆生悉有佛性實不虛妄師子吼言一切衆生無有佛性者云何而得阿耨多羅三藐三菩提以正因故故令衆生得阿耨多羅三藐三菩提何等正因所謂佛性世尊若尼拘陀子無尼拘陀樹者何故名爲尼拘陀子而不名爲佉陀羅子世尊如瞿曇姓不得稱爲阿坻耶姓阿坻耶姓亦復不得稱瞿曇姓尼拘陀子亦復如是不得稱爲佉陀羅子佉陀羅子不得稱爲尼拘陀子猶如世尊不得捨離瞿曇種姓衆生佛性亦復如是以是義故當知衆生悉有佛性佛言善男子若言子中有尼拘陀樹者是義不然如其有者何故不見善男子如世間物有因緣故不可得見云何因緣謂遠不可見如空中鳥跡近不可見如人眼睫壞故不見如根敗者亂想故不見如心不專一細故不見如小微塵障故不見如雲表星多故不見如稻

聚中麻相似故不見如豆在豆聚尼拘陁樹不同如是八種因緣如其有者何故不見若言細障故不見者是義不然何以故樹相麤故若言性細云何增長若言障故不可見者常應不見本無麤相今則見麤當知是麤本無其性本無見性今則可見當知是見亦本無性子亦如是本無有樹今則有之當有何咎師子吼言如佛所説有二種因一者正因二者了因尼拘陀子以地水糞作了因故令細得麤佛言善男子若本有者何須了因若本無性了何所了若尼拘陀中本無麤相以了因故乃生麤者何故不生佉陀羅樹二俱無故善男子若細不見者麤應可見譬如一塵則不可見多塵和合則應可見如是子中麤應可見何以故是中已有芽莖華果一一果中有無量子一一子中有無量樹是故名麤有是麤故故應可見善男子若尼拘陀子有尼拘陀性而生樹者眼見是子爲火所燒如是燒性亦應本有若本有者樹不應生若一切法本有生滅何故先生後滅不一時耶以是義故當知無性師子吼菩薩言世尊若尼拘陀子本無樹性而生樹者是子何故不出於油二俱無故善男子如是子中亦能出油雖無本性因緣故有師子吼言何故不名胡麻油耶善男子非胡麻故善男子如火緣生火水緣生水雖俱從緣不能相有尼拘陀子及胡麻油亦復如是雖俱從緣各不相生尼拘陀子性能治冷胡麻油者性能治風善男子譬如甘蔗因緣故生石蜜黑蜜雖俱一緣色相各異石蜜治熱黑蜜治冷師子吼菩

薩言世尊如其乳中無有酪性麻無油性尼拘陀子亦無樹性泥無甁性一切衆生無佛性者如佛先說一切衆生悉有佛性是故應得阿耨多羅三藐三菩提者是義不然何以故人天無性以無性故人可作天天可作人以業因緣不以性故菩薩摩訶薩以業緣故得阿耨多羅三藐三菩提若諸衆生有佛性者何因緣故一闡提等斷諸善根墮於地獄若菩提心是佛性者一闡提等不應能斷若可斷者云何得言佛性是常若非常者不名佛性若諸衆生有佛性者何故名爲初發心耶云何而言是毗跋致阿毗跋致毗跋致者當知是人無有佛性世尊菩薩摩訶薩一心趣向阿耨多羅三藐三菩提大慈大悲見生老死煩惱過患觀大涅槃無生老死煩惱諸過信於三寶及業果報受持禁戒如是等法名爲佛性若離是法有佛性者何須是法而作因緣世尊如乳不假緣必當成酪生酥不爾要待因緣所謂人功水甁鑚繩衆生亦爾有佛性者應離因緣得阿耨多羅三藐三菩提若定有者行人何故見三惡苦生老病死而生退心亦不須修六波羅蜜即應得成阿耨多羅三藐三菩提如乳非緣而得成酪然非不因六波羅蜜而得成於阿耨多羅三藐三菩提以是義故當知衆生悉無佛性如佛先說僧寳是常如其常者則非無常非無常者云何而得阿耨多羅三藐三菩提僧若常者云何復言一切衆生悉有佛性世尊若使衆生從本已來無菩提心亦無阿耨多羅三藐三菩提心後方有者衆生佛性亦應如是

本無後有以是義故一切衆生應無佛性佛言善哉善哉善男子汝已久知佛性之義爲衆生故作如是問一切衆生實有佛性汝言衆生若有佛性不應而有初發心者善男子心非佛性何以故心是無常佛性常故汝言何故有退心者實無退心心若有退終不能得阿耨多羅三藐三菩提以遲得故名之爲退此菩提心實非佛性何以故一闡提等斷於善根墮地獄故若菩提心是佛性者一闡提輩則不得名一闡提也菩提之心亦不得名爲常也是故定知菩提之心實非佛性善男子汝言衆生若有佛性不應假緣如乳成酪者是義不然何以故若言五緣成於生酥當知佛性亦復如是譬如衆石有金有銀有銅有鐵俱禀四大一名一實而其所出各各不同要假衆緣衆生福德鑪冶人功然後出生是故當知本無金性衆生佛性不名爲佛以諸功德因緣和合得見佛性然後成佛汝言衆生悉有佛性何故不見者是義不然何以故以諸因緣未和合故善男子以是義故我說二因正因緣因正因者名爲佛性緣因者發菩提心以二因緣得阿耨多羅三藐三菩提如石出金善男子汝言僧常一切衆生無佛性者善男子僧名和合和合有二一者世和合二者第一義和合世和合者名聲聞僧義和合者名菩薩僧世僧無常佛性是常如佛性常義僧亦爾復次有僧謂法和合法和合者謂十二部經十二部經常是故我說法僧是常善男子僧名和合和合者名十二因緣十二因緣中亦有佛性十二因緣常佛

性亦爾是故我說僧有佛性又復僧者謂諸佛和合是故我說僧有佛性善男子汝言衆生若有佛性云何有退有不退者諦聽諦聽我當爲汝分别解說善男子菩薩摩訶薩有十三法則便退轉何等十三一者心不信二者不作心三者疑心四者悋惜身財五者於涅槃中生大怖畏云何乃令衆生永滅六者心不堪忍七者心不調柔八者愁惱九者不樂十者放逸十一者自輕己身十二者自見煩惱無能壞者十三者不樂進趣菩提之法善男子是名十三法令諸菩薩退轉菩提復有六法壞菩提心何等爲六一者悋法二者於諸衆生起不善心三者親近惡友四者不勤精進五者自大憍慢六者營務世業如是六法則能破壞菩提之心善男子有人得聞諸佛世尊是人天師於衆生中最上無比勝於聲聞辟支佛等法眼明了見法無礙能度衆生於大苦海聞已即復發大誓願如其世間有如是人我亦當得以是因緣發阿耨多羅三藐三菩提心或復爲他之所教誨發菩提心或聞菩薩阿僧祇劫修行苦行然後乃得阿耨多羅三藐三菩提聞已思惟我今不堪如是苦行云何能得是故有退善男子復有五法退菩提心何等爲五一者樂在外道出家二者不修大慈之心三者好求法師過罪四者常樂處在生死五者不喜受持讀誦書寫解說十二部經是名五法退菩提心復有二法退菩提心何等爲二一者貪樂五欲二者不能恭敬尊重三寶以如是等衆因緣故退菩提心云何復名不退之心有人聞佛

能度衆生生老病死不從師諮自然修集得阿耨多羅三藐三菩提若菩提道是可得者我當修集必令得之以是因緣發菩提心所作功德若多若少悉以迴向阿耨多羅三藐三菩提作是誓願願我常得親近諸佛及佛弟子常聞深法五情完具若遇苦難不失是心復願諸佛及諸弟子常於我所生歡喜心具五善根若諸衆生斫伐我身斬截手足頭目支節當於是人生大慈心深自欣慶如是諸人爲我增長菩提因緣若無是者我當何緣而得成就阿耨多羅三藐三菩提復發是願莫令我得無根二根女人之身不繫屬人不遭惡主不屬惡王不生惡國若得好身種性眞正多饒財寶不生憍慢令我常聞十二部經受持讀誦書寫解脫若爲衆生有所演說願令受者敬信無疑常於我所不生惡心寧當少聞多解義味不願多聞於義不了願作心師不師於心身口意業不與惡交能施一切衆生安樂身戒心慧不動如山爲欲受持無上正法於身命財不生慳悋不淨之物不爲福業正命自活心無邪諂受恩常念小恩大報善知世中所有事藝善解衆生方俗之言讀誦書寫十二部經不生懈怠懶惰之心若諸衆生不樂聽聞方便引接令彼樂聞言常柔輭口不宣惡不和合衆能令和合有憂怖者令離憂怖飢饉之世令得豐足疫病之世作大醫王病藥所須財寶自在令疾病者悉得除愈刀兵之劫有大力勢斷其殘害令無遺餘能斷衆生種種怖畏所謂苦死閉繫打擲水火王賊貧窮破戒惡名惡道如是

等畏悉當斷之父母師長深生恭敬怨憎之中生大慈心常修六念空三昧門十二因緣生滅等觀出息入息天行梵行及以聖行金剛三昧首楞嚴定無三寶處令我自得寂靜之心若其身心受大苦時莫失無上菩提之心莫以聲聞辟支佛心而生知足無三寶處常在外道法中出家爲破邪見不習其道得法自在得心自在於有爲法了了見過令我怖畏二乘道果如惜命者怖畏捨身爲衆生故樂處三惡如諸衆生樂忉利天爲一一人於無量劫受地獄苦心不生悔見他得利不生妬心常生歡喜如自得樂若值三寶當以衣服飲食卧具房舍醫藥燈明華香妓樂旛蓋七寶供養若受佛戒堅固護持終不生於毀犯之想若聞菩薩難行苦行其心歡喜不生悔恨自識往世宿命之事終不造作貪瞋癡業不爲果報而集因緣於現在樂不生貪著善男子若有能發如是願者是名菩薩終不退失菩提之心亦名施主能見如來明了佛性能調衆生度脫生死善能護持無上正法能得具足六波羅蜜善男子以是義故不退之心不名佛性

大般涅槃經卷第二十八

音釋

菴羅（梵語也正云菴没羅此云柰）煥酵（煥乃管切温也酵古孝切酒酵也）娉婦（娉匹正切娶問也）妊（汝鴆切孕也）尼拘陀（梵語也亦云尼拘律陀此云無節）佉（丘伽切）眼睫（睫即葉切目傍之毛也）

大般涅槃經卷第二十九

北涼天竺三藏曇無讖奉　詔譯

師子吼菩薩品第十一之三

善男子汝不可以有退心故言諸衆生無有佛性譬如二人俱聞他方有七寶山山有清泉其味甘美有能到者永斷貧窮服其水者增壽萬歲唯路懸遠險阻多難時彼二人俱欲共往一人莊嚴種種行具一則空往無所齎持相與前進路值一人多齎寶貨七寶具足二人便前問言仁者彼土實有七寶山耶其人答言實有不虛我已獲寶飲服其水唯患路險多有盜賊沙鹵棘刺乏於水草往者千萬達者甚少聞是語已一人即悔尋作是言路既懸遠艱難非一往者無量達者無幾而我云何當能到彼我今產業粗自供足若涉斯路或失身命身命不全長壽安在一人復言有人能過我亦能過若得果達則得如願採取珍寶飲服甘水如其不達以死爲期是時二人一則悔還一則前進到彼山所多獲珍寶如願服水多齎所有還其所止奉養父母賑給宗親時悔還者見是事已心復生熱彼去已還我何爲住即便莊嚴涉路而去七寶山者喻大涅槃甘美之水喻於佛性其二人者喻二菩薩初發道心險惡道者喻於生死所逢人者喻佛世尊有盜賊者喻於四魔沙鹵棘刺喻諸煩惱無水草者喻不修集菩提之道一人還者喻退轉菩薩其直往者喻不退菩薩善男子衆生佛性常住不變猶彼險道不可說言人悔還故令道無常佛性亦爾善男子菩提道中終無退者善男子如

向悔者見其先伴獲寶而還勢力自在供養父母給足宗親多受安樂見是事已心中生熱即復莊嚴復道還去不惜身命堪忍衆難遂便到彼七寶山中退轉菩薩亦復如是善男子一切衆生定當得成阿耨多羅三藐三菩提以是義故我經中説一切衆生乃至五逆犯四重禁及一闡提悉有佛性師子吼言世尊云何菩薩有退不退善男子若有菩薩修集如來三十二相業因縁者得名不退得名菩薩摩訶薩也名不動轉名爲憐愍一切衆生名勝一切聲聞縁覺名阿毗跋致善男子若菩薩摩訶薩持戒不動施心不移安住實語如須彌山以是業縁得足下平如奩底相若菩薩摩訶薩於父母所和尚師長乃至畜生以如法財供養供給以是業縁得成足下千輻輪相若菩薩摩訶薩不殺不盜於父母師長常生歡喜以是業縁得成三相一者手指纖長二者足跟長三者其身方直如是三相同一業縁若菩薩摩訶薩修四攝法攝取衆生以是業縁得網縵指如白鵝王若菩薩摩訶薩父母師長若病苦時自手洗拭捉持按摩以是業縁得手足輭若菩薩摩訶薩持戒聞法慧施無猒以是業縁得節踝膞滿身毛上靡若菩薩摩訶薩專心聽法演説正教以是業縁得鹿王腨若菩薩摩訶薩於諸衆生不生害心飲食知足常樂慧施瞻病給藥以是業縁其身圓滿如尼拘陀樹立手過膝頂有肉髻無見頂相若菩薩摩訶薩見怖畏者爲作救護見裸跣者施與衣服以是業縁得陰藏相若菩薩摩訶薩親近智者遠離

愚人善喜問答掃治行路以是業緣皮膚細輭身毛右旋若菩薩摩訶薩常以衣服飲食卧具醫藥香華燈明施人以是業緣得身金色常光明曜若菩薩摩訶薩行施之時所珍之物能捨不悋不觀福田及非福田以是業緣得七處滿相若菩薩摩訶薩布施之時心不生疑以是業緣得柔輭聲若菩薩摩訶薩如法求財以用布施以是業緣得缺骨充滿師子上身臂肘牖纖若菩薩摩訶薩遠離兩舌惡口恚心以是業緣得四十齒白淨齊密若菩薩摩訶薩於諸衆生修大慈悲以是業緣得二牙相若菩薩摩訶薩常作是願有來求者隨意給與以是業緣得師子頰若菩薩摩訶薩隨諸衆生所須飲食悉皆與之以是業緣得味中上味若菩薩摩訶薩自修十善兼以化人以是業緣得廣長舌若菩薩摩訶薩不說彼短不謗正法以是業緣得梵音聲若菩薩摩訶薩見諸怨憎生於喜心以是業緣得目睫紺色若菩薩摩訶薩不隱他德稱揚其善以是業緣得白毫相善男子若菩薩摩訶薩修集如是三十二相業因緣時則得不退菩提之心善男子一切衆生不可思議諸佛境界業果佛性亦不可思議何以故如是四法皆悉是常以是常故不可思議一切衆生煩惱覆障故名爲常斷常煩惱故名無常若言一切衆生常者何故修集八聖道分爲斷衆苦衆苦若斷則名無常所受之樂則名爲常是故我言一切衆生煩惱覆障不見佛性以不見故不得涅槃師子吼言世尊如佛所說一切諸法有二種因一者正因二者

緣因以是二因應無縛解是五陰者念念生滅如其生滅誰有縛解世尊因此五陰生後五陰此陰自滅不至彼陰雖不至彼能生彼陰如因子生芽子不至芽雖不至芽而能生芽衆生亦爾云何縛解善男子諦聽諦聽我當爲汝分別解說善男子如人捨命受大苦時宗親圍繞號哭懊惱其人惶怖莫知依救雖有五情無所覺知支節戰動不能自持身體虛冷暖氣欲盡見先所修善惡報相善男子如日垂沒山陵堆阜影現東移理無西逝衆生業果亦復如是此陰滅時彼陰續生如燈生闇滅燈滅闇生善男子如蠟印印泥印與泥合印滅文成而是蠟印不變在泥文非泥出不餘處來以印因緣而生是文現在陰滅中陰陰生是現在陰終不變爲中陰五陰

中陰五陰亦非自生不從餘來因現陰故生中陰陰如印印泥印壞文成名雖無差而時節各異是故我說中陰五陰非肉眼見天眼所見是中陰中有三種食一者思食二者觸食三者意食中陰二種一善業果二惡業果因善業故得善覺觀因惡業故得惡覺觀父母交會判合之時隨業因緣向受生處於母生愛於父生瞋父精出時謂是已有見已心悅而生歡喜以是三種煩惱因緣中陰滅壞生後五陰如印印泥印壞文成生時諸根有具不具具者見色則生於貪生於貪故則名爲愛誑故生貪是名無明貪愛無明二因緣故所見境界皆悉顛倒無常見常無我見我無樂見樂無淨見淨以四倒故作善惡行煩惱作業業作煩惱是名繫縛以是義故名五

陰生是人若得親近於佛及佛弟子諸善知識便得聞受十二部經以聞法故觀善境界觀善境界故得大智慧大智慧者名正知見得知見故於生死中而生悔心生悔心故不生歡樂不生歡樂故能破貪心破貪心故修八聖道修八聖道故得無生死無生死故名得解脱如火不遇薪名之爲滅滅生死故名爲滅度以是義故名五陰滅師子吼言空中無剌云何言拔陰無繫者云何繫縛佛言善男子以煩惱鎖繫縛五陰離五陰已無別煩惱離煩惱已無別五陰善男子如柱持屋離屋無柱離柱無屋衆生五陰亦復如是有煩惱故名爲繫縛無煩惱故名爲解脱善男子如拳合掌繫結等三合散生滅更無別法衆生五陰亦復如是有煩惱故名爲繫縛無煩惱故名爲解脱善男子如説名色繫縛衆生名色若滅則無衆生離名色已無別衆生離衆生已無別名色亦名名色繫縛衆生亦名衆生繫縛名色師子吼言世尊如眼不自見指不自觸刀不自割受不自受云何如來説言名色繫縛名色何以故言名色者即是衆生言衆生者即是名色若言名色繫縛衆生即是名色繫縛名色佛言善男子如二手合時更無異法而來合也名之與色亦復如是以是義故我言名色繫縛衆生若離名色則得解脱是故我言衆生解脱師子吼言世尊若有名色是繫縛者諸阿羅漢未離名色亦應繫縛善男子解脱二種一者子斷二者果斷言子斷者名斷煩惱阿羅漢等已斷煩惱衆結爛壞是故子結不能繫縛未斷果故名

果繫縛諸阿羅漢不見佛性以不見故不得阿耨多羅三藐三菩提以是義故可言果繫不得說言名色繫縛善男子譬如然燈油未盡時明則不滅若油盡者滅則無疑善男子所言油者喻諸煩惱燈喻衆生一切衆生煩惱油故不入涅槃若得斷者則入涅槃師子吼言世尊燈之與油二性各異衆生煩惱則不如是衆生即是煩惱煩惱即是衆生衆生名五陰五陰名衆生五陰名煩惱煩惱名五陰云何如來喻之於燈佛言善男子喻有八種一者順喻二者逆喻三者現喻四者非喻五者先喻六者後喻七者先後喻八者徧喻云何順喻如經中說天降大雨溝瀆皆滿溝瀆滿故小坑滿小坑滿故大坑滿大坑滿故小泉滿小泉滿故大泉滿大泉滿故小池滿小池滿故大池滿大池滿故小河滿小河滿故大河滿大河滿故大海滿如來法雨亦復如是衆生戒滿戒滿足故不悔心滿不悔心滿故歡喜滿歡喜滿故遠離滿遠離滿故安隱滿安隱滿故三昧滿三昧滿故正知見滿正知見滿故猒離滿猒離滿故訶責滿訶責滿故解脫滿解脫滿故涅槃滿是名順喻云何逆喻大海有本所謂大河大河有本所謂小河小河有本所謂大池大池有本所謂小池小池有本所謂大泉大泉有本所謂小泉小泉有本所謂大坑大坑有本所謂小坑小坑有本所謂溝瀆溝瀆有本所謂大雨涅槃有本所謂解脫解脫有本所謂訶責訶責有本所謂猒離猒離有本所謂正知見正知見有本所謂三昧三昧有本所謂安隱安隱有

本所謂遠離遠離有本所謂喜心喜心有本所謂不悔不悔有本所謂持戒持戒有本所謂法雨是名逆喻云何現喻如經中說衆生心性猶如獼猴獼猴之性捨一取一衆生心性亦復如是取著色聲香味觸法無暫住時是名現喻云何非喻如我昔告波斯匿王大王有親信人從四方來各作是言大王有四大山從四方來欲害人民王若聞者當設何計王言世尊設有此來無逃避處唯當專心持戒布施我即讚言善哉大王我說四山即是衆生生老病死生老病死當來切人云何大王不修戒施王言世尊持戒布施得何等果我言大王於人天中多受快樂王言世尊尼拘陀樹持戒布施亦於人天受安隱耶我言大王尼拘陀樹不能持戒修行布施如其能者則受無異是名非喻云何先喻我經中說譬如有人貪著妙華採取之時爲水所漂衆生亦爾貪愛五欲爲生死水之所漂沒是名先喻云何後喻如法句說

莫輕小罪　以爲無殃　水滴雖微　漸盈大器

是名後喻云何先後喻譬如芭蕉生果則死愚人得養亦復如是如騾懷妊命不久全云何徧喻如經中說三十三天有波利質多樹其根入地深五由延高百由延枝葉四布五十由延葉熟則黃諸天見已心生歡喜是葉不久必當墮落其葉既落復生歡喜是枝不久必當變色枝既變色復生歡喜是色不久必當生皰見已歡喜是皰不久必當生觜見已歡喜是觜不久必當開剖開剖之時香氣周徧五十由延光明遠照八十由延爾時諸

天夏三月時在下受樂善男子我諸弟子亦復如是葉色黃者喻我弟子念欲出家其葉落者喻我弟子剃除鬚髮其色變者喻我弟子白四羯磨受具足戒初生皰者喻我弟子發阿耨多羅三藐三菩提心嘴者喻於十住菩薩得見佛性開剖者喻於菩薩得阿耨多羅三藐三菩提香者喻於十方無量衆生受持禁戒光者喻於如來名號無礙周徧十方夏三月者喻三三昧三十三天受快樂者喻於諸佛在大涅槃得常樂我淨是名徧喻善男子凡所引喻不必盡取或取少分或取多分或復全取如言如來面如滿月是名少分善男子譬如有人初不見乳轉問他言乳爲何類彼人答言如水蜜貝水則濕相蜜則甜相貝則色相雖引三喻未即乳實善男子我言燈喻喻於衆生亦復如是善男子離水無河衆生亦爾離五陰已無別衆生善男子如離箱轂輪軸輻輞更無別車衆生亦爾善男子若欲得合彼燈喻者諦聽諦聽我今當說炷者喻於二十五有油者喻愛明喻智慧除破黑闇喻破無明煖喻聖道如燈油盡明燄則滅衆生愛盡則見佛性雖有名色不能繫縛雖復處在二十五有不爲諸有之所染汙師子吼言世尊衆生五陰空無所有誰有受教修集道者佛言善男子一切衆生皆有念心慧心發心勤精進心信心定心如是等法雖念念滅猶故相似相續不斷故名修道師子吼言世尊如是等法皆念念滅是念念滅亦相似相續云何修集佛言善男子如燈雖念念滅而有光明除破闇冥念等諸法亦復

如是善男子如衆生食雖念念滅亦令飢者而得飽滿譬如上藥雖念念滅亦能愈病日月光明雖念念滅亦能增長樹林草木善男子汝言念念滅云何增長者心不斷故名爲增長善男子如人誦書所誦字句不得一時前不至中中不至後人之與字及以心想俱念念滅以久修故而得通利善男子譬如金師從初習作至於皓首雖念念滅前不至後以積習故所作遂巧是故得稱善好金師讀誦經書亦復如是善男子譬如種子地亦不教汝當生芽以法性故芽則自生乃至華亦不教汝當作果以法性故而果自生衆生修道亦復如是善男子譬如數法一不至二二不至三雖念念滅而至千萬衆生修道亦復如是善男子如燈念念滅初滅之餤不教後餤我滅汝生當破諸闇善男子譬如犢子生便求乳求乳之智實無人教雖念念滅而初飢後飽是故當知不應相似若相似者不應異生衆生修道亦復如是初雖未增以久修故則能破壞一切煩惱師子吼言世尊如佛所說須陀洹人得果證已雖生惡國猶故持戒不殺盜婬兩舌飲酒須陀洹陰即此處滅不至惡國修道亦爾不至惡國若相似者何故不生淨妙國土若惡國陰非須陀洹陰云何而得不作惡業佛言善男子須陀洹者雖生惡國終不失於須陀洹名陰不相似是故我引犢子爲喻須陀洹人雖生惡國以道力故不作惡業善男子譬如香山有師子王是故一切飛鳥走獸絶跡此山無敢近者有時是王至雪山中一切鳥獸猶故不住須陀洹

人亦復如是雖不修道以道力故不作諸惡善男子譬如有人服食甘露甘露雖滅以其力勢能令是人不生不死善男子如須彌山有上妙藥名楞伽利有人服之雖念念滅以藥力故不遇患苦善男子如轉輪王所坐之處王雖不在無人敢近何以故王威力故須陀洹人亦復如是雖生惡國不修集道以道力故不作惡業善男子須陀洹陰於此而滅雖生異陰猶故不失須陀洹陰善男子譬如衆生爲果實故於種子中多役作業糞治溉灌未得果實而子復滅亦得名爲因子得果須陀洹陰亦復如是善男子譬如有人資産巨富唯有一子先已終没其人有子復在他土其人忽然奄便命終孫聞是已還收産業雖知財貨非其所作然其收取無遮護者何以故以姓一故須陀洹陰亦復如是師子吼言如佛説偈

比丘若修集　戒定及智慧　當知是不退
親近大涅槃

世尊云何修戒云何修定云何修慧佛言善男子若有人受持禁戒但爲自利人天受樂不爲度脱一切衆生不爲擁護無上正法但爲利養畏三惡道爲命色力安無礙辯畏懼王法惡名譏稱爲世事業如是護戒則不得名修集戒也善男子云何名爲眞修集戒受持戒時若爲度脱一切衆生爲護正法度未度故解未解故歸未歸故未入涅槃令得入故如是修時不見戒不見戒相不見持者不見果報不觀毁犯善男子若能如是則名爲修集戒也云何復名修集三昧修三昧時

爲自度脫爲於利養不爲衆生不爲護法爲見貪欲穢食等過男女等根九孔不淨鬪訟打刺互相殺害若爲此事修三昧者是則不名修集三昧善男子云何復名眞修三昧若爲衆生修集三昧於衆生中得平等心爲令衆生得不退法爲令衆生得聖心故爲令衆生得大乘故爲欲護持無上法故爲令衆生不退菩提心故爲令衆生得首楞嚴三昧故爲令衆生得金剛三昧故爲令衆生得陀羅尼故爲令衆生得四無礙故爲令衆生見佛性故作是行時不見三昧不見三昧相不見修者不見果報善男子若能如是是則名爲修集三昧云何復名修於智慧若有修者作是思惟我若修集如是智慧則得解脫度三惡道誰能利益一切衆生誰能度人於生死道佛出世難如優曇鉢華我今能斷諸煩惱結得解脫果是故我當勤修智慧速斷煩惱早得度脫如是修者不得名爲修集智慧云何名爲眞修集者智者若觀生老死苦一切衆生無明所覆不知修集無上正道願我此身悉代衆生受大苦惱衆生所有貧窮下賤破戒之心貪瞋癡業願皆悉來集于我身願諸衆生不生貪取不爲名色之所繫縛願諸衆生早度生死令我一身處之不猒願令一切皆得阿耨多羅三藐三菩提如是修時不見智慧不見智慧相不見修者不見果報是則名爲修集智慧善男子修集如是戒定智慧是名菩薩不能如是修戒定慧是名聲聞復次善男子云何復名修集於戒若能破壞一切衆生十六惡律儀何等十六一者爲利

餧養羔羊肥已轉賣二者爲利買已屠殺三者爲利餧養猪豚肥已轉賣四者爲利買已屠殺五者爲利餧養牛犢肥已轉賣六者爲利買已屠殺七者爲利養鷄令肥肥已轉賣八者爲利買已屠殺九者釣魚十者獵師十一者劫奪十二者魁膾十三者網捕飛鳥十四者兩舌十五者獄卒十六者呪龍能爲衆生永斷如是十六惡業是名修戒云何修定能斷一切世間三昧所謂無身三昧能令衆生生顛倒心謂是涅槃有無邊心三昧淨聚三昧世邊三昧世斷三昧世性三昧世丈夫三昧非想非非想三昧如是等定能令衆生生顛倒心謂是涅槃若能永斷如是三昧是則名爲修集三昧云何復名修集智慧能破世間所有惡見一切衆生悉有惡見所謂色即是我亦是我所色中有我我中有色乃至識亦如是常即是我色滅我存色即是我色滅我滅復有人言作者名我受者名色復有人言作者名色受者名我復有人言無作無受自生自滅悉非因緣復有人言無有作者無有受者一切悉是時節所作復有人言作者悉是自在之所造作復有人言無作者無受者悉無所有地等五大名爲衆生善男子若能破壞一切衆生如是惡見是則名爲修智慧也善男子修集戒者爲身寂靜修集三昧爲心寂靜修集智慧爲壞疑心壞疑心者爲修集道修集道者爲見佛性見佛性者爲得阿耨多羅三藐三菩提故得阿耨多羅三藐三菩提者爲得無上大涅槃故得大涅槃者爲斷衆生一切生死一切煩惱一切諸有

一切諸界一切諸諦故斷於生死乃至斷諦爲得常樂我淨法故師子吼言世尊如佛所説若不生不滅名大涅槃者生亦如是不生不滅何故不得名爲涅槃善男子如是如是如汝所言是生雖復不生不滅而有始終世尊是生死法亦無始終若無始終則名爲常常即涅槃何故不名生死爲涅槃耶善男子是生死法悉有因果有因果故不得名之爲涅槃也何以故涅槃之體無因果故師子吼言世尊夫涅槃者亦有因果如佛所説

從因故生天　從因墮惡道　從因故涅槃
是故皆有因

如佛往昔告諸比丘我今當説沙門道果言沙門者謂能具修戒定智慧道者謂八聖道沙門果者所謂涅槃世尊涅槃如是豈非果耶云何説言涅槃之體無因無果佛言善男子我所宣説涅槃因者所謂佛性佛性之性不生涅槃是故我言涅槃無因能破煩惱故名大果不從道生故名無果是故涅槃無因無果師子吼言世尊衆生佛性爲悉共有爲各各有若共有者一人得阿耨多羅三藐三菩提時一切衆生亦應同得世尊如二十人同有一怨若一人能除餘十九人皆亦同除佛性亦爾一人得時餘亦應得若各各有則是無常何以故可筭數故然佛所説衆生佛性不一不二若各各有不應説言諸佛平等亦不應説佛性如空佛言善男子衆生佛性不一不二諸佛平等猶如虚空一切衆生同共有之若有能修八聖道者當知是人則得明見善男子雪山有草名曰忍辱牛若食之

則成醍醐衆生佛性亦復如是師子吼言如佛所說忍辱草者一耶多耶如其一者牛食則盡如其多者云何而言衆生佛性亦如是耶如佛所說若有修集八聖道者則見佛性是義不然何以故道若一者如忍辱草則應有盡如其有盡一人修已餘則無分道若多者云何得言具足修集亦不得名薩婆若智佛言善男子如平坦路一切衆生悉於中行無障礙者中路有樹其蔭清涼行人在下憩駕止息然其樹蔭常住不異亦不消壞無持去者路喻聖道蔭喻佛性善男子譬如大城唯有一門雖有多人經由入出都無有能作障礙者亦復無人破壞毀落而齎持去善男子譬如橋梁行人所遊亦無有人遮止障礙毀壞持去善男子譬如良醫徧療衆病亦無有能遮止是醫治此捨彼聖道佛性亦復如是師子吼言世尊所引諸喻義不如是何以故先者在路於後則妨云何而言無有障礙餘亦皆爾聖道佛性若如是者一人修時應妨餘者佛言善男子如汝所說義不相應我所喻道是少分喻非一切也善男子世間道者則有障礙此彼之異無有平等無漏道者則不如是能令衆生無有障礙平等無二無有妨處此彼之異如是正道能爲一切衆生佛性而作了因不作生因猶如明燈照了於物善男子一切衆生皆同無明因緣於行不可說言一人無明因緣行已其餘應無一切衆生悉有無明因緣於行是故說言十二因緣一切平等衆生所修無漏正道亦復如是等斷衆生煩惱四生諸界有道以是義故名

爲平等其有證者彼此知見無有障礙是故得名薩婆若智師子吼言一切衆生身不一種或有天身或有人身或有畜生餓鬼地獄之身如是多身差別非一云何而言佛性爲一佛言善男子譬如有人置毒乳中乃至醍醐皆悉有毒乳不名酪酪不名乳乃至醍醐亦復如是名字雖變毒性不失徧五味中皆悉如是若服醍醐亦能殺人實不置毒於醍醐中衆生佛性亦復如是雖處五道受別異身而是佛性常一無變師子吼言世尊十六大國有六大城所謂舍婆提城婆枳多城瞻婆城毗舍離城波羅㮈城王舍城如是六城世中最大何故如來捨之在此邊地弊惡極陋隘小拘尸那城入般涅槃善男子汝不應言拘尸那城邊地弊惡最陋隘小應言是城微妙功德之所莊嚴何以故諸佛菩薩所行處故善男子如賤人舍王若過者則應讚歎是舍嚴麗福德成就能令大王迴駕臨顧善男子如人重病服穢弊藥服已病愈即應歡喜讚歎是藥最上最妙能愈我病善男子如人乘船在大海中其船卒壞無所依倚因倚死屍得到彼岸到彼岸已應大歡喜讚歎是屍我賴相遇而得安隱拘尸那城亦復如是乃是諸佛菩薩行處云何而言邊地弊惡隘陋小城善男子我念往昔過恒河沙劫劫名善覺時有聖王姓憍尸迦七寶成就千子具足其王始初造立此城周帀縱廣十二由延七寶莊嚴土多有河其水清淨柔軟甘美所謂尼連禪河伊羅跋提河熈連禪河伊搜末塠河毗婆舍那河如是等河其數五百河此

彼岸樹木繁茂華果鮮潔爾時人民壽命無量時轉輪聖王過百年已作是唱言如佛所說一切諸法皆悉無常若能修集十善法者能斷如是無常大苦人民聞已咸共奉修十善之法我於爾時聞佛名號受持十善思惟修集初發阿耨多羅三藐三菩提心發是心已復以是法轉教無量無邊衆生言一切法無常變壞是故我今續於此處亦說諸法無常變壞唯說佛身是常住法我憶往昔所行因緣是故今來在此涅槃亦欲酬報此地往恩以是義故我經中說我眷屬者受恩能報復次善男子往昔衆生壽命無量爾時此城名拘舍跋提周帀縱廣五十由延時閻浮提居民隣接雞飛相及有轉輪王名曰善見七寶成就千子具足王四天下第一太子思惟正法得辟支佛時轉輪王見其太子成辟支佛威儀庠序神通希有見是事已即捨王位如棄涕唾出家在此娑羅樹間八萬歲中修集慈心悲喜捨心各八萬歲善男子欲知爾時善見聖王則我身是是故我今常樂遊止如是四法是四法者名爲三昧以是義故如來之身常樂我淨善男子以是因緣今來在此拘尸那城娑羅樹間三昧正受善男子我念往昔過無量劫此城爾時名迦毗羅衛其城有王名曰白淨其王夫人名曰摩耶王有一子名悉達多爾時王子不由師教自然思惟得阿耨多羅三藐三菩提有二弟子一名舍利弗二名大目揵連給侍弟子名曰阿難爾時世尊在雙樹間演說如是大涅槃經我時在會得預斯事聞諸衆生悉有佛性聞是

事已即於菩提得不退轉尋自發願願未來世成佛之時父母國土名字弟子侍使之人說法教化如今世尊等無有異以是因緣今來在此數揚演說大涅槃經善男子我初出家未得阿耨多羅三藐三菩提時頻婆娑羅王遣使而言悉達太子若為聖王我當臣屬若不樂家得阿耨多羅三藐三菩提者願先來至此王舍城說法度人受我供養我時默然已受彼請善男子我初得阿耨多羅三藐三菩提已向竭闍國時伊連禪河有婆羅門姓迦葉氏與五百弟子在彼河側求無上道我為是人故往說法迦葉言瞿曇我今年邁已百二十摩伽陀國所有人民及其大王頻婆娑羅咸謂我已證羅漢果我今若當在於汝前聽受法者一切人民或生倒心大德迦葉非羅漢耶幸願瞿曇速往餘處若此人民定知瞿曇功德勝我我等無由復得供養我時答言迦葉汝若於我不生瞋恚重大瞋恨者見容一宿明當早去迦葉言瞿曇我心無他深相愛重但我住處有一毒龍其性暴急恐相危害我言迦葉毒中之毒不過三毒我今已斷世間之毒我所不畏迦葉復言苟能不畏善哉聽住善男子我於爾時故為迦葉現十八變如經中說爾時迦葉及其眷屬五百等輩見聞是已證阿羅漢果是時迦葉復有二弟一名伽耶迦葉二名那提迦葉師徒眷屬復有五百亦皆證得阿羅漢果時王舍城六師之徒聞是事已即於我所生大惡心我時赴信受彼王請詣王舍城來至中路王與無量百千之衆悉來奉迎我為說法時聞法

已欲界諸天八萬六千發阿耨多羅三藐三菩提心頻婆娑羅王所將營從十二萬人得須陀洹果無量衆生成就忍心旣入城已度舍利弗大目揵連及其眷屬二百五十人令捨本心出家學道我即住彼受王供養外道六師相與集聚詣舍衞城

大般涅槃經卷第二十九

音釋

鹵郎古切地不生物曰鹵賑章刃切濟也奩底奩力塩切鑑匣以偷觜佛足之平也踝臃踝胡瓦切足骨也臃丑容切圓直也皰匹貌切即委切豚徒渾切小豕也魁膾魁苦回切首也膾古外切切肉也涕唾涕他計切鼻液也唾吐臥切口液也

大般涅槃經卷第三十

北涼天竺三藏曇無讖奉　詔譯

師子吼菩薩品第十一之四

時彼城中有一長者名須達多爲兒娉婦詣王舍城旣達彼城寄止長者珊檀那舍時此長者中夜而起告諸眷屬仁等可起速共莊嚴掃治宅舍辦具餚饍須達聞已尋自思惟將非欲請摩伽王耶爲有婚姻歡樂會乎思惟是已尋前問言大士欲請摩伽陀王頻婆娑羅耶爲有婚姻歡樂會乎遽務不安乃如是耶長者答言不也居士我明請佛無上法王須達長者初聞佛名身毛皆豎尋復問言何等名佛長者答言汝不聞耶迦毗羅城有釋種子字悉達多姓瞿曇氏父名白淨其生未久相師占之定當得作轉輪聖王如菴羅果已在手中心不願樂捨之出家無師自覺得阿耨多羅三藐三菩提貪恚癡盡常住無變不生不滅無有憂畏於諸衆生其心平等猶如父母等視一子所有身心衆中最勝雖勝一切而無憍慢塗割二事其心無二智慧通達於法無礙具足十力四無所畏五智三昧大慈大悲及三念處故號爲佛明受我請是故悤悤未暇相瞻須達多言善哉大士所言佛者功德無上今在何處長者答言今在此間王舍大城住迦蘭陀竹林精舍時須達多一心念佛所有功德十力無畏五智三昧大慈大悲及三念處作是念時忽然大明其明猛盛猶如白日即尋光出至城門下佛神力故門自開闢旣出門已路有天祠須達經過禮拜致敬尋還黒闇心生惶怖復欲還返

所止之處時彼城門有一天神告須達多言仁者若往如來所者多獲善利須達多言云何善利答言長者假使有人真寶交絡駿馬百疋香象百頭寶車百乘鑄金爲人其數復百端正女人身佩瓔珞衆寶廁填上妙宮宅殿堂屋宇雕文刻鏤金盤銀粟銀盤金粟數各一百以施一人如是展轉盡閻浮提所得功德不如有人發意一步詣如來所須達多言善男子汝是誰耶答言長者我是勝相婆羅門子是汝往昔善知識也我因往日見舍利弗大目揵連心生歡喜捨身得作北方天王毗沙門子專知守護此王舍城我因禮拜舍利弗等生歡喜心尚得如是妙好之身況當得見如來大師禮拜供養須達長者聞是事已即還復道來詣我所到已頭面敬禮我足我時即爲如應説法長者聞已得須陀洹果旣獲果證復請我言如來大慈唯願臨顧至舍衛城受我微供我即問言卿舍衛國頗有精舍相容受不須達多言若佛哀愍必見垂顧便當自竭營辦成立善男子我於爾時黙然受請須達長者已蒙聽許即白我言我從昔來未爲斯事唯願如來遣舍利弗指授儀則我即顧命勑令營佐時舍利弗與須達多共載一車往舍衛城我神力故經一日夜便到所止時須達多白舍利弗大德此大城外何處有地不近不遠多饒泉池有好林樹華果蔚茂清淨閑曠我當於中爲佛世尊及比丘僧造立精舍舍利弗言祇陀園林不近不遠清淨寂寞多有泉池樹木華果隨時而有此處最可安立精舍時須達多聞是語已

即往祇陀大長者所告祇陀言我今欲爲無上法王造立僧坊唯仁園地任中造立吾今欲買能見與不祇陀答言設以眞金徧布其地猶不相與須達多言善哉祇陀林地屬我汝便取金祇陀答言我園不賣云何取金須達多言若意不了當共往詣斷事人所時二長者即共俱往斷事者言園屬須達祇陀取金須達長者即時使人車馬載負隨集布地一日之中唯五百步金未周徧祇陀言曰長者若悔隨意聽止須達多言吾不悔也自念當出何藏金足祇陀念言如來法王眞實無上所說妙法清淨無染故使斯人輕寶乃爾即語須達餘未遍者不復須金請以見與我自爲佛造立門樓常使如來經由入出祇陀長者自造門樓須達長者七日之中成立大房足三百口禪坊靜處六十三所冬室夏堂各各別異厨坊浴室洗脚之處大小圊厠無不備足所設已訖即執香爐向王舍城遥作是言所設已辦唯願如來慈哀憐愍爲諸衆生受是住處我時立知是長者心即與大衆發王舍城譬如壯士屈申臂頃至舍衛城祇陀園林須達精舍我既到已須達長者以其所設奉施於我我時受已即住其中時諸六師心生嫉妬悉共集詣波斯匿王作如是言大王當知王之土境清夷閑靜眞是出家住止之處是故我等爲斯事故而來至此大王以正法治爲民除患沙門瞿曇年既幼稚學日又淺道術無施此國先有耆舊宿德自恃王種不生恭敬若是王種法應治民如其出家應敬宿德大王善聽沙門瞿曇眞實不生

王種之中瞿曇沙門若有父母何由刼奪他人父母大王我經中說過千歲已有一妖祥幻化物出所謂沙門瞿曇是也是故當知沙門瞿曇無父無毋若有父毋云何說言諸法無常苦空無我無作無受以幻術故誑惑衆生愚者信受智者捨之大王夫人王者天下父毋如稱如地如風如火如道如河如橋如燈如日如月如法斷事不擇怨親沙門瞿曇不聽我活隨我去處追逐不捨唯願大王聽我等輩與彼瞿曇捔其道力若彼勝我我當屬彼若我勝彼彼當屬我王言大德汝等各各自有行法止住之處亦各不同我今定知如來世尊於汝無妨六師答言云何無妨沙門瞿曇以幻術法誘誑諸人及婆羅門歸伏已盡王若聽我與捔道力王之善名流布八方如其不者惡聲盈路王言大德汝以未知如來道力威神巍巍故求捔試若定知者恐不能也大王汝今已受瞿曇幻耶唯願大王留神聽察莫輕我等搆之虛言不如驗之以實王言善哉善哉六師之徒歡喜而出時波斯匿王即勑嚴駕來至我所頭面禮敬右繞三帀退坐一面而白我言世尊六師向來求捔道力我不量度敢已許之佛言大王善哉善哉但當更於此國處處造立僧坊何以故我若與彼捔其神力彼衆之中受化者多此處狹小云何容受善男子我於爾時爲六師故從初一日至十五日現大希有神通變化當是時也無量衆生發阿耨多羅三藐三菩提心無量衆生於三寶所生信不疑六師徒衆其數無量破邪見心正法出家無量衆生

於菩提中得不退心無量衆生得陁羅尼諸三昧門無量衆生得須陁洹果至阿羅漢果爾時六師内心慚愧相與圍繞至婆枳多城教彼人民信受邪法瞿曇沙門但說空事善男子我時爲毋處忉利天波利質多樹安居說法是時六師心大歡喜唱言善哉瞿曇幻術今已滅沒復教無量無數衆生增長邪見爾時頻婆娑羅王波斯匿王及四部衆白目連言大德此閻浮提邪見增長衆生可愍行大黒闇唯願大德至彼天上稽首世尊如我言曰譬如犢子其生未久若不得乳必死無疑我等衆生亦復如是唯願如來哀愍衆生還來住此時目揵連默然而許如大力士屈申臂頃往彼天上至世尊所白佛言閻浮提中所有四衆渴仰如來思見聞法頻婆娑羅王波斯匿王及四衆等稽首足下此閻浮提所有衆生邪見增長行大黒闇甚可憐愍譬如犢子其生未久若不得乳必死不疑我等亦爾唯願如來爲衆生故還來在此閻浮提中佛告目連汝今速還至閻浮提告諸國王及四部衆却後七日我當還下爲六師故復當至彼婆枳多城過七日已我與釋天梵天魔天無量天子及首陁會一切天人前後圍繞至婆枳多城大師子吼作如是言唯我法中獨有沙門及婆羅門一切諸法無常無我涅槃寂靜離諸過惡若言他法亦有沙門及婆羅門有常有我有涅槃者無有是處爾時無量無邊衆生發阿耨多羅三藐三菩提心是時六師各相謂言若我法中實無沙門婆羅門者云何而得世間供養於是六師復相

集聚諸毗舍離善男子我於一時住毗舍離菴羅林間時菴羅女知我在中欲來我所我於爾時告諸比丘當觀念處善修智慧隨所修集心莫放逸云何名爲觀於念處若有比丘觀察內身不見於我及以我所觀察外身及內外身不見於我及以我所觀受心法亦復如是是名念處云何名爲修集智慧若有比丘眞實而見苦集滅道是名比丘修集智慧云何名爲心不放逸若有比丘念佛念法念僧念戒念捨念天是名比丘心不放逸時菴羅女即至我所頭面作禮右繞三帀修敬已畢却坐一面善男子我於爾時爲菴羅女如應說法是女聞已發阿耨多羅三藐三菩提心時彼城中有棃車子其數五百來至我所頭面作禮右繞三帀修敬已畢却坐一面我時復爲諸棃車子如應說法諸善男子夫放逸者有五事果何等爲五一者不得自在財利二者惡名流布於外三者不樂慧施窮乏四者不樂見於四衆五者不得諸天之身諸善男子因不放逸能生世法出世間法若有欲得阿耨多羅三藐三菩提者應當勤修不放逸法夫放逸者復有十三果報何等十三一者樂爲世間作業二者樂說無益之言三者常樂久寢睡眠四者樂說世間之事五者常樂親近惡友六者常樂懈怠懶惰七者常爲他人所輕八者雖有所聞尋復忘失九者樂處邊地十者不能調伏諸根十一者食不知足十二者不樂空寂十三者所見不正是名十三善男子夫放逸者雖得近佛及佛弟子猶故爲遠諸棃車言我等自知是放逸

人何以故如其我等不放逸者如來法王當出我土時大會中有婆羅門子名曰無勝語諸棃車善哉善哉如汝所言頻婆娑羅王以獲大利如來世尊出其國土猶如大池生妙蓮華雖生在水水不能汙諸棃車子佛亦如是雖生彼國不爲世法之所滯礙諸佛世尊無出無入爲衆生故出現於世不爲世法之所滯礙仁等自迷躭荒五欲不知親近往如來所是故名爲放逸之人非佛出於摩伽陀國名放逸也何以故如來世尊猶彼日月非爲一人二人出世時諸棃車聞是語已尋發阿耨多羅三藐三菩提心復作是言善哉善哉無勝童子快說如是善妙之言時諸棃車各各脫身所著一衣以施無勝無勝受已轉以奉我復作是言世尊我從棃車得是衣物唯願如來哀愍衆生受我所獻我於爾時愍彼無勝即爲納受時諸棃車同時合掌作如是言唯願如來於此土地一時安居受我微供我時默然受棃車請是時六師聞是事已師宗相與詣波羅柰爾時我復往波羅柰住波羅河邊時波羅柰有長者子名曰寶稱躭荒五欲不知非常以我到故自然而得白骨觀法見其殿舍宮人婇女悉爲白骨心生怖懼如刀毒蛇如賊如火即出其舍來詣我所隨路並言瞿曇沙門我今如爲賊所追逐甚大怖懼願見救濟佛言善男子佛法衆僧安隱無懼長者子言若三寶中無所畏者我今亦當得無所畏我即聽其出家爲道時長者子復有同友其數五十遥聞寶稱猒欲出家即共和順相與出家六師聞已展轉復詣瞻

婆大城時瞻婆大國一切人民悉共奉事六師之徒初未曾聞佛法僧名多有諸人作極惡業我於爾時爲衆生故往瞻婆城時彼城中有大長者無有繼嗣奉事六師以求子息其後不久婦則懷妊長者知已往六師所歡喜而言我婦妊身男耶女耶六師答言生必是女長者聞已心生愁惱復有知識來謂長者何故愁惱乃如是耶長者答言我婦懷妊未知男女故問六師六師見語如我相法生必是女我聞是語自惟年老財富無量如其非男無所付囑是故我愁知識復言汝無智慧先不聞耶優樓頻螺迦葉兄弟爲誰弟子佛耶六師耶六師若是一切智者迦葉何故捨之不事爲佛弟子又舍利弗目揵連等及諸國王頻婆娑羅等諸王夫人末利夫人等諸國長者須達多等如是諸人非佛弟子耶曠野鬼神阿闍世王護財醉象鴦掘魔羅惡心熾盛欲害其母如是等輩斯非如來所調伏耶長者如來世尊於一切法知見無礙故名爲佛發言無二故名如來斷煩惱故名阿羅訶世尊所說終無有二六師不爾云何可信如來今者近在此住若欲實知當詣佛所爾時長者即與是人來詣我所頭面作禮右繞三帀合掌長跪而作是言世尊於諸衆生平等無二怨親一相我爲愛結之所繫縛於怨親中未能無二我今欲問如來世尊深自愧懼未敢發言世尊我婦懷妊六師相言生必是女是事云何佛言長者汝婦所懷是男無疑其兒生已福德無比爾時長者聞我語已生大歡喜便退還家爾時六師聞我玄記

生者必男有大福德心生嫉妬以菴羅果和合毒藥持往其家語長者言快哉瞿曇善說其相汝婦臨月可服此藥服此藥已兒則端正產者無患長者歡喜受其毒藥與婦令服服已尋死六師歡喜周徧城市高聲唱言沙門瞿曇記彼長者婦當生男其兒福德天下無勝今兒未生母已喪命爾時長者復於我所生不信心即依世法殯殮棺蓋送至城外多積乾薪以火焚之我以道眼明見此事顧命阿難取我衣來吾欲往彼摧滅邪見時毗沙門天告摩尼跋陁大將而作是言如來今欲詣彼塚間卿可速往平治掃灑安師子座求妙華香莊嚴其地爾時六師遥見我往各相謂言瞿曇沙門至此塚間欲噉肉耶是時多有未得法眼諸優婆塞各懷慚愧而白我言彼婦已死願不須往爾時阿難語諸人言且待須臾如來不久當廣開闡諸佛境界我時到已坐師子座長者難言所言無二可名世尊母已終亡云何生子我言長者卿於爾時都不見問母命脩短但問所懷爲是男女諸佛如來發言無二是故當知定必得子是時死屍火燒腹裂子從中出端坐火中猶如鴛鴦處蓮華臺六師見已復作是言妖哉瞿曇善爲幻術長者見已心復歡喜訶責六師若言幻者汝何不作我於爾時尋告耆婆汝往火中抱是兒來耆婆欲往六師前牽語耆婆言瞿曇沙門所作幻術未必常爾或能不能如其不能脫能相害汝今云何信受其言耆婆答言如來使入阿鼻地獄所有猛火尚不能燒況世間火爾時耆婆前入火聚猶入

清涼大河水中抱持是兒還詣我所授兒與我我受兒已告長者言一切衆生壽命不定如水上泡衆生若有殷重業果火不能燒毒不能害是兒業果非我所作時長者言善哉世尊是兒若得盡其天命唯願如來爲立名字佛言長者是兒生於猛火之中火名樹提應名樹提爾時會中見我神化無量衆生發阿耨多羅三藐三菩提心爾時六師周徧六城不得停足慚愧低頭復來至此拘尸那城既至此已唱如是言諸人當知沙門瞿曇是大幻師誑惑天下徧六大城譬如幻師幻作四兵所謂車兵馬兵象兵步兵又復幻作種種瓔珞城郭宮宅河池樹木沙門瞿曇亦復如是幻作王身爲説法故或作沙門身婆羅門身男身女身小身大身或作畜生鬼神之身或説無常或説有常或時説苦或時説樂或説有我或説無我或説有淨或説無淨或時説有或時説無所爲虛妄故名爲幻譬如因子隨子得果瞿曇沙門亦復如是摩耶所生母既是幻子不得非沙門瞿曇無實知見諸婆羅門經年積歲修集苦行護持禁戒尚言未有眞實知見何況瞿曇年少學淺不修苦行云何而有眞實知見若能具滿七年苦行見猶不多況所修集不滿六年愚人無智信受其教如大幻師誑惑愚者沙門瞿曇亦復如是善男子如是六師於此城中大爲衆生增長邪見善男子我見是事心生憐愍以其神力請召十方諸大菩薩雲集此林周帀彌滿四十由延今於此中大師子吼善男子雖於空處多有所説則不得名師子吼也於

此智人大衆之中眞得名爲大師子吼師子吼者說一切法悉無常苦無我不淨唯說如來常樂我淨爾時六師復作是言若瞿曇有我我亦有我所言我者見者名我瞿曇譬如有人向中見物我亦如是向牖於眼見者牖我佛告六師若言見者名我是義不然何以故汝所引喻因向見者人在一向六根俱用若定有我因眼見者何不如彼一根之中俱伺諸塵若一根中不能一時聞見六塵當知無我所引向喻雖經百年見者因之所見無異眼根若爾年邁根熟亦應無異人向異故見內見外眼根若爾亦應內外一時俱見若不見者云何有我六師復言瞿曇若無我者誰能見耶佛言有色有明有心有眼是四和合故名爲見是中實無見者受者衆生顚倒言有見者及以受者以是義故一切衆生所見顚倒諸佛菩薩所見眞實六師若言色是我者是亦不然何以故色實非我色若是我不應而得醜陋形貌何故復有四姓差別悉不一種婆羅門耶何故屬他不得自在諸根鈌陋生不具足何故不作諸天之身而受地獄畜生餓鬼種種諸身若不能得隨意作者當知必定無有我也以無我故名爲無常無常故苦苦故爲空空故顚倒以顚倒故一切衆生輪轉生死受想行識亦復如是六師如來世尊永斷色縛乃至識縛是故名爲常樂我淨復次色者即是因緣若因緣者則名無我若無我者名爲苦空如來之身非是因緣非因緣故則名有我若有我者即常樂我淨六師復言瞿曇色亦非我乃至識亦非我我

者徧一切處猶如虛空佛言若徧有者則不應言我初不見若初不見則知是見本無今有若本無今有是名無常若無常者云何言徧若徧有者五道之中應具有身若有身者應各受報若各受報云何而言轉受人天汝言徧者一耶多耶我若一者則無父子怨親中人我若多者一切衆生所有五根悉應平等所有業慧亦應如是若如是者云何說言根有具足不具足者善業惡業愚智差別瞿曇衆生我者無有邊際法與非法則有分齊衆生修法則得好身若行非法則得惡身以是義故衆生業果不得無差佛言六師法與非法若如是者我則不徧我若徧者則應悉到如其到者修善之人亦應有惡行惡之人亦應有善若不爾者云何言徧瞿曇譬如一室然百千燈各各自明不相妨礙衆生我者亦復如是修善行惡不相雜合善男子汝等若言我如燈者是義不然何以故彼燈之明從緣而有燈增長故明亦增長衆生我者則不如是明從燈出住在異處衆生我者不得如是從身而出住在異處彼燈光明與暗共住何以故如暗室中然一燈時照則不了乃至多燈乃得明了若初燈破暗則不須後燈若須後燈當知初明與暗共住瞿曇若無我者誰作善惡佛言若我作者云何名常如其常者云何而得有時作善有時作惡若言有時作善惡者云何復得言我無邊若我作者何故而復習行惡法如其我是作者智者何故生疑衆生無我以是義故外道法中定無有我若言我者則是如來何以故身無邊故

無疑網故不作不受故名爲常不生不滅故名爲樂無煩惱垢故名爲淨無有十相故名爲空是故如來常樂我淨空無諸相諸外道言若言如來常樂我淨無相故空當知瞿曇所說之法則非空也是故我今當頂戴受持爾時外道其數無量於佛法中信心出家善男子以是因緣故我於此娑羅雙樹大師子吼師子吼者名大涅槃善男子東方雙者破於無常獲得於常乃至北方雙者破於不淨而得於淨善男子此中衆生爲雙樹故護娑羅林不令外人取其枝葉斫截破壞我亦如是爲四法故令諸弟子護持佛法何等名四常樂我淨此四雙樹四王典掌我爲四王護持我法是故於中而般涅槃善男子娑羅雙樹華果常茂常能利益無量衆生我亦如是常能利益聲聞緣覺華者喻我果者喻樂以是義故我於此間娑羅雙樹入大寂定大寂定者名大涅槃師子吼言世尊如來何故二月涅槃善男子二月名春春陽之月萬物生長種植根栽華果敷榮江河盈滿百獸孚乳是時衆生多生常想爲破衆生如是常心說一切法悉是無常唯說如來常住不變善男子於六時中孟冬枯悴衆不愛樂春陽和液人所貪愛爲破衆生世間樂故演說常樂我淨亦爾如來爲破世我世淨故說如來眞實我淨言二月者喻於如來二種法身冬不樂者智者不樂如來無常入於涅槃二月樂者喻於智者愛樂如來常樂我淨種植者喻諸衆生聞法歡喜發阿耨多羅三藐三菩提心種諸善根河者喻於十方諸大菩薩來諮我

所謟受如是大涅槃典百獸孚乳者喻我弟子生諸善根華喻七覺果喻四果以是義故我於二月入大涅槃師子吼言如來初生出家成道轉妙法輪皆以八日何故涅槃獨十五日佛言善哉善哉善男子如十五日月無虧盈諸佛如來亦復如是入大涅槃無有虧盈以是義故以十五日入般涅槃善男子如十五日月盛滿時有十一事何等十一一能破暗二令衆生見道非道三令衆生見道邪正四除鬱蒸得清涼樂五能破壞螢火高心六息一切賊盜之想七除衆生畏惡獸心八能開敷優鉢羅華九合蓮華十發行人進路之心十一令諸衆生樂受五欲多獲快樂善男子如來滿月亦復如是一者破壞無明大暗二者演說正道邪道三者開示生死邪險

涅槃平正四者令人遠離貪欲瞋恚癡熱五者破壞外道光明六者破壞煩惱結賊七者除滅畏五蓋心八者開敷衆生種善根心九者覆蓋衆生五欲之心十者發起衆生進修趣向大涅槃行十一者令諸衆生樂修解脫以是義故於十五日入大涅槃而我眞實不入涅槃我弟子中愚癡惡人定謂如來入於涅槃譬如女人多有諸子其母捨行至他國土未還之頃諸子各言我母已死而是母人實不死也師子吼菩薩言世尊何等比丘能莊嚴此娑羅雙樹善男子若有比丘受持讀誦十二部經正其文句通達深義爲人解說初中後善爲欲利益無量衆生演說梵行如是比丘則能莊嚴娑羅雙樹師子吼菩薩言世尊如我解佛所說義者阿難比丘即其人

也何以故阿難比丘受持讀誦十二部經爲人開說正語正義猶如瀉水置之異器阿難比丘亦復如是從佛所聞如聞轉說善男子若有比丘得淨天眼見於三千大千世界所有如觀掌中菴摩勒果如是比丘亦能莊嚴娑羅雙樹師子吼言世尊若如是者阿尼樓馱比丘即其人也何以故阿尼樓馱天眼見於三千大千世界所有乃至中陰悉能明了無障礙故善男子若有比丘少欲知足心樂寂靜勤行精進念定慧解如是比丘則能莊嚴娑羅雙樹師子吼言世尊若如是者迦葉比丘即其人也何以故迦葉比丘善修少欲知足等法善男子若有比丘爲蓋衆生不爲利養修集通達無諍三昧聖行空行如是比丘則能莊嚴娑羅雙樹師子吼言世尊若如是者須菩提比丘即其人也何以故須菩提者善修無諍聖行空行故善男子若有比丘善修神通一念之中能作種種神通變化一心一定能作二果所謂水火如是比丘則能莊嚴娑羅雙樹師子吼言世尊若如是者目連比丘即其人也何以故目揵連者善修神通無量變化故善男子若有比丘修集大智利智疾智解脱智甚深智廣智無邊智無勝智實智具足成就如是慧根於怨親中心無差別若聞如來涅槃無常心不憂慼若聞常住不入涅槃不生欣慶如是比丘則能莊嚴娑羅雙樹師子吼言世尊若如是者舍利弗比丘即其人也何以故舍利弗者善能成就具足如是大智慧故善男子若有比丘能說衆生悉有佛性得金剛身無有邊際常樂我

淨身心無礙得八自在如是比丘則能莊嚴娑羅雙樹師子吼言世尊若如是者唯有如來即其人也何以故如來之身金剛無邊常樂我淨身心無礙具八自在故世尊唯有如來乃能莊嚴娑羅雙樹如其無者則不端嚴唯願大慈爲莊嚴故常住於此娑羅林中佛言善男子一切諸法性無住住汝云何言願如來住善男子凡言住者名爲色法從因緣生故名爲住因緣無處故名無住如來已斷一切色縛云何當言如來住耶受想行識亦復如是善男子住名憍慢以憍慢故不得解脫不得解脫故名爲住誰有憍慢從何處來是故得名爲無住住如來永斷一切憍慢云何而言願如來住住者名有爲法如來已斷有爲之法是故不住住名空法如來已斷如是空法是故獲得常樂我淨云何而言願如來住住者名爲二十五有如來已斷二十五有云何而言願如來住住者即是一切凡夫諸聖無去無來無住如來已斷去來住相云何言住夫無住者名無邊身身無邊故云何而言唯願如來住娑羅林若住此林則是有邊身若有邊則是無常如來是常云何言住夫無住者名曰虛空如來之性同於虛空云何言住又無住者名金剛三昧金剛三昧壞一切住金剛三昧即是如來云何言住又無住者則名爲幻如來同幻云何言住又無住者名無終始如來之性無有始終云何言住又無住者名無邊法界無邊法界即是如來云何言住又無住者名首楞嚴三昧首楞嚴三昧知一切法而無所著以無著故名首楞

嚴如來具足首楞嚴定云何言住又無住者名處非處力如來成就處非處力云何言住又無住者名檀波羅蜜檀波羅蜜若有住者則不得至尸波羅蜜乃至般若波羅蜜以是義故檀波羅蜜名爲無住如來乃至不住般若波羅蜜云何願言如來常住娑羅樹林又無住者名修四念處如來若住四念處者則不能得阿耨多羅三藐三菩提是名不住住又無住者名無邊衆生界如來悉到一切衆生無邊界分而無所住又無住者名無屋宅無屋宅者名爲無有無有者名爲無生無生者名爲無死無死者名爲無相無相者名爲無繫無繫者名爲無著無著者名爲無漏無漏即善善即無爲無爲者即大涅槃常大涅槃常者即我我者即淨淨者即樂常樂我淨即是如來善男子譬如虛空不住東方南西北方四維上下如來亦爾不住東方南西北方四維上下善男子若有說言身口意惡得善果者無有是處身口意善得惡果者亦無是處若言凡夫得見佛性十住菩薩不得見者亦無是處一闡提輩犯五逆罪謗方等經毀四重禁得阿耨多羅三藐三菩提者亦無是處六住菩薩煩惱因緣墮三惡道亦無是處菩薩摩訶薩以眞女身得阿耨多羅三藐三菩提者亦無是處一闡提常三寶無常亦無是處如來住於拘尸那城亦無是處善男子如來今於此拘尸那城入大三昧深禪定窟衆不見故名大涅槃師子吼言如來何故入禪定窟善男子爲欲度脫諸衆生故未種善根令得種故已種善根者得增長故善果

未熟令得熟故爲已熟者説趣阿耨多羅三藐三菩提故輕賤善法者令生尊貴故諸有放逸者令離放逸故爲與文殊師利等諸大香象共論義故爲欲教化樂讀誦者深愛禪定故爲以聖行梵行天行教化衆生故爲觀不共深法藏故爲欲訶責放逸弟子故如來常寂猶尚樂定況汝等輩煩惱未盡而生放逸爲欲訶責諸惡比丘受畜八種不淨之物及不少欲不知足故爲令衆生尊重所聞禪定法故以是因緣入禪定窟

大般涅槃經卷第三十

音釋

遽其據切急也疾也　駿子峻切良馬也　填徒年切塞也　蔚茂蔚於勿切茂莫候切蔚茂草木盛貌　捔古岳切較也　殯殮殯必刃切殮力贍切

大般涅槃經卷第三十一

北凉天竺三藏曇無讖奉　詔譯

師子吼菩薩品第十一之五

師子吼言世尊無相定者名大涅槃是故涅槃名爲無相以何因緣名爲無相善男子無十相故何等爲十所謂色相聲相香相味相觸相生住壞相男相女相是名十相無如是相故名無相善男子夫著相者則能生癡癡故生愛愛故繫縛繫縛故受生生故有死死故無常不著相者則不生癡不生癡故則無有愛無有愛故則無繫縛無繫縛故則不受生不受生故則無有死無有死故則名爲常以是義故涅槃名常師子吼言世尊何等比丘能斷十相佛言善男子若有比丘時時修習三種相者則斷十相時時修習三昧定相時時修習智慧之相時時修習捨相是名三相師子吼言世尊云何名爲定慧捨相定是三昧者一切衆生皆有三昧云何方言修習三昧若心在一境則名三昧若更餘緣則不名三昧如其不定非一切智非一切智云何名定若以一行得三昧者其餘諸行亦非三昧若非三昧則非一切智若非一切智云何名三昧慧捨二相亦復如是佛言善男子如汝所言緣於一境得名三昧其餘諸緣不名三昧是義不然何以故如是餘緣亦一境故行亦如是又言衆生先有三昧不須修者是亦不然所以者何言三昧者名善三昧一切衆生眞實未有云何而言不須修習以住如是善三昧中觀一切法名善慧相不見三昧智慧異相是名捨相復次善男子若取色相

不能觀色常無常相是名三昧若能觀色常無常相是名慧相三昧慧等觀一切法是名捨相善男子如善御駕駟遲疾得所遲疾得所故名捨相菩薩亦爾若三昧多者則修習慧若慧多者則修習三昧三昧慧等則名爲捨善男子十住菩薩智慧力多三昧力少是故不得明見佛性聲聞緣覺三昧力多智慧力少以是因緣不見佛性諸佛世尊定慧等故明見佛性了了無礙如觀掌中菴摩勒果見佛性者名爲捨相奢摩他者名爲能滅能滅一切煩惱結故又奢摩他者名曰能調能調諸根惡不善故又奢摩他者名曰寂靜能令三業成寂靜故又奢摩他者名曰遠離能令衆生離五欲故又奢摩他者名曰能清能清貪欲瞋恚愚癡三濁法故以是義故故名定相毗婆舍那名爲正見亦名了見名爲能見名曰徧見名次第見名别相見是名爲慧憂畢义者名曰平等亦名不諍又名不觀亦名不行是名爲捨善男子奢摩他者有二種一世間二出世間復有二種一成就二不成就成就者所謂諸佛菩薩不成就者所謂聲聞辟支佛等復有三種謂下中上下者謂諸凡夫中者聲聞緣覺上者諸佛菩薩復有四種一退二住三進四能大利益復有五種所謂五智三昧何等爲五一無食三昧二無過三昧三身意清淨一心三昧四因果俱樂三昧五常念三昧復有六種一觀骨三昧二慈三昧三觀十二因緣三昧四阿那波那三昧五念覺觀三昧六觀生滅三昧復有七種所謂七覺分一念覺分二擇法覺分三精進覺

分四喜覺分五除覺分六定覺分七捨覺分復有七種一須陀洹三昧二斯陀含三昧三阿那含三昧四阿羅漢三昧五辟支佛三昧六菩薩三昧七如來覺知三昧復有八種謂八解脫三昧一色觀色解脫三昧二內無色相外觀色解脫三昧三淨解脫身證三昧四空處解脫三昧五識處解脫三昧六無所有處解脫三昧七非有想非無想處解脫三昧八滅盡定解脫三昧復有九種所謂九次第定四禪四空及滅盡定三昧復有十種所謂十一切處三昧何等爲十一地一切處三昧二水一切處三昧三風一切處三昧四青一切處三昧五黃一切處三昧六赤一切處三昧七白一切處三昧八空一切處三昧九識一切處三昧十無所有一切處三昧復有無數種所謂諸佛菩薩善男子是名三昧相善男子慧有三種一世間二出世間復有三種一般若二毗婆舍那三闍那般若者名一切衆生毗婆舍那者一切聖人闍那者諸佛菩薩又般若者名爲別相毗婆舍那名爲總相闍那者名爲破相復有四種所謂觀四眞諦善男子爲三事故修奢摩他何等爲三一不放逸故二莊嚴大智故三得自在故復爲三事故修毗婆舍那何等爲三一爲觀生死惡果報故二爲欲增長諸善根故三爲破一切諸煩惱故師子吼言世尊如經中說若毗婆舍那能破煩惱何故復修奢摩他耶佛言善男子汝言毗婆舍那破煩惱者是義不然何以故有智慧時則無煩惱有煩惱時則無智慧云何而言毗婆舍那能破煩惱善男子譬

如明時無暗暗時無明若有說言明能破暗
無有是處善男子誰有智慧誰有煩惱而言
智慧能破煩惱如其無者則無所破善男子
若言智慧能破煩惱爲到故破不到故破若
不到破者凡夫衆生則應能破若到故破者
初念應破若初念不破後亦不破若初到便
破是則不到云何說言智慧能破若言到與
不到而能破者是義不然復次毗婆舍那破
煩惱者爲獨能破爲伴故破若獨能破菩薩
何故修八正道若伴故破當知獨則不能破
也若獨不能伴亦不能如一盲人不能見色
雖伴衆盲亦不能見毗婆舍那亦復如是善
男子如地堅性火熱性水溼性風動性而地
堅性乃至風動性非因緣作其性自爾如四
大性煩惱亦爾性自是斷若是斷者云何而
言智慧能斷以是義故毗婆舍那決定不能
破諸煩惱善男子如鹽性鹹令異物鹹蜜本
性甘令異物甘水本性溼令異物溼智慧性
滅令法滅者是義不然何以故若法無滅云
何智慧强能令滅若言鹽鹹令異物鹹慧滅
亦爾令異法滅者是亦不然何以故智慧之
性念念滅故若念念滅云何而言能滅他法
以是義故智慧之性不破煩惱善男子一切
諸法有二種滅一性滅二畢竟滅若性滅者
云何而言智慧能滅若言智慧能滅煩惱如
火燒物是義不然何以故如火燒物則有遺
燼智慧若爾應有餘燼如斧伐樹破處可見
智慧若爾有何可見慧若能令煩惱離者如
是煩惱應餘處現如諸外道離六大城拘尸
那現若是煩惱不餘處現則知智慧不能令

離善男子一切諸法性若自空誰能令生誰能令滅異生異滅無造作者善男子若修習定則得如是正知正見以是義故我經中說若有比丘修習定者能見五陰出滅之相善男子若不修定世間之事尚不能了況於出世若無定者平處顛墜心緣異法口宣異言耳聞異語心解異義欲造異字手書異文欲行異路身涉異徑若有修習三昧定者則大利益乃至阿耨多羅三藐三菩提善男子菩薩摩訶薩具足二法能大利益一定二智善男子如刈菅草執急則斷菩薩摩訶薩修是二法亦復如是善男子如拔堅木先以手動後則易出菩薩定慧亦復如是先以定動後以智拔善男子如浣垢衣先以灰汁後以清水衣則鮮潔菩薩定慧亦復如是善男子如先讀誦後則解義菩薩定慧亦復如是善男子譬如勇人先以鎧杖牢自莊嚴然後禦陣能壞怨賊菩薩定慧亦復如是善男子譬如工匠甘鬲盛金自在隨意撓攪鎔銷菩薩定慧亦復如是善男子譬如明鏡照了面像菩薩定慧亦復如是善男子如先平地然後下種先從師受後思惟義菩薩定慧亦復如是以是義故菩薩摩訶薩修是二法能大利益善男子菩薩摩訶薩修是二法調攝五根堪忍衆苦所謂飢渴寒熱打擲罵辱惡獸所嚙蚉虻所螫常攝其心不令放逸不爲利養行於非法客塵煩惱所不能汙不爲諸邪異見所惑常能遠離諸惡覺觀不久成就阿耨多羅三藐三菩提爲欲成就利益衆生故善男子菩薩摩訶薩修是二法四倒暴風不能吹

動如須彌山雖爲四風之所吹鼓不能令動不爲外道邪師所拔如帝釋幢不可移轉衆邪異術不能誑惑常受微妙第一安樂能解如來深秘密義受樂不欣逢苦不慼諸天世人恭敬讚歎明見生死及非生死善能了知法界法性身有常樂我淨之法是則名爲大涅槃樂善男子定相者名空三昧慧相者名無願三昧捨相者名無相三昧善男子若有菩薩摩訶薩善知定時慧時捨時及知非時是名菩薩摩訶薩行菩提道師子吼言世尊云何菩薩知時非時善男子菩薩摩訶薩因於受樂生大憍慢或因説法而生憍慢或因精勤而生憍慢或因解義善問答時而生憍慢或因親近惡知識故而生憍慢或因布施所重之物而生憍慢或因世間善法功德而生憍慢或因世間豪貴之人所恭敬故而生憍慢當知爾時不宜修智宜應修定是名菩薩知時非時若有菩薩勤修精進未得利益涅槃之樂以不得故生於悔心以鈍根故不能調伏五情諸根諸垢煩惱勢力盛故自疑戒律有羸損故當知爾時不宜修定宜應修智是名菩薩知時非時善男子若有菩薩定慧二法不平等者當知爾時不宜修捨二法若等則宜修之是名菩薩知時非時善男子若有菩薩修習定慧起煩惱者當知爾時不宜修捨宜應讀誦書寫解説十二部經念佛念法念僧念戒念天念捨是名修捨善男子若有菩薩修習如是三法相者以是因緣得無相涅槃師子吼言世尊無十相故名大涅槃爲無相者復以何緣名爲無生無出無作

屋宅洲歸依安隱滅度涅槃寂靜無諸病苦無所有耶佛言善男子無因緣故故名無生以無有故故名無出無造業故故名無作不入五見故名屋宅離四暴水故名爲洲調衆生故故名歸依壞結賊故故名安隱諸結火滅故名滅度離覺觀故故名涅槃遠憒鬧故名爲寂靜永斷生死故名無病一切無故名無所有善男子若菩薩摩訶薩作是觀時即得明了見於佛性師子吼言世尊菩薩摩訶薩成就幾法能見如是無相涅槃至無所有佛言善男子菩薩摩訶薩成就十法則能明見涅槃無相至無所有何等爲十一者信心具足云何名爲信心具足深信佛法衆僧是常十方諸佛方便示現一切衆生及一闡提悉有佛性不信如來生老病死及修苦行提婆達多眞實破僧出佛身血如來畢竟入於涅槃正法滅盡是名菩薩信心具足二者淨戒具足云何名爲淨戒具足善男子若有菩薩自言戒淨雖不與彼女人和合見女人時或共嘲調言語戲笑如是菩薩成就欲法毀破淨戒汙辱梵行令戒雜穢不得名爲淨戒具足復有菩薩自言戒淨雖不與彼女人身合嘲調戲笑於壁障外遥聞女人瓔珞環玔種種諸聲心生愛著如是菩薩成就欲法毀破淨戒汙辱梵行令戒雜穢不得名爲淨戒具足復有菩薩自言戒淨雖復不與女人和合言語嘲調聽其音聲然見男子隨逐女時或見女人隨逐男時便生貪著如是菩薩成就欲法毀破淨戒汙辱梵行令戒雜穢不得名爲淨戒具足復有菩薩自言戒淨雖復不

與女人和合言語嘲調聽其音聲見男女相隨然爲生天受五欲樂如是菩薩成就欲法毁破淨戒汙辱梵行令戒雜穢不得名爲淨戒具足善男子若有菩薩清淨持戒而不爲戒不爲尸羅波羅蜜不爲衆生不爲利養不爲菩提不爲涅槃不爲聲聞辟支佛唯爲最上第一義故護持禁戒善男子是名菩薩淨戒具足三者親近善知識善知識者若有能說信戒多聞布施智慧令人受行是名菩薩善知識也四者樂於寂靜寂靜者所謂身心寂靜觀察諸法甚深法界是名寂靜五者精進精進者所謂繫心觀四眞諦設頭火然終不放捨是名精進六者念具足念具足者所謂念佛念法念僧念戒念天念捨是名念具足七者輭語輭語者所謂實語妙語先意問訊時語眞語是名輭語八者護法護法者所謂愛樂正法常樂演說讀誦書寫思惟其義廣宣敷揚令其流布若見有人書寫解說讀誦讚歎思惟義者爲求資生而供養之所謂衣服飲食臥具醫藥爲護法故不惜身命是名護法九者菩薩摩訶薩見有同學同戒有所乏少轉從他乞熏鉢染衣瞻病所須衣服飲食臥具房舍而供給之十者具足智慧智慧者所謂觀於如來常樂我淨一切衆生悉有佛性觀法二相所謂空不空常無常樂無樂我無我淨不淨異法可斷異法不可斷異法從緣生異法從緣見異法從緣果異法非緣果是名具足智慧善男子是名菩薩具足十法則能明見涅槃無相師子吼言世尊如佛先告純陀汝今已得見於佛性得大涅槃

成阿耨多羅三藐三菩提是義云何世尊如經中說若施畜生得百倍報施一闡提得千倍報施持戒者百千倍報若施外道斷煩惱者得無量報奉施四向及以四果至辟支佛得無量報施不退菩薩及最後身諸大菩薩如來世尊所得福報無量無邊不可稱計不可思議純陀大士若受如是無量報者是報無盡何時當得阿耨多羅三藐三菩提世尊經中復說若人重心造善惡業必得果報若現世受若次生受若後世受純陀善業慇重心作當知是業必定受報若定受報云何得成阿耨多羅三藐三菩提云何復得見於佛性世尊經中復說施三種人果報無盡一病人二父母三如來世尊經中復說佛告阿難一切衆生如其無有欲界業者即得阿耨多羅三藐三菩提色無色業亦復如是世尊如法句偈非空非海中非入山石間無有地方所脫之不受業又阿尼樓馱言世尊我憶往昔以一食施八萬劫中不墮三惡世尊一食之施尚得是報何況純陀信心施佛具足成就檀波羅蜜世尊若善果報不可盡者謗方等經犯五逆罪毀四重禁一闡提罪云何可盡若不可盡云何能得見於佛性成阿耨多羅三藐三菩提佛言善哉善哉善男子唯有二人能得無量無邊功德不可稱計不可宣說能竭生死漂流暴河降魔怨敵摧魔勝幢能轉如來無上法輪一者善問二者善答善男子佛十力中業力最深善男子有諸衆生於業緣中心輕不信爲度彼故作如是說善男子一切作業有輕有重輕重二業復各有

二一決定二不定善男子或有人言惡業無果若言惡業定有果者云何氣嘘旃陀羅而得生天鴦崛摩羅得解脫果以是義故當知作業有定得果不定得果我爲除斷如是邪見故於經中說如是語一切作業無不得果善男子或有重業可得作輕或有輕業可得作重非一切人唯有愚智是故當知非一切業悉定得果雖不定得亦非不得善男子一切衆生凡有二種一者智人二者愚癡有智之人以智慧力能令地獄極重之業現世輕受愚癡之人現世輕業地獄重受師子吼言世尊若如是者則不應求清淨梵行及解脫果佛言善男子若一切業定得果者則不應求梵行解脫以不定故則修梵行及解脫果善男子若能遠離一切惡業則得善果若遠善業則得惡果若一切業定得果者則不應求修習聖道若不修道則無解脫一切聖人所以修道爲壞定業得輕報故不定之業無果報故若一切業定得果者則不應求修習聖道若人遠離修習聖道得解脫者無有是處不得解脫得涅槃者亦無是處善男子若一切業定得果者一世所作純善之業應當求已常受安樂一世所作極重惡業亦應求已受大苦惱業果若爾則無修道解脫涅槃人作人受婆羅門作婆羅門受若如是者則不應有下姓下人人應常人婆羅門應常婆羅門小時作業應小時受不應中年及老時受老時作惡生地獄中地獄初身不應便受應待老時然後乃受若老時不殺不應壯年得壽若無壯壽云何至老業無失故業若無

失云何而有修道涅槃善男子業有二種定以不定定業有二一者報定二者時定或有報定而時不定緣合則受或三時受所謂現受生受後受善男子若定心作善惡等業作已深生信心歡喜若發誓願供養三寶是名定業善男子智者善根深固難動是故能令重業爲輕愚癡之人不善深厚能令輕業而作重報以是義故一切諸業不名決定菩薩摩訶薩無地獄業爲衆生故發大誓願生地獄中善男子往昔衆生壽百年時恒沙衆生受地獄報我見是已即發大願受地獄身菩薩爾時實無是業爲衆生故受地獄果我於爾時在地獄中經無量歲爲諸罪人廣開分別十二部經諸人聞已壞惡果報令地獄空除一闡提是名菩薩摩訶薩非現生後受是

惡業復次善男子是賢劫中無量衆生墮畜生中受惡業果我見是已復發誓願爲欲說法度衆生故或作麞鹿羆鴿獼猴龍蛇金翅鳥魚鼈狐兎牛馬之身善男子菩薩摩訶薩實無如是畜生惡業以大願力爲衆生故現受是身是名菩薩摩訶薩非現生後受是惡業復次善男子是賢劫中復有無量無邊衆生生餓鬼中或食吐汁脂肉膿血屎尿涕唾壽命無量百千萬歲初不曾聞漿水之名況復眼見而得飲耶設遥見水生意往趣到則變成猛火膿血或時不變則有多人手執鉾矟遮護捉持不令得前或復降雨至身成火是名惡業果報善男子菩薩摩訶薩實無如是諸惡業果爲化衆生令得解脫故發誓願受如是身是名菩薩摩訶薩非現生後受是

惡業善男子我於賢劫生屠膾家畜養雞豬牛羊弶獵羅網魚捕旃陀羅舍作賊劫盜菩薩實無如是惡業爲度衆生令得解脱以大願力受如是身是名菩薩摩訶薩非現生後受是惡業善男子是賢劫中復生邊地多作貪欲瞋恚愚癡習行非法不信三寶後世果報不能恭敬父母親老耆舊長宿善男子菩薩爾時實無是業爲令衆生得解脱故以大願力而生其中是名菩薩摩訶薩非現生後受是惡業善男子是賢劫中復受女身惡身貪身瞋身癡身妬身慳身幻身誑身纏蓋之身善男子菩薩爾時亦無是業但爲衆生得解脱故以大願力願生其中是名菩薩摩訶薩非現生後受是惡業善男子我於賢劫受黄門身無根二根及不定根善男子菩薩摩訶薩實無如是諸惡身業爲令衆生得解脱故以大願力願生其中是名菩薩摩訶薩非現生後受是惡業善男子我於賢劫復習外道尼乾子法信受其法無施無祠無施祠報無善惡業無善惡業報無現在世及未來世無此無彼無有聖人無變化身無道涅槃善男子菩薩實無如是惡業但爲衆生令得解脱以大願力受是邪法是名菩薩摩訶薩非現生後受是惡業善男子我念往昔與提婆達多俱爲商主各各自有五百賈人爲利益故至大海中採取珍寶惡業緣故路遇暴風吹壞船舫伴黨死盡爾時我與提婆達多不殺果報長壽緣故爲風所吹俱至陸地時提婆達多貪惜寶貨生大憂苦發聲啼哭我時語言提婆達多不須啼哭提婆達多即語我

言諦聽諦聽譬如有人貧窮困苦至塚墓間手捉死屍而作是言願汝今者施我死樂我當施汝貧窮壽命爾時死屍即便起坐語貧人言善男子貧窮壽命汝自受之我今甚樂如是死樂實不欣汝貧窮而生然我今日既無死樂兼復貧窮云何而得不啼哭耶我復慰喻汝且莫愁今有二珠價直無量當分一枚以相惠施我即分與復語之言有命之人能得此寶如其無命誰能得耶我時疲弊詣一樹下止息眠卧提婆達多貪心熾盛爲餘一珠即生惡心刺壞我目劫奪我珠我時患瘡發聲呻號時有一女來至我所而問我言仁者何故呻號如是我即爲其廣說本事女人聞已復重問我汝名字何我即答言名爲實語女言云何知汝爲實語耶我即立誓若我今於提婆達多有惡心者目當如是永爲盲瞽如其無者當還得眼言已其目平復如故善男子是名菩薩摩訶薩說現世報善男子我念往昔生南天竺富單那城婆羅門家是時有王名迦羅富其性暴惡憍慢自大年壯色美躭著五欲我於爾時爲度衆生在彼城外寂默禪思爾時彼王春末華敷與其眷屬宮人婇女出城遊觀在樹林下五欲自娱其諸婇女捨王遊戲遂至我所我時欲爲斷彼貪故而爲說法時王尋來即見我時便生惡心而問我言汝今已得羅漢果耶我言不得復言獲得不還果耶我言不得復作是言汝今若未得是二果則爲具足貪欲煩惱云何自恣觀我女人我即答言大王當知我今雖未斷於貪結然其内心實無貪著王言癡

人世有諸仙服氣食果見色猶貪況汝盛年未斷貪欲云何見色而當不著我言大王見色不著實不因於服氣食果皆由繫心無常不淨王言若有輕他而生誹謗云何得名修持淨戒我言大王若有妬心則有誹謗我無妬心云何言謗王言大德云何名戒大王忍名爲戒王言若忍是戒者當截汝耳若能忍者知汝持戒即截其耳時我被截顔色不變時王群臣見是事已即諫王言如是大士不應加害王告諸臣汝等云何知是大士諸臣答言見受苦時容色不變王復語言我當更試知變不變即劓其鼻刖其手足爾時菩薩已於無量無邊世中修習慈悲愍苦衆生時四天王心懷瞋忿雨沙礫石王見是已心大怖畏復至我所長跪而言唯願哀愍聽我懺悔我言大王我心無瞋亦如無貪王言大德云何得知心無瞋恨我即立誓我若眞實無瞋恨者令我此身平復如故發是願已身即平復是名菩薩摩訶薩說現世報善男子善業生報後報及不善業亦復如是菩薩摩訶薩得阿耨多羅三藐三菩提時一切諸業悉得現報不善惡業得現報者如王作惡天降惡雨亦如有人示獵師熊處及寶色鹿其手墮落是名惡業現受果報生報者如一闡提犯四重禁及五逆罪後報者如持戒人深發誓願願未來世常得如是淨戒之身若有衆生壽百年時八十年時於中當作轉輪聖王教化衆生善男子若業定得現世報者則不能得生報後報菩薩摩訶薩修三十二大人相業則不能得現世報也若業不得三種報

者是名不定善男子若言諸業定得報者則不得有修習梵行解脱涅槃當知是人非我弟子是魔眷屬若言諸業有定不定定者現報生報後報不定者緣合則受不合不受以是義故應有梵行解脱涅槃當知是人真我弟子非魔眷屬善男子一切衆生不定業多決定業少以是義故有修習道修習道故決定重業可使輕受不定之業非生報受善男子有二種人一者不定作定報現報作生報輕報作重報應人中受在地獄受二者定作不定應生受者回爲現受重報作輕應地獄受人中輕受如是二人一愚一智智者爲輕愚者令重善男子譬如二人於王有罪眷屬多者其罪則輕眷屬少者應輕更重愚智之人亦復如是智者善業多故重則輕受愚者善業少故輕則重受善男子譬如二人一則肥壯一則羸瘦俱没深泥肥壯能出羸者則没善男子譬如二人俱共服毒一有呪力及阿伽陀一者無有有呪藥者毒不能傷其無呪藥服時即死善男子譬如二人俱多飲漿一火力勢盛一則微弱火勢多者則能消化火勢弱者則爲其患善男子譬如二人爲王所繫一有智慧一則愚癡其有智者則能得脱愚癡之人無有脱期善男子譬如二人俱涉險路一則有目一則盲瞽有目之人直過無患盲者墜落墮墜深坑險善男子譬如二人俱共飲酒一則多食一則少食其多食者飲則無患其少食者飲則成患善男子譬如二人俱敵怨陣一則鎧仗具足莊嚴一則白身其有仗者能破怨敵其白身者不能自免復

有二人糞穢汙衣一覺尋浣一覺不浣其尋浣者衣則淨潔其不浣者垢穢日增復有二人俱共乘車一有輻軸一無輻軸有輻軸者隨意而去無輻軸者則不移處復有二人俱行曠路一有資粮一則空往有資粮者則得度險其空往者則不能過復有二人爲賊所劫一有寶藏一則無藏有寶藏者心無憂感其無藏者心則愁惱愚智之人亦復如是有善藏者重業輕受無善藏者輕業重受師子吼菩薩言世尊如佛所說非一切業悉得定果亦非一切衆生定受世尊云何衆生令現輕報地獄重受地獄重報現世輕受佛言一切衆生凡有二種一有智二愚癡若能修習身戒心慧是名智者若不能修身戒心慧是名愚癡云何名爲不修習身若不能攝五情諸根名不修身不能受持七種淨戒名不修戒不調心故名不修心不修聖行名不修慧復次不修身者不能具足清淨戒體不修戒者受畜八種不淨之物不修心者不能修習三種相故不修慧者不修梵行故復次不修身者不能觀身不能觀色及觀色相不觀身相不知身數不知是身從此到彼於非身中而生身想於非色中而作色想是故貪著我身身數名不修身不修戒者若受下戒不名修戒受持邊戒爲自利戒爲自調戒不能普爲安樂衆生非爲護持無上正法爲生天上受五欲樂不名修戒不修心者心若散亂不能專一守自境界自境界者謂四念處他境界者所謂五欲若不能修四念處者名不修心於惡業中不善護心名不修慧復次不修

身者不能深觀是身無常無住危脆念念滅壞是魔境界不修戒者不能具足尸波羅蜜不修心者不能具足禪波羅蜜不修慧者不能具足般若波羅蜜復次不修身者貪著我身及我所身我身常恒無有變易不修戒者爲自身故作十惡業不修心者於惡業中不能攝心不修慧者以不攝心不能分別善惡等法復次不修身者不斷我見不修戒者不斷戒取不修心者作貪瞋業趣向地獄不修慧者不斷癡心復次不修身者不能觀身雖無過咎而常是怨善男子譬如男子有怨常逐伺求其便智者覺已繫心慎護若不慎護則爲其害一切衆生身亦如是常以飲食冷暖將養若不如是將護守慎即當散壞善男子如婆羅門奉事火天常以香華讚歎禮拜供養奉事期滿百年若一觸時尋燒人手是火雖得如是供養終無一念報事者恩一切衆生身亦如是雖於多年以好香華瓔珞衣服飲食卧具病瘦醫藥而供給之若遇内外諸惡因緣即時滅壞都不憶念往日供給衣食之恩善男子譬如有王畜四毒蛇置之一篋以付一人仰令瞻養是四蛇中設一生瞋則能害人是人恐怖常求飲食隨時守護一切衆生四大毒蛇亦復如是若一大瞋則能壞身善男子如人久病應當至心求醫療治若不勤救必死不疑一切衆生身亦如是常應攝心不令放逸若放逸者則便滅壞善男子譬如坏瓶不耐風雨打擲搥壓一切衆生身亦如是不耐飢渴寒熱風雨打擊惡罵善男子如癰未熟常當善護不令人觸設有觸

者則大苦痛一切衆生身亦如是善男子如騾懷妊自害其軀一切衆生身亦如是内有風冷身則受害善男子譬如芭蕉生實則枯一切衆生身亦如是善男子亦如芭蕉内無堅實一切衆生身亦如是善男子如蛇鼠狼各各相於常生怨心衆生四大亦復如是善男子譬如鵞王不樂塜墓菩薩亦爾於身塜墓亦不貪樂善男子如旃陀羅七世相繼不捨其業是故爲人之所輕賤是身種子亦復如是種子精血究竟不淨以不淨故諸佛菩薩之所輕訶善男子是身不如魔羅耶山生於旃檀亦不能生優鉢羅華分陀利華瞻婆華摩利迦華婆師迦華九孔常流膿血不淨生處臭穢醜陋可惡常與諸蟲共在一處善男子譬如世間雖有上妙清淨園林死屍至中則爲不淨衆共捨之不生愛著色界亦爾雖復淨妙以有身故諸佛菩薩悉共捨之

大般涅槃經卷第三十一

音釋

奢摩他（梵語也此云止奢詩遮切）毗婆舍那（梵語也此云觀毗頻脂切）憂畢叉（梵語也此云止觀）刈（音乂割也）菅（古閑切茅草也）鬲（狼狄切鼎屬）齧（五結切噬也）螫（施隻切蟲毒也）嘲（陟交切言相調也）玔（尺絹切臂環也）闡提（梵語也具云一闡提此云信不具闡齒善切）羆（班糜切獸名）屎（詩止切）尿（奴弔切）鉾（莫浮切鉤兵也）矟（所角切矛屬）弶（其亮切施罟於道也）劓（牛制切刑鼻也）刖（魚厥切斷足也）輻（方六切車輻也）脆（此芮切物易斷也）坏（普林切未燒陶器也）塠（都回切聚土也）

大般涅槃經卷第三十二

北涼天竺三藏曇無讖奉　詔譯

師子吼菩薩品第十一之六

善男子若有不能作如是觀名不修身不修戒者善男子若不能觀戒是一切善法梯隥亦是一切善法根本如地悉是一切樹木所生之本是諸善根之導首也如彼商主導諸商人戒是一切善法勝幢如天帝釋所立勝幢戒能永斷一切惡業及三惡道能療惡病猶如藥樹戒是生死險道資粮戒是摧結惡賊鎧仗戒是滅結毒蛇良呪戒是度惡業行橋梁若有不能如是觀者名不修戒不修心者不能觀心輕躁動轉難捉難調馳騁奔逸如大惡象念念迅速如彼電光躁擾不住猶如獼猴如幻如炎乃是一切諸惡根本五欲難滿如火獲薪亦如大海吞受衆流如漫陀山草木滋多不能觀察生死虛妄躭惑致患如魚吞鉤常先引導諸業隨從猶如貝母引導諸子貪著五欲不樂涅槃如馳食蜜乃至於死不顧芻草深著現樂不觀後過如牛貪苗不懼杖楚馳騁周徧二十五有猶如疾風吹兜羅毦所不應求求無猒足如無智人求無熱火常樂生死不樂解脫如綖婆蟲樂綖婆樹迷惑愛著生死臭穢猶如獄囚樂獄卒女亦如廁豬樂處不淨若有不能如是觀者名不修心不修慧者不觀智慧有大勢力如金翅鳥能壞惡業壞無明闇猶如日光能拔陰樹如水漂物焚燒邪見猶如猛火慧是一切善法根本佛菩薩母之種子也若有不能如是觀者不名修慧善男子第一義中若見

身身相身因身果身聚身一身二此身彼身身滅身等身修修者若有如是見者名不修身善男子若見戒戒相戒因戒果上戒下戒戒聚戒一戒二此戒彼戒戒滅戒等戒修修者戒波羅蜜若有如是見者名不修戒若見心心相心因心果心聚心及心數心一心二此心彼心心滅心等心修修者上中下心善心惡心若有如是見者名不修心善男子若見慧慧相慧因慧果慧聚慧一慧二此慧彼慧慧滅慧等上中下慧鈍慧利慧慧修修者若有如是見者名不修慧善男子若有不修身戒心慧如是之人於小惡業得大惡報以恐怖故常生是念我屬地獄作地獄行雖聞智者說地獄若常作是念如鐵打鐵石還打石木自打木火蟲樂火地獄之身還似地獄若似地獄有何苦事譬如倉蠅爲唾所粘不能自出是人亦爾於小罪中不能自出心初無悔不能修善覆藏瑕疵雖有過去一切善業悉爲是罪之所垢汙是人所有現受輕報轉爲地獄極重惡果善男子如小器水置鹽一升其味鹹苦難可得飲是人罪業亦復如是善男子譬如有人負他一錢不能償故身被繫縛多受衆苦是人罪業亦復如是師子吼菩薩言世尊是人何故令現輕報轉地獄受佛言善男子一切衆生若具五事令現輕報轉地獄受何等爲五一者愚癡故二者善根微少故三者惡業深重故四者不懺悔故五者不修本善業故復有五事一者修習惡業故二者無戒財故三者遠離諸善根故四者不修身戒心慧故五者親近惡知識故善

男子是故能令現世輕報地獄重受師子吼言世尊何等人能轉地獄重報現世輕受善男子若有修習身戒心慧如先所說能觀諸法同如虛空不見智慧不見智者不見愚癡不見愚者不見修習及修習者是名智者如是之人則能修習身戒心慧是人能令地獄果報現世輕受是人設作極重惡業思惟觀察能令輕微作是念言我業雖重不如善業譬如氎華雖復百斤終不能敵眞金一兩如恒河中投一升鹽水無鹹味飲者不覺如巨富者雖多負人千萬寶物無能繫縛令其受苦如大香象能壞鐵鎖自在而去智慧之人亦復如是常思惟言我善力多惡業羸弱我能發露懺悔除罪惡業能修智慧智慧力多無明力少如是念已親近善友修習正見受持讀誦書寫解說十二部經見有受持讀誦書寫解說之者心生恭敬兼以衣食房舍卧具醫藥華香而供養之讚歎尊重所至到處稱說其善不說其短供養三寶敬信方等大涅槃經如來常恒無有變易一切衆生悉有佛性是人能令地獄重報現世輕受善男子以是義故非一切業悉有定果亦非一切衆生定受師子吼菩薩言世尊若一切業不定得果一切衆生悉有佛性應當修習八聖道者何因緣故一切衆生悉不得是大般涅槃世尊若一切衆生有佛性者即當定得阿耨多羅三藐三菩提何須修習八聖道耶世尊如此經中說有病人若得醫藥及瞻病人隨病飲食若使不得皆悉除差一切衆生亦復如是若遇聲聞及辟支佛諸佛菩薩諸善知

識若聞說法修習聖道若不遇不聞不修習道悉當得成阿耨多羅三藐三菩提何以故以佛性故世尊譬如日月無有能遮令不得至頞多山邊四大河水不至大海一闡提等不至地獄一切衆生亦復如是無有能遮令不得至阿耨多羅三藐三菩提何以故以佛性故世尊以是義故一切衆生不須修道以佛性力故應得阿耨多羅三藐三菩提不以修習聖道力故世尊若一闡提犯四重禁五逆罪等不得阿耨多羅三藐三菩提者應須修習以因佛性定當得故非因修習然後得也世尊譬如磁石去鐵雖遠以其力故鐵則隨著衆生佛性亦復如是是故不須勤修習道佛言善哉善哉善男子如恒河邊有七種人若爲洗浴恐畏寇賊或爲採華則入河中

第一人者入水則沉何以故羸無勢力不習浮故第二人者雖沒還出出已還沒何以故身力大故則能還出不習浮故出已還沒第三人者沒已即出出更不沒何以故身重故沒力大故出先習浮故出已即住第四人者入已便沒沒已還出出已即住徧觀四方何以故重故則沉力大故還出習浮則住不知出處故觀四方第五人者入已即沉沉已便出出已即住住已觀方觀已即去何以故爲怖畏故第六人者入已即去淺處則住何以故觀賊近遠故第七人者既至彼岸登上大山無復恐怖離諸怨賊受大快樂善男子生死大河亦復如是有七種人畏煩惱賊故發意欲度生死大河出家剃髮身披法服既出家已親近惡友隨順其教聽受邪法所謂衆

生身者即是五陰五陰者即名五大衆生若死永斷五大斷五大故何須修習善惡諸業是故當知無有善惡及善惡報如是則名一闡提也一闡提者名斷善根斷善根故沒生死河不能得出何以故惡業重故無信力故如恒河邊第一人也善男子一闡提輩有六因緣沒三惡道不能得出何等爲六一者惡心熾盛故二者不見後世故三者樂習煩惱故四者遠離善根故五者惡業障隔故六者親近惡知識故復有五事沒三惡道何等爲五一者於比丘邊作非法故二者比丘尼邊作非法故三者自在用僧鬘物故四者毋邊作非法故五者於五部僧互生是非故復有五事沒三惡道何等爲五一者常說無善惡果故二者殺發菩提心衆生故三者喜說法師過失故四者法說非法非法說法故五者爲求法過而聽受故復有三事沒三惡道何等爲三一謂如來無常永滅二謂正法無常遷變三謂僧寶可滅壞故是故常沒三惡道中第二人者發意欲度生死大河斷善根故沒不能出所言出者親近善友則得信心信心者信施施果信善善果信惡惡果信生死苦無常敗壞是名爲信以得信心修習淨戒受持讀誦書寫解說常樂惠施善修智慧以鈍根故復遇惡友不能修習身戒心慧聽受邪法或值惡時處惡國土斷諸善根斷善根故常沒生死如恒河邊第二人也第三人者發意欲度生死大河斷善根故於中沉沒親近善友得名爲出信於如來是一切智常恒無變爲衆生故說無上道一切衆生悉有佛

性如來非滅法僧亦爾無有滅壞一闡提等不斷其法終不能得阿耨多羅三藐三菩提要當遠離然後乃得以信心故修習淨戒修淨戒已受持讀誦書寫解說十二部經爲諸衆生廣宣流布樂於惠施修習智慧以利根故堅住信慧心無退轉如恒河邊第三人也第四人者發意欲度生死大河斷善根故於中沉沒親近善友故得信心是名爲出得信心故受持讀誦書寫解說十二部經爲衆生故廣宣流布樂於惠施修習智慧以利根故堅住信慧心無退轉徧觀四方觀四方者四沙門果如恒河邊第四人也第五人者發意欲度生死大河斷善根故於中沉沒親近善友故得信心是名爲出以信心故受持讀誦書寫解說十二部經爲衆生故廣宣流布樂於惠施修習智慧以利根故堅住信慧心無退轉無退轉已即便前進前進者謂辟支佛雖能自度不及衆生是名爲去如恒河邊第五人也第六人者發意欲度生死大河斷善根故於中沉沒親近善友獲得信心得信心故名之爲出以信心故受持讀誦書寫解說十二部經爲衆生故廣宣流布樂於惠施修習智慧以利根故堅住信慧心無退轉無退轉已即復前進遂到淺處到淺處已即住不去住不去者所謂菩薩爲欲度脫諸衆生故住觀煩惱如恒河邊第六人也第七人者發意欲度生死大河斷善根故於中沉沒親近善友獲得信心得信心已是名爲出以信心故受持讀誦書寫解說十二部經爲衆生故廣宣流布樂於惠施修習智慧以利根故堅

住信慧心無退轉無退轉已即便前進旣前進已得到彼岸登涉高山離諸恐怖多受安樂善男子彼岸山者喻於如來受安樂者喻佛常住大高山者喻大涅槃善男子是恒河邊如是諸人悉具手足而不能度一切衆生亦復如是實有佛寶法寶僧寶如來常說諸法要義有八聖道大般涅槃而諸衆生悉不能得此非我咎亦非聖道衆生等過當知悉是煩惱過惡以是義故一切衆生不得涅槃善男子譬如良醫知病說藥病者不服非醫咎也善男子如有施主以其所有施一切人有不受者非施主咎善男子譬如日出幽冥皆明盲聾之人不見道路非日過也善男子如恒河水能除渴乏渴者不飲非水咎也善男子譬如大地普生果實平等無二農夫不種非地過也善男子如來普爲一切衆生廣開分別十二部經衆生不受非如來咎善男子若修道者即得阿耨多羅三藐三菩提善男子汝言衆生悉有佛性應得阿耨多羅三藐三菩提如磁石者善哉善哉以有佛性因緣力故得阿耨多羅三藐三菩提若言不須修聖道者是義不然善男子譬如有人行於曠野渴乏遇井其井幽深雖不見水當知必有是人方便求覓罐綆汲取則見佛性亦爾一切衆生雖復有之要須修習無漏聖道然後得見善男子如有胡麻則得見油離諸方便則不得見甘蔗亦爾善男子如三十三天北鬱單越雖是有法若無善業神通道力則不能見地中草根及地下水以地覆故衆生不見佛性亦爾不修聖道故不得見善男子

如汝所說世有病人若遇瞻病良醫好藥隨病飲食及以不遇悉得差者善男子我爲六住諸菩薩等說如是義善男子譬如虛空於諸衆生非內非外非內外故亦無罣礙衆生佛性亦復如是善男子譬如有人財在異方雖不現前隨意受用有人問之則言我許何以故以定有故衆生佛性亦復如是非此非彼以定得故言一切有善男子譬如衆生造作諸業若善若惡非內非外如是業性非有非無亦復非是本無今有非無因出非此作此受此作彼受彼作彼受無作無受時節和合而得果報衆生佛性亦復如是亦復非是本無今有非內非外非有非無非此非彼非餘處來非無因緣亦非一切衆生不見有諸菩薩時節因緣和合得見時節者所謂十住菩薩摩訶薩修八聖道於諸衆生得平等心爾時得見不名爲作善男子汝言如磁石者是義不然何以故石不吸鐵所以者何無心業故善男子異法有故異法出生異法無故異法滅壞無有作者無有壞者善男子猶如猛火不能焚薪火出薪壞名爲焚薪善男子譬如葵藿隨日而轉而是葵藿亦無敬心無識無業異法性故而自回轉善男子如芭蕉樹因雷增長是樹無耳無心意識異法有故異法增長異法無故異法滅壞善男子如阿叔迦樹女人摩觸華爲之出是樹無心亦無覺觸異法有故異法出生異法無故異法滅壞善男子如橘得屍果則滋多而是橘樹無心無觸異法有故異法滋多異法無故異法滅壞善男子如安石榴塼骨糞故果實繁茂

安石榴樹亦無心觸異法有故異法出生異法無故異法滅壞善男子磁石吸鐵亦復如是異法有故異法出生異法無故異法滅壞衆生佛性亦復如是不能吸得阿耨多羅三藐三菩提善男子無明不能吸取諸行行亦不能吸取識也亦得名爲無明緣行行緣於識有佛無佛法界常住善男子若言佛性住衆生中者善男子常法無住若有住處即是無常善男子如十二因緣無定住處若有住處十二因緣不得名常如來法身亦無住處法界法入法陰虛空悉無住處佛性亦爾都無住處善男子譬如四大力雖均等有堅有熱有濕有動有重有輕有赤有白有黃有黑而是四大亦無有業異法界故各不相似佛性亦爾異法界故時至則現善男子一切衆生不退佛性故名之爲有阿毗跋致故以當有故決定得故定當見故是故名爲一切衆生悉有佛性善男子譬如有王告一大臣汝牽一象以示盲者爾時大臣受王勑已多集衆盲以象示之時彼衆盲各以手觸大臣即還而白王言臣已示竟爾時大王即喚衆盲各各問言汝見象耶衆盲各言我已得見王言象爲何類其觸牙者即言象形如蘆菔根其觸耳者言象如箕其觸頭者言象如石其觸鼻者言象如杵其觸脚者言象如木臼其觸脊者言象如牀其觸腹者言象如甕其觸尾者言象如繩善男子如彼衆盲不說象體亦非不說若是衆相悉非象者離是之外更無別象善男子王喻如來正徧知也臣喻方等大涅槃經象喻佛性盲喻一切無明衆生

是諸衆生聞佛説已或作是言色是佛性何以故是色雖滅次第相續是故獲得無上如來三十二相如來色常如來色者常不斷故是故説色名爲佛性譬如真金質雖遷變色常不異或時作釧作釵作槃然其黄色初無改易衆生佛性亦復如是質雖無常而色是常以是故説色爲佛性或有説言受是佛性何以故受因緣故獲得如來真實之樂如來受者謂畢竟受第一義受衆生受性雖復無常然其次第相續不斷是故獲得如來常受譬如有人姓憍尸迦人雖無常而姓是常經千萬世無有改易衆生佛性亦復如是以是故説受爲佛性又有説言想是佛性何以故想因緣故獲得如來真實之想如來想者名無想想無想想者非衆生想非男女想亦非色受想行識想非想斷想衆生之想雖復無常以想次第相續不斷故得如來常恒之想善男子譬如衆生十二因緣衆生雖滅而因緣常衆生佛性亦復如是以是故説想爲佛性又有説言行爲佛性何以故行名壽命壽因緣故獲得如來常住壽命衆生壽命雖復無常而壽次第相續不斷故得如來真實常壽善男子譬如十二部經聽者説者雖復無常而是經典常存不變衆生佛性亦復如是以是故説行爲佛性又有説言識爲佛性識因緣故獲得如來平等之心衆生意識雖復無常而識次第相續不斷故得如來真實常心如火熱性火雖無常熱非無常衆生佛性亦復如是以是故説識爲佛性又有説言離陰有我我是佛性何以故我因緣故獲得如

來八自在我有諸外道說言去來見聞悲喜語說爲我如是我相雖復無常而如來我眞實是常善男子如陰入界雖復無常而名是常衆生佛性亦復如是善男子如彼盲人各各說象雖不得實非不說象說佛性者亦復如是非即六法不離六法善男子是故我說衆生佛性非色不離色乃至非我不離我善男子有諸外道雖說有我而實無我衆生我者即是五陰離陰之外更無別我善男子譬如莖葉鬚臺合爲蓮華離是之外更無別華衆生我者亦復如是善男子譬如牆壁草木和合名之爲舍離是之外更無別舍如佉陀羅樹波羅奢樹尼拘陀樹鬱曇鉢樹和合爲林離是之外更無別林譬如車兵象馬步兵和合爲軍離是之外更無別軍譬如五色雜線和合名之爲綺離是之外更無別綺如四姓和合名爲大衆離是之外更無別衆衆生我者亦復如是離五陰外更無別我善男子如來常住則名爲我如來法身無邊無礙不生不滅得八自在是名爲我衆生眞實無如是我及以我所但以必定當得畢竟第一義空故名佛性善男子大慈大悲名爲佛性何以故大慈大悲常隨菩薩如影隨形一切衆生必定當得大慈大悲是故說言一切衆生悉有佛性大慈大悲者名爲佛性佛性者名爲如來大喜大捨名爲佛性何以故菩薩摩訶薩若不能捨二十五有則不能得阿耨多羅三藐三菩提以諸衆生必當得故是故說言一切衆生悉有佛性大喜大捨者即是佛性佛性者即是如來佛性者名大信心何以

故以信心故菩薩摩訶薩則能具足檀波羅蜜乃至般若波羅蜜一切衆生必定當得大信心故是故說言一切衆生悉有佛性大信心者即是佛性佛性者即是如來佛性者名一子地何以故以一子地因緣故菩薩則於一切衆生得平等心一切衆生必定當得一子地故是故說言一切衆生悉有佛性一子地者即是佛性佛性者即是如來佛性者名第四力何以故以第四力因緣故菩薩則能教化衆生一切衆生必定當得第四力故是故說言一切衆生悉有佛性第四力者即是佛性佛性者即是如來佛性者名十二因緣何以故以因緣故如來常住一切衆生定有如是十二因緣是故說言一切衆生悉有佛性十二因緣即是佛性佛性者即是如來佛性者名四無礙智以四無礙因緣故說字義無礙字義無礙故能化衆生四無礙者即是佛性佛性者即是如來佛性者名頂三昧以修如是頂三昧故則能總攝一切佛法是故說言頂三昧者名爲佛性十住菩薩修是三昧未得具足雖見佛性而不明了一切衆生必定得故是故說言一切衆生悉有佛性善男子如上所說種種諸法一切衆生定當得故是故說言一切衆生悉有佛性善男子我若說色是佛性者衆生聞已則生邪倒以邪倒故命終則生阿鼻地獄如來說法爲斷地獄是故不說色是佛性乃至說識亦復如是善男子若諸衆生了佛性者則不須修道十住菩薩修八聖道少見佛性況不修者而得見耶善男子如文殊師利諸菩薩等已無量

世修習聖道了知佛性云何聲聞辟支佛等能知佛性若諸衆生欲得了了知佛性者應當一心受持讀誦書寫解說供養恭敬尊重讃歎是涅槃經見有受持乃至讃歎如是經者應當以好房舍衣服飲食卧具病瘦醫藥而供給之兼復讃歎禮拜問訊善男子若有已於過去無量無邊世中親近供養無量諸佛深種善根然後乃得聞是經名善男子佛性不可思議佛法僧寶亦不可思議一切衆生悉有佛性而不能知是亦不可思議如來常樂我淨之法亦不可思議一切衆生能信如是大涅槃經亦不可思議師子吼菩薩言世尊如佛所說一切衆生能信如是大涅槃經不可思議者世尊是大衆中有八萬五千億人於是經中不生信心是故有能信是經者名不可思議善男子如是諸人於未來世亦當定得信是經典見於佛性得阿耨多羅三藐三菩提師子吼言世尊云何不退菩薩自知決定有不退心佛言善男子菩薩摩訶薩當以苦行自試其心日食一胡麻經一七日粳米菉豆麻子粟糜及以白豆亦復如是各一七日食一麻時作是思惟如是苦行都無利益無利益事尚能爲之況有利益而當不作於無利益心能堪忍不退不轉是故定得阿耨多羅三藐三菩提如是等日修苦行時一切皮肉消瘦皺減如斷生瓠置之日中其目却陷如井底星肉盡筋出如朽草屋脊骨連現如重線塼所坐之處如馬蹄跡欲坐則伏欲起則偃雖受如是無利益苦然不退於菩提之心復次善男子菩薩摩訶薩爲破

衆苦施安樂故乃至能捨内外財物及其身命如棄芻草若能不惜是身命者如是菩薩自知必定有不退心我定當得阿耨多羅三藐三菩提復次菩薩爲法因緣剜身爲燈疊纏皮肉酥油灌之燒以爲炷菩薩爾時受是大苦自訶其心而作是言如是苦者於地獄苦百千萬分未是一分汝於無量百千劫中受大苦惱都無利益汝若不能受是輕苦云何而能於地獄中救苦衆生菩薩摩訶薩作是觀時身不覺苦其心不退不動不轉菩薩爾時應深自知我定當得阿耨多羅三藐三菩提善男子菩薩爾時具足煩惱未有斷者爲法因緣能以頭目髓腦手足血肉施於衆生以釘釘身投巖赴火菩薩爾時雖受如是無量衆苦若心不退不動不轉菩薩當知我今定有不退之心當得阿耨多羅三藐三菩提善男子菩薩摩訶薩爲破一切衆生苦惱願作麤大畜生之身以身血肉施於衆生衆生取時復生憐愍菩薩爾時閉氣不喘示作死相令彼取者不生殺害疑網之想菩薩雖受畜生之身終不造作畜生之業何以故善男子菩薩既得不退心已終不造作三惡道業菩薩摩訶薩若未來世有微塵等惡業果報不定受者以大願力爲衆生故而悉受之譬如病人爲鬼所著藏隱身中以呪術力故即時相現或語或喜或瞋或罵或啼或哭菩薩摩訶薩未來之世三惡道業亦復如是菩薩摩訶薩受羆身時常爲衆生演說正法或受迦賓闍羅鳥身爲諸衆生說正法故受瞿陀身鹿身兎身象身羖羊獼猴白鴿金翅鳥

龍虵之身受如是等畜生身時終不造作畜生惡業常爲其餘畜生衆生演說正法令彼聞法速得轉離畜生身故菩薩爾時雖受畜生身不作惡業當知必定有不退心菩薩摩訶薩於飢饉世見餓衆生作龜魚身無量由延復作是願願諸衆生取我肉時隨取隨生因食我肉離飢渴苦一切悉發阿耨多羅三藐三菩提心菩薩發願若有因我離飢渴者未來之世速得遠離二十五有飢渴之患菩薩摩訶薩受如是苦心不退者當知必定得阿耨多羅三藐三菩提復次菩薩於疾疫世見病苦者作是思惟如藥樹王若有病者取根取莖取枝取葉取華取果取皮取膚悉得愈病願我此身亦復如是若有病者聞聲觸身服食血肉乃至骨髓病悉除愈願諸衆生食我肉時不生惡心如食子肉我治病已常爲說法願彼信受思惟轉教復次善男子菩薩具足煩惱雖受身苦其心不退不動不轉當知必定得不退心成阿耨多羅三藐三菩提復次善男子若有衆生爲鬼所病菩薩見已即作是言願作鬼身大身健身多眷屬身使彼聞見病得除愈菩薩摩訶薩爲衆生故勤修苦行雖有煩惱不汙其心復次善男子菩薩摩訶薩雖復修行六波羅蜜亦不求於六波羅蜜果修行無上六波羅蜜時作是願言我今以此六波羅蜜施一切衆生一一衆生受我施已悉令得成阿耨多羅三藐三菩提我亦自爲六波羅蜜勤修苦行受諸苦惱當受苦時願我不退菩提之心善男子菩薩摩訶薩作是觀時是名不退菩提之相復次

善男子菩薩摩訶薩不可思議何以故菩薩摩訶薩深知生死多諸罪過觀大涅槃有大功德爲諸衆生處在生死受種種苦心無退轉是名菩薩不可思議復次善男子菩薩摩訶薩無有因緣而生憐愍實不受恩而常施恩雖施於恩而不求報是故復名不可思議復次善男子或有衆生爲自利益修諸苦行菩薩摩訶薩爲利他故修行苦行是名自利是故復名不可思議復次菩薩具足煩惱爲壞怨親所受諸苦修平等心是故復名不可思議復次菩薩若見諸惡不善衆生若訶責若輭語若驅擯若捨之有惡性者現爲輭語有憍慢者現爲大慢而其內心實無憍慢是名菩薩方便不可思議復次菩薩具足煩惱少財物時而求者多心不迮小是名菩薩不可思議復次菩薩於佛出時知佛功德爲衆生故於無佛處受邊地身如盲如聾如跛如躄是名菩薩不可思議復次菩薩深知衆生所有罪過爲度脱故常與共行雖隨其意罪垢不汙是故復名不可思議復次菩薩了了知見無衆生相無煩惱汙無修習道離煩惱者雖爲菩提無菩提行亦無成就菩提行者無有受苦及破苦者而亦能爲衆生壞苦行菩提行是故復名不可思議復次菩薩受後邊身處兜率天是亦名爲不可思議何以故兜率陀天欲界中勝在下天者其心放逸在上天者諸根闇鈍是故名勝修施修戒得上下身修施戒定得兜率身一切菩薩毁呰諸有破壞諸有終不造作兜率天業受彼天身何以故菩薩若處其餘諸有亦能教化成就

衆生實無欲心而生欲界是故復名不可思議菩薩摩訶薩生兜率天有三事勝一者命二者色三者名菩薩摩訶薩實不求於命色名稱雖無求心而所得勝菩薩摩訶薩深樂涅槃然有因緣亦勝是故復名不可思議菩薩摩訶薩如是三事雖勝諸天而諸天等於菩薩所終不生於瞋心妬心憍慢之心常生喜心菩薩於天亦不憍慢是故復名不可思議菩薩摩訶薩不造命業而於彼天畢竟壽命是名命勝亦無色業而妙色身光明徧滿是名色勝菩薩摩訶薩處彼天宮不樂五欲唯爲法事是故名稱充滿十方是名名勝是故復名不可思議菩薩摩訶薩下兜率天是時大地六種震動是故復名不可思議何以故菩薩下時欲色諸天悉來侍送發大音聲讃歎菩薩以口風氣故令地動復有菩薩人中象王人中象王名爲龍王龍王初入胎時有諸龍王在此地下或怖或覺是故大地六種震動是故復名不可思議菩薩摩訶薩知入胎時住時出時知父知母不淨不汙如帝釋髻青色寶珠是故復名不可思議善男子大涅槃經亦復如是不可思議善男子譬如大海有八不可思議何等爲八一者漸漸轉深二者深難得底三者同一鹹味四者潮不過限五者有種種寶藏六者大身衆生在中居住七者不宿死屍八者一切萬流大雨投之不增不減善男子漸漸轉深有三事何等爲三一者衆生福力二者順風而行三者河水入故乃至不增不減亦各有三是大涅槃微妙經典亦復如是有八不可思議一者漸

漸深所謂優婆塞戒沙彌戒比丘戒菩薩戒須陀洹果斯陀含果阿那含果阿羅漢果辟支佛果菩薩果阿耨多羅三藐三菩提果是大涅槃經說如是等法是名漸漸深是故此經名漸漸深二者深難得底如來世尊不生不滅不得阿耨多羅三藐三菩提不轉法輪不食不受不行惠施是故名爲常樂我淨一切衆生悉有佛性佛性非色不離於色非受想行識乃至不離於識是常可見了因非作因須陀洹乃至辟支佛當得阿耨多羅三藐三菩提亦無煩惱亦無住處雖無煩惱不名爲常是故名深復有甚深於是經中或時說我或說無我或時說常或說無常或時說淨或說不淨或時說樂或時說苦或時說空或說不空或說一切有或說一切無或說三乘或說一乘或說五陰即是佛性金剛三昧及以中道首楞嚴三昧十二因緣第一義空慈悲平等於諸衆生頂智信心知諸根力一切法中無罣礙智雖有佛性不說決定是故名深三者一味一切衆生同有佛性皆同一乘同一解脫一因一果同一甘露一切當得常樂我淨是名一味四者潮不過限如是經中制諸比丘不得受畜八不淨物若我弟子有能受持讀誦書寫解說分別是大涅槃微妙經典寧失身命終不犯之是名潮不過限五者有種種寶藏是經即是無量寶藏所言寶者謂四念處四正勤四如意足五根五力七覺分八聖道分嬰兒行聖行梵行天行諸善方便衆生佛性菩薩功德如來功德聲聞功德緣覺功德六波羅蜜無量三昧無量智慧

是名寶藏六者大身衆生所居住處大身衆生者謂佛菩薩大智慧故名大衆生大身故大心故大莊嚴故大調伏故大方便故大説法故大勢力故大徒衆故大神通故大慈悲故常不變故一切衆生無罣礙故容受一切諸衆生故是名大身衆生所居之處七者不宿死屍死屍者謂一闡提犯四重禁五無間罪誹謗方等非法説法法説非法受畜八種不淨之物佛物僧物隨意而用或於比丘比丘尼所作非法事是名死屍是涅槃經離如是等是故名爲不宿死屍八者不增不減無邊際故無始終故非色故非作故常住故不生滅故一切衆生悉平等故一切佛性同一性故是名無增無減是故此經如彼大海有八不思議

大般涅槃經卷第三十二

音釋

騁丑郢切馳騖也　䩸而容切　紝如林切　瞽公户切目有眹也　磁疾之切針石也　鑵古玩切汲水器也　綆古杏切汲井索也　葵藿葵渠惟切藿忽郭切並菜名　蘆菔蘆音盧菔房六切　剜烏丸切削也　羖公户切牡羊也　跛躄跛補火切躄必益切跛躄足不能行也

大般涅槃經卷第三十三

北凉天竺三藏曇無讖奉　詔譯

師子吼菩薩品第十一之七

師子吼言世尊若言如來不生不滅名爲深者一切衆生有四種生卵生胎生濕生化生是四種生人中具有如施婆羅比丘優婆施婆羅比丘彌迦羅長者母尼拘陀長者母半闍羅長者母各五百子同於卵生當知人中則有卵生濕生者如佛所説我於往昔作菩薩時作頂生王及手生王如今所説菴羅樹女迦不多樹女當知人中則有濕生劫初之時一切衆生皆悉化生如來世尊得八自在何因緣故不化生耶佛言善男子一切衆生四生所生得聖法已不得如本卵生濕生善男子劫初衆生皆悉化生當爾之時佛不出世善男子若有衆生遇病苦時須醫須藥劫初之時衆生化生雖有煩惱其病未發是故如來不出其世劫初衆生身心非器是故如來不出其世善男子如來世尊所有事業勝諸衆生所謂種姓眷屬父母以殊勝故凡所説法人皆信受是故如來不受化生善男子一切衆生父作子業子作父業如來世尊若受化身則無父母若無父母云何能令一切衆生作諸善業是故如來不受化身善男子佛正法中有二種護一者内一者外内護者所謂禁戒外護者族親眷屬若佛如來受化身者則無外護是故如來不受化身善男子有人恃姓而生憍慢如來爲破如是慢故生在貴姓不受化身善男子如來世尊有眞父母父名淨飯母名摩耶而諸衆生猶言是幻

云何當受化生之身若受化身云何得有碎身舍利如來爲益衆生福德故碎其身而令供養是故如來不受化身一切諸佛悉無化生云何獨令我受化身爾時師子吼菩薩合掌長跪右膝著地以偈讚佛

如來無量功德聚　我今不能廣宣說
今爲衆生演一分　唯願哀愍聽我說
衆生無明闇中行　具受無邊百種苦
世尊能令遠離之　是故世稱爲大悲
衆生往返生死繩　放逸迷荒無安樂
如來能施衆安樂　是故永斷生死繩
佛能施衆安樂故　自於己樂不貪樂
爲諸衆生修苦行　是故世間興供養
見他受苦身戰動　處在地獄不覺痛
爲諸衆生受大苦　是故無勝無有量
如來爲衆修苦行　成就具足滿六度
心處邪風不傾動　是故能勝世大士
衆生常欲得安樂　而不知修安樂因
如來能教令修習　猶如慈父愛一子
佛見衆生煩惱患　心苦如母念病子
常思離病諸方便　是故此身繫屬他
一切衆生行諸苦　其心顛倒以爲樂
如來演說真苦樂　是故稱號爲大悲
世間皆處無明鷇　無有智觜能破之
如來智觜能啄壞　是故名爲最大子
不爲三世所攝持　無有名字及假號
覺知涅槃甚深義　是故稱佛爲大覺
有河洄澓沒衆生　無明所盲不知出
如來自度能度彼　是故稱佛大船師
能知一切諸因果　亦復通達盡滅道

常施衆生病苦藥　是故世稱大醫王
外道邪見説苦行　因是能得無上樂
如來演説眞樂行　能令衆生受快樂
如來世尊破邪道　開示衆生正眞路
行是道者得安樂　是故稱佛爲導師
非自非他之所作　亦非共作無因作
如來所説苦受事　勝於一切諸外道
成就具足戒定慧　亦以此法教衆生
以法施時無妬惱　是故稱佛無緣悲
無所造作無因緣　獲得無因無果報
是故一切諸智者　稱説如來不求報
常共世間放逸行　而身不爲放逸汙
是故名爲不思議　世間八法不能汙
如來世尊無怨親　是故其心常平等
我師子吼讚大悲　能吼無量師子吼

迦葉菩薩品第十二之一

迦葉菩薩白佛言世尊如來憐愍一切衆生不調能調不淨能淨無歸依者能作歸依未解脱者能令解脱得八自在爲大醫師作大藥王善星比丘是佛菩薩時子出家之後受持讀誦分别解説十二部經壞欲界結獲得四禪云何如來記説善星是一闡提廝下之人地獄劫住不可治人如來何故不先爲其演説正法後爲菩薩如來世尊若不能救善星比丘云何得名有大慈悲有大方便佛言善男子譬如父母唯有三子其一子者有信順心恭敬父母利根智慧於世間事能速了知其第二子不敬父母無信順心利根智慧於世間事能速了知其第三子不敬父母無有信心鈍根無智父母若欲教告之時應先

教誰先親愛誰當先教誰知世間事迦葉菩薩白佛言世尊應先教授有信順心恭敬父母利根智慧知世事者其次第二後及第三而彼二子雖無信順恭敬之心爲愍念故次復教之善男子如來亦爾其三子者初喻菩薩中喻聲聞後喻一闡提如十二部經修多羅中微細之義我先已爲諸菩薩說淺近之義爲聲聞說世間之義爲一闡提五逆罪說現在世中雖無利益以憐愍故爲生後世諸善種子善男子如三種田一者渠流便易無諸沙鹵瓦石棘刺種一得百二者雖無沙鹵瓦石棘刺渠流險難收實減半三者渠流險難多諸沙鹵瓦石棘刺種一得一爲藁草故善男子農夫春月先種何田世尊先種初田次第二田後及第三初喻菩薩次喻聲聞後

喻一闡提善男子譬如三器一者完二者漏三者破若欲盛置乳酪水酥先用何者世尊應用完者次用漏者後及破者其完淨者喻菩薩僧漏喻聲聞破喻一闡提善男子如三病人俱至醫所一者易治二者難治三者不可治善男子醫若治者當先治誰世尊應先治易次及第二後及第三何以故爲親屬故其易治者喻菩薩僧其難治者喻聲聞僧不可治者喻一闡提現在世中雖無善果以憐愍故爲種後世諸善種子故善男子譬如大王有三種馬一者調壯大力二者不調齒壯大力三者不調羸老無力王若乘者當先乘誰世尊應先乘用調壯大力次乘第二後及第三善男子調壯大力喻菩薩僧其第二者喻聲聞僧其第三者喻一闡提現在世中雖

無利益以憐愍故爲種後世諸善種子善男子如大施時有三人來一者貴族聰明持戒二者中姓鈍根持戒三者下姓鈍根毀戒善男子是大施主應先施誰世尊應先施於貴姓之子利根持戒次及第二後及第三其第一者喻菩薩僧其第二者喻聲聞僧其第三者喻一闡提善男子如大師子殺香象時皆盡其力殺兔亦爾不生輕想諸佛如來亦復如是爲諸菩薩及一闡提演說法時功用無二善男子我於一時住王舍城善星比丘爲我給使我於初夜爲天帝釋演說法要弟子法應後師眠卧爾時善星以我久坐心生惡念時王舍城小男小女若啼不止父母則語汝若不止當將汝付薄拘羅鬼爾時善星反被拘執而語我言速入禪室薄拘羅來我言癡人汝常不聞如來世尊無所畏耶爾時帝釋即語我言世尊如是人等亦復得入佛法中耶我即語言憍尸迦如是人者得入佛法亦有佛性當得阿耨多羅三藐三菩提我雖爲是善星說法而彼都無信受之心善男子我於一時在迦尸國尸婆富羅城善星比丘爲我給使我時欲入彼城乞食無量衆生虚心渴仰欲見我跡善星比丘尋隨我後而毀滅之既不能滅而令衆生生不善心我入城已於酒家舍見一尼乾踡脊蹲地飡食酒糟善星比丘見已而言世尊世間若有阿羅漢者是人最勝何以故是人所說無因無果我言癡人汝常不聞阿羅漢者不飲酒不害人不欺誑不偷盜不婬佚是人殺害父母食噉酒糟云何而言是阿羅漢是人捨身必定當

墮阿鼻地獄阿羅漢者永斷三惡云何而言是阿羅漢善星即言四大之性猶可轉易欲令其人必墮阿鼻無有是處我言癡人汝常不聞諸佛如來誠言無二我雖爲是善星說法而彼絶無信受之心善男子我於一時與善星比丘住王舍城爾時城中有一尼乾名曰苦得常作是言衆生煩惱無因無緣衆生解脱亦無因緣善星比丘復作是言世尊世間若有阿羅漢者苦得爲上我言癡人苦得尼乾實非羅漢不能解了阿羅漢道善星復言何因緣故羅漢於阿羅漢而生妬嫉我言癡人我於羅漢不生妬嫉而汝自生惡邪見耳若言苦得是羅漢者却後七日當患宿食腹痛而死死已生於食吐鬼中其同學輩當舁其屍置寒林中爾時善星即往苦得尼乾子所語言長老汝今知不沙門瞿曇記汝七日當患宿食腹痛而死死已生於食吐鬼中同學同師當舁汝屍置寒林中長老好善思惟作諸方便當令瞿曇墮妄語中爾時苦得聞是語已即便斷食從初一日乃至六日滿七日已便食黒蜜食黒蜜已復飲冷水飲冷水已腹痛而終終已同學舁其屍喪置寒林中即受食吐餓鬼之形在其屍邊善星比丘聞是事已至寒林中見苦得身受食吐鬼形在其屍邊躍脊蹲地善星語言大德死耶苦得答言我已死矣云何死耶答言因腹痛死誰出汝屍答言同學出置何處答言癡人汝今不識是寒林耶得何等身答言我得食吐鬼身善星諦聽如來善語眞語時語義語法語善星如來口出如是實語汝於爾時云何

不信若有衆生不信如來眞實語者彼亦當受如我此身爾時善星即還我所作如是言世尊苦得尼乾命終之後生三十三天我言癡人阿羅漢者無有生處云何而言苦得生於三十三天世尊實如所言苦得尼乾實不生於三十三天今受食吐餓鬼之身我言癡人諸佛如來誠言無二若言如來有二言者無有是處善星即言如來爾時雖作是說我於是事都不生信善男子我亦常爲善星比丘說眞實法而彼絶無信受之心善男子善星比丘雖復讀誦十二部經獲得四禪乃至不解一偈一句一字之義親近惡友退失四禪退四禪已生惡邪見作如是說無佛無法無有涅槃沙門瞿曇善知相法是故能得知他人心我於爾時告善星言我所說法初中後善其言巧妙字義其正所說無雜具足成就清淨梵行善星比丘復作是言如來雖復爲我說法而我眞實謂無因果善男子汝若不信如是事者善星比丘今者近在尼連禪河可共往問爾時如來即與迦葉往善星所善星比丘遥見我來見已即生惡邪之心以惡心故生身陷入阿鼻地獄善男子善星比丘雖入佛法無量寶聚空無所獲乃至不得一法之利以放逸故惡知識故譬如有人雖入大海多見衆寶而無所得以放逸故又如入海雖見寶聚自戮而死或爲羅刹惡鬼所殺善星比丘亦復如是入佛法已爲惡知識羅刹大鬼之所殺害善男子是故如來以憐愍故常說善星多諸放逸善男子若本貧窮於是人所雖生憐愍其心則薄若本巨富後

失財物於是人所生於憐愍其心則厚善星比丘亦復如是受持讀誦十二部經獲得四禪然後退失甚可憐愍是故我說善星比丘多諸放逸多放逸故斷諸善根我諸弟子有見聞者於是人所無不生於重憐愍心如初巨富後失財者我於多年常與善星共相隨逐而彼自生惡邪之心以惡邪故不捨惡見善男子我從昔來見是善星有少善根如毛髮許終不記彼斷絶善根是一闡提厮下之人地獄劫住以其宣說無因無果無有作業爾乃記彼永斷善根是一闡提厮下之人地獄劫住善男子譬如有人没圊厠中有善知識以手撓之若得首髮便欲拔出久求不得爾乃息意我亦如是求覓善星微少善根便欲拔濟終日求之乃至不得如毛髮許是故不得拔其地獄迦葉菩薩言世尊如來何故記彼當墮阿鼻地獄善男子善星比丘多有眷屬皆謂善星是阿羅漢是得道果我欲壞彼惡邪心故記彼善星以放逸故墮於地獄善男子汝今當知如來所說眞實無二何以故若佛所記當墮地獄若不到者無有是處聲聞緣覺所記莂者則有二種或虛或實如目揵連在摩伽陀國徧告諸人却後七日天當降雨時竟不雨復記牸牛當生白犢乃其産時乃生駮犢記生男者後乃生女善男子善星比丘常爲無量諸衆生等宣說一切無善惡果爾時永斷一切善根乃至無有如毛髮許善男子我久知是善星比丘當斷善根猶故共住滿二十年畜養共行我若遠棄不近左右是人當教無量衆生造作惡業是名

如來第五解力世尊一闡提輩以何因緣無有善法善男子一闡提輩斷善根故衆生悉有信等五根而一闡提輩永斷滅故以是義故殺害蟻子猶得殺罪殺一闡提無有殺罪世尊一闡提者終無善法是故名爲一闡提耶佛言如是如是世尊一切衆生有三種善所謂過去未來現在一闡提輩亦不能斷未來善法云何說言斷諸善法名一闡提耶善男子斷有二種一者現在滅二者現在障於未來一闡提輩具是二斷是故我言斷諸善根善男子譬如有人没圊厠中唯有一髮毛頭未没雖復一髮毛頭未没而一毛頭不能勝身一闡提輩亦復如是雖未來世當有善根而不能救地獄之苦未來之世雖可救拔現在之世無如之何是故名爲不可救濟以佛性因緣則可得救佛性者非過去非未來非現在是故佛性不可得斷如朽敗子不能生芽一闡提輩亦復如是世尊一闡提輩不斷佛性佛性亦善云何說言斷一切善善男子若諸衆生現在世中有佛性者則不得名一闡提也如世間中衆生我性佛性是常三世不攝三世若攝名爲無常佛性未來以當見故故言衆生悉有佛性以是義故十住菩薩具足莊嚴乃得少見迦葉菩薩言世尊佛性者常猶如虚空何故如來說言未來如來若言一闡提輩無善法者一闡提輩於其同學同師父母親族妻子豈當不生愛念心耶如其生者非是善乎佛言善哉善哉善男子快發斯問佛性者猶如虚空非過去非未來非現在一切衆生有三種身所謂過去未來

現在衆生未來具足莊嚴清淨之身得見佛性是故我言佛性未來善男子我爲衆生或時說因爲果或時說果爲因是故經中說命爲食見色爲觸未來身淨故說佛性世尊如佛所說義如是者何故說言一切衆生悉有佛性善男子衆生佛性雖現在無不可言無如虛空性雖無現在不得言無一切衆生雖復無常而是佛性常住無變是故我於此經中說衆生佛性非內非外猶如虛空非內非外如其虛空有內外者虛空不名爲一爲常亦不得言一切處有虛空雖復非內非外而諸衆生悉皆有之衆生佛性亦復如是如汝所言一闡提輩有善法者是義不然何以故一闡提輩若有身業口業意業取業求業施業解業如是等業悉是邪業何以故不求因果故善男子如訶棃勒果根莖枝葉華實悉苦一闡提業亦復如是善男子如來具足知諸根力是故善能分別衆生上中下根能知是人轉下作中能知是人轉中作上能知是人轉上作中能知是人轉中作下是故當知衆生根性無有決定以無定故或斷善根斷已還生若諸衆生根性定者終不先斷斷已復生亦不應說一闡提墮於地獄壽命一劫善男子是故如來說一切法無有定相迦葉菩薩白佛言世尊如來具足知諸根力定知善星當斷善根以何因緣聽其出家佛言善男子我於往昔初出家時吾弟難陀從弟阿難調婆達多子羅睺羅如是等輩皆悉隨我出家修道我若不聽善星出家其人次當得紹王位其力自在當壞佛法以是因緣我

便聽其出家修道善男子善星比丘若不出家亦斷善根於無量世都無利益今出家已雖斷善根能受持戒供養恭敬耆舊長宿有德之人修習初禪乃至四禪是名善因如是善因能生善法善法既生能修習道既修習道當得阿耨多羅三藐三菩提是故我聽善星出家善男子若我不聽善星比丘出家受戒則不得稱我爲如來具足十力善男子佛觀衆生具足善法及不善法是人雖具如是二法不久能斷一切善根具不善根何以故如是衆生不親善友不聽正法不善思惟不如法行以是因緣能斷善根具不善根善男子如來復知是人現世若未來世少壯老時當近善友聽受正法苦集滅道爾時則能還生善根善男子譬如有泉去村不遠其水甘美具八功德有人熱渴欲往泉所邊有智者觀是渴人必定無疑當至水所何以故無異路故如來世尊觀諸衆生亦復如是是故如來名爲具足知諸根力爾時世尊取地少土置之爪上告迦葉言是土多耶十方世界地土多乎迦葉菩薩白佛言世尊爪上土者不比十方所有土也善男子有人捨身還得人身捨三惡身得受人身諸根完具生於中國具足正信能修習道修習道已能修正道修正道已能得解脱得解脱已能入涅槃如爪上土捨人身已得三惡身捨三惡身得三惡身諸根不具生於邊地信邪倒見修習邪道不得解脱常樂涅槃如十方界所有地土善男子護持禁戒精勤不懈不犯四重不作五逆不用僧鬘物不作一闡提不斷善根信如

是等涅槃經典如爪上土毀戒懈怠犯四重禁作五逆罪用僧鬘物作一闡提斷諸善根不信是經者如十方界所有地土善男子如來善知衆生如是上中下根是故稱佛具知根力迦葉菩薩白佛言世尊如來具足是知根力是故能知一切衆生上中下根利鈍差別知現在世衆生諸根亦知未來衆生諸根如是衆生於佛滅後作如是說如來畢竟入於涅槃或不畢竟入於涅槃或說有我或說無我或有中陰或無中陰或說有退或說無退或言如來身是有爲或言如來身是無爲或有說言十二因緣是有爲法或說因緣是無爲法或說心是有常或說心是無常或有說言受五欲樂能障聖道或說不遮或說世第一法唯是欲界或說三界或說布施唯是意業或有說言即是五陰或有說言有三無爲或有說言無三無爲復有說言或有造色復有說言或無造色或有說言有無作色或有說言無無作色或有說言有心數法或有說言無心數法或有說言有五種有或有說言有六種有或有說言八戒齋法優婆塞戒具足受得或有說言不具受得或說比丘犯四重已比丘戒在或說不在或有說言須陀洹人斯陀含人阿那含人阿羅漢人皆得佛道或言不得或說佛性即衆生有或說佛性離衆生有或有說言犯四重禁作五逆罪一闡提等皆有佛性或說言無或有說言有十方佛或有說言無十方佛如其如來具足成就知根力者何故今日不決定說佛告迦葉菩薩善男子如是之義非眼識知乃至非意

識知乃是智慧之所能知若有智者我於是人終不作二是亦謂我不作二說於無智者作不定說而是無智亦復謂我作不定說善男子如來所有一切善行悉爲調伏諸衆生故譬如醫王所有醫方悉爲療治一切病苦善男子如來世尊爲國土故爲時節故爲他語故爲度人故爲衆根故於一法中作一種說於一名法說無量名於一義中說無量名於無量義說無量名云何一名說無量名猶如涅槃亦名涅槃亦名無生亦名無出亦名無作亦名無爲亦名歸依亦名窟宅亦名解脫亦名光明亦名燈明亦名彼岸亦名無畏亦名無退亦名安處亦名寂靜亦名無相亦名無二亦名一行亦名清涼亦名無闇亦名無礙亦名無諍亦名無濁亦名廣大亦名甘露亦名吉祥是名一名作無量名云何一義說無量名猶如帝釋亦名帝釋亦名憍尸迦亦名婆蹉婆亦名富蘭陀羅亦名摩佉婆亦名因陀羅亦名千眼亦名舍脂夫亦名金剛亦名寶頂亦名寶幢是名一義說無量名云何於無量義說無量名如佛如來亦名如來義異名異亦名阿羅訶義異名異亦名三藐三佛陀義異名異亦名船師亦名導師亦名正覺亦名明行足亦名大師子王亦名沙門亦名婆羅門亦名寂靜亦名施主亦名到彼岸亦名大醫王亦名大象王亦名大龍王亦名施眼亦名大力士亦名大無畏亦名寶聚亦名商主亦名得脫亦名大丈夫亦名天人師亦名大分陀利亦名獨無等侶亦名大福田亦名大智慧海亦名無相亦名具足八智

如是一切義異名異善男子是名無量義中說無量名復有一義說無量名所謂如陰亦名爲陰亦名顛倒亦名爲諦亦名四念處亦名四食亦名四識住處亦名爲有亦名爲道亦名爲時亦名衆生亦名爲世亦名第一義亦名三修謂身戒心亦名因果亦名煩惱亦名解脫亦名十二因緣亦名聲聞辟支佛亦名地獄餓鬼畜生人天亦名過去現在未來是名一義說無量名善男子如來世尊爲衆生故廣中說略略中說廣第一義諦說爲世諦說世諦法爲第一義諦云何名爲廣中說略如告比丘我今宣說十二因緣云何名爲十二因緣所謂因果云何名爲略中說廣如告比丘我今宣說苦集滅道苦者所謂無量諸苦集者所謂無量煩惱滅者所謂無量解脫道者所謂無量方便云何名爲第一義諦說爲世諦如告比丘吾今此身有老病死云何名爲說世諦法爲第一義諦如告憍陳如汝得法故名阿若憍陳如是故隨人隨意隨時故名如來知諸根力善男子我若當於如是等義作定說者則不得稱我爲如來具知根力善男子有智之人當知香象所負非驢所勝一切衆生所行無量是故如來種種爲說無量之法何以故衆生多有諸煩惱故若使如來說於一行不名如來具足成就知諸根力是故我於餘經中說五種衆生不應還爲說五種法爲不信者不讚正信爲毀禁者不讚持戒爲慳貪者不讚布施爲懈怠者不讚多聞爲愚癡者不讚智慧何以故智者若爲是五種人說此五事當知說者不得具足

知諸根力亦不得名憐愍衆生何以故是五種人聞是事巳生不信心惡心瞋心以是因緣於無量世受苦果報是故不名憐愍衆生具知根力是故我先於餘經中告舍利弗汝愼勿爲利根之人廣說法語鈍根之人略說法也舍利弗言世尊我但爲憐愍故說非是具足根力故說善男子廣略說法是佛境界非諸聲聞緣覺所知善男子如汝所言佛涅槃後諸弟子等各異說者是人皆以顛倒因緣不得正見是故不能自利利他善男子是諸衆生非唯一性一行一根一種國土一善知識是故如來爲彼種種宣說法要以是因緣十方三世諸佛如來爲衆生故開示演說十二部經善男子如來說是十二部經非爲自利但爲利他是故如來第五力者名爲解力是二力故如來深知是人現在能斷善根是人後世能斷善根是人現在能得解脫是人後世能得解脫是故如來名無上力士善男子若言如來畢竟涅槃不畢竟涅槃是人不解如來意故作如是說善男子是香山中有諸仙人五萬三千皆於過去迦葉佛所修諸功德未得正道親近諸佛聽受正法如來欲爲如是人故告阿難言過三月巳吾當涅槃諸天聞巳其聲展轉乃至香山諸仙聞巳即生悔心作如是言云何我等得生人中不親近佛諸佛如來出世甚難如優曇華我今當往至世尊所聽受正法善男子爾時五萬三千諸仙即來我所我時即爲如應說法諸大士色是無常何以故色之因緣是無常故無常因生色云何常乃至識亦如是爾時諸

仙聞是法已即時獲得阿羅漢果善男子拘尸那竭有諸力士三十萬人無所繫屬自恃憍恣色力命財狂醉亂心善男子我爲調伏諸力士故告目連言汝當調伏如是力士時目揵連敬順我教於五年中種種教化乃至不能令一力士受法調伏是故我復爲彼力士告阿難言過三月已吾當涅槃善男子時諸力士聞是語已相與集聚平治道路過三月已我時便從毗舍離國至拘尸那城中路遥見諸力士輩即自化身爲沙門像往力士所作如是言諸童子輩作何事耶力士聞已皆生瞋恨作如是言沙門汝今云何謂我等輩爲童子耶我時語言汝等大衆三十萬人盡其身力不能移此微末小石云何不名爲童子乎諸力士言汝若謂我爲童子者當知汝即是大人也善男子我於爾時以足二指掘出此石是諸力士見是事已即於已身生輕劣想復作是言沙門汝今復能移徙此石令出道不我言童子何因緣故嚴治此道諸力士言沙門汝不知耶釋迦如來當由此路至娑羅林入於涅槃以是因緣我等平治我時讃言善哉童子汝等已發如是善心吾當爲汝除去此石我時以手舉擲高至阿迦尼吒時諸力士見石在空皆生驚怖尋欲四散我復告言諸力士等汝今不應生恐怖心各欲散去諸力士言沙門若能救護我者我當安住爾時我復以手接石置之右掌力士見已心生歡喜復作是言沙門是石常耶是無常乎我於爾時以口吹之石即散壞猶如微塵力士見已唱言沙門是石無常即生愧心

而自考責云何我等恃怙自在色力命財而生憍慢我知其心即捨化身還復本形而爲說法力士見已一切皆發善提之心善男子拘尸那竭有一工巧名曰純陀是人先於迦葉佛所發大誓願釋迦如來入涅槃時我當最後奉施飲食是故我於毗舍離國顧命比丘優婆摩那善男子過三月已吾當於彼拘尸那竭娑羅雙樹入般涅槃汝可往告純陀令知善男子王舍城中有五通仙名須跋陀年百二十常自稱是一切智人生大憍慢已於過去無量佛所種諸善根我亦爲欲調伏彼故告阿難言過三月已吾當涅槃須跋聞已當來我所生信敬心我當爲彼説種種法其人聞已當得盡漏善男子羅閱耆王頻婆娑羅其王太子名曰善見業因緣故生惡逆

心欲害其父而不得便爾時惡人提婆達多亦因過去業因緣故復於我所生不善心欲害於我即修五通不久獲得與善見太子共爲親友爲太子故現作種種神通之事從非門出從門而入從門而出非門而入或時示現象馬牛羊男女之身善見太子見已即生愛心喜心敬信之心爲是事故嚴設種種供養之具而供養之又復白言大師聖人我今欲見曼陀羅華時提婆達多即便往至三十三天從彼天人而求索之其福盡故都無與者既不得華作是思惟曼陀羅樹無我我所我若自取當有何罪即前欲取便失神通還見己身在王舍城心生慚愧不能復見善見太子復作是念我今當往至如來所求索大衆佛若聽者我當隨意教詔勑使舍利弗等

爾時提婆達多便來我所作如是言唯願如
來以此大衆付囑於我我當種種説法教化
令其調伏我言癡人舍利弗等聰明大智世
所信伏我猶不以大衆付囑況汝癡人食唾
者乎時提婆達多復於我所倍生惡心作如
是言瞿曇汝今雖復調伏大衆勢亦不久當
見磨滅作是語已大地即時六反震動提婆
達多尋時躃地於其身邊出大暴風吹諸塵
土而汙坌之提婆達多見惡相已復作是言
若我此身現世必入阿鼻地獄我要當報如
是大怨時提婆達多尋起往至善見太子所
善見見已即問聖人何故顏容憔悴有憂色
耶提婆達多言我常如是汝不知乎善見答
言願説其意何因縁爾時提婆達言我今與
汝極成親愛外人罵汝以爲非理我聞是事
豈得不憂善見太子復作是言國人云何罵
辱於我提婆達多言國人罵汝爲未生怨善
見復言何故名我爲未生怨誰作此名提婆
達多言汝未生時一切相師皆作是言是兒
生已當殺其父是故外人皆悉號汝爲未生
怨一切內人護汝心故謂爲善見韋提夫人
聞是語已既生汝身於高樓上棄之於地壞
汝一指以是因縁人復號汝爲婆羅留枝我
聞是已心生愁憒而復不能向汝説之提婆
達多以如是等種種惡事教令殺父若汝父
死我亦能殺瞿曇沙門善見太子問一大臣
名曰雨行大王何故爲我立字作未生怨大
臣即爲説其本末如提婆達多所説無異善
見聞已即與大臣收其父王閉之城外以四
種兵而守衛之韋提夫人聞是事已即至王

所所守王人遮不聽入爾時夫人生瞋恚心
便訶罵之時諸守人即告太子大王夫人欲
得往見父王不審聽不善見聞已復生瞋嫌
即往毋所前牽毋髮拔刀欲斫爾時耆婆白
言大王有國已來罪雖極重不及女人況所
生毋善見太子聞是語已為耆婆故即便放
捨遮斷父王衣服卧具飲食湯藥過七日已
王命便終善見太子見父喪已方生悔心雨
行大臣復以種種惡邪之法而為說之大王
一切業行都無有罪何故今者而生悔心耆
婆復言大王當知如是業者罪兼二重一者
殺害父王二者殺須陀洹如是罪者除佛更
無能除滅者善見王言如來清淨無有穢濁
我等罪人云何得見善男子我知是事故告
阿難過三月已吾當涅槃善見聞已即來我
所我為說法重罪得薄獲無根信善男子我
諸弟子聞是說已不解我意故作是言如來
定說畢竟涅槃

大般涅槃經卷第三十三

音釋

嚳苦角切　洄澓洄户恢切澓房六切水漩流也　滷郎古切鹺液也　𨇨巨負切　蹲徂尊切踞也　舁以諸切對舉也　戮力竹切刑也　圊七情切溷也　撓而沼切　牸疾二切牝牛也　駮北角切色不純也　鬘莫還切　躃房益切仆也　坌蒲悶切塵坌也

大般涅槃經卷第三十四

北凉天竺三藏曇無讖奉　詔譯

迦葉菩薩品第十二之二

善男子菩薩二種一者實義二者假名假名菩薩聞我三月當入涅槃皆生退心而作是言如其如來無常不住我等何爲爲是事故無量世中受大苦惱如來世尊成就具足無量功德尚不能壞如是死魔況我等輩當能壞耶善男子是故我爲如是菩薩而作是言如來常住無有變易善男子我諸弟子聞是說已不解我意定言如來終不畢竟入於涅槃善男子有諸衆生生於斷見作如是言一切衆生身滅之後善惡之業無有受者我爲是人作如是言善惡果報實有受者云何知有善男子過去之世拘尸那竭有王名曰善見作童子時經八萬四千歲作太子時八萬四千歲及登王位亦八萬四千歲於獨處坐作是思惟衆生薄福壽命短促常有四怨而隨逐之不自覺知猶故放逸是故我當出家修道斷絶四怨生老病死即勑有司於其城外作七寳堂作已便告羣臣百官宮内后妃諸子眷屬汝等當知我欲出家能見聽不爾時大臣及其眷屬各作是言善哉大王今正是時時善見王將一使人獨往堂上復經八萬四千年中修習慈心是慈因緣於後八萬四千世中次第得作轉輪聖王三十世中作釋提桓因無量世中作諸小王善男子爾時善見豈異人乎莫作斯觀即我身是善男子我諸弟子聞是說已不解我意唱言如來定說有我及有我所又我一時爲諸衆生說言

我者即是性也所謂内外因緣十二因緣衆生五陰心界世間功德業行自在天世即名爲我我諸弟子聞是說已不解我意唱言如來定說有我善男子復有異時有一比丘來至我所作如是言世尊云何名我誰是我耶何緣故我我時即爲比丘說言比丘無我我所眼者即是本無今有已有還無其生之時無所從來及其滅時亦無所至雖有業果無有作者無有捨陰及受陰者如汝所問云何我者我即期也誰是我者即是業也何緣我者即是愛也比丘譬如二手相拍聲出其中我亦如是衆生業愛三因緣故名之爲我比丘一切衆生色不是我我中無色色中無我乃至識亦如是比丘諸外道輩雖說有我終不離陰若說離陰別有我者無有是處一切衆生行如幻化熱時之焰比丘五陰皆是無常無樂無我無淨善男子爾時多有無量比丘觀此五陰無我我所得阿羅漢果善男子我諸弟子聞是說已不解我意唱言如來定說無我善男子我於經中復作是言三事和合得受是身一父二母三者中陰是三和合得受是身或時復說阿那含人現般涅槃或於中陰入般涅槃或復說言中陰身根具足明了皆因往業如淨醍醐善男子我或時說弊惡衆生所受中陰如世間中麤澀氈褐純善衆生所受中陰如波羅柰所出白氎我諸弟子聞是說已不解我意唱言如來說有中陰善男子我復爲彼逆罪衆生而作是言造五逆者捨身直入阿鼻地獄我復說言曇摩留枝比丘捨身直入阿鼻地獄於其中間無

止宿處我復爲彼犢子梵志說言梵志若有中陰則有六有我復說言無色衆生無有中陰善男子我諸弟子聞是說已不解我意唱言佛說定無中陰善男子我於經中復說有退何以故因於無量懈怠懶墯諸比丘等不修道故說退五種一者樂於多事二者樂說世事三者樂於睡眠四者樂近在家五者樂多遊行以是因緣令比丘退說退因緣復有二種一内二外阿羅漢人雖離内因不離外因以外因緣故則生煩惱生煩惱故則便退失復有比丘名曰瞿坻六反退失退已慚愧復更進修第七即得得已恐失以刀自害我復或說有時解脫或說六種阿羅漢等我諸弟子聞是說已不解我意唱言如來定說有退善男子經中復說譬如焦炭不還爲木亦如瓶壞更無瓶用煩惱亦爾阿羅漢斷終不還生亦說衆生生煩惱因凡有三種一者未斷煩惱二者不斷因緣三者不善思惟而阿羅漢無二因緣謂斷煩惱無不善思惟善男子我諸弟子聞是說已不解我意唱言如來定說無退善男子我於經中說如來身凡有二種一者生身二者法身言生身者即是方便應化之身如是身者可得言是生老病死長短黑白是此是彼是學無學我諸弟子聞是說已不解我意唱言如來定說佛身是有爲法法身即是常樂我淨永離一切生老病死非白非黑非長非短非此非彼非學無學若佛出世及不出世常住不動無有變易善男子我諸弟子聞是說已不解我意唱言如來定說佛身是無爲法善男子我經中說云

何名爲十二因緣從無明生行從行生識從識生名色從名色生六入從六入生觸從觸生受從受生愛從愛生取從取生有從有生生從生則有老死憂苦善男子我諸弟子聞是說已不解我意唱言如來說十二因緣定是有爲我又一時告諭比丘而作是言十二因緣有佛無佛性相常住善男子有十二緣不從緣生有從緣生非十二緣有從緣生亦十二緣有非緣生亦非十二緣有十二緣非十二緣生者謂未來世十二支也有從緣生非十二緣者謂阿羅漢所有五陰有從緣生亦十二緣者謂凡夫人所有五陰十二因緣有非緣生非十二緣者謂虛空涅槃善男子我諸弟子聞是說已不解我意唱言如來說十二緣定是無爲善男子我經中說一切衆生作

善惡業捨身之時四大於此即時散壞純善業者心即上行純惡業者心即下行善男子我諸弟子聞是說已不解我意唱言如來說心定常善男子我於一時爲頻婆娑羅王而作是言大王當知色是無常何以故從無常因而得生故是色若從無常因生智者云何說言是常若色是常不應壞滅生諸苦惱今見是色散滅破壞是故當知色是無常乃至識亦如是善男子我諸弟子聞是說已不解我意唱言如來說心定斷善男子我經中說我諸弟子受諸香華金銀寶物妻子奴婢八不淨物獲得正道得正道已亦不捨離我諸弟子聞是說已不解我意定言如來說受五欲不妨聖道又我一時復作是說在家之人得正道者無有是處善男子我諸弟子聞是

說已不解我意唱言如來說受五欲定遮正道善男子我經中說遠離煩惱未得解脫猶如欲界修習世間第一法也善男子我諸弟子聞作是說不解我意唱言如來說第一法唯是欲界又復我說煗法頂法忍法世第一法在於初禪至第四禪我諸弟子聞是說已不解我意唱言如來說如是法在於色界又復我說諸外道等先已得斷四禪煩惱修習煗法頂法忍法世第一法觀四眞諦得阿那含果我諸弟子聞是說已不解我意唱言如來說第一法在無色界善男子我經中說四種施中有三種淨一者施主信因信果信施受者不信因果與施二者受者信因果施施主不信因果及施三者施主受者二俱有信四者施主受者二俱不信是四種施初三種淨我諸弟子聞是說已不解我意唱言如來說施唯意善男子我於一時復作是說施者施時以五事施何等爲五一者施色二者施力三者施安四者施命五者施辯以是因緣施主還得五事果報我諸弟子聞是說已不解我意唱言佛說施即五陰善男子我於一時宣說涅槃即是遠離煩惱永盡滅無遺餘猶如燈滅更無法生涅槃亦爾言虛空者即無所有譬如世間無所有故名爲虛空非智緣滅即無所有如其有者應有因緣有因緣故應有盡滅以其無故無有盡滅我諸弟子聞是說已不解我意唱言佛說無三無爲善男子我於一時爲目揵連而作是言目連夫涅槃者即是章句即是足跡是畢竟處是無所畏即是大師即是大果是畢竟智即是大

忍無礙三昧是大法界是甘露味即是難見目連若說無涅槃者云何有人生誹謗者墮於地獄善男子我諸弟子聞是說已不解我意唱言如來說有涅槃復於一時我爲目連而作是說目連眼不牢固至身亦爾皆不牢固不牢固故名爲虛空食下回轉消化之處一切音聲皆名虛空我諸弟子聞是說已不解我意唱言如來決定說有虛空無爲復於一時爲目連說目連有人未得須陀洹果住忍法時斷於無量三惡道報當知不從智緣而滅我諸弟子聞是說已不解我意唱言如來決定說有非智緣滅善男子我又一時爲跋波比丘說跋波若比丘觀色若過去若未來若現在若近若遠若麤若細如是等色非我我所若有比丘如是觀已能斷色愛跋波

又言云何名色我言四大名色四陰名名我諸弟子聞是說已不解我意唱言如來決定說言色是四大善男子我復說言譬如因鏡則有像現色亦如是因四大造所謂麤細澀滑青黃赤白長短方圓邪角輕重寒熱飢渴煙雲塵霧是名造色猶如響像我諸弟子聞是說已不解我意唱言如來說有四大則有造色或有四大無有造色善男子往昔一時菩提王子作如是言若有比丘護持禁戒若發惡心當知是時失比丘戒我時語言菩提王子戒有七種從於身口有無作色以是無作色因緣故其心雖在惡無記中不名失戒猶名持戒以何因緣名無作色非異色因不作異色因果善男子我諸弟子聞是說已不解我意唱言佛說有無作色善男子我於餘

經作如是言戒者即是遮制惡法若不作惡是名持戒我諸弟子聞是說已不解我意唱言如來決定宣說無無作色善男子我於經中作如是說聖人色陰乃至識陰皆是無明因緣所出一切凡夫亦復如是從無明生愛當知是愛即是無明從愛生取當知是取即無明愛從取生有是有即是無明愛取從有生受當知是受即是行有從受因緣生於名色無明愛取有行受觸識六入等是故受者即十二支善男子我諸弟子聞是說已不解我意唱言如來說無心數善男子我於經中作如是說從眼色明惡欲等四則生眼識言惡欲者即是無明欲性求時即名爲愛愛因緣取取名爲業業因緣識識緣名色名色緣六入六入緣觸觸緣想受愛信精進定慧如是等法因觸而生然非是觸善男子我諸弟子聞是說已不解我意唱言如來說有心數善男子我或時說唯有一有或說二三四五六七八九至二十五我諸弟子聞是說已不解我意唱言如來說有五有或言六有善男子我往一時住迦毗羅衛尼拘陀林時釋摩男來至我所作如是言云何名爲優婆塞也我即爲說若有善男子善女人諸根完具受三歸依是則名爲優婆塞也釋摩男言世尊云何名爲一分優婆塞我言摩男若受三歸及受一戒是名一分優婆塞也我諸弟子聞是說已不解我意唱言如來說優婆塞戒不具受得善男子我於一時住恒河邊爾時迦旃延來至我所作如是言世尊我教衆生令受齋法或一日或一夜或一時或一念如是

之人成齋不耶我言比丘是人得善不名得齋我諸弟子聞是說已不解我意唱言如來說八戒齋具受乃得善男子我於經中作如是說若有比丘犯四重已不名比丘名破比丘亡失比丘不復能生善芽種子譬如焦種不生果實如多羅樹頭若斷壞則不生果犯重比丘亦復如是我諸弟子聞是說已不解我意唱言如來說諸比丘犯重禁已失比丘戒善男子我於經中爲純陀說四種比丘一者畢竟到道二者示道三者受道四者汙道犯四重者即是汙道我諸弟子聞是說已不解我意唱言如來說諸比丘犯四重已不失禁戒善男子我於經中告諸比丘一乘一道一行一緣如是一乘乃至一緣能爲衆生作大寂靜永斷一切繫縛愁苦苦及苦因令一切衆生到於一有我諸弟子聞是說已不解我意唱言如來說須陀洹乃至阿羅漢人皆得佛道善男子我於經中說須陀洹人人間天上七返往來便般涅槃斯陀含人一受人天便般涅槃阿那含人凡有五種或有中間般涅槃者乃至上流般涅槃者阿羅漢人凡有二種一者現在二者未來現在亦斷煩惱五陰未來亦斷煩惱五陰我諸弟子聞是說已不解我意唱言如來說須陀洹至阿羅漢不得佛道善男子我於此經說言佛性具有六事一常二實三眞四善五淨六可見我諸弟子聞是說已不解我意唱言佛說衆生佛性離衆生有善男子我又說言衆生佛性猶如虛空虛空者非過去非未來非現在非內非外非是色聲香味觸攝佛性亦爾我諸弟

子聞是說已不解我意唱言佛說衆生佛性離衆生有善男子我又復說衆生佛性猶如貧女宅中寶藏力士額上金剛寶珠轉輪聖王甘露之泉我諸弟子聞是說已不解我意唱言佛說衆生佛性離衆生有善男子我又復說犯四重禁一闡提人謗方等經作五逆罪皆有佛性如是衆生都無善法佛性是善我諸弟子聞是說已不解我意唱言佛說衆生佛性離衆生有善男子我又復說衆生者即是佛性何以故若離衆生不得阿耨多羅三藐三菩提是故我與波斯匿王說於象喻如盲說象雖不得象然不離象衆生說色乃至說識是佛性者亦復如是雖非佛性非不佛性如我為王說箜篌喻佛性亦爾善男子我諸弟子聞是說已不解我意作種種說如

盲問乳佛性亦爾以是因緣或有說言犯四重禁謗方等經作五逆罪一闡提等悉有佛性或說言無善男子我於處處經中說言一人出世多人利益一國土中二轉輪王一世界中二佛出世無有是處一四天下八四天王乃至二他化自在天亦無是處然我乃說從閻浮提阿鼻地獄上至阿迦膩吒天我諸弟子聞是說已不解我意唱言佛說無十方佛我亦於諸大乘經中說有十方佛善男子如是諍訟是佛境界非諸聲聞緣覺所知若人於是生疑心者猶能摧壞無量煩惱如須彌山若於是中生決定者是名執著迦葉菩薩白佛言世尊云何執著佛言善男子如是之人若從他聞若自尋經若他故教於所著事不能放捨是名執著迦葉復言世尊如是

執著爲是善耶是不善乎善男子如是執著不名爲善何以故不能摧壞諸疑網故迦葉復言世尊如是人者本自不疑云何說言不壞疑網善男子夫不疑者即是疑也世尊若有人謂須陀洹人不墮三惡是人亦當名著名疑善男子是可名定不得名疑何以故善男子譬如有人先見人樹後時夜行遥見杌根便生疑想人耶樹耶善男子如人先見比丘梵志後時於路遥見比丘即生疑想是沙門耶是梵志乎善男子如人先見牛與水牛後遥見牛便生疑想彼是牛耶是水牛乎善男子一切衆生先見二物後便生疑何以故心不了故我亦不說須陀洹人有墮三惡不墮三惡是人何故生於疑心迦葉言世尊如佛所說要先見已然後疑者有人未見二種

物時亦復生疑何等是耶所謂涅槃世尊譬如有人路遇濁水然未曾見而亦生疑如是水者深耶淺耶是人未見云何生疑善男子夫涅槃者即是斷苦非涅槃者即是苦也一切衆生見有二種見苦非苦苦非苦者即是飢渴寒熱瞋喜病瘦安隱老壯生死繫縛解脫恩愛別離怨憎聚會衆生見已即便生疑當有畢竟遠離如是苦惱事不是故衆生於涅槃中而生疑也汝意若謂是人先來未見濁水云何疑者是義不然何以故是人先於餘處見已是故於此未曾到處而復生疑世尊是人先見深淺處時已不生疑於今何故而復生疑佛言善男子本未行故所以生疑是故我言不了故疑迦葉菩薩白佛言世尊如佛所說疑即是著著即是疑爲是誰耶善

男子斷善根者迦葉言世尊何等人輩能斷善根善男子若有聰明黠慧利根能善分別遠離善友不聽正法不善思惟不如法住如是之人能斷善根離是四事心自思惟無有施物何以故施者即是捨離財物若施有報當知施主常應貧窮何以故子果相似故是故說言無因無果若如是說無因無果是則名爲斷善根也復作是念施主受者及以財物三事無常無有停住若無停住云何說言此是施主受者財物若無受者云何得果以是義故無因無果若如是說無因無果當知是人能斷善根復作是念施者施時有五事施受者受已或時作善或作不善而是施主亦復不得善不善果如世間法從子生果果還作子因即施主果即受者而是受者不能以此善不善法令施主得以是義故無因無果若如是說無因無果當知是人能斷善根復作是念無有施物何以故施物無記若是無記云何而得善果報也無善果報即是無記財若無記當知則無善惡果報是故無施無因無果若如是說無因無果當知是人能斷善根復作是念施者即意若是意者無見無對非是色法若非是色云何可施是故無施無因無果若如是說無因無果當知是人能斷善根復作是念施主若爲佛像天像命過父母而行施者則無受者若無受者應無果報若無果報是爲無因若無因者是爲無果若如是說無因無果當知是人能斷善根復作是念無父無母若言父母是衆生因生衆生者理應常生無有斷絶何以故因常有

故然不常生是故當知無有父母復作是念無父無母何以故若衆生身因父母有一人應具男女二根然無具者當知衆生非因父母復作是念非因父母而生衆生何以故眼見衆生不似父母謂身色心威儀進止是故父母非衆生因復作是念一切世間有四種無一者未生名無如泥團時未有瓶用二者滅已名無如瓶壞已是名爲無三者各異互無如牛中無馬馬中無牛四者畢竟名無如兎角龜毛衆生父母亦復如是同此四無若言父母衆生因者父母死時子不必死是故父母非衆生因復作是念若言父母衆生因者應因父母常生衆生然而復有化生濕生是故當知非因父母生衆生也復作是念自有衆生非因父母而得生長譬如孔雀聞雷震聲而便得身又如青雀飲雄雀淚而便得身如命命鳥見雄者舞即便得身作是念時如其不遇善知識者當知是人能斷善根復作是念一切世間無善惡果何以故有諸衆生具十善法樂行慧施勤修功德是人亦復疾病集身中年夭喪財物損失多諸憂苦有行十惡慳貪嫉妬懶墮懈怠不修諸善身安無病終保年壽多饒財寶無諸愁苦是故當知無善惡果復作是念我亦曾聞諸聖人説有人修善命終多墮三惡道中有人行惡命終生於人天之中是故當知無善惡果復作是念一切聖人有二種説或説殺生得善果報或説殺生得惡果報是故當知聖説不定聖若不定我云何定是故當知無善惡果復作是念一切世間無有聖人何以故若言聖

人應得正道一切衆生具煩惱時修正道者當知是人正道煩惱一時俱有若一時有當知正道不能破結若無煩惱而修道者如是正道爲何所作是故具煩惱者道不能壞不具煩惱道則無用是故當知一切世間無有聖人復作是念無明緣行乃至生緣老死是十二因緣一切衆生等共有之八聖道者其性平等亦應如是一人得時一切應得一人修時應一切苦滅何以故煩惱等故而今不得是故當知無有正道復作是念聖人皆有同凡夫法所謂飲食行住坐卧睡眠喜笑飢渴寒熱憂愁恐怖若同凡夫如是事者當知聖人不得聖道若得聖道應當永斷如是等事如是等事如其不斷當知無道復作是念聖人有身受五欲樂亦復罵辱撾打於人嫉妬憍慢受於苦樂作善惡業是因緣故知無聖人若有道者應斷是事是事不斷當知無道復作是念多憐愍者名爲聖人何因緣故名爲聖人道因緣故名爲聖人若道性憐愍便應愍念一切衆生不待修已然後方得如其無愍何故聖人因得聖道能憐愍耶是故當知世無聖道復作是念一切四大不從因生衆生等有是四大性不觀衆生是邊應到彼不應到若有聖道性應如是然今不爾是故當知世無聖人復作是念若諸聖人有一涅槃當知是則無有聖人何以故不可得故常住之法理不可得不可取捨若諸聖人涅槃多者是則無常何以故可數法故涅槃若一一人得時一切應得涅槃若多是則有邊如其有邊云何名常若有說言涅槃體一解

脱是多如蓋是一牙舌是多者是義不然何以故一一所得非一切得亦有邊故是應無常若無常者云何得名爲涅槃耶涅槃若無誰爲聖人是故當知無有聖人復作是念聖人之道非因緣得若聖人道非因緣得何故一切不作聖人若一切人非聖人者當知是則無有聖人及以聖道復作是念聖說正見有二因緣一者從他聞法二者内自思惟是二因緣若從緣生所從生者復從緣生如是展轉有無窮過若是二事不從緣生一切衆生何故不得作是觀時能斷善根善男子若有衆生深見如是無因無果是人能斷信等五根善男子斷善根者非是下劣愚鈍之人亦非天中及三惡道破僧亦爾迦葉菩薩白佛言世尊如是之人何時當能還生善根佛言善男子是人二時還生善根初入地獄出地獄時善男子善有三種過去現在未來若過去者其性自滅因雖滅盡果報未熟是故不名斷過去果斷三世因故名爲斷迦葉菩薩白佛言世尊若斷三世因名斷善根斷善根人即有佛性如是佛性爲是過去爲是現在爲是未來爲徧三世若過去者云何名常佛性亦常是故當知非過去也若未來者云何名常何故佛說一切衆生必定當得若必定得云何言斷若現在者復云何常何故復言必定可見如來亦說佛性有六一常二真三實四善五淨六可見若斷善根有佛性者則不得名斷善根也若無佛性云何復言一切衆生悉有佛性若言佛性亦有亦斷云何如來復說是常佛言善男子如來世尊爲衆

生故有四種答一者定答二者分别答三者隨問答四者置答善男子云何定答若問惡業得善果耶不善果乎是應定答得不善果善亦如是若問如來一切智不是應定答是一切智若問佛法是清淨不是應定答必定清淨若問如來弟子如法住不是應定答有如法住是名定答云何分别答如我所說四眞諦法云何名四苦集滅道何謂苦諦有八苦故名曰苦諦云何集諦五陰因故名爲集諦云何滅諦貪欲瞋癡畢竟盡故名爲滅諦云何道諦三十七助道法名爲道諦是名分别答云何隨問答如我所說一切法無常復有問言如來世尊爲何法故說於無常答言如來爲有爲法故說無常無我亦爾如我所說一切法燒他又問言如來世尊爲何法故說一切燒答言如來爲貪瞋癡說一切燒善男子如來十力四無所畏大慈大悲三念處首楞嚴等八萬億諸三昧門三十二相八十種好五智印等三萬五千諸三昧門金剛定等四千二百諸三昧門方便三昧無量無邊如是等法是佛佛性如是佛性則有七事一常二我三樂四淨五眞六實七善是名分别答善男子後身菩薩佛性有六一常二淨三眞四實五善六少見是名分别答如汝先問斷善根人有佛性者是人亦有如來佛性亦有後身佛性是二佛性障未來故得名爲無畢竟得故得名爲有是名分别答如來佛性非過去非現在非未來後身佛性現在未來少可見故得名現在未具見故名爲未來如來未得阿耨多羅三藐三菩提時佛性因故

亦是過去現在未來果則不爾有是三世有非三世後身菩薩佛性因故亦是過去現在未來果亦如是是名分別答九住菩薩佛性六種一常二善三眞四實五淨六可見佛性因故亦是過去現在未來果亦如是是名分別答八住菩薩下至六住佛性五事一眞二實三淨四善五可見佛性因故亦是過去現在未來果亦如是是名分別答五住菩薩下至初住佛性五事一眞二實三淨四可見五善不善善男子是五種佛性六種佛性七種佛性斷善根人必當得故故得言有是名分別答若有說言斷善根者定有佛性定無佛性是名置答迦葉菩薩言世尊我聞不答乃名置答如來今者何因緣答而名置答善男子我亦不說置而不答乃說置答善男子如是置答復有二種一者遮止二者莫著以是義故得名置答

大般涅槃經卷第三十四

音釋

澀色立切不滑也　氀力朱切毼毛布也　燸乃管切　杌五忽切木無枝也　黠胡八切慧也　撾陟瓜切箠也

大般涅槃經卷第三十五

北涼天竺三藏曇無讖奉　詔譯

迦葉菩薩品第十二之三

迦葉菩薩白佛言世尊如佛所說云何名因亦是過去現在未來果亦過去現在未來非是過去現在未來佛言善男子五陰二種一者因二者果是因五陰是過去現在未來是果五陰亦是過去現在未來亦非過去現在未來善男子一切無明煩惱等結悉是佛性何以故佛性因故從無明行及諸煩惱得善五陰是名佛性從善五陰乃至獲得阿耨多羅三藐三菩提是故我於經中先說衆生佛性如雜血乳血者即是無明行等一切煩惱乳者即是善五陰也是故我說從諸煩惱及善五陰得阿耨多羅三藐三菩提如衆生身皆從精血而得成就佛性亦爾須陀洹人斯陀含人斷少煩惱佛性如乳阿那含人佛性如酪阿羅漢人猶如生酥從辟支佛至十住菩薩猶如熟酥如來佛性猶如醍醐善男子現在煩惱爲作障故令諸衆生不得覩見如香山中有忍辱草非一切牛皆能得食佛性亦爾是名分別答迦葉菩薩白佛言世尊五種六種七種佛性若未來有者云何說言斷善根人有佛性耶佛言善男子如諸衆生有過去業因是業故衆生現在得受果報有未來業以未生故終不生果有現在煩惱若無煩惱一切衆生應當了了現見佛性是故斷善根人以現在世煩惱因緣能斷善根未來佛性力因緣故還生善根迦葉言世尊未來云何能生善根善男子猶如燈日雖復未來

亦能破闇未來之性能生衆生未來佛性亦復如是是名分别答迦葉菩薩白佛言世尊若言五陰是佛性者云何說言衆生佛性非内非外佛言善男子何因緣故如是失意我先不說衆生佛性是中道耶迦葉言世尊我實不失意直以衆生於此中道不能解故故發斯問善男子衆生不解即是中道或時有解或有不解善男子我爲衆生得開解故說言佛性非内非外何以故凡夫衆生或言佛性住五陰中如器中有果或言離陰而有猶如虚空是故如來說於中道衆生佛性非内六入非外六入内外合故名爲中道是故如來宣說佛性即是中道非内非外故名中道是名分别答復次善男子云何名爲非内非外善男子或言佛性即是外道何以故菩薩摩訶薩於無量劫在外道中斷諸煩惱調伏其心教化衆生然後乃得阿耨多羅三藐三菩提是以佛性即是外道或言佛性即是内道何以故菩薩雖於無量劫中修習外道若離内道則不能得阿耨多羅三藐三菩提是以佛性即是内道是故如來遮此二邊說言佛性非内非外亦名内外是名中道是名分别答復次善男子或言佛性即是如來金剛之身三十二相八十種好何以故不虚誑故或言佛性即是十力四無所畏大慈大悲及三念處首楞嚴等一切三昧何以故因是三昧生金剛身三十二相八十種好故是故如來遮此二邊說言佛性非内非外亦名内外是名中道復次善男子或有說言佛性即是内善思惟何以故離善思惟則不能得阿耨

多羅三藐三菩提故是故佛性即是内善思惟或有説言佛性即是從他聞法何以故從他聞法則能内善思惟若不聞法則無思惟是以佛性即是從他聞法是故如來遮此二邊説言佛性非内非外亦名内外是名中道復次善男子復有説言佛性是外謂檀波羅蜜從檀波羅蜜得阿耨多羅三藐三菩提是以説言檀波羅蜜即是佛性或有説言佛性是内謂五波羅蜜何以故離是五事當知則無佛性因果是以説言五波羅蜜即是佛性是故如來遮此二邊説言佛性非内非外亦内亦外是名中道復次善男子或有説言佛性在内譬如力士額上寶珠何以故常樂我淨如寶珠故是以説言佛性在内或有説言佛性在外如貧女寶藏何以故方便見故佛性亦爾在衆生外以方便故而得見之是故如來遮此二邊説言佛性非内非外亦内亦外是名中道善男子衆生佛性非有非無所以者何佛性雖有非如虚空何以故世間虚空雖以無量善巧方便不可得見佛性可見是故雖有非如虚空佛性雖無不同兎角何以故龜毛兎角雖以無量善巧方便不可得生佛性可生是故雖無不同兎角是故佛性非有非無亦有亦無云何名有一切悉有是諸衆生不斷不滅猶如燈焰乃至得阿耨多羅三藐三菩提是故名有云何名無一切衆生現在未有一切佛法常樂我淨是故名無有無合故即是中道是故佛説衆生佛性非有非無善男子如有人問是種子中有果無耶應定答言亦有亦無何以故離子之外不

能生果是故名有子未出芽是故名無以是義故亦有亦無所以者何時節有異其體是一衆生佛性亦復如是若言衆生中別有佛性者是義不然何以故衆生即佛性佛性即衆生直以時異有淨不淨善男子若有問言是子能生果不是果能生子不應定答言亦生不生世尊如世人說乳中有酪是義云何善男子若有說言乳中有酪是名執著若言無酪是名虛妄離是二事應定說言亦有亦無何故名有從乳生酪因即是乳果即是酪是名爲有云何名無色味各異服用不同熱病服乳冷病服酪乳生冷病酪生熱病善男子若言乳中有酪性者乳即是酪酪即是乳其性是一何因緣故乳在先出酪不先生若有因緣一切世人何故不說若無因緣何故酪不先出若酪不先出誰作次第乳酪生酥熟酥醍醐是故知酪先無今有若先無今有是無常法善男子若有說言乳有酪性能生於酪水無酪性故不生酪是義不然何以故水草亦有乳酪之性所以者何因於水草則生乳酪若言乳中定有酪性水草無者是名虛妄何以故心不等故故名虛妄善男子若言乳中定有酪者酪中亦應定有乳性何因緣故乳中出酪酪不出乳若無因緣當知是酪本無今有是故智者應言乳中非有酪性非無酪性善男子是故如來於是經中說如是言一切衆生定有佛性是名爲著若無佛性是名虛妄智者應說衆生佛性亦有亦無善男子四事和合生於眼識何等爲四眼色明欲是眼識性非眼非色非明非欲從和合

故便得出生如是眼識本無今有已有還無是故當知無有本性乳中酪性亦復如是若有說言水無酪性故不出酪是故乳中定有酪性是義不然何以故善男子一切諸法異因異果亦非一因生一切果非一切果從一因生善男子如從四事生於眼識不可復說從此四事應生耳識善男子離於方便乳中得酪酪出生酥不得如是要須方便善男子智者不可見離方便從乳得酪謂得生酥亦應如是離方便得善男子是故我於是經中說因生故法有因滅故法無善男子如鹽性鹹能令非鹹使鹹若非鹹物先有鹹性世人何故更求鹽耶若先無者當知先無今有以餘緣故而得鹹也若言一切不鹹之物皆有鹹性微故不知由此微性鹽能令鹹若本無性雖復有鹽不能令鹹譬如種子自有四大緣外四大而得增長芽莖枝葉鹽性亦爾者是義不然何以故不鹹之物先有鹹性者鹽亦應有微不鹹性是鹽若有如是二性何因緣故離不鹹物不可獨用是故知鹽本無二性如鹽一切不鹹之物亦復如是若言外四大種力能增長內四大者是義不然何以故次第說故不從方便乳中得酪生酥乃至一切諸法皆亦如是非方便得增外四大亦復如是若說從外四大增內四大不見從內四大增外四大如尸利沙果先無形質見昴星時果則出生足長五寸如是果者實不因於外四大增善男子如我所說十二部經或隨自意說或隨他意說或隨自他意說云何名為隨自意說如五百比丘問舍利弗大德佛

說身因何者是耶舍利弗言諸大德汝等亦各得正解脫自應識之何緣方作如是問耶有比丘言大德我未獲得正解脫時意謂無明即是身因作是觀時得阿羅漢果復有說言大德我未獲得正解脫時謂愛無明即是身因作是觀時得阿羅漢果或有說言行識名色六入觸受愛取有生飲食五欲即是身因爾時五百比丘各各自說已所解已共往佛所稽首佛足右繞三帀禮拜畢已却坐一面各以如上已所解義向佛說之舍利弗白佛言世尊如是諸人誰是正說誰不正說佛告舍利弗善哉善哉一一比丘無非正說舍利弗言世尊佛意云何佛言舍利弗我爲欲界衆生說言父母即是身因如是等經名隨自意說云何名爲隨他意說如把吒羅長者來至我所作如是言瞿曇汝知幻不若知幻者即大幻人若不知者非一切智我言長者知幻之人名幻人耶長者言善哉善哉知幻之人即是幻人佛言長者舍衛國內波斯匿王有旃陀羅名曰氣嘘汝知不耶長者答言瞿曇我久知之佛言汝久知者可得即是旃陀羅不長者言瞿曇我雖知是旃陀羅然我此身非旃陀羅佛言長者汝得是義知旃陀羅非旃陀羅我今何故不得知幻而非幻乎長者我實知幻知幻人知幻果報知幻伎術我知殺知殺人知殺果報知殺解脫乃至知邪見知邪見人知邪見果報知邪見解脫長者若說非幻之人名爲幻人非邪見人說邪見人得無量罪長者言瞿曇如汝所說我得大罪我今所有悉以相上幸莫令彼波斯匿

王知我此事佛言長者是罪因縁不必失財乃當因是墮三惡道是時長者聞惡道名心生恐怖白佛言聖人我今失意獲得大罪聖人今者是一切智應當了知獲得解脱我當云何得脱地獄餓鬼畜生爾時我爲說四真諦長者聞已得須陁洹果心生慚愧向佛懺悔我本愚癡佛非幻人而言是幻我從今日歸依三寶佛言善哉善哉長者是名隨他意說云何名爲隨自他說如我所說一切世間智者說有我亦說有智人說無我亦說無世間智人說五欲樂有無常苦無我可斷我亦說有世間智人說五欲樂有常我淨無有是處我亦如是說無是處是名隨自他說善男子如我所說十住菩薩少見佛性是名隨他意說何故名少見十住菩薩得首楞嚴等三昧三千法門是故了了自知當得阿耨多羅三藐三菩提不見一切衆生定得阿耨多羅三藐三菩提是故我說十住菩薩少見佛性善男子我常宣說一切衆生悉有佛性是名隨自意說一切衆生不斷不滅乃至得阿耨多羅三藐三菩提是名隨自意說一切衆生悉有佛性煩惱覆故不能得見我說如是汝說亦爾是名隨自他意說善男子如來或時爲一法故說無量法如經中說一切梵行因善知識一切梵行因雖無量說善知識則已攝盡如我所說一切惡行邪見爲因一切惡行因雖無量若說邪見則已攝盡或說阿耨多羅三藐三菩提信心爲因是菩提因雖復無量若說信心則已攝盡善男子如來雖說無量諸法以爲佛性然不離於陰入界也善

男子如來說法爲衆生故有七種語一者因語二者果語三者因果語四者喻語五者不應說語六者世流布語七者如意語云何名因語現在因中說未來果如我所說善男子汝見衆生樂殺乃至樂行邪見當觀是人即地獄人善男子若有衆生不樂殺生乃至邪見當觀是人即是天人是名因語云何果語現在果中說過去因如經中說善男子如汝所見貧窮衆生顔貌醜陋不得自在當知是人定有破戒妬心瞋心無慚愧心若見衆生多財巨富諸根完具威德自在當知是人定有戒施精勤慚愧無有妬瞋是名果語云何因果語如經中說善男子衆生現在六入觸因是名過去業果如來亦說名之爲業是業因緣得未來果是名因果語云何喻語如說師子王者即喻我身大象王大龍王波利質多羅樹七寶聚大海須彌山大地大雨船師導師調御丈夫力士牛王婆羅門沙門大城多羅樹如是喻經名爲喻語云何不應語我經中說天地可合河不入海如爲波斯匿王說四方山來如爲鹿母優婆夷說若娑羅樹能受八戒則得受於人天之樂寧說十住菩薩有退轉心不說如來有二種語寧說須陀洹人墮三惡道不說十住有退轉心是名不應語云何世流布語如佛所說男女大小去來坐卧車乘房舍瓶衣衆生常樂我淨軍林城邑僧坊合散是名世流布語云何如意語如我訶責毁禁之人令彼自責護持禁戒如我讚歎須陀洹人令諸凡夫生於善心讚歎菩薩爲令衆生發菩提心說三惡道所有苦

惱爲令修習諸善法故說一切燒唯爲一切有爲法故無我亦爾說諸衆生悉有佛性爲令一切不放逸故是名如意語善男子如來復有隨自意語如來佛性則有二種一者有二者無有者所謂三十二相八十種好十力四無所畏三念處大慈大悲首楞嚴等無量三昧金剛等無量三昧方便等無量三昧五智等無量三昧是名爲有無者所謂如來過去諸善不善無記業因果報煩惱五陰十二因緣是名爲無善男子如有無善不善有漏無漏世間非世間聖非聖有爲無爲實不實寂靜非寂靜諍非諍界非界煩惱非煩惱取非取授記非授記有非有三世非三世時非時常無常我無我樂無樂淨無淨色受想行識非色受想行識內入非內入外入非外入十二因緣非十二因緣是名如來佛性有無乃至一闡提佛性有無亦復如是善男子我雖說言一切衆生悉有佛性衆生不解佛如是等隨自意語善男子如是語者後身菩薩尚不能解況於二乘其餘菩薩善男子我往一時在耆闍崛山與彌勒菩薩共論世諦舍利弗等五百聲聞於是事中都不識知何況出世第一義諦善男子或有佛性一闡提有善根人無或有佛性善根人有一闡提無或有佛性二人俱有或有佛性二人俱無善男子我諸弟子若解如是四句義者不應難言一闡提人定有佛性定無佛性若言衆生悉有佛性是名如來隨自意語如來如是隨自意語衆生云何一向作解善男子如恒河中有七衆生一者常沒二者暫出還沒三者出

已則住四者出已徧觀四方五者徧觀已行六者行已復住七者水陸俱行言常没者所謂大魚受大惡業身重處深是故常没暫出還没者如是大魚受惡業故身重處淺暫見光明因光暫出重故還没出已住者謂坻彌魚身處淺水樂見光明故出已住遍觀方者所謂鯌魚爲求食故徧觀四方是故觀方觀已行者謂是鯌魚遥見餘物謂是可食疾行趣之故觀已行行已復住者是魚趣已既得可食即便停住故行已復住水陸俱行者即是龜也善男子如是微妙大涅槃河其中亦有七種衆生從初常没乃至第七或入或出所言常没者有人聞是大涅槃經如來常住無有變易常樂我淨終不畢竟入於涅槃一切衆生悉有佛性一闡提人謗方等經作五逆罪犯四重禁必當得成菩提之道須陀洹人斯陀含人阿那含人阿羅漢人辟支佛等必當得成阿耨多羅三藐三菩提聞是語已生不信心即作是念作是念已便作是言是涅槃典即外道書非是佛經是人爾時遠離善友不聞正法雖時得聞不能思惟雖復思惟不思惟善不思惟善故如惡法住惡法住者則有六種一者惡二者無善三者汙法四者增有五者惱熱六者受惡果是名爲没何故名没無善心故常行惡故不修對治故是名爲没所言惡者聖人訶責故心生怖畏故善人遠離故不益衆生故是名爲惡言無善者能生無量惡果報故常爲無明所纏繞故樂與惡人爲等侶故無有修善諸方便故其心顛倒常錯謬故是名無善言汙法者常汙

身口故汙淨衆生故增不善業故遠離善法故是名汙法言增有者如上三人所行之法能增地獄畜生餓鬼不能修習解脫之法身口意業不猒諸有是名增有言惱熱者是人具行如上四事能令身心二事惱熱遠離寂靜則名爲熱受地獄報故名爲熱燒諸衆生故名爲熱燒諸善法故名爲熱善男子信心清凉是人不具是故名熱言受惡果者是人具足行上五事死墮地獄餓鬼畜生善男子有三惡事復名惡果一者煩惱惡二者業惡三者報惡是名受惡果報善男子是人具足如上六事能斷善根作五逆罪能犯四重能謗三寶用僧鬘物能作種種非法之事是因緣故沉没在於阿鼻地獄所受身形縱廣八萬四千由延是人身口心業重故不能得出何以故其心不能生善法故雖有無量諸佛出世不聞不見是名常没如恒河中大魚善男子我雖復說一闡提等名爲常没復有常没非一闡提何者是耶如人爲有修施戒善是名常没善男子有四善事獲得惡果何等爲四一者爲勝他故讀誦經典二者爲利養故受持禁戒三者爲他屬故而行布施四者爲於非想非非想處故繫念思惟是四善事得惡果報若人修習如是四事是名没已還出出已還没何故名没樂三有故何故名出以見明故明者即是聞戒施定何故還没增長邪見生憍慢故是故我於經中說偈

若有衆生樂諸有　爲有造作善惡業
是人迷失涅槃道　是名暫出還復没
行於黑闇生死海　雖得解脫雜煩惱

是人還受惡果報　是名暫出還復没善男子如彼大魚因見光故暫得出水其身重故還復沉没如上二人亦復如是善男子或復有人樂著三有是名爲没得聞如是大涅槃經生於信心是名爲出何因緣故名之爲出聞是經已遠離惡法修習善法是名爲出是人雖信亦不具足何因緣故信不具足是人雖信大般涅槃常樂我淨言如來身無常無我無樂無淨如來則有二種涅槃一者有爲二者無爲有爲涅槃無常樂我淨無爲涅槃有常樂我淨雖信佛性是衆生有不必一切皆悉有之是故名爲信不具足善男子信有二種一者信二者求如是之人雖復有信不能推求是故名爲信不具足信復有二一從聞生二從思生是人信心從聞而生不從思生是故名爲信不具足復有二種一信有道二信得者是人信心唯信有道都不信有得道之人是故名爲信不具足復有二種一者信正二者信邪言有因果有佛法僧是名信正言無因果三寶性異信諸邪語富蘭那等是名信邪是人雖信佛法僧寶不信三寶同一性相雖信因果不信得者是故名爲信不具足是人成就不具足信所受禁戒亦不具足何因緣故名不具足因不具足故所得禁戒亦不具足復何因緣名不具足戒有二種一威儀戒二從戒戒是人雖具足威儀等戒不具從戒戒是故名爲戒不具足復有二種一者作戒二者無作戒是人雖具作戒不具無作戒是故名爲戒不具足復有二種一從身口得於正命二從身口不得正命是

人雖從身口不得正命是故名爲戒不具足復有二種一者求戒二者捨戒是人雖具求有之戒不得捨戒是故名爲戒不具足復有二種一者隨有二者隨道是人雖具隨有之戒不具隨道是故名爲戒不具足復有二種一者善戒二者惡戒身口意善是名善戒牛戒狗戒是名惡戒是人深信是二種戒俱有善果是故名爲戒不具足是人不具信戒二事所修多聞亦不具足云何名爲聞不具足如來所說十二部經唯信六部不信六部是故名爲聞不具足雖復受持是六部經不能讀誦爲他解說無所利益是故名爲聞不具足又復受是六部經已爲論議故爲勝他故爲利養故爲諸有故讀誦解說是故名爲聞不具足善男子我於經中說聞具足云何具足若有比丘身口意善先能供養和尚諸師有德之人是諸師等於是人所生愛念心以是因緣教授經法是人至心受持誦習持誦習已獲得智慧得智慧已能善思惟如法而住善思惟已則得正義得正義已身心寂靜身心寂已則生喜心喜心因緣心則得定因得定故得正知見正知見已於諸有中心生猒悔悔諸有故能得解脫是人無有如是等事是故名爲聞不具足是人不具如是三事施亦不具施有二種一者財施二者法施是人雖復行於財施爲求有故雖行法施亦不具足何以故祕不盡說畏他勝故是故名爲施不具足財法二施各有二種一者聖二者非聖聖者施已不求果報非聖施已求於果報聖者法施爲增長法非聖法施爲增諸有

如是之人爲增財故而行財施爲增有故而行法施是故名爲施不具足復次是人受六部經見受法者而供給之不受法者則不供給是故名爲施不具足是人不具如上四事所修智慧亦不具足智慧之性性能分別是人不能分別如來是常無常如來於此涅槃經中説言如來即是解脱解脱即是如來如來即是涅槃涅槃即是解脱於是義中不能分別梵行即是如來如來即是慈悲喜捨慈悲喜捨即是解脱解脱即是涅槃涅槃即是慈悲喜捨於是義中不能分別是故名爲智不具足復次不能分別佛性即是如來如來即是一切不共之法不共之法即是解脱解脱即是涅槃涅槃即是不共之法於是義中不能分別是故名爲智不具足復次不能分別四諦苦集滅道不能分別四眞諦故不知聖行不知聖行故不知如來不知如來故不知解脱不知解脱故不知涅槃是故名爲智不具足是人不具如是五事有二種增一增善法二增惡法云何名爲增長惡法是人不見已不具足自言具足而生著心於同行中自謂爲勝是故親近同已惡友既親近已復得更聞不具足法聞已心喜其心染著起於憍慢多行放逸因放逸故親近在家亦樂聞説在家之事遠離清淨出家之法以是因緣增長惡法增惡法故身口意等起不淨業三業不淨故增長地獄畜生餓鬼是名暫出還没暫出還没者我佛法中其誰是耶謂提婆達多瞿和離比丘挖手比丘善星比丘坻舍比丘滿宿比丘慈地比丘尼曠野比丘尼方

比丘尼慢比丘尼淨潔長者求有優婆塞舍勒釋種象長者名稱優婆夷光明優婆夷難陀優婆夷軍優婆夷鈴優婆夷如是等人名爲暫出還没譬如大魚見明故出身重故没第二之人深自知見行不具足不具足故求近善友近善友故樂諮未聞聞已樂受受已樂善思惟善思惟已能如法住如法住故增長善法增善法故終不復没是名爲住我佛法中其誰是耶謂舍利弗大目揵連阿若憍陳如等五比丘耶舍等五比丘阿㝹婁陀童子迦葉摩訶迦葉十力迦葉瘦瞿曇彌比丘尼波吒羅華比丘尼勝比丘尼實義比丘尼海意比丘尼跋陀比丘尼淨比丘尼不退轉比丘尼頻婆娑羅王郁伽長者須達多長者釋摩訶男長者貧須達多鼠狼長者名稱長者具足長者師子將軍優波離長者刀長者無畏優婆夷善住優婆夷愛法優婆夷勇健優婆夷天得優婆夷善生優婆夷具身優婆夷牛得優婆夷曠野優婆夷摩訶斯那優婆夷如是等比丘比丘尼優婆塞優婆夷得名爲住云何爲住常樂覩見善光明故以是因緣若佛出世若不出世如是等人終不造惡是名爲住如坻彌魚樂見光明不沉不没如是等衆亦復如是是故我於經中說偈

若人善能分別義　至心求於沙門果
若能訶責一切有　是人名爲如法住
若能供養無量佛　則能無量世修道
若受世樂不放逸　是人名爲如法住
親近善友聽正法　内善思惟如法住
樂見光明修習道　獲得解脫安隱住

大般涅槃經卷第三十五

音釋

昴（莫飽切星名）　埏（都禮切）　鯌（倉各切）　捥（烏管切）

大般涅槃經卷第三十六

北涼天竺三藏曇無讖奉　詔譯

迦葉菩薩品第十二之四

善男子智不具足凡有五事是人知已求近善友如是善友當觀是人貪欲瞋恚愚癡思覺何者偏多若知是人貪欲多者即應爲說不淨觀法瞋恚多者爲說慈悲思覺多者教令數息著我多者當爲分析十八界等是人聞已至心受持心受持已如法修行如法行已次第獲得四念處觀身受心法得是觀已次第復觀十二因緣如是觀已次得煗法迦葉菩薩白佛言世尊一切衆生悉有煗法何以故如佛所說三法和合名爲衆生一壽二煗三識若從是義一切衆生應先有煗云何如來說言煗法因善友生佛言善男子如汝所問有煗法者一切衆生至一闡提皆悉有之如我今者所說煗法要因方便然後乃得本無今有以是義故非諸衆生一切先有是故汝今不應難言一切衆生皆有煗法善男子如是煗法是色界法非欲界有若言一切衆生有者欲界衆生亦皆應有欲界無故當知一切不必都有善男子色界雖有非一切有何以故我弟子有外道則無以是義故一切衆生不必都有善男子一切外道唯觀六行我諸弟子具足十六是十六行一切衆生不必都有迦葉菩薩白佛言世尊所言煗法云何名煗爲自性故煗爲他故煗佛言善男子如是煗法自性是煗非他故煗迦葉菩薩言世尊如來先說馬師滿宿無有煗法何以故於三寶所無信心故是故無煗當知信心

即是煖法善男子信非煖法何以故因於信心獲得煖故善男子夫煖法者即是智慧何以故觀四諦故是故名之爲十六行行即是智善男子如汝所問何因緣故名爲煖者善男子夫煖法者即是八聖道之火相故名爲煖善男子譬如鑽火先有煖氣次有火生後則煙出是無漏道亦復如是煖者即是十六行也火者即是須陀洹果煙者即是修道斷結迦葉菩薩復白佛言世尊如是煖法亦是有法亦是有爲是法報得色界五陰是故名有是因緣故復名有爲若是有爲云何能爲無漏道相佛言善男子如是如是如汝所説善男子如是煖法雖是有爲有法還能破壞有爲有法是故能爲無漏道相善男子如人乘馬亦愛亦策煖心亦爾愛故受生猒故觀行是故雖復有法有爲而能與彼正道作相得煖法人七十三種欲界十種是人具足一切煩惱從斷一分至于九分如欲界初禪乃至無所有處亦復如是是名七十三種如是等人得煖法已則不復能斷於善根作五逆罪犯四重禁是人二種一遇善友二遇惡友遇惡友者暫出還没遇善友者徧觀四方觀四方者即是頂法是法雖復性是五陰亦緣四諦是故得名徧觀四方得頂法已次得忍法是忍亦爾性亦五陰亦緣四諦是人次得世第一法是法雖復性是五陰亦緣四諦是人次第得苦法忍忍性是慧緣於一諦如是忍法緣一諦已乃至見斷煩惱得須陀洹果是名第四徧觀四方四方者即是四諦迦葉菩薩白佛言世尊如佛先説須陀洹人所斷

煩惱猶如縱廣四十里水其餘在者如一毛滴此中云何說斷三結名須陀洹一者我見二者非因見因三者疑網世尊何因緣故名須陀洹徧觀四方復何因緣名須陀洹復何因緣說須陀洹喻以鰭魚佛言善男子須陀洹人雖復能斷無量煩惱此三重故亦攝一切須陀洹人所斷結故善男子譬如大王出遊巡時雖有四兵世人但言王來王去何以故世間重故是三煩惱亦復如是何因緣故名之爲重一切衆生常所起故微難識故是故名重如是三結難可斷故能爲一切煩惱因故是三對治之怨敵故謂戒定慧善男子有諸衆生聞須陀洹能斷如是無量煩惱則生退心便作是言衆生云何能斷如是無量煩惱是故如來方便說三如汝所問何因緣故須陀洹人喻觀四方善男子須陀洹人觀於四諦獲得四事一者住堅固道二者能徧觀察三者能如實見四者能壞大怨堅固道者是須陀洹所有五根無能動者是故名爲住堅固道能徧觀者悉能訶責內外煩惱如實見者即是忍智壞大怨者謂四顛倒如汝所問何因緣故名須陀洹者善男子須名無漏陀洹名修習修習無漏故名須陀洹善男子復有須者名流流有二種一者順流二者逆流以逆流故名須陀洹迦葉菩薩言世尊若從是義何因緣故斯陀含人阿那含人阿羅漢人不得名爲須陀洹耶善男子從須陀洹乃至諸佛亦得名爲須陀洹若斯陀含乃至諸佛無須陀洹云何得名斯陀含乃至佛一切衆生名有二種一者舊二者客凡夫之

時有世名字既得道已更爲立名名須陀洹以先得故名須陀洹以後得故名斯陀含是人亦名須陀洹亦名斯陀含乃至佛亦復如是善男子流有二種一者解脱二者涅槃一切聖人皆有是二亦可得名須陀洹亦名斯陀含乃至佛亦復如是善男子須陀洹者亦名菩薩何以故菩薩者即是盡智及無生智須陀洹人亦復求索如是二智是故當知須陀洹人得名菩薩須陀洹人亦得名覺何以故正覺見道斷煩惱故正覺因果故正覺共道及不共道故斯陀含乃至阿羅漢亦復如是善男子是須陀洹凡有二種一者利根二者鈍根鈍根之人人天七返是鈍根人復有五種或有六五四三二種利根之人現在獲得須陀洹果至阿羅漢果善男子如汝所問何因緣故須陀洹人以喻鰭魚善男子鰭魚有四事一者骨細故輕二者有翅故輕三者樂見光明四者銜物堅持須陀洹人亦有四事言骨細者喻煩惱微言有翅者喻奢摩他毗婆舍那樂見光明喻於見道銜物堅持喻聞如來説無常苦無我不淨堅持不捨猶如魔王化作佛像首羅長者見已心驚魔見長者其心動已即語長者我先所説四眞諦者是説不眞今當爲汝更説五諦六陰十三入十九界長者聞已尋觀法相都無此理是故堅持其心不動迦葉菩薩白佛言世尊是須陀洹先得道故名須陀洹以初果故名須陀洹若先得道名須陀洹者得苦法忍時何故不得名須陀洹乃名爲向若以初果名須陀洹外道之人先斷煩惱至無所有處修無漏

道得阿那含果何故不名爲須陀洹善男子以初果故名須陀洹如汝所問外道之人先斷煩惱至無所有處修無漏道得阿那含何故不名須陀洹者善男子以初果故名須陀洹是人爾時具足八智及十六行迦葉言世尊得阿那含亦復如是亦得八智具十六行何故不得名須陀洹善男子有漏十六行有二種一者共二者不共無漏十六行亦有二種一者向果二者得果八智亦二一者向果二者得果須陀洹人捨共十六行得不共十六行捨向果八智得得果八智阿那含人則不如是是故初果名須陀洹善男子須陀洹人緣於四諦阿那含人唯緣一諦是故初果名須陀洹以是因緣喻以鯖魚徧觀已行行者即是斯陀含人繫心修道爲斷貪欲瞋癡憍慢如彼鯖魚徧觀方已爲食故行行已復住喻阿那含得食已住是阿那含凡有二種一者現在得阿那含進修即得阿羅漢果二者貪著色界無色界中寂靜三昧是人不受欲界身故名阿那含是阿那含復有五種一者中般涅槃二者受身般涅槃三者行般涅槃四者無行般涅槃五者上流般涅槃復有六種五種如上加現在般涅槃復有七種六種如上加無色界般涅槃行般涅槃復有二種或受二身或受四身若受二身是名利根若受四身是名鈍根復有二種一者精進無自在定二者懈怠有自在定復有二種一者具精進定二者不具是二善男子欲色衆生有二種業一者作業二者受生業中涅槃者唯有作業無受生業是故於中而般涅槃捨

欲界身未至色界以利根故於中涅槃是中涅槃阿那含人有四種心一者非學非無學二者學三者無學四者非學非無學入於涅槃云何復名中般涅槃善男子是阿那含四種心中二是涅槃二非涅槃是故名爲中般涅槃受身涅槃復有二種一者作業二者生業是人捨欲界身受色界身精勤修道盡其壽命入於涅槃迦葉菩薩言世尊若言盡命入涅槃者云何而言受身涅槃佛言善男子是人受身然後乃斷三界煩惱是故名爲受身涅槃善男子行般涅槃者常修行道有爲三昧力故能斷煩惱入於涅槃是名行般涅槃無行般涅槃者是人定知當得涅槃是故懈怠亦以有爲三昧力故壽盡則得入於涅槃是名無行般涅槃上流般涅槃者若有人得第四禪已是人生於初禪愛心以是因緣退生初禪是有二流一煩惱流二者道流以道流故是人壽盡生二禪愛以愛因緣生於二禪至第四禪亦復如是是四禪中復有二種一者入無色界二者入五淨居如是二人一樂三昧二樂智慧樂智慧者入五淨居樂三昧者入無色界如是二人一者修第四禪有五階差二者不修云何爲五下中上上中上上修上上者處無小天修上中者處善見天修上品者處善可見天修中品者處無熱天修下品者處少廣天如是二人一樂論議二樂寂靜樂寂靜者入無色界樂論議者處五淨居復有二種一者修熏禪二者不修熏禪修熏禪者入五淨居不修熏禪者生無色界盡其壽命而般涅槃是名上流般涅槃若

欲入於無色界者則不能修四禪五差若修五差則能訶責無色界定迦葉菩薩白佛言世尊中涅槃者則是利根若利根者何不現在入涅槃耶何故欲界有中涅槃色界則無佛言善男子是人現在四大羸劣不能修道雖有比丘四大康健無有房舍飲食衣服卧具醫藥衆緣不具是故不得現在涅槃善男子我昔一時在舍衛國阿那邠坻精舍有一比丘來至我所作如是言世尊我常修道而不能得須陀洹果至阿羅漢果我時即告阿難言汝今當爲如是比丘具諸所須爾時阿難將是比丘至祇陀林與好房舍是時比丘語阿難言大德唯願爲我莊嚴房舍淨潔修治七寶嚴麗懸繒幡蓋阿難言世間貧者乃名沙門我當云何能辦是事是比丘言大德若能爲我作者善哉善哉若不能者我當還往至世尊所爾時阿難即往佛所作如是言世尊向者比丘從我求索種種莊嚴七寶幡蓋不審是事當云何耶我於爾時復告阿難汝今還去隨比丘意所須之物爲辦具之爾時阿難即還房中爲是比丘事事具足比丘得已繫念修道不久即得須陀洹果至阿羅漢果善男子無量衆生應入涅槃以所乏故妨亂其心是故不得善男子復有衆生多喜教化其心忽務不能得定是故不得現在涅槃善男子如汝所問何因緣故捨欲界身有中涅槃色界無者善男子是人觀於欲界煩惱因緣有二一者内二者外而色界中無外因緣欲界復有二種愛心一者欲愛二者色愛觀是二愛至心訶責既訶責已得入涅槃

是欲界中能得訶責諸麤煩惱所謂慳貪瞋妬無慚無愧以是因緣能得涅槃又欲界道其性勇健何以故得四果故是故欲界有中涅槃色界中無善男子中涅槃者凡有三種謂上中下上者捨身未離欲界便得涅槃中者始離欲界未至色界便得涅槃下者離欲界已至色界邊乃得涅槃喻以䱜魚得食已住是人亦爾云何名住處在色界及無色界得受身故是故名住不受欲界人天地獄畜生餓鬼是故名住已斷無量諸煩惱結餘少在故是故名住復何因緣名之爲住終不造作共凡夫事是故名住自無所畏不令他畏是故名住遠離二愛慳貪瞋恚是故名住善男子到彼岸者喻阿羅漢辟支佛菩薩佛猶如神龜水陸俱行何因緣故喻之以龜善藏五根故是阿羅漢乃至諸佛亦復如是善覆五根是故喻龜言水陸者水喻世間陸喻出世是諸聖等亦復如是能觀一切惡煩惱故到於彼岸是故喻以水陸俱行善男子如恒河中七種衆生雖有龜魚之名不離於水如是微妙大涅槃中從一闡提上至諸佛雖有異名然亦不離於佛性水善男子是七衆生若善法若不善法若方便道若解脱道若次第道若因若果悉是佛性是名如來隨自意語迦葉菩薩言世尊若有因則有果若無因則無果涅槃名果常故無因若無因者云何名果而是涅槃亦名沙門名沙門果云何沙門云何沙門果善男子一切世間有七種果一者方便果二者報恩果三者親近果四者餘殘果五者平等果六者果報果七者遠離

果方便果者如世間人秋多收穀咸相謂言得方便果方便果者名業行果如是果者有二種因一者近因二者遠因近因者所謂種子遠因者謂水糞人功是名方便果報恩果者如世間人供養父母父母咸言我今已得恩養之果子能報恩名之爲果如是果者因亦二種一者近因二者遠因近者即是父母過去純善之業遠者即是所生孝子是名報恩果親近果者譬如有人親近善友或得須陀洹果至阿羅漢果是人唱言我今已得親近果報如是果者因有二種一者近因二者遠因近者信心遠者善友是名親近果餘殘果者如因不殺得第三身延年益壽是名餘殘果如是果者有二種因一者近因二者遠因近者即是身口意淨遠者即是延年益壽

是名餘殘果平等果者謂世界器如是果者亦有二種因一者近因二者遠因近因者所謂衆生修十善業遠因者所謂三災是名平等果果報果者如人獲得清淨身已修身口意清淨三業是人便說我得報果如是果者因有二種一者近因二者遠因近因者所謂現在身口意淨遠因者所謂過去身口意淨是名果報果遠離果者即是涅槃離諸煩惱一切善業是涅槃因復有二種一者近因二者遠因近者即是三解脱門遠者即無量世所修善法善男子如世間法或說生因或說了因出世之法亦復如是亦說生因亦說了因善男子三解脱門三十七品能爲一切煩惱作不生生因亦爲涅槃而作了因善男子遠離煩惱則得了了見於涅槃是故涅槃唯

有了因無有生因善男子如汝所問云何沙門云何沙門果者善男子沙門那者即八正道沙門果者從道畢竟永斷一切貪瞋癡等是名沙門沙門果迦葉菩薩言世尊何因緣故八正道者名沙門那善男子世言沙門名之爲乏那者名道如是道者斷一切乏斷一切道以是義故名八正道爲沙門那從是道中獲得果故名沙門果善男子又沙門那者如世間人有樂靜者亦名沙門如是道者亦復如是能令行者離身口意惡邪命等得樂寂靜是故名之爲沙門那善男子如世下人能作上人是名沙門如是道者亦復如是能令下人作上人故是故得名爲沙門那善男子阿羅漢人修是道者得沙門果是故得名到於彼岸阿羅漢果者即是無學五分法身戒定慧解脱解脱知見因是五分得到彼岸是故名爲到於彼岸到彼岸故而自説言我生已盡梵行已立所作已辦更不受後有善男子是阿羅漢永斷三世生因緣故是故自説我生已盡亦斷三界五陰身故是故復言我生已盡所修梵行已畢竟故是故唱言梵行已立又捨學道亦名已立如本所求今日已得是故唱言所作已辦修道得果亦言已辦獲得盡智無生智故唱言我已盡諸有結以是義故名阿羅漢得到彼岸如阿羅漢辟支佛亦復如是菩薩及佛具足成就六波羅蜜名到彼岸是佛菩薩得阿耨多羅三藐三菩提已名爲具足六波羅蜜何以故得六波羅蜜果故以得果故名爲具足善男子是七衆生不修身不修戒不修心不修慧不能修

習如是四事則能造作五逆重罪能斷善根犯四重禁謗佛法僧是故得名爲常沉没善男子是七人中有能親近善知識者至心聽受如來正法内善思惟如法而住精勤修習身戒心慧是故得名度生死河到於彼岸若有說言一闡提人得阿耨多羅三藐三菩提者是名染著若言不得是名虛妄善男子是七種人或有一人具七或有七人各一善男子若人心口異想異說言一闡提得阿耨多羅三藐三菩提者當知是人謗佛法僧若人心口異想異說言一闡提不得阿耨多羅三藐三菩提是人亦名謗佛法僧善男子若有說言八聖道分凡夫所得是人亦名謗佛法僧若有說言八聖道分非凡夫得是人亦名謗佛法僧善男子若有說言一切衆生定有佛性定無佛性是人亦名謗佛法僧善男子是故我於契經中說有二種人謗佛法僧一者不信瞋恚心故二者雖信不解義故善男子若人信心無有智慧是人則能增長無明若有智慧無有信心是人則能增長邪見善男子不信之人瞋恚心故說言無有佛法僧寶信者無慧顛倒解義令聞法者謗佛法僧善男子是故我說不信之人瞋恚心故有信之人無智慧故是人能謗佛法僧寶善男子若有說言一闡提等未生善法便得阿耨多羅三藐三菩提是人亦名謗佛法僧若復有言一闡提人捨一闡提於異身中得阿耨多羅三藐三菩提是人亦名謗佛法僧若復說言一闡提人能生善根生善根已相續不斷得阿耨多羅三藐三菩提故言一闡提得阿

耨多羅三藐三菩提當知是人不謗三寶善男子若有人言一切衆生定有佛性常樂我淨不作不生煩惱因緣故不可見當知是人謗佛法僧若有說言一切衆生都無佛性猶如兔角從方便生本無今有已有還無當知是人謗佛法僧若有說言衆生佛性非有如虛空非無如兔角何以故虛空常故兔角無故是故得言亦有亦無有故破兔角無故破虛空如是說者不謗三寶善男子夫佛性者不名一法不名十法不名百法不名千法不名萬法未得阿耨多羅三藐三菩提時一切善不善無記盡名佛性如來或時因中說果果中說因是名如來隨自意語隨自意語故名爲如來隨自意語故名阿羅訶隨自意語故名三藐三佛陀迦葉菩薩言世尊如佛所

說衆生佛性猶如虛空云何名爲如虛空耶善男子虛空之性非過去非未來非現在佛性亦爾善男子虛空非過去何以故無現在故法若現在可說過去以無現在故無過去亦無現在何以故無未來故法若未來可說現在以無未來故無現在亦無未來何以故無現在過去故若有現在過去則有未來以無過去現在故則無未來以是義故虛空之性非三世攝善男子以虛空無故無有三世不以有故無三世也如虛空華非是有故無有三世虛空亦爾非是有故無有三世善男子無物者即是虛空佛性亦爾善男子虛空無故非三世攝佛性常故非三世攝善男子如來已得阿耨多羅三藐三菩提所有佛性一切佛法常無變易以是義故無有三世猶

如虛空善男子虛空無故非内非外佛性常故非内非外故說佛性猶如虛空善男子如世間中無罣礙處名爲虛空如來得阿耨多羅三藐三菩提已於一切佛法無有罣礙故言佛性猶如虛空以是因緣我說佛性猶如虛空迦葉菩薩白佛言世尊如來佛性涅槃非三世攝而名爲有虛空亦非三世所攝何故不得名爲有耶佛言善男子爲非涅槃名爲涅槃爲非如來名爲如來爲非佛性名爲佛性云何名爲非涅槃耶所謂一切煩惱有爲之法爲破如是有爲煩惱是名涅槃非如來者謂一闡提至辟支佛爲破如是一闡提等至辟支佛是名如來非佛性者所謂一切墻壁瓦石無情之物離如是等無情之物是名佛性善男子一切世間無非虛空對於虛空迦葉菩薩白佛言世尊世間亦無非四大對而猶得名四大是有虛空無對何故不得名之爲有佛言善男子若言涅槃非三世攝虛空亦爾者是義不然何以故涅槃是有可見可證是色足跡章句是有是相是緣是歸依處寂靜光明安隱彼岸是故得名非三世攝虛空之性無如是法是故名無若有離於如是等法更有法者應三世攝虛空若同是有法者不得非是三世所攝善男子如世人說虛空名爲無色無對不可覩見若無色無對不可見者即心數法虛空若同心數法者不得不是三世所攝若三世攝即是四陰是故離四陰已無有虛空復次善男子諸外道言夫虛空者即是光明若是光明即是色法虛空若爾是色法者即是無常是無常故三

世所攝云何外道說非三世若三世攝則非虛空亦可說言虛空是常善男子復有人言虛空者即是住處若有住處即是色法而一切處皆是無常三世所攝虛空亦常非三世攝若說處者知無虛空復有說言虛空者即是次第若是次第即是數法若是可數即三世攝若三世攝云何言常善男子若復說言夫虛空者不離三法一者空二者實三者空實若言空是當知虛空是無常法何以故實處無故若言實是當知虛空亦是無常何以故空處無故若空實是當知虛空亦是無常何以故二處無故是故虛空名之爲無善男子如說虛空是可作法如說去樹去舍而作虛空平作虛空覆於虛空上於虛空畫虛空色如大海水是故虛空是可作法一切作法皆是無常猶如瓦瓶虛空若爾應是無常善男子世間人說一切法中無罣礙處名虛空者是無礙處於一切法爲具足有爲分有耶若具足有當知餘處則無虛空若分有者則是彼此可數之法若是可數當知無常善男子若有人說虛空無礙與有並合又復說言虛空在物如器中果二俱不然何以故若言並合則有三種一異業共合如飛鳥集樹二共業合如兩羊相觸三已合共合如二雙指合在一處若言異業共合異則有二一是物業二虛空業若空業合物空則無常若物業合空物則不偏如其不偏是亦無常若言虛空是常其性不動與動物合者是義不然何以故虛空若常物亦應常物若無常空亦無常若言虛空亦常無常無有是處若共業合

是義不然何以故虛空名徧若與業合業亦應徧若是徧者應一切徧若一切徧應一切合不應説有合與不合若言巳合共合如二雙指合是義不然何以故先無有合後方合故先無後有是無常法是故不得説言虛空巳合共合如世間法先無後有是物無常虛空若爾亦應無常若言虛空在物如器中果是義不然何以故如是虛空先無器時在何處住若有住處虛空則多如其多者云何言常言一言徧若使虛空離空有住有物亦應離虛空住是故當知無有虛空善男子若有説言指住之處名爲虛空當知虛空是無常法何以故指有四方若有四方當知虛空亦有四方一切常法都無方所以有方故虛空無常若是無常不離五陰要離五陰是無所有善男子有法若從因緣住者當知是法名爲無常善男子譬如一切衆生樹木因地而住地無常故因地之物次第無常善男子如地因水水無常故地亦無常如水因風風無常故水亦無常風依虛空空無常故風亦無常若無常者云何説言虛空是常徧一切處虛空無故非是過去未來現在亦如兔角是無物故非是過去未來現在是故我説佛性常故非三世攝虛空無故非三世攝善男子我終不與世間共諍何以故智者説有我亦説有智者説無我亦説無迦葉菩薩言世尊菩薩摩訶薩具足幾法不與世諍不爲世法之所沾汙佛言善男子菩薩摩訶薩具足十法不與世諍不爲世法之所沾汙何等爲十一者信心二者有戒三者親近善友四者内

善思惟五者具足精進六者具足正念七者具足智慧八者具足正語九者樂於正法十者憐愍衆生善男子菩薩具足如是十法不與世諍不爲世法之所沾汙如優鉢羅華迦葉菩薩白佛言世尊如佛所說世智說有我亦說有世智說無我亦說無何等名爲世智有無佛言善男子世智若說色是無常苦空無我乃至識亦如是善男子是名世間智者說有我亦說有善男子世間智者說色無有常樂我淨受想行識亦復如是善男子是名世間智者說無我亦說無迦葉菩薩白佛言世尊世間智者即佛菩薩一切聖人若諸聖人色是無常苦空無我云何如來說佛色身常恒無變世間智者所說無法云何如來說言是有如來世尊作如是說云何復言不與世諍不爲世法之所沾汙如來已離三種顚倒所謂想倒心倒見倒應說佛色實是無常今乃說常云何得名遠離顚倒不與世諍佛言善男子凡夫之色從煩惱生是故智說色是無常苦空無我如來色者遠離煩惱是故說是常恒無變

大般涅槃經卷第三十六

音釋

析（先的切分也）鑽（祖官切穿也）羸（倫爲切瘦也）繒（慈陵切帛也）辨（皮莧切具也）

大般涅槃經卷第三十七

北涼天竺三藏曇無讖奉　詔譯

迦葉品第十二之五

迦葉菩薩言世尊云何爲色從煩惱生善男子煩惱三種所謂欲漏有漏無明漏智者應當觀是三漏所有罪過所以者何知罪過巳則能遠離譬如醫師先診病脉知病所在然後授藥善男子如人將盲至棘林中捨之而還盲人於後甚難得出設得出者身體壞盡世間凡夫亦復如是不能知見三漏過患則隨逐行如其見者則能遠離知罪過巳雖受果報果報輕微善男子有四種人一作業時重受報時輕二作業時輕受報時重三作業時重受報亦重四作業時輕受報亦輕善男子若人能觀煩惱罪過是人作業受果俱輕善男子有智之人作如是念我應遠離如是等漏又復不應作如是等鄙惡之事何以故我今未得脫於地獄餓鬼畜生人天報故我若修道當因是力破壞諸苦是人觀巳貪欲瞋恚愚癡微弱既見貪欲瞋癡輕巳其心歡喜復作是念我今如是皆由修道因緣力故令我得離不善之法親近善法是故現在得見正道應當勤加而修習之是人因是勤修道力遠離無量諸惡煩惱及離地獄餓鬼畜生人天果報是故我於契經中說當觀一切有漏煩惱及有漏因何以故有智之人若但觀漏不觀漏因則不能斷諸煩惱也何以故智者觀漏從是因生我今斷因漏則不生善男子如彼醫師先斷病因病則不生智者先斷煩惱因者亦復如是有智之人先當觀因

次觀果報知從善因生於善果知從惡因生於惡果觀果報已遠離惡因觀果報已復當次觀煩惱輕重觀輕重已先離重者既離重已輕者自去善男子智者若知煩惱煩惱因煩惱果報煩惱輕重是人爾時精勤修道不息不悔親近善友至心聽法爲滅如是諸煩惱故善男子譬如病者自知病輕必可除差雖得苦藥服之不悔有智之人亦復如是勤修聖道歡喜不悔不息不懈善男子若人能知煩惱煩惱因煩惱果報煩惱輕重爲除煩惱故勤修聖道是人不從煩惱生色受想行識亦復如是若不能知煩惱煩惱因煩惱果報煩惱輕重不勤修習是人則從煩惱生色受想行識亦復如是善男子知煩惱煩惱因煩惱果報煩惱輕重爲斷煩惱修行道者即是如來以是因緣如來色常乃至識常善男子不知煩惱煩惱因煩惱果報煩惱輕重不能修道即是凡夫是故凡夫色是無常受想行識悉是無常善男子世間智者一切聖人菩薩諸佛說是二義我亦如是說是二義是故我說不與世間智者共諍不爲世法之所沾汙迦葉菩薩復白佛言世尊如佛所說三有漏者云何名爲欲漏有漏無明漏耶佛言善男子欲漏者内惡覺觀因於外緣生於欲漏是故我昔在王舍城告阿難言阿難汝今受此女人所說偈頌是偈乃是過去諸佛之所宣說是故一切内惡覺觀外諸因緣名之爲欲是名欲漏有漏者色無色界内諸惡法外諸因緣除欲界中外諸因緣内諸覺觀是名有漏無明漏者不能了知我及我所不別

内外名無明漏善男子無明即是一切諸漏根本何以故一切衆生無明因緣於陰入界憶想作想名爲衆生是名根倒心倒見倒以是因緣生一切漏是故我於十二部經說無明者即是貪因瞋因癡因迦葉菩薩言世尊如來昔於十二部經說言不善思惟因緣生於貪欲瞋癡今何因緣乃說無明善男子如是二法互爲因果互相增長不善思惟生於無明無明因緣生不善思惟善男子其能生長諸煩惱者皆悉名爲煩惱因緣親近如是煩惱因緣名爲無明不善思惟如子生芽子是近因四大遠因煩惱亦爾迦葉菩薩白佛言世尊如佛所說無明即漏云何復言因無明故生於諸漏佛言善男子如我所說無明漏者是内無明因於無明生諸漏者是内外因若說無明漏是名内倒不識無常苦空無我若說一切煩惱因緣是名不知外我我所若說無明漏是名無始無終從無明生陰入界等迦葉菩薩白佛言世尊如佛所說有智之人知於漏因云何名爲知於漏因善男子智者當觀何因緣故生是煩惱造作何行生此煩惱於何時中生此煩惱共誰住時生此煩惱何處止住生此煩惱觀何事已生於煩惱受誰房舍卧具飲食衣服湯藥而生煩惱何因緣故轉下作中轉中作上下業作中中業作上菩薩摩訶薩作是觀時則得遠離生漏因緣如是觀時未生煩惱遮令不生已生煩惱便得除滅是故我於契經中說智者當觀生煩惱因迦葉菩薩白佛言世尊衆生一身云何能起種種煩惱佛言善男子如一器

中有種種子得水雨已各各自生衆生亦爾器雖是一愛因緣故而能生長種種煩惱迦葉菩薩言世尊智者云何觀於果報善男子智者當觀諸漏因緣能生地獄餓鬼畜生是漏因緣得人天身即是無常苦空無我是身器中得三種苦三種無常是漏因緣能令衆生作五逆罪受諸惡報能斷善根犯四重禁誹謗三寶智者當觀我既受得如是之身不應生起如是煩惱受諸惡果迦葉菩薩言世尊有無漏果復言智者斷諸果報無漏果報在斷中不諸得道人有無漏果如其智者求無漏果云何佛說一切智者應斷果報如其斷者今諸聖人云何得有善男子如來或時因中說果果中說因如世間人說泥即是瓶縷即是衣是名因中說果果中說因者牛即是水草人即是食我亦如是因中說果先於經中作是說言我從心身至梵天邊是名因中說果果中說因此六入者名過去業是名果中說因善男子一切聖人真實無有無漏果報一切聖人修道果報更不生漏是故名爲無漏果報善男子有智之人如是觀時則得永滅煩惱果報善男子智者觀已爲斷如是煩惱果報修習聖道聖道者即空無相願修是道已能滅一切煩惱果報迦葉菩薩白佛言世尊一切衆生皆從煩惱而得果報言煩惱者所謂惡也從惡煩惱所生煩惱亦名爲惡如是煩惱則有二種一因二果因惡故果惡果惡故子惡如紝婆果其子苦故華果莖葉一切皆苦猶如毒樹其子毒故果亦是毒因亦衆生果亦衆生因亦煩惱果亦煩惱

煩惱因果即是衆生衆生即是煩惱因果若從是義云何如來先喻雪山亦有毒草微妙藥王若言煩惱即是衆生衆生即是煩惱云何而言衆生身中有妙藥王佛言善哉善哉善男子無量衆生咸同此疑汝今能爲啓請求解我亦能斷諦聽諦聽善思念之今當爲汝分別解說善男子雪山喻者即是衆生言毒草者即是煩惱妙藥王者即淨梵行善男子若有衆生能修如是清淨梵行者是名身中有妙藥王迦葉菩薩白佛言世尊云何衆生有清淨梵行善男子猶如世間從子生果是果有能與子作因有不能者有能作者是名果子若不能作唯得名果不得名子一切衆生亦復如是皆有二種一者有煩惱果是煩惱因二者有煩惱果非煩惱因是煩惱果非煩惱因是則名爲清淨梵行善男子衆生觀受知是一切漏之近因所謂内外漏受因緣故不能斷絶一切諸漏亦不能出三界牢獄衆生因受著我我所生於心倒想倒見倒是故衆生先當觀受如是受者爲一切愛而作近因是故智者欲斷愛者當先觀受善男子一切衆生十二因緣所作善惡皆因受時是故我爲阿難說言阿難一切衆生所作善惡皆是受時是故智者先當觀受既觀受已復當更觀如是受者何因緣生若因緣生如是因緣復從何生若無因生無因何故不生無受復觀是受不因自在天生不因士夫生不因微塵生非時節生不因想生不因性生不從自生不從他生非自他生非無因生是受皆從緣合而生因緣者即是愛也是和合

中非有受非無受是故我當斷是和合斷和合故則不生受善男子智者觀因已次觀果報衆生因受受於地獄餓鬼畜生乃至三界無量苦惱受因緣故受無常樂受因緣故斷於善根受因緣故獲得解脱作是觀時不作受因云何名爲不作受因謂分別受何等受能作愛因何等愛能作受因善男子衆生若能如是深觀愛因受因則便能斷我及我所善男子若人能作如是等觀則應分別愛之與受在何處滅即見愛受有少滅處當知亦應有畢竟滅爾時即於解脱生信心生信心已是解脱處何由而得知從八正道即便修習云何名爲八正道耶是道觀受有三種相一者苦二者樂三者不苦不樂如是三種俱能增長身之與心何因緣故能增長耶觸因緣也是觸三種一者無明觸二者明觸三者非明非無明觸言明觸者即八正道其餘二觸增長身心及三種受是故我應斷二種觸因緣觸斷不生三受善男子如是受者亦名爲因亦名爲果智者當觀亦因亦果云何爲因因受生愛名之爲因云何名果因觸生故名之爲果是故此受亦因亦果智者如是觀是受已次復觀愛受果報故名之爲愛智者觀愛復有二種一者雜食二者無食雜食愛者因生老病死一切諸有無食愛者斷生老病死一切諸有貪無漏道智者復當作如是念我若生是雜食之愛則不能斷生老病死我今雖貪無漏之道不斷受因則不能得無漏道果是故應當先斷是觸觸既斷已受則自滅受既滅已愛亦隨滅是名八正道善男

子若有衆生能如是觀雖有毒身其中亦有微妙藥王如雪山中雖有毒草亦有妙藥善男子如是衆生雖從煩惱而得果報而是果報更不復爲煩惱作因是則名爲清淨梵行復次善男子智者當觀受愛二事何因緣生知因想生何以故衆生見色亦不生貪及觀受時亦不生貪若於色中生顛倒想謂色即是常樂我淨受是常恒無有變易因是倒想生貪恚癡是故智者應當觀想云何觀想當作是念一切衆生未得正道皆有倒想云何倒想於非常中生於常想於非樂中生於樂想於非淨中生於淨想於空法中生於我想於非男女大小晝夜歲月衣服房舍卧具生於男女至卧具想是想三種一者小二者大三者無量小因緣故生於小想大因緣故生於大想無量緣故生無量想復有小想謂未入定復有大想謂巳入定復有無量想謂十一切入復有小想所謂欲界一切想等復有大想所謂色界一切想等復有無量想謂無色界一切想等三想滅故受則自滅想受滅故名爲解脱迦葉菩薩言世尊滅一切法名爲解脱如來云何說想受滅名解脱耶佛言善男子如來或時因衆生說聞者解法或時因法說於衆生聞者亦解說於衆生云何名爲因衆生說聞者解法如我先爲大迦葉說迦葉衆生滅時善法則滅是名因衆生說聞者解法云何因法說於衆生聞者亦解說於衆生如我先爲阿難說言我亦不說親近一切法亦復不說不親近一切法若法近巳善法衰羸不善熾盛如是法者不應親近若法

近已不善衰滅善法增長如是法者是應親近是名因法說於衆生聞者亦解說於衆生善男子如來雖說想受二滅則已總說一切可斷智者旣觀如是想已次觀想因是無量想因何而生知因觸生是觸二種一者因煩惱觸二者因解脫觸因無明生名煩惱觸因明生者名解脫觸因煩惱觸生於倒想因解脫觸生不倒想觀想因已次觀果報迦葉菩薩白佛言世尊若以因此煩惱之想生於倒想一切聖人實有倒想而無煩惱是義云何佛言善男子云何聖人而有倒想迦葉菩薩言世尊一切聖人牛作牛想亦說是牛馬作馬想亦說是馬男女大小舍宅車乘去來亦爾是名倒想善男子一切凡夫有二種想一者世流布想二者著想一切聖人唯有世流布想無有著想一切凡夫惡覺觀故於世流布生於著想一切聖人善覺觀故於世流布不生著想是故凡夫名爲倒想聖人雖知不名倒想智者如是觀想因已次觀果報是惡想果在於地獄餓鬼畜生人天中受如我因斷惡覺觀故無明觸斷是故想斷因想斷故果報亦斷智者爲斷如是想因修八正道善男子若有能作如是等觀則得名爲清淨梵行善男子是名衆生毒身之中有妙藥王如雪山中雖有毒草亦有妙藥復次善男子智者觀欲欲者即是色聲香味觸善男子即是如來因中說果從此五事生於欲耳實非欲也善男子愚癡之人貪求受之於是色中生顛倒想乃至觸中亦生倒想倒想因緣便生於受是故世間說因倒想生十種想欲因緣

故在於世間受惡果報以惡加於父毋沙門婆羅門等所不應作而故作之不惜身命是故智者觀是惡想因緣故生欲心智者如是觀欲因巳次觀果報是欲多有諸惡果報所謂地獄餓鬼畜生人中天上是名觀果報若是惡想得除滅者終不生於此欲心也無欲心故不受惡受無惡受故則無惡果是故我應先斷惡想斷惡想巳如是等法自然而滅是故智者爲滅惡想修八正道是則名爲清淨梵行是名衆生毒身之中有妙藥王如雪山中雖有毒草亦有妙藥復次善男子智者如是觀是欲巳次當觀業何以故有智之人當作是念受想觸欲即是煩惱是煩惱者能作生業不作受業如是煩惱與業共行則有二種一作生業二作受業是故智者當觀於業是業三種謂身口意善男子身口二業亦名爲業亦名業果意唯名業不名爲果以業因故則名爲業善男子身口二業名爲外業意業名內是三種業共煩惱行故作二種業一者生業二者受業善男子正業者即意業也期業者謂身口業先發故名意業從意業生名身口業是故意業得名爲正智者觀業巳次觀業因業因者即無明觸因無明觸衆生求有求有因緣即是愛也愛因緣故造作三種身口意業善男子智者如是觀業因巳次觀果報果報有四一者黑黑果報二者白白果報三者雜雜果報四者不黑不白不黑不白果報黑黑果報者作業時垢果報亦垢白白果報者作業時淨果報亦淨是名白白果報雜雜果報者作業時雜果報亦雜不白

不黑不白不黑果報者名無漏業迦葉菩薩白佛言世尊先說無漏無有果報今云何言不白不黑果報耶佛言善男子是義有二一者亦果亦報二者唯果非報黑黑果報亦名爲果亦名爲報黑因生故得名爲果能作因故復名爲報淨雜亦爾無漏果者因有漏生故名爲果不作他因不名爲報是故名果不名爲報迦葉菩薩白佛言世尊是無漏業非是黑法何因緣故不名爲白善男子無有報故不名爲白對治黑故故名爲白我今乃說受果報者名爲黑白是無漏業不受報故不名爲白名爲寂靜如是業者有定受報處如十惡法定在地獄餓鬼畜生十善之業定在人天十不善法有上中下上因緣故受地獄身中因緣故受畜生身下因緣故受餓鬼身人業十善復有四種一者下二者中三者上四者上上下因緣故生鬱單越中因緣故生弗婆提上因緣故生瞿陁尼上上因緣生閻浮提有智之人作是觀已即作是念我當云何斷是果報復作是念是業因緣無明觸生我若斷除無明與觸如是業果則滅不生是故智者爲斷無明觸因緣故修八正道是則名爲清淨梵行善男子是名衆生毒身之中有妙藥王如雪山中雖有毒草亦有妙藥復次善男子智者觀業觀煩惱已次觀是二所得果報是二果報即是苦也既知是苦則能捨離一切受生智者復觀煩惱因緣生於煩惱業因緣故亦生煩惱煩惱因緣復生於業業因緣生苦苦因緣故生於煩惱煩惱因緣生有有因緣生苦苦因緣生有有因緣生業

業因緣生煩惱煩惱因緣生苦苦因緣生業善男子智者若能作如是觀當知是人能觀業苦何以故如上所觀即是生死十二因緣若人能觀如是生死十二因緣當知是人不造新業能壞故業善男子有智之人觀地獄苦觀一地獄乃至一百三十六所一一地獄有種種苦皆是煩惱業因緣生觀地獄已次觀餓鬼畜生等苦作是觀已復觀人天所有諸苦如是衆苦皆從煩惱業因緣生善男子天上雖無大苦惱事然其身體柔軟細滑見五相時極受大苦如地獄苦等無差別善男子智者深觀三界諸苦皆從煩惱業因緣生善男子譬如坏器則易破壞衆生受身亦復如是既受身已是衆苦器譬如大樹華果繁茂衆鳥能壞如多乾草小火能焚衆生受身爲苦所壞亦復如是善男子智者若能觀苦八種如聖行中當知是人能斷衆苦善男子智者深觀是八苦已次觀苦因苦因者即愛無明是愛無明則有二種一者求身二者求財求身求財二俱是苦是故當知愛無明者即是苦因善男子是愛無明則有二種一者內二者外內能作業外能增長又復內能作業外作業果斷內愛已業則得斷斷外愛已果則得斷內愛能生未來世苦外愛能生現在世苦智者觀愛即是苦因既觀因已次觀果報苦果報者即是取也愛果名取是取因緣即內外愛則有愛苦善男子智者當觀愛因緣取取因緣愛若我能斷愛取二事則不造業受於衆苦是故智者爲斷愛苦修八正道善男子若有人能如是觀者是則名爲清

淨梵行是名衆生毒身之中有妙藥王如雪山中雖有毒草亦有妙藥迦葉菩薩白佛言世尊云何名爲清淨梵行佛言善男子一切法是迦葉菩薩言世尊一切法者義不決定何以故如來或說是善不善或時說爲四念處觀或說是十二入或說是善知識或說是十二因緣或說是衆生或說是正見邪見或說十二部經或說即是二諦如來今乃說一切法爲清淨梵行悉是何等一切法耶佛言善哉善哉善男子如是微妙大涅槃經乃是一切善法寶藏譬如大海是衆寶藏是涅槃經亦復如是即是一切字義祕藏善男子如須彌山衆藥根本是經亦爾即是菩薩戒之根本善男子譬如虛空是一切物之所住處是經亦爾即是一切善法住處善男子譬如猛風無能繫縛一切菩薩行是經者亦復如是不爲一切煩惱惡法之所繫縛善男子譬如金剛無能壞者是經亦爾雖有外道惡邪之人不能破壞善男子如恒河沙無能數者如是經義亦復如是無能數者善男子是經典者爲諸菩薩而作法幢如帝釋幢善男子是經即是趣涅槃城之商主也如大導師引諸商人趣向大海善男子是經能爲諸菩薩等作法光明如世日月能破諸闇善男子是經能爲病苦衆生作大良藥如雪山中微妙藥王能治衆病善男子是經能爲一闡提杖猶如羸人因之得起善男子是經能爲一切惡人而作橋梁猶如世橋能度一切善男子是經能爲行二十五有者遇煩惱熱而作蔭涼如世間蓋遮覆暑熱善男子是經即是大

無畏王能壞一切煩惱惡魔如師子王降伏衆獸善男子是經即是大神呪師能壞一切煩惱惡鬼如世呪師能去魍魎善男子是經即是無上霜雹能壞一切生死果報如世雹雨壞諸果實善男子是經能爲壞戒目者作大良藥猶如世間安闍那藥善療眼痛善男子是經能住一切善法如世間地能住衆物善男子是經即是毁戒衆生之明鏡也如世明鏡見諸色像善男子是經能爲無慚愧者而作衣服如世衣裳障蔽形體善男子是經能爲貧善法者作大財寳如功德天利益貧者善男子是經能爲渴法衆生作甘露漿如八味水充足渴者善男子是經能爲煩惱之人而作法牀如世之人遇安隱牀善男子是經能爲初地菩薩至十住菩薩而作瓔珞香華塗香牀香燒香清淨種性具足之乘過於一切六波羅蜜受妙樂處如忉利天波利質多羅樹善男子是經即是剛利智斧能伐一切煩惱大樹即是利刀能割習氣即是勇健能摧魔怨即是智火焚煩惱薪即因緣藏出辟支佛即是聲聞藏生聲聞人即是一切諸天之眼即是一切人之正道即是一切畜生依處即是餓鬼解脫之處即是地獄無上之尊即是一切十方衆生無上之器即是十方過去未來現在諸佛之父毋也善男子是故此經攝一切法如我先說此經雖攝一切諸法我說梵行即是三十七助道之法善男子若離如是三十七品終不能得聲聞正果乃至阿耨多羅三藐三菩提果不見佛性及佛性果以是因縁梵行即是三十七品何以故

三十七品性非顛倒能壞顛倒性非惡見能壞惡見性非怖畏能壞怖畏性是淨行能令衆生畢竟造作清淨梵行迦葉菩薩白佛言世尊有漏之法亦復能作無漏法因如來何故不說有漏爲清淨梵行善男子一切有漏即是顛倒是故有漏不得名爲清淨梵行迦葉菩薩白佛言世尊世第一法爲是有漏是無漏耶佛言善男子是有漏也世尊雖是有漏性非顛倒何故不名清淨梵行善男子世第一法無漏因故似於無漏向無漏故不名顛倒善男子清淨梵行發心相續乃至畢竟世第一法唯是一念是故不得名淨梵行迦葉菩薩白佛言世尊衆生五識亦是有漏非是顛倒復非一念何故不名清淨梵行善男子衆生五識雖非一念然是有漏復是顛倒增諸漏故名爲有漏體非眞實著想故倒云何名爲體非眞實著想故倒非男女中生男女想乃至舍宅車乘瓶衣亦復如是是名顛倒善男子三十七品性無顛倒是故得名清淨梵行善男子若有菩薩於三十七品知根知因知攝知增知主知導知勝知實知畢竟者如是菩薩則得名爲清淨梵行迦葉菩薩白佛言世尊云何名爲知根乃至知畢竟耶佛言善男子善哉善哉菩薩發問爲於二事一者爲自知故二者爲他知故汝今已知但爲無量衆生未解啓請是事是故我今重讚歎汝善哉善哉善男子三十七品根本是欲因名明觸攝取名受增名善思主名爲念導名爲定勝名智慧實名解脫畢竟名爲大般涅槃善男子善欲即是初發道心乃至阿耨

多羅三藐三菩提之根本也是故我說欲爲根本善男子如世間說一切苦惱愛爲根本一切疾病宿食爲本一切斷事鬪諍爲本一切惡事虛妄爲本迦葉菩薩白佛言世尊如來先於此經中說一切善法不放逸爲本今乃說欲是義云何佛言善男子若言生因善欲是也若言了因不放逸是如世間說一切果者子爲其因或復有說子爲生因地爲了因是義亦爾迦葉菩薩言世尊如來先於餘經中說三十七品佛是根本是義云何善男子如來先說衆生初知三十七品佛是根本若自證得欲爲根本世尊云何明觸名之爲因善男子如來或時說明爲慧或說爲信善男子信因緣故親近善友是名爲觸親近因緣得聞正法是名爲觸因聞正法身口意淨是名爲觸因三業淨獲得正命是名爲觸因正命故得淨根戒因淨根戒樂寂靜處因樂寂靜能善思惟因善思惟得如法住因如法住得三十七品能壞無量諸惡煩惱是名爲觸善男子受名攝取衆生受時能作善惡是故名受爲攝取也善男子受因緣故生諸煩惱三十七品能破壞之是故以受爲攝取也因善思惟能破煩惱是故名增何以故勤修習故得如是等三十七品若觀能破諸惡煩惱要賴專念是故以念爲主如世間中一切四兵隨主將意三十七品亦復如是皆隨念主善男子既入定已三十七品能善分別一切法相是故以定爲導是三十七品分別法相智爲最勝是故以慧爲勝如是智慧知煩惱已智慧力故煩惱消滅如世間中四兵壞

怨或一或二勇健者能三十七品亦復如是智慧力故能壞煩惱是故以慧爲勝善男子雖因修習三十七品獲得四禪神通安樂亦不名實若壞煩惱證解脫時乃名爲實是三十七品發心修道雖得世樂及出世樂四沙門果及以解脫亦不得名爲畢竟也若能斷除三十七品所行之事是名涅槃是故我說畢竟者即大涅槃復次善男子善愛念心即是欲也因善愛念親近善友故名爲觸是名爲因因近善友故名爲受是名攝取因近善友能善思惟故名爲增因是四法能生長道所謂欲念定智是則名爲主導勝也因是三法得二解脫除斷愛故心得解脫斷無明故慧得解脫是名爲實如是八法畢竟得果名爲涅槃故名畢竟復次善男子欲者即是發心出家觸者即是白四羯磨是名爲因攝者即是受二種戒一者波羅提木叉戒二者淨根戒是名爲受是名攝取增者即是修習四禪主者即是須陀洹果斯陀含果導者即是阿那含果勝者即是阿羅漢果實者即是辟支佛果畢竟者即是阿耨多羅三藐三菩提果復次善男子欲名爲識觸名六入攝名爲受增名無明主名名色導名爲愛勝名爲取實名爲有畢竟者名生老病死

大般涅槃經卷第三十七

大般涅槃經卷第三十八

北凉天竺三藏曇無讖奉　詔譯

迦葉菩薩品第十二之六

迦葉菩薩言世尊根本因增如是三法云何有異善男子所言根者即是初發因者即是相似不斷增者即是滅相似巳能生相似復次善男子根即是作因即是果增即可用善男子未來之世雖有果報以未受故名之爲因及其受時是名爲增復次善男子根即是求得即是因用即是增善男子是經中根即是見道因即是修道增者即是無學道也復次善男子根即正因因即方便從是正因獲得果報名爲增長迦葉菩薩言世尊如佛所說畢竟者即是涅槃如是涅槃云何可得善男子若菩薩摩訶薩若比丘比丘尼優婆塞優婆夷能修十想當知是人能得涅槃云何爲十一者無常想二者苦想三者無我想四者猒離食想五者一切世間不可樂想六者死想七者多過罪想八者離想九者滅想十者無愛想善男子菩薩摩訶薩比丘比丘尼優婆塞優婆夷修習如是十種想者是人畢竟定得涅槃不隨他心自能分別善不善等是名眞實稱比丘義乃至得稱優婆夷義迦葉菩薩言世尊云何名爲菩薩乃至優婆夷等修無常想善男子菩薩二種一初發心二巳行道無常想者亦復二種一麤二細初心菩薩觀無常想時作是思惟世間之物凡有二種一內二外如是內物無常變異我見生時小時大時壯時老時死時是諸時節各各不同是故當知內物無常復作是念我見衆

生或有肥鮮具足色力去來進止自在無礙或見病苦色力毀悴顔貌羸損不得自在或見財富庫藏盈溢或見貧窮觸事尠乏或見成就無量功德或見具足無量惡法是故定知内法無常復觀外法子時芽時莖時葉時華時果時如是諸時各各不同如是外法或有具足或不具足是故當知一切外物定是無常既觀見法是無常已復觀聞法我聞諸天具足成就極妙快樂神通自在亦有五相是故當知即是無常復聞刧初有諸衆生各各具足上妙功德身光自照不假日月無常力故光滅德損復聞昔有轉輪聖王統四天下成就七寶得大自在而不能壞無常之相復觀大地往昔之時安處布置無量衆生間無空處如車輪許具足生長一切妙藥叢林樹木果實滋茂衆生薄福令此大地無復勢力所生之物遂成虚耗是故當知内外之法一切無常是則名爲麤無常也既觀麤已次觀細者云何名細菩薩摩訶薩觀於一切内外之物乃至微塵在未來時已是無常何以故具足成就破壞相故若未來色非無常者不得言色有十時差别云何十時一者膜時二者泡時三者皰時四者肉團時五者肢時六者嬰孩時七者童子時八者少年時九者盛壯時十者衰老時菩薩觀膜若非無常不應至泡乃至盛壯若非無常者終不至老若是諸時非念念滅終不漸長應當一時成長具足無是事故是故當知定有念念微細無常復見有人諸根具足顔色暐曅後見枯悴復作是念是人定有念念無常復觀四大及

四威儀復觀内外各二苦因飢渴寒熱復觀是四苦無念念微細無常亦不得説如是四苦若有菩薩能作是念是名菩薩觀細無常如内外色心法亦爾何以故行六處故行六處時或生喜心或生瞋心或生愛心或生念心展轉異生不得一種是故當知一切色法及非色法悉是無常善男子菩薩若能於一念中見一切法生滅無常是名菩薩具無常想善男子智者修習無常想已遠離常慢常倒想倒次修苦想何因緣故有如是苦深知是苦因於無常因無常故受生老病死生老病死因緣故名爲無常無常因緣故受内外苦飢渴寒熱鞭打罵辱如是等苦皆因無常復次智者深觀此身即無常器是器即苦以器苦故所受盛法亦復是苦善男子智者復

觀生即是苦滅即是苦苦生滅故即是無常非我我所修無我想智者復觀苦即無常無常即苦若苦無常智者云何説言有我苦非是我無常亦爾如是五陰亦苦無常衆生云何説言有我復次觀一切法有異和合不從一和合生一切法亦非一法是一切和合果一切和合皆無自性亦無一性亦無異性亦無物性亦無自在諸法若有如是等相智者云何説言有我復作是念一切法中無有一法能爲作者若使一法不能作者衆法和合亦不能作一切諸法性終不能獨生獨滅和合故滅和合故生是法生已衆生倒想言是和合從和合生衆生想倒無有眞實云何而有眞實我耶是故智者觀於無我又復諦觀何因緣故衆生説我是我若有應一應多我

若一者云何而有刹利婆羅門毗舍首陀人天地獄餓鬼畜生大小老壯是故知我非是一也我若多者云何說言衆生我者是一是徧無有邊際若一若多二俱無我智者如是觀無我已次復觀於猒離食想作是念言若一切法無常苦無我云何爲食起身口意三種惡業若有衆生爲貪食故起身口意三種惡業所得財物衆皆共之後受苦果無共分者善男子智者復觀一切衆生爲飲食故身心受苦若從衆苦而得食者我當云何於是食中而生貪著是故於食不生貪心復次智者當觀身因因於飲食身得增長我今出家受戒修道爲欲捨身今貪此食云何當得捨此身耶如是觀已雖復受食猶如曠野食其子肉其心猒惡都不甘樂深觀摶食有如是過次觀觸食如被剝牛爲無量蟲之所唼食次觀思食如大火聚識食猶如三百矟矛善男子智者如是觀四食已於食終不生貪樂想若猶生貪當觀不淨何以故爲離食愛故於一切食善能分別不淨之想隨諸不淨令與相似如是觀已若得好食及以惡食受時猶如塗癰瘡藥終不生於貪愛之心善男子智者若能如是觀者是名成就猒離食想迦葉菩薩言世尊智者觀食作不淨想爲是實觀虛解觀耶若是實觀所觀之食實非不淨若是虛解是法云何名爲善想佛言善男子如是想者亦是實觀亦是虛解能壞貪食故名爲實非蟲見蟲故名虛解善男子一切有漏皆名爲虛亦能得實善男子若有比丘發心乞食豫作是念我當乞食願得好者莫得

麤惡願必多得莫令尠少亦願速得莫令遲晚如是比丘不名於食得猒離想所修善法日夜衰耗不善之法漸當增長善男子若有比丘欲乞食時先當願言令諸乞者悉得飽滿其施食者得無量福我若得食爲療毒身修習善法利益施主作是願時所修善法日夜增長不善之法漸當消滅善男子若有比丘能如是修當知是人不空食於國中信施善男子智者具足如是四想能修世間不可樂想作是念言一切世間無處不有生老病死而我此身無處不生若世間中無有一處當得離於生老病死我當云何樂於世間一切世間無有進得而不退失是故世間定是無常若是無常云何智人而樂於世一一衆生周徧經歷一切世間具受苦樂雖復得受梵天之身乃至非想非非想天命終還墮三惡道中雖爲四王乃至他化自在天身命終生於畜生道中或爲師子虎兕豺狼象馬牛驢次觀轉輪聖王統四天下豪貴自在福盡貧困衣食不供智者深觀如是事已生於世間不可樂想智者復觀世間有法所謂舍宅衣服飲食卧具醫藥香華瓔珞種種伎樂財物寶貨如是等事皆爲離苦如是等物體即是苦云何以苦欲離於苦善男子智者如是觀已於世間物不生愛樂而作樂想善男子譬如有人身嬰重病雖有種種音樂倡伎華香瓔珞終不於中生貪愛樂智者觀已亦復如是善男子智者深觀一切世間非歸依處非解脫處非寂靜處非不愛處非彼岸處非是常樂我淨之法若我貪樂如是世間我當

云何得離是法如人不樂處闇而求光明還復歸闇闇即世間明即出世若我樂世增長黑闇遠離光明闇即無明光即智明是智明因即是世間不可樂想一切貪結雖是繫縛然我今者貪於智明不貪世間智者深觀如是法已具足世間不可樂想善男子有智之人已修世間不可樂想次修死想觀是壽命常爲無量怨讎所遶念念損減無有增長猶山暴水不得停住亦如朝露勢不久停如四趣市步步近死如牽牛羊詣於屠所迦葉菩薩言世尊云何智者觀念念滅善男子譬如四人皆善射術聚在一處各射一方俱作是念我等四箭俱發俱墮復有一人作是念言如是四箭及其未墮我能一時以手接取善男子如是之人可說疾不迦葉菩薩言如是

世尊佛言善男子地行鬼疾復速是人有飛行鬼復速地行四天王疾復速飛行日月神天復速四王行堅疾天復速日月衆生壽命復速堅疾善男子一息一瞬衆生壽命四百生滅智者若能觀命如是是名能觀念念滅也善男子智者觀命繫屬死王我若能離如是死王則得永斷無常壽命復次智者觀是壽命猶如河岸臨峻大樹亦如有人作大逆罪及其受戮無憐愍者如師子王大飢困時亦如毒蛇吸大風時猶如渴馬護惜水時如大惡鬼瞋恚發時衆生死王亦復如是善男子智者若能作如是觀是則名爲修習死想善男子智者復觀我今出家設得壽命七日七夜我當於中精勤修道護持禁戒說法教化利益衆生是名智者修於死想復以七日

七夜爲多若得六日五日四日三日二日一日一時乃至出息入息之頃我當於中精勤修道護持禁戒說法教化利益衆生是名智者善修死想智者具足如上六想即七想因何等名七一者常修想二者樂修想三者無瞋想四者無妬想五者善願想六者無慢想七者三昧自在想善男子若有比丘具是七想是名沙門名婆羅門是名寂靜是名淨潔是名解脫是名智者是名正見名到彼岸名大醫王是大商主是名善解如來祕密亦知諸佛七種之語名正見知斷七種語中所生疑網善男子若人具足如上六想當知是人能訶三界遠離三界滅除三界於三界中不生愛著是名智者具足十想若有比丘具是十想則得稱可沙門之相爾時迦葉菩薩即於佛前以偈讚佛

憐愍世間大醫王　身及智慧俱寂靜
無我法中有眞我　是故敬禮無上尊
發心畢竟二不別　如是二心先心難
自未得度先度他　是故我禮初發心
初發已爲人天師　勝出聲聞及緣覺
如是發心過三界　是故得名最無上
世救要求然後得　如來無請而爲歸
佛隨世間如犢子　是故得名大悲牛
如來功德滿十方　凡下無智不能讚
我今讚歎慈悲心　爲報身口二種業
世間常樂自利益　如來終不爲是事
能斷衆生世果報　是故我禮自他利
世間逐親作益厚　如來利益無怨親
佛無是相如世人　是故其心等無二

世間說異作業異　如來如說業無差
凡所修行斷諸行　是故得名爲如來
先已了知煩惱過　示現處之爲衆生
久於世間得解脫　樂處生死慈悲故
雖現天身及人身　慈悲隨逐如犢子
如來即是衆生母　慈心即是小犢子
自受衆苦念衆生　悲愍念時心不悔
悲愍心盛不覺苦　故我稽首拔苦者
如來雖作無量福　身口意業恒清淨
常爲衆生不爲已　是故我禮清淨業
如來受苦不覺苦　見衆受苦如已苦
雖爲衆生處地獄　不生苦想及悔心
一切衆生受異苦　悉是如來一人苦
覺已其心轉堅固　故能勤修無上道
佛具一味大慈心　愍念衆生如子想
衆生不知佛能救　故謗如來及法僧
世間雖具衆煩惱　亦有無量諸過惡
如是衆結及罪過　佛初發心已能壞
唯有諸佛能讚佛　除佛無能讚歎者
我今唯以一法讚　所謂慈心遊世間
如來慈是大法聚　是慈亦能度衆生
即是無上眞解脫　解脫即是大涅槃

憍陳如品第十三之一

爾時世尊告憍陳如色是無常因滅是色獲得解脫常住之色受想行識亦是無常因滅是識獲得解脫常住之識憍陳如色即是苦因滅是色獲得解脫安樂之色受想行識亦復如是憍陳如色即是空因滅空色獲得解脫非空之色受想行識亦復如是憍陳如色是無我因滅是色獲得解脫眞我之色受想

行識亦復如是憍陳如色是不淨因滅是色獲得解脫清淨之色受想行識亦復如是憍陳如色是生老病死之相因滅是色獲得解脫非生老病死相之色受想行識亦復如是憍陳如色是無明因因滅是色獲得解脫非無明因色受想行識亦復如是憍陳如乃至色是生因因滅是色獲得解脫非生因色受想行識亦復如是憍陳如色者即是四顛倒因因滅顛倒色獲得解脫非四倒因色受想行識亦復如是憍陳如色是無量惡法之因所謂男女等身食愛欲愛貪瞋嫉妬惡心慳心摶食識食思食觸食卵生胎生濕生化生五欲五蓋如是等法皆因於色因滅色故獲得解脫無如是等無量惡色受想行識亦復如是憍陳如色即是縛因滅縛色獲得解脫

無縛之色受想行識亦復如是憍陳如色即是流因滅流色獲得解脫非流之色受想行識亦復如是憍陳如色非歸依因滅是色獲得解脫歸依之色受想行識亦復如是憍陳如色是瘡疣因滅是色獲得解脫無瘡疣色受想行識亦復如是憍陳如色非寂靜因滅是色獲得涅槃寂靜之色受想行識亦復如是憍陳如若有人能如是知者是名沙門名婆羅門具足沙門婆羅門法憍陳如若離佛法無有沙門及婆羅門亦無沙門婆羅門法一切外道虛假詐稱都無實行雖復作想言有是二實無是處何以故若無沙門婆羅門法云何而言有沙門婆羅門我常於此大衆之中作師子吼汝等亦當在大衆中作師子吼爾時外道有無量人聞是語已心生瞋恚

瞿曇今說我等衆中無有沙門及婆羅門亦無沙門婆羅門法我當云何廣設方便語瞿曇言我等衆中亦有沙門有沙門法有婆羅門有婆羅門法時彼衆中有一梵志唱如是言諸仁者瞿曇之言如狂無異何可檢校世間狂人或歌或舞或哭或笑或罵或讚於怨親所不能分別沙門瞿曇亦復如是或說我生淨飯王家或言不生或說生已行至七步或說不行或說從小習學世事或說我是一切智人或時處宮受樂生子或時猒患訶責惡賤或時親修苦行六年或時訶責外道苦行或言從彼鬱頭藍弗阿羅邏等稟承未聞或時說其無所知曉或時說言菩提樹下得阿耨多羅三藐三菩提或時說言我不至樹無所尅獲或時說言我今此身即是涅槃或言身滅乃是涅槃瞿曇所說如狂無異何故以此而愁憒耶諸婆羅門即便答言大士我等今者何得不愁沙門瞿曇先出家已說無常苦空無我不淨我諸弟子聞生恐怖云何衆生無常苦空無我不淨不受其語今者瞿曇復來至此娑羅林中爲諸大衆說有常樂我淨之法我諸弟子聞是語已悉捨我去受瞿曇語以是因緣生大愁苦爾時復有一婆羅門作如是言諸仁者諦聽諦聽瞿曇沙門名修慈悲是言虛妄非眞實也若有慈悲云何教我諸弟子等自受其法慈悲果者隨順他意今違我願云何言有若有說言沙門瞿曇不爲世間八法所染是亦虛妄若言瞿曇少欲知足今者云何奪我等利若言種姓是上族者是亦虛妄何以故從昔以來不見不

聞大師子王殘害小鼠若使瞿曇是上種姓如何今者惱亂我等若言瞿曇具大勢力是亦虛妄何以故從昔已來亦不見聞金翅鳥王與烏共諍若言力大復以何事與我共鬪若言瞿曇具他心智是亦虛妄何以故若具此智以何因緣不知我心諸仁者我昔曾從先舊智人聞說是事過百年已世間當有一妖幻出即是瞿曇如是妖惑今於此處婆羅林中將滅不久汝等今者不應愁惱爾時復有一尼揵子答言仁者我今愁苦不爲自身弟子供養但爲世間癡闇無眼不識福田及非福田棄捨先舊智婆羅門供養年少以爲愁耳瞿曇沙門大知呪術因呪術力能令一身作無量身令無量身還作一身或以自身作男女像牛羊象馬我力能滅如是呪術瞿曇沙門呪術既滅汝等當還多得供養受於安樂爾時復有一婆羅門作如是言諸仁者瞿曇沙門成就具足無量功德是故汝等不應與諍大衆答言癡人云何說言沙門瞿曇具大功德其生七日母便命終是可得名福德相耶婆羅門言罵時不瞋打時不報當知即是大福德相其身具足三十二相八十種好無量神通是故當知是福德相心無憍慢先意問訊言語柔輭初無麤獷年志俱盛心不卒暴王國多財無所愛戀捨之出家如棄涕唾是故我說沙門瞿曇成就具足無量功德大衆答言善哉仁者瞿曇沙門實如所說成就無量神通變化我不與彼捔試是事瞿曇沙門受性柔輭不堪苦行生長深宮不綜外事唯可輭語不知技藝書籍論議請共詳

辯正法之要彼若勝我我當給事我若勝彼彼當事我爾時多有無量外道和合共往摩伽陀王阿闍世所王見便問諸仁者汝等各各修習聖道是出家人捨離財貨及在家事我國人民皆共供養敬心瞻視無相犯觸何故和合而來至此諸仁者汝等各受異法異戒出家不同亦復各各自隨戒法出家修道何因緣故今者一心而共和合猶如葉落旋風所吹聚在一處說何因緣而來至此我常擁護出家之人乃至不惜身之與命爾時一切諸外道衆咸作是言大王諦聽大王今者是大法橋是大法礪是大法稱即是一切功德之器一切功德眞實之性正法道路即是種子之良田也一切國土之根本也一切國土之明鏡也一切諸天之形像也一切國人之父母也大王一切世間功德寶藏即是王身何以故名功德藏王斷國事不擇怨親其心平等如地水火風是故名王爲功德藏大王現在衆生雖復壽短王之功德如昔長壽安樂時王亦如頂生善見忍辱那睺沙王耶耶諦王尸毗王一叉鳩王如是等王具足善法大王今者亦復如是大王以王因緣國土安樂人民熾盛是故一切出家之人慕樂此國持戒精勤修習正道大王我經中說若出家人隨所住國持戒精進勤修正道其王亦有修善之分大王一切盜賊王已整理出家之人都無畏懼今者唯有一大惡人瞿曇沙門王未檢校我等甚畏其人自恃豪族種姓身色具足又因過去布施之報多得供養恃此衆事生大憍慢或因呪術而生憍慢以是

因縁不能苦行受畜細輭衣服卧具是故一切世間惡人爲利養故往集其所而爲眷屬不能苦行呪術力故調伏迦葉及舍利弗目揵連等今復來至我所住處娑羅林中宣説是身常樂我淨誘我弟子大王瞿曇先説無常無樂無我無淨我能忍之今乃宣説常樂我淨我實不忍唯願大王聽我與彼瞿曇論議王即答言諸大士汝等今者爲誰教導而令其心狂亂不定如水濤波旋火之輪獼猴擲樹是事可恥智人若聞則生憐愍愚人聞之則生嗤笑汝等所説非出家相汝若病風黄水患者吾悉有藥能療治之如其鬼病家兄耆婆善能去之汝等今者欲以手爪掊須彌山欲以口齒齚嚙金剛諸大士譬如愚人見師子王飢時睡眠而欲覺之如人以指置毒蛇口如欲以手觸灰覆火汝等今者亦復如是善男子譬如野狐作師子吼猶如蚊子共金翅鳥捔行遲疾如兔渡海欲盡其底汝等今者亦復如是汝若夢見勝瞿曇者是夢狂惑未足可信諸大士汝等今者興建是意猶如飛蛾投大火聚汝隨我語不須更説汝雖讃我平等如稱勿令外人復聞此語爾時外道復作是言大王瞿曇沙門所作幻術到汝邊耶乃令大王心疑不信是等聖人大王不應輕蔑如是大士大王是月增減大海鹹味摩羅延山如是等事誰之所作豈非我等婆羅門耶大王不聞阿竭多仙十二年中恒河之水停耳中耶大王不聞瞿曇仙人大現神通十二年中變作釋身并令釋身作羝羊形作千女根在釋身耶大王不聞耆菟仙人

一日之中飲四海水令大地乾耶大王不聞婆藪仙人爲自在天作三眼耶大王不聞羅邏仙人變迦羅富城作鹵土耶大王婆羅門中有如是等大力諸仙現可檢校大王云何見輕蔑耶王言諸仁者若不見信故欲爲者如來正覺今者近在娑羅林中汝等可往隨意問難如來亦當爲汝分别稱汝意答爾時阿闍世王與諸外道徒衆眷屬往至佛所頭面作禮右遶三帀修敬已畢却住一面白佛言世尊是諸外道欲隨意問難唯願如來隨意答之佛言大王且止我自知時爾時衆中有婆羅門名闍提首那作如是言瞿曇汝說涅槃是常法耶如是如是大婆羅門婆羅門言瞿曇若說涅槃常者是義不然何以故世閒之法從子生果相續不斷如從泥出瓶從縷得衣瞿曇常說修無常想獲得涅槃因是無常果云何常瞿曇又說解脫欲貪即是涅槃解脫色貪及無色貪即是涅槃滅無明等一切煩惱即是涅槃從欲乃至無明煩惱皆是無常因是無常所得涅槃亦應無常瞿曇又說從因故生天從因故地獄從因得解脫是故諸法皆從因生若從因生故得解脫者云何言常瞿曇亦說色從緣生故名無常受想行識亦復如是如是解脫若是色者當知無常受想行識亦復如是若離五陰有解脫者當知解脫即是虛空若是虛空不得說言從因緣生何以故是常是一徧一切處瞿曇亦說從因生者即是苦也若是苦者云何復說解脫是樂瞿曇又說無常即苦苦即無我若是無常苦無我者即是不淨一切從因所

生諸法皆無常苦無我不淨云何復說涅槃即是常樂我淨若瞿曇說亦常無常亦苦亦樂亦我無我亦淨不淨如是豈非是二語耶我亦曾從先舊智人聞說是語佛若出世言則無二瞿曇今者說於二語復言佛即我身是也是義云何佛言婆羅門如汝所說我今問汝隨汝意答婆羅門言善哉瞿曇佛言婆羅門汝性常耶是無常乎婆羅門言我性是常婆羅門是性能作一切內外法之因耶如是瞿曇佛言婆羅門云何作因瞿曇從性生大從大生慢從慢生十六法所謂地水火風空五知根眼耳鼻舌身五業根手脚口聲男女二根心平等根是十六法從五法生色聲香味觸是二十一法根本有三一者染二者麤三者黑染者名愛麤者名瞋黑名無明瞿曇是二十五法皆因性生婆羅門是大等法常無常耶瞿曇我法性常大等諸法悉是無常婆羅門如汝法中因常果無常然我法中因雖無常果是常者有何等過婆羅門汝等法中有二因不答言有佛言云何有二婆羅門言一者生因二者了因佛言云何生因云何了因婆羅門言生因者如泥出瓶了因者如燈照物佛言是二種因因性是一若是一者可令生因作於了因可令了因作生因不不也瞿曇佛言若使生因不作了因了因不作生因可得說言是因相不婆羅門言雖不相作故有因相婆羅門了因所了即同了不不也瞿曇佛言我法雖從無常獲得涅槃而非無常婆羅門從了因得故常樂我淨從生因得故無常無樂無我無淨是故如來所說

有二如是二語無有二也是故如來名無二語如汝所說曾從先舊智人邊聞佛出於世無有二語是言善哉一切十方三世諸佛所說無差是故說言佛無二語云何無差有同說有無同說無故名一義婆羅門如來世尊雖名二語為了一語故云何二語了於一語如眼色二語生識一語乃至意法亦復如是婆羅門言瞿曇善能分別如是語義我今未解所出二語了於一語爾時世尊即為宣說四真諦法婆羅門言苦諦者亦二亦一乃至道諦亦二亦一婆羅門言世尊我已知已佛言善男子云何知已婆羅門言世尊苦諦一切凡夫二是聖人一乃至道諦亦復如是佛言善哉已解婆羅門言世尊我今聞法已得正見今當歸依佛法僧寶唯願大慈聽我出家爾時世尊告憍陳如汝當為是闍提首那剃除鬚髮聽其出家時憍陳如即受佛勑為其剃髮即下手時有二種落一者鬚髮二者煩惱即於坐處得阿羅漢果

大般涅槃經卷第三十八

音釋

尠息淺切少也　膜慕各切肢膜也　暐曄暐于鬼切曄域輒切暐曄光曜也　摶度官切捉聚也　唼作答切口唼也　穳矛穳祖管切矛莫浮切穳矛鈎兵也　憒古對切心亂也　獷古猛切麤也　捔居岳切校也　礪力制切磨石也　掊薄侯切以手把也　齚陟格切齧也　齩五巧切齧也

大般涅槃經卷第三十九

北凉天竺三藏曇無讖奉　詔譯

憍陳如品第十三之二

復有梵志姓婆私吒復作是言瞿曇所說涅槃常耶如是梵志婆私吒言瞿曇將不說無煩惱爲涅槃耶如是梵志婆私吒言瞿曇世間四種名之爲無一者未出之法名之爲無如瓶未出泥時名爲無瓶二者已滅之法名之爲無如瓶壞已名爲無瓶三者異相互無名之爲無如牛中無馬馬中無牛四者畢竟無故名之爲無如龜毛兎角瞿曇若以除煩惱已名涅槃者涅槃即無若是無者云何言有常樂我淨佛言善男子如是涅槃非是先無同泥時瓶亦非滅無同瓶壞已亦非畢竟無如龜毛兎角同於異無善男子如汝所言雖牛中無馬不可說言牛亦是無雖馬中無牛亦不可說馬亦是無涅槃亦爾煩惱中無涅槃涅槃中無煩惱是故名爲異相互無婆私吒言瞿曇若以異無爲涅槃者夫異無者無常樂我淨瞿曇云何說言涅槃常樂我淨佛言善男子如汝所說是異無者有三種無牛馬悉是先無後有是名先無已有還無是名壞無異相無者如汝所說善男子是三種無涅槃中無是故涅槃常樂我淨如世病人一者熱病二者風病三者冷病是三種病三藥能治有熱病者酥能治之有風病者油能治之有冷病者蜜能治之是三種藥能治如是三種惡病善男子風中無油油中無風乃至蜜中無冷冷中無蜜是故能治一切衆生亦復如是有三種病一者貪二者瞋三者癡

如是三病有三種藥不淨觀者能爲貪藥慈心觀者能爲瞋藥觀因緣智能爲癡藥善男子爲除貪故作非貪觀爲除瞋故作非瞋觀爲除癡故作非癡觀三種病中無三種藥三種藥中無三種病善男子三種病中無三藥故無常無我無樂無淨三種藥中無三種病是故得稱常樂我淨婆私吒言世尊如來爲我說常無常云何爲常云何無常佛言善男子色是無常解脫色常乃至識是無常解脫識常善男子若有善男子善女人能觀色乃至識是無常者當知是人獲得常法婆私吒言世尊我今已知常無常法佛言善男子汝云何知常無常法婆私吒言世尊我今知我色是無常得解脫常乃至識亦如是佛言善男子汝今善哉已報是身告憍陳如是婆私吒已證阿羅漢果汝可施其三衣鉢器時憍陳如如佛所勑施其衣鉢時婆私吒受衣鉢已作如是言大德憍陳如我今因是弊惡之身得善果報惟願大德爲我屈意至世尊所具宣我心我既惡人觸犯如來稱瞿曇姓惟願爲我懺悔此罪我亦不能久住毒身今入涅槃時憍陳如即往佛所作如是言世尊婆私吒比丘生慙愧心自言頑嚚觸犯如來稱瞿曇姓不能久住是毒蛇身今欲滅身寄我懺悔佛言憍陳如婆私吒比丘已於過去無量佛所成就善根今受我語如法而住如法住故獲得正果汝等應當供養其身爾時憍陳如從佛聞已還其身所而設供養時婆私吒於焚身時作種種神足諸外道輩見是事已高聲唱言是婆私吒已得瞿曇沙門呪術

是人不久復當勝彼瞿曇沙門爾時衆中復有梵志名曰先尼復作是言瞿曇有我耶如來默然瞿曇無我耶如來默然第二第三亦如是問佛皆默然先尼言瞿曇若一切衆生有我徧一切處是一作者瞿曇何故默然不答佛言先尼汝說是我徧一切處耶先尼答言瞿曇不但我說一切智人亦如是說佛言善男子若我周徧一切處者應當五道一時受報若有五道一時受報汝等梵志何因緣故不造衆惡爲遮地獄修諸善法爲受天身先尼言瞿曇我法中我則有二種一作身我一者常身我爲作身我修離惡法不入地獄修諸善法生於天上佛言善男子如汝所說我徧一切處如是我者若作身中當知無常若作身無云何言徧瞿曇我所立我亦在作中亦是常法瞿曇如人失火燒舍宅時其主出去不可說言舍宅被燒主亦被燒我法亦爾而此作身雖是無常當無常時我則出去是故我我亦徧亦常佛言善男子如汝說我亦徧亦常是義不然何以故徧有二種一者常二者無常復有二種一色二無色是故若言一切有者亦常亦無常亦色亦無色若言舍主得出不名無常是義不然何以故舍不名主主不名舍異燒異出故得如是我則不爾何以故我即是色色即是我無色即我我即無色云何而言色無常時我則得出善男子汝意若謂一切衆生同一我者如是則違世出世法何以故世間法名父子母女若我是一父即是子子即是父母即是女女即是母怨即是親親即是怨此即是彼彼即是此

是故若說一切衆生同一我者是即違背世出世法先尼言我亦不說一切衆生同於一我乃說一人各有一我佛言善男子若言一人各有一我是爲多我是義不然何以故如汝先說我徧一切若徧一切一切衆生業根應同天得見時佛得亦見天得作時佛得亦作天得聞時佛得亦聞一切諸法皆亦如是若天得見非佛得見者不應說我徧一切處若不徧者是則無常先尼言瞿曇一切衆生我徧一切法與非法不徧一切以是義故佛得作異天得作異是故瞿曇不應說言佛得見時天得應見佛得聞時天得應聞佛言善男子法與非法非業作耶先尼言瞿曇是業所作佛言善男子若法非法是業作者即是同法云何言異何以故佛得業處有天得我天得業處有佛得我是故佛得作時天得亦作法與非法亦應如是善男子是故一切衆生法與非法若如是者所得果報亦應不異善男子從子出果是子終不思惟分別我唯當作婆羅門果不與剎利毗舍首陀而作果也何以故從子出果終不障礙如是四姓法與非法亦復如是不能分別我唯當與佛得作果不與天得作果作天得果不作佛得果何以故業平等故先尼言瞿曇譬如一室有百千燈炷雖有異明則無差燈炷別異喻法非法其明無差喻衆生我佛言善男子汝說燈明以喻我者是義不然何以故室異燈異是燈光明亦在炷邊亦徧室中汝所言我若如是者法非法邊俱應有我我中亦應有法非法若法非法無有我者不得說言徧一切

處若俱有者何得復以炷明爲喻善男子汝意若謂炷之與明眞實别異何因緣故炷增明盛炷枯明滅是故不應以法非法喻於燈炷光明無差喻於我也何以故法非法我三事即一先尼言瞿曇汝引燈喻是事不吉何以故燈喻若吉我已先引如其不吉何故復說善男子我所引喻都亦不作吉以不吉隨汝意說是喻亦說離炷有明即炷有明汝心不等故說燈炷喻法非法明則喻我是故責汝炷即是明離炷有明法即有我我即有法非法即我我即非法汝今何故但受一邊不受一邊如是喻者於汝不吉是故我今還以破汝善男子如是喻者即是非喻是非喻故於我則吉於汝不吉善男子汝意若謂若我不吉汝亦不吉是義不然何以故見世間人自刀自害自作他用汝所引喻亦復如是於我則吉於汝不吉先尼言瞿曇先責我心不平等今汝所說亦不平等何以故瞿曇今者以吉向已不吉向我以是推之眞是不平佛言善男子如我不平能破汝不平是故汝平我之不平即是吉也我之不平破汝不平令汝得平即是我平何以故同諸聖人得平等故先尼言瞿曇我常是平汝云何言壞我不平一切衆生平等有我云何言我是不平耶善男子汝亦說言當受地獄當受餓鬼當受畜生當受人天我若先徧五道中者云何方言當受諸趣汝亦說言父母和合然後生子若子先有云何復言和合已有是故一人有五趣身若是五處先有身者何因緣故爲身造業是故不平善男子汝意若謂我是作

者是義不然何以故若我作者何因緣故自作若事然今衆生實有受苦是故當知我非作者若言是苦非我所作不從因生一切諸法亦當如是不從因生何因緣故説我作耶善男子衆生苦樂實從因緣如是苦樂能作憂喜憂時無喜喜時無憂或喜或憂智人云何說是常耶善男子汝說我常若是常者云何說有十時别異常法不應有歌羅邏時乃至老時虛空常法尚無一時況有十時善男子我者非是歌羅邏時乃至老時云何說有十時别異善男子若我作者是我亦有盛時衰時衆生亦有盛時衰時若我爾者云何是常善男子我若作者云何一人有利有鈍善男子我若作者是我能作身業口業身業口業若是我所作者云何口說無有我耶云何自疑有耶無耶善男子汝意若謂離眼有見是義不然何以故若離眼已别有見者何須此眼乃至身根亦復如是汝意若謂我雖能見要因眼見是亦不然何以故如有人言須曼那華能燒大村云何能燒因火能燒汝立我見亦復如是先尼言瞿曇如人執鐮則能刈草我因五根見聞至觸亦復如是善男子鐮人各異是故執鐮能有所作離根之外更無别我云何說言我因諸根能有所作善男子汝意若謂執鐮能刈我亦如是我有手耶爲無手乎若有手者何不自執若無手者云何說言我是作者善男子能刈草者即是鐮也非我非人若我人能何故因鐮善男子人有二業一則執草二則執鐮是鐮唯有能斷之功衆生見法亦復如是眼能見色從和合

生若從因緣和合見者智人云何說言有我善男子汝意若謂身作我受是義不然何以故世間不見天得作業佛得受果若言不是身作我非因受汝等何故從於因緣求解脫耶汝先是身非因緣生得解脫已亦應非因而更生身如身一切煩惱亦應如是先尼言瞿曇我有二種一者有知二者無知無知之我能得於身有知之我能捨離身猶如坏瓶既被燒已失於本色更不復生智者煩惱亦復如是既滅壞已終不更生佛言善男子所言知者智能知耶我能知乎若智能知何故說言我是知耶若我知者何故方便更求於智汝意若謂我因智知同華喻壞善男子譬如刺樹性自能刺不得說言樹執刺刺智亦如是智自能知云何說言我執智知善男子如汝法中我得解脫無知我得知我得耶若無知得當知猶故具足煩惱若知得者當知已有五情諸根何以故離根之外別更無知若具諸根云何復名得解脫耶若言是我其性清淨離於五根云何說言徧五道有以何因緣爲解脫故修諸善法善男子譬如有人拔虛空刺汝亦如是我若清淨云何復言斷諸煩惱汝意若謂不從因緣獲得解脫一切畜生何故不得先尼言瞿曇若無我者誰能憶念佛告先尼若有我者何緣復忘善男子若念是我者何因緣故念於惡念念所不念不念所念先尼復言瞿曇若無我者誰見誰聞佛言善男子內有六入外有六塵內外和合生六種識是六種識因緣得名善男子譬如一火因木得故名爲木火因草得故名爲

草火因糠得故名爲糠火因牛糞得名牛糞火衆生意識亦復如是因眼因色因明因欲名爲眼識善男子如是眼識不在眼中乃至欲中四事和合故生是識乃至意識亦復如是若是因緣和合故生智不應說見即是我乃至觸即是我善男子是故我說眼識乃至意識一切諸法即是幻也云何如幻本無今有已有還無善男子譬如酥麪蜜薑胡椒蓽茇蒲萄胡桃石榴桵子如是和合名歡喜丸離是和合無歡喜丸內外六入是名衆生我人士夫離內外入無別衆生我人士夫先尼言瞿曇若無我者云何說言我見我聞我苦我樂我憂我喜佛言善男子若言我見我聞名有我者何因緣故世間復言汝所作罪非我見聞善男子譬如四兵和合名軍如是四兵不名爲一而亦說言我軍勇健我軍勝彼是內外入和合所作亦復如是雖不是一亦得說言我作我受我見我聞我苦我樂先尼言瞿曇如汝所言內外和合誰出聲言我作我受佛言先尼從愛無明因緣生業從業生有從有出生無量心數心生覺觀覺觀動風風隨心觸喉舌齒脣衆生想倒聲出說言我作我受我見我聞善男子如幢頭鈴風因緣故便出音聲風大聲大風小聲小無有作者善男子譬如熱鐵投之水中出種種聲是中眞實無有作者善男子凡夫不能思惟分別如是事故說言有我及有我所我作我受先尼言如瞿曇說無我我所何緣復說常樂我淨佛言善男子我亦不說內外六入及六意識常樂我淨我乃宣說滅內外入所生六識

名之爲常以是常故名之爲我有常我故名之爲樂常我樂故名之爲淨善男子衆生猒苦斷是苦因自在遠離是名爲我以是因緣我今宣說常樂我淨先尼言世尊唯願大慈爲我宣說我當云何獲得如是常樂我淨佛言善男子一切世間從本已來具足大慢能增長慢亦復造作慢因慢業是故今者受慢果報不能遠離一切煩惱得常樂我淨若諸衆生欲得遠離一切煩惱先當離慢先尼言世尊如是如是誠如聖教我先有慢因慢因緣故稱如來你瞿曇姓我今已離如是大慢是故誠心啓請求法云何當得常樂我淨佛言善男子諦聽諦聽吾當爲汝分別解說善男子若能非自非他非衆生者遠離是法先尼言世尊我已知解得正法眼佛言善男子

汝云何言知已解已得正法眼世尊所言色者非自非他非諸衆生乃至識亦復如是我如是觀得正法眼世尊我今甚樂出家修道願見聽許佛言善來比丘即時具足清淨梵行證阿羅漢果外道衆中復有梵志姓迦葉氏復作是言瞿曇身即是命身異命異如來默然第二第三亦復如是梵志復言瞿曇若人捨身未得後身於其中間豈可不名身異命異若是異者瞿曇何故默然不答善男子我說身命皆從因緣非不因緣如身命一切法亦如是梵志復言瞿曇我見世間有法不從因緣佛言梵志汝云何見世間有法不從因緣梵志言我見大火焚燒榛木風吹絶焰墮在餘處是豈不名無因緣耶佛言善男子我說是火亦從因生非不從因梵志言瞿曇

絶焰去時不因薪炭云何而言因於因緣佛言善男子雖無薪炭因風而去風因緣故其焰不滅瞿曇若人捨身未得後身中間壽命誰爲因緣佛言梵志無明與愛而爲因緣是無明愛二因緣故壽命得住善男子有因緣故身即是命命即是身有因緣故身異命異智者不應一向而說身異命異梵志言世尊唯願爲我分別解說令我了了得知因果佛言梵志因即五陰果亦五陰善男子若有衆生不然火者是則無煙梵志言世尊我已知已我已解已佛言善男子汝云何知汝云何解世尊火即煩惱能於地獄餓鬼畜生人天燒然煙者即是煩惱果報無常不淨臭穢可惡是故名煙若有衆生不作煩惱是人則無煩惱果報是故如來說不然火則無有煙世尊我已正見唯願慈矜聽我出家爾時世尊告憍陳如聽是梵志出家受戒時憍陳如受佛勑已和合衆僧聽其出家受具足戒經五日已得阿羅漢果外道衆中復有梵志名曰富那復作是言瞿曇汝見世間是常法已說言常耶如是義者實耶虛耶常無常亦常無常非常非無常有邊無邊亦有邊無邊非有邊非無邊是身是命身異命異如來滅後如去不如去亦如去不如去非如去非不如去佛言富那我不說世間常虛實無常亦常無常非常非無常有邊無邊亦有邊無邊非有邊非無邊是身是命身異命異如來滅後如去不如去亦如去不如去非如去非不如去富那復言瞿曇今者見何罪過不作是說佛言富那若有人說世間是常唯此爲實餘妄

語者是名爲見見所見處是名見行是名見業是名見著見名見縛是名見苦是名見取是名見怖是名見熱是名見纒富那凡夫之人爲見所纒不能遠離生老病死迴流六趣受無量苦乃至非如去非不如去亦復如是富那我見是見有如是過是故不著不爲人說瞿曇若見如是罪過不著不說瞿曇今者何見何著何所宣說佛言善男子夫見著者名生死法如來已離生死法故是故不著善男子如來名爲能見能說不名爲著瞿曇云何能見云何能說佛言善男子我能明見苦集滅道分別宣說如是四諦我見如是故能遠離一切見一切愛一切流一切慢是故我具清淨梵行無上寂靜獲得常身是身亦非東西南北富那言瞿曇何因緣故常身非是東西南北佛言善男子我今問汝隨汝意答於意云何善男子如於汝前然大火聚當其然時汝知然不如是瞿曇是火滅時汝知滅不如是瞿曇富那若有人問汝前火聚然從何來滅何所至當云何答瞿曇若有問者我當答言是火生時賴於衆緣本緣已盡新緣未至是火則滅若復有問是火滅已至何方面復云何答瞿曇我當答言緣盡故滅不至方所善男子如來亦爾若有無常色乃至無常識因愛故然然者即受二十五有是故然時可說是火東西南北現在愛滅二十五有果報不然以不然故不可說有東西南北善男子如來已滅無常之色至無常識是故身常身若是常不得說有東西南北富那言請說一喻唯願聽採佛言善哉善哉隨意說之

世尊如大村外有娑羅林中有一樹先林而生足一百年是時林主灌之以水隨時修治其樹陳朽皮膚枝葉悉皆脫落唯真實在如來亦爾所有陳故悉已除盡唯有一切真實法在世尊我今甚樂出家修道佛言善來比丘說是語已即時出家漏盡證得阿羅漢果復有梵志名曰清淨作如是言瞿曇一切衆生不知何法見世間常無常亦常無常非有常非無常乃至非如去非不如去佛言善男子不知色故乃至不知識故見世間常乃至非如去非不如去梵志言瞿曇衆生知何法故不見世間常乃至非如去非不如去佛言善男子知色故乃至知識故不見世間常乃至非如去非不如去梵志言世尊唯願爲我分別解說世間常無常佛言善男子若人捨故不造新業是人能知常與無常梵志言世尊我已知解佛言善男子汝云何見汝云何知世尊故名無明與愛新名取有若人遠離是無明愛不作取有是人真實知常無常我今已得正法淨眼歸依三寶唯願如來聽我出家佛告憍陳如聽是梵志出家受戒時憍陳如受佛勑已將至僧中爲作羯磨令得出家十五日後諸漏永盡得阿羅漢果犢子梵志復作是言瞿曇我今欲問能見聽不如來默然第二第三亦復如是犢子復言瞿曇我久與汝共爲親友汝之與我義無有二我欲諮問何故默然爾時世尊作是思惟如是梵志其性儒雅純善質直常爲知故而來諮啓不爲惱亂彼若問者當隨意答佛言犢子善哉善哉隨所疑問吾當答之犢子言瞿曇世

有善耶如是梵志有不善耶如是梵志瞿曇願爲我說令我得知善不善法佛言善男子我能分别廣説其義今當爲汝簡略說之善男子欲名不善解脫欲者名之爲善瞋恚愚癡亦復如是殺名不善不殺名善乃至邪見亦復如是善男子我今爲汝已說三種善不善法及說十種善不善法若我弟子能作如是分别三種善不善法乃至十種善不善法當知是人能盡貪欲瞋恚愚癡一切諸漏斷一切有梵志言瞿曇是佛法中頗有一比丘能盡如是貪欲瞋癡一切諸漏一切有不佛言善男子是佛法中非一二三乃至五百乃有無量諸比丘等能盡如是貪欲恚癡一切諸漏一切諸有瞿曇置一比丘是佛法中頗有一比丘尼能盡如是貪欲瞋癡一切諸漏一切有不佛言善男子是佛法中非一二三乃至五百乃有無量諸比丘尼能斷如是貪欲瞋癡一切諸漏一切諸有犢子言瞿曇置一比丘一比丘尼是佛法中頗有一優婆塞持戒精勤梵行清淨度疑彼岸斷於疑網不佛言善男子我佛法中非一二三乃至五百乃有無量諸優婆塞持戒精勤梵行清淨斷五下結得阿那含度疑彼岸斷於疑網犢子言瞿曇置一比丘一比丘尼一優婆塞是佛法中頗有一優婆夷持戒精勤梵行清淨度疑彼岸斷疑網不佛言善男子我佛法中非一二三乃至五百乃有無量諸優婆夷持戒精勤梵行清淨斷五下結得阿那含度疑彼岸斷於疑網犢子言瞿曇置一比丘一比丘尼盡一切漏一優婆塞一優婆夷持戒精勤

梵行清淨斷於疑網是佛法中頗有優婆塞受五欲樂心無疑網不佛言善男子我佛法中非一二三乃至五百乃有無量諸優婆塞斷於三結得須陀洹薄貪恚癡得斯陀含如優婆塞優婆夷亦如是世尊我於今者樂說譬喻佛言善哉樂說便說世尊譬如難陀婆難陀龍王等降大雨如來法雨亦復如是平等雨於優婆塞優婆夷世尊若諸外道欲來出家不審如來幾月試之佛言善男子皆四月試不必一種世尊若不一種惟願大慈聽我出家爾時世尊告憍陳如聽是犢子出家受戒時憍陳如受佛勑已立衆僧中爲作羯磨於出家後滿十五日得須陀洹果既得果已復作是念若有智慧從學得者我今已得堪任見佛即往佛所頭面作禮修敬已畢却住一面白佛言世尊諸有智慧從學得者我今已得惟願爲我重分別說令我獲得無學智慧佛言善男子汝勤精進修習二法一奢摩他二毗婆舍那善男子若有比丘欲得須陀洹果亦當勤修如是二法若復欲得斯陀含果阿那含果阿羅漢果亦當修習如是二法善男子若有比丘欲得四禪四無量心六神通八背捨八勝處無諍智頂智畢竟智四無礙智金剛三昧盡智無生智亦當修習如是二法善男子若欲得十住地無生法忍無相法忍不可思議法忍聖行梵行天行菩薩行虛空三昧智印三昧空無相無作三昧地三昧不退三昧首楞嚴三昧金剛三昧阿耨多羅三藐三菩提佛行亦當修習如是二法犢子聞已禮拜而出在娑羅林中修是二法

不久即得阿羅漢果是時復有無量比丘欲往佛所犢子見已問言大德欲何所至諸比丘言欲往佛所犢子復言諸大德若至佛所願爲宣啓犢子梵志修二法已得無學智今報佛恩入般涅槃時諸比丘至佛所已白佛言世尊犢子比丘寄我等語世尊犢子梵志修習二法得無學智今報佛恩入於涅槃佛言善男子犢子梵志得阿羅漢果汝等可往供養其身時諸比丘受佛勑已還其屍所大設供養

大般涅槃經卷第三十九

音釋

嚚（語斤切口不道忠信之言曰嚚）鎌（力兼切鍥也）桵（如隹切果名）

大般涅槃經卷第四十

北凉天竺三藏曇無讖奉　詔譯

憍陳如品第十三之三

納衣梵志復作是言瞿曇如瞿曇所說無量世中作善不善未來還得善不善身是義不然何以故如瞿曇說因煩惱故獲得是身若因煩惱獲得身者身爲在先煩惱在先若煩惱在先誰之所作住在何處若身在先云何說言因煩惱得是故若言煩惱在先是則不可若身在先是亦不可若言一時是亦不可先後一時義皆不可是故我說一切諸法皆有自性不從因緣復次瞿曇堅是地性溼是水性熱是火性動是風性無所罣礙是虚空性是五大性非因緣有若使世間有一法性非因緣有一切法性亦應如是非因緣有若有一法從於因緣何因緣故五大之性不從因緣瞿曇衆生善身及不善身獲得解脱皆是自性不從因緣是故我説一切諸法自性故有非因緣生復次瞿曇世間之法有定用處譬如工匠云如是木任作車轝如是任作門戸牀机亦如金師所可造作在額上者名之爲鬘在頸下者名之爲瓔在臂上者名之爲釧在指上者名之爲環用處定故名爲定性瞿曇一切衆生亦復如是有五道性故有地獄餓鬼畜生人天若如是者云何說言從於因緣復次瞿曇一切衆生其性各異是故名爲一切自性瞿曇如龜陸生自能入水犢子生已能自飲乳魚見鉤餌自然吞食毒蛇生已自然食土如是等事誰有教者如刺生已自然頭尖飛鳥毛羽自然色别世間衆生

亦復如是有利有鈍有富有貧有好有醜有得解脫有不得者是故當知一切法中各有自性復次瞿曇如瞿曇說貪欲瞋癡從因緣生如是三毒因緣五塵是義不然何以故衆生睡時遠離五塵亦復生於貪欲瞋癡在胎亦爾初出胎時未能分別五塵好醜亦復生於貪欲瞋癡諸仙賢聖處在寂處無有五塵亦能生於貪欲瞋癡亦復有人因於五塵生於不貪不瞋不癡是故不必從於因緣生一切法以自性故復次瞿曇我見世人五根不具多饒財寶得大自在有根具足貧窮下賤不得自在爲人僕使若有因緣何故如是是故諸法各有自性不由因緣復次瞿曇世間小兒亦復未能分別五塵或笑或啼笑時知喜啼時知愁是故當知一切諸法各有自性

復次瞿曇世法有二一者有二者無有即虛空無即兔角如是二法一是有故不從因緣二是無故亦非因緣是故諸法有自性故不從因緣佛言善男子如汝所言如五大性一切諸法亦應如是是義不然何以故善男子如汝法中以五大是常何因緣故一切諸法悉不是常若世間物是無常者是五大性何因緣故不是無常若五大常世間之物亦應是常是故汝說五大之性有自性故不從因緣令一切法同五大者無有是處善男子汝言用處定故有自性者是義不然何以故皆從因緣得名字故若從因得名亦從因得義云何名爲從因得名如在額上名之爲鬘在頸名纓在臂名釧在車名輪火在草木名草木火善男子樹初生時無箭槊性從因緣故

工造爲箭從因緣故工造爲槊是故不應説一切法有自性也善男子汝言如龜陸生性自入水犢子生已性能飲乳是義不然何以故若言入水非因緣者俱非因緣何不入火犢子生已性能嗽乳不從因緣俱非因緣何不嗽角善男子若言諸法悉有自性不須教習無有增長是義不然何以故今見有教緣教增長是故當知無有自性善男子若一切法有自性者諸婆羅門一切不應爲清淨身殺羊祀祠若爲身祠是故當知無有自性善男子世間語法凡有三種一者欲作二者作時三者作已若一切法有自性者何故世中有是三語有三語故故知一切無有自性善男子若言諸法有自性者當知諸法各有定性若有定性甘蔗一物何緣作漿作蜜石蜜酒苦酒等若有一性何緣乃出如是等味若一物中出如是等當知諸法不得一定各有一性善男子若一切法有定性者聖人何故飲甘蔗漿石蜜黑蜜酒時不飲後爲苦酒復還得飲是故當知無有定性若無定性云何不因因緣而有善男子汝説一切法有自性者云何説喻若有喻者當知諸法無有自性若有自性當知無喻世間智者皆説譬喻當知諸法無有自性無有一性善男子汝言身爲在先煩惱在先者是義不然何以故若我當説身在先者汝可難言汝亦同我身不在先何因緣故而作是難善男子一切衆生身及煩惱俱無先後一時而有雖一時有要因煩惱而得有身終不因身有煩惱也汝意若謂如人二眼一時而得不相因待左不因右

右不因左煩惱及身亦如是者是義不然何以故善男子世間眼見炷之與明雖復一時明要因炷終不因明而有炷也善男子汝意若謂身不在先故知無因是義不然何以故若以身先無因緣故名爲無者汝不應說一切諸法而有因緣若言不見故不說者今見瓶等從因緣出何故不說如瓶身先因緣亦復如是善男子若見不見一切諸法皆從因緣無有自性善男子若言一切法悉有自性無因緣者汝何因緣說於五大是五大性即是因緣善男子五大因緣雖復如是亦不應說諸法皆同五大因緣如世人說一切出家精勤持戒栴陀羅等亦應如是精勤持戒善男子汝言五大有定堅性我觀是性轉故不定善男子蘇蠟胡膠於汝法中名之爲地是地不定或同於水或同於地故不得說自性故堅善男子白鑞鉛錫銅鐵金銀於汝法中名之爲火是火四性流時水性動時風性熱時火性堅時地性云何說言定名火性善男子水性名流若水凍時不名爲地故名水性何因緣故波動之時不名爲風若動不名風凍時亦應不名爲水若是二義從因緣者何故說言一切諸法不從因緣善男子若言五根性能見聞覺知觸故皆是自性不從因緣是義不然何以故善男子自性之性性不可轉若言眼性見者常應能見不應有見有不見時是故當知從因緣見非無因緣善男子汝言非因五塵生貪解脫是義不然何以故善男子生貪解脫雖復不因五塵因緣惡覺觀故則生貪欲善覺觀故則得解脫善男子

内因緣故生貪解脫外因緣故則能增長是故汝言一切諸法各有自性不因五塵生貪解脫無有是處善男子汝言具足諸根乏於財物不得自在諸根殘缺多饒財寶得大自在因此以明有自性故不從因緣者是義不然何以故善男子衆生從業而有果報如是果報則有三種一者現報二者生報三者後報貧窮巨富根具不具是業各異若有自性具諸根者應饒財寶饒財寶者應具諸根今則不爾是故定知無有自性皆從因緣善男子如汝所言世間小兒未能分別五塵因緣亦啼亦笑是故一切有自性者是義不然何以故若自性者笑應常笑啼應常啼不應一笑一啼若一笑一啼當知一切悉從因緣是故不應說一切法有自性故不從因緣梵志言世尊若一切法從因緣有如是身者從何因緣佛言善男子是身因緣煩惱與業梵志言世尊如其是身從煩惱業是煩惱業可斷不耶佛言如是如是梵志復言世尊唯願爲我分別解說令我聞已不移是處悉得斷之佛言善男子若知二邊中間無礙是人則能斷煩惱業世尊我已知解得正法眼佛言汝云何知世尊二邊即色及色解脫中間即是八正道也受想行識亦復如是佛言善哉善哉善男子善知二邊斷煩惱業世尊唯願聽我出家受戒佛言善來比丘即時斷除三界煩惱得阿羅漢果爾時復有一婆羅門名曰弘廣復作是言瞿曇知我今所念不佛言善男子涅槃是常有爲無常曲即邪見直即聖道婆羅門言瞿曇何因緣故作如是說善男

子汝意每謂乞食是常別請無常曲是戶鑰直是帝幢是故我說涅槃是常有爲無常曲謂邪見直謂八正非如汝先所思惟也婆羅門言瞿曇實知我心是八正道悉令衆生得盡滅不爾時世尊默然不答婆羅門言瞿曇已知我心我今所問何故默然而不見答時憍陳如即作是言大婆羅門若有問世間有邊無邊如來常爾默然不答八聖是直涅槃是常若修八聖即得滅盡若不修習則不能得大婆羅門譬如大城其城四壁都無孔竅唯有一門其守門者聰明有智能善分別可放則放可遮則遮雖不能知出入多少定知一切有入出者皆由此門善男子如來亦爾城喻涅槃門喻八正守門之人喻於如來善男子如來今者雖不答汝盡與不盡其有盡者要當修習是八正道婆羅門言善哉善哉大德憍陳如如來善能說微妙法我今實欲知城知道自作守門憍陳如言善哉善哉汝婆羅門能發無上廣大之心佛言止止憍陳如是婆羅門非適今日發是心也憍陳如乃往過去過無量佛有佛世尊名普光明如來應供正徧知明行足善逝世間解無上士調御丈夫天人師佛世尊是人先已於彼佛所發阿耨多羅三藐三菩提心此賢劫中當得作佛久已通達了知法相爲衆生故現處外道示無所知以是因緣汝憍陳如不應讚言善哉善哉汝今能發如是大心爾時世尊知已即告憍陳如言阿難比丘今爲所在憍陳如言世尊阿難比丘在娑羅林外去此大會十二由旬而爲六萬四千億魔之所嬈亂是

諸魔衆悉自變身爲如來像或有宣說一切諸法從因緣生或有說言一切諸法不從因生或有說言一切因緣皆是常法從緣生者悉是無常或有說言五陰是實或說虚假入界亦爾或有說言十二因緣或有說言正有四緣或說諸法如幻如化如熱時焰或有說言因聞得法或有說言因思得法或有說言因修得法或復有說不淨觀法或復有說出息入息或復有說四念處觀或復有說三種觀義七種方便或復有說煖法頂法忍法世間第一法學無學地菩薩初住乃至十住或有說空無相無作或復有說修多羅祇夜毗伽羅那伽陀優陀那毗陀那阿波陀那伊帝目多伽闍陀伽毗佛略阿浮陀達磨優波提舍或說四念處四正勤四如意足五根五力七覺八聖道或說内空外空内外空有爲空無爲空無始空性空遠離空散空自相空無相空陰空入空界空善空不善空無記空菩提空道空涅槃空行空得空第一義空空空大空或有示現神通變化身出水火或身上出水身下出火身下出水身上出火左脅在下右脅出水右脅在下左脅出水一脅震雷一脅降雨或有示現諸佛世界或復示現菩薩初生行至七步處在深宫受五欲時初始出家修苦行時往菩提樹坐三昧時壞魔軍衆轉法輪時示大神通入涅槃時世尊阿難比丘見是事已作是念言如是神變昔來未見誰之所作將非世尊釋迦作耶欲起欲語都不從意阿難比丘入魔罥故復作是念諸佛所說各各不同我於今者當受誰語世尊

阿難今者極受大苦雖念如來無能救者以是因緣不來至此大衆之中爾時文殊師利菩薩摩訶薩白佛言世尊此大衆中有諸菩薩已於一生發阿耨多羅三藐三菩提心至無量生發菩提心已能供養無量諸佛其心堅固具足修行檀波羅蜜乃至般若波羅蜜成就功德久已親近無量諸佛淨修梵行得不退轉菩提之心得不退忍不退轉持得如法忍首楞嚴等無量三昧如是等輩聞大乘經終不生疑善能分別宣說三寶同一性相常住不變聞不思議不生驚恠聞種種空心不怖懼了了通達一切法性能持一切十二部經廣解其義亦能受持無量諸佛十二部經何憂不能受持如是大涅槃典何因緣故問憍陳如阿難所在爾時世尊告文殊師利

諦聽諦聽善男子我成佛已過三十年住王舍城爾時我告諸比丘言諸比丘今此衆中誰能爲我受持如來十二部經供給左右所須之事亦使不失自身善利時憍陳如在彼衆中來白我言我能受持十二部經供給左右不失所作自利益事我言憍陳如汝已朽邁當須使人云何方欲爲我給使時舍利弗復作是言我能受持佛一切語供給所須不失所作自利益事我言舍利弗汝已朽邁當須使人云何方欲爲我給使乃至五百諸阿羅漢皆亦如是我悉不受爾時目連在大衆中作是思惟如來今者不受五百比丘給使佛意爲欲令誰作耶思惟是已即便入定見如來心在阿難許如日初出光照西壁見是事已即從定起語憍陳如大德我觀如來欲

令阿難給使左右爾時憍陳如與五百阿羅漢往阿難所作如是言阿難汝今當爲如來給使請受是事阿難言諸大德我實不堪給事如來何以故如來尊重如師子王如龍如火我今穢弱云何能辦諸比丘言阿難汝受我語給事如來得大利益第二第三亦復如是阿難言諸大德我亦不求大利益事實不堪任奉給左右時目揵連復作是言阿難汝今未知阿難言大德唯願說之目揵連言如來先日僧中求使五百羅漢皆求爲之如來不聽我即入定見如來意欲令汝爲汝今云何反更不受阿難聞已合掌長跪作如是言諸大德若有是事如來世尊與我三願當順僧命給事左右目揵連言何等三願阿難言一者如來設以故衣賜我聽我不受二者如來設受檀越別請聽我不往三者聽我出入無有時節如是三事佛若聽者當順僧命奉給如來時憍陳如五百比丘還來我所作如是言我等已勸阿難比丘唯求三願若佛聽者當順僧命文殊師利我於爾時讚阿難言善哉善哉阿難比丘具足智慧預見譏嫌何以故當有人言汝爲衣食奉給如來是故先求不受故衣不隨別請憍陳如阿難比丘具足智慧入出有時則不能得廣作利益四部之衆是故求欲出入無時憍陳如我爲阿難開是三事隨其意願時目揵連還阿難所語阿難言吾已爲汝啓請三事如來大慈皆已聽許阿難言大德若佛聽者請往給侍文殊師利阿難事我二十餘年具足八種不可思議何等爲八一者事我已來二十餘年初不

隨我受別請食二者事我已來初不受我陳故衣服三者自事我來至我所時終不非時四者自事我來具足煩惱隨我入出諸王刹利豪貴大姓見諸女人及天龍女不生欲心五者自事我來時我所說十二部經一經於耳曾不再問如寫瓶水置之一瓶唯除一問善男子琉璃太子殺諸釋氏壞迦毗羅城阿難爾時心懷愁惱發聲大哭來至我所作如是言我與如來俱生此城同一釋種云何如來光顏如常我則憔悴我時答言阿難我修空定故不同汝過三年已還來問我世尊我往於彼迦毗羅城曾聞如來修空三昧是事虛實我言阿難如是如是如汝所說六者自事我來雖未獲得知他心智常知如來所入諸定七者自事我來未得願智而能了知如是衆生到如來所現在能得四沙門果有後得者有得人身有得天身八者自事我來如來所有祕密之言悉能了知善男子阿難比丘具足如是八不思議是故我稱阿難比丘爲多聞藏善男子阿難比丘具足八法能具足持十二部經何等爲八一者信根堅固二者其心質直三者身無病苦四者常勤精進五者具足念心六者心無憍慢七者成就定意八者具足從聞生智文殊師利毗婆尸佛侍者弟子名阿叔迦亦復具足如是八法尸棄如來侍者弟子名差摩迦羅毗舍浮佛侍者弟子名優波扇陀迦羅鳩村大佛侍者弟子名曰跋提迦那年尼佛侍者弟子名曰蘇坻迦葉佛侍者弟子名葉婆蜜多皆亦具足如是八法我今阿難亦復如是具足八法是

故我稱阿難比丘爲多聞藏善男子如汝所說此大衆中雖有無量無邊菩薩是諸菩薩皆有重任所謂大慈大悲如是慈悲之因緣故各各忽務調伏眷屬莊嚴自身以是因緣我涅槃後不能宣通十二部經若有菩薩或時能說人不信受文殊師利阿難比丘是吾之弟給事我來二十餘年所可聞法具足受持喻如寫水置之一器是故我今顧問阿難爲何所在欲令受持是涅槃經善男子我涅槃後阿難比丘所未聞者弘廣菩薩當能流布阿難所聞自能宣通文殊師利阿難比丘今在他處去此會外十二由旬而爲六萬四千億魔之所惱亂汝可往彼發大聲言一切諸魔諦聽諦聽如來今說大陀羅尼一切天龍乾闥婆阿修羅迦樓羅緊那羅摩睺羅伽人與非人山神樹神河神海神舍宅神等聞是持名無不恭敬受持之者是陀羅尼十恒河沙諸佛世尊所共宣說能轉女身自識宿命若受五事一者梵行二者斷肉三者斷酒四者斷辛五者樂在寂靜受五事已至心信受讀誦書寫是陀羅尼當知是人則得超越七十七億弊惡之身爾時世尊即便說之

阿摩隸一毗磨隸二涅磨隸三曹伽隸四醯磨羅若竭抻五三曼那跋提六娑婆陀 娑檀尼七波羅磨他 娑檀尼八摩那斯九阿拙啼十毗羅衹十一菴摩賴坻十二娑嵐彌十三婆嵐摩十四莎隸富泥富那十五摩奴賴絺十六

爾時文殊師利從佛受是陀羅尼已至阿難所在魔衆中作如是言諸魔眷屬諦聽我說所從佛受陀羅尼呪魔王聞是陀羅尼已悉

發阿耨多羅三藐三菩提心捨於魔業即放阿難文殊師利與阿難俱來至佛所阿難見佛至心禮敬却住一面佛告阿難是娑羅林外有一梵志名須跋陀其年極老已百二十雖得五通未捨憍慢獲得非想非非想定生一切智起涅槃想汝可往彼語須跋陀言如來出世如優曇華於今中夜當般涅槃若有所作可及時作莫於後日而生悔心阿難汝之所說彼定信受何以故汝曾往昔五百世中作須跋陀子其人愛心習猶未盡以是因緣信受汝語爾時阿難受佛勑已往須跋陀所作如是言仁者當知如來出世如優曇華於今中夜當般涅槃欲有所作可及時作莫於後日生悔心也須跋陀言善哉阿難我今當往至如來所爾時阿難與須跋陀還至佛所時須跋陀到已問訊作如是言瞿曇我今欲問隨我意答佛言須跋陀今正是時隨汝所問我當方便隨汝意答瞿曇有諸沙門婆羅門等作如是言一切衆生受苦樂報皆隨往日本業因緣是故若有持戒精進受身心苦能壞本業本業既盡衆苦盡滅衆苦盡滅即得涅槃是義云何佛言善男子若有沙門婆羅門等作是說者我爲憐愍常當往至如是人所既至彼已我當問之仁者實作如是說不彼若見答我如是說何以故瞿曇我見衆生習行諸惡多饒財寶身得自在又見修善貧窮多乏不得自在又見有人多役力用求財不得又見不求自然得之又見有人慈心不殺反更中夭又見喜殺終保年壽又見有人淨修梵行精進持戒有得解脫有不得

者是故我說一切衆生受苦樂報皆由往日本業因緣須跋陀我復當問仁者實見過去業不若有是業爲多少耶現在苦行能破多少耶能知是業已盡不盡耶是業既盡一切盡耶彼若見答我實不知我便當爲彼人引喻譬如有人身被毒箭其家眷屬爲請醫師令拔是箭既拔箭已身得安隱其後十年是人猶憶了了分明是醫爲我拔出毒箭以藥塗傅令我得差安隱受樂仁既不知過去本業云何能知現在苦行定能破壞過去業耶彼若復言瞿曇汝今亦有過去本業何故獨責我過去業瞿曇經中亦作是說若見有人豪富自在當知是人先世好施如是不名過去業耶我復答言仁者如是知者名爲比知不名眞知我佛法中或有從因知果或有從果知因我佛法中有過去業有現在業汝則不爾唯有過去業無現在業汝法不從方便斷業我法不爾從方便斷汝業盡已則得苦盡我則不爾煩惱盡已業苦則盡是故我今責汝過去業彼人若言瞿曇我實不知從師受之師作是說我實無咎我言仁者汝師是誰彼若見答是富蘭那我復語言汝昔何不一一諮問大師實知過去業不汝師若言我不知者汝復云何受是師語若言我知復應問言下苦因緣受中上苦不中苦因緣受下上苦不上苦因緣受中下苦不若言不者復應問言師云何說苦樂之報唯過去業非現在耶復應問言是現在苦過去有不若過去有過去之業悉已都盡若都盡者云何復受今日之身若過去無唯現在有云何復言衆

生苦樂皆過去業仁者若知現在苦行能壞過去業現在苦行復以何破如其不破苦即是常苦若是常云何說言得苦解脫若更有行壞苦行者過去已盡云何有苦仁者如是苦行能令樂業受苦果不復令苦業受樂果不能令無苦無樂業作不受果不能令現報作生報不能令生報作現報不令是二報作無報不能令定報作無報不能令無報作定報不彼若復言瞿曇不能我復當言仁者如其不能何因緣故受是苦行仁者當知定有過去業現在因緣是故我言因煩惱生業因業受報仁者當知一切衆生有過去業有現在因衆生雖有過去壽業要賴現在飲食因緣仁者若說衆生受苦受樂定由過去本業因緣是事不然何以故仁者譬如有人爲王除怨以是因緣多得財寶因是財寶受現在樂如是之人現作樂因現受樂報譬如有人殺王愛子以是因緣喪失身命如是之人現作苦因現受苦報仁者一切衆生現在因於四大時節土地人民受苦受樂是故我說一切衆生不必盡因過去本業受苦樂也仁者若以斷業因緣力故得解脫者一切聖人不得解脫何以故一切衆生過去本業無始終故是故我說修聖道時是道能遮無始終業仁者若受苦行便得道者一切畜生悉應得道是故先當調伏其心不調伏身以是因緣我經中說斫伐此林莫斫伐樹何以故從林生怖不從樹生欲調伏身先當調心心喻於林身喻於樹須跋陀言世尊我已先調伏心佛言善男子汝今云何能先調心須跋陀言

世尊我先思惟欲是無常無樂無淨觀色即是常樂我淨作是觀已欲界結斷獲得色處是故名爲先調伏心次復觀色色是無常如癰如瘡如毒如箭見無色常清淨寂靜如是觀已色界結盡得無色處是故名爲先調伏心次復觀想即是無常癰瘡毒箭如是觀已獲得非想非非想處是非想非非想即一切智寂靜清淨無有墮墜常恒不變是故我能調伏其心佛言善男子汝云何能調伏心耶汝今所得非想非非想定猶名爲想涅槃無想汝云何言獲得涅槃善男子汝已先能訶責麤想今者云何愛著細想不知訶責如是非想非非想處故名爲想如癰如瘡如毒如箭善男子汝師鬱頭藍弗利根聰明尚不能斷如是非想非非想處受於惡身況其餘者

世尊云何能斷一切諸有佛言善男子若觀實相是人能斷一切諸有須跋陀言世尊云何名爲實相善男子無相之相名爲實相世尊云何名爲無相之相善男子一切法無自相他相及自他相無無因相無作相無受相無作者相無受者相無法非法相無男女相無士夫相無微塵相無時節相無爲自相無爲他相無爲自他相無有相無無相無生相無生者相無因相無因因相無果相無果果相無晝夜相無明暗相無見相無見者相無聞相無聞者相無覺知相無覺知者相無菩提相無得菩提者相無業相無業主相無煩惱相無煩惱主相善男子如是等相隨所滅處名眞實相善男子一切諸法皆是虛假隨其滅處是名爲實是名實相是名法界名畢

竟智名第一義諦名第一義空善男子是相法界畢竟智第一義諦第一義空下智觀故得聲聞菩提中智觀故得緣覺菩提上智觀故得無上菩提說是法時十千菩薩得一生實相萬五千菩薩得二生法界二萬五千菩薩得畢竟智三萬五千菩薩悟第一義諦是第一義諦亦名第一義空亦名首楞嚴三昧四萬五千菩薩得虛空三昧是虛空三昧亦名廣大三昧亦名智印三昧五萬五千菩薩得不退忍是不退忍亦名如法忍亦名如法界六萬五千菩薩得陀羅尼是陀羅尼亦名大念心亦名無礙智七萬五千菩薩得師子吼三昧是師子吼三昧亦名金剛三昧亦名五智印三昧八萬五千菩薩得平等三昧是平等三昧亦名大慈大悲無量恒河沙等衆生發阿耨多羅三藐三菩提心無量恒河沙等衆生發緣覺心無量恒河沙等衆生發聲聞心人女天女二萬億人現轉女身得男子身須跋陀羅得阿羅漢果

大般涅槃經卷第四十

音釋

槊所角切矛屬 嗽色角切含吸也 竅苦弔切隙也 嬈而沼切亂也

罥古泫切 瞢武亘切 捭補買切 嵐盧含切 綈特計切

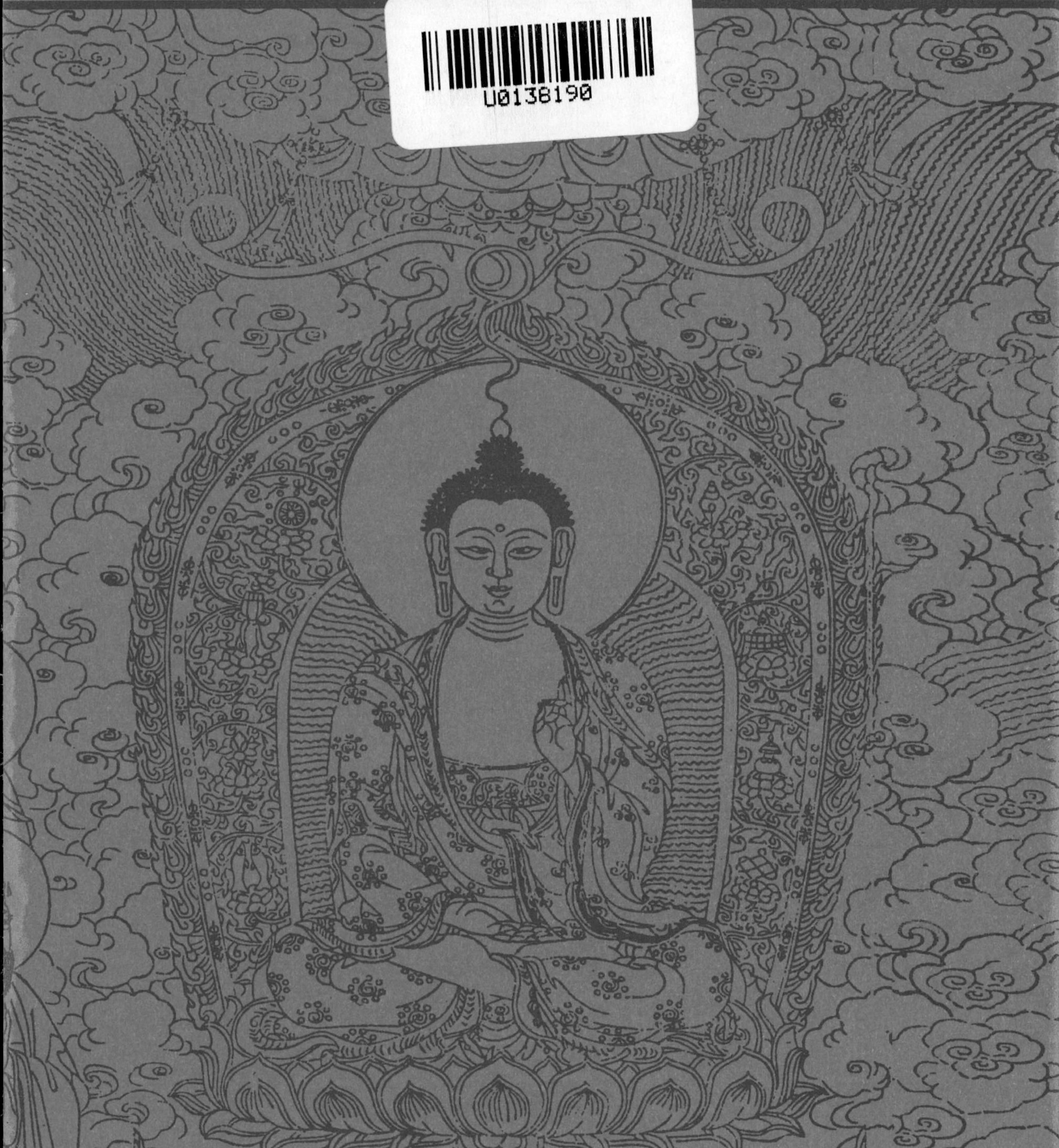

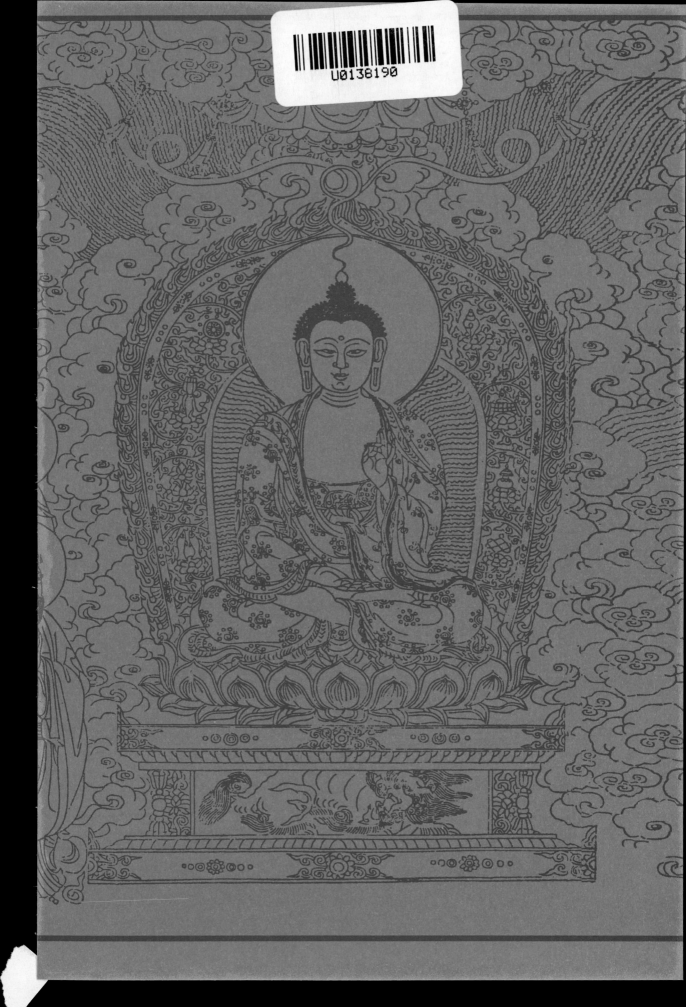